MAIN

Nadie más que tú

Nadie más que tú

Noelia Amarillo

TERCIOPELO

© Noelia Amarillo, 2016

Primera edición: octubre de 2016

© de esta edición: Roca Editorial de Libros, S. L.
Av. Marquès de l'Argentera 17, pral.
08003 Barcelona
actualidad@rocaeditorial.com
www.terciopelo.net

Impreso por LIBERDÚPLEX, s.l.u.
Crta. BV-2249, km 7,4, Pol. Ind. Torrentfondo
Sant Llorenç d'Hortons (Barcelona)

ISBN: 978-84-15952-72-5
Depósito legal: B. 18.204-2016
Código IBIC: FRD

RT52725

Dedicado a Pili y Javi, Marisa e Isa.
Porque ellos son los verdaderos Amigos del Barrio.

Prólogo

Octubre de 1987

—Contamos contigo, Carlos —le dijo con inusitada seriedad un niño rubio a otro pelirrojo—. Ahora todo depende de ti. —Posó las manos sobre los hombros del interpelado y apretó con fuerza para recordarle que era mucho lo que se jugaban—. No nos falles, tío.

El niño pelirrojo asintió una sola vez y caminó con contenida gravedad hasta los dos montoncitos de arena que señalaban la portería del equipo de los chicos. Se colocó en el centro exacto y dio varios saltitos cambiando el peso de un pie a otro mientras observaba con atención a su contrincante: Enar *Bocacloaca*, una niña de siete años, los mismos que él. Pero ella no era tan bajita ni estaba tan escuchimizada como él. De hecho, le sacaba casi una cabeza. Y además tenía una mala leche terrible.

Suspiró desolado por su mala suerte. No podían haber sido Luka o Pili las que dispararan el penalti, ¡no! Tenía que ser Enar. Incluso Ruth, con su potente superchute, era mejor que Bocacloaca. Más suave. Menos bruta.

—¡Vamos, Carlos, que tú puedes! —le gritó Javi *el Dandi* apoyado con estilo en el árbol que había en mitad del improvisado campo de fútbol que era la plaza.

Carlos frunció el ceño, Javi debería estar en su lugar, era dos años mayor que él y le sacaba más de dos cabezas de altura y tres hombros de ancho. Sería un estupendo portero si no se negara a tirarse al suelo para detener los balones. Por algo le llamaban el Dandi.

Tomó todo el aire que sus contraídos pulmones le permitieron, sacudió la cabeza y se colocó en posición; las piernas flexionadas y las manos preparadas para aferrar el balón. Frente a él, la niña de cabellos pajizos, conocimiento infinito de palabrotas y proverbial mala leche sonrió ladina.

Carlos tragó saliva, acojonado.

Enar colocó el balón y dio unos pasos atrás sin apartar la mirada del asustado portero. Le señaló con el índice y luego se deslizó ese mismo dedo por el cuello, en una clara indicación de que iba a masacrarle.

Carlos sintió que las rodillas comenzaban a temblarle.

Enar corrió hacia el balón y chutó con todas sus fuerzas.

Carlos se agachó, cubriéndose la cabeza con las manos.

El balón pasó rozándole el anaranjado pelo a la velocidad de la luz.

El equipo de las chicas comenzó a saltar de felicidad, habían ganado el partido.

El equipo de los chicos, por el contrario, guardó un denso y desconcertado silencio. Al menos hasta que Marcos, el niño rubio, estalló en rabiosos alaridos.

—¡¿Por qué te has tirado al suelo?! ¡Eres un cagón! —le increpó malhumorado.

—¡Carlos *el Cagón*! —se burló Luka sacándole la lengua.

—Cagón, Cagón, Cagón —comenzó a cantar burlona Enar.

—No soy un cagón —musitó el pelirrojo abochornado—. No me llaméis así, jopé.

Mayo de 1998

—Déjame en paz, Cagón —le increpó Enar cuando Carlos hizo ademán de coger al bebé que lloraba enrabietado en sus brazos—. No necesito que nadie me ayude con Mar. Soy su madre, se supone que sé cuidarla, joder —siseó frustrada. No era nada fácil contentar a su hija de ocho meses. ¿Por qué los bebés no traían bajo el brazo un provechoso libro de instrucciones en lugar de una ficticia hogaza de pan?

—No te enfades, Enar —replicó él, todo paciencia—. Deja

que la malcríe mientras tú acabas de hacer la compra; me apetece comérmela enterita —le hizo una pedorreta al bebé.

La pequeña cesó por un instante su llanto desconsolado y observó con desconfianza al señor de pelo naranja que hacía ese ruido tan raro con la boca. Alargó la manita para intentar descubrir el misterio del inaudito sonido y, cuando consiguió aferrarle el labio inferior, el zumbido y la vibración se pararon y el gigantón le mordió los dedos.

¡Uy! ¡Susto!

Quitó la mano con rapidez y curvó la boca formando un puchero, claro precedente del alarido desesperado que acabaría convertido en llanto rompetímpanos.

Pero, entonces, el grandote hizo otra pedorreta. Más sonora. Y con los labios moviéndose más rápido aún que en la anterior.

La pequeña, el llanto olvidado por mor de la sorpresa y la curiosidad, abrió mucho los ojos y, recelosa, llevó de nuevo la manita a la cara del hombretón. Se envalentonó al ver que no pasaba nada y estirándose un poco más tocó con un dedo su boca vibrante. Él lo atrapó entre sus labios y el ruido paró.

¡Uy! ¿Susto?

Una amplia sonrisa que mostraba dos diminutos dientes inferiores y uno superior se dibujó en su cara. Apartó la mano y de nuevo apareció la pedorreta. Estalló en risueñas carcajadas a la vez que tiraba animada de la boca de Carlos para hacerla sonar.

—Dámela y ve a comprar, aprovecha que está entretenida —le dijo a la joven madre, en un descanso entre pedorretas.

—¿Qué pasa? ¿Ahora sois los mejores amigos? —gruñó Enar convirtiendo su frustración en rabia—. Espero que se te cague encima. —Y le dio a la pequeña con evidente disgusto.

Giró sobre los talones sin percatarse del gesto apesadumbrado del muchacho y atravesó el mercado en dirección a la pollería.

Todos eran capaces de calmar a su hija. Todos, menos ella, por supuesto. Todos sabían qué era lo mejor para Mar. Todos menos ella. Todos sabían cómo hacerla reír, cómo hacerla comer, por qué lloraba y, por descontado, todos conseguían que se durmiera sin necesidad de pasarse tres horas meciéndola en brazos mientras se dejaban la garganta cantando nanas estúpidas. Nanas que jamás la calmaban, a no ser que las cantara otra persona, y entonces, Mar sí se dormía al instante.

¡Era tan injusto! Ella era la madre. La había parido, joder. Y no era capaz de comprender a su hija, mucho menos de darle lo que necesitaba. Era una inútil.

Una mamá inservible y defectuosa que no sabía hacer nada bien.

Se suponía que las mujeres tenían un chip que se activaba cuando tenían hijos. Un chip que debería proveerla de los conocimientos ancestrales necesarios para criar un bebé. Bueno, pues a ella el chip le había fallado estrepitosamente. No tenía ni puñetera idea de cómo hacer para que su hija fuera feliz.

Era un maldito desastre. Un asco de madre. Y una mierda de mujer.

O al menos así se sentía desde que había nacido Mar.

La niña estaría mejor con cualquier otra madre. Con una menos incompetente, menos inepta, más madura; con inteligencia suficiente para tener un trabajo, bueno o malo, y haber elegido un marido cariñoso. O si no cariñoso, al menos atento.

Una madre que supiera gestionar su tiempo para hacer todo lo que hacían las demás mamás sin acabar la jornada agotada, frustrada y derrotada. Cosas tan aparentemente sencillas como tener la casa limpia, la compra hecha y las comidas preparadas eran una puñetera utopía. No tenía duda de que esas otras madres maravillosas y competentes sabrían cocinar mil platos deliciosos sin quemarlos ni dejarlos crudos como le ocurría a ella.

Estaba segura de que si Mar hubiera tenido la posibilidad de elegir una madre, no la habría escogido ni en un millón de años. A veces pensaba que la niña no la quería porque, de alguna manera, sabía que había estado a punto de abortar al descubrirse embarazada. Por eso ahora se vengaba de ella, haciéndoselo pagar con rabietas interminables, noches infernales y un más que evidente rechazo. Mar solo parecía feliz en brazos de otras personas. De hecho, con quien más radiante y feliz era, y por ende a quien más quería, era a su abuela materna: Irene. Desde luego no a Enar. ¡Eso nunca! Si algo había dejado claro la pequeña con sus berridos era que ella no se encontraba entre sus personas favoritas.

Se limpió de un manotazo las lágrimas que se deslizaban por sus mejillas. ¡Menuda mierda! Como no tenía suficiente con un bebé que la odiaba, encima estaba de un tonto subido y lloraba por nada. Aunque según Irene, la adorada abuela de Mar, lo que ocurría era que tenía las hormonas descontroladas y sufría depresión posparto.

¡Menuda gilipollez! Lo que tenía era agotamiento crónico y *tontitis aguditis*. Punto.

Resopló e intentó centrar su cada vez más disipada atención en lo que estaba haciendo.

—¡Mierda! —siseó al descubrir que, como le pasaba últimamente, había vuelto a desconectarse de lo que la rodeaba.

—Tienes que portarte bien con mamá, está un poco desbordada —le susurró Carlos al bebé al percatarse de que su amiga se detenía y miraba alrededor desorientada.

Le preocupaba Enar, no era la misma de siempre. Estaba decaída, agotada y con más mala leche de la normal, lo cual ya era mucho decir. La siguió con la mirada mientras desandaba sus pasos, era tan bajita que parecería una niña si no fuera por la cantidad de piel que dejaba ver el ajustado y escotado minivestido que llevaba. El embarazo le había proporcionado significativas y gloriosas curvas. Curvas que eran la causa de no pocos tropiezos y choques entre los hombres que estaban en el mercado.

El pelirrojo no pudo evitar sonreír. ¡Cuánto habían cambiado las cosas desde que eran críos! Ahora Enar ya no era más alta que él, al contrario, no llegaba al metro sesenta mientras que él, que siempre había sido el más bajito del grupo, había empezado a crecer de forma exponencial al cumplir los quince años, y ahora ya medía más de metro ochenta. Y según Ruth, que era la más inteligente de la pandilla, todavía le quedaba mucho por crecer.

—Shh, tranquila, ¿tienes hambre? —le dijo al bebé cuando este empezó a removerse.

Le puso el chupete y comenzó a mecerse al son de una canción inventada mientras esperaba a que Enar regresara, algo que sucedió más pronto que tarde.

—¿Dónde vais a pasar el verano? —le preguntó a la joven cuando esta le quitó la niña para montarla en el carrito.

—¿Eres tonto o te lo haces? —Enar lo miró ofendida—. No todos tenemos un pueblo de mierda en el que pasar las vacaciones.

—Cómo estás hoy, tía, no hay quien te soporte —resopló Carlos, la paciencia agotada—. Cuando dejes de comportarte como una bruja y recuperes el buen humor me avisas —dijo alejándose, al fin y al cabo no había ido al mercado a hacer vida social, sino a comprar.

Enar sacudió la cabeza apesadumbrada al verle marchar ofendido, su estúpido mal genio había vuelto a aparecer con quien menos lo merecía. Suspiró y le siguió, colocándose a su lado en la cola de la panadería.

—¿Vas a pasar todo el verano con tu abuelo? —le preguntó conciliadora.

Carlos la miró de refilón, alzó la barbilla y giró la cabeza hacia otro lado.

—¿Qué pasa, no me vas a contestar?

Él continuó ignorándola, compró tres barras de pan y se dirigió a la frutería.

—Que te den por culo, Cagón —gruñó ella antes de dirigirse a la salida.

No le importaba una mierda nada que él pudiera contarle. Era un niñato. Igual que todos los demás de la panda. Solo hablaban de chorradas que no le interesaban en absoluto. La mitad de sus tertulias giraban en torno a si iban a ir a la universidad o si preferían trabajar. ¡Como si cualquiera de esas opciones fuera posible para ella! Y, por si eso no era suficiente, el resto de las conversaciones trataba sobre salir de fiesta. Como si ella tuviera el más mínimo interés en saber lo bien que se lo pasaban mientras se quedaba encerrada en casa con su marido, muerta de asco. Y hablando de asco…

—¡Ah, mierda!

Se detuvo en seco al recordar que a su marido se le había antojado cenar mollejas de cordero al ajillo, con el asquito que le daba prepararlas, pero cualquiera osaba no hacérselas.

—Nos toca volver, gordita —le dijo a la niña con evidente cariño.

Dio media vuelta y, dejando atrás el espléndido cielo azul de aquel día de verano, entró de nuevo en el mercado. Se dio de bruces, o mejor dicho, atropelló a Carlos quien, cargado con un par de bolsas, salía en ese momento.

—Lo siento —gruñó la joven.

Apartó el carrito de los pies del pelirrojo con la intención de ir a la casquería para acabar de una buena vez de hacer la compra. Y, en ese preciso momento, el bebé, consciente de que volvía a estar en ese lugar lleno de olores extraños, comenzó a berrear con toda la fuerza de sus pequeños pulmones, que por cierto, era mucha.

—Ah, joder, no. No empieces otra vez —murmuró Enar abatida.

La sacó del carrito y, acunándola entre sus brazos, la meció mientras le cubría la frente de besos colmados de impotencia.

—Es por los puñeteros dientes, no la dejan tranquila de día ni de noche —le explicó frustrada a Carlos mientras frotaba con cariño su mejilla contra la de Mar—. Da igual que enfríe los mordedores en el congelador o que le dé Apiretal cada ocho horas, se pasa el día llorando porque le duelen y no puedo hacer nada por calmarla —musitó agobiada—. Y por si no tuviera suficiente, había mucha cola en la frutería y se me ha echado el tiempo encima. Es su hora de comer y tiene hambre —murmuró sorbiendo por la nariz para evitar que el nudo que tenía en la garganta diera paso a un torrente de lágrimas que se negaba a verter.

Lo había hecho todo mal, como siempre. No había sabido calcular el tiempo ni había recordado comprarlo todo y su hija pagaba de nuevo su ineptitud. ¿Se podía ser peor madre?

—Vaya... —Carlos se inclinó sobre la pequeña e hizo una pedorreta. Esta vez no surtió efecto. Al contrario, la niña lloró más fuerte si cabe—. ¿Qué es lo que te falta por comprar?

—Mollejas. Rodi quiere que se las haga de cena —hipó sin poder evitarlo.

El pelirrojo arrugó la nariz, asqueado. ¡Odiaba las vísceras y la casquería!

—Está bien, no te preocupes. Te las compraré yo —afirmó—. Ve a casa, ya te alcanzo por el camino. Vamos, no te lo pienses más, así ganas tiempo, y tal vez con un poco de suerte, se le pase el berrinche con el paseo —le dio un empujoncito cariñoso para ponerla en marcha y luego enfiló hacia la casquería empujando el carrito de Mar, del que colgaban varias bolsas.

Enar asintió y, apremiada por el violento llanto de su hija, regresó a la calle.

Mar dejó de llorar tan rápido como se dio cuenta de que volvía a estar al aire libre. Sus sollozos se calmaron al mismo ritmo que se alejaba del mercado. Acabaron como por arte de magia cuando, al llegar al parque que había frente a su casa, Enar, agotada de llevarla en brazos, la soltó sobre la tierra calentada por el sol. Hizo un último puchero para reivindicar su derecho a jugar al aire libre, y luego aferró dos puñados de arena y los lanzó al aire creando una lluvia de tierra, que, ¡cómo no!, cayó sobre su agobiada madre.

Enar se miró el vestido manchado de polvo. Se lo sacudió, o al menos eso intentó. Por supuesto, no le sirvió de nada, por lo que decidió que le daba lo mismo manchárselo un poco más. Así que, sin prestar atención al decoro, se puso a cuatro patas en el suelo.

—Te vas a enterar —dijo con voz impostada—. Te voy a comer enterita, empezando por esas patorras tan regordetas y siguiendo por esos mofletes tan colorados —gateó hacia Mar.

La niña abrió mucho lo ojos, se llevó las manos a la tripita y se tumbó bocarriba dando entusiastas patadas al aire a la vez que exhalaba un gritito de pura felicidad.

Cuando Carlos llegó al parque las dos féminas estaban revolcándose en la arena.

Mientras que la madre devoraba la tripita de la hija, esta, sin poder contener las carcajadas, agarraba con manos pringosas el pelo de la madre instándola a no parar. Estaban tan sucias que el pelirrojo dudó de que consiguieran liberarse de toda la mugre con un solo baño. Aunque, en vista de lo mucho que estaban disfrutando, eso no tenía ninguna importancia. Soltó el cochecito y se arrodilló junto a las dos niñas, una de diecisiete años y la otra de ocho meses, que jugaban felices bajo las miradas reprobadoras de las *matronas* del barrio, quienes, desde luego, no veían con buenos ojos el descocado descaro de la joven madre.

—¿Ya habéis hecho las paces? —dijo divertido uniéndose a la batalla de pedorretas.

El entretenimiento duró hasta que el sol, dando muestras de una crueldad intolerable, decidió esquivar las ramas del árbol bajo el que jugaban para bañarlos con todo el poder de sus rayos.

—¡Cómo pica! —siseó Carlos, parando la guerra para mirar con el ceño fruncido la escasa porción de piel que la camiseta de manga larga dejaba al descubierto en sus brazos.

—Vamos a buscar una sombra antes de que te pongas rojo como un tomate —se burló Enar a la vez que se levantaba del suelo.

Tomó a Mar en brazos y buscó con rapidez una sombra; la piel pálida y pecosa de su amigo estaba enrojeciendo a ojos vista. Y no solo la de él. ¡Mierda!, pensó sobresaltada al ver que la de su hija también estaba un poco sonrosada. ¡Otra vez había vuelto a fastidiarla! ¿Por qué no se le habría ocurrido pensar que el bebé podía quemarse con el sol? Seguro que a otra mamá ni se le habría pasado por la cabeza ponerse a jugar a esas horas en el parque. Pero se estaba tan bien allí. Miró a su hija; estaba entretenida con los mechones de pelo que se llevaba a la boca para ensalivarlos a placer. No parecía hambrienta ni incómoda, sino encantada. Así que Enar tomó una decisión: se quedarían un ratito más, eso sí, a la sombra.

Buscó un lugar apropiado y lo encontró en el extremo del

parque. Un mullido trozo de césped sobre el que se balanceaban perezosas las flexibles ramas de un sauce llorón. Se sentó en la hierba, acomodó a su hija en el regazo y arrancó el cuscurro de la barra de pan para ofrecérselo a cambio del mechón de pelo teñido de rubio que chuperreteaba. Mar no dudó un segundo en aceptar el soborno. ¡El pan tenía mucha más sustancia que el pelo!

—¿Vas a pasar las vacaciones con tu abuelo? —le preguntó a Carlos a la vez que sacaba del bolso un paquete de toallitas húmedas. O mejor dicho, de toallitas que deberían estar húmedas, pero que no lo estaban porque no había cerrado bien el envoltorio y con el calor se habían secado. De nuevo había hecho algo mal y la había fastidiado. ¡La historia de su vida!

Las devolvió al bolso con un resoplido.

—Claro, como todos los años. —Carlos sacó de nuevo el paquete, tomó la botella de agua que había en el cochecito y la vertió sobre las toallitas, empapándolas—. Toma, límpiale las manos antes de que pille el tifus.

Enar le arrebató con rabia las toallitas. ¿Por qué no se le habría ocurrido a ella mojarlas? Porque era una inútil, por eso.

—Tú sí que vas a pillar el tifus con todas esas alimañas que tiene tu abuelo.

—No son alimañas, son aves rapaces —protestó Carlos tumbándose indolente mientras la joven aseaba, o intentaba asear, a una risueña, juguetona y muy agitada bebita.

—Son alimañas. El año pasado una de ellas por poco te arrancó un dedo. —Enar gruñó frustrada cuando la niña le robó la enésima toallita para llevársela a la boca.

—Porque me despisté mientras le daba de comer. Si hubiera estado atento, no habría pasado nada. —Carlos arrebató el lienzo hecho trizas a la pequeña y lo sustituyó por el trozo de pan chuperreteado que había caído sobre la hierba instantes atrás.

La niña, contenta con la transacción, le premió con una sonrisa llena de babas y migas.

—¿Cuándo te vas?

Enar dejó a la pequeña entre los dos y adoptó la misma

NADIE MÁS QUE TÚ

postura que él. Se estaba en la gloria tumbada en el césped, oculta del resto del mundo por las ramas del sauce llorón.

—Espero que el viernes. —Carlos miró hipnotizado el caleidoscopio de luz que producían los rayos del sol al incidir sobre las hojas.

—¿Hasta cuándo te quedarás allí?

Estaba casi segura de conocer la respuesta, pero tal vez ese año fuera distinta. Tal vez ese verano no tuviera que quedarse sola y aburrida durante más de dos meses. Sí. Y tal vez, solo tal vez, los elefantes también volaban…

—En principio hasta septiembre, pero todo dependerá de que mi padre no encuentre algún trabajo para mí a mitad de verano —masculló exasperado.

—¿Sigue empeñado en meterte en la cuadrilla? —musitó Enar, la conciencia remordiéndole por el tímido brote de esperanza que había sentido al oírle. Sabía que Carlos odiaba trabajar con su padre, pero pasar el verano con la única compañía de su hija y su marido iba a ser muy aburrido.

—Dice que si no quiero estudiar tengo que trabajar, y a mí me parece estupendo, pero eso no significa que tenga que convertirme en albañil como él —gruñó airado.

—Se te da muy bien hacer chapuzas, eres un manitas…

—Sí, claro, y también se me da bien cocinar y eso no significa que quiera ser chef —replicó enfadado—. ¿También tú vas a ponerte de parte de mi padre? Porque te lo advierto, con mi madre y el Dandi ya tengo suficiente —gruñó furioso por su inesperada traición.

—No, claro que no —se apresuró a contestar Enar—. Pero ¿qué quieres hacer entonces? Estás en la misma situación que yo, sin estudios y sin saber hacer nada en especial. La gente como nosotros no tiene muchas opciones —afirmó, encogiéndose de hombros.

—Tenemos todas las opciones —aseveró Carlos—. Podemos ser lo que queramos, nadie puede impedírnoslo. Solo tenemos que ponernos manos a la obra y perseverar.

—¿Qué libro de autoayuda has leído, Cagón? Tiene que ser buenísimo para comerte la cabeza de esa manera —se burló Enar.

—Vete a la porra, Bocacloaca. —Carlos se giró y, hundiendo la cara en la tripa regordeta de la niña, hizo una sonora pedorreta.

Mar, al ver que el brillante pelo naranja estaba a su alcance, no lo dudó un instante. Soltó el pan que había estado chupando y agarró con sus pringosos dedos varios mechones.

—¿Te gusta el naranja, bichito? O tal vez es que te estás planteando ser peluquera en un futuro —bromeó Carlos entre pedorretas mientras la niña le chupaba con ganas el pelo.

Enar miró con abatido afecto a la desigual pareja. ¿Por qué no podía su marido ser tan cariñoso y juguetón como Carlos? No es que pidiera mucho, solo que le prestara un poco más de atención a Mar... Y un poco menos a ella.

—Tal vez no se te dé mal ser domador de rapaces —dijo divertida al ver que la niña le soltaba sin arrancarle demasiados pelos.

—Cetrero —replicó Carlos, tumbando a Mar sobre su tripa—. Voy a ser cetrero. Tendré un montón de águilas y halcones, y volarán a mis órdenes —musitó soñador.

—Y te morirás de hambre —susurró Enar tumbándose de lado muy pegada a él.

Carlos tragó saliva al sentir los turgentes pechos de la joven contra su brazo. Enar era la que más temprano, más rápido y más *todo* en general se había desarrollado de las chicas de la pandilla. Puede que no fuera muy alta, pero desde luego sí que tenía muchas curvas. Y ahora dos de esas espléndidas curvas estaban pegadas a él. Y él, con dieciocho recién cumplidos, tenía un pequeño gran problema de hormonas. Más exactamente las tenía alteradas. Mucho. En ebullición. Y por ende, él también se alteraba con facilidad. Y entraba en ebullición con más facilidad todavía. Más aún con unas enormes tetas contra su brazo.

Volvió a tragar saliva a la vez que se esforzaba en escuchar lo que Enar le estaba contando, algo sobre que ser cetrero no era un trabajo sino un pasatiempo y que por tanto no le daría dinero para vivir...

—Claro que es un trabajo —refutó tras aclararse la garganta—. Muchos sitios necesitan cetreros para el control de la fauna —se sentó para poner distancia entre ellos.

Enar sonrió maliciosa al intuir el motivo por el que se apartaba. ¡Hombres, todos igual de tontos! Se tumbó bocabajo apoyándose en los codos, de tal manera que sus rotundos pechos quedaran enmarcados entre sus brazos, a un tris de escaparse del escote del vestido.

Como no podía ser de otra manera, los ojos de Carlos volaron *ipso facto* hacia tan sensual panorámica y allí se quedaron fijos, sin posibilidad de escape.

—¿Qué sitios?

—¿Qué sitios qué? —balbució él, observando aturullado como las hebras de hierba acariciaban lascivas la piel morena de Enar.

—¿Qué sitios necesitan del trabajo de un cetrero? —especificó divertida; como siguiera mirándola así acabarían por salírsele los ojos de las órbitas. Era tan gracioso.

—¡¿Qué coño estás haciendo ahí tirada?! ¡Se te ha subido el vestido y todo el mundo te ve el culo, guarra!

Enar se levantó sobresaltada al oír el gruñido furioso del que resultó ser su marido.

—Rodi... ¿Qué ha pasado? —Lo miró sorprendida—. ¿Por qué llegas tan pronto?

—Qué pasa, ¿tienes algún problema en que haya llegado antes? —inquirió encrespado el recién llegado mirando de reojo al pelirrojo.

—No, es solo que, supuestamente, sales de trabajar mucho más tarde. Espero que tu temprana vuelta no signifique que has perdido el trabajo. Otra vez —replicó Enar mordaz.

—Al menos de vez en cuando trabajo, no como tú, así que no te pongas chulita no vaya a ser que me cabree y te mande a vivir con tus papás como la niñata inútil que eres —contestó molesto para luego saludar a Carlos con una brusca sacudida de cabeza—. Y tú qué, Cagón, ¿encuentras interesante ver cómo discutimos?

—Eh, no, lo siento. Ya me voy —masculló levantándose para acto seguido tenderle el bebé a Enar—. Mañana te veo —se despidió, las manos hundidas en los bolsillos mientras enfilaba directo a su casa. No había nada más desagradable que ver a Enar y Rodi discutiendo. Eran como dos animales dispuestos a todo con tal de ganar la pelea.

—Serás gilipollas —la escuchó decirle a su marido a voz en grito—. A lo mejor no hace falta que me eches, ¡cabrón! A lo mejor me lio con otro y me voy yo solita, así no tendré que ver más tu apestosa cara.

Carlos suspiró al escuchar la respuesta, en el mismo tono y similar contenido de Rodi. Eran tal para cual. Dos bombas de relojería preparadas para explotar. Y en medio siempre estaba Mar. Pero ¿qué podía hacer él? Eran asuntos familiares en los que no pintaba nada. Y además, la única vez que se había metido había salido escarmentado. No solo se había ganado un contundente puñetazo de Rodi, sino que Enar se había enfadado con él por meterse donde nadie le llamaba y no le había hablado en una semana.

Había aprendido bien la lección; ahora se limitaba a agachar la cabeza y marcharse.

Enar salió del ascensor con una alterada Mar aupada en la cadera. Tras ella, Rodi competía con la pequeña por ver quién berreaba más a la vez que aireaba su opinión sobre las vagas que vestían como putas y no atendían a sus maridos. La aludida, por supuesto, tampoco se quedó corta en cuanto a decibelios emitidos mientras le contestaba que si tan poco le gustaba ya se podía ir a tomar por culo y no regresar nunca. A lo que él replicó que si se fuera y no regresara nunca, a ella se le acabaría el chollo de vivir del cuento. Aunque claro, siendo tan golfa como era, no iba a tener problemas en abrirse de piernas con cualquiera y sacarle el dinero como hacía con él.

—Si me hubiera acostado con todos los que piensas, no habría sido tan subnormal de quedarme contigo, ¡soplapollas! —replicó Enar, sacando la llave del caótico bolso—. Te crees alguien y ni sabes follar ni tienes una buena polla, ¡pichafloja! —Abrió la puerta y entró, llevándose con ella los sollozos inconsolables de la niña.

—¡Puta! —El portazo que dio recorrió las escaleras desde el cuarto hasta el noveno.

La discusión continuó, alta y clara, en el interior de la casa mientras Enar intentaba colocar la compra, algo que resultó ser una ardua tarea pues tanto Rodi como ella ponían toda su atención en burlar y humillar al contrario. Hasta que, en un acceso de rabia, Enar lanzó a la cabeza de su marido el contenido de una de las bolsas, más exactamente la de la casquería. Acto seguido tomó una cuchara y un potito de los que la abuela Irene compraba para que Mar siempre tuviera comida y se encerró en el dormitorio con la niña. Sentada en la cama le cantó una canción y la cubrió de besos y caricias hasta tranquilizarla. Durante todo el tiempo que tardó, escuchó tras la puerta los gruñidos de Rodi acompañados por el sonido de la ducha.

Meció a la niña contra su pecho y sonrió victoriosa, había esparcido las asquerosas mollejas sobre la cabeza del capullo de su marido, y ya no tendría que hacerlas para cenar.

—¿Ya se ha tranquilizado la cría? —le preguntó Rodi a Enar cuando, tiempo después, entró en el salón.

Vestido con unos elementales calzoncillos blancos estaba despatarrado en el sofá, con una botella de cerveza entre los muslos y el mando de la tele sobre la tripa. En la mesa, un plato con restos de fiambre señalaba que había comido sin esperar a nadie, mucho menos a su mujer.

—Sí, le he dado de comer y se ha quedado dormida, estaba muy cansada. ¿Por qué has llegado tan pronto? —Enar se plantó desafiante delante de la tele.

—No empieces a dar por culo. —Se inclinó para no perderse detalle del programa.

—Dímelo —se interpuso de nuevo entre él y el coche que tuneaban en la pantalla.

—Ya sabes por qué —resopló Rodi. Apagó desganado la tele, dio un trago a la cerveza y luego se la pasó a su mujer, si iban a tener esa conversación al menos la tendrían entonados.

—¿Qué coño le has echado? —indagó Enar tras dar un sorbo.

—Un poco de ron y zumo de limón —se la arrebató sonriente y bebió de nuevo.

—¿Un poco? Yo creo que más bien has echado un mucho. —Se sentó a su lado—. ¿Por qué te han despedido esta vez?

—Porque mi compañero se ha ido de la lengua. —Rodi dio un sorbo y se la pasó.

Enar enarcó una ceja, pidiendo sin palabras más explicaciones y volvió a beber.

—El jefe estaba en el almacén cuando hemos empezado a cargar el camión, le ha preguntado al gilipollas de mi compañero por qué nos habíamos retrasado y el muy soplón le ha dicho que porque me he dormido y he vuelto a llegar tarde —explicó antes de llevarse la cerveza a la boca.

—¡¿Y por eso te ha despedido?! —exclamó Enar indignada—. ¡Como si nadie llegara nunca tarde al trabajo! Será hijo de puta.

—No ha sido por eso, idiota —repuso él yendo a la cocina a por más bebida—. Ha sido porque he cosido a hostias al conductor para que aprenda a no hablar más de la cuenta —explicó al regresar—. Y el cabrón del jefe me ha despedido con la excusa de que tengo un comportamiento agresivo. Será gilipollas el tío.

—¡No dirás en serio que has pegado a tu compañero delante del jefe!

—Es que me ha puesto de tan mala hostia que me he cegado. Ya sabes cuánto me joden los chivatos —se justificó—. De todas maneras, esto no es culpa mía, sino de Mar. Se pasa las noches llorando y no puedo pegar ojo —se quejó mientras mezclaba en la botella vacía dos latas de cerveza, un buen chorro de ron y una pizca de zumo de limón—. A ver si aprendes a calmarla de una puta vez, porque así no puedo seguir —dio un sorbo a la nueva mezcla—. Pruébala, está aun más rica que la otra.

—Le están saliendo los dientes, no es culpa mía si no puede dormir; le duele mucho a la pobre —dio un trago—. ¿Cuánto te queda de paro? —dijo preocupada, en los dos años que lo conocía había tenido más trabajos que dedos en las manos. Y en todos lo habían despedido por comportamiento agresivo, por faltas reiteradas o por llegar tarde de continuo. A veces, por las tres cosas a la vez.

—Ni puta idea, mañana cuando vaya a arreglar los papeles lo preguntaré.

—Vaya mierda de verano que vamos a pasar. Eres imbécil, tío. No podías dejarlo pasar, no. Tenías que liarte a hostias como el machote que eres —dijo con hiriente sarcasmo—. No me apetece volver a pedir dinero a mis padres para acabar el mes, joder. Se supone que tú...

—No me des la brasa, Enar, si quieres dinero deja de hacer el vago y búscate un trabajo. Estoy hasta los cojones de ser el único que mantiene a esta familia —replicó picado.

—Ya busco, pero no encuentro.

—Quizá no buscas donde debes —dio un nuevo trago a la vez que la recorría con la mirada. Se detuvo en la frontera entre la piel y la tela que apenas le llegaba a medio muslo y luego subió despacio hasta el amplio escote que permitía ver una muy generosa porción de sus turgentes pechos—. O a lo mejor estás buscando donde no debes y no quieres que yo me entere. —Dejó la botella en la mesa—. ¿Estás buscando tema con el pelirrojo? —Se inclinó sobre ella y hundió la mano entre sus muslos—. ¿Por eso te vistes como una puta?

—No digas chorradas. —Lo apartó irritada—. Ni visto como una puta ni me gusta Carlos, es un niñato —mintió, lo último que quería era que Rodi le tomara manía a su mejor amigo.

—Siempre estás con él. —La amenaza implícita en su voz y en su gesto huraño.

—Es el único de la panda que no se pasa el día encerrado, hincando los codos para los exámenes finales. Por eso coincidimos a menudo. A los dos nos gusta estar en la calle —se encogió de hombros antes de añadir desafiante—: No pretenderás que me quede en casa guardando luto hasta que tú llegues, ¿verdad?

—No, pero tampoco me gusta que ese *pringao* esté siempre rondándote —replicó con rabia.

—No seas tonto, es totalmente inofensivo —trató de quitarle hierro al asunto.

—¿Segura? Esta mañana cuando he llegado te estaba dando un buen repaso visual al culo y las tetas. Y a ti no parecía importarte. —La aferró del pelo, dándole un fuerte tirón que le hizo arquear la espalda e inclinar la cabeza hacia atrás—. Lo que es mío, es solo mío. Yo no comparto —aseveró clavando la mirada en el revelador escote que mostraba la forzada postura.

—No seas bruto, coño —lo increpó Enar a la vez que intentaba liberarse de su férreo puño. Él se mantuvo inmóvil, sin aflojar la presión—. Suéltame, ¡joder! Me haces daño —se quejó y le enseñó los dientes en una clara advertencia de que se estaba pasando de la raya.

—Tú me haces ser bruto. —La soltó enfadado.

Tomó el mando de la tele, la encendió de nuevo y lo dejó a buen recaudo sobre su regazo. Luego se llevó la botella a la boca y dio un largo trago.

Enar lo observó enfadada y arrepentida. Enfadada porque él no tenía derecho a cabrearse porque se lo pasara bien en su ausencia. Arrepentida porque sabía que era la culpable de todas las discusiones porque no hacía nada a derechas. No era capaz de conseguir un trabajo, era una inútil como madre y, para qué negarlo, también era un poco zorra y disfrutaba provocando a los hombres. Pero solo hacía eso, provocarlos. Era el único poder que tenía, volverlos tontos y conseguir cosas de ellos solo con ponerles morritos. Eso no era malo, y si lo era, en fin… era lo único que sabía hacer y no iba a dejar de hacerlo.

Observó a su marido, estaba frustrado y malhumorado. Fingía concentrarse en la pantalla y se había apoderado de la bebida. Le quitó la botella y dio un largo trago antes de devolvérsela. Él se limitó a gruñir y seguir con los ojos fijos en el televisor, ignorándola. Bufó agobiada, sabía cómo acabaría la noche. Rodi se agarraría una borrachera de órdago y a la mañana siguiente se despertaría tarde y con resaca. No iría a arreglar los papeles del paro y se pasaría todo el día con dolor de cabeza, refunfuñando contra Mar y ella, porque, como siempre, serían las culpables de todas sus desgracias. Sería un día de mierda, en el que al más mínimo ruido que hiciera

hiciera Mar, ya fuera un llanto o una risa, Rodi cargaría contra la pequeña, asustándola y amargándola. Haciéndola aún más infeliz de lo que ya era.

Pues no lo iba a permitir.

Sabía exactamente cómo cambiar la situación, y lo que era más importante, tenía el poder para hacerlo. De hecho, era su especialidad. Se descalzó y se sentó en el sofá, la espalda contra el deslucido reposabrazos y la pierna derecha doblada sobre el asiento en tanto que el pie izquierdo reposaba en el suelo. Como no podía ser de otra manera con tanto meneo, la falda del vestido se le subió hasta las caderas.

Rodi apartó la mirada del televisor para clavarla en el diminuto tanga rojo que apenas ocultaba el pubis depilado de su mujer.

—¿Te apetece mucho ver la tele? Es que ese programa me aburre y ya sabes lo que ocurre cuando me aburro —murmuró Enar con voz melosa a la vez que elevaba los brazos y se estiraba con perezosa sensualidad.

Sus pechos estuvieron a un tris de escapar del escote del vestido.

—Sí, ya sé lo que pasa cuando te aburres, que tiendes a dar por culo al que está más cerca, que normalmente soy yo —resopló él subiendo el volumen de la tele, pero en lugar de volver a dejar el mando sobre su regazo, lo dejó en la mesita. Luego se repantingó en el sofá con las piernas separadas.

Enar sonrió maliciosa. Ya lo tenía en el bote.

Deslizó el pie izquierdo con exasperante lentitud por la pierna masculina hasta posarlo con suavidad sobre el duro bulto que elevaba el calzoncillo. Lo amasó con cuidado, usando la presión justa para hacerlo jadear, momento en el que lo retiró, ganándose un gruñido de él.

Enar se rio con voz ronca a la vez que se arrodillaba en el sofá. Lamió el cuello de su marido, deteniéndose en el lugar en el que una gruesa vena palpitaba. La chupó con un húmedo mordisco y después sopló, haciéndolo estremecer.

—Parece que alguien se ha puesto duro por aquí —deslizó la mano bajo la tela de los calzoncillos y, aferrando con determinación la endurecida polla, comenzó a masturbarlo.

Él respondió con inusitada rapidez para el avanzado estado de embriaguez en el que se encontraba. En el que ambos se encontraban. Hundió una mano entre los muslos de ella y le metió un dedo con rudeza a la vez que le mordía el labio inferior.

Enar intentó apartar la cara ante la brusquedad de los mordiscos, pero él se lo impidió aferrándola del pelo con la mano libre.

—¿Quieres guerra? —Apartó la mano del sexo femenino—. Yo te daré guerra, zorra. —Le metió los dedos en la boca hasta que los dejó bien mojados y luego hundió con fuerza el anular y el corazón en la vagina y comenzó a bombear.

Enar gimió excitada arqueando la espalda y elevando las caderas.

Rodi hundió la cara en el provocativo escote, mordió la tela elástica, apartándola, y una vez tuvo a la vista los pezones, los chupó con ganas. Atrapó uno entre los dientes y apretó hasta que ella se quejó. Mantuvo la presión a pesar de que se removía y le tiraba del pelo con fuerza, intentando apartarle. Le gustaba demostrarle a su gatita quién mandaba allí.

—Yo sé lo que quieres, guarra —siseó, soltándola cuando ella comenzó a forcejear—. Quieres una buena polla que te taladre hasta que te corras. —Se bajó los calzoncillos y la penetró de golpe—. Quieres que te folle hasta hacerte gritar, que te deje clavada en el sillón y con el coño lleno de leche, porque eres una zorra caprichosa y calentorra que solo sabe hacer bien una cosa: follar.

Enar le mordió el labio con fuerza, furiosa por sus palabras.

Él le rodeó el cuello, inmovilizándola, y le sujetó las muñecas por encima de la cabeza con la mano libre. Una vez la tuvo a su merced restregó su endurecida polla contra el coño como un animal libidinoso, encendido por los gruñidos e insultos de su mujer. No había nada más excitante que tener a esa zorra deslenguada debajo de él, cabreada y peleando.

Enar continuó resistiéndose un poco más, y cuando estuvo segura de que Rodi estaba tan excitado que no tardaría mucho en correrse soltó un fingido gemido y relajó la tensión de su cuerpo en una ficticia rendición de la que él no dudo ni un instante. Al fin y al cabo llevaba un par de años follándolo, y sabía de sobra que con él solo había dos opciones: ponerlo muy cachondo y que acabara rapidito o aguantar un largo rato de aburrido mete-saca.

Siempre que podía optaba por la primera opción. Era la menos tediosa. Y a veces hasta tenía suerte y él se acordaba de sobarla un poco para llevarla al orgasmo.

Esa vez no fue una de esas ocasiones. Él se corrió, salió de ella y se fue al dormitorio dando tumbos por el pasillo. Poco después el sonido de sus ronquidos rompía el silencio.

Enar esbozó una sonrisa desdeñosa. Puede que fuera una madre inútil que no sabía hacer nada, excepto follar; una zorra estúpida cuyo único talento era calentar a los hombres. Pero esa noche había conseguido que su marido se fuera a dormir, lo que significaba que al día siguiente no tendría una gran resaca y no le haría la vida insoportable a Mar.

Al menos ser una calientapollas le había servido para algo en esa ocasión, pensó con desprecio hacía sí misma.

Tomó la botella que había sobre la mesa. Estaba casi llena. Dio un trago. Luego otro.

Poco después se quedó dormida en el sofá, la botella vacía acunada contra su pecho.

Septiembre de 2002

—Hasta para ir a la iglesia te vistes de puta. —Rodi la miró despectivo antes de fijar de nuevo la atención en la Nintendo DS.

Enar apretó los dientes y continuó maquillándose, fingiendo que le daba igual lo que él dijera. No obstante, no pudo evitar bajar la vista y contemplar con ojo crítico la ajustada falda de tubo que terminaba muy por encima de sus rodillas y la ceñida blusa gris que le había dejado su madre para la ocasión. Intentó de nuevo abrochar los dos botones que contendrían la vertiginosa uve del escote, pero no fue capaz. En realidad la blusa no debería ser tan ceñida ni el escote tan pronunciado, pero Irene tenía mucho menos pecho que ella y la prenda estaba adaptada a sus medidas, no a las de ella. Suspiró, la mirada fija en el encaje negro del sujetador que asomaba tras la abertura de la camisa. Era mejor eso que ir enseñando las tetas, ¿no? Además, esas prendas eran las más recatadas que tenía y por tanto eran las únicas adecuadas para un funeral. Estiró por enésima vez la falda, intentando que fuera un poco más larga y luego tomó el litro de cerveza que había sobre la cómoda y le dio un buen trago.

Rodi, al ver que su esposa se mantenía en silencio tras haberla llamado puta, elevó la cabeza para mirarla extrañado; no era propio de ella ignorar un insulto.

—¡No me jodas, Enar! —gritó al ver lo que estaba haciendo. Saltó de la cama y le arrebató la botella sin miramientos—. ¡Te he dicho mil veces que no bebas de mi birra si tienes los morros pintados!

—Vete a tomar por culo —siseó Enar en voz casi inaudible.

—¿Qué has dicho? —preguntó amenazante.

—Que voy a por otro litro —replicó ella saliendo del dormitorio.

Rodi resopló burlón e, ignorando la camisa recién planchada que estaba colgada en una percha del pomo de la puerta, se puso una camiseta arrugada y no demasiado limpia.

—No sé por qué cojones quieres ir al funeral de un viejo al que no conoces de nada. Va a ser un coñazo —gritó.

Enar, en la cocina, se mordió la lengua para no responder. No pensaba darle el gusto de meterse en una discusión, pues era justo lo que él llevaba buscando toda la maldita mañana: una buena bronca, de esas apoteósicas, que le diera la excusa perfecta para no ir al funeral. Y no era que le hiciera especial ilusión que el gilipollas de su marido la acompañara, pero él se había empeñado. De hecho, le había dejado bien clarito que si no acudían juntos, iría a buscarla y montaría tal escándalo que no se atrevería a volver a bajar a la calle. Así que tocaba tragarse la bilis y sonreír, que fue exactamente lo que hizo.

—Va a ir todo el barrio, incluida mi madre, y no quiero ser menos —dijo Enar, aunque era mentira. Le importaban una mierda los demás, el único motivo por el que iba era porque se trataba del funeral por el abuelo de Carlos. Y no pensaba dejar solo a su amigo en ese trago.

Él siempre había estado a su lado. O al menos si no siempre, sí casi siempre, pues desde hacía un par de años vivía en el pueblo y eso reducía bastante sus posibilidades de verse a menudo. Por lo visto el viejo le había encontrado algunos trabajos con las rapaces que tanto les gustaban y a eso dedicaban los dos, nieto y abuelo, su tiempo.

Y ahora el abuelo había muerto. Carlos estaría destrozado. Y solo, porque nadie de la pandilla iría. Pili y Javi estaban de vacaciones, Marcos hacía años que vivía en Estados Unidos; Ruth, con su hija recién nacida y su padre cada vez más enfermo, no podía faltar de casa ni un instante; y Luka…, en fin, Luka estaba desaparecida desde que se había liado con el estúpido del Vinagres.

Sacudió la cabeza, pesarosa. Ninguno de sus amigos le acompañaría en ese momento tan triste para él.

No lo permitiría.

No lo dejaría solo. Estaría a su lado.

Irguió los hombros, aún más decidida que antes y entró en el dormitorio para dejar una nueva botella de cerveza en la cómoda. Estaba a punto de ir a vestir a Mar cuando vio que el cabronazo de su marido se había puesto una de las camisetas más viejas que tenía.

—Ponte la camisa que te ha dejado mi madre, por favor. Así vas fatal…

—¿Tú vas como una puta y yo no puedo ir como quiera? Vete a la mierda.

—Por favor, Rodi, ponte la camisa de mi padre —siseó Enar, conteniéndose para no estrellarle la botella en la cabeza.

—Paso de ponerme la ropa de un muerto, ¿te ha quedado clarito? —replicó él antes de arrebatarle la bebida y dar un trago.

«¡Ojalá te atragantes y te asfixies hasta palmarla, pedazo de cabrón!».

Enar apretó con fuerza los dientes para no decirle lo que pensaba. Dio media vuelta, tomó la botella manchada de carmín y salió de la habitación. Rodi podía ir hecho un zarrapastroso, pero Mar iría tan bonita como una princesa. Su gordita estaría tan preciosa que todos quedarían encandilados con ella. Al fin y al cabo era la niña más maravillosa del mundo.

Rodi esperó el previsible estallido de rabia de su esposa y, al ver que este no llegaba, bufó frustrado. Por lo visto la muy zorra estaba decidida a ir al puñetero funeral aunque tuviera que morderse la lengua hasta envenenarse. ¡Puta!

Meciéndose sobre sus altos tacones en la última fila de la iglesia, con la manita de Mar entre las suyas y contando con el apoyo de su madre, Enar asistió al funeral. Al terminar, la abuela dio la mano a la nieta y se acercó a la familia del finado para darles el pésame mientras Enar se mantenía aparte. Aún no había llegado el momento de acudir junto a Carlos. Sabía de sobra lo que comentaban en el barrio sobre su matrimonio; no acudiría a su lado hasta que estuviera solo y pudiera acercarse sin hacerse notar. Quería acompañarle y consolarle, no avergonzarle. Esperó paciente, haciendo caso omiso de las protestas de Rodi, y cuando su amigo abandonó la iglesia, solo, lo siguió.

No lo vio al salir, pero sabía exactamente dónde estaba. Caminó presurosa hacia el extremo del parque que quedaba oculto tras los altos muros del templo y allí, entre los frondosos arbustos, estaba él. Sentado en un viejo banco de madera con mil garabatos, poemas y frases infantiles que ella y toda la pandilla habían grabado en él durante las tardes de su niñez. Mantenía la mirada baja y los codos apoyados en las rodillas mientras sus manos caían laxas entre las piernas. Su piel lechosa estaba más pálida que nunca, incluso las pecas que salpicaban sus brazos y su rostro parecían descoloridas.

—Siento mucho lo de tu abuelo —musitó con sincera emoción, acercándose.

Carlos se levantó e intentó esbozar una cariñosa sonrisa, pero en lugar de eso un sollozo abandonó sus labios antes de abrazarse con fuerza a ella.

Enar, a pesar de ser más de veinte centímetros más baja que él, le sostuvo sin importarle el paso del tiempo; hasta que los contenidos sonidos de dolor se fueron espaciando y acabaron por desaparecer.

—Vamos, Cagón, me vas a poner perdida la blusa —murmuró burlona dándole unas palmaditas en la espalda.

—No me llames así.

—¿Cómo? ¿Cagón? —Le dio un cariñoso beso en la nariz—. Cagón, Cagón, Cagón…

Carlos negó con la cabeza a la vez que esbozaba una tímida sonrisa. Desde aquella vez que Marcos le había llamado así, Enar se había ocupado de que el vergonzoso apelativo no fuera olvidado. Nunca.

—Enar *Bocacloaca* —musitó frotando con cariño su frente contra la de ella—. No sabes cuánto echo de menos tus pullas cuando estoy en el pueblo. —Dio un paso atrás, observándola.

Se había teñido el pelo de rubio platino y lo llevaba largo y rizado. Estaba muy delgada, demasiado, pero seguía manteniendo sus curvas. De hecho, su pequeño cuerpo enfundado en esas elegantes prendas le resultaba más atrayente que cuando vestía minifaldas y tops escasos de tela. Seguía siendo explosivamente sexy, aunque él estaba acostumbrado y solo veía a la mujer asustada bajo el disfraz, a la joven perdida que no quería creer que podía llegar a ser una persona maravillosa y que atacaba con saña a los que intentaban acercarse a ella. A todos, incluso, en ocasiones, también a él.

Suspiró, Enar era tan preciosa y resplandeciente como una diosa siempre y cuando uno no se fijara en las profundas ojeras que oscurecían su rostro ni en las prematuras arrugas que enmarcaban las comisuras de sus labios y de sus ojos.

—¿Qué tal vas con Rodi? —indagó preocupado. En los meses que llevaba sin verla había envejecido varios años.

—Tirando. Es un gilipollas pero sé manejarlo.

—¿Te trata bien? —susurró, preocupado por los rumores que corrían sobre el irascible hombre.

—Por supuesto, y el día que no lo haga, le reventaré la cabeza de un botellazo, ya sabes cómo soy —le quitó hierro al asunto, pero falló estrepitosamente al esbozar una forzada sonrisa que parecía más rabiosa que risueña.

—Hablo en serio, Enar, no me gusta lo que dicen sobre vosotros. No tienes por qué aguantarlo si es un gilipollas. Podrías dejarle, llevarte a tu hija y volver con tu madre.

—La gente solo sabe cotillear e inventar, pero la jodida verdad es que estamos de puta madre, así que deja de darme por culo con el tema. Además, no creo que a ti te importe una mierda, es mi marido, no el tuyo. ¿De acuerdo? —le espetó furiosa.

Estaba harta de que todo el mundo se metiera en sus asuntos. Puede que Rodi no fuera el mejor marido del mundo, ¡pero era el único que tenía! Y veía muy complicado conseguir otro. Ella tampoco era una maravilla que todos se rifaran. Más bien al contrario.

Carlos asintió, consciente de que ella tenía razón y se estaba metiendo donde no le llamaban. Pero si solo la mitad de lo que había oído en los días que llevaba en el barrio fuera verdad, el matrimonio de su amiga tendría que ser tremendamente infeliz. Y ella, desde luego, no parecía muy alegre. Ojalá pudiera hacer algo, pero no podía inmiscuirse en donde no era bienvenido. Bajó la cabeza y se quedó en silencio. Un silencio aciago que pareció enfriar el aire y ensombrecer la mañana.

—¿Qué vas a hacer ahora que tu abuelo ya no está? —preguntó Enar con voz melosa, arrepentida al darse cuenta de que su estallido de cólera había sido muy inapropiado.

—No lo sé. —Hundió las manos en los bolsillos—. Todo dependerá de si consigo convencer a mis jefes de que soy tan buen cetrero como mi abuelo y de que, en realidad, era yo quien manejaba su equipo de vuelo.

—¿Equipo de vuelo? —Enar frunció el ceño, confundida.

—El conjunto de aves que usamos para el control de la fauna —explicó él.

Enar estrechó los ojos pensativa antes de sacudir la cabeza en un gesto de negación.

Carlos frunció el ceño sin saber cómo explicarle en qué consistía su trabajo.

—Da lo mismo —le paró Enar. La verdad era que le importaba un pimiento a qué se dedicara siempre y cuando volviera al barrio. Le había echado mucho de menos el tiempo que había pasado con su abuelo en el pueblo—. ¿Vas a traer los pájaros aquí?

—¿Aquí? —La miró sorprendido—. ¿Dónde sugieres que los meta? —replicó divertido.

—En casa de tus padres, ¿no?

—¡Claro que no! Necesitan un hábitat especial. No te haces una idea del espacio, las instalaciones y los cuidados que precisan. Además, no es que tenga uno o dos pájaros. Más bien son un par de docenas —señaló orgulloso, pues las aves más jóvenes las había criado él.

—¿Y dónde los vas a meter? —exclamó Enar, perpleja.

—Donde siempre, en las instalaciones del Hoyo —contestó tan aturdido como ella. ¿Dónde pensaba que iba a dejarlos si no?

—Entonces, ¿irás de vez en cuando a la sierra para dejarles comida y ver cómo están?

—¿De vez en cuando? Los pájaros tienen que comer todos los días —musitó perplejo. ¿En qué narices estaba pensando Enar?

—¿Y cómo lo vas a hacer? —inquirió pasmada. Conocía de sobra a Carlos y sabía que era incapaz de abandonar a los bichos a su suerte, pero si no podía traerlos a casa de sus padres, ¿dónde iba a vivir él ahora que su abuelo se había muerto?

—¿Cómo que cómo lo voy a hacer? No te entiendo.

—Ahora que vives otra vez aquí, ¿cómo cuidarás de los bichos si los dejas en el Hoyo?

—No vivo aquí, ni pienso hacerlo. Tendría que estar loco

—replicó él con rapidez. No pensaba volver a vivir en una ciudad, no lo soportaría. Se había acostumbrado al silencio y la quietud del pueblo y no se le pasaba por la cabeza cambiar esa paz por el estrés de la capital—. El abuelo, además de las aves, me ha legado su casa y las instalaciones. Voy a vivir en el Hoyo —afirmó esbozando una risueña sonrisa.

Sonrisa que desapareció de sus labios cuando se percató del gesto dolido de su amiga.

—Mira qué bien. Mándame alguna foto de vez en cuando, así no olvidaré tu cara. —Enar se cruzó de brazos, enfadada. Se suponía que ahora que el viejo ya no estaba él regresaría a Madrid. Pero no, se iba a quedar en el pueblo de mierda con sus pájaros de mierda.

—Enar, estás exagerando un poco, ¿no crees?

—¿Yo exagero? Llevo meses sin verte y ahora que se suponía que ibas a regresar para quedarte, resulta que te vas para siempre para vivir en mitad del monte como las cabras. ¡Vete a la mierda!

Salió de los arbustos que les habían mantenido ocultos y enfiló hacia la iglesia.

Carlos la siguió presuroso.

—Vamos, no te enfades —susurró en su oído a la vez que la abrazaba por la espalda—. No me voy para siempre, vendré a menudo a verte.

—Sí, seguro. Ya veo cómo has venido estos últimos meses —dijo enfurruñada, pero sin intentar soltarse de su abrazo.

—Bueno, también puedes venir tú a visitarme —la retó él apoyando el mentón sobre el hombro femenino y poniendo carita de niño bueno e inocente.

—No iría a ese pueblo ni aunque me pagaran por ello. Me da una grima tremenda —masculló Enar inclinando la cabeza para descansarla contra la de él.

—No seguirás empeñada en que el nombre te da miedo, ¿verdad? —contuvo como pudo la risita maliciosa que pugnaba por escapar de su garganta.

Hacía años Enar había intentado chincharle diciendo que el nombre del pueblo daba mala suerte, y tanto había insistido, que había acabado por creérselo.

—No me da miedo, pero un sitio que se llama Hoyo del Muerto y en el que solo viven treinta personas, no puede ser bueno.

—Cuarenta personas —apostilló Carlos animado, hasta que se dio cuenta de que eso ya no era cierto—. Bueno, treinta y nueve ahora —se corrigió, con cierto pesar adueñándose de su voz.

—Eh, vamos, seguro que está en un lugar mejor, rodeado de todos los animales a los que tanto ha querido —intentó animarlo Enar al ver que la tristeza volvía a él.

Se giró entre sus brazos hasta quedar enfrentada a él y hundió los dedos en su alborotado pelo rojo.

—Vas a sonreír o si no... —lo amenazó esbozando una ladina sonrisa de la que él se contagió con rapidez.

—O si no, ¿qué? —replicó Carlos sin apartarse, dando continuidad al juego de desafíos.

—O si no te...

Enar no pudo acabar la frase, pues alguien le aferró del brazo, tirando de ella con fuerza. Con tanta, que probablemente le saldrían cardenales donde la había agarrado.

—¿Qué narices estás haciendo, zorra? —escupió Rodi, zarandeándola furioso.

Llevaba buscándola desde que la había visto salir de la iglesia, pero ella estaba desaparecida, hasta que de repente había salido de detrás de los arbustos con el puñetero pelirrojo a la zaga.

Enar, a pesar de la sorpresa y las sacudidas, no se quedó quieta, al contrario, se zafó de un tirón y se encaró a Rodi con las manos formando garras, dispuesta a hundirle las uñas en la cara si se ponía a su alcance. No sería la primera vez que lo hiciera, tal y como denotaba la fina cicatriz que cruzaba el lado izquierdo del rostro masculino.

—¡Quietos los dos! —Carlos se interpuso entre ambos—. No estábamos haciendo nada —le aseguró al enfurecido hombre a la vez que estiraba un brazo para sujetar a Enar y así evitar que esta se lanzara contra su marido.

Enar se detuvo a duras penas y se mantuvo tras el pelirrojo, los dientes apretados con fuerza para no estallar y dar el espectáculo, no porque le importara darlo, sino porque a Carlos le dolería. Y eso era lo último que pretendía. Era su mejor amigo y no quería hacerle daño.

—Claro que no, solo te estaba consolando —resopló burlón, Rodi—. Ya me conozco yo sus excusas. Quítate de en medio, Cagón.

—Tranquilo, Rodi, tengamos la fiesta en paz —siseó Carlos sin moverse un ápice y con un tono de voz que prometía problemas en el caso de que siguiera empeñado en discutir.

El enfadado marido se quedó callado, los ojos fijos en el gesto serio y decidido del pelirrojo, quien para más inri parecía haber crecido en altura y en músculos durante los meses que había estado ausente.

Ese lapso de tiempo en el que ambos hombres estuvieron midiéndose le proporcionó a Irene el instante que necesitaba para acercarse a ellos, pues, al igual que todos los asistentes al sepelio con los oídos funcionales, había sido testigo de la discusión del matrimonio.

—Rodolfo, Enar, por favor, acabamos de salir de un funeral y Mar está aquí cerca, con sus amigos —les suplicó avergonzada.

Enar buscó a su hija con rapidez; estaba junto a los columpios, apartándose sofocada de los niños con los que había estado jugando. Todos los críos tenían la mirada clavada en Rodi y en ella. Todos menos Mar, que no levantaba la vista del suelo, abochornada.

Apretó los dientes en un mudo gruñido mientras pensaba que su odioso marido había vuelto a fastidiarla. Lo que no se le ocurrió pensar fue que dos no discuten si uno no quiere.

Rodi bufó frustrado al darse cuenta de que, al igual que su suegra, muchos conocidos y vecinos se acercaban hacia ellos. ¡Malditos cotillas que siempre se metían en donde no les llamaban! No le faltaba nada más que tener a medio barrio de testigo mientras se partía la cara con el pelirrojo por culpa de la puta de su mujer.

Dio un paso atrás, dando por zanjada la discusión con

Carlos. Al fin y al cabo el problema lo tenía con la zorra de su esposa. Ya arreglarían cuentas en casa.

—Estoy hasta los cojones de sermones, coge a la cría y vámonos —le ordenó a Enar.

Irene jadeó espantada, su yerno estaba tan furioso que no dudaría en continuar la discusión en cuanto llegara a casa. Y eso solo si Enar se controlaba y no le provocaba hasta hacerle estallar incluso antes de llegar al portal. Miró a Mar; debería estar feliz en el parque, jugando con los niños de su edad, y en lugar de eso observaba asustada a sus padres.

—¿Vais a volver a casa tan pronto? —improvisó la avispada abuela—. Hace un día estupendo, por qué no vas a tomar algo con tus amigos mientras nosotras nos quedamos aquí con Mar —le dijo a Rodi. Sacó el monedero del bolso y le puso un billete en la mano.

Enar contuvo el aliento, ojalá el cabronazo cogiera el dinero y se largara, así podría quedarse un rato más con Carlos antes de que se marchara. Podrían dar un paseo con Mar; seguro que a la niña le encantaba la idea. O tal vez no. Tal vez prefiriera seguir jugando con sus amigos o ir con Irene a hacer lo que fuera que hicieran nieta y abuela. Lo cierto era que por culpa de las incesantes broncas que montaba Rodi, su hija cada vez pasaba menos tiempo con ella y más con la «abu», a la que quería con locura. Mucho más que a ella. Lo que nunca pensaba era que ella también asustaba a la pequeña, apartándola de sí.

Rodi, ajeno a los pensamientos de su esposa, miró el dinero sorprendido, luego a su suegra y de nuevo al dinero antes de sonreír encantado. No era normal que le llovieran los euros del cielo, de hecho, normalmente iba bastante escaso de fondos.

—Qué generosa estás hoy, Irene. Se agradece —guardó el billete con rapidez, no fuera a ser que la vieja cambiara de opinión—. Vamos, Enar, iremos a buscar al Huesos y a los demás para tomar algo —dijo, yendo hacia la acera—. ¿Qué coño te pasa ahora? ¿Por qué no te mueves? —la increpó al ver que no se apartaba del asqueroso pelirrojo. Frunció el ceño, pensativo, antes de que su cara se tornara roja por la rabia—. Vas a quedarte con él, puta —siseó con una voz tan baja que nadie pudo oírle, excepto ella—. Estabas esperando que tu madre me diera el dinero para librarte de mí y largarte con él y con Mar, como si fuerais una familia feliz —susurró resentido, aferrándola del brazo con fuerza—. Pues va a ser que no voy a tragar. ¡Llama a la cría y vámonos a casa de una jodida vez! —gritó fuera de sí—. ¡Mar, ven ahora mismo!

La niña dio un respingo, sobresaltada por el alarido de su padre, y se escondió detrás de un árbol. Gesto este que no pasó desapercibido a Enar.

—No digas gilipolleces, Rodi. No voy a quedarme con nadie, y menos con una cría en el parque. ¿Me has visto cara de madrecita? Vamos, no me jodas —replicó ella, soltándose de un tirón. Puso cara de póquer y, sin mirar a Mar o a Carlos para no llamar la atención sobre ellos, se cruzó de brazos, realzando aún más el pronunciado escote de la blusa.

Rodi, como no podía ser de otra manera, clavó los ojos en los significativos atributos de su mujer. Puede que fuera una zorra, pero tenía unas tetas gloriosas, un culo de infarto y follaba como la mejor de las rameras.

—¿Nos vamos o qué? —insistió Enar sacudiendo la cabeza para que el pelo le cayera en cascada sobre los pechos, privándole de la visión de estos. Si quería seguir comiéndosela con los ojos, iba a tener que hacerlo fuera del parque.

—¡Mar! —gritó Rodi llamando a la niña—. Nos vamos, ven.

—No me jodas, tío —protestó Enar con rapidez, decidida a que su hija pasara un maravilloso día en el parque—. No pienso llevarla con nosotros, es muy capaz de echarse a llorar y fastidiarnos la noche. Deja que se quede con mi madre. ¿O prefieres hacer de niñera?

Rodi miró a su hija, a su suegra, a su mujer y al pelirrojo. Esbozó una ufana sonrisa y le dio una fuerte palmada a Enar en el culo, asegurándose de hundir bien los dedos entre sus nalgas para que Carlos supiera a quién pertenecía. Y sin soltarle el trasero, echó a andar.

Enar, consciente de que ese momento era clave para salirse con la suya, no dudó un instante en abrazarse a su marido, restregándole bien las tetas contra el brazo para que no tuviera dudas de lo bien que iba a hacer que se lo pasara.

Antes de salir del parque miró hacia atrás una sola vez, casi de refilón para comprobar que Mar estaba bien y despedirse de ella con un guiño. Luego clavó la mirada en su madre, quien la observaba cabizbaja a la vez que negaba con la cabeza, censurando en silencio su bochornoso comportamiento.

Irene no había entendido nada. Nunca lo hacía.

Enar apretó los labios disgustada antes de sacudirse la tristeza cambiándola por rabia. Estaba tan acostumbrada a que siempre pensaran lo peor de ella que ya le daba lo mismo. Esbozó una sonrisa de suficiencia y le tocó el culo a su marido, solo para molestar y escandalizar a las matronas del barrio.

Si querían ver lo peor de ella, eso sería lo que les daría.

Horas después, con la luna ocupando su lugar en el cielo, el matrimonio y sus amigos entraron tambaleantes en el enésimo garito del día. O mejor dicho, de la noche. Fueron hasta la barra y Rodi tuvo la suerte de encontrar un taburete vacío en el que se apresuró a sentarse a la vez que pedía a voz en grito un vodka con naranja.

Enar sacudió la cabeza, hacía un par de bares que se había acabado el dinero de Irene, por lo que habían ido al cajero y ahora se estaban gastando lo que tenían guardado para pasar el mes. Se encogió de hombros, se lo estaba pasando bien, y a su madre le había quedado una buena pensión tras la muerte de su padre, así que tampoco pasaba nada por pedirle dinero y que les financiara hasta que cobraran el paro.

Se dirigió al baño con paso vacilante y se lavó la cara para despejarse un poco. Cuando salió se encontró con el Huesos y sus amigos acodados en la barra junto a Rodi.

Algunos decían que el Huesos era peligroso, que era pájaro de mal agüero y que a los imbéciles con los que tenía encontronazos les ocurrían cosas raras, pero Enar no se creía nada. Sabía de sobra lo mucho que le gustaba a la gente hablar sobre lo que no sabían, inventarse historias y joder la vida a los demás, sobre todo si, como le pasaba al Huesos, eran nuevos en el barrio y nadie sabía nada de él.

A ella el Huesos le caía bien, también sus colegas; Rodi se había hecho amigo de ellos y solían salir juntos. Eran agradables y divertidos. Todos menos el Huesos, que era demasiado serio. A veces le daba la impresión de que sus inteligentes ojos siempre estaban clavados en ella, aunque eso en lugar de molestarla, la halagaba. Además, su sola presencia hacía que Rodi estuviera tranquilo y la dejara en paz, ya que gracias a ella conseguía gratis lo que el Huesos vendía. Al escuálido hombre le gustaba la manera en que ella liaba los canutos, y era habitual que le diera una bellota de hachís para que se encargara de ir suministrándole porros durante el rato que estaban juntos.

Porros que el Huesos compartía gratis con todos sus amigos, Rodi incluido.

Y eso era estupendo, pues cuanto más fumado iba su marido, más apático se volvía y más tranquila la dejaba a ella, que era más o menos lo que había sucedido esa tarde.

Caminó hasta donde estaban todos, un poco más serena tras refrescarse con agua fría. Al llegar junto a ellos, incapaz de soportar un segundo más el dolor de pies, se quitó los zapatos y, sin pensárselo dos veces, se aupó, sentándose en la barra manchada de rodetes. Y fue entonces cuando se dio cuenta de que Rodi había adoptado una postura de lo más inusual. Derrumbado sobre la barra, con los ojos cerrados, la cabeza caída a un lado y la boca abierta de la que escapaba un hilillo de saliva.

¡Joder, el muy cabrón se había quedado dormido!

—Menudo globo se ha pillado —comentó el Huesos acercándose con paso seguro, algo que daba cuenta de lo especial que era, pues era el único que aún se mantenía sobrio.

—Sí, uno cojonudo. Ya puede espabilar, porque no pienso remolcarlo hasta casa —masculló cabreada empujando el cuerpo laxo de su marido.

Estaba a punto de vaciarle en la cabeza un vaso lleno de líquido amarillento para ver si lo despertaba cuando el Huesos la detuvo.

—Déjalo dormir. Este antro no cierra hasta dentro de un par de horas, y tú no tienes prisa por irte, ¿no? —le susurró con voz cariñosa.

Enar miró al esquelético hombre, tan delgado, que de ahí procedía su apelativo. Tenía la cabeza inclinada y esbozaba una sonrisa ladina mientras sus ojos, fijos en los de ella, parecían penetrar en lo más profundo de sus pensamientos. Esos ojos inteligentes y maliciosos que parecían ver más de lo que nadie, incluidos su marido y su madre, verían jamás: su interior, sus anhelos y sus miedos. Su descarnada necesidad de ser importante para alguien; de ser esa persona en la vida de alguien sin la que ese alguien no podría vivir.

Y eso no era bueno. Nadie debería descubrir sus secretos con tanta facilidad.

Compuso una mueca despectiva y bajó de un salto de la barra.

—No me apetece pasar la noche mirando como duerme —se calzó de nuevo—. Me largo.

—No son horas para que una chica tan guapa pasee sola —se plantó ante ella, acorralándola contra la barra.

—No necesito guardaespaldas —le espetó Enar furiosa, cruzándose de brazos.

—¿Y acompañante? —sugirió él, haciéndose a un lado para dejarla pasar a la vez que alzaba el brazo doblado, instándola a que se aferrara al envés de su codo.

Enar le miró sin saber qué decir ni qué hacer, tan confundida como intimidada. Jamás habría esperado eso de nadie, mucho menos de él. Esa amabilidad a medio camino entre la caballerosidad más obsoleta y la picardía más intrépida por parte de un hombre tan sibilino era alarmante. También peligrosa, pues no estaba acostumbrada a ser tratada con consideración y por tanto no sabía cómo responder ni cómo defenderse.

—Apenas puedes andar. Deja que cuide de ti —musitó subiéndola de nuevo a la barra para, acto seguido, quitarle los zapatos con un cuidado que la sorprendió—. ¿Mejor?

Enar asintió con desconfianza mientras él le masajeaba los pies.

—¿Te apetece otro JB con limón?

Enar volvió a asentir, sorprendida de que él se hubiera fijado en lo que bebía.

El Huesos pidió el coctel y, dándole la espalda al dormido Rodi, comenzó a preguntarle tonterías sin importancia que, sin saber bien por qué, hicieron que se sintiera importante, respetada y apreciada. Poco después le propuso ir a un lugar más tranquilo.

Enar aceptó encantada, pues la barra no era lo que se dice blanda. Antes de que pudiera saltar al suelo, él la tomó en brazos y la llevó hasta los reservados.

—Necesitas a alguien que cuide de ti como te mereces —susurró posándola con suavidad en el desvencijado sofá.

Se sentó a su lado, y cuando Enar pensó que iba a pasar al ataque e intentar besarla, él se apartó para volver a centrar la atención en sus maltratados pies.

«Es tan atento, tan cariñoso», pensó tiempo después, inmersa en la telaraña de sueños que él había ido creando. Habían hablado de todo y de nada, habían compartido porros y cubatas, risas y peleas fingidas. Y ahora él estaba acariciándole las piernas, tan despacio que se sentía tentada de agarrarle la mano y llevarla al lugar en el que la quería.

—Es increíble lo suave que tienes la piel y lo bonita que eres —deslizó los dedos con exasperante lentitud por debajo de la falda para tocarla al fin donde tanto necesitaba.

Enar ahogó un gemido y arqueó la espalda excitada. Hacía tanto tiempo que Rodi se limitaba solo a metérsela y correrse, que la lenta caricia casi la precipitó al orgasmo.

Apretó las piernas para mantener la mano del Huesos contra su clítoris expectante.

—Shh, tranquila, no la voy a quitar hasta que te corras un par de veces. Luego, si tú quieres, la sustituiré por otra cosa más grande y dura —susurró él en su oído a la vez que se apretaba contra ella para que sintiera su potente erección.

Casi amanecía cuando Enar entró en la habitación de su hija para besarle la frente. Comprobó que estaba arropada y bajó la intensidad de la lámpara que iluminaba con luz tenue la estancia y sin la que la niña, a pesar de tener ya más de cuatro años, no podía dormir. Luego salió dejando la puerta entornada y recorrió el pasillo con sigilo. Al entrar en el dormitorio fue recibida por Rodi quien, dormido con el pesado sueño de los borrachos, roncaba sonoramente.

Sonrió, en contra de lo que él se empeñaba en sospechar, siempre le había sido absoluta y estúpidamente fiel. Hasta esa noche, que le había puesto los cuernos por primera vez. Y desde luego, no iba a ser la última.

El Huesos era un hombre estupendo. Cariñoso, atento, divertido... y se lo montaba de maravilla. La había llevado al orgasmo varias veces en pocas horas, primero en el reservado y después en su Citroën Saxo, donde la había follado hasta hacerla gritar de placer.

No. No iba a dejar de follar con el Huesos.

Esbozó una ladina sonrisa. Sentía que su suerte estaba a punto de cambiar.

Tal vez pronto sustituyera a Rodi por alguien mucho mejor. Alguien que la entendería y valoraría.

Que quizá incluso la querría.

Marzo de 2004

Carlos se detuvo en mitad de la calle al reparar en quién era la mujer que avanzaba hacia él paseando a cuatro perros. Aunque teniendo en cuenta los tirones que daban los canes, casi sería más apropiado decir que eran los animales quienes la paseaban a ella, al menos hasta que cansada de ser arrastrada ató las correas a una farola.

—Putos chuchos de mierda. —La joven se miró las manos enrojecidas por el esfuerzo de sujetar a la jauría.

Carlos se acercó. Puede que llevara el pelo cobrizo en vez del rubio de hacía dos años o de su natural castaño, que estuviera mucho más delgada de lo que recordaba, que su ropa fuera aún más escasa de lo normal —y eso ya era mucho decir—, y que su rostro pareciera mil años más viejo, pero seguía reconociendo esa manera de andar, como si quisiera agujerear el mundo con sus tacones. También recordaba a la perfección esos labios pintados de rojo que se abrían con fiereza para enseñar los dientes a quien osara molestarla, que en esta ocasión eran los perros.

—¡Enar, cuánto tiempo sin verte! —exclamó entusiasmado al llegar junto a ella. Entusiasmo que no fue correspondido—. Soy Carlos, ¿no te acuerdas de mí? —señaló al ver que le miraba como hipnotizada.

—Sí, joder, claro que me acuerdo de ti, Cagón —murmuró Enar tan pasmada que no sabía cómo reaccionar.

Había creído que jamás volvería a verlo, y, sin embargo, allí estaba. Frente a ella. Tan pelirrojo como siempre, con el pelo revuelto, la cara llena de pecas, los inocentes ojos almendrados y los gruesos labios esbozando su eterna sonrisa. Y parecía muy contento de verla. Tanto, que de repente se vio envuelta en un inesperado abrazo de oso.

—¡Qué haces! ¡Bájame ahora mismo! —gritó espantada mirando a su alrededor.

Él se apresuró a bajarla, sorprendido por el desasosiego que impregnaba su voz.

—Perdona, me ha hecho tanta ilusión verte que me he entusiasmado...

—Pues no te entusiasmes tanto y mantén las distancias, ¿entendido? —le increpó en voz alta, para hacerse audible a través de los ladridos de los perros, que en ese momento se dedicaban a lanzarles dentelladas.

Dio un paso atrás, a la vez que se aseguraba con la mirada de que las correas estuvieran bien atadas. Los puñeteros perros eran igual de salvajes que su dueño, quien los había consentido y malcriado hasta hacerlos insoportables. La aterraban, y él lo sabía, por eso la obligaba a ocuparse de ellos, para divertirse.

—No te acerques a ellos —le instó al pelirrojo cuando este se colocó frente a la jauría—. No será la primera vez que muerden a alguien que me acompaña. —Al fin y al cabo eso era lo que les había enseñado su amo. Eran sus guardaespaldas. También quienes la mantenían aislada de todos.

Carlos no le hizo caso, se quedó de pie frente a ellos, los ojos fijos en los del líder del grupo y alzó una mano, como si les advirtiera que se portaran bien o sufrirían su ira.

Los perros dejaron de ladrar, agacharon las orejas y bajaron la cabeza.

—¿Cómo has hecho eso? —susurró Enar asombrada.

—Mi voluntad es superior a la de ellos, soy el dominante del grupo. Yo lo sé y ahora ellos también lo saben —comentó encogiéndose de hombros. No era algo que supiera explicar, solo sabía que le daba resultado, aunque no duraba para siempre. Pronto volverían a ladrar y lanzar dentelladas, aunque con toda probabilidad esperarían a que él se fuera—. Tienes que demostrarles que tú eres la jefa. No dejes que te intimiden.

—Sí, claro, como si fuera tan fácil. ¿Qué haces por aquí? —preguntó con rapidez, antes de que él comenzara a aleccionarla sobre cómo domar a esas fieras. No tenía ánimo para clases. Tampoco tiempo, pensó mirando nerviosa a su alrededor.

—He bajado a comprar unas cosas que necesitaba. Esta zona ha cambiado muchísimo —comentó.

Y no le faltaba razón, de ser una zona residencial había pasado a convertirse en el punto de encuentro entre traficantes y sus clientes.

—Sí, bueno, no es tan malo como parece —dijo Enar. Observó con atención las calles por enésima vez y al no encontrar lo que buscaba respiró relajada—. ¿Qué ha sido de tu vida? ¿Sigues viviendo en el Hoyo del Muerto? —comentó simulando un escalofrío al mencionar el nombre del pueblo.

Carlos sonrió al ver su fingido gesto, aunque fue una sonrisa forzada, esbozada solo para reconfortarla, pues no le había pasado desapercibido su nerviosismo. Estaba vigilante, atenta a cada movimiento de cada persona y vehículo que pasaba cerca de ellos.

—Claro que sigo en el Hoyo, es un buen lugar para vivir, aunque últimamente se llena de cazadores y domingueros en fin de semana y son bastante bulliciosos.

—Mándame alguno aquí, no me importaría que cazaran a estos puñeteros perros —siseó antes de darse cuenta de lo que había dicho y mirar agitada a izquierda y derecha.

—Enar, ¿pasa algo? —indagó preocupado. Ella negó con

un gesto a la vez que esbozaba una tensa sonrisa—. ¿Tienes algún problema con Rodi? —insinuó más que preguntó, sospechando que las cosas entre la pareja seguirían igual de mal que siempre, o incluso peor.

—¿Con Rodi? En absoluto. Desapareció hace siete u ocho meses y no he vuelto a saber nada de él.

—¿Desapareció? ¿Así sin más? —jadeó atónito.

Conocía a Rodi y le extrañaba mucho que se hubiera largado sin Enar; puede que no la quisiera, pero la consideraba su posesión, y no era el tipo de hombre que se olvidaba de lo que consideraba suyo.

—Comenzó a meterse cosas que no debía. Drogas que al principio conseguía gratis y que una vez enganchado subieron de precio. Luego empezó a faltar de casa, hasta que un día se fue y ya no volvió —le explicó encogiéndose de hombros.

Poco le importaba dónde estuviera ahora, los últimos meses con él habían sido un infierno y estaba contenta de que hubiera desaparecido.

—Vaya, lo siento.

—Yo no.

—Ya, no era un hombre de trato fácil.

Enar no dijo nada. A nadie le importaba una mierda lo mucho que había metido la pata y se había jodido la vida ella solita. No pensaba abrazarse a él y vomitarle sus miserias al oído mientras lloraba como una idiota. Eso no iba con ella.

—¿Dónde vivís Mar y tú ahora? —preguntó Carlos al ver que ella se mantenía en silencio—. Imagino que habréis vuelto con tu madre.

—Imaginas mal —bufó—. Mar vive con mi madre y yo con el tío con el que salgo.

Carlos la miró estupefacto. De todas las opciones probables jamás se le hubiera ocurrido que ella dejaría a Mar fuera de su vida. La había visto soportar carros y carretas por proteger a su hija, y ahora que era libre para hacer lo que quisiera no tenía ningún sentido dejar a la pequeña a cargo de Irene.

—¿Por qué Mar no vive contigo?

—Es lo mejor para ella. A mí no se me da nada bien eso de ser madre, ya lo sabes. Soy un desastre como ama de casa y no sé tratar a los críos. Está mejor con la abuela.

—No me puedo creer que digas eso —musitó Carlos.

—Es la pura verdad —afirmó Enar encogiéndose de hombros para acto seguido echar un rápido vistazo a su alrededor, comprobando que no hubiera nadie.

—No estoy de acuerdo.

—Me suda el coño lo que pienses, ¿vale, Cagón? —lo interrumpió, harta del tema.

Desató a los perros, que de nuevo comenzaban a inquietarse, y enfiló calle abajo. Llevaba demasiado tiempo parada en el mismo sitio, y sus órdenes eran pasear a los perros y llevar el paquete.

—Está bien, lo dejo —claudicó Carlos, siguiéndola. Le arrebató la correa y dio un tirón seco, haciendo que los animales se tranquilizaran al instante—. ¿Y al tío con el que vives le parece bien que dejes a tu hija con tu madre? —dijo incapaz de contenerse.

Él jamás permitiría tal cosa. Al contrario, haría lo imposible por aumentar la autoestima de su amiga y hacerle ver la fantástica madre que podría llegar a ser si se lo propusiera… y si tuviera alguien a su lado que confiara en ella, claro.

—Fue idea suya. Al principio Mar vivió con nosotros, pero luego él se dio cuenta de que se me daba fatal ser madre y me aconsejó que la dejara con Irene —explicó, aunque no era toda la verdad.

Él se había empeñado en que la llevara con la abuela, pero ella se había resistido, hasta que un día se emborrachó más de la cuenta y se desmayó en mitad del portal al volver del colegio con la niña. Los vecinos la denunciaron, la policía apareció en su casa, más tarde llegaron los trabajadores sociales y se llevaron a Mar para entregársela a Irene.

Su novio se había enterado de lo que había sucedido mientras estaba en mitad de un negocio, y cuando regresó estaba enfadado. Mucho.

Enar se estremeció, no convenía despertar la ira de su amante.

—Ni valgo para ser madre ni tengo instinto para serlo —musitó de forma mecánica—. Así que Mar vive con mi madre, y yo me ocupo de otras cosas que sí se me da bien hacer.

—¿De qué cosas te ocupas, Enar? —inquirió Carlos con voz suave a la vez que se detenía frente a ella para impedir que siguiera andando.

—De otras cosas. No seas coñazo, Cagón. —Agarró presurosa las correas de los perros al ver que un coche aparcaba en doble fila cerca de ellos—. ¿Por qué no te largas a hacer lo que tengas que hacer y me dejas en paz? —Lo empujó y echó a andar con pasos acelerados.

—Gatita, ¿te está molestando? —le preguntó uno de los ocupantes del coche, apeándose. Un hombre escuálido de rasgos marcados, gesto feroz y mirada oscura.

—No, claro que no, es un antiguo conocido. Me está ayudando a pasear a los perros.

—Ah, un antiguo conocido —dijo en un tono de voz tan sedoso que inquietó a Carlos—. Un placer conocerte —le tendió la mano, aferrándola con fuerza cuando el pelirrojo se la estrechó—. Soy Jesús, aunque todos me llaman el Huesos. Así que estabas echándole una mano a mi chica con las fieras —dijo en tono posesivo antes de arrebatarle a Enar las correas. Luego le rodeó los hombros, atrayéndola hacia sí—. Gracias por ayudarla. A mi ratita se le dan bastante mal los perros, es muy torpe a pesar de lo fácil de la tarea. —Hundió con fuerza los dedos en la cintura femenina, pegándola más a él para que no cupiera duda de a quién pertenecía—. Pero es muy diestra en otros menesteres, ¿verdad, querida?

Bajó la cabeza y Enar se apresuró a ponerse de puntillas para que él pudiera besarla; cosa que hizo. A conciencia. Demostrando de manera clara quién era su dueño. Cuando acabó le dio un sonoro, y seguramente doloroso, azote en el trasero antes de volver a hundir los dedos en su piel para mantenerla junto a él.

—Entiendes a qué otros menesteres me refiero, ¿verdad? —le dijo el hombre a Carlos a la vez que le guiñaba un ojo con picardía.

Carlos asintió. Por supuesto que entendía. Miró a Enar, estaba pegada al tipo, mirándolo con embeleso mientras le acariciaba el abdomen con posesiva dulzura. Por lo visto eran tal para cual.

—¿Por qué no te vas a dar una vuelta, Carlitos? —le dijo ella en ese instante, las caricias cada vez más cerca de la entrepierna de su novio—. Ahora mismo estoy muy ocupada —se puso de nuevo de puntillas, sus asustados ojos fijos en los inteligentes y peligrosos del Huesos—. Ya nos veremos en otra ocasión…

—Parece que mi gatita tiene ganas de ronronear —musitó el delgado hombre arqueando ambas cejas un par de veces—. Hasta la próxima, antiguo conocido de mi mujer —le despidió burlón antes de bajar la cabeza y atender la petición de su chica.

Carlos esperó un instante, y al ver que no parecían tener intención de parar se dio media vuelta para continuar su camino. Si ella no quería dedicarle más tiempo, él desde luego no iba a quedarse mirando cómo se daba el lote con su novio.

Enar se permitió relajarse al ver que su más querido amigo cruzaba la carretera, alejándose de ellos. El pelirrojo era la última persona en la que quería que el Huesos centrara su peligrosa atención.

—Has estado rápida para librarte de él, buena chica —musitó el hombre, dedicándole una ladina sonrisa que indicaba a las claras que no se había tragado la pantomima que acababa de interpretar. Al contrario que Rodi, a él no lo podía engatusar con sexo—. ¿Le has llevado el paquete a la Mosca?

Enar negó con la cabeza y él enarcó una ceja, amenazador.

—No me ha dado tiempo. No consigo que los puñeteros perros me hagan caso y por eso me he retrasado.

—Por eso y porque te has puesto a hablar con tu amigo, dejando sin atender tus responsabilidades. Además, ya sabes que eres incapaz de manejar los perros, deberías haber sido un poco más lista y haber salido antes —la regañó con voz suave—. Ve ahora, no pierdas más tiempo —le dio otro azote en el trasero, más fuerte que el anterior.

Enar respingó dolorida y echó a andar presurosa.

—Enar —la llamó él, deteniéndola—. No vuelvas a defraudarme. No te conviene.

Ella echó a correr.

15 de diciembre de 2008

«Enar, busca ayuda. Aléjate del Huesos y de toda esta mierda».

Las palabras que le había dicho Luka antes de salir de casa con una llorosa Mar resonaban en su mente. Seguía oyéndolas a pesar de que su antigua amiga hacía rato que se había marchado. A pesar, también, de que Enar continuaba asomada al descansillo de la escalera gritando improperios y maldiciones contra Luka y su estúpido novio con toda la fuerza de sus pulmones mientras los perros ladraban nerviosos.

Era inútil. Se le habían grabado en su cerebro y ahora no podía quitárselas de allí.

«Aléjate del Huesos y de toda esta mierda».

—Como si fuera fácil —musitó entrando en casa. Sentía el cerebro hirviendo y la cabeza a punto de reventar. Se llevó las manos a los oídos para acallar las palabras que no quería seguir oyendo, pero los aullidos lastimeros de los perros le recordaban el llanto de su hija, volviéndola loca—. ¡Callaos, putos chuchos de mierda! —gritó trastornada.

Lanzó unas cuantas patadas al aire. Algunas se toparon con el cuerpo suave y sucio de los canes, otras impactaron contra el sillón y una chocó contra la mesita de centro, lanzándola por los aires. El polvo blanco que había sobre la pulida superficie de vidrio salió volando cual nieve mientras el cristal se hacía pedazos contra el suelo. Luego, como no podía ser de otra manera, el polvo cayó sobre los cristales rotos, mezclándose con ellos.

—¡No, no, no! ¡Joder! —chilló Enar lanzándose sobre el estropicio.

No era que quedara mucha coca, de hecho, ni siquiera había para una raya decente, pero lo poco que quedaba lo necesitaba para que la ayudara a pensar cómo salir del lío en el que se había metido. Se arrodilló en el suelo sembrado de fragmentos de vidrio y recogió con las yemas de los dedos la cocaína para luego chuparla con avidez, pero no le sirvió para aclararse la mente. Tampoco para que dejaran de retumbarle en la cabeza los sollozos de su hija ni el desprecio en la voz de su antigua amiga.

Se levantó alterada y recorrió la casa de un extremo a otro con el pulso tan acelerado que su corazón parecía a punto de explotar mientras la cabeza le estallaba, llena de imágenes en las que no quería pensar.

¡¿Qué había hecho?!

Necesitaba parar y recapacitar, idear un plan que la librase del castigo que la esperaba cuando el Huesos volviera y se enterara de lo que había hecho.

Fue a la cocina y vació en el suelo el armario en el que su amante guardaba las drogas legales conseguidas de forma ilegal. Buscó con dedos temblorosos hasta dar con el Diazepan y acto seguido se tragó una pastilla. Estuvo tentada de tragarse una segunda, pero el efecto podía ser devastador. No era bueno frenar un subidón de cocaína con benzodiacepinas, era como ir en un tren de alta velocidad y estrellarse contra una montaña. Pero necesitaba pensar y estaba tan acelerada que no lo conseguía.

Echó a los perros a patadas de la cocina y, tras cerrar la puerta, se tumbó en el suelo. Todo le daba vueltas, sintió náuseas y retortijones, y el corazón pareció detenerse en seco para al instante siguiente acelerarse en una taquicardia que le hacía chocar frenético contra las costillas. Pasaron lo que parecieron horas, pero que tal vez fueron solo minutos, antes de que el ritmo de sus latidos se redujera y sus alterados sentidos volvieran a la realidad.

Una realidad deprimente y aterradora.

Su propia realidad.

La única que tenía. La que tanto odiaba.

Se levantó renqueante, abrió la nevera y bebió lo que quedaba de leche en el brik. El sabor ácido que le recorrió el paladar le indicó que debería haberla tirado hacía tiempo. La escupió y, sin pensar en las consecuencias que le acarrearía, tomó uno de los plátanos del Hueso y se lo comió. Al fin y al cabo, el plátano era poca cosa en comparación con todo lo que había hecho en la semana que él llevaba fuera de casa.

Se estremeció al recordarlo.

¡Había esnifado la coca que él guardaba para su propio consumo!

¡Pero no había sido culpa de ella, sino de él!

Se había ido de viaje dejándole solo un par de gramos para toda la semana. Y por si eso no fuera suficiente, había dejado su coca a la vista a propósito, prohibiéndole tocarla. Incluso la había pesado delante de ella antes de meterla en la cajita del comedor.

«Voy a pasar una semana fuera, Enar, administra bien la coca que te he dado y no se te ocurra tocar la mía, o me enfadaré», le había dicho con voz suave antes de largarse sin previo aviso. Ni siquiera le había dado tiempo a asumir que la dejaba sola, sin dinero ni drogas, cuando él ya estaba bajando por el ascensor.

Había pasado cuatro días mirando la cajita, agonizando por un poco de coca tras acabarse la suya. Al quinto día la había abierto para meterse una raya. Al sexto ya no quedaba apenas polvo blanco allí. Fue entonces cuando empezó a pensar en él. En que iba a regresar y se iba a cabrear. Mucho.

Estaba segura de que él se lo había pasado en grande imaginándola en casa, mirando hora tras hora la cajita sin atreverse a abrirla, hasta que había caído en la tentación, dándole una excusa para golpearla.

Era el tipo de jueguecitos sádicos con los que disfrutaba atormentándola.

Pero esa vez no iba a dejar que se saliera con la suya; así que había ideado un plan.

El plan más inhumano de todos, urdido en mitad de un colocón tan brutal que no se había parado a pensar en la atrocidad de lo que iba a hacer: secuestrar a su hija y pedir un rescate a su madre con el que comprar coca para sustituir la que había esnifado sin permiso.

Así el Huesos no se daría cuenta de que había incumplido sus órdenes.

A la mañana del séptimo día, con varias rayas esnifadas, seguía sin parecerle un mal plan, al contrario, era cojonudo. Así que lo ejecutó. Secuestró a Mar y pidió el rescate a Irene.

Podría haber dado resultado si no fuera porque Luka, una de aquellas antiguas amigas que le habían dado la espalda años atrás, decidió inmiscuirse en sus planes y rescatar a la cría.

Y ahora estaba ahí. Sin subidón. Sin coca. Sin dinero para comprar coca. Y sin niña para intercambiar por el dinero que le hacía falta para comprar coca con la que conseguir un nuevo colocón.

El Huesos estaba a punto de regresar. Si no lo hacía esa noche, lo haría la siguiente.

Y en ese momento lo supo.

Tenía que marcharse.

Ya.

Antes de que él descubriera lo que había hecho. Tenía que desparecer durante un par de semanas hasta que se le pasara el cabreo, si es que eso era posible.

Se levantó de un salto y corrió al dormitorio. Tomó una pequeña mochila, metió algo de ropa sin molestarse en elegirla y abandonó la casa. Una vez en la calle enfiló hacia el parque, y desde allí, oculta por los árboles se dirigió a la Renfe. Iría a la ciudad, allí podría esconderse. En Madrid había un montón de comedores sociales en los que comer y albergues en los que dormir, podría ocultarse durante semanas y meses.

«Semanas y meses».

Dio un respingo al darse cuenta de que incluso podría desaparecer para siempre. No volver nunca con él. Llegó al final del parque y miró a su alrededor nerviosa, tenía que cruzar la carretera y continuar por la acera, y eso la dejaría demasiado expuesta, pero era la única manera de llegar a la parada. Se armó de valor, esperó a que hubiera un hueco entre los vehículos que rugían sobre el asfalto y cruzó. No pasó nada, ningún coche se detuvo a su lado, nadie le gritó que se detuviera y tampoco echó nadie a correr tras ella.

Estaba a salvo.

Caminó con pasos rápidos mientras cavilaba sobre su futuro. A pesar de los comedores y los albergues, necesitaría dinero. No solo de comida vivía el hombre, en este caso la mujer. También estaba la cerveza, el whisky, la coca... Bueno, la coca tal vez no. Se quitaría de esa mierda y también del whisky, era lo que la había llevado al apuro en el que se encontraba. Tendría que aprender a sobrevivir tomando solo cerveza. Y para eso necesitaría guita.

Y eso era lo complicado.

Nadie le daría trabajo con lo inútil que era. No había conseguido currar cuando era joven y guapa, imposible conseguirlo ahora que solo era una mujer fea y estúpida que no servía ni para follar, como se encargaba de recordarle el Huesos a diario.

«¡Que se joda!», pensó enseñando los dientes en una fiera mueca.

¡Podía conseguir dinero a pesar de ser una inútil! Podía mendigar. O incluso robar.

Más animada al ver que tenía una posibilidad de salir bien parada del trance, apresuró el paso. Faltaban pocos metros para llegar a la Renfe y emprender su nueva vida.

De repente oyó tras ella el agudo chillido de los frenos de un coche. Se detuvo en seco al sentir a pocos centímetros de sus piernas el calor del motor. Luego le llegó el sonido de una puerta al abrirse y el golpe que dio al cerrarse. Por último, escuchó una voz, y con esta, llegó el miedo, ahuyentando el valor que había conseguido reunir.

—¿Tienes prisa, gatita?

Enar no se atrevió a darse la vuelta para mirarlo, tampoco encontró la voz para contestar, por lo que negó muy despacio con la cabeza.

—¿A que no sabes quién me ha llamado al móvil hace una hora, cuando estaba a punto de cerrar un trato estupendo, haciendo que lo dejara todo para regresar contigo? —susurró él.

Enar volvió a negar con la cabeza, petrificada en el sitio.

—Date la vuelta, zorrita, no me gusta hablar con tu nuca, es muy aburrido.

Ella se giró despacio, con la cabeza bien alta y una mueca de suficiencia en el rostro a pesar del terror que la atenazaba al ver que había aparcado sobre la acera y estaba apoyado en el capó, tan sereno como siempre.

—Como te decía, me ha llamado uno de mis clientes para contarme una historia de lo más inverosímil. ¿Quieres saber cuál es?

Enar negó por enésima vez.

—Verás, está empeñado en que te ha visto entrar en el portal de mi casa con tu hija. ¿Te lo puedes creer? Yo le he dicho que eso era imposible, que tienes terminantemente prohibido meter a la puta cría en mi casa. ¿No lo habrás hecho verdad?

—Puedo explicártelo —afirmó ella con un tono de voz tan frágil que se odió a sí misma por dejarle ver su debilidad.

—Eso mismo le he dicho yo; seguro que la zorra inútil a la que mantengo por pura caridad puede explicarme por qué se ha atrevido a saltarse mis normas. Pero entonces él me ha dicho que poco después un hombre y una mujer han subido a casa y se ha oído alboroto. Pero eso no es posible, ¿verdad, putita? Tú sabes de sobra que no me gustan los escándalos.

—Seguro que se ha equivocado de piso, los vecinos han tenido bronca… Tal vez les ha oído a ellos —inventó Enar fingiendo apatía.

—Sí, eso le he dicho, pero él afirma que también se oía ladrar a mis perros. Tanto que, según parece, varias vecinas se han asomado a la ventana para ver qué pasaba —se apartó del coche para acercarse aún más a ella—. Creí que ya habías aprendido a tratar con mis perros.

Enar abrió la boca para contar cualquier otra mentira, pero él le puso dos dedos sobre los labios, impidiéndoselo.

—No. Ni se te ocurra hablar si vas a mentir —la avisó, leyendo en ella como en un libro abierto, como siempre hacía—. La cuestión es que me ha contado que tras un rato, el hombre y la mujer se han ido con tu hija en brazos. Y no queda ahí la cosa, por lo visto ha escuchado como una vecina le decía a otra que habían conseguido rescatar a la niña porque te habían amenazado con llamar a la policía. Dime, puta, ¿es eso cierto?

Enar lo miró con los ojos abiertos como platos. No se le había ocurrido pensar en las vecinas cotillas que se pasaban la vida asomadas al balcón hablando de los demás. Tampoco en que todos los yonquis de la zona estaban deseando enterarse de cualquier cosa para contársela al Huesos y obtener un poco de heroína gratis como premio.

—¿Te ha comido la lengua el gato, zorra? —La aferró por la barbilla con tanta fuerza que sintió crujir la mandíbula.

—Lo siento —consiguió pronunciar ella a pesar del dolor.

—¿Qué sientes exactamente, Enar? ¿Haber secuestrado a la fofa de tu hija? ¿Tal vez haber dejado entrar a dos desconocidos en mi piso? O puede que lamentes haber montado tal alboroto que has llamado la atención de medio barrio. No, ya sé. De lo que te vas a arrepentir durante lo poco que te queda de vida es de haber estado a punto de conseguir que la puta policía viniera a mi casa a echar una miradita —susurró bajando la voz con cada palabra, lo que daba muestras de lo enfadado que estaba—. Sube al coche. —La empujó contra el capó.

—No —gruñó ella, enseñándole los dientes. El terror súbitamente transmutado en rabia.

—Sube al coche, zorra, no te conviene cabrearme más.

Enar alzó la cabeza y se dirigió al otro lado del coche, a la puerta del copiloto. La abrió, pero en lugar de entrar echó a correr hacia el nudo de carreteras que había a la salida del barrio. Un segundo después le llegó la voz de él, exigiéndole detenerse. No le obedeció. Al contrario, la adrenalina que corría por sus venas le hizo volar sobre sus pies, más aún cuando escuchó el rugido del coche persiguiéndola. Hizo un quiebro y entró en un pequeño parque que corría paralelo a las vías del tren. A él no le quedó más remedio que perseguirla a pie.

Enar corrió más rápido que nunca, el corazón a punto de salírsele por la boca con cada respiración. Llegó al final de la acera y saltó al arcén de la carretera para cruzar por debajo el puente sobre el que pasaba el tren. Tras ella los gruñidos y resoplidos del Huesos eran cada vez más audibles, signo inequívoco de que le estaba dando alcance.

Hizo un último esfuerzo, consciente de que las fuerzas le estaban fallando, y salió del arcén para adentrarse en el carril de aceleración por el que los coches se incorporaban a la A5. Atravesó el ramal hasta llegar a la seguridad del otro lado ignorando el furioso sonido de los cláxones mientras corría como alma que lleva el diablo. Allí se detuvo para recuperar el aliento, olvidando que el diablo siempre es más rápido que las almas.

Ni siquiera lo vio, solo sintió sus fuertes dedos clavándosele en la piel.

Tampoco lo escuchó, a pesar de que el abría y cerraba la boca formando palabras.

Únicamente fue capaz de oír el rugido de la sangre contra sus venas cuando él, sujetándola con dedos como garras, se giró para tirarla a la carretera.

Le clavó las uñas en los brazos, agarrándose con todas sus fuerzas para mantenerse sobre el estrecho arcén. Si caía en la carretera, los coches, en plena aceleración, la aplastarían.

El Huesos, al no conseguir su propósito, se enfureció tanto que pisó la calzada a la vez que la zarandeaba para librarse de su agarre y lanzarla de una maldita vez al asfalto.

Y fue en ese fatídico y peligroso aprieto cuando Enar vio la furgoneta blanca.

Lo soltó, apartándose en el mismo momento en el que él tomaba impulso para empujarla con todas sus fuerzas. Luego se tiró al suelo y rodó con rapidez hacia el arcén.

Él se tambaleó inestable adentrándose en la carretera.

Y el mundo se detuvo.

Enar vio como el Huesos perdía el equilibrio, irrumpiendo en la vía en el mismo momento que la Ford Transit frenaba a fondo para intentar no atropellarlo.

Lo vio rebotar cual balón contra el costado del vehículo y caer sobre el asfalto mientras el furgón giraba sobre sí mismo en un remolino de metal y caucho.

Lo vio levantarse tambaleante y también lo vio volar por los aires cuando un coche que circulaba a demasiada velocidad dio un volantazo para esquivar a la furgoneta e invadió el carril en el que estaba el Huesos, embistiéndolo.

Por último, lo vio caer otra vez sobre el asfalto, con las piernas en un extraño ángulo y una enorme brecha en la cabeza de la que no solo brotaba sangre.

El mundo retomó su eterno girar y los sonidos que la rodeaban volvieron a ser audibles por encima del estrépito de su acelerado corazón. Dio un paso atrás, la mirada fija en el hombre que estaba en la calzada con el cerebro desparramándose sobre el suelo.

—¿Está muerto? —preguntaba alguien a gritos, posiblemente el aterrado conductor que lo había atropellado.

Enar dio otro paso atrás, consciente de que aunque en ese momento nadie se fijaba en ella, pronto cambiaría su suerte y la gente comenzaría a buscar a la mujer que estaba peleándose con el atropellado. Solo tenía unos segundos antes de que todo se volviera en su contra, así que, sin pensárselo dos veces, giró sobre sus pies y echó a andar hacia el puente que había atravesado pocos minutos antes. Mientras se alejaba se quitó la chaqueta roja y la arrojó a un lado, quedándose solo con la camiseta negra de manga larga y los pantalones vaqueros. Luego recogió su multicolor melena, más castaña que rubia, en un apretado moño.

Era la primera oportunidad de escapar que se le presentaba desde que estaba atrapada en la pesadilla. No pensaba desaprovecharla.

1

12 *de marzo de* 2011

«*M*íralo, se creerá gracioso. ¡Humano tenías que ser!
¿Por qué no te tocas un poco los cojones y me dejas en paz?
Como si no tuviera nada mejor que hacer que cantar para ti,
¡pesado! ¡No te acerques! Ni se te ocurra. Aparta de ahí ese
dedazo mugriento y vuelve a metértelo en la nariz, ¡guarro!
Te las estás jugando. Vas a tener suerte de que no te saque un
ojo, ganas no me faltan».

—Vamos, lorito, dame un besito —canturreó por enésima vez un hombre de venturosa barriga acercando el dedo
a la jaula.

—¿Ves como mueve la cabeza? Eso es porque está a punto
de hablar. Sigue insistiendo —le animó uno de los clientes
habituales del bar, un viejo de pelo cano y sonrisa artera.

—No te hagas tanto de rogar, loro bonito. Currito, currito. —Alentado por el abuelo el crédulo barrigón lo intentó
de nuevo usando una voz nasal impostada.

—No se acerque tanto —le avisó el dueño del bar mientras secaba los vasos con un paño—. Y, por cierto, no es un
loro. Es una cacatúa, una ninfa para ser más exacto —explicó.

—A lo mejor por eso no me hace caso —caviló el hombre,
que iba un poco pasado de copas—. Bonita, preciosa. Di algo
o mejor aún, dame un besito. Currita bonita.

La ninfa estrechó los ojos y se acercó con rapidez al extremo
de la jaula en el que estaba el hombre. Este, entusiasmado

con su logro, metió el índice entre los barrotes, tal vez para recibir el beso, tal vez para acariciar el plumaje níveo del ave.

La ninfa abrió el pico y lo cerró sobre el inocente dedo con más fuerza de la que nadie podía esperarse, mucho menos el desafortunado hombre, cuyo alarido se escuchó a varios kilómetros a la redonda.

—¡Socorro! ¡Me ha picado y no me suelta! —aulló tirando del dedo y, por ende, desgarrando más la carne, ya que la cacatúa ni le soltaba ni parecía tener intención de hacerlo.

El dueño del bar se colgó el paño en el mandil, tomó un puñado de cacahuetes y caminó hacia la desafortunada pareja.

—Mira que le he dicho que no se acercara. Y encima va y mete el dedo en la jaula —refunfuñó hastiado—. Solo hay una cosa que cabree más a mi cacatúa, y es que la confundan con una hembra —resopló—. Venga, *Manolito*, suelta al señor. Pórtate bien y te daré un cacahuete —dijo mostrándole el preciado premio.

El irascible pájaro dio un último apretón y soltó el dedo dando un fuerte silbido. Silbido que acompañó de todo el repertorio de palabrotas que conocía. Y eran unas pocas. Después agarró el cacahuete con una pata, lo peló, se comió los maní y regresó a su cuerda favorita en el centro de la jaula.

—Me debes un chato —le dijo el abuelo de pelo blanco a otro abuelo.

—Me estoy hartando de que metáis a *Manolito* en vuestras apuestas —les advirtió el dueño a los dos parroquianos, ya que el herido había huido con el dedo tan hinchado como una porra—. Es malo para el negocio, espanta a los nuevos clientes. Y tú, *Manolito*, a ver si aprendes a comportarte —le increpó a la ninfa.

—¡*Joputacabrón*! —fue la respuesta del ave.

—Mira, ya llegan los domingueros —le dijo un viejo al otro, ignorando la retahíla de tacos del pájaro. Al fin y al cabo ellos le habían enseñado la mayoría de las palabrotas.

—Esos tienen pinta de panolis —comentó el otro viejo, señalando a un cuarteto que acababa de bajarse de un coche que seis horas antes brillaba como los chorros del oro y que en ese momento apenas era reconocible bajo el barro que lo cubría—. Un chato a que convenzo al más alto para que…

—Se acabaron las apuestas —le interrumpió el dueño del bar—. A ver si puedo tener la tarde en paz y, con un poco de suerte, hacer buena caja.

Los domingueros que habían ido a pasar el día en la sierra llegaban en manada. Pronto caería el sol y todos querían entrar en calor antes de regresar a sus ciudades. Pedirían raciones y bocadillos que regarían con cerveza, refrescos, vino o licores. Todo dependería de la suerte y la pericia que hubieran tenido. Si habían cobrado buenas piezas, estarían embriagados de alegría y no precisarían más ánimo. Y si era al contrario, posiblemente beberían más de la cuenta para paliar el mal humor. Tuvieran el humor que tuvieran, unos y otros vendrían con ganas de juerga, de la buena o de la mala, con los bolsillos llenos y las gargantas secas. Y él, como dueño del único bar de la aldea, los recibiría con los brazos y la caja registradora abiertos.

El autobús subió con exasperante lentitud el puerto para, al pasar la última y muy empinada curva, enfilar animado la carretera que recorría la sierra norte de Madrid. Dejó atrás varios pueblecitos bucólicos y se detuvo frente al desvío que llevaba a uno de ellos.

—¡Ya hemos llegado al Hoyo, señorita! —exclamó el conductor, sobresaltando a la mujer que dormitaba en un asiento de la primera fila—. Me dijo que la avisara cuando llegáramos, pues aquí estamos. —Abrió la puerta, dejando entrar una ráfaga de aire helado.

Enar, amodorrada tras el largo y sinuoso viaje, sacudió la cabeza para despejarse, tomó la mochila y bajó aturdida del autobús de línea. Se estremeció al pisar la calle. ¡Joder! Estaban en marzo, no debería hacer tanto frío. Pero lo hacía. Aún no había caído la noche y el viento era gélido. No quería ni imaginarse cuánto bajarían las temperaturas cuando el sol se ocultara, algo que ocurriría más pronto que tarde a tenor de la rapidez con la que se acercaba a las cumbres de las montañas.

—Jefe, ¿está seguro de que esto es el Hoyo del Muerto? —le preguntó al conductor.

—No, señorita, ya se lo expliqué antes —replicó este con fastidio, girando la cabeza para esquivar en lo posible el mal olor que acompañaba a la mujer—. La parada es en el Hoyo, la aldea está un poco más allá. Tome esa carretera —señaló un camino de cabras al que Enar jamás hubiera otorgado el privilegio de llamar carretera— y sígala hasta que se encuentre con el cartel del pueblo, continúe un poco más y, antes de llegar a las casas, tome el desvío a la derecha. Al final está la aldea.

—La aldea es el Hoyo del Muerto, ¿verdad? —quiso comprobar ella por enésima vez.

—Sí, señorita, es el Hoyo del Muerto. Si me hace el favor, llevo prisa…

Enar, irritada por la impaciencia del tipo, se retiró con brusquedad y en el momento en que cerró la puerta, aprovechó para decorarla con un escupitajo tal que habría enorgullecido a un dromedario. Luego se echó la mochila al hombro y enfiló hacia el pueblo a buen paso.

Veinte minutos después, arrastrando los pies y sin resuello, llegó por fin al letrero que indicaba el término municipal del Hoyo. Desde la parada, la carretera no le había parecido tan empinada, pero vaya si lo era. Aunque también debía reconocer que no estaba en buena forma. Más bien al contrario. Se apoyó en el cartel hasta recuperar el aliento y luego siguió andando. Al final del trayecto se alzaban las robustas casas serranas y, antes de estas, el cruce de caminos. Tomó el desvío indicado. Era un sendero asfaltado —al menos en su mayor parte— que descendía sinuoso por la falda de la montaña, para finalizar en el interior de un barranco en forma de media luna ocupado por unas cuantas casas.

Enar no pudo evitar resoplar disgustada, ¡tanto subir para ahora bajar! ¡Qué estupidez!

Agotada, se sentó en el suelo y contempló con antipatía la pequeña aldea. Esas casas mal colocadas eran el pueblucho de mierda que le había arrebatado a su mejor amigo hacía tantos años. El Hoyo del Muerto. El nombre le iba que ni pintado, pues la aldea parecía más muerta que viva. Observó las calles desiertas y las casas a medio derruir que salpicaban las callejuelas más alejadas de lo que parecía ser la plaza central (y única) del lugar. Solo el humo que escapaba de algunas chimeneas revelaba que estaba habitado. Por treinta y nueve personas si no recordaba mal.

No sería difícil encontrarlo siendo tan pocos, pensó con un soplo de esperanza que pronto se disipó entre nubarrones de desaliento. Puede que no fuera difícil, pero ¿le haría gracia a él ser encontrado? Hacía años que no se veían, y la última vez apenas habían charlado unos minutos antes de que llegara el Huesos y ella le largara.

Las dudas que había sentido cuando se le ocurrió ir allí por primera vez volvieron a aparecer. Encontrar a su antiguo amigo era un sueño recurrente desde hacía meses. Un deseo que siempre desestimaba pues no encontraba un motivo lógico, aparte del estúpido e imposible anhelo de iniciar una nueva vida, que la llevara a perseguir tan infantil quimera. Porque ¿para qué ir en busca de alguien a quien quizá no encontrara? Alguien que, en caso de hallar, tal vez no se acordara de ella. O, peor aún, alguien que quizá ya no quisiera nada con ella, algo que no sería raro. Había convertido la vida de su hija en un horror. No le extrañaría nada que Carlos tampoco quisiera saber nada de ella.

Ni siquiera ella misma querría saber nada de sí misma si tuviera esa opción. Lástima que no la tuviera.

Sacudió la cabeza, abatida. Ir allí había sido un error. Un tremendo error. Si lo encontraba, le arruinaría la vida como había hecho con Mar. Y si no daba con él, no tendría modo de sobrevivir. Rechazó ese pensamiento con un bufido; era la excusa que siempre se daba para no buscarlo. En Madrid, gracias a los comedores y albergues, jamás le faltaba un bocadillo que llevarse a la boca o un lugar en el que dormir. Algo que no tenía garantizado si se largaba. Así que se había quedado en la capital, sintiéndose cada vez más cansada y apática. Hasta que la noche anterior, una más de aquellas que pasaba con los sentidos embotados, la conciencia ebria y la razón enajenada, la vida le había hecho una advertencia.

Tal vez la última.

Y ella, por segunda vez en su vida, había hecho caso. Metió todas sus cosas en la mochila y compró un billete para el primer autobús que la llevara al Hoyo del Muerto. Allí estaba ahora. En mitad de la sierra. Sedienta, helada, cansada y hambrienta. Sin más expectativas de conseguir comida o cobijo que las que tenía de encontrar a un hombre del que no sabía nada desde hacía años.

Tal vez no había sido la mejor idea de todas las estúpidas ideas que había tenido en su vida.

Hizo visera con la mano para librarse de los molestos rayos de sol del final de la tarde y oteó la aldea en busca de alguien. Alguien muy alto, con el pelo rojo y la piel muy clara. Por supuesto no lo encontró. No iba a tener tanta suerte. No era su estilo. Lo que sí vio fueron unos cuantos coches en la estrecha carretera que llegaba al pueblecito desde el otro lado de la montaña. Todos aparcaban en la plaza, alrededor de una gran casa con un cartel en la puerta.

Frunció el ceño al ver a varias personas junto a la puerta, fumando. Una esperanzada sonrisa se dibujó en sus labios al percatarse de que solo había un motivo por el que estuvieran fumando fuera en lugar de hacerlo dentro, calentitos: porque estaba prohibido fumar en los bares. Se apostaría el cuello a que esa casa lo era. Y si así era, tenía una posibilidad de encontrar a quien buscaba, o en caso contrario, de encontrar a algún iluso al que enredar para que la invitara a cenar, y, si era necesario, también a pasar la noche con él. No era cuestión de morirse de frío en la calle.

Se puso en pie y retomó el camino con bastante más optimismo que minutos atrás.

Había recorrido unos pocos metros cuando le sobrevino el primer calambre de una serie de ellos que a punto estuvieron de hacerla caer. Hincó una rodilla en el suelo y se abrazó el estómago hasta que remitieron. Luego abrió la mochila y con dedos temblorosos buscó por enésima vez lo que sabía que no iba a encontrar porque se había prometido no meter.

Tal vez había cometido un error al hacerse esa promesa

tan precipitada. Ahora que lo pensaba con frialdad, quizá se había apresurado al ser tan radical y querer dejarlo de golpe. No era cuestión de empezar una nueva vida sintiéndose fatal solo por una tonta promesa hecha en un momento de iluminación mental de lo más inoportuno. De todas maneras el dolor de tripa bien podría ser por culpa del hambre y no de la «sed». Sería lo más lógico, ¿no? Estrechó los ojos pensativa. ¿Cuándo había sido la última vez que se había echado algo sólido en el estómago? No lo recordaba, tal vez dos días atrás, puede que más. Los últimos días con sus noches habían sido un poco… confusos.

Ignoró la debilidad que la hacía temblar y, haciendo acopio de la poca energía que le quedaba, retomó el camino que la llevaría a su destino, fuera este el que fuera.

Poco antes de llegar a la aldea, se ocultó tras unos árboles y buscó en la mochila ropa limpia, o si no limpia, pues eso era imposible, al menos que no apestara tanto como la que llevaba puesta. Se desnudó haciendo caso omiso del frío y se visitó con unos viejos vaqueros no muy sucios que seguían ciñéndose como un guante a sus piernas y una camisa que le tapaba la barriga y se ajustaba a sus aún llamativos pechos. Volvió a ponerse el anorak, se calzó las botas y se peinó con los dedos antes de regresar al camino. Apretó las manos formando puños al sentir que volvían a temblarle y apresuró el paso. Necesitaba con urgencia un buen bocadillo y un café con leche calentito.

«También una copita de cualquier licor, solo una, para entrar en calor y calmar los temblores», susurró burlona su conciencia.

—Sí, eso también, pero no esta noche —dijo enseñando los dientes en una mueca feroz.

Si había sido capaz de desengancharse de la coca, también podría controlar el alcohol. Aunque lo cierto era que no tenía ni idea de cómo lo había conseguido. No recordaba apenas nada de esa etapa, solo los temblores, el miedo, el frío y la voz de Luka resonando en su cabeza, exigiéndole que lo dejara. También el cadáver del Huesos apareciendo de vez en cuando ante ella. Eran alucinaciones, por supuesto. No creía en zombis ni en fantasmas, pero aun así eran terroríficas. Así que había paliado tan desagradables efectos secundarios con alcohol. Con tanto, que todos esos meses se habían borrado de su memoria. Y eso era bueno. Prefería sufrir amnesia selectiva que vivir atormentada por los recuerdos de esa época. Bastante tenía ya con los que no podía borrar.

Al llegar a la pequeña plaza se percató de que todos los que estaban fuera fumando vestían de forma similar: botas de montaña, pantalones multibolsillos, camisas, chalecos y polares en tonos tierra. Algunos eran un poco más originales y habían cambiado el verde y el marrón por estampados de camuflaje, pero aun así la tendencia monocromática era evidente. Los miró extrañada, tal vez la tienda de ropa de la zona solo vendía ese tipo de prendas. Cosas más raras había visto. Se encogió de hombros y entró en el bar. El golpe de calor que la recibió derritió la capa de frío que parecía cubrir su piel. Disfrutó un instante de la agradable sensación y atravesó el salón para ir a la barra. No fue tarea fácil pues estaba lleno a reventar y el ruido era ensordecedor. Todo el mundo hablaba a gritos; unos se vanagloriaban de ser los mejores, otros lamentaban su suerte y algunos se reían jocosos mientras contaban extrañas aventuras de tiros y persecuciones. «La gente de este pueblo es rara de cojones», pensó aturdida. De lo que no cabía duda era de que se lo pasaban de maravilla. Todos confraternizaban con todos mientras se llenaban el buche con copas, cervezas y apetitosas raciones.

Se le hizo la boca agua al ver los manjares que cubrían la barra. Los manjares y las copas. Copas que tomaban la tonalidad de los líquidos que contenían. Podía identificar los licores sin necesidad de catarlos. El anís derritiendo las piedras de hielo que lo opacaban, la densa transparencia del orujo, el ámbar dorado del whisky escocés, el rosado intenso del pacharán y el verde vivo del licor de hierbas.

Todos y cada uno de ellos parecían entonar una atrayente melodía solo para ella.

Sacudió la cabeza para deshacerse del canto de sirena del alcohol y llamó al atareado camarero. Este no dio señal de haberla oído, algo lógico dado el escándalo reinante. Volvió a llamarlo. El hombre se giró, la miró de arriba abajo, frunció el ceño y volvió a centrarse en poner cafés.

—Puto cabrón —siseó Enar aupándose en la barra para hacerse más visible.

Volvió a llamarlo, esta vez a gritos.

El hombre, harto del escándalo que estaba montando la recién llegada, se acercó a ella para cantarle las cuarenta, y fue entonces cuando se dio cuenta de la delgadez cadavérica de su rostro, de las desaliñadas prendas que vestía y del olor que parecía envolverla. Un olor que sobrevolaba el fuerte y repulsivo tufo a sudor y sangre de sus clientes de fin de semana. La miró extrañado e inhaló con disimulo para luego arrugar la nariz disgustado. Sin duda provenía de ella este tufillo a sudor rancio y alcohol barato. ¡Estupendo! Como no tenía suficiente con los borrachines de la aldea, ahora también le llegaban borrachas de fuera.

Enar se cruzó de brazos, furiosa ante el descarado examen. Sí, puede que no oliera muy bien, no había tenido tiempo de ducharse desde no recordaba cuándo exactamente, ¡pero tampoco el bar olía a rosas! De hecho, el ambiente estaba cargado con un pesado olor metálico que le hacía pensar en sangre, carne y vísceras.

—¿Qué va a querer, señorita? —preguntó el camarero, mirándola con mala cara.

—Un café con leche —dijo, luchando contra sí misma para no pedir lo que realmente deseaba—. Estoy buscando a un amigo, es muy alto, pelirrojo y tiene la piel pálida y llena de pecas —le comentó mientras atendía su petición.

El curtido hombre la observó un instante con los párpados entornados, pensándose la respuesta antes de poner frente a ella el café, encogerse de hombros en silencio y alejarse.

Enar le siguió, abriéndose camino a codazos. No iba a permitir que la ignorara. Ese tipo era su opción más viable de encontrar a Carlos, pues los bares eran el punto de reunión por antonomasia. Si el dueño del bar del pueblo no lo conocía, podía darlo por imposible.

—Tiene una casa aquí llena de pájaros. Águilas y aves de

ese estilo —le explicó desesperada, sin saber cómo describir el lugar en el que Carlos vivía, ya que no había ido nunca y tampoco había prestado atención cuando le había hablado de él.

El hombre negó con la cabeza a la vez que cortaba con pericia delgadas lonchas de jamón serrano que, por lo bien que olía, tenía que ser como mínimo de pata negra.

—Vamos, joder, seguro que lo sabes —exclamó vencida por el desaliento—. ¿Por qué no me lo quieres decir? Es mi puto amigo, está deseando verme y yo estoy aquí perdiendo el tiempo porque no te sale de los huevos ayudarme —dio un golpe sobre la barra, rabiosa.

—Tenga cuidado, señorita, no vaya a ser que la eche a patadas —murmuró él, acodándose en el mostrador—. Le aseguro que ganas no me están faltando.

—Necesito saber donde vive mi amigo, se llama Carlos. Carlos Arrojo —señaló, acordándose del apellido—. Su abuelo era de aquí y tenía pájaros. Le dejó una casa…

—No conozco a ningún Carlos —la interrumpió, alejándose para continuar con su tarea.

Enar abrió la boca para seguir protestando, y ese fue el momento elegido por su estómago para quejarse dolorosamente del abandono al que era sometido. El calambre fue tal que la visión se le desenfocó y tuvo que apoyarse en la pulida madera para no caer. Era como si sus intestinos se retorcieran sobre sí mismos, desgarrándole las tripas mientras la frente se le cubría de sudor frío y sus manos comenzaban a temblar.

El camarero la miró de arriba abajo y llenó un plato de humeante magro con tomate.

—Vamos a hacer una cosa; bébase su café y coma un poco. —Dejó la comida frente a ella—. Estese tranquilita y sin gritarme hasta que se vacíe el bar, y cuando todo esté más despejado intentaré hacer memoria.

Enar estrechó los ojos con desconfianza.

—Vamos, coma, invita la casa —insistió él.

—Sabes de quién te estoy hablando —aseveró Enar.

El hombre no movió un solo músculo para confirmar o desmentir su afirmación.

—Lo sabes. —Enar apretó los dientes, enfadada—. Sabes quién es y dónde puedo encontrarlo y no quieres decírmelo. ¡¿Por qué no, joder?!

—Sinceramente, porque no estoy muy seguro de que él quiera verla a usted —la miró con fijeza—. No es el tipo de persona con la que él se junta.

—¿Ah, sí? ¿Y qué tipo de mujer crees que soy, cabrón? —gruñó Enar.

—Coja la comida, apártese de mi vista y estese calladita, porque si vuelvo a oírla la sacaré de aquí sin darle tiempo a decir amén —sentenció antes de irse a atender a más clientes.

—Te puedes meter tu puta comida por el culo.

Enar empujó enfadada el plato contra el expositor, manchándolo todo con las salpicaduras. Luego se dio media vuelta y se internó de nuevo en el abarrotado salón. Estudió con atención a las personas que allí se congregaban. Examinó cada rostro en busca de algún grupo de posibles incautos y, cuando lo encontró, no lo dudó ni un instante y fue hacia ellos. Eran tres, estaban medio borrachos y su estado de ánimo no se correspondía con la alegre algarabía que los rodeaba. Al contrario, era una mezcla de frustración y pesadumbre. Fáciles de engatusar y, en caso necesario, también fáciles de robar.

El dueño del bar la siguió con la mirada, soltando una maldición al ver hacia quiénes se dirigía. La muy estúpida saltaba de la sartén para caer en las brasas, pues de entre todas las personas que allí había, iba hacia los más alborotadores y descontrolados.

Resopló preocupado, sacó el móvil del bolsillo e hizo memoria.

—… La muy puta se escapó, no sé cómo, pero lo consiguió —decía en ese momento uno de los tipos a los que Enar había echado el ojo—. Tenía la mira puesta entre ceja y ceja, y una milésima de segundo antes de dispararle pegó un salto y…

—Y mataste el tocón de un viejo roble —le interrumpió, estallando en carcajadas un abuelo de barba blanca y mirada taimada—. Pobrecillo, ¿no crees, *Manolito*?

Como si fuera una señal, la cacatúa, que hasta ese momento dormitaba en la jaula, comenzó a hablar, haciendo que más hombres se unieran a las carcajadas del viejo.

—*Pobrre torrpe lerrdo palurrrdo.*

—¡Haz callar a ese estúpido pájaro! —estalló el hombre que estaba contando la historia.

—*Manolito*, ya has oído al señor, cierra el pico —dijo el viejo.

La cacatúa cantó más alto, más rápido y con más variedad de insultos.

—Menudos gilipollas están hechos —dijo Enar con tono casual, acercándose al ofendido—. Hay que ser subnormal para reírse de las chorradas de un estúpido loro —se juntó al hombre como si fueran antiguos conocidos—. ¿Te importa? —Sin esperar respuesta, le quitó la cerveza y la arrojó a la jaula—. ¡Que te calles, pajarraco!

El pobre y empapado *Manolito* se calló. Al menos durante un instante. Luego comenzó a garrir histérico, explotando en un histriónico baile para sacudirse la cerveza de las plumas, haciendo que el hombre ofendido y sus amigos estallaran en carcajadas.

—Muy buena jugada, guapa —la felicitó el más atractivo de los tres—. Ya era hora de que alguien le diera una lección a ese maldito loro.

—Es una cacatúa, y si alguien vuelve a tirarle algo saldrá de mi bar con los pies por delante —avisó el camarero tapando la jaula con un paño negro.

—No te enfades, Fernando, esta preciosidad solo estaba defendiendo el honor de Martín —escudó el guapo a Enar. La atrapó por la cintura para apoyarla contra él.

Enar le dedicó al dueño del bar una cáustica sonrisa llena de dientes y descansó la cabeza con perezosa sensualidad sobre el hombro de su incauto defensor.

—¿Quieres tomar algo, guapa?

—Un refresco estaría genial. —Se estiró para tomar el

trozo de tortilla de patatas que era el jugoso aperitivo del trío.

—No me jodas, nena, ¿un refresco? Pensaba que eras una tía dura —replicó el narrador burlado—. Yo no gasto mi dinero en agua sucia. —Posó la mano sobre el muslo de Enar, sin que al guapo, que tenía la suya colocada de manera estratégica sobre el culo femenino pareciera importarle en absoluto compartir—. Prueba otra vez, preciosa, y esta vez pide algo más consistente.

Enar quitó la mano del narrador de un manotazo y aferró la del guapo, subiéndola hasta su cintura.

—Para tocar hay que ganárselo —señaló con un fiero mohín—. Un refresco —pidió de nuevo. Puede que no fuera lo que le apeteciera, pero nadie le iba a decir qué debía tomar.

—Está bien. Una coca-cola para la niña bonita —pidió el guapo, abriendo la mano en abanico para tocarle el trasero, aunque solo fuera con la punta de los dedos.

Enar no lo rechazó esta vez, la vida le había enseñado que si quería que los incautos se confiaran tenía que dejarles obtener una pequeña victoria. Se quitó el anorak y echó atrás los hombros, sacando pecho. Las tetas seguían siendo su mejor arma y no iba a desaprovecharla. Por supuesto, la mirada de los tres borrachos se centró en los botones que parecían a punto de saltar. Esbozó una sonrisa torcida y se estiró retozona, tensándola aún más para deleite de sus acompañantes. Una vez estuvo segura de tenerlos en el bote, se removió contra su captor para acercarse a la barra y tomar otro trozo de tortilla. ¡Estaba deliciosa la condenada! Y así, entre estiramientos para mostrar sus encantos, rozamientos de esos mismos encantos contra el cuerpo de ellos y las palmaditas que les daba en los muslos con erótico candor, en ocasiones dejando la mano muy cerca de donde ellos la querían, fue ganándoselos para su causa, que no era otra que conseguir comida y bebida gratis. Les sacó una ración de jamón, otra de choricitos a la sidra y una tapa de queso. Todo ello regado con cerveza pues, una vez les hubo demostrado que ella bebía lo que le daba la gana y, tras sufrir uno más de esos horribles calambres, le quedó claro que no era precisamente la falta de comida lo que los provocaba. Y joder, no era plan de pasarlo mal cuando lo podía pasar bien. Además, la cerveza no podía considerarse alcohol. O bueno, sí, pero era un alcohol flojucho que no ponía nada, y por tanto no iba a emborracharse. Así que tampoco era como si estuviera incumpliendo su promesa.

Solo estaba… Tomando fuerzas para dejarlo. Sí. Eso era. No iba a dejarlo de golpe, seguro que no era bueno.

—¡Fernando, cuatro JB con cola por aquí! —escuchó al tercero del trío que estaba tan idiotizado con sus tetas y su coño que su mirada solo tenía dos posiciones: arriba y abajo.

¿Cuatro? Ah, no. No iba a beber whisky. Eso sí que sería saltarse la promesa a la torera.

—Yo paso, otra cerveza para mí —pidió con una voz tan fangosa que se sorprendió.

¿De verdad estaba tan ebria como indicaba su voz? No. Imposible. Era solo cansancio. No podía haber bebido tanto, apenas llevaba un rato allí. Dirigió la mirada a las ventanas y descubrió que el lugar estaba casi desierto y que era noche cerrada. Vaya, por lo visto habían pasado unas cuantas horas. Pero estaba tan calentita, con el estómago lleno y sin que le doliera nada… Y tampoco era que tuviera prisa por ir a ninguna parte.

Alargó la mano para tomar su cerveza, pero lo que tocaron sus dedos fue el vaso que contenía el cubata. Parecía tan apetecible. Y, joder, tampoco pasaba nada por empezar un día más tarde a cumplir la estúpida promesa que no debería haberse hecho nunca.

El camarero resopló inquieto cuando vio a la mujer beber con ansiedad un largo sorbo de whisky mientras el hombre contra el que se apoyaba aprovechaba para subir más la mano que le acariciaba el muslo. Ella no dudó un instante en quitársela, pero Fernando pudo captar la determinación en la mirada del tipo. Esa estúpida borracha estaba jugando con fuego y pronto iba a quemarse. Sacó el móvil y llamó por enésima vez a la persona que buscaba. Dudaba de que el cetrero supiera quién era ella, mucho menos que tuviera interés en conocerla. Pero no pensaba quedarse con el cargo de conciencia de dejarla irse con esos indeseables, y si eso provocaba una pelea, el enorme pelirrojo sería de buena ayuda. Pero, al igual que todas las veces anteriores, el móvil dio un solo tono antes de que una voz mecánica le indicara que estaba apagado o fuera de cobertura. Le mandó un mensaje y comprobó que el palo revientacabezas estuviera bajo la barra, como así era. Luego se preparó un café sin apartar la vista de la mujer y sus acompañantes.

Se avecinaban problemas, podía olerlo.

—La tenía a diez metros —decía el narrador, contando la misma historia que había provocado las hilaridad de los viejos horas atrás—. Apunté entre ceja y ceja y una milésima de segundo antes de disparar, la muy puta saltó, esquivando el tiro.

Enar ahogó un bostezo sin prestar mucha atención al aburrido relato. Tras pasar un día infernal estaba más muerta que viva y lo único que le apetecía era echarse un sueñecito.

—Seguro que alguien la asustó —aventuró el salido, los ojos fijos en las tetas de Enar.

—No lo dudes, pero ¿quién? Si lo supiera, le metería una bala entre ceja y ceja —siseó enfadado el narrador, bebiéndose de un trago lo que quedaba en el vaso.

—¿No lo sabes? —siseó burlón el guapo antes de dejar con un golpe el vaso en la barra, lo que sobresaltó a Enar, despertándola de su apatía.

Continuaba abrazándola con fuerza para mantenerla junto a él, tan pegada que podía sentir cada centímetro del cuerpo masculino. Un cuerpo que, por cierto, se iba poniendo duro por momentos, sobre todo en la zona intermedia.

«Va siendo hora de irse», pensó Enar despertándose por completo.

—Seguro que ha sido el puñetero cetrero. Siempre está dando por culo con las trampas —murmuró en ese momento el narrador.

Enar dio un respingo. ¡Cetrero! Eso era Carlos, un cetrero. ¡Puede que hablaran de él!

—¿Qué pasa preciosa, te ha picado un bicho? ¿Quieres que te rasque? —preguntó burlón el guapo, deslizándole la mano entre los muslos como por casualidad.

—Ni de coña —replicó Enar apartándolo de su sexo—. ¿Por qué iba el cetrero a daros por culo? —preguntó como si tal cosa.

—Porque es un hijo de puta. No es la primera vez que tenemos un encontronazo con él. Una vez nos montó una buena bronca por matar una de sus palomas. Y cualquiera se pelea con él, joder, es un puto gigante —se quejó el narrador.

—Menudo gilipollas —susurró Enar esperanzada, tenía que ser Carlos, seguro—. ¿Dónde vive? Es para ir a su casa y lanzarle piedras —inventó cuando el salido la miró suspicaz.

—Creo que en las afueras del pueblo, pero no estoy seguro. Habría que preguntarlo y aquí nadie te lo va a decir, los aldeanos son unos tarados que no se fían de nadie de fuera —dijo el narrador, que también era el más borracho de los tres.

—Qué putada —musitó Enar tomando buena nota.

No era un gran descubrimiento, pero era más de lo que sabía hasta entonces. Solo era cuestión de armarse de paciencia, ir a las afueras y llamar casa por casa hasta dar con él, no podía ser tan complicado, pensó con el optimismo característico de los que están achispados.

—Se está haciendo tarde —señaló, y se apartó del hombre que la abrazaba, o al menos lo intentó, pues este se apresuró a sujetarla—. Eh, vamos, tengo que irme —protestó con un sensual mohín.

—¿Qué prisa tienes? —señaló el salido colocándose frente a ella para cortarle el camino.

—Creíamos que ibas a pasar un buen rato con nosotros —dijo el narrador, inclinándose sobre ella con lascivia.

—Sí, claro. Por supuesto que voy pasar un buen rato con vosotros —aceptó con fingida complacencia a la vez que una estridente alarma comenzaba a sonar en su cabeza.

Los años que llevaba viviendo en la calle la habían dotado de un sexto sentido que había aprendido a no despreciar. Y ese sexto sentido le decía a gritos que esos tres no estaban tan borrachos como querían aparentar y además tenían pensado cobrarse «en carne» la comida y la bebida a la que la habían invitado. ¡Mierda!

—Pero no pensaréis pasar ese buen rato aquí, en el bar, ¿verdad? —continuó con una voz que esperaba pareciera lujuriosa—. No es por nada, pero no me apetece una mierda mamárosla arrodillada en el jodido suelo. Tiene pinta de estar muy duro, casi tanto como vuestras pollas —comentó burlona—. Buscad una cama y os follaré hasta dejaros secos. —Intentó apartarse del tipo que la sujetaba—. Eso sí, siempre y cuando me dejes ir a mear, ¿o eres de esos raritos a los que les gusta que les meen en la cara? —preguntó enfadada.

—La gatita ha sacado sus garras —comentó el guapo soltándola al fin. Aunque antes de dejarla marchar le dio un fuerte azote en el culo—. Voy a pagar, no tardes o iremos a buscarte.

—Claro que no. Por nada del mundo me perdería esta gran polla —replicó Enar chupándose la boca a la vez que le daba un apretón en el paquete. Luego tomó la mochila y se dirigió al aseo.

Nada más entrar cerró la puerta con llave y buscó histérica una ventana. No la había. ¡Joder, joder, joder! ¡Ese pueblo era la leche! ¿A qué iluminado se le había ocurrido poner un aseo sin ventilación? Tenía que haber una puta ventana por algún lado. Buscó nerviosa varias veces antes de darse cuenta de que, situada sobre el inodoro, en el borde del tejado a dos aguas, había una pequeña claraboya de madera. Se subió inestable al retrete, pero antes de llegar hasta ella perdió el equilibrio y se cayó. Gruñó enfadada y volvió a subirse, agarrándose con fuerza del marco del tragaluz. Lo abrió con manos trémulas y, tras tirar fuera la mochila, se coló por la estrecha abertura y se cayó al suelo de culo.

Se levantó atontada y la ráfaga de viento helado que la atacó le hizo darse cuenta de que no solo estaba hecha una piltrafilla, sino que también había olvidado el anorak dentro. ¡Mierda! Se planteó regresar a por él. No sabía dónde iba a pasar la noche y desde luego el clima no era adecuado para pasearse sin abrigo, pero no pensaba volver a acercarse a esos hombres. Especialmente al guapo.

Un escalofrío la recorrió, pero no era de frío sino de miedo. Su aspecto cuidado y sus ademanes tranquilos la habían engañado, haciéndole pensar que era como los otros dos, pero no lo era. Había estado a punto de desmayarse cuando la llamó gatita. Y luego aquel azote que no tenía nada de juguetón. Sabía bien el tipo de hombre que hacía eso.

Uno peligroso. Mucho. Tal vez tanto como el Huesos.

Echó a correr.

No habían pasado ni cinco minutos cuando se detuvo al borde de la extenuación. El maldito pueblo no tenía una sola calle llana, todo eran pronunciadas subidas y empinadas bajadas. Y bajar era fácil, pero joder, subir era casi imposible. Miró a su alrededor mareada, atenta a cualquier cosa que le sirviera de indicación para saber cuán lejos del bar se encontraba, pero sus sentidos continuaban tan embotados que no sabía desde dónde había llegado ni por dónde continuar. Echó a andar vacilante por la más oscura de las calles, pensando que así sería más difícil que la encontraran, siempre y cuando aún la estuvieran buscando, que era algo que no tenía nada claro. Quizá estuviera corriendo como una loca, muerta de frío y agotando sus escasas fuerzas en esa estúpida huida mientras ellos seguían en el bar, calentitos, y sin ninguna intención de perseguirla. Al fin y al cabo ella ya no era el bombón de antaño, mucho menos un polvo memorable. En realidad solo era una borracha demacrada con muchas tetas y poca cabeza. Se apoyó en una rugosa pared. Pero no era una pared, sino una puerta que colgaba inestable de los goznes y que se abrió bajo su peso, y la hizo caer sobre la ¿mullida hierba?

—¿Qué coño le ha pasado al suelo? —Miró confundida a su alrededor.

Estaba dentro de una casa. Una casa sin techo, al menos en su mayor parte, con el suelo agrietado e invadido por las malas hierbas y sin una de las paredes, la que estaba frente a la puerta que acababa de derribar y que daba a una calle oscura y desierta.

Por lo visto había ido a dar con una de las edificaciones medio derruidas que había visto desde la carretera. Se frotó la nuca mientras pensaba que había tenido mucha suerte. La casa estaba tan oscura que si se acurrucaba en una esquina pasaría desapercibida, y lo mejor era que allí no hacía tanto frío como en la calle, pues las paredes frenaban el viento. Se dirigió al rincón que aún mantenía parte del tejado y se sentó en el suelo con la espalda apoyada en la pared. Descansaría un poco antes de ir a buscar a Carlos, pensó cerrando los ojos.

Tiempo después, puede que minutos o puede que horas, un fuerte haz de luz convirtió en fuego el interior de sus párpados e hizo que se despertara sobresaltada.

Había alguien en la puerta, iluminándola con una potente linterna.

—Vaya, vaya… Mirad dónde está la putita.

Enar, cegada por la luz, escuchó con claridad la voz del guapo.

—Parece que has buscado un lugar discreto para que te follemos. Bien, muy bien —continuó diciendo él a la vez que se acercaba sin dejar de apuntarla con la linterna.

¡Joder!, pensó Enar, deslumbrada por la luz y con la adrenalina corriendo veloz por sus venas, ¿¡qué demente iba por la vida con una linterna industrial en el bolsillo?! De hecho, ¿qué persona en su sano juicio recorría un pueblo a las tantas de la noche en busca de una mujer que no quería nada con él? Un sicópata, seguro. Su maldita mala suerte la había llevado a elegir al único demente de entre todos los hombres del bar. Golpeó el suelo, colérica, y acto seguido se levantó, cogió la mochila y echó a correr dispuesta a salir por patas del asunto.

Chocó contra una pared blanda. Pero no era una pared, sino otro de los componentes del trío: el salido adicto a sus tetas.

Mierda.

Caminó hacia atrás, alternando la atención entre el salido y el sicópata.

Y la atrapó por la espalda el tercero en discordia.

—¡Sorpresa! —exclamó el narrador en su oído, haciéndola gritar.

El sicópata se apresuró a taparle la boca con la mano.

—Tranquila, fierecilla —susurró—. No querrás despertar a todos con tus gritos, ¿verdad?

Enar le lanzó una contundente patada como respuesta a la vez que le daba un pisotón a su captor.

Ellos, como los caballeros que eran, soltaron las linternas, que se apagaron sumiéndolos de nuevo en la oscuridad, y le devolvieron la atención dándole un bofetón y un par de puñetazos en la tripa, lo justo para dejarla sin aliento y encogida sobre sí misma.

—Aprovecha ahora que está grogui para quitarle la ropa —escuchó decir a uno de ellos.

Un segundo después, el sicópata le estiraba las piernas para bajarle los vaqueros mientras el narrador y el salido le jaleaban con la voz gangosa propia de los borrachos.

—Babosos hijos de puta —gritó Enar, pateando la cara del que intentaba desnudarla.

Escuchó con satisfacción el crujido que hizo la nariz al romperse seguido del grito estrangulado del sicópata y, sin perder más tiempo, se lanzó contra el salido y le hincó los dientes en lo que imaginó que era el cuello; aunque tampoco lo tenía muy claro. Apretó hasta desgarrarle la piel y notar el sabor metálico de la sangre. Disfrutó con los gritos de dolor del tipejo, al menos hasta que el narrador salió de su ebrio asombro y, atrapándola por la cintura, se la quitó de encima a su amigote.

Enar gruñó, le enseñó los dientes y lanzó patadas a diestro y siniestro mientras clavaba con saña las uñas en la piel de quien la tenía presa.

—¡No la sueltes! —El sicópata se puso en pie con la nariz sangrando a borbotones.

—¡No es tan fácil, joder! —replicó el narrador lanzándola contra la pared.

El golpe la dejó atontada y el salido, con un trozo menos de piel en el cuello, aprovechó su aturdimiento para empujarla contra el suelo, donde le sujetó los brazos.

Enar les lanzó puntapiés, insultándolos a voz en grito.

—¡Tápale la boca antes de que despierte a todo el mundo! —ordenó el sicópata, asiéndola de los pies para evitar que siguiera utilizándolos como armas.

El narrador se sacó un mugriento pañuelo del bolsillo y

se apresuró a metérselo en la boca hasta el fondo, provocándole arcadas.

—Te conviene estarte quietecita, puta, será mucho mejor para ti si no nos cabreas más —susurró el sicópata.

Le soltó los pies y se sentó a horcajadas sobre su tripa, envolviéndole el cuello con sus largos dedos. Oprimió inclemente a la vez que se desabrochaba los vaqueros para sacarse la polla. El narrador, sin pensárselo un instante, se colocó a los pies de Enar con la intención de quitarle los pantalones de una buena vez.

Enar se sacudió aterrorizada sin dejar de forcejear mientras intentaba llevar algo de aire a sus pulmones entre arcada y arcada. Pero era imposible. El narrador y el salido estaban tan borrachos que no se daban cuenta de que el sicópata estaba asfixiándola, y a este no parecía importarle en absoluto su agonía. La historia volvía a repetirse, con otros actores, otro escenario y otro juego, pero se repetía. No había hecho caso de la advertencia del destino y, al igual que le había pasado a Mariana dos noches atrás, iba a morir ahogada en su propio vómito en El Hoyo del Muerto. ¡Qué oportuno! Tal vez a partir de esa noche lo llamarían el Hoyo de la Muerta, pensó con humor negro cuando los pulmones le ardieron y su visión empezó a desenfocarse.

De repente oyó un agudo silbido y el narrador se desplomó junto a ella con la sien ensangrentada. Un segundo después la presión sobre su tráquea desapareció y pudo volver a respirar, pues el sicópata se había levantado para mirar concentrado hacia la oscuridad.

Otro silbido surcó el aire y el peligroso hombre cayó de rodillas a la vez que se sujetaba entre jadeos las joyas de la familia.

—¿Qué pasa? ¿Quién hay ahí? —gritó el salido, soltándola para ponerse en pie.

No le dio tiempo, algo cortó el aire a toda velocidad para acabar estrellándose contra su cabeza. Cayó desmadejado cuan largo era.

Enar se quitó el asqueroso pañuelo de la boca y observó aturdida a sus agresores. Estaban tirados en el suelo, dos inconscientes y el otro más pendiente de sus aplastados huevos que de ella. Miró a su alrededor y aunque no vio nada entre la densa oscuridad que la rodeaba, sí notó las rápidas pisadas que indicaban que alguien se acercaba a ella.

Sin pensárselo dos veces se levantó dispuesta a plantarle cara. Puede que le hubiera salvado el culo, pero eso no significaba que no pensara ocupar el lugar del sicópata entre sus piernas. Mejor no fiarse de nadie, más aún cuando se sentía tan débil y mareada. Y tan ciega.

¡Dónde estaba la puta luna cuando se la necesitaba!

La luna, como si hubiera oído su exigencia, se asomó tras las nubes, dando luz a una sombra que pareció emerger de la oscuridad. Una aparición alta y fornida que caminaba deprisa y cuya piel pálida parecía destellar bajo los plateados rayos.

—¿Estás bien? —le preguntó al llegar hasta ella, sujetándola al ver que se tambaleaba—. Contesta, ¿estás bien? ¿Te han llegado a hacer algo?

Enar negó con la cabeza mientras absorbía cada uno de los rasgos de su salvador: la piel nívea y llena de pecas, los ojos almendrados, los labios gruesos… Era él. Por fin lo había encontrado. Ahora todo iría bien. Él haría que fuera bien.

—Menos mal —suspiró aliviado—. Vámonos, no creo que tarden en recuperarse.

Como para corroborar sus palabras, el sicópata sacudió la cabeza e intentó incorporarse. No lo logró, pues una enorme bota de montaña se estrelló contra su cara con la fuerza de una bola de demolición, y lo hizo caer de nuevo.

—Vamos, no te pares a mirar —jadeó el recién llegado, tirando de ella.

—¡Espera! —exclamó Enar.

Se soltó para correr hasta donde se había quedado dormida. Tomó la mochila del suelo, ¡no pensaba irse sin sus cosas! Cuando pasó junto a sus agresores no se lo pensó un instante. Comenzó a propinarles patadas en cualquier parte del cuerpo, aunando toda la rabia que tenía dentro con las pocas fuerzas que le quedaban.

—No seas estúpida —siseó su liberador tras ella. La rodeó por la cintura con sus recios brazos, alzándola en el aire

NADIE MÁS QUE TÚ

para alejarla de los hombres que había en el suelo—. No tenemos tiempo que perder. —Se dirigió con ella al lugar donde faltaba la pared.

—Suéltame, joder. Voy a matar a esos hijos de puta. ¡Cabrones! Me cago en todos vuestros putos muertos —gritó sin parar de forcejear a pesar de que ya habían salido de la casa y enfilaban una callejuela con el suelo de tierra.

—¡Cállate de una vez! —siseó él, tapándole la boca a la vez que tomaba presuroso otra calle que parecía terminar en un despeñadero—. Nos van a oír.

—¡Que se jodan! —gruñó Enar, sacudiendo la cabeza para librarse de su mano.

—No. Nos jodemos nosotros. —Saltó al precipicio, que resultó ser un desnivel poco profundo invadido por la maleza, y la soltó, haciéndola girar para que quedara enfrentada a él—. Más vale que no nos encuentren porque ellos tienen escopetas y balas y yo piedras y un tirachinas —siseó apretándole los hombros para dar más fuerza a sus palabras.

No era la primera vez que se enfrentaba a esos tres y, si estando sobrios había faltado un pelo para que le apuntaran con las armas, no quería ni pensar en lo que podrían hacer estando borrachos.

—¿Tirachinas? ¿Como Zipi y Zape? —jadeó perpleja. ¿En serio había tumbado a tres hombres a pedradas? ¡Vaya! Luego el resto de la frase penetró en su mente, haciéndole abrir los ojos como platos—. ¿¡Escopetas!? ¿Pero qué clase de pueblo de mierda es este?

—Uno que está en mitad de la montaña y que se llena de cazadores los fines de semana. Y ahora, ¡cállate! —ordenó mirando a su alrededor. Al no ver peligro, le agarró la mano y echó a andar entre la densa vegetación.

Enar le siguió aturdida mientras ataba cabos. Ahora entendía por qué todos vestían de forma similar y por qué olían a carne fresca y sangre, ¡porque eran cazadores! Por eso el sicópata y los otros tenían esas superlinternas que convertían la noche en día, y tal vez por eso también la habían encontrado con tanta facilidad. Estaban acostumbrados a las cacerías.

—Espera aquí —susurró él parándose junto al desnivel.
Se agarró a una raíz que sobresalía, dio un salto para au-
parse y trepó hasta asomarse. Oteó la calle iluminada por farolas que se abría ante él y, cuando confirmó que no oía coches ni voces en la lejanía, extendió el brazo.

—Dame la mano, voy a subirte —le ordenó en voz baja a
la mujer, deseando que se diera prisa para alejarse cuanto antes de esa calle tan alumbrada.

Enar se apresuró a obedecerle y él la subió sin esfuerzo,
lo cual fue una suerte, pues estaba tan agotada que dudaba de
que pudiera subir una escalera de dos peldaños. Quizá ni siquiera una de uno.

—Con un poco de suerte quizá se olviden de nosotros y
se vayan en busca de un médico —musitó él poniéndose en
marcha de nuevo—. A dos los he descalabrado y al otro creo
que le he roto la nariz, pero por si acaso mejor será que nos
alejemos todo lo posible —explicó frenándose en seco al percatarse de que la mujer no le seguía—. ¿Por qué te paras?

Se dio la vuelta enfadado, dispuesto a echársela al hombro si hacía falta, pero se quedó perplejo al verla con claridad
por primera vez desde que se había metido en ese lío.

Era bajita, dudaba que llegara al metro sesenta, y estaba
muy delgada. Sus brazos y piernas parecían ramitas que so-
bresalían de la hinchada barriga. Tenía el pelo largo y estaba
apelmazado, grasiento. Una melena sucia en varios tonos del
castaño oscuro al rubio descolorido que no ocultaba una cara
demacrada de rasgos afilados, pómulos hundidos e hinchadas
ojeras bajo unos ojos vidriosos que lo observaban con atención. Unos ojos que parecían…

Dio un respingo, alarmado por la esperanza que emanaba
de esos expresivos ojos que estaban fijos en él. Resopló turbado al darse cuenta de que tal vez le estaba tomando por un
héroe dispuesto a rescatarla y llevarla a su castillo. Y no era
así. Ni de coña. Él solo era un idiota con más valor que cerebro, que se estaba jugando el cuello por sacarla del lío y que
no veía la hora de dejarla en algún lugar seguro para largarse
bien lejos. Esa mujer impulsiva, con ese carácter tan agresivo
y una más que probable tendencia a beber demasiado era una

fuente de problemas. Y él ya tenía suficientes con los suyos, no necesitaba más. Menos aún de una desconocida, pensó mirándola de arriba abajo. Le recordaba vagamente a alguien, aunque era incapaz de recordar a quién. Se encogió de hombros, ahora no tenían tiempo para eso. Examinó de nuevo la calle. Seguía desierta, así que la tomó del brazo y tiró de ella para dirigirse a una casa en ruinas. La escondió contra una pared hundida y se colocó frente a ella, bastante cerca, aunque se apartó al instante, molesto por el olor que desprendía.

¡Desde luego que no la conocía de nada! Sus escasos amigos tenían bastante más afecto por la ducha que ella. Frunció el ceño, más decidido que nunca a librarse de ella lo antes posible. Y ella, maldita fuera, lo miró con ojos de corderito a punto de ser degollado que confunde al verdugo con su salvador.

—¿Cómo te encuentras? —le preguntó, confuso por las expectativas que parecía depositar en él.

—Estoy bien —contestó Enar. En sus ojos un destello de esperanza y en sus labios una ilusionada sonrisa.

Él la miró confundido, ¿por qué reaccionaba así?, como si se alegrara de estar a su lado. Como si hubiera recorrido un largo camino para encontrarle y él fuera su última posibilidad de salvarse de Dios sabía qué. ¡Qué mujer más rara!

—Tengo el coche aparcado a la vuelta de la esquina, estaremos a salvo en un momento —afirmó—. Te llevaré a... ¿Tienes algún conocido en la aldea? —preguntó con interés al darse cuenta de que no tenía ni idea de a dónde llevarla.

Enar negó con la cabeza.

—¿En algún pueblo cercano? —sugirió él. Enar volvió a negar—. ¿Alguien que te pueda acoger en Barrueco? ¿Torremocha? ¿Torrelaguna? ¿Patones?

Enar negó con la cabeza ante cada nombre, el brillo de sus ojos apagándose y la sonrisa transformándose en una mueca de amargura con cada lugar mencionado.

—Está bien —musitó pensativo—. Dime dónde quieres ir y te llevaré.

—Podrías llevarme a tu casa —sugirió ella con la que esperaba fuera su voz más sensual. Aunque en realidad sonó más como un graznido que como una invitación carnal. Por lo visto el cansancio, los gritos y el estrujón del sicópata le habían dañado la garganta.

—No —replicó él con rotundidad—. Lo siento, pero no puede ser —suavizó la negativa al ver su mueca de absoluta desolación—. Puedo acercarte a donde quieras. Incluso a Madrid...

—No quiero ir a Madrid —gruñó, la angustia convirtiéndose en indignación.

¿Cómo era capaz de decirle eso? ¿En serio pensaba darle la patada como si fuera una perra callejera llena de pulgas? ¿De verdad iba a dejarla tirada?

—Pues entonces te llevaré a otro sitio, creo que hay un albergue para indigentes en...

—No pienso ir a un refugio para muertos de hambre, ¡cabrón! —dijo furiosa, dándole un fuerte empujón—. Gusano asqueroso, ojalá te pudras en este pueblo de mierda.

En ese momento lo odiaba profundamente. Se suponía que él iba solucionar todos sus problemas. A proporcionarle una vida mejor, más segura, más cómoda. Con él todo iba a ser más fácil. Por eso lo había dejado todo para ir a buscarlo al fin del mundo. Y en lugar de cuidarla y protegerla, le iba a dar bola. Como si le importara una mierda lo que le pasara. Como si no la conociera de nada.

Abrió mucho los ojos, ¡eso era! ¡No la había reconocido! Por eso se estaba comportando como un cabrón egoísta. ¡Cómo podía ser tan cretino de no recocerla! ¡Idiota!

Él, ajeno a los furiosos pensamientos femeninos, miró petrificado a la mujer a la que había intentado ayudar y que ahora le insultaba colérica. ¿Pero qué se había creído?

Ambos abrieron la boca a la vez, dispuestos a dejar claro al otro su posición. Y fue él quien, haciendo uso de su voz grave, se impuso a las dañadas cuerdas vocales de Enar.

—Mira, bonita, me da lo mismo lo que quieras, a mi casa no te vas ni a acercar, mucho menos a quedar. Así que tienes dos opciones, cierras esa bocaza y te llevo en coche a donde quieras, o continúas despotricando y te vas andando tú solita. Y, si quieres que sea sincero, espero que escojas la segunda opción. Quién sabe, tal vez la humanidad tenga un poco de suerte y te coman los lobos —susurró enfadado antes de darse media vuelta y echar a andar.

Enar sintió que el corazón se le paraba al escuchar esa última frase. No por la estúpida amenaza —seguro que hasta los lobos la escupirían asqueados— sino porque había puesto todas sus esperanzas en él. En el muchacho amable, cariñoso y paciente que se había convertido en un hombre que no la quería cerca, y que, como siempre, se iba cuando discutían.

«¡Cabrón egoísta!», pensó, olvidando en su propio egoísmo que él acababa de salvarla de un destino horrible.

—Bueno, qué, ¿vienes o no? —la increpó dándose la vuelta al ver que no le seguía, pues a pesar de lo que había dicho, no pensaba dejarla sola—. No voy a esperarte más.

—Ni falta que hace —replicó desafiante—. No necesito que ningún gilipollas me lleve a ningún lado. Me las apaño muy bien solita —se giró para irse en sentido contrario al de él.

Había sido una tonta al pensar que podía ayudarla, que con él todo sería diferente. Porque nada cambiaría. Jamás. Había elegido su destino hacía muchos años, con la primera decisión estúpida que había tomado. Y ese mismo destino había quedado fijado tres años atrás, cuando había secuestrado a Mar. ¿Qué madre merecía seguir viva después de haberle hecho eso a su propia hija? Desde luego, ella no. De eso estaba segura. Tal vez no fuera mala idea perderse en las montañas y acabar su vida ahí, sin que nadie lo supiera. Los gusanos se comerían su cuerpo y así ni siquiera molestarían a Irene y a Mar con los trámites de su muerte. Se encogió de hombros y continuó andando mientras fantaseaba con cómo sería; seguramente se quedaría dormida y el frío se ocuparía de matarla dulcemente. No era una mala muerte.

El pelirrojo sacudió la cabeza, estupefacto. ¡Ver para creer! ¡Maldita mujer! Estaba derrotada, agotada y sin recursos, y aun así se resistía a obedecerlo y no solo eso, sino que mordía la mano que le tendía. Y lo peor era que él era tan imbécil de insistir en ayudarla cuando estaba claro que ella no era más que una rebelde sin causa. Una rebelde sin causa y sin cerebro, que acababa de tomar el callejón que daba nombre al pueblo, y que moría en una repentina quebrada por la que corría un riachuelo que en esa época bajaba caudaloso y rápido.

¡Mierda!

Echó a correr hacia la esquina por la que ella había desaparecido. ¡No cabía duda de que era el tonto más tonto del mundo mundial!

—¡Eh, espera! —la llamó, pero ella no le hizo ni caso, por lo que no le quedó otro remedio que correr más rápido para atraparla—. ¡Párate! Vas directa al río —siseó furioso agarrándola del brazo. ¡Jamás había conocido a nadie tan terco y díscolo como esa mujer!

—Qué te den por culo, Cagón —masculló ella dando un tirón para zafarse de su agarre.

Se quedó petrificado al escucharla. Hacía años que nadie lo llamaba así. Y solo una persona lo hacía con ese tono. Una persona que siempre había sido una rebelde sin causa.

—¿Enar? —musitó despacio.

La mujer se dio la vuelta y durante un instante él pudo distinguir un atisbo de lágrimas en sus ojos. Lágrimas que rápidamente se evaporaron convertidas en resentimiento.

—¿Ya has hecho memoria? —le espetó altanera, enseñándole los dientes con ferocidad.

Oh, joder. Sí. Era ella. Reconocería esa mueca hasta dormido.

—¿De verdad eres tú? Dios santo. No puedo creerlo. ¿Qué te ha pasado? —exclamó Carlos observándola perplejo.

2

—¡*S*e acercan luces! —*Bruto* se abalanzó nervioso contra la verja.

—¿Es el coche de papá? —*Leo* se unió a él con rapidez.

—¡No lo sé, creo que sí! —*Bruto* recorrió la valla de un lado a otro, excitado.

—¡Quiero que vuelva! ¡Papá, no nos abandones! —aulló *Leo* enloquecido.

—¡Papá, vuelve con nosotros! —*Bruto* se le unió acongojado sin dudarlo un instante. Él siempre había estado con papá, pero *Leo* había vivido antes con otro papá muy malo y, tras escaparse de él, había pasado un tiempo en la calle y contaba verdaderos horrores—. ¿Traerá comida? Tengo tanta hambre…

—Aunque no cenes una noche no te vas a morir, *Bruto* —le reprendió *Séneca*, quien no se había movido de su sitio junto a la casa—. Deja de dar saltos y compórtate; nos dejas a todos en evidencia con tu conducta infantil.

—¿Por qué siempre me regañas a mí y nunca a *Leo*? No es justo. —*Bruto* cesó su delirante paseo alrededor de la verja para quejarse lastimero.

—Porque *Leo* es un caso perdido —bufó *Lilith* sentándose altiva en el alféizar de la ventana—. Es imposible corregir su trastorno obsesivo compulsivo, por eso es mejor ignorarlo —dirigió la mirada al interpelado, quien ajeno a todo, brincaba frenético contra la cancela sin dejar de lanzar afligidos quejidos—. Pero si tengo que soportarte también a ti, acabaré por volverme loca y perderé mi precioso pelo —finalizó tumbándose con desmayada elegancia.

Bruto y *Séneca* la miraron en silencio, tal vez pensando en cómo era posible que semejante diva fuera la reina de la casa. *Leo*, por supuesto, siguió a lo suyo.

—¡Es él, es papá! —aulló exaltado—. ¡Ya llega! ¡Papá! —corrió frenético arriba y abajo.

Bruto se unió a su hermano, ambos volviéndose más delirantes a cada segundo que transcurría. Un instante después y alarmados por el alboroto, el resto de los habitantes de la finca contribuyeron excitados a la ruidosa algarabía.

—No los soporto, me dan vergüenza ajena. —*Lilith* los miró altiva y se sentó con elegante afectación. Papá estaba a punto de llegar y no pensaba recibirlo dando saltos como esos pelotas descerebrados. Ella estaba a otro nivel.

Séneca observó a sus hermanos, que aunque no lo eran de sangre sí lo eran de corazón. Del corazón de su padre. Un padre al que estaban a punto de meter en un buen lío, pensó al ver que las luces de la casa de enfrente se encendían.

—*Bruto, Leo* ¡callad! —les ordenó.

Nadie le hizo caso.

—¡Mierda! —siseó Carlos al pasar la enésima curva y llegar al final de la calle y por ende al final del pueblo—. Esta noche no, por favor —golpeó frustrado el volante—. Es tarde, he tenido un día horrible y estoy muy cansado... Haz que se apaguen las luces y te deberé una, te lo prometo.

Enar, en el asiento del copiloto, lo miró como si se hubiera vuelto loco. ¿Con quién narices estaba hablando? Y lo que era más importante, ¿quién tenía que callarse? A ella no podía referirse, no había abierto la boca en todo el trayecto. Se encogió de hombros y, tras asegurarse de que tenía la mochila bien agarrada, volvió a amodorrarse envuelta en el agradable calor de la chaqueta masculina. Un instante después llegó a sus oídos lo que Carlos llevaba oyendo un par de minutos. Se incorporó y, sin importarle el frío exterior, bajó la ventanilla. La gélida caricia del viento sobre sus mejillas le hizo dar un respingo, pero lo que consiguió que abriera la boca hasta casi desencajar la mandíbula fue el ruido. Un coro ensordecedor de aullidos, ladridos, graznidos y chillidos que brotaba de una de las dos casas que había al final del camino. Más exactamente de la que estaba a oscuras. De la otra, que parecía tener todas las luces encendidas, salían dos siluetas.

—Gracias por nada. No te atrevas a pedirme un solo favor —masculló Carlos, aparcando frente a la casa de la que provenía el ruido.

—¿Qué coño he hecho ahora? —le espetó Enar, confundida.

—No te lo decía a ti —contestó él, apeándose del todoterreno.

Enar parpadeó pasmada. Si no hablaba con ella, ¿con quién lo hacía?

—Felipe, Leticia; siento el escándalo —se disculpó Carlos ante la pareja que lo miraba furiosa desde el otro lado de la calle. Luego se giró hacia la propiedad de la que salía la estruendosa cacofonía—. *Leo, Bruto,* ¡silencio!

Como por arte de magia los ladridos cesaron. Casi todos.

—*Leónidas,* he dicho ¡silencio! —exigió Carlos en un tono de voz que no admitía otra cosa que la obediencia absoluta.

El perro, una estridente mezcla de beagle y mil padres, emitió un lastimero gemido, bajó la cabeza y se calló. Aunque no dejó de pasearse nervioso junto a la reja.

Una vez aplacados los animales más ruidosos, los chillidos y graznidos comenzaron a callar, hasta que solo el esporádico ulular de los búhos rompió el silencio. Y ese fue el momento elegido por el matrimonio de la casa de enfrente para dar comienzo a su propio alboroto.

Carlos cerró los ojos al escuchar sus gritos y reproches. No sabía qué era peor, si el alegato interminable y monótono del hombre o los agudísimos chillidos de la mujer que le taladraban los oídos. Se frotó la frente al sentir un pinchazo en la sien, avisándole de un inminente dolor de cabeza. ¡Adiós a la estupenda noche que tenía planeada!

—Siento muchísimo que os hayan despertado —afirmó con impotencia—. Pretendía llegar antes, pero surgió un problema que me ha tenido ocupado hasta ahora mismo —intentó disculparse, pero como el matrimonio no interrumpió su diatriba para escucharle, la explicación quedó en agua de borrajas. Peor aún, los animales al escuchar el griterío de la pareja decidieron unirse al bullicio.

Antes de que Carlos pudiera hacer nada por evitarlo, la cacofonía de ladridos, aullidos y graznidos rasgó el aire. Se masajeó la frente; como siguieran así la jaqueca iba a ser apoteósica. Giró sobre sus talones con la intención de volver a tranquilizar a sus mascotas.

—A ver si os calláis de una puta vez, pesados —escuchó de repente la voz ronca y algo pastosa de Enar—, me estáis dando dolor de cabeza, hostia.

«Por lo visto no soy el único», pensó él dirigiéndose de nuevo a la carretera donde Enar, erguida en toda su escasa estatura, se enfrentaba a sus vecinos sin ningún temor.

También sin ninguna consideración.

—A mí me trata con educación, que yo no le he faltado a usted el respeto en ningún momento, señorita —le espetaba en ese momento el vecino.

—¿Tú eres gilipollas o te lo haces? —replicó acercándose a él furiosa. Tanto, que el hombre dio un paso atrás—. ¿Cómo dices que quieres que te trate, tonto del culo? Y tú, deja de piarlas, foca asquerosa, me aturdes —acusó a la mujer que, debido a la sorpresa, estaba alzando su aguda voz más de lo normal.

Carlos la vio alzar la mano, amenazando con Dios sabía qué al pobre matrimonio y, sin pensárselo un instante, saltó por encima del capó y la atrapó por la espalda, tapándole la boca.

—Lo siento muchísimo. Mi amiga está muy cansada y no sabe lo que dice, no se lo tengan en cuenta —se disculpó, caminando hacia atrás con una agresiva Enar entre los brazos—. Les prometo que no volverá a pasar —aseguró por encima del escándalo que montaban los animales y de los gruñidos de la mujer a la que sujetaba contra sí. Pegó los labios a la oreja femenina—. O te calmas o te tiro por un barranco.

Enar, aún con la boca tapada, dejó de lanzar patadas y arqueó las cejas, incrédula.

—Te juro que en este momento soy capaz de todo por conseguir un poco de paz —siseó Carlos, yendo hacia su casa a la vez que ignoraba los renovados esfuerzos de sus vecinos por volverle loco.

Al llegar a la cancela se encontró con un dilema: necesitaba ambas manos para abrirla. Las mismas que necesitaba para contener a su amiga. Retiró la mano con la que le tapaba la boca y, al ver que ella no insultaba ni atacaba a nadie, decidió soltarla.

—Solo quería ayudarte —bufó enfurruñada mientras él sacaba las llaves.

—¿Insultando a Felipe y Leticia cuando tienen razón? Prefiero que no me ayudes, gracias. —Entró en la propiedad sin prestar atención a las airadas protestas del matrimonio—. *Bruto, Leo* ¡silencio! —ordenó con voz grave. Se callaron en el acto—. Sentaos. Ya.

Le obedecieron de nuevo. Cabeceó satisfecho y fue hacia ellos. No había dado tres pasos cuando los perros saltaron sobre él y lo llenaron de lametazos. Se dejó mimar un rato y luego lanzó un par de palos para que fueran tras ellos. *Leo* se lanzó a por el suyo *ipso facto*, no así *Bruto*, que decidió que había cosas mucho más interesantes que investigar.

Carlos emprendió camino hacia la pequeña casa que había en un extremo de la finca.

—¿Por qué te quedas ahí parada? —se giró al ver que Enar no le seguía.

—¿Tú qué crees? —susurró ella muy quieta junto a la cancela—. Aparta a esta bestia de mí —señaló al enorme perro que parecía decidido a oler cada milímetro de su persona.

—No es ninguna bestia —replicó Carlos molesto—. Es *Bruto*.

—Está bien, aparta a este bruto de mí —reiteró ella en voz baja, palideciendo cuando el perro se erigió sobre sus patas traseras para olisquearle la cara.

Carlos la miró perplejo un instante y luego se echó a reír.

—No, me refiero a que se llama *Bruto*. No le tengas

miedo. Solo quiere hacerse tu amigo y jugar. Tiene diez meses, es un cachorro muy juguetón.

—¿Cachorro? —Enar miró al chucho, era imposible que esa bestia fuera un cachorro.

—Es un cruce de mastín, por eso es tan grande, pero es un cielo, ya lo verás. —Se acercó a ellos y agarró al can—. Vamos, pasa, no tengas miedo —le dijo a su amiga.

Enar miró al gigantesco perro que en ese momento se mantenía mansamente inmóvil y luego observó al pequeñajo que no había dejado de brincar histérico. Soltó muy despacio el aire que había retenido y luego, sin pensarlo más, no fuera a ser que no se atreviera, entró en la finca. Volvió a salir al instante, para recoger la mochila que había olvidado en el coche.

Carlos la siguió con la mirada, intrigado. Era la segunda vez esa noche que deshacía sus pasos para recoger la mochila. ¿Qué contendría que era tan importante para ella? Esperó junto a la verja hasta que regresó, momento en el que intentó quitársela para cargarla él. Ella se negó. De hecho, le enseñó los dientes a la vez que lo empujaba para apartarlo. Así que se hizo a un lado, cerró con llave y tomó el estrecho sendero de asfalto que dividía en dos mitades desiguales la propiedad.

Enar caminó tras él con pasos inseguros, examinando con curiosidad lo que la rodeaba a pesar de la densa oscuridad que se cernía sobre el lugar. Era una finca bastante grande. En una mitad había una casita diminuta y un pequeño patio de tierra con una mesa y varias sillas de plástico. En la otra mitad, que era al menos tres veces más grande que la primera, estaba ubicada lo que parecía ser una jaula inmensa, tan grande como la casa. Tras esta, dos construcciones que, dada la penumbra reinante, no fue capaz de intuir para qué podían servir. Se detuvo intrigada. La primera era una diminuta casa baja con tejado a un agua, una estrecha ventana sin cristales y una decena de agujeros abiertos bajo el alero.

—Es el palomar —señaló Carlos siguiendo su mirada—. El piso de abajo lo uso para guardar cosas y el de arriba está invadido por las palomas. Mañana te lo enseñaré.

—Genial —murmuró ella sin ningún interés.

Se dirigió exhausta hacia la oscura casita en la que acababa de entrar Carlos. De repente el farol de la entrada se encendió, iluminando el patio. También al enorme perro que estaba parado junto a la puerta.

Enar se detuvo en seco. Era un animal enorme, con una cabeza tan grande que no cabría en una olla exprés, y cuyo lomo sobrepasaba la cadera de su dueño. Y el pelirrojo no era precisamente bajo, más bien al contrario, superaba el metro noventa.

—Ven, Enar, acércate y deja que *Séneca* te huela —la llamó, ajeno a su pasmada parálisis—. Este chico tan guapo es el guardián de la casa, nadie pasa por la puerta si él no lo conoce. ¿Verdad que no, grandullón?

Se acuclilló para rodear el robusto cuello del perro en un cariñoso abrazo.

Séneca respondió con un corto «burf», que era más un resoplido que un ladrido, y fijó sus ojos casi ciegos en la recién llegada. Unos ojos que parecían contener toda la sabiduría del mundo y que la miraban como si supieran con exactitud cuán sola y perdida se sentía.

—Vamos, no tengas miedo. *Séneca* es el perro más bueno que conocerás jamás —insistió Carlos.

Enar se acercó vacilante, aunque sin temor. Ese perro enorme no le daba miedo. Eso era imposible. Tenía cara de buena persona. O de buen perro en todo caso. Su pelo era blanco con un manto marrón rojizo en el lomo; en la cabeza el antifaz rojizo que le cubría los ojos y las orejas le hacía parecer un ladronzuelo bonachón y cariñoso, aunque algo tristón.

—Me recuerda al perro de Heidi —comentó, pronunciando despacio para que no se le trabase la lengua. Ahora que el subidón de adrenalina había pasado, le costaba concentrarse. Y mantenerse erguida era un suplicio.

—Eso es porque ambos son de la misma raza: san bernardo —señaló Carlos, sus ojos se estrecharon al verla tambalearse.

Se acercó presuroso y la tomó en brazos, como si fuera la princesa de cuento de hadas que jamás había querido ser.

—¿Vas a entrarme en brazos, como a una recién casada?
—dijo con burlona coquetería.

—Que no se te suba a la cabeza —replicó él parándose
antes de entrar—. *Lilith*, por favor, quita de en medio.

Enar giró la cabeza hacia la puerta. No vio a nadie. Luego
volvió a mirar a su amigo, planteándose muy seriamente la
posibilidad de que estuviera un poco tarado. Al fin y al cabo
no era la primera vez que le pillaba hablando solo esa noche.

—¡*Lilith*, por favor! Apártate o acabaré pisándote —gruñó
Carlos haciendo un extraño baile al atravesar la puerta.

Una airada protesta en forma de maullido se elevó en el
aire.

Enar miró al suelo; un enorme gato atigrado, o gata —si
hacía caso del nombre—, se rozaba contra los tobillos del pelirrojo, haciéndole ir de un lado a otro del estrecho pasillo.

—¿Gatos también? —masculló arrugando la nariz. No le
gustaban mucho los animales, y para su gusto Carlos tenía
un exceso de ellos—. ¿Cuántos bichos tienes?

—Docenas —replicó él, molesto por su tono.

—Qué maravilla. Me muero por conocerlos a todos —murmuró ella con evidente sarcasmo a la vez que se acurrucaba
contra el cuerpo calentito del hombre.

Puede que fuera un pelirrojo de piel paliducha con miles
de pecas, demasiado grande y corpulento, con tendencia a ser
excesivamente aburrido, pero también era un hombre amable y fácil de manejar, con el que se sentía segura y, en cierto
modo, protegida. Sería toda una experiencia estar con alguien que la cuidara sin abroncarla, avasallarla o gritarle.

—Espera aquí mientras preparo algo de cena —dijo soltándola en el sofá.

Enar asintió a la vez que se encogía sobre sí misma, abrazándose las piernas. Desde luego que no pensaba irse a ningún
lado. Menos aún cuando un instante después sintió algo cálido
sobre su aterida piel. Abrió los ojos una rendija, lo justo para
ver la manta polar con la que su amigo acababa de cubrirla.

Sonrió ufana. Sí. A pesar de las dudas, el largo viaje, el
cansancio y el miedo, había merecido la pena ir allí. Ahora
todo sería más fácil. Él la cuidaría, la mimaría y la consenti-

ría. Ya se encargaría ella de eso, pues a pesar de ser solo una sombra de su antiguo «yo», seguía teniendo cierto poder sobre los hombres.

Y Carlos, lo era.

No sería difícil engatusarlo para que hiciera su voluntad, pensó cerrando los ojos.

Carlos, seguido muy de cerca por *Lilith* y *Leo*, encendió las estufas catalíticas del salón y de las habitaciones mientras respondía los mensajes en los que Fernando preguntaba por Enar. Había sido gracias a él que la había encontrado, aunque al principio no tuviera ni idea de a quién se refería. Preparó dos tortillas francesas para cenar, tres en realidad, ya que la primera se la comieron *Leo* y *Bruto* durante un instante en el que se despistó. Guardó la suya a buen recaudo en el microondas y llevó la otra al comedor.

—Despierta —sacudió a su amiga con cariño—. Ya está la cena.

Enar abrió los ojos. Se le cerraron. Negó con la cabeza. Volvió a abrirlos. Parpadeó varias veces, como si le costara un gran esfuerzo enfocar la mirada y, al tercer intento, por fin consiguió mantenerlos abiertos.

—No tengo hambre —gruñó con voz ronca—. Tengo sed, ¿tienes algo de beber?

—Ahí lo tienes —señaló la bandeja.

Enar arrugó la nariz al ver que junto al plato había un vaso con un líquido transparente. Agua, con toda probabilidad. ¡Qué maravilla!, pensó irónica.

—¿No tienes algo menos insípido? —preguntó haciendo un mohín.

—No tengo nada más, excepto leche. ¿Te apetece leche con la tortilla? —dijo burlón cruzándose de brazos. Desde luego no era una mezcla muy apetecible.

—Leche. —Enar masticó la palabra como si estuviera saboreándola—. ¿Tienes galletas y nocilla?

Carlos asintió, sorprendido por el repentino brillo en los ojos de su amiga.

—Hace años que no como leche con galletas y nocilla. ¡Se me había olvidado que existía! —exclamó asombrada al darse cuenta de que era verdad.

No había dejado de comerlas por falta de dinero, pues no eran productos caros, sino porque se le había olvidado lo mucho que le gustaban.

—Voy a por ellas —aceptó Carlos esbozando una cariñosa sonrisa.

—Si tienes un poco de vino o cerveza para mojar la tortilla, sería estupendo.

—Solo agua o leche —dijo con rotundidad, la mirada fija en la agotada mujer que lo miraba perpleja desde el sofá.

Enar pestañeó sorprendida por su tono severo; no era propio de él ser tan categórico. Asintió con la cabeza, si no había otra cosa, pues no la había, qué se le iba a hacer. Ya se ocuparía de añadirla a la lista de la compra al día siguiente. O tal vez no. Tal vez intentara cumplir esa tonta promesa de dejar de beber. Se lo pensaría.

Carlos abandonó el salón con los perros más jóvenes siguiéndolo en tanto que la gata se subía al respaldo de uno de los sillones para, sentada cual esfinge, clavar sus penetrantes ojos verdes en la invitada.

—Qué miras, bicho —susurró Enar enseñándole los dientes, a lo que *Lilith* contestó con un repentino movimiento de su peluda cola seguido de una fulminante mirada.

—Voy a salir un momento —anunció el pelirrojo mientras regresaba al salón con los caprichos de Enar—. Cómetelo todo, prepararé tu cama cuando vuelva.

—Lo tengo comiendo en mis manos, asúmelo —susurró Enar a la gata tras asegurarse de que su amigo ya estaba en la calle.

Lilith no movió un solo pelo del bigote, pero su cola osciló sinuosa cual serpiente moviéndose al son de una flauta.

Carlos fue a la halconera y comprobó que el viento no había arrancado el poliespán que lo protegía durante el invierno. Lo aseguró, se cercioró de que todo estuviera en orden en las instalaciones y regresó a la casa con *Séneca* a su lado. *Leo* y *Bruto* le esperaban en la cocina, impacientes por que les llenara el comedero. Una vez hecho eso regresó al comedor. Y allí se encontró con que su amiga no había probado la tortilla mientras que le había dejado sin nocilla para desayunar.

—Estaban buenísimas —afirmó, pasando los canales de la tele a velocidad de vértigo.

—Ya lo veo, no has dejado ni las migas —comentó él sonriente al ver que tenía la boca manchada de chocolate—. Ve a ducharte mientras te preparo la cama.

—¿Ahora? No me apetece. Es muy tarde y hace frío —protestó.

—No vas a dormir en una cama limpia sin haberte duchado antes —replicó él quitándole el mando para apagar la tele—. Vamos.

—No seas capullo. De verdad que no me apetece —rezongó de nuevo a la vez que se acurrucaba más bajo la manta—. No voy a ducharme.

—Entonces dormirás en la caseta de los perros.

—Qué gracioso. Mira como me río: ja, ja, ja —pronunció mordaz cada «ja».

Él arqueó una ceja y acto seguido le quitó la manta y la tomó en brazos. Salió del comedor y atravesó el pasillo hasta llegar a la puerta de la calle. La abrió. Fuera hacía un frío tremendo. No le importó. Recorrió el patio hasta pararse frente a una caseta de madera que olía a perros, en el sentido más maloliente de la palabra.

—No me hace gracia, ¡suéltame! —Enar le enseñó los dientes.

—Tampoco se la hará a *Séneca*. Al fin y al cabo es su casa y tú apestas —replicó él soltándola. Enar se tambaleó al tener que sostenerse de nuevo por sí misma—. Tienes una manta al fondo. Úsala si no quieres congelarte —dijo dándose la vuelta para regresar.

—¡Cagón! No serás tan cabronazo de dejarme aquí fuera —rugió ella, estupefacta.

Carlos se giró, se cruzó de brazos y mantuvo su gesto serio inamovible.

Fue en ese momento cuando Enar sospechó por primera vez que quizás él no fuera tan fácil de manejar como había pensado.

—Está bien, me ducharé —claudicó temblando de frío.

Él asintió antes de darle la espalda y dirigirse a la casa.

Enar gruñó enfadada. El pelirrojo lechoso se salvaba de una buena bronca porque estaba agotada y no tenía ganas de pelea, pero no pensaba permitir que volviera a tratarla mal. Eso era algo que ya no se lo permitía a nadie más que a sí misma.

Se duchó con rapidez, agradeciendo en su fuero interno haberle obedecido, pues el agua caliente estaba consiguiendo que el frío adherido a sus huesos desapareciera. Se vistió con un enorme pijama masculino que él le había proporcionado. En realidad se puso solo la parte de arriba, la cual, si fuera un poco más grande, le serviría de bata de cola. Después fue a la habitación que le había indicado y llegó a tiempo de ver cómo acababa de sacudir la almohada. Una almohada mullida y suave que puso sobre una cama blandita forrada con un edredón nórdico que parecía muy calentito. No se lo pensó un segundo, se metió dentro, le dio las buenas noches y se quedó dormida en el mismo instante en el que él salió. Ni siquiera se dio cuenta de que la luz continuaba encendida.

Carlos entró en el baño y se quedó petrificado. ¡Estaba todo manga por hombro! El plato de la ducha lleno de pelos, la toalla tirada en el suelo junto a, y esto era lo más alucinante de todo, la ropa sucia que se había quitado. Toda, excepto las bragas y el sujetador que estaban colgados de la barra de la cortina. Se acercó a ellos remiso y respiró tranquilo al comprobar que estaban lavados. Por un momento se había temido lo peor.

Sacudió la cabeza, turbado. Era inconcebible que nadie, y menos un invitado, dejara el baño en esas condiciones. Salió de allí como una tromba, decidido a sacarla de la cama y obligarla a recoger lo que había desordenado y ensuciado. ¡No estaba dispuesto a ser su criada! Entró en el dormitorio con la cara teñida de rojo por la furia y se paró en seco. Enar dormía con tal placidez que parecía estar soñando con los angelitos. Salió de la habitación sin pronunciar palabra y regresó al baño. Lo recogió y llevó la ropa a la lavadora. Estaba a punto de ponerla en marcha cuando pensó que no estaría de más asegurarse de que el resto de las prendas femeninas estaban en condiciones de ser usadas. Le haría un favor a ella y también a su olfato. Y de paso aprovecharía para saciar la curiosidad que le provocaba la mochila. Fue a por ella y, una vez de vuelta en la cocina, la abrió.

Volvió a cerrarla *ipso facto*.

No apestaba. ¡Qué va! Eso se quedaba corto para lo mal que olía.

La miró con los ojos entrecerrados y de repente se le ocurrió la solución. Cerró la puerta y abrió la ventana. Prefería morir congelado que intoxicado.

Respiró profundamente para tomar todo el aire que cabía en sus pulmones, la abrió y, apartándose de ella todo lo que daban sus brazos, la volcó en el suelo.

No contenía mucha ropa. Dos pantalones, uno de ellos con tantas manchas y agujeros que lo dio por insalvable y lo tiró a la basura; varios calcetines desparejados, que acompañaron al pantalón en su periplo a una vida mejor; tres camisetas andrajosas, a dos de las cuales también les dio el finiquito; y unas mallas que eran, junto con una de las camisetas que habían pasado a mejor vida, lo que más atufaba de todo. De la mochila también cayeron varios pintalabios, sombras de ojos y un par de bolsas de plástico. Las dos muy bien cerradas, como si guardaran hipotéticos tesoros.

Por supuesto, las abrió.

La primera contenía braguitas y sujetadores. Los tocó con reparo a la vez que, sin acercase un ápice, inspiraba para ver si le llegaba algún olor sospechoso.

—Gracias, abuelo, te debo una —susurró agradecido al comprobar que la ropa interior estaba limpia. La apartó a un lado para llevarla más tarde a la habitación—. Si haces que la bolsa que queda no sea algo repugnante, olvidaré que antes me has dejado tirado con los vecinos —murmuró antes de abrirla—. Qué demonios…

Observó pasmado el batiburrillo que contenía: pinceles,

lijas, cintas de carrocero, tubos de pintura, pegamento y barniz medio vacíos; una pistola de encolar termofusible, unas tijeras viejas, lapiceros gastados y gomas rotas. ¿Para qué demonios querría todo eso? Volvió a meterlo en la bolsa y a punto estuvo de guardarla en la mochila, pero se lo pensó mejor. Echó esta a lavar junto con el resto de las prendas, puso una generosa dosis de detergente, añadió un buen chorro de quitamanchas y por último echó una ingente cantidad de suavizante. Esperaba que con eso se quitara el mal olor. Las manchas, lo dudaba; había cosas que ni siquiera un milagro podría conseguir.

Dejó la lavadora funcionando, recogió la cocina y tomó la tortilla para ir al comedor a cenar. En la mesa continuaba la bandeja con el plato de Enar, pero la tortilla que no se había comido brillaba por su ausencia. Se sentó con un suspiro en el sofá. Tras pasar todo el día trabajando y parte de la noche haciendo de héroe, era una maravilla sentarse y no hacer nada. *Leo* y *Bruto* se apresuraron a colocarse a sus pies, con la cabeza alta y la lengua fuera en una clara indicación de que cualquier trozo de comida sería bienvenido. *Séneca*, mayor y más sabio, se tumbó a un par de metros, la distancia justa para que le lanzara comida con la puntería suficiente para no hacerlo levantar. Y *Lilith*, como la reina de la casa que era, se acomodó sobre los hombros del pelirrojo.

—¿Quién ha sido? —preguntó Carlos señalando el plato vacío en el que antes estaba la tortilla que Enar no se había comido.

Leo y *Bruto* pusieron cara de niños buenos mientras que *Séneca* soltaba uno de sus rotundos «burf» para luego descansar la cabeza sobre las patas.

—¿Seguro que no habéis sido vosotros? —Miró a los perros jóvenes, y estos se sentaron abatidos, con las orejas gachas—. Ya me lo estaba imaginando. Mal, muy mal —les regañó, aunque no sirvió de nada, pues la regañina fue acompañada de una sonrisa y varias palmaditas en la testa de cada uno.

Cenó acompañado por ellos, contándoles, como cada noche, qué tal se le había dado el día y los prolegómenos del curro. Eran sus mejores amigos, además de ser los únicos seres vivos que lo acompañaban en su día a día. Cuando acabó, tomó la bolsa con la ropa interior y se dirigió a su habitación, ahora ocupada por Enar, para dejársela en la estantería.

Estaba a punto de apagar la luz cuando ella suspiró entre sueños, llamando su atención. Estaba acurrucada de lado, con el edredón cubriéndola hasta el cuello y las manos bajo la almohada. Parecía tan indefensa como una niña. Pero no lo era. Era una mujer adulta en la que apenas se advertía a la niña que había sido. Se acuclilló frente a ella y la observó con el ceño fruncido. Había cambiado mucho. Tanto, que le costaba reconocerla. Estaba muy delgada, demasiado, e iba sucia y desarreglada, algo impensable en ella hacía unos años, cuando cada vez que bajaba a la calle las cabezas se giraban para mirarla de tan guapa y provocativa que vestía. Siempre tentadora, con la ropa impecable y el pelo perfecto. Ahora su pelo era multicolor, como si hiciera meses que no se molestara en teñírselo. Y de su ropa mejor no hablar. No quería ni recordar el tufo que desprendía; debía de hacer por lo menos una semana, si no más, que no se había duchado.

Había dejado de ser una ratita presumida para convertirse en una rata de alcantarilla.

Y la radical transformación exterior era lo menos importante. Su preciosa cara de princesa se había transformado en un afilado óvalo de marcadas aristas, con las mejillas coloreadas por manchas rojizas en forma de ramillete. Su piel antaño tersa y suave ahora era áspera al tacto y las hinchadas bolsas bajo sus ojos la hacían parecer enferma.

Tal vez lo estaba.

Había visto los mismos síntomas de esa enfermedad en un par de clientes de Fernando. Mejillas sonrosadas por culpa de los vasos capilares rotos, piel seca, cabello quebradizo, vientre hinchado, dificultad para hablar, cambios bruscos de humor, agresividad, temblores… Ojalá estuviera equivocado, aunque lo dudaba. Hacía años que Enar había escogido un camino que nunca debería haber tomado. Un camino incierto y peligroso que había emprendido al lado de su marido para después continuarlo junto a un hombre violento y manipulador que no era en absoluto bueno para ella. Un camino que la había llevado a desaparecer del mundo durante casi tres años.

Nadie movió un dedo por acercarse a ella cuando había comenzado a alejarse de todos. Nadie, ni siquiera él, se molestó en intentar ver cuál era su realidad. Era mucho más fácil escandalizarse con los rumores que corrían sobre ella que comprobar si eran ciertos y, en caso afirmativo, hacer algo por sacarla de ese infierno. Siempre era mucho más sencillo correr un tupido velo, adormecer la conciencia y apartarse de su camino. Al fin y al cabo Enar jamás ponía las cosas fáciles. Atacaba sin mediar provocación, a veces incluso sin saber por qué, lo que permitía a los demás hacerse a un lado sin sentirse culpables.

Solo que él sí se había sentido culpable esos años.

Sí se había arrepentido de no ser más maduro, más valiente, menos conformista.

Sí se había preguntado mil veces dónde y con quién estaría. Qué habría sido de ella. Si seguía viva, si había conseguido escapar, si era feliz, si estaba a salvo.

Y ahora que sabía las respuestas, o que al menos las intuía, iba a cambiarlas.

3

13 de marzo de 2011

—*T*odavía sigue dormida. —*Lilith* saltó con lánguida elegancia al techo de los barracones—. El sol en el cielo y ella en la cama. Perezosa insufrible —bufó.

—Que alguien duerma durante el día no significa que sea un holgazán —replicó ofendido *Arquímedes*, abriendo de par en par sus enormes y redondos ojos amarillos.

—No si eres un búho, pero si eres un humano, eres un vago —afirmó categórica *Lilith*, calmando el mal humor de *Arquímedes* quien, una vez apaciguado, volvió a dormirse—. Papá lo permite. Incluso ha cerrado la puerta del cuarto para que no podamos entrar —gruñó airada.

—Yo prefiero que esté encerrada. —*Leo* deambuló nervioso—. Así no me la encontraré por la casa. Me da miedo —gañó con las orejas gachas y el rabo entre las patas.

—Debemos tener cuidado con ella, ha puesto a papá en nuestra contra. Lo próximo que hará será intentar que deje de querernos —aseveró *Lilith*, alentando el miedo del perro.

—¡Eso no es cierto! —gruñó *Bruto*—. ¡Papá no va a dejar de querernos nunca!

—Sí lo hará —bufó *Lilith*—. Ya ha empezado a dejarnos de lado. Esta misma mañana he sido expulsada del pasillo y obligada a dejar de maullar por su culpa.

—Eso es porque te has colocado delante de su puerta y has intentado despertarla con tus lastimeros maullidos —la regañó *Séneca*—. No te preocupes, *Bruto*, *Lilith* solo está sufriendo un ataque de celos. —Se recostó en el suelo con un seco gruñido, cada vez le costaba más doblar las articulaciones. La vejez no era cosa buena.

—¡Había salido el sol! ¡Tenía que levantarse! —replicó indignada la gata.

—Está enferma, debemos cuidarla en lugar de hacerle la vida imposible —aseveró el anciano perro.

Bruto detuvo su deambular, ¿enferma? ¿La amiga de papá estaba enferma? ¿Por qué? ¿Qué le pasaba? Se detuvo junto a *Séneca* e inclinó la cabeza interrogante.

—¡Mentira! —*Lilith* comenzó a asearse el vientre.

—Sí lo está. Y mucho. —*Leo* giró sobre sí, inquieto—. Tiene la misma enfermedad que mi primer papá —afirmó agitado—. Es un mal terrible que les hace ser crueles y hacer daño a los que les rodean —se encorvó tras *Séneca* con las orejas pegadas a la cabeza.

Bruto emitió un protector gruñido a la vez que se colocaba junto a su hermano. Nadie iba a hacerle daño, él no lo consentiría. Pero ¿cómo sabía *Leo* que estaba igual de enferma que su antiguo papá? Miró a *Séneca* confundido, seguro que él lo sabía.

—Es por la ponzoña, su olor se imprime en quienes están enfermos —explicó—. La mujer huele a veneno. Su ropa, su piel y su aliento están saturados de él.

—Mi antiguo papá olía como ella —corroboró *Leo*—. El veneno los vuelve crueles.

—Pero pueden curarse —le cortó *Séneca*—. La recuperación es larga y complicada, pero no imposible. Y papá está decidido a curarla y protegerla —«Como hizo con todos nosotros».

—No la quiero aquí —se quejó *Lilith*—. Lo va a estropear todo. Quiero que se vaya.

—Papá va a necesitar nuestra ayuda. —*Séneca* miró a sus hermanos muy serio—. Así que guarda tus garras, *Lilith*. No voy a consentir que lo hagas más difícil.

—No puedo acercarme a ella mientras esté enferma, me da mucho miedo —gimió *Leo*, sobresaltándolos a todos—. Sé lo que pasará si se queda. Cambiará de humor de repente y me caerán golpes sin que me haya portado mal ni sepa por qué me está pegando. Llegará un momento en el que solo habrá dolor. No quiero sentir dolor nunca más —gimió asustado, temblando como una hoja en mitad de un vendaval—. ¿Por qué ha tenido que traerla?

Bruto se acercó a su hermano para mordisquearle con cariño el cuello y las orejas. Aunque él era el más pequeño en edad, *Leo* era el más vulnerable, el que más había sufrido.

—Eh, *Leónidas*, ¿qué pasa, chico? —les llegó la voz serena de Carlos, quien al oír los gañidos había acudido a ver qué pasaba—. Vamos, no llores —le dijo y se arrodilló en el suelo.

Leo no se lo pensó un segundo, se acurrucó sobre el regazo de su padre y pegó la cabeza a su pecho, apaciguándose con el firme latido de su corazón.

«Papá no permitirá que me pase nada malo», pensó mientras los fuertes y capaces dedos del hombre lo acariciaban, serenándolo con su contacto.

Carlos miró con atención a su alrededor, buscando lo que había podido originar tal terror en su perro. Hacía años que *Leo* no tenía un ataque de pánico y no iba a permitir que volviera a sufrirlos. Lo acarició hasta que dejó de temblar y luego lo llevó a la caseta de *Séneca*. Había pasado allí la noche, junto al san bernardo, algo muy extraño en el mestizo de beagle, que acostumbraba a dormir a los pies de su cama, al igual que *Bruto* y *Lilith*. Bueno, para ser más preciso, *Lilith* dormía sobre su cama. En el mismo centro más exactamente. Solo que ahora la cama estaba ocupada por Enar y él estaba durmiendo en la *leonera*. En el sillón masaje. No se quejaba. Era un sillón muy cómodo. Y estrecho. Más aún con un híbrido de mastín pegado a los pies y una peluda gata en la cabeza. Pero a pesar de la incomodidad había echado de menos al beagle.

—¿De qué tienes miedo, chico?

El animal lo miró con ojos de cervatillo asustado antes de meterse en la caseta, acompañado por *Séneca*, quien se había autoproclamado su guardián.

Carlos apretó los labios, preocupado. *Leónidas* era un perro asustadizo que recelaba de todo y de todos. Había aparecido años atrás en la carretera que daba a la casa, más muerto que vivo, todo pulgas, heridas y huesos. Desconfiado y esquivo, era imposible aproximarse a él sin que huyera aterrorizado. Había estado un par de meses sacándole agua y comida frente a la puerta antes de que se atreviera a acercarse a *Séneca* y a él. Pasaron otros tantos hasta que se dejó acariciar y más aún hasta que entró en la casa, muerto de miedo. Más de un año de paciencia, prudencia y tacto hasta que el aterrado animal confió en él. Desde entonces habían pasado dos años de relativa normalidad. Y de un día para otro, volvía a dormir fuera, a no acercarse a la casa sin que él lo acompañara y a sufrir ataques de pánico.

Solo una cosa había cambiado en esas veinticuatro horas. Enar.

—Nadie va a hacerte daño. No lo permitiré —aseveró con rotundidad acariciándolo.

Enar abrió los ojos sobresaltada por el extraño silencio que la rodeaba. No vio nada. La oscuridad que la envolvía era sobrecogedora. Se sentó y reculó hasta chocar contra la pared. Extendió los brazos en cruz y palpó el muro, buscando el interruptor de la luz.

No lo encontró.

¿Dónde demonios estaba?

Puede que ese fuera el quid de la cuestión: los demonios. Tal vez la había palmado y estaba en el infierno, que era sin duda el lugar en el que le correspondía estar por ser una madre tan horrorosa, y mejor no mencionar su escasa calidad como persona. Sacudió la cabeza para librarse de esos pensamientos y buscó con los pies el final de la cama, pues de lo que no tenía duda era de que estaba en una cama. Era demasiado blandita y cómoda como para ser un ataúd. Pero ¿la cama de quién? A tenor de lo que le estaba costando encontrar los bordes era una cama enorme, digna de un gigante.

Un gigante pelirrojo.

Abrió mucho los ojos, aunque no le sirvió de nada. Imposible ver sin luz.

Estaba en la casa de Carlos. En el Hoyo del Muerto. Y seguía viva.

Sonrió a la vez que rodaba por el colchón. Se bajó y tanteó las paredes hasta dar con la puerta. La abrió y la luz exuberante de la mañana entró a raudales, iluminándolo todo. Estaba en una habitación ocupada por una cama de dos metros por dos metros. No había nada más, ni cabeceros ni mesillas ni cómoda. No cabían. El lecho llenaba todo el espacio. Anclada a la pared, había una estantería y una lamparita de noche. Unas puertas de espejo correderas completaban la espartana estancia. No dudó en abrirlas. Tras ellas encontró un armario lleno de ropa tan grande como la camisa de pijama que llevaba puesta. Observó disgustada su reflejo. Su cuerpo ya era lo suficientemente grotesco como para cubrirlo con ese megapijama que la hacía parecer aún mas deforme. Se lo quitó, decidida a ponerse algo un poco más *sexy*.

Giró sobre sus pies buscando la mochila, pero lo que encontró fueron sus braguitas dobladas con pulcritud en la estantería. ¿Cómo habían ido a parar ahí? Se encogió de hombros, descartando el misterio. No era la primera vez que se despertaba en una cama extraña y su ropa aparecía en el sitio más inesperado. Eran los efectos secundarios de las borracheras. Aunque la noche anterior no había bebido apenas. De hecho, ni siquiera tenía resaca, solo un ligero dolor de cabeza que se le pasaría en cuanto tomara el primer trago.

Se detuvo en seco, el brazo extendido para tomar una de las braguitas.

Se suponía que no iba a beber más. Se había hecho una promesa. E iba a cumplirla. No era plan de acabar como Mariana.

¡Podía dejar de beber ese mismo día!, pensó en un arranque de determinación sin precedentes en ella. Por primera vez en mucho, muchísimo tiempo, se sentía fuerte, segura. Había dormido tan bien que sus gastadas fuerzas se habían renovado. Tenía calor, estaba limpia y las galletas con nocilla aún le llenaban la tripa.

No podía elegir mejor día para comenzar una nueva vida, decidió resuelta.

Se acabó el alcohol para siempre.

Un escalofrío le recorrió el cuerpo.

Tal vez para siempre fuera demasiado definitivo, reflexionó. Solo necesitaba dejarlo un tiempo para desintoxicarse y luego podría beber un par de cervezas al día. Y algo de vino en la comida. Al fin y al cabo hasta los médicos decían que el vino era bueno para la salud. Sí. Eso haría. Lo dejaría, pero no para siempre. Tampoco hacía falta ser tan radical. Un par de meses sin beber para aprender a controlarse serían suficientes.

Sintió la boca seca, luego un extraño hormigueo que comenzó en los dedos y se fue extendiendo por su cuerpo hasta que le fue imposible permanecer quieta. Tenía que moverse, que rascarse la piel, que abrir y cerrar las manos. Joder, si hasta le costaba respirar.

Y entonces lo vio claro. Mariana se lo había advertido: «Cuando lo dejas te pones mala». Eso era lo que le estaba pasando, que le estaba entrando el síndrome de abstinencia de los cojones. Se paró en mitad de la habitación, la respiración violenta y descontrolada resonando en el silencio mientras buscaba nerviosa una solución al problema.

Dio con ella. Lo dejaría poco a poco. Era de locos dejarlo de golpe. Y menos aún hacerlo nada más cambiar de ciudad, de vida y de amigos. Reduciría el consumo y tomaría lo estrictamente necesario para que no le diera el tembleque.

El malestar cesó tan pronto tomó la decisión, lo que indicaba que había hecho lo correcto. Asintió complacida y sin pararse a pensar en lo raro que era que los síntomas desaparecieran sin más, se puso las bragas y fue a por la mochila para empezar su nueva vida vestida adecuadamente.

Y en ese preciso momento se dio cuenta de que la mochila no estaba en la habitación.

¡Mierda!

¿Qué había hecho con ella? La buscó frenética. No estaba. Pero tenía que estar. No podía haberla perdido. No ahora que todo le estaba yendo tan bien.

Las manos comenzaron a temblarle sin que pudiera hacer nada por evitarlo.

—Piensa, joder, piensa. —Se puso de nuevo el pijama y salió dando tumbos.

La había sacado del bar, estaba segura, también la había rescatado de la casa en ruinas y del coche del Cagón. ¡En el comedor! Allí era donde la había dejado. Atravesó el pasillo nerviosa, tropezándose con sus propios pies, hasta llegar al salón. Pero allí no había nada.

Sus pulmones se contrajeron, incapaces de respirar. No podía haberla extraviado, había tardado meses en reunir todas sus herramientas. No podía empezar otra vez de cero.

Salió afuera sin importarle el frío que hiciera. Necesitaba encontrarla, era imperativo.

Carlos se detuvo en seco al escuchar el aterrado aullido de *Leo* seguido por los ladridos de *Bruto*. Echó a correr. Elevándose sobre el alboroto de los perros oía con claridad los gritos de Enar. Y no era capaz de discernir si estaba enfadada, desesperada o histérica. Quizá las tres cosas.

—¡Carlos! —gritaba ella con toda la fuerza de sus pulmones. Y era mucha—. ¡Cagón, dónde estás! —chilló histérica cuando el enorme perro marrón corrió hacia ella con los colmillos asomando—. ¡Ni se te ocurra acercarte, chucho de mierda! —Más asustada de lo que quería reconocer le lanzó una patada con el pie desnudo—. ¡Apártate, asqueroso!

Bruto, que de tonto no tenía ni un pelo, se apartó de la trayectoria del pie y continuó con sus frenéticos saltos y ladridos para atraer la atención de la loca sobre él y apartarla de *Leo*. Mientras tanto, este, oculto en la caseta, gañía enloquecido con la mirada fija en la aterradora escena que acaecía en el patio.

Séneca se colocó entre la mujer y el cachorro y usó su potente ladrido de barítono para someter a su hermano, sin conseguirlo. ¡Jovenzuelo estúpido! ¿Acaso no se daba cuenta de que no convenía excitar más aún a la enferma? Con el delirante guirigay que estaban organizando no era de extrañar que estuviera trastornada. ¡Hasta él estaba a punto de volverse loco! Ladró a *Lilith* pidiéndole ayuda, y como no podía ser de otra manera, esta, recostada cual reina de Saba en el alféizar de la ventana, le dirigió una sibilina mirada de satisfacción.

—¡Silencio todos! ¡Ya! —exigió de improviso Carlos desde el extremo del patio.

Bruto se calló al instante, *Séneca* hizo su típico «burf», *Leo* lloró un poco más antes de enmudecer y *Lilith* acomodó la cabeza sobre las patas, entusiasmada. La loca seguía gritando a pesar de la orden de papá. Y si había algo que no soportaba papá era el escándalo. Más aún si se unían a él los vecinos, «algo que está a punto de suceder», pensó al ver que se abría una de las ventanas de la otra casa que había en el cerro.

—¡Ni siquiera en domingo podemos dormir tranquilos! —vociferó el mismo hombre que se había quejado la noche anterior.

—No, por favor, otra vez no. Si me los quitas de encima, te deberé una. —Carlos alzó la vista al cielo un segundo, para luego continuar corriendo tan veloz como le daban las piernas.

Llegó al lugar de la catástrofe y antes de que Enar pudiera imaginar lo que iba a hacer, la agarró por la cintura como si fuera un saco y la levantó en el aire, tapándole la boca con la mano libre para silenciar sus gritos e improperios.

Enar dio tirones a los brazos, y al no conseguir soltarse, optó por revolverse como una anguila y lanzarle una dentellada que de pura chiripa no le arrancó un par de dedos.

—Basta —le ordenó Carlos apartando la mano. No era cuestión de quedarse manco tan joven. Ella hizo caso omiso y continuó insultando y lanzando patadas al aire—. He dicho que pares —exigió con una voz tan amenazante que logró romper el muro de locura que la rodeaba.

Enar cesó la retahíla de insultos y bajó los pies, dando por finalizado su ataque, aunque no paró de quejarse a voz en grito, compitiendo en volumen y rabia con las imprecaciones del vecino.

—¡Los cabrones de tus perros me estaban atacando!

—Mis perros no atacan a nadie —refutó Carlos sin soltarla—. Deja de gritar.

—¡Joder que no! Por poco me muerden —siseó enseñando los dientes.

—Tampoco muerden, aunque no puedo decir lo mismo de ti —replicó él yendo a la casa.

Entró y cerró la puerta, ignorando las quejas, totalmente razonables, de sus vecinos.

Enar luchó un poco más, aunque acabó desistiendo al comprender que no iba a soltarla. Maldito hombre, se había puesto de parte de esos asquerosos perros pulgosos.

—¿Se puede saber qué mosca te ha picado para que salgas medio desnuda al patio y montes el escándalo que has montado? —la increpó Carlos soltándola al llegar al comedor.

No mentía. Enar solo llevaba encima una camisa de pijama que le quedaba diez tallas más grande. Nada más. Ni zapatos ni pantalones ni siquiera un maldito abrigo.

—¡Me han robado la mochila! —gritó rabiosa, empujándolo con todas sus fuerzas.

Carlos no se movió un ápice a pesar del empellón, al contrario, permaneció inmóvil observándola con intensidad.

—¿Han hecho qué? —dijo al fin, perplejo. ¿De qué narices hablaba ahora?

—¡Me han robado la mochila!

—¿Mis perros?

—¡Y yo qué sé, joder! Solo sé que ayer la traje conmigo y ahora ya no está, y la necesito. Tiene todas mis cosas. Mis herramientas, mi ropa, mis pinturas… ¡Todo!

Carlos la miró confundido antes de caer en la cuenta de a qué se refería. Con la atención puesta en la ingente cantidad de trabajo atrasado que tenía y lo que se le venía encima al acoger a Enar en su casa, se había olvidado por completo de sus pertenencias.

—Tu mochila y tu ropa están en el porche trasero y la bolsa con las herramientas en la cocina —señaló cruzándose de brazos—. La próxima vez que pierdas algo, en vez de montar un escándalo, pregúntame.

—Yo no he montado nada, han sido tus chuchos —replicó Enar con hosquedad abandonando el comedor—. ¡Se les va la pinza! Al enano cagueta más que a los demás. Joder, solo me he asomado a la caseta para ver si estaba mi mochila y se ha puesto a ladrar histérico. Luego han aparecido los otros dos pulgosos y se ha liado la de Dios es Cristo. ¡Y encima la culpa es mía! ¡Tócate los pies! —se quejó airada—. Putos perros de mierda, siempre dando por culo —gruñó enseñando los dientes en una mueca feroz al entrar en la cocina.

Carlos enarcó una ceja, así que eso era lo que había pasado. Tenerla allí iba a resultar más peliagudo de lo que había imaginado, más aún ahora que la debilidad de la noche pasada había desaparecido y Enar *Bocacloaca* estaba de vuelta en plena forma y con las garras fuera.

—¡Has lavado mi mochila! ¡Menuda mierda, joder!

Los aullidos rabiosos de la mujer lo sacaron de sus pensamientos. Se dirigió al patio trasero donde una enfurecida Enar saltaba intentando alcanzar la mochila y la ropa tendidas.

—¿Por qué coño has tenido que lavarla? —le increpó en cuanto lo vio aparecer.

—Porque estaba asquerosa —replicó él, acercándose a la pared para girar la manivela que hacía descender el tendedero colgante que estaba pegado al techo.

Enar continuó saltando mientras lo bajaba y en cuanto tuvo la ropa a su alcance la arrancó de la cuerda sin importarle que estuviera mojada.

—¿Y el resto de mi ropa? ¿Dónde cojones está? —le reclamó furiosa.

—La tiré.

Enar lo miró con los ojos muy abiertos.

—¿Que has hecho qué? —dijo con excesiva suavidad.

—La he tirado —repitió Carlos de igual modo.

—¡Manda huevos! ¿Por qué narices la has tirado? ¡No era tuya, no tenías derecho a tirarla! —bramó a la vez que arrancaba la mochila de la cuerda.

—Porque estaba asquerosa. Ni un andrajoso se la pondría.

—¡Mentiroso!

En esta ocasión fue él quien abrió los ojos como platos. ¡Cómo se atrevía! Dando rienda suelta a su enfado la agarró por la muñeca y tiró de ella, llevándola a la cocina. Abrió el cubo de la basura y sacó un pantalón.

—Póntelo —ordenó arrojándoselo a la cara.

Enar lo tomó reacia. La tela estaba pegajosa y tenía varios agujeros e incontables manchas, pero lo peor sin duda era el olor. Apestaba. ¿De verdad lo había llevado puesto el día anterior? De hecho lo había llevado, sin quitárselo siquiera para dormir, durante al menos dos o tres semanas. Lo único que podía decir en su descargo era que se trataba del más calentito que tenía y que en Madrid hacía mucho frío. Además, lo más probable era que su propio olor hubiera camuflado el del pantalón, algo de lo que se daba cuenta ahora que estaba limpia por primera vez en semanas, tal vez en meses.

—Vamos, póntelo —porfió él implacable.

Enar negó con la cabeza.

Carlos enarcó una ceja, sacó una camiseta del cubo y se la arrojó furioso.

—¿Prefieres ponerte esto?

—No, joder —replicó Enar, acorralada.

—Eso me parecía. —Le arrebató la ropa de las manos y volvió a tirarla a la basura. Luego señaló las prendas mojadas que sujetaba—. Tiéndelas en las sillas del comedor, se secarán con el calor de la estufa.

Enar asintió sin protestar y se dirigió hacia el lugar sugerido.

Carlos soltó despacio el aire que había contenido. Enar era la única persona capaz de sacarlo de sus casillas cuando eran críos. Por lo visto eso no había cambiado a pesar de que ahora eran adultos.

—¡Mierda! —la escuchó gritar—. ¡Mi dinero! ¡No lo sacaste! ¿Qué voy a hacer ahora?

Carlos fue al comedor sin perder un instante. La encontró sentada en el suelo con el culo desnudo, o mejor dicho, cubierto por una de las reducidas braguitas que había tenido la oportunidad de ver la noche anterior. Tenía la mochila entre las piernas y miraba apesadumbrada una amalgama inconsistente de papel verdoso.

—Era todo lo que tenía. Me cago en la puta —masculló con rabia.

—¿Dónde estaba? —murmuró Carlos. Había revisado a conciencia toda la mochila.

—Oculto en el doble fondo —le enseñó un descosido en el lateral interior—. No es muy aconsejable dejar el dinero a la vista en los sitios por los que me muevo.

—Por los que te movías, en pasado —apuntó Carlos sentándose a su lado—. Ahora estás aquí, conmigo. No te hace falta el dinero. De todas maneras, dime cuánto era y te lo daré.

Enar lo miró incrédula y estuvo tentada de decir cincuenta pavos. Pero joder, era su amigo. La había acogido en su casa, le había dado de comer y la había dejado dormir en una cama. No se merecía que lo engañase.

—No te preocupes, solo eran cinco euros —sacó unas pocas monedas del bolsillo secreto. No llegaban a los tres euros, pero menos era nada—. Eso sí, si alguna vez quieres largarme tendrás que pagarme el billete de autobús.

—No te voy a echar, no te preocupes por eso. —Se levantó del suelo—. Imagino que no has desayunado. Hay fiambre y pan en la cocina. Haz un par de bocadillos —dijo antes de salir.

—¿Un par? No tengo tanta hambre.

—Pero yo sí. El mío que sea un poco más de media barra —señaló—. Volveré cuando acabe con el trabajo, no me esperes.

«Va a necesitar unas botas de montaña y ropa de su talla si se va a quedar aquí», pensó Carlos observando a la mujer que caminaba hacia la halconera vestida con unos ajustados y finos pantalones, una cazadora de invierno —siempre que fuera un invierno suave, porque dudaba de que calentase mucho—, y unas botas con las suelas comidas. Clavó el filo de la pala en el suelo y apoyó los antebrazos en el mango, pensativo. Ahora que Enar estaba limpia —y eso incluía su ropa—, se parecía de nuevo a la joven *sexy* y atrevida de antaño. Caminaba con ímpetu, moviendo las caderas en cada paso y sacudiendo la cabeza para hacer ondear su melena bicolor al viento. Provocativa, segura, arrogante. La reina del barrio otra vez. Una reina, eso sí, muerta de frío, como evidenciaba el castañeteo de sus dientes y la fuerza con la que hundía las manos en los bolsillos de la cazadora.

Enar llegó hasta la enorme jaula. ¿Qué demonios hacía Carlos para tardar tanto? Estaba hasta las mismas narices de esperarlo en casa. Se asomó a las rejas que conformaban las paredes de la halconera. Tendría unos sesenta metros cuadrados, tal vez más. Era una construcción alargada de techo y paredes de red metálica. Un estrecho pasillo de tierra la dividía en dos, a un lado había dos hileras de perchas ancladas al suelo y separadas un par de metros entre sí. Atados a estas, unos pájaros enormes con gesto cabreado la vigilaban con sus penetrantes ojos castaños. Al otro lado había dos filas de diminutas casas de madera con tejado a dos aguas y su correspondiente percha. Las inquilinas eran aves más pequeñas, con enormes ojos amarillos y expresión altanera y orgullosa.

Carlos observó divertido a su amiga, quien a su vez miraba con resquemor a las aves, animadversión que las rapaces le devolvían sin dudar. Estaba claro que los animales y Enar no congeniaban. Y eso era una contrariedad, pues él vivía en un núcleo zoológico en el que habitaban más de sesenta animales, en su mayor parte aves.

—¿Algún problema? —Arqueó una ceja. Hacía menos de una hora que se habían separado, no esperaba volver a verla tan pronto.

—No. Ya están hechos los bocadillos —masculló Enar luchando por no temblar. Hacía un frío de mil demonios y esa jaula gigante no ofrecía ninguna protección contra el viento—. ¿Vienes a desayunar conmigo?

—Me quedan un par de cosas por hacer, vuelve a casa y cómete el tuyo, yo iré dentro de un rato —señaló Carlos, extrañado de que no hubiera desayunado todavía. Él había tomado su primer desayuno hacía un par de horas.

—¿Qué te queda? Si quieres te espero.

Carlos la miró con los ojos entrecerrados.

—No me apetece comer sola —comentó ella alzando arrogante la barbilla—. Puedo echarte una mano y así acabas antes. No me importaría ayudarte...

Carlos parpadeó sorprendido, Enar estaba en la puerta, temblorosa como un pajarillo tropical en mitad de una tormenta en el polo norte. El pelo golpeándole la cara con cada racha de viento mientras lo miraba altanera, como perdonándole la vida. Sonrió. Había cosas que nunca cambiaban y la actitud de Enar era una de esas cosas. Exigente, arisca, indómita, autoritaria. Puro teatro para no mostrar sus debilidades, fueran estas cuales fueran.

—Pasa y cierra la puerta —ordenó yendo hacia ella. Le tendió la bolsa de plástico que llevaba—. Echa uno frente a cada pájaro; yo iré rompiendo el hielo —se dirigió a uno de los recipientes metálicos que había incrustados en el suelo y comenzó a golpear el hielo que se acumulaba en su interior.

—¡Joder qué asco! —gritó Enar al ver el contenido de la bolsa—. ¡Son pollitos muertos!

—¿Qué creías que comían las rapaces? —señaló jovial.

—Pero son pollitos... Yo tenía uno de pequeña. —Tomó con evidente reparo una avecilla de plumas amarillas.

—¿Y qué hiciste con él?

—No lo sé, imagino que se moriría. Ya no me acuerdo.

Se acercó con el brazo extendido a la zona de los pájaros de ojos enormes y gesto altanero, los prefería a los grandes que tenían cara de mala leche.

—Cuidado. No te conocen y pueden atacar. Tíraselo desde donde estás —le avisó Carlos.

Enar lanzó el cadáver a una de las casetas y el pajarraco que vivía allí la miró altivo, como si fuera un dios y ella una simple mortal. ¡Qué bichos más desagradables!

—Buena puntería —la felicitó Carlos.

Ella se encogió de hombros y continuó lanzando los emplumados cuerpecitos con evidente desagrado.

Carlos la observó trabajar. Era evidente que los halcones y las águilas le daban miedo, pero no cedía en su empeño. Lanzaba cada pollito enseñando los dientes con ferocidad a las rapaces en una silenciosa advertencia de que más les valía no tocarle las narices.

Si algo tenía su amiga era terquedad y mala leche a espuertas.

—¡Cuidado! No te acerques más a *Malasombra* —le advirtió cuando se aproximó al final de la hilera de águilas.

Enar se detuvo en seco. Estaba en el extremo de la halconera, cerca de la última percha. En esta, un ave robusta de plumaje pardo oscuro y plumas terciarias rojizas seguía cada uno de sus movimientos con penetrante atención. Muy quieta, vigilante. Erguida en su más de medio metro de altura, sus astutos ojos negros fijos en ella.

Enar tragó saliva y dio un paso atrás, espantando a las águilas cercanas. Sin embargo, la que la observaba impertinente no se movió.

Carlos tomó el pajarito que Enar todavía tenía en la mano y se acercó para lanzarlo. Y ese fue el momento elegido por *Malasombra* para extender las alas y abrir el pico soltando un amenazador chillido.

Enar dio un salto atrás del susto y a punto estuvo de caerse de culo.

—Las Harris suelen ser muy sociales e inteligentes —dijo él, la mirada fija en la rapaz que le hacía frente—. Pero *Malasombra* es la excepción que confirma la regla. Tiene un genio de mil demonios y mucha mala leche acumulada, es mejor que mantengas las distancias con ella —apuntó antes de ir a por la manguera—. Si te despistas, te arrancará un dedo. Incluso me lo arrancará a mí —masculló frustrado. De todas sus aves era la única que no le había aceptado y que por tanto no había podido adiestrar—. Cuidado, no te vaya a mojar.

Llenó los bebederos de agua y cuando acabó, en lugar de ir al barracón como tenía por costumbre, se decantó por ir a comer el bocadillo. Tal y como temblaba su amiga, dudaba mucho de que resistiera medio minuto más a la intemperie. Entró en la casa, seguido de cerca por Enar. Se detuvo atónito al pasar frente al dormitorio y ver el estado en el que lo había dejado. La cama sin hacer, el pijama en el suelo, las puertas del armario abiertas. ¡Estaba hecho un asco!

—No he visto nada de beber en la nevera, ¿dónde guardas la cerveza? —le preguntó Enar pegada a su espalda, impaciente por llegar al comedor.

—Ya te lo dije ayer, no tengo. —Carlos continuó pasillo adelante, era preferible no mirar demasiado la habitación.

—Pues vaya mierda —bufó Enar. Se quitó la cazadora y la arrojó al dormitorio, añadiendo más caos al que ya había—. ¿Tampoco tienes vino?

—No tengo nada —reiteró él, deteniéndose asombrado en la puerta del comedor.

La mesa estaba engalanada. O al menos eso parecía. Enar había colocado los bocadillos sobre sendos platos y bajo estos había puesto unos coquetos mantelitos individuales que no sabía que tenía. ¿De dónde los habría sacado? Y lo que era más extraño todavía, ¿desde cuándo se molestaba en arreglar mesas?

—No me jodas que vamos a tener que comer con agua como los niños pequeños —gruñó Enar esquivándolo para entrar. Se tiró enfurruñada en el sofá y ahuyentó de un manotazo a la gata tumbada en el respaldo—. Ya puedes ir cagando leches a comprar algo, me niego a comer a palo seco —exigió cruzándose de brazos.

—¿Ah, sí? —Carlos tomó a la ofendida *Lilith* y le acarició el lomo—. ¿Tengo que ir a comprar? ¿Yo? ¿Hoy? ¿Estás segura de eso? —preguntó con voz muy suave.

Enar lo miró recelosa, tal vez se había excedido en su exigencia.

—Si me dices dónde está la tienda, iré yo. Aunque me muera de frío. —E hizo un infantil mohín con los labios.

—No hay tienda en la aldea, tendrías que ir hasta el pueblo.

Soltó a la gata, se acomodó en el sofá y tomó el mantelito individual que tanto le llamaba la atención. ¿De qué narices estaba hecho?

Enar se levantó furiosa y dando fuertes pisotones se dirigió al pasillo.

—No te molestes en darte el paseo. Hoy es domingo, las tiendas están cerradas —señaló Carlos deteniéndola en seco, aunque sabía de sobra que solo estaba haciendo teatro para darle lástima y convencerle de que la llevara en coche.

—¡¿Qué?! Pero qué mierda de lugar es este que las tiendas cierran en domingo —jadeó perpleja. No podían estar cerradas. Necesitaba tomar un poco de cerveza para que no le diera el tembleque, de hecho, ya empezaba a sentirse mal.

—Una aldea de treinta y ocho habitantes. En el pueblo creo que llegan a cien —contestó con sorna a la vez que daba vueltas al mantelito. ¡Era un verdadero prodigio de ingeniería!

—¡Joder! Pues vas a tener que llevarme a un centro comercial. No puedo estar todo el día sin beber, ¡me pondré enferma! —exclamó sujetándose el estómago, si no le ponía remedio al asunto pronto comenzarían los espasmos. Lo sabía. Siempre era así.

—No vas a estar todo el día sin beber, del grifo sale agua. —Carlos dejó el mantelito y la observó con preocupación.

En menos de cinco minutos Enar había pasado de la serenidad a la furia, y de esta a la angustia. Había palidecido y el sudor le perlaba la frente a pesar de que no hacía calor. ¿Tanto dependía del alcohol que enfermaba solo de pensar que no lo tenía a su alcance?

—No me hace ni puta gracia, ¿me oyes? ¡Ni puta gracia! —chilló ella dando una patada a la mesa que desplazó los platos y los mantelitos—. ¡Levanta el culo y llévame a Madrid!

—No —rechazó él con toda la calma del mundo—. No voy a ir a Madrid porque tengas ganas de beber, pero si tú quieres ir andando, adelante, no pierdas tiempo. Tienes un largo paseo por delante —se repantingó aún más en el sillón.

Enar abrió la boca para protestar, pero se lo pensó mejor; chillar y gruñir no era la mejor manera de convencer al pelirrojo. Siempre había sido un cabezota con el que era mejor usar la pena que la rabia.

—No me hagas esto, por favor —suplicó abrazándose a sí misma—. Tampoco es que te pille tan lejos, es un ratito de nada en coche. Yo pago, ¿vale? —Se sentó acurrucándose junto a él—. Además, no vamos a pasar todo el día encerrados en casa, menudo rollo. Mejor nos damos una vuelta.

—Pegó sus voluminosos pechos al brazo de él a la vez que jugaba con un dedo sobre los botones de la camisa que él llevaba—. Y tampoco tenemos que ir hasta Madrid, seguro que hay alguna tienda abierta cerca, tal vez en un pueblo más grande.

Carlos la miró perplejo, ¿en serio intentaba engatusarlo para conseguir sus propósitos?

—¿Qué estás haciendo, Enar? —Se desplazó en el sofá para apartarse de ella. Y de sus manos. También de sus pechos.

¡No se lo podía creer! La había visto usar esa estrategia sensual mil veces en el pasado; pegarse a un conocido para sacarle una copa, poner morritos para convencer a algún amigo ocasional, rozarse casualmente contra cualquier ingenuo para conseguir lo que quería, pero de ahí a que lo hiciera con él iba un abismo. ¡Joder, se suponía que eran amigos!

Enar sonrió sintiéndose ganadora al ver que él reculaba. ¡Hombres! Algunos eran tan facilones. Se acercó de nuevo hasta casi quedar recostada contra él. Las piernas recogidas contra las de él en tanto que se apoyaba con excesiva intimidad contra el costado masculino.

—No estoy haciendo nada —susurró volviendo al ataque. En esta ocasión no se contentó con rodear los primeros botones de la camisa sino que fue deslizando el dedo hacia el lugar donde esta desaparecía bajo la cinturilla de los vaqueros. Insinuar un poco siempre animaba a los hombres—. La verdad es que nos espera un día muy aburrido, aquí encerrados. Podríamos salir un ratito y luego, cuando regresemos, tal vez entretenernos mutuamente —propuso.

Ya se las apañaría después para librarse de él sin cumplir su ofrecimiento. No le apetecía echar un polvo con él, era demasiado grande, paliducho y pelirrojo. No le atraía en absoluto.

—Enar, no te lo tomes a mal, pero no me siento atraído por ti —dijo Carlos, sus ojos fijos en los de ella. No pensaba darle pie a nada más, era preferible cortar por lo sano que permitirle seguir con ese desagradable juego—. Tampoco quiero echar un polvo contigo. Menos aún si lo vas a usar como moneda de cambio para conseguir lo que quieres. Conmigo las cosas no funcionan así —zanjó muy serio.

Enar dio un respingo y se apartó ofendida.

—¿Eres gilipollas o te lo haces? —Saltó del sofá como si este quemara—. Yo no he dicho nada de follar.

—No, claro que no, lo digo yo. No intentes enredarme con sexo, porque no me atraes. En absoluto —sentenció él antes de ponerse de pie, igual que ella. Se acercó amenazador con su más de metro noventa—. De hecho, voy a dejar las cosas claras para que no te lleves a errores. Si te vas a quedar en mi casa, vas a tener que acatar ciertas normas. La primera de todas: respetarás a mis animales, puede que no te gusten, pero yo les tengo mucho aprecio, así que nada de lanzarles patadas ni insultarlos como has hecho esta mañana.

Enar abrió la boca para protestar.

—No es negociable —continuó—. Ellos viven aquí desde antes que tú y no voy a permitir que los fastidies, ¿ha quedado claro? —Enar apretó los dientes en un fiero gruñido y asintió—. No volverás a dejar la ropa tirada en cualquier lado. Recogerás tu habitación, que por cierto, es la mía, y harás la cama. Y lo más importante: en mi casa no entra alcohol. Si te quedas, dejarás de beber. No estoy dispuesto a ver cómo te matas lentamente.

Enar abrió los ojos como platos, de todas las estúpidas normas esa era la peor.

—No lo puedo dejar de golpe, me pondré enferma —jadeó aterrada—. Necesito beber aunque sea un poco o me dará el tembleque. Llevo un tiempo pensando en dejarlo —y era verdad—, pero tiene que ser poco a poco. No puedo hacerlo de repente —reiteró asustada. No podía obligarla. ¡La mataría!—. Tengo que beber un poco, tampoco mucho, solo lo suf...

—¿Nunca has pasado un día entero sin beber? —la interrumpió Carlos, retirándole con cariño el pelo de la sudorosa frente.

—¿Qué? No, claro que no —farfulló ella.

—¿Seguro? ¿Nunca has tenido una resaca de impresión y has pasado de beber durante un día entero? —reiteró enarcando una ceja.

Enar comenzó a negar con la cabeza, pero se detuvo para asentir renuente.

—Sí. Eso sí lo he hecho —afirmó pensativa—. Varias veces además. —Estrechó los ojos al darse cuenta de que era algo bastante usual en ella.

—Y sigues viva —apostilló Carlos esbozando una ufana sonrisa.

Enar asintió una sola vez, sin apartar la mirada del pelirrojo.

—Ahí lo tienes, no es imposible —sentenció él dándole un cariñoso beso en la frente.

—Tú no lo entiendes…

—Acabas de decirme que no es la primera vez que pasas más de un día sin beber —volvió a interrumpirla—. Es difícil, pero no imposible, y ya lo has hecho otras veces —dijo con seguridad. Una seguridad que Enar comenzó a sentir como suya—. Aguanta hoy sin beber, estoy seguro de que podrás. Y mañana ya veremos cómo nos lo planteamos. ¿Te parece?

Enar se mordió los labios, insegura, y luego miró sus manos. Temblaban, pero no más de lo normal. De hecho, cuando llevaba varias copas encima le solían temblar mucho más. Tampoco se encontraba mal, solo un poco flojucha, nada más. Además, si se pusiera enferma Carlos estaría allí para cuidarla. El día anterior había conseguido llegar hasta la tarde sin beber, y eso eran más de veinte horas desde que diera el último trago.

Sacudió la cabeza. Podía aguantar hasta el día siguiente, claro que sí. Y luego tal vez siguiera aguantando. Podría hacerlo. A no ser que le diera el telele. Y seguro que le daba. Ella no tenía suerte en nada. Nunca la tenía. Se pondría mala y…

—¿Cómo has hecho los mantelitos? —le preguntó Carlos al percatarse de que flaqueaba en su decisión—. Porque los has hecho tú, ¿verdad? Yo no tengo nada así aquí.

—He usado las revistas viejas que tenías encima de la nevera —explicó ella esbozando una tímida sonrisa.

Si había algo que se le daba bien era crear cosas con la basura. Tal vez porque ella misma era basura y por tanto tenía un sexto sentido para dar forma a los desechos y convertirlos en algo en apariencia útil, como ella.

—Las de encima de la nevera —repitió Carlos despacio, manteniendo el tono de voz neutro a pura fuerza de voluntad.

¡No eran viejas! Bueno, tal vez algunas sí lo fueran, ¡pero porque eran una colección! ¡Enar había usado las revistas que guardaba desde hacía años para hacer mantelitos!

—Las he visto ahí amontonadas y como tardabas en venir y me estaba aburriendo decidí darles uso —comentó ella a la vez que agachaba la cabeza, como si quisiera hacerse más pequeña de lo que ya era—. No son muy bonitos porque falta pintarlos y darles cera, pero son útiles y te han salido gratis. —Movió los pies nerviosa—. Cuando los termine quedarán superchulos, ya lo verás.

—Seguro que sí. Ahora mismo ya son muy bonitos —coincidió al verla tan azorada. Por lo visto esos mantelitos eran importantes para ella. Y eso los hacía importantes para él, mucho más que las revistas, las cuales podría volver a comprar—. Parecen muy complicados de hacer.

—No te creas. Solo hay que doblar las hojas y pegarlas con celo, y cuando tienes las suficientes se entrelazan y ya está. No es nada del otro mundo —se removió ruborizada.

—No lo será para ti, pero a mí me parecen una obra de ingeniería.

—Idiota. —Le propinó un travieso empujón, se sentó de nuevo y tomó su bocadillo—. Si quieres puedo hacer algunos cestos con las revistas que quedan —comentó antes de dar un hambriento mordisco.

—Sería estupendo, pero ¿podrías hacerlos mejor con periódicos viejos? Tengo miles guardados en el palomar.

—¿Miles? ¿En serio? —susurró ella con los ojos abiertos como platos.

—Sí. Entre otras cientos de cosas que no sé bien para qué guardo.

—Quiero verlo —dejó el bocadillo y se levantó *ipso facto*.

—Acaba de comer, recoge el dormitorio y cuando termines te lo enseñaré. —Carlos se arrellanó en el sofá. Era la hora del almuerzo y por nada del mundo pensaba renunciar a él.

Un buen rato después, con el plato vacío y la tripa llena fue a su antigua habitación. Allí estaba Enar, despatarrada en la cama todavía sin hacer, observando con atención las herramientas extendidas sobre las sábanas.

—¿Aún estás así? —preguntó para llamar la atención, apoyado en el quicio de la puerta.

—Voy a necesitar celo —musitó perdida en sus pensamientos—. ¿Tienes alguna grapadora? Me vendría que te cagas.

—Tengo varias, luego te las daré —replicó él, encantado de verla con la atención puesta en algo inocuo. Ojalá tuviera suerte y pudiera pasar el resto del día en relativa tranquilidad—. Me quedan algunas cosas por hacer fuera, regresaré en un par de horas.

—Espera, te acompaño.

Enar saltó de la cama sin pensárselo dos veces, no quería quedarse allí sola. Los espacios cerrados no iban con ella, estaba demasiado acostumbrada a estar en la calle como para sentirse cómoda encerrada entre cuatro paredes. ¡Prefería pasar frío!

—Tendrás que ponerte otra ropa —la retuvo Carlos, yendo hacia el armario.

Lo abrió y, tras pensarlo un instante, sacó unos pantalones de deporte de felpa y un jersey de lana, viejo pero abrigado. Las dos prendas tamaño gigante, pues eran suyas.

Enar negó con la cabeza. No pensaba vestirse con ropa diez tallas más grande ni ir con las mangas colgando y las perneras arrastrando. Solo le faltaban zapatones para parecer un payaso. Abrió los ojos como platos cuando Carlos sacó unas enormes botas de montaña del número cuarenta y cinco. ¡Ella gastaba un 37!

—Ni de coña me voy a poner eso —rechazó espantada—. Además de feo con ganas es enorme. Me hará parecer amorfa.

—Amorfa pero caliente —replicó Carlos tendiéndoselo.

Enar negó por enésima vez. Su ropa no era la más bonita del mundo, tampoco la más caliente, pero al menos le quedaba ajustada y la hacía parecer resultona. Puede que ya no fuera la tía buena de antaño, pero eso no significaba que debiera vestirse como un adefesio, menos aún ahora que estaba limpia y olía bien.

Carlos frunció el ceño al percatarse de que ella no iba a dar su brazo a torcer. Suspiró pensativo, dejó la ropa en el armario y comenzó a buscar.

—¿Qué narices es eso? —masculló Enar cuando lo vio sacar unos extraños pantalones blancos que le debían quedar tan ajustados como mallas. ¿Para qué querría eso? No se lo imaginaba con ellos puestos, marcando paquete cual metrosexual cutre de gimnasio.

—Calzoncillos térmicos —explicó él azorado, tendiéndoselos junto con una camiseta de manga larga que hacía años que se le había quedado pequeña.

—Pero son largos hasta los pies —comentó perpleja. ¿De verdad Carlos se ponía esos calzoncillos antilibido? Se le escapó una carcajada sin que pudiera evitarlo.

—En invierno hace mucho frío —dijo por toda explicación—. Póntelos.

—Me van a quedar enormes, yo no tengo nada con lo que rellenarlos —señaló guasona a la vez que agarraba la tela de la entrepierna y tiraba de ella, evidenciando la holgura que allí había—. Tal vez si me dejaras un par de calcetines para que me los ponga en la bragueta…

—Con un par no tendrías suficiente, hace falta mucho más para llenar el hueco que yo dejo —replicó Carlos al punto, tan colorado como un tomate.

Enar boqueó sorprendida, ¿desde cuándo el pelirrojo dejaba de lado la timidez y soltaba esas indirectas tan directas?

—Vamos, déjate de bromas y póntelos o no saldrás afuera —le advirtió él antes de salir.

Fue al cuarto contiguo decidido a hacer tiempo colocando los miles de cachivaches que lo llenaban. Miró a un lado y a otro, incapaz de decidir por dónde empezar pues la habitación, a pesar de que estaba destinada a ser su despacho, había acabado convertida en una leonera. Todo lo que no sabía dónde poner o con lo que no sabía qué hacer había acabado allí. El único mueble que había contenía una CPU arcaica, dos monitores —uno de ellos inservible—, varios teclados y ratones —algunos de ellos inalámbricos y sin pilas, y por tanto inútiles también— y cientos de cachivaches de lo más variado: tirachinas de todos los tamaños, reclamos, guantes, cascabeles, caperuzas viejas, morrales, pihuelas, señuelos, cuerdas, anillas, silbatos. Sobre el sillón en el que había dormido estaban dobladas las mantas y sábanas que había usado, y lo cierto era que no sabía dónde dejarlas, pues la mesa estaba ocupada por cientos de libros. Tal vez podría ponerlas sobre el sillín de la bicicleta estática que ocupaba una esquina del cuarto, esa que había usado tres veces antes de acabar convertida en un perchero. Se dirigió hacia allí con la ropa de cama en las manos, esquivando las miles de revistas que se amontonaban en desordenadas columnas en el suelo. Revistas que debía colocar con urgencia si no quería que Enar las convirtiera en mantelitos y cestas.

—Estoy horrible —la escuchó de repente en la puerta, como si hubiera sido conjurada.

Carlos se giró despacio, la miró y se quedó en un petrificado silencio, incapaz de rebatir su afirmación. Los calzoncillos que tan ajustados le quedaban a él, a ella le hacían bolsas por todas partes, sobre todo en el lugar en el que cabían al menos dos pares de calcetines bien gruesos. La camiseta le quedaba enorme, tanto que los hombros se le descolgaban hasta el codo y las mangas le colgaban casi medio metro desde las manos. Eso sí, la zona del pecho le quedaba muy ajustada. Tirante, incluso. En realidad era un milagro que las costuras no reventaran. Estaba claro que Enar seguía teniendo mucho pecho.

—Tal vez si te pones... —Se dirigió a la bicicleta y tomó la parka que colgaba del manillar. Se la puso a Enar como si fuera una niña y, tras ajustarle las mangas con velcro, el tres cuartos se transformó en un abrigo que terminaba bajo sus rodillas—. Perfecta. Vámonos.

Enar lo miró con gesto asesino, y estaba a punto de protestar sonora y airadamente cuando él tomó otra chaqueta del manillar, se la puso y abandonó la habitación.

—¡No pienso salir a la calle en calzoncillos! —gritó enfadada siguiéndolo por el pasillo.

Carlos la ignoró, dejando atrás el baño y el salón para entrar en la cocina.

En ese momento Enar fue consciente de lo pequeña que era la casa. La noche anterior debido al agotamiento no se había fijado mucho, y esa mañana había tenido la cabeza en otras cosas y no había pensado en nada más que en sus problemas... Algo habitual en ella.

Giró sobre sus talones y observó las puertas que daban al pasillo: la de la entrada, la de la habitación en la que había dormido, la del cuarto en el que acababa de estar, la del baño, la del salón y la de la cocina. No había más habitaciones. Se asomó al salón, el sillón era poco más que una silla muy mullida con reposabrazos y en el sofá de dos plazas era imposible que entrara el enorme cuerpo de su amigo. Por tanto, ¿dónde había dormido?

Entró en la cocina, Carlos estaba vaciando una caja de pollitos descongelados en una bolsa. Por lo visto aún no había acabado de dar de comer a los pajarracos.

—¿Dónde has dormido? —le preguntó en el mismo momento en que se irguió.

—En el sillón de la leonera.

—No lo dirás en serio —balbució Enar asombrada. ¿De verdad le había cedido su cama para dormir allí?

—Es más cómodo de lo que parece. Es de masaje, se levantan los pies y se baja el respaldo hasta quedar en horizontal, casi como una cama —señaló Carlos saliendo de allí.

—Pero por muy cómodo que sea, no puede ser que quepas bien con lo grande que eres —protestó Enar siguiéndole—. Podrías dormir conmigo. Tu cama es enorme, cabemos los dos.

—Eso sí que sería incómodo —bufó él saliendo a la calle.

Puede que no se sintiera atraído por ella, pero era un hombre, y joder, no era inmune. Dormir con una mujer al lado, sobre todo una que había protagonizado todas sus fantasías de adolescente, siempre traía consigo ciertas... secuelas.

Secuelas inflamadas, doloridas y muy embarazosas.

—Pues no sé por qué, apenas me muevo y tampoco ronco —gruñó Enar alcanzándole.

—Menudo alivio —masculló Carlos dirigiéndose a los barracones.

Pasaron el resto de la mañana alimentando a las aves que no conformaban el equipo de vuelo, fuera eso lo que fuera. Recorrieron los barracones que en realidad eran dos edificaciones alargadas que corrían paralelas al palomar y que tenían unos dos metros y medio de alto y otros tantos de ancho. Cada barracón contenía varias jaulas individuales en las que dormitaban búhos, lechuzas, mochuelos y autillos de cara blanca. Carlos le explicó que esas jaulas en realidad eran mudas y le señaló las diferencias entre las distintas rapaces a la vez que limpiaba los excrementos y plumas, aunque lo cierto era que Enar no prestaba demasiada atención.

¿Por qué todos los pájaros la miraban con cara de mala leche? ¿Sería algo intrínseco en las rapaces o simplemente era que les caía mal a primera vista, como le solía pasar con todos los animales, ya fueran mamíferos, aves o reptiles?

De allí pasaron al palomar, y tal y como el pelirrojo había dicho, estaba lleno de trastos variados. Además de dos enormes congeladores, había cientos de catálogos, revistas, periódicos, garrafas y botellas de plástico, también de vidrio; cajas de todos los tamaños y materiales, cables, cartones… Era la cueva del tesoro, solo que en vez de joyas contenía basura. Enar sonrió entusiasmada, si esa era la cueva del *basutesoro*, ella por supuesto sería AliDiógenes Babá.

Carlos la observó sorprendido, por su expresión parecía que estuviera viendo cosas maravillosas, cuando allí solo había desechos. Se encogió de hombros. Si quería utilizar todo lo que allí había para sus mantelitos, a él le parecía perfecto. Tenía material para entretenerse durante años.

—Voy a dar de comer al resto de los pájaros, tardaré un rato en volver —dijo saliendo.

Enar asintió sin prestar atención, tan embelesada estaba por la ingente cantidad de papeles, cartones y cajas que allí había.

Cuando Carlos regresó se la encontró sentada en el suelo, rodeada de revistas, periódicos y catálogos que había amontonado por tamaños. También había separado los recipientes de plástico de los de vidrio y ordenado las cajas por tamaños y material.

—Sí que has aprovechado el tiempo —comentó agachándose para entrar.

—Tienes un montón de cosas, muchas se pueden reutilizar —musitó ella mientras observaba con ojo crítico la brocha que había encontrado en una estantería abarrotada de herramientas en distintos estadios de deterioro.

Chasqueó la lengua y la lanzó a una caja que ya contenía varios destornilladores oxidados, un punzón al que le faltaba parte del mango, unos cuantos pinceles medio pelados y un par de alicates romos. Se levantó, se sacudió los calzoncillos que de blancos habían pasado a gris oscuro y, tomando la caja como si fuera un baúl lleno de tesoros, enfiló a la salida.

—Deberías poner una estufa aquí, hace un frío de cojones. —Abrió la puerta con un golpe de cadera.

—Por supuesto, mañana mismo compro una. Con un poco de suerte el palomar no saldrá ardiendo —masculló divertido por sus locas ideas.

—Pues entonces no me va a quedar otro remedio que trabajar en el salón —replicó ella—. No pienso morirme de frío.

Carlos arqueó las cejas; Enar le recordaba mucho a su gata. Ambas se creían las reinas de la casa. Frunció el ceño al darse cuenta de que en realidad *Lilith* sí lo era. Y su amiga estaba en el camino de serlo. ¿Eso en qué lugar lo dejaba a él? En el de rey desde luego que no. Más bien en el de esclavo de dos féminas caprichosas. ¡Qué maravilla!, pensó irónico.

Pasaron el resto del día en relativa tranquilidad. Enar, por supuesto, volvió a quejarse por la incompetencia de Carlos al no tener nada para acompañar la comida. Carlos le recordó que si quería vivir allí tendría que aceptar sus normas, y tras una pequeña discrepancia en la que incluso *Bruto* y *Lilith* opinaron con sus ladridos y bufidos, todo quedó aclarado. Enar transigió. No bebería alcohol. Al menos hasta que se desintoxicara, momento en el que podría volver a tomar un trago de vez en cuando sin peligro de recaer, o eso era lo que aseguraba ella. Carlos no lo veía tan fácil, pero tampoco creía conveniente iniciar una nueva discusión. De hecho, en las escasas veinticuatro horas que ella llevaba en casa había tenido suficientes gritos para toda una vida.

—¿De verdad que no quieres compartir cama? —le preguntó Enar esa noche antes de entrar en el dormitorio—. Prometo no violarte —dijo burlona a la vez que se frotaba la frente para mitigar el dolor de cabeza que había comenzado hacía un rato.

—Prefiero el sillón, tiene menos manos que tú y por ende es más seguro —replicó Carlos con una sonrisa mordaz.

Puede que lo dijera en broma, pero lo cierto era que en cada discusión que habían mantenido ella había intentado camelarlo con caricias y morritos. Estaba seguro de que ni siquiera se daba cuenta de que lo hacía, tan acostumbrada estaba a utilizar esa táctica para intentar salirse con la suya. Pero a él le resultaba irritante.

Le dio las buenas noches y salió de la casa para revisar que todo estuviera bien en las instalaciones de los animales. Cuando regresó, entró sigiloso en su antiguo dormitorio para apagar el radiador, con lo que había subido la luz era un suicidio económico tener encendida la estufa toda la noche. Comprobó que la mujer que dormía plácidamente en la cama estuviera bien arropada y, sin pensarlo dos veces, le besó las mejillas. Era una verdadera valiente.

Enar se removió, acurrucándose contra la almohada a la vez que curvaba los labios esbozando la etérea sonrisa de una niña que se sentía segura y calentita.

Carlos negó con la cabeza, admirado. Su amiga era una caja de sorpresas. Se había preparado para hacer frente a un día horrible en el que ella lo amenazaría, suplicaría e incluso atacaría con tal de conseguir su dosis de alcohol. Pero no había sido así. En las películas los alcohólicos lo pasaban fatal cuando dejaban de beber, tenían alucinaciones, taquicardias, psicosis, gritaban... Un cuadro escalofriante al que él no sabía cómo hacer frente. Pero Enar no había pasado por nada de eso.

Bueno, por los gritos y las discusiones sí, pero tampoco

había sido muy exagerado, más bien podía decirse que era una faceta de su carácter o al menos del carácter que recordaba como normal en ella. En el plano físico había sufrido algunos espasmos estomacales y le temblaban las manos cuando se enfadaba o se ponía nerviosa. Nada más, no había vomitado ni tenido convulsiones. Al contrario, dormía tan serena y dulce como un ángel descansando en una nube. Nadie que la viera pensaría que se estaba desintoxicando.

Entornó los ojos, pensativo. Quizá no estaba tan enganchada como se había temido. También era muy probable que la televisión exagerara la sintomatología de la abstinencia. Fuera como fuera Enar había demostrado tener mucha más fuerza de voluntad de la que él pensaba, pues había aguantado el día entero sin un solo trago, como una campeona.

Depositó un beso en su frente, salió del dormitorio y cerró la puerta para que los animales no la molestaran. En el pasillo *Bruto* y *Lilith* le esperaban impacientes. Sin embargo, *Leo* había vuelto a dormir en la caseta con *Séneca*. Entró en la leonera, preparó el sillón y se arropó con un suspiro. Un segundo después estaba dormido.

Enar abrió los ojos y la oscuridad pareció abalanzarse sobre ella. Se destapó nerviosa, hacía muchísimo calor. Tanto que estaba empapada en sudor. Se frotó las sienes, el dolor de cabeza se había convertido en un pulso constante que le taladraba el cráneo. Bajó de la cama tambaleante y apoyándose en la pared buscó la puerta. Salió con paso inestable al pasillo y se asomó a la leonera. Carlos dormía estirado todo lo largo que era en el sillón de masaje. Los pies le colgaban en el aire. ¿Cómo podía estar cómodo? Pero lo estaba, los suaves ronquidos que emitía dejaban bien claro que estaba en la gloria. Se sintió tentada de acurrucarse contra él; el dolor y el malestar que sentía serían más llevaderos a su lado, pero se detuvo al ver los ojos verdes de *Lilith* brillando en la oscuridad sobre la cabeza del pelirrojo.

La altiva gata tenía lo que a ella no se le había permitido: dormir con él.

En ese momento la odió.

Un resentimiento visceral nacido de la envidia más primitiva se enroscó en sus tripas.

Ella también quería dormir junto a alguien que la apreciara.

Pero no existía esa persona, ella misma se había encargado de apartar a todos los que se le habían acercado. Hasta había conseguido que su mejor amiga, Luka, al igual que su propia hija, la aborrecieran. Con toda la razón, por supuesto. ¿Quién querría una madre tan espantosa como ella? Más le valía estar muerta. Algo que a tenor de lo mal que se encontraba sucedería más pronto que tarde. ¡Qué descanso para el mundo!, pensó con humor negro.

De repente sintió una húmeda caricia en los dedos. Bajó la mirada y distinguió en la oscuridad la enorme cabeza del perro marrón. *Bruto* se llamaba. Retiró la mano, asqueada al percatarse de que la estaba lamiendo. Se apartó de la puerta, ahí no había nada —ni nadie— para ella, y se encaminó tambaleante al cuarto de baño. Se refrescó la cara y el cuello con agua fría y luego bebió del grifo hasta que su estómago protestó saturado. El calor se desvaneció un poco, no así el dolor de cabeza. Empapó una toalla de tocador y regresó al dormitorio. Se tumbó en la cama con ella en la frente.

Tardó bastante en volver a dormirse, y cuando lo hizo tuvo horrendas pesadillas que la hicieron despertar con el corazón a punto de explotar. Pasaron horas hasta que las pesadillas, el dolor de cabeza, el calor y la angustia desaparecieron dando paso a un agitado duermevela.

4

14 de marzo de 2011

*L*ilith, aún con los ojos cerrados, movió las orejas escuchando el silencio. Abrió los ojos, se estiró desperezándose y olisqueó algo que solo ella podía sentir.

Bruto, tumbado a los pies del sillón, alzó la cabeza alarmado y miró a su alrededor, intentando localizar en la penumbra aquello que despertaba la atención de su hermana.

Lilith saltó a la mesa, se sentó cual esfinge y clavó sus luminosos ojos verdes en la puerta abierta. Permaneció con la mirada fija en ese punto durante perturbadores minutos, hasta que *Bruto*, asustado por su inquietante parálisis no pudo contenerse más.

—¿Qué has visto? —Miró nervioso el trozo de pasillo vacío que había tras la puerta, las orejas alzadas en busca de cualquier sonido. Allí no había nada. ¿O sí? ¿Había algo que se le escapaba? ¿Qué era lo que percibía la gata que él era incapaz de ver?—. Vamos, dímelo, ¿qué has visto? —Giró sobre sí, inquieto.

—Nada, vuelve a dormir —le ordenó *Lilith* sin apartar la vista de la puerta abierta.

—Se me erizan los pelos del lomo cuando haces eso, por favor, dime que no hay nada ahí que yo no pueda ver —le reclamó *Bruto* mirando obsesivo el umbral. Su hermana era una bruja que veía cosas donde no había nada. Y él se moría de miedo.

Estaba a punto de soltar un lastimero gañido para despertar a papá y que le consolara cuando *Lilith* apartó los ojos, dando por finalizada la angustiosa sesión de veoveo.

—Estoy muerta de sueño. He pasado toda la noche en vela por culpa de la humana. —Saltó con gracia felina al sillón y se acomodó junto a la cabeza del pelirrojo—. Es insoportable.

—¿Tanto te ha molestado? —Él también la había oído transitar por el pasillo durante la noche, aunque la mujer había intentado ser sigilosa y no hacer ruido.

—En absoluto. Lo que me molesta es su olor a enfermedad. Se pega en mi lustroso pelaje, mancillándolo. —*Lilith* bostezó, dándole a entender que el tema le resultaba de lo más aburrido—. Cada vez huele peor. Si nadie la cuida va a acabar muy mal.

—Papá la está cuidando —señaló *Bruto* asustado. No quería que le pasara nada a la humana, papá se llevaría un gran disgusto si eso sucedía.

—Pero pronto se irá a trabajar y la dejará sola. Además como su nariz no sirve para oler, no sabe lo enferma que está.

Bruto inclinó la cabeza a un lado y miró a su hermana con atención. En eso tenía razón, papá tenía un olfato pésimo. Fue al dormitorio de la enferma y, aunque estaba la puerta cerrada, olisqueó el aire. Desde luego olía mucho peor que el día anterior. Y papá no podía saberlo. Permaneció pensativo unos instantes y luego se sentó sobre sus cuartos traseros en el pasillo, la vista puesta en el dormitorio.

—Yo cuidaré de ella. La vigilaré para que no se ponga más enferma —afirmó orgulloso.

Lilith se lamió una pata y se retocó el bigote con ella. Era tan fácil manipular a los perros. Más aún si eran cachorros de mastín mezclados con pastor alemán. Tanta nobleza en un solo cuerpo era tan admirable. Y tan útil. A partir de ahora *Bruto* supervisaría a la humana en todo momento, incluso cuando no estuviera papá. Y ella podría seguir siendo la indolente reina de la casa en lugar de pasar las horas vigilando por si le ocurría algo a una humana patosa, que era lo que le había ocurrido esa noche.

Υ

Carlos abrió los ojos despacio, despierto a pesar de la oscuridad y el silencio. Estaba tan acostumbrado a levantarse antes del alba que no necesitaba despertador, aunque debía reconocer que los cabezazos mimosos de *Lilith* contribuían en gran medida a que no se le pegaran las sábanas.

—Ya voy. Estoy despierto, tranquila. —Acarició con la nariz la coronilla de la gata, quien le dio un nuevo cabezazo antes de saltar a la mesa.

Adormilado, se rascó a conciencia la tripa y las joyas de la familia y saltó resoplando del sillón. ¡Hacía un frío de narices! Se agachó para acariciar a *Bruto* y en ese momento se dio cuenta de que no estaba. Se irguió preocupado, el enorme cachorro siempre dormía a sus pies. Salió presuroso para buscarlo y se quedó perplejo al verlo en el pasillo, sentado alerta frente a su antiguo dormitorio.

—¿Pasa algo, chico? —Abrió con cuidado la puerta, consciente de que los animales tenían un sexto sentido que los humanos no poseían.

Se coló con cautela en el dormitorio y recorrió con la mirada la estancia apenas iluminada por la luz del pasillo. Enar dormía profundamente, encogida sobre sí misma y tapada solo con la sábana; el edredón nórdico arremolinado a sus pies. Chasqueó la lengua disgustado, no hacía calor para que durmiera destapada, al contrario, la casa estaba helada. La tapó con cuidado y le besó la frente para tomarle la temperatura. Estaba fresca, pero no helada. Ella no se movió ni dio muestras de haber notado la suave caricia. Algo que no le extrañó en absoluto, al fin y al cabo aún faltaba una hora para el amanecer.

Se vistió, llenó los comederos de los perros y salió de la casa. Debía de haber nevado durante la madrugada porque la nieve lo cubría todo. Se ocupó de las aves y antes de regresar a la casa se acercó a la caseta de *Séneca* para cerciorarse de que el anciano san bernardo y el ruidoso beagle estaban bien. Mientras tomaba café planeó el día. Tenía que ir a los laboratorios y al campo de golf. Los días normales ocupaba la mañana en realizar ambos trabajos, pero no quería dejar sola a Enar tanto tiempo. Así que, como aún no eran las siete, decidió ir a los laboratorios y regresar pronto. Con un poco de suerte ella ni siquiera se daría cuenta de que había salido. Dejó una nota en la cocina por si se despertaba antes de lo esperado y fue a por los pájaros que explorarían las zonas abiertas de los laboratorios. Azoteas, vías de acceso, aparcamientos, puertos de carga y patios exteriores eran susceptibles de alojar especies, como las palomas y estorninos, que no deberían ni siquiera acercarse a un laboratorio farmacéutico. Hacía varios años que trabajaba allí y lo tenía todo bajo control, solo encontraría unas pocas palomas despistadas, nada muy complicado de espantar. Eligió a *Safo* y *Nike*, el águila cola roja y el híbrido de sacre se bastaban y sobraban para mantenerlo todo en orden. Los acomodó en las cajas que para tal fin había hecho e instalado en el maletero del coche y abandonó la finca.

Como cada mañana, paró en el bar para desayunar un tanque de café y media barra de pan con tomate, y de paso charlar con Fernando mientras apuntaba los encargos de los aldeanos. Una vez tomó nota de todas las compras, reemprendió el camino raudo y veloz.

Enar abrió los ojos sobresaltada. ¿Dónde estaba? Giró la cabeza angustiada, pero no vio ni escuchó nada. Estaba sumida en una oscuridad impenetrable que devoraba la luz y los sonidos. Una oscuridad que pesaba como una losa sobre su pecho y le impedía respirar. Intentó levantarse, pero una red le rodeaba las piernas y el cuerpo, impidiéndoselo. Rodó para liberarse pero solo consiguió enredarse más, hasta que se dio cuenta de que no era una red lo que la envolvía, sino un sudario.

Forcejeó frenética, decidida a escapar, y de repente el firme sobre el que se debatía desapareció y cayó a un oscuro e insondable abismo.

Un abismo que según comprobó un segundo después no alcanzaba ni el medio metro.

¡Joder! ¡Se había caído de la puta cama!

Gruñó enfadada a la vez que rodaba por el suelo hasta dar

con la pared, se sentó con la espalda pegada al muro y buscó con dedos temblorosos el extremo del capullo que ella misma se había hecho con el puñetero edredón. Tiró con fuerza para salir del embalaje y gateó pegada a la pared hasta dar con la puerta. La abrió y la luz entró a raudales, ahuyentando la oscuridad y sus demonios.

¡No volvería a meterse en la cama con las persianas bajadas!

Se levantó inestable y se quitó el abrigado pijama del pelirrojo. Hacía tanto calor que sudaba como una cerda. Se estremeció al quedarse desnuda; tenía la piel tan fría y húmeda que parecía un pez recién sacado del agua, aunque por dentro se sentía arder. La cabeza le martilleaba inclemente, como si su estúpido cerebro buscara un agujero por el que escaparse y al no encontrarlo intentara reventarle el cráneo. Y por si eso no fuera suficiente, tenía la boca seca y la lengua era una maldita lija que le raspaba la garganta.

En definitiva, se sentía morir.

Estaba claro que necesitaba un trago con urgencia. Pero había un pequeño problema, o mejor dicho, dos. Uno: había prometido no beber, aunque en ese momento de necesidad no tenía inconveniente en saltarse esa promesa. Y dos: allí no había nada de beber, excepto agua. Y el agua no tenía nada de medicinal.

¡Maldito Cagón! Por su culpa estaba tan enferma.

Se irguió, decidida a ir a la leonera y montarle la bronca del siglo. No podía prometer que la ayudaría y luego dormir tan tranquilo mientras ella se moría. Salió del dormitorio y lo primero que vio fue al enorme perro marrón en el pasillo, mirándola fijamente.

—¡No me mires así, joder! —Le lanzó un puntapié que a punto estuvo de hacerla caer.

Bruto se apartó de un salto y la miró alarmado desde una distancia segura.

Enar le enseñó los dientes en un fiero gruñido y se dirigió inestable a la leonera.

—Carlos —lo llamó con voz ronca—. Carlos, despierta joder, me encuentro fatal.

Las persianas subidas dejaban entrar los rayos de sol y pudo ver que el sillón estaba en posición sentada, con las mantas y sábanas pulcramente dobladas.

—¿Carlos, dónde estás? —musitó con un hilo de voz mientras el suelo ondulaba bajo sus pies y el estómago parecía subírsele a la garganta—. Estoy mal, creo que voy a vomitar. ¿Dónde te has metido? Me prometiste que ibas a estar conmigo.

Se apoyó en el marco de la puerta al sentir que las rodillas le fallaban y cuando las náuseas pasaron reemprendió la búsqueda con el estúpido perro siguiéndola. Entró en todas las estancias, más frenética a cada segundo que pasaba sin dar con el pelirrojo. Hasta que aceptó que no estaba en la casa. Se puso de nuevo el pijama empapado en sudor y se dirigió a la puerta. El mastín saltó frente a ella y comenzó a ladrar para impedirle salir de la casa.

Obsesionada por encontrar a su amigo, intentó apartarlo con una inestable patada que le hizo perder el equilibrio y por la que acabó dando con sus huesos en el suelo.

Bruto se quitó de en medio, aunque no dejó de seguirla de cerca.

Enar recorrió la finca llamando a Carlos; las huellas de sus pies descalzos grabadas en la nieve. *Séneca*, alertado por sus gritos y por los ladridos de *Bruto*, se colocó frente a ella en un infructuoso intento de hacerla regresar a la casa. *Leo* también salió de la caseta, pero no osó acercarse a la mujer. Sus peores suposiciones se estaban cumpliendo; estaba enferma y furiosa. Pronto comenzaría a golpear a todos los que se pusieran a su alcance.

Enar ignoró a los perros y se asomó a los barracones, el palomar y la halconera, aunque no pudo entrar pues estaban cerrados con llave. Gritó el nombre de su amigo hasta desgañitarse, haciendo que águilas y halcones fijaran en ella sus penetrantes ojos.

—¡¿Qué miráis, cabrones?! ¡Por vuestra culpa se fue y me quedé sola! —golpeó la valla.

Se alejó de allí cada vez más nerviosa, le costaba pensar con claridad. Necesitaba al Cagón para que le dijera qué hacer. Pero la había abandonado, como todos. ¿O era ella quien había abandonado a todos?, pensó mareada. A su hija sí, desde luego. También a su madre. Su padre, sin embargo, se había muerto antes de que ella comenzara a joderse la vida y de paso jodérsela a los demás. ¡Tipo listo! Lo mejor sería seguir sus pasos y morirse también.

Se detuvo confundida. ¿Por qué tenía que morirse? No quería morirse. No entraba en sus planes. Además, cabía el riesgo de que acabara en el infierno y tuviera que vérselas con el Huesos. Mejor seguir viva. Aunque estuviera a punto de estallarle la cabeza. Se llevó las manos a los oídos, el bullicio que la rodeaba no hacía más que intensificar el dolor. Miró a su alrededor alterada; los chuchos pulgosos ladraban como locos, pero no eran los únicos que hacían ruido. De la halconera surgía una algarabía insoportable de chillidos y graznidos.

—Menos mal que los vecinos cabrones no están, si no ya estarían dándome la charla —masculló, recordando que Carlos le había dicho que solo iban en fin de semana.

Respiró profundamente para deshacerse del mareo intermitente que la torturaba y regresó a la casa con *Bruto* y *Séneca* siguiéndola de cerca.

Nada más entrar se quitó la ropa, asfixiada de calor, y fue a la cocina. Allí encontró una nota en la que el Cagón la avisaba de que había ido a trabajar y regresaría sobre las diez. ¡Estupendo! Por ella como si no regresaba nunca. Abrió la nevera y al no encontrar nada para beber, se dirigió a los armarios. Los revisó uno por uno con nerviosa rapidez, tirando parte de lo que contenían al suelo, hasta que le quedó claro que allí no había nada interesante. Luego puso la cabeza bajo el grifo y bebió agua fría hasta llenarse el estómago.

No tardó en vomitarla.

No era eso lo que su cuerpo necesitaba. Se sobresaltó al notar que alguien le acariciaba el costado. Se giró histérica y a punto estuvo de caer. No había nadie tras ella, excepto los perros y la gata. Pero alguien la había tocado. Se quedó muy quieta y volvió a sentir el roce. Se tocó el costado y estalló en desquiciadas carcajadas. Era su sudor cayendo en gruesas gotas desde la axila lo que la acariciaba. Fue a apagar la estufa, pero no estaba encendida. Tampoco la del dormitorio. Entonces, ¿por qué tenía tanto calor? Se miró las manos; le temblaban con violencia, y tenía las plantas de los pies tan sudadas que resbalaba al andar.

Necesitaba su medicina. O alguna otra cosa que la sustituyera.

Entró en el cuarto de baño y vació el armario buscando algún calmante. No encontró nada, excepto cuchillas de afeitar, peines y productos de aseo. ¡Joder! Tal vez guardaba los medicamentos en el comedor. Vació cada cajón y armario del mueble. Nada. Solo quedaba la leonera. Fue allí y buscó histérica. Tampoco encontró nada.

¿Qué clase de jodido superhombre era Carlos que no tenía ni una maldita medicina en casa? ¡Nada! Ni ansiolíticos, ni analgésicos, ¡ni siquiera una jodida aspirina!

Se tiró al suelo, desesperada. Estaba sola, enferma y sin opciones. El Cagón le había prometido que estaría a su lado, que la ayudaría y cuidaría. Y en lugar de eso se había marchado dejándole una puñetera nota, como si eso fuera a servirle de algo. Golpeó el suelo, rabiosa. Estaba así por su culpa, porque no la había dejado beber ni le había comprado las cervezas que le suplicó. ¡Cabrón!

—No importa. No lo necesito, sé buscarme la vida yo solita. Llevo tres años haciéndolo.

Sacó su ropa, necesitaba estar lo más *sexy* posible para seguir la estrategia que la sacaría del apuro. Se puso los vaqueros ajustados, la camisa ceñida al pecho y las botas. No molestó en buscar calcetines, tenía demasiada prisa. Se puso la cazadora y salió de casa.

Séneca y *Bruto* la siguieron sin dejar de ladrar frenéticos.

Ella se giró tambaleante y los miró intrigada. ¿Qué narices les pasaba? Intentó espantarlos, pero al ver que no lo conseguía los ignoró y siguió caminando. Se detuvo de repente. ¡Ya sabía lo que ocurría! Se había dejado la puerta abierta. Regresó y la cerró para no ponérselo tan fácil a los ladrones. No era plan de joderle la vida al Cagón.

Cabeceó satisfecha y se dirigió a la cancela con los perros

pegados a sus talones. Estaba cerrada con llave. ¡Mierda! Miró a su alrededor y esbozando una ladina sonrisa fue a por la mesa de plástico del patio. La colocó frente a la valla y puso una silla encima. Se subió. El final de la valla le tocaba la barriga. Se agarró con fuerza y saltó, clavándosela en el estómago. Jadeó sin aire mientras pataleaba para impulsarse al otro lado. Lo consiguió. Cayó al suelo hiriéndose las rodillas y las palmas de las manos. Se limpió con nieve y echó a andar.

Bruto y *Séneca* ladraron histéricos. ¡Se les había escapado y no podían ir tras ella! De improviso *Bruto* se subió a la mesa, de ahí a la silla y saltó al otro lado de la valla.

Enar caminó decidida hasta que se encontró con el primer cruce. No tenía ni idea de por dónde quedaba el bar. Más por comodidad que por intuición tomó el desvío que bajaba. Un ladrido la hizo detenerse en seco. ¡No podía ser posible!

Se giró despacio, corrigiéndose. Sí, era posible.

—¿Qué narices haces aquí? Carlos se va a enfadar mucho cuando vea que te has escapado. Seguro que me echa la culpa a mí. —Se frotó la frente, el dolor de cabeza la estaba matando—. Vete a casa. ¡Vamos!

El animal permaneció alerta, sin moverse del sitio.

Enar se encogió de hombros y retomó su camino. Vagó tambaleante por la aldea, chocó con las casas, se cayó en hoyos y tropezó con papeleras y farolas que parecían moverse. Entre golpe y golpe preguntó por el bar a cualquier persona que no se diera la prisa suficiente en huir de ella. Llegó más por suerte que por las indicaciones que no siguió. Cuando entró el panorama que se encontró fue desolador.

Allí no había nadie, excepto el dueño y tres viejos desdentados que jugaban a las cartas. ¿Cómo iba a seducirlos? Seguro que ni siquiera se les levantaba. ¡Puta suerte!

Se abrió la cazadora para mostrar su amplio escote y caminó insegura hasta la barra. Guardó las manos en los bolsillos para que no la vieran temblar y, sobreponiéndose al mareo, pidió con lo que esperaba fuera una voz clara y autoritaria una caña.

—No parece que esté usted muy bien para tomar cañas,

señorita —replicó Fernando sin moverse del sitio—. ¿Sabe su amigo que está aquí?

—Claro —resopló Enar tomando la excusa al vuelo—. Me ha mandado él. Está muy liado y no le ha dado tiempo a comprar, así que me ha dicho que me des unas cervezas y que luego baja a pagártelas —improvisó, recordando que no tenía dinero.

—Sin embargo, lo he visto hace cosa de un par de horas. Y me ha preguntado si necesitaba algo pues pensaba ir a comprar —refutó el hombre sin inmutarse.

—Me suda las narices, dame un tercio —gruñó Enar temblando sin control.

—No voy a darle nada. Regrese a casa, señorita.

—No me jodas y dame una puta cerveza —jadeó Enar. Agarró un servilletero de la barra y lo alzó, amenazando con arrojárselo.

Fernando se lo arrebató de un manotazo.

—Regrese a casa, señorita, o llamaré a la policía.

—¡Chúpame el coño, cabrón! —gritó Enar.

Barrió con el brazo los platitos de café que había en la barra, dio una patada a un taburete, tirándolo al suelo y escupió con asquerosa puntería a la cara del hombre. Luego se dio media vuelta y echó a correr como alma que lleva el diablo.

Salió del bar antes de que pudieran detenerla y se internó en las callejuelas, alejándose de las casas para salir al monte. No iba a permitir que la atraparan; bastante jodido lo tenía todo ya, como para encima tener que soportar a la policía husmeando en sus asuntos.

Poco después, perdida en mitad de la sierra, cayó exhausta en el suelo cubierto de nieve. Y, en ese preciso momento, el calor asfixiante que la había quemado durante toda la mañana desapareció. El sudor se le congeló en el rostro y sus dientes castañetearon de frío. Se abrochó la cazadora, pero no le sirvió de nada puesto que apenas abrigaba. Se levantó tiritando y buscó el camino de regreso a la aldea, y por ende, a la casa de Carlos. Pero todos los árboles eran iguales y no había ningún sendero que le indicara el rumbo a seguir.

Se estremeció de frío. Iba a perecer allí, en el bosque, en-

NADIE MÁS QUE TÚ

tre la nieve, igual que Jack Nicholson en *El resplandor*. ¡Qué final más adecuado! Moriría sola y sin nadie que la abrazara por culpa de su orgullo desmedido y de su estupidez supina. Más o menos la historia de su vida. Se sentó en el suelo recostándose contra un árbol, ya que iba a palmarla procuraría hacerlo con cierta comodidad.

Una húmeda caricia le recorrió la mano. Dio un respingo y se incorporó sobresaltada. Frente a ella, unos enormes ojos castaños la miraban con preocupado cariño.

—¿*Bruto*?

El perro inclinó la cabeza y levantó las orejas, escuchándola.

Enar sintió que el escaso calor que conservaba se concentraba en su pecho, impidiéndole respirar. Sus ojos se llenaron de lágrimas. Se las secó de un manotazo. No iba a llorar porque un perro pulgoso hubiera aparecido de repente a su lado.

—¿Sabes cómo volver a casa?

Bruto soltó una alborotada serie de ladridos a la vez que sacudía la cabeza.

—A casa. Llévame a casa —le suplicó desesperada. Y lo agarró por el collar para que no se fuera y la dejara sola.

Bruto se removió hasta deshacerse de ella y echó a correr entre los árboles.

Esta vez no pudo evitar echarse a llorar. Ni siquiera los perros la querían. Y tampoco le extrañaba, la verdad. En ese momento un ladrido rompió el silencio. Levantó la cabeza. El mastín estaba frente a ella y se movía nervioso a un lado y a otro, instándola a seguirle.

Se puso en pie y caminó tambaleante hasta él. Cuando estuvo a su altura, *Bruto* echó a correr de nuevo, aunque se paró a pocos metros, esperándola.

Enar respiró hondo y sin pensarlo un segundo, lo siguió.

Carlos guardó en los asientos traseros la compra, los encargos de los abuelos y los de Fernando y luego se sentó frente al volante y miró el reloj del salpicadero. Eran casi las once, un poco más tarde de lo que había calculado, pero no demasiado. Llevaba toda la mañana corriendo de un lado para otro, robándole minutos al tiempo para regresar lo antes posible y no dejar a Enar sola tanto rato. Aunque estaba seguro de que, al igual que el día anterior, encontraría a la bella durmiente plácidamente dormida.

Resopló molesto, si había algo que odiaba eran las prisas, el bullicio y el estrés. Por eso adoraba la aldea, allí la existencia era pausada y solitaria. A menos, claro estaba, que una mujer cargada de problemas se entrometiera en su vida, poniéndola patas arriba. Sacudió la cabeza, arrepentido por ese pensamiento, no era culpa de ella que él se encontrara al borde del colapso. En absoluto. La culpa era suya por rescatarla, a ella y a todos los animales que encontraba desamparados. Pero era intrínseco en él, no podía apartar la mirada y hacer como si no los viera sufrir.

—Lo sé, lo sé, me lo has advertido mil veces. No soy Dios, no puedo salvar a todo el mundo. ¡Tampoco lo pretendo! —le gruñó al cielo encapotado—. Pero Enar es mi amiga, no hice nada cuando me necesitaba y ahora no pienso dejarla tirada. Además, tampoco me viene mal un poco de compañía humana. Ya sabes, alguien con quien hablar con palabras en vez de con ladridos, chillidos o maullidos. Una persona con la que tener conversaciones interesantes, como hacíamos nosotros antes de que marcharas —dijo afligido—. No es tan arisca como parece —continuó tras un rato de silencio—. La verdad es que cuando no está enfadada es incluso agradable. Lo complicado es pillarla en un buen momento —bromeó.

Continuó hablando con las nubes sobre su inesperada inquilina y estas en respuesta descargaron sobre él, y sobre toda la montaña, una tromba de aguanieve que contribuyó a enfriar aún más el ambiente. Estaba a punto de protestar amargamente cuando sonó el móvil, por lo visto estaba de nuevo en zona con cobertura. Contestó en manos libres. Resultó ser Fernando, avisándole de que su amiga había aparecido por el bar hacía un buen rato para luego escaparse sin que pudieran evitarlo.

Carlos empalideció, si es que eso era posible, dado la lividez natural de su piel, y pisó a fondo el acelerador. Disminuyó la velocidad al llegar al Hoyo del Muerto, lo más probable era que Enar estuviera perdida ya que, aunque la aldea era muy pequeña, las callejuelas sin salida y los callejones a ninguna parte la hacían laberíntica. La recorrió despacio, llamándola y preguntando por ella a las pocas personas con las que se cruzaba. Nadie sabía nada. Se le ocurrió que tal vez había regresado a casa, aunque lo dudaba. No era del estilo de ella escapar para luego regresar. Cuando decidía algo, lo hacía con todas las consecuencias. Aun así fue a la finca, *Safo* y *Nike* llevaban tiempo chillando nerviosos, tenía que devolverlos a la halconera para que no se estresaran más. Luego continuaría buscando.

Aparcó frente a la propiedad y lo primero que escuchó al bajarse del todoterreno fueron los frenéticos ladridos de *Séneca* y *Leo* mezclados con los chillidos y graznidos de las aves. Por lo visto la escapada de Enar había alterado a los perros y estos al resto de animales. ¡Menos mal que no estaban los vecinos! Observó la cancela, seguía cerrada con llave, tal y como la había dejado al irse. ¿Cómo había salido Enar? La respuesta le llegó al ver la mesa con la silla encima.

¡Mujer estúpida y cabezota!

Sacudió la valla frustrado. No debería haberse ido sin ella. Debería haberla despertado y obligado a acompañarle, pero le había dado pena y ahora estaba perdida bajo el aguacero. Si hubiera sido menos apocado y más resuelto ahora ella estaría en el coche, calentita y segura, y no perdida Dios sabía dónde.

Dio una patada a la cancela y en ese momento, entre los distintos sonidos que componían la algarabía animal, escuchó el aullido prolongado de *Bruto*. Se irguió alerta, el sonido no salía de la finca, sino que venía de un lugar indeterminado a su izquierda. Se giró atento a los gañidos alterados del animal y un instante después atravesó la carretera para luego correr hacia un pino con la copa tan cargada de nieve que asemejaba un enorme paraguas blanco. Un paraguas que protegía de la lluvia a la mujer y el perro que se refugiaban debajo de su copa.

Se arrodilló junto a ellos. Enar estaba sentada en el suelo con la espalda apoyada en el tronco del árbol. Temblaba mucho, estaba pálida, tenía la piel helada y respiraba muy despacio. *Bruto* estaba sobre ella, envolviéndola con su cuerpo y con la cabeza apoyada contra el cuello femenino.

—Bien hecho, *Bruto* —lo halagó a la vez que se quitaba la chaqueta para cubrir con ella a su amiga—. Nos vamos a casa.

Enar abrió los ojos al escuchar su voz. Lo miró confundida y elevó una mano para tocarle la cara, como si no creyera que fuera real y necesitara confirmarlo con el tacto.

—Has vuelto.

—Te dije que lo haría. —La tomó en brazos.

—No. Dijiste que te quedarías conmigo, pero te marchaste.

—Tenía trabajo que hacer, ¿cómo iba a imaginar que te escaparías?

—Te fuiste y me dejaste sola. —Enar descansó la cabeza en su hombro, agotada.

—Solo han sido unas pocas horas —resopló Carlos dirigiéndose a la finca.

—No. Han sido muchos años —rebatió ella cerrando los ojos.

Carlos se apresuró al ver que se quedaba dormida. Al llegar a la entrada se la echó al hombro para buscar las llaves y abrir, proceso que repitió frente a la puerta de la casa.

—Ten cuidado, joder, no soy un puto saco de patatas —se quejó ella la segunda vez.

El pelirrojo se tranquilizó al escucharla, si tenía fuerzas suficientes para gruñir significaba que no estaba tan mal. Entró en casa y se dirigió al dormitorio. La dejó en la cama, la desnudó para deshacerse de la ropa mojada y la tapó hasta el cuello con el edredón. Luego buscó un gorro de lana y se lo puso. Encendió la estufa para calentar la habitación y se sentó a su lado. Le acarició la frente, las mejillas y el cuello, comprobando su temperatura con cariñosa atención hasta que los temblores se suavizaron hasta casi desaparecer y sus mejillas comenzaron a ruborizarse por el calor.

Suspiró aliviado al ver que se recuperaba y se dirigió a la salida. Tenía un montón de cosas por hacer.

Enar estrechó los ojos al ver que se marchaba. Una profunda tristeza se apoderó de ella. No quería quedarse sola otra vez.

—Te has dejado las bragas y el sujetador —dijo burlona aunque con voz débil—. ¿No me los vas a quitar también?

Carlos se giró y la miró con una ceja arqueada.

Ella sonrió con lo que esperaba fuera su sonrisa más dulce y angelical.

Él chasqueó la lengua y negó con la cabeza.

—Eres incorregible —la acusó—. Voy a preparar una manzanilla. Te hará entrar en calor.

—¡No! —gritó alterada, deteniéndole—. No hace falta que te molestes, ya estoy caliente. Muy caliente. ¿Quieres saber cuánto? —Se incorporó despacio, dejando que el edredón resbalara sensual por sus pechos hasta quedar detenido sobre el encaje que cubría los pezones.

Carlos intentó no mirar, ¡pero joder!, era francamente difícil no hacerlo. El sujetador era mínimo y había una ingente cantidad de piel a la vista. Antes, con las prisas de quitarle la ropa húmeda, no había tenido tiempo de pensar en que la estaba desnudando, pero ahora, con toda esa piel ante sus ojos era imposible pensar en otra cosa que no fueran los pechos con los que había soñado durante toda su adolescencia… También durante toda su vida adulta.

Enar sonrió ladina, puede que él no se sintiera atraído por ella, pero desde luego sí que le gustaban sus tetas. Estaba a punto de moverse un poco para que el edredón siguiera resbalando cuando un inoportuno escalofrío le recorrió el cuerpo.

Carlos no tardó un segundo en llegar a su lado y taparla de nuevo hasta el cuello.

—Si vuelves a destaparte te juro que te pongo un hábito de monja aunque sea un sacrilegio —la amenazó mientras remetía el nórdico bajo el colchón, formando un capullo.

—Solo era una broma, no te pongas tan serio —se burló ella, aunque le cambió la expresión al ver que él se dirigía de nuevo a la puerta—. No tengo sed. No hace falta que me prepares nada. Mejor quédate aquí, conmigo —dijo retomando su actitud seductora.

Carlos la miró con los párpados entornados. Ahí pasaba algo. Se apoyó en el quicio de la puerta cruzándose de brazos.

—¿Por qué no quieres que salga de aquí? ¿Qué es lo que no quieres que vea, Enar?

—¿Yo? Nada —replicó ella con gesto inocente.

Carlos asintió. Estaba a punto de salir cuando ella susurró con voz eróticamente ronca.

—Fuera hace frío y aquí no. Podríamos jugar a las cartas. ¿Al *strip* póquer, tal vez? Con la poca ropa que llevo encima no sería complicado ganarme —comentó lamiéndose los labios.

Carlos la observó perspicaz, cada vez le olía más a chamusquina. Abandonó el dormitorio sin perder un segundo más.

—¡Joder! ¡¿Pero qué narices ha pasado aquí!? —gritó un instante después.

Enar se encogió al escucharlo. Tenía que estar bastante cabreado, pues era la primera vez en su vida que le oía decir un taco. O mejor dicho, dos. Por lo visto no le había hecho gracia la nueva decoración de la casa.

—¿Se puede saber por qué has vaciado los cajones y lo has tirado todo al suelo? —la increpó entrando como una tromba.

—No he sido yo —masculló ella, metiéndose más aún bajo el edredón.

—Ah, no. ¿Quién entonces? ¿Un fantasma? —gritó enfadado.

—Lo siento… —murmuró sabiéndose atrapada.

—¡Lo sientes! ¿Pero tú has visto cómo está todo? ¡¿Por qué narices lo has hecho?!

—Estaba mal y necesitaba algo que me calmara. Como no tienes nada de beber busqué medicinas —dijo en un arranque de sinceridad que la sorprendió incluso a ella.

—¿Y no podías buscarlas como lo hacen las personas normales, sin tirar nada al suelo?

—Lo siento, de verdad. No era consciente de lo que hacía, solo quería encontrar algo que me hiciera sentir mejor —murmuró con los labios temblorosos.

Apretó los puños bajo el nórdico y tomó aire con brusquedad para evitar ponerse a hacer pucheros como un bebé, ¿en serio estaba a punto de llorar? ¡Pero qué narices le pasaba! Ella nunca, jamás, lloraba. ¡Odiaba a los llorones!

Carlos la observó preocupado. No dudaba de la sinceridad de sus palabras, pero lo que no entendía era esa fragilidad que asomaba a su cara. Ella nunca se mostraba vulnerable. Jamás. Era el único juego al que de ningún modo jugaba. Y, por como apretaba los labios y fruncía el ceño, estaba claro que no le hacía ninguna gracia que la viera así.

—¿Las encontraste? —Desvió la mirada para darle la privacidad que necesitaba para limpiarse las lágrimas que comenzaban a brotar de sus ojos.

—¿Qué encontré? —gruñó ella frotándose la cara con el edredón.

—Las medicinas.

—No. Por eso me fui, para buscar algo que me hiciera sentir bien —dijo avergonzada.

—Están aquí, en el cajón de los calcetines, aunque no tengo muchas. Antiinflamatorios, analgésicos y un paquete de aspirinas a punto de caducar. No suelo ponerme enfermo.

—Ya se nota —murmuró sin mirarle, pues sabía que seguía enfadado con ella.

—Voy a hacer la manzanilla —dijo cortante, saliendo del dormitorio.

Se encontró con *Bruto* tumbado en el pasillo, con la mirada fija en el cuarto en el que estaba la enferma.

—Te has portado como un héroe —reconoció arrodillándose. Le rascó las orejas y el lomo, y el cachorro se puso panza arriba moviendo el rabo frenético—. ¿Quieres ir dentro con Enar?

Bruto volvió a sentarse e inclinó la cabeza, las orejas alerta y la lengua colgando.

—Ve con ella, muchacho —le instó Carlos señalando el dormitorio.

El perro no tardó ni un segundo en entrar y apoyar las patas delanteras en la cama.

Carlos frunció el ceño, no esperaba que hiciera eso, tenía prohibido subirse a la cama, y además, conociendo a Enar, seguro que lo apartaba de un manotazo. Por eso se quedó tan sorprendido cuando la vio abrazar al mastín como si le fuera la vida en ello. Sacudió la cabeza, atónito, y fue a la cocina intentando no fijarse en el estado en el que se encontraba su casa. Poco después entró en el dormitorio, dejó una taza humeante en una silla junto a la cama y salió de nuevo. Aún tenía que meter a *Nike* y *Safo* en la halconera, dar de comer a las aves y colocar la compra. Tardó más de lo habitual en hacerlo pues paraba cada rato para acercarse a comprobar cómo estaba Enar, quien se había quedado dormida abrazada a *Bruto*.

¡Maravilloso! ¡Diez meses enseñándole que los perros buenos no se suben a las camas tirados a la basura!

—¿Qué haces ahí, *Bruto*? —le reclamó en voz baja.

El perro lo miró con unos ojos cargados de inocencia.

Carlos supo que no tenía ninguna posibilidad de conseguir que volviera a dormir en el suelo.

—Vigílala —dijo saliendo del dormitorio.

—¿Has comprado algo para mí? —le preguntó Enar tiempo después, entrando en la cocina envuelta en el edredón.

Tenía las mejillas sonrosadas y el pelo alborotado, parecería recién salida de una magnifica sesión de sexo si no fuera por las pronunciadas ojeras y la debilidad que se leía en su rostro.

—Sí —contestó Carlos, tendiéndole una bolsa con un par de pijamas—. No sé si serán de tu talla, pero hasta que estés en condiciones de salir tendrán que valerte.

—Ah, genial. Gracias. Pero no me refería a eso. ¿Has traído cerveza? Solo con fines medicinales, por si me vuelvo a poner mala, ya sabes.

—Voy a fingir que no he oído eso —replicó él, guardando la carne en la nevera.

—Esta mañana lo he pasado fatal, necesitaba un trago.

—Pero has sobrevivido, ¿verdad? Ya sabes mis normas, si quieres quedarte no puedes beber. Si lo haces te largas —sentenció rotundo encarándose a ella.

—Pensaba que me moría —gruñó ella, enseñándole los dientes.

—Es el alcohol lo que te está matando, no la abstinencia —refutó él sin piedad.

—Me levanté empapada en sudor y con la cabeza a punto de reventar. ¡Tenía que hacer algo!

—¿Y por eso te fuiste de casa? ¿Para ver si muriéndote de frío se te pasaba el mono? —siseó furioso—. Una idea grandiosa, Enar. De las mejores que has tenido nunca.

—¡No, joder! Me fui porque me dejaste tirada. Estaba sola, me encontraba mal y no había nada para curarme. Si hubiera tenido algo con lo que sentirme bien no me habría ido —gritó con rabia—. He estado a punto de palmarla porque tú te niegas a tener una puñetera cerveza en casa. Lo necesito, joder. ¿Tanto te cuesta entenderlo?

—¡No! —rugió él golpeando la mesa—. Has estado a punto de palmarla porque has salido a la calle vestida de primavera en mitad de una nevada —la acusó—. No te atrevas a echarle la culpa a nadie más que a ti misma.

—¡No puedo con esto! ¡Prefiero estar muerta! —Salió corriendo de la cocina.

Carlos la atrapó en el pasillo.

—Claro que puedes con esto. Y con más —afirmó sujetándola—. Lo has pasado mal, sí, pero seguro que no es la primera vez en tu vida que lo pasas así. Y has sobrevivido. Tú sola, sin ayuda de nadie.

—Porque no me ha quedado otro remedio, ¡no estabas conmigo!

—Te vi tan fuerte y segura ayer que pensé que no me necesitabas —dijo suavizando el tono—. Pero no volverá a ocurrir, estaré siempre a tu lado. Lo prometo.

—No puedo. Es demasiado para mí.

—Claro que puedes. —Ella sacudió la cabeza, derrotada—. ¿Quieres volver a beber? ¿Hoy? ¿En serio? Piénsalo bien, no quedan ni seis horas para que sea mañana. Ya lo tienes chupado, aguanta un poco más y hoy habrás ganado. ¿De verdad te vas a rendir cuando ya has pasado sobria la mayor parte del día?

Enar entrecerró los ojos, desconfiada, pero negó con la cabeza.

—¡Esa es mi chica! —exclamó Carlos para, en un arranque de entusiasmo, besarle ambas mejillas—. Vamos a comer algo.

Enar se dejó llevar, se sentía bien cuando la abrazaba. Apenas le llegaba al hombro y él era un hombre demasiado fuerte y grande. No debería sentirse segura a su lado. Pero así era. De hecho siempre había sido así, desde adolescentes. Solo él era capaz de calmarla y hacer que se arrepintiera de lo que hacía mal. También era el único que conseguía convencerla para que intentara lo imposible. Como ahora.

—¿Seguro que no quieres un poco de fruta? Un yogur no es cena, y tampoco es que hayas merendado mucho —señaló Carlos tendiéndole un vaso de agua y un paracetamol.

—No tengo hambre. Solo quiero dormir, si la puta cabeza me deja, claro —se quejó Enar antes de tragarse la pastilla.

—Está bien, te traeré un vaso de leche caliente, eso ayudará. —Salió del dormitorio.

Enar abrió la boca para quejarse, ¡le había dicho que no quería nada y la leche era algo! Pero volvió a cerrarla sin pronunciar palabra. Había aprendido que Carlos era incluso más cabezota que ella, solo que no lo aparentaba. Escuchaba y asentía, como si estuviera conforme, y luego hacía lo que le daba la santa gana, que normalmente era lo contrario a lo que parecía haber aceptado.

¡Esa misma tarde había tenido que aguantarse y ver un culebrón en la tele mientras merendaban, a pesar de que él había asentido cuando le había sugerido ver una película!

¿Qué clase de hombre veía culebrones? Y aún peor. ¿Qué tipo de hombre tenía miles de libros de amoríos? Porque esos eran los libros que llenaban cada rincón de la leonera y parte de las estanterías del mueble del comedor: ¡novelas románticas!

¡Era la bomba!

¿Quién se lo iba a imaginar? Un robusto cetrero, alto como un gigante, fuerte como un toro y con un corazón sensiblero. ¡Si incluso se había emocionado en una escena del culebrón! Por supuesto no lo había querido reconocer, pero ella había visto como apretaba los labios y se frotaba con disimulo los ojos. ¡Ver para creer!

Era un romántico empedernido. También era firme. Aunque tal vez esa no fuera la palabra correcta para describirlo. Responsable, equilibrado, paciente, perseverante y despiadado. O al menos eso le había parecido cuando, tras la merienda, y al ver que estaba recuperada, la había obligado a recoger todo lo que había tirado. Bueno, en realidad obligado tampoco era la palabra. En cierto modo, se lo había preguntado.

Estaban sentados en el sofá, la telenovela acababa de terminar y de repente Carlos le había señalado las cosas descolocadas que él había puesto sobre la mesa y el mueble.

«¿No crees que, ya que pareces estar mejor, deberías hacer algo con este desastre?».

Y ella lo había colocado todo, aunque eso sí, sin dejar de quejarse y gruñir durante el proceso, tampoco era cuestión de acatar sus órdenes, o sugerencias, o lo que fuera, sin armar un poco de ruido. No quería acostumbrarle mal.

—Le he echado un poco de miel, ya verás qué bien te sienta. —Carlos entró con una taza.

Se sentó en la cama y se la puso en las manos. Esperó hasta que se la llevó a los labios y la observó complacido. Bebía despacio, con los ojos cerrados, saboreando cada trago. Puede que no le apeteciera, pero le estaba sabiendo a gloria. Parecía una niña, tan bajita, con las mejillas sonrosadas y ese pijama de elefantitos rosas que le quedaba grande. Más o menos. Había un sitio en el que, como siempre, se le ajustaba en exceso.

—Estaba muy rica. —Enar le devolvió la taza y luego frotó la cara contra la almohada, somnolienta.

—Sueña con los angelitos —la arropó antes de besarle la frente.

—Mi madre también me decía eso cada noche. Y cuando nació Mar, yo se lo decía a ella. Y le llenaba la cara de besos —susurró esbozando una cálida sonrisa que pronto se borró de sus labios—. Pero luego me convertí en una madre horrible y dejé de hacerlo. Espero que Irene se lo diga a mi hija cada noche. Quiero que Mar sueñe con los angelitos.

—Seguro que lo hará —le acarició la nariz con la suya y apagó la lamparita, dejando que la luz del pasillo iluminara el cuarto—. Duérmete. Necesitas descansar.

—Dentro de una hora será mañana —murmuró ella cerrando los ojos—. Hoy he ganado.

—Por supuesto que sí. Y mañana volverás a ganar. Eres una campeona que puede con todo. No lo dudes nunca.

Ella asintió, más dormida que despierta. Poco después el suave murmullo de su respiración se hizo lento y regular.

Carlos esperó un poco más, para asegurarse de que estaba dormida y salió con sigilo. Se encaminó a la cocina, donde los perros y *Lilith* esperaban impacientes la cena. Mientras devoraban el pienso, tiró un par de mantas viejas en el suelo. *Séneca* y *Leo* dormirían allí, fuera hacía demasiado frío incluso para un san bernardo. El anciano perro dirigió hacia él sus ojos casi ciegos y soltó un «burf» inconforme.

—No hay discusión. Eres demasiado mayor para pasar otra nevada en la caseta —le advirtió Carlos. *Séneca* se sentó huraño junto a la puerta que daba al patio trasero—. Eres igual de testarudo que el abuelo.

Lo ignoró y fue al comedor, abrió los cajones y observó su contenido con el ceño fruncido. ¿Eso era lo que Enar entendía por colocar? Los cargadores eran un embrollo de cables imposible de desenredar y además los había guardado junto a los manteles. La cubertería la había desparramado junto con las pilas que deberían estar en el de los cargadores y las servilletas que deberían estar con los manteles. Y en el cajón con los separadores para los cubiertos había colocado lápices, bolígrafos, cascos, navajas, tirachinas y mil trastos más, eso sí, ordenados cada uno en un separador.

¡Qué desastre! Estuvo tentado de recolocarlo todo correctamente, pero se lo pensó mejor y en vez de eso, se sentó en el sofá, exhausto. El día había sido muy complicado. La mañana de carreras y sustos había devenido en una tarde agotadora, con Enar muy alterada y sufriendo bruscos cambios de humor. En una sola hora era capaz de estar triste, enfadada, apática, violenta y frenética, haciendo de la convivencia un suplicio. Menos mal que los síntomas físicos se habían limitado a temblores, algún espasmo estomacal y un dolor de cabeza que subía y bajaba de intensidad sin motivo aparente.

Había sido un día extenuante y el futuro inmediato no parecía que fuera a ser mejor.

Necesitaba ayuda y no sabía a quién recurrir. Entrecerró los ojos, pensativo. Tal vez hubiera alguien que pudiera echarle una mano. Un fotógrafo que conocía a muchísima gente, que había estado en los sitios más insospechados y que, además de haberle puesto el mote de Cagón siendo niños, ahora era su mejor amigo.

Una sonrisa esperanzada se dibujó en sus labios. Marcos podría socorrerle. Tenía muchísimos contactos, casi podía decirse que conocía a la mitad de la población mundial. Bueno, puede que mundial no, pero sí peninsular. Seguro que podría ponerle en contacto con alguien que entendiera del tema y le diera algunos consejos.

Sacó el móvil antes de que fuera demasiado tarde para llamar.

5

«Ah, no. ¡Eso sí que no te lo permito! He aguardado paciente mientras te ocupabas de todos menos de mí. He sido tolerante y he consentido que atendieras a la humana sin arañarla ni bufarla, aunque se lo merecía. Luego, cuando has cometido la locura de meter a *Leo* en casa, he sufrido resignada la tortura auditiva que supone escucharlo ladrar sin parar. También he soportado sin quejarme que no me cepillaras, y por culpa de tu negligencia voy a necesitar una hora para vomitar todo el pelo que he tragado al lavarme. ¡Y ahora que por fin estamos los dos solos quieres usar ese artefacto para hablar con alguien, dejándome de nuevo de lado! ¡Pues no lo voy a consentir!

¡Ahora es mi momento!»

Lilith soltó un quejumbroso maullido y saltó sobre el regazo de Carlos antes de que este tuviera tiempo de encender el móvil. Frotó la cabeza contra la barbilla de su dueño, se subió a sus hombros y se restregó a conciencia contra los rizos pelirrojos.

—¿Qué te pasa, chica? —susurró Carlos preocupado. No era normal en la gata ser tan cariñosa. Al contrario, solía ser bastante esquiva.

Lilith descendió de nuevo al regazo y, soltando algo parecido a un *purrumiaou*, continuó frotándose contra las manos, la cara y toda la piel que tuvo a su alcance.

—Está bien, quieres mimitos. Lo he captado.

Acarició el atigrado lomo de la gata. Ella se tumbó en su

regazo y le dio un suave cabezazo en la mano, indicándole dónde quería los mimos. Carlos sonrió y la rascó detrás de las orejas. *Lilith* comenzó a ronronear. Un rato más tarde, cuando la gata estuvo relajada, buscó a Marcos en los contactos del móvil. Por supuesto, lo hizo con una sola mano. La otra seguía ocupada en masajear a la reina de la casa.

—Marcos, soy Carlos. ¿Qué tal te va? ¿Cómo están Iris, Ruth y Luisa? —escuchó la contestación y luego respondió a preguntas similares—. Todo bien, con mucho trabajo. Siento no haberte llamado el sábado, se me pasó. Tuve un día bastante complicado. Oye, quería preguntarte… —se detuvo dubitativo, si continuaba con la pregunta ya no habría marcha atrás—. ¿Conoces a alguien que esté metido en alguna asociación de desintoxicación de alcohólicos? No, no tengo ningún problema con la soledad ni el aislamiento ni me he dado a la bebida —replicó cuando su amigo se burló de él por vivir cual ermitaño, acompañado solo por sus animales—. Marcos, por favor, hablo en serio. Necesito contactar con alguien que me pueda orientar sobre cómo ayudar a un alcohólico a desintoxicarse.

Al otro lado del teléfono se hizo el silencio. El tema era demasiado serio para bromear.

—Es para echarle una mano a una amiga —le explicó a Marcos cuando este reaccionó y comenzó a interrogarle—. Ah… ¿Que si la conoces? ¿Tú? Pues…

Carlos se quedó en blanco. Marcos acababa de preguntarle si conocía a la chica. Y sí que la conocía. Desde hacía muchos años. Habían jugado juntos de niños, pues Enar pertenecía a la misma pandilla que ellos dos. Aunque dudaba de que Marcos pudiera reconocer a la Enar de su niñez en la Enar actual.

Frunció el ceño sin saber qué hacer. No le gustaba engañarlo, pero no creía que fuera buena idea decirle a quién estaba alojando en su casa. Al fin y al cabo Ruth era la mejor amiga de Luka, quien se había proclamado madre honorífica de Mar, la hija de Enar, a la que veía a menudo. Por otro lado, ninguno de los componentes de la antigua pandilla tenía buenos recuerdos de Enar, algo que no le extrañaba en absoluto. No quería ni pensar en la revolución que supondría su repentina aparición tras pasar tres años desaparecida después de haber secuestrado a Mar. Además, él tampoco se fiaba de ella tras lo ocurrido esa mañana. Había demostrado que era muy capaz de desaparecer de nuevo.

No. Lo mejor era guardar silencio y ver cómo evolucionaba la situación. Era absurdo atormentarlos con su regreso si no estaba seguro de que iba a permanecer allí, y, sobre todo, sin saber si iba a ser capaz de dejar de beber. Mar e Irene ya habían sufrido demasiado como para volver a poner a Enar en el mapa y que las decepcionara de nuevo. De todas maneras, Enar no parecía muy ansiosa de volver a relacionarse con su hija y su madre. De hecho, no las había mencionado en los dos días que llevaba allí.

Sacudió la cabeza. Eso era mentira. Esa misma noche, cuando estaba más dormida que despierta, había hablado de ellas con cariño, deseando que su hija soñara con los angelitos.

Tal vez no era tan poco maternal ni se había desentendido tanto de Mar como todos, incluido él, pensaban. Su arisca amiga tenía la estúpida costumbre de estar siempre a la ofensiva y aparentar que nada le importaba ni le hacía daño, aunque fuera una mentira tan grande como una catedral.

La voz de Marcos a través del teléfono lo sacó de la abstracción en la que estaba sumido.

—No. No me he ido, sigo aquí. Solo estaba pensando —se excusó, luego puso los ojos en blanco cuando su amigo volvió a preguntarle por la identidad de Enar—. No la conoces, es una chica que me presentaron hace poco y con la que he salido un par de veces —mintió aturullado—. Sí, estoy totalmente seguro de que no sabes quién es —reiteró molesto por la acertada desconfianza de su interlocutor. ¡No había manera de engañarlo!—. ¿Sabes de alguien que pueda ayudarme o no? —exclamó, harto de sus preguntas—. No estoy nervioso, ¡estoy sobrepasado! Es mi amiga, está enferma y lo está pasando fatal. Quiero ayudarla y no sé cómo. Ni siquiera sé si tiembla porque está con el mono o porque se ha pillado un catarro de órdago —espetó alterado al ver que Marcos no entendía la seriedad del asunto—. ¡¿Cómo que busque en

NADIE MÁS QUE TÚ

Google si los síntomas coinciden con lo que le pasa?! No puedo creer que me digas eso, joder —gritó perplejo ante la insólita propuesta—. Creo que no lo entiendes. No es una conocida cualquiera a la que veo de vez en cuando. Es una buena amiga y está viviendo conmigo —explicó desesperado—. Sí, en mi casa. Ya lo sé, ¿crees que soy tan tonto de no darme cuenta del lío en el que me he metido? ¡No!, ni quiero ni puedo echarla. Se va a quedar un tiempo. No lo sé, hasta que esté bien, supongo. Tal vez meses, no me lo he planteado —contestó cansado—. Está bien, esperaré tu llamada.

Marcos mantuvo un instante el teléfono en la mano, pensativo, antes de acordarse de colgarlo. ¿Una mujer viviendo en casa de Carlos? Una que para más inri era alcohólica y estaba desintoxicándose, o al menos intentándolo.

Sacudió la cabeza, algo se estaba cociendo ahí.

Algo muy gordo.

El pelirrojo llevaba años viviendo solo, aislado en esa aldea perdida de la mano de Dios. Sin recibir más visitas que las pocas que le hacía él. Y de repente metía en su casa, que por cierto solo tenía una cama, a una adicta a la que, según le había dicho, conocía desde hacía poco y con la que había salido dos veces. ¿Así de rápido y así de simple? Ni de coña.

Carlitos no había tenido un rollo en siglos. De hecho, desde que habían vuelto a coincidir, hacía ya ocho años, no le había mencionado jamás a ninguna mujer con la que tuviera algo, aunque fuera un rollo esporádico. Oh, seguro que echaba algún polvete de vez en cuando con algún ligue ocasional. Al fin y al cabo era un hombre sano con deseos y necesidades. Un hombre que, por cierto, tenía muy poco tiempo libre para dedicar al ocio, lo que daba como resultado una vida social inexistente.

Frunció el ceño al percatarse de que tenía que ser muy complicado para Carlos ligar, pues se pasaba el día atareado en la finca, y cuando salía de allí era para trabajar, lo que tampoco le daba muchas opciones de conocer a gente. Aun así, el pelirrojo era un tipo responsable y cabal que no se colgaría por una desconocida, alcohólica para más señas. A no ser que la susodicha estuviera abandonada y desamparada, y tuviera problemas o estuviera enferma, en cuyo caso Carlos la acogería sin pensar como era su costumbre.

¡Ah, qué complicado era todo!, pensó picado. Necesitaba resolver el enigma de la identidad de la mujer misteriosa.

—Papá, ¿qué edad tenías cuando le diste el primer beso en la boca a mamá?

Marcos interrumpió sus pensamientos ante la inesperada pregunta de Iris, su hija. La miró fingiendo no comprender mientras pensaba a toda velocidad una respuesta poco comprometida. ¡Por el amor de Dios!, ¿por qué no le preguntaba eso a Ruth? Se suponía que ese era el tipo de conversación de chicas que tenían una madre y su hija.

—No te hagas el tonto, ya sabes a lo que me refiero —insistió la niña.

—Claro que sé a lo que te refieres. —Irguió la espalda para mirar con disimulo a su mujer, que en ese momento lo observaba burlona desde la puerta. Carraspeó un par de veces, ganando tiempo para que ella interviniera salvándole el culo, pero la muy malvada se mantuvo callada—. A ver... El primer beso dices. Pues no sé...

—El primero en la boca. No vale en las mejillas ni en la frente. Tiene que ser en la boca. ¡Y con lengua! —exclamó Iris de repente, como si acabara de acordarse de algo muy importante.

Marcos la miró con los ojos abiertos como platos mientras que su mujer se tapaba la boca para evitar que se le escaparan las carcajadas.

—Entiendo. El primero con lengua. Vaya. ¿Y por qué te interesa saberlo?

—Porque uno de los repes me ha pedido salir. —Los repes eran sus mejores amigos. Y eran gemelos, de ahí el mote.

—Un poco precoz, ¿no? Solo tenéis nueve años —comentó abrumado, intentando aparentar indiferencia.

—Por eso quiero saber cuándo le diste el primer beso con lengua a mamá.

Marcos la miró perplejo, incapaz de ver la relación entre

ambas cosas. Ruth no pudo aguantarse más y salió corriendo del comedor para que Iris no la oyera reírse.

—Y... ¿Por qué quieres saberlo? —indagó sin contestar. Se acogía a su derecho de padre de guardar silencio hasta que su abogada, es decir Ruth, volviera a estar presente.

—Porque María Patito me ha dicho que si le digo que sí al repe, seremos novios. Y que los novios se besan en la boca. Con lengua. Y a mí eso me da un poco de asco. Así que le he preguntado a la abuela si eso era cierto y ella me ha dicho que las señoritas no se besan con nadie, ni con lengua ni sin lengua. Pero ya sabes que la abuela no es nada moderna. Así que le he preguntado a mamá, porque yo quiero ser la novia del repe para vacilar a todas las de clase, pero si hay que besarse con lengua entonces no, y mamá me ha dicho que soy muy joven para tener novio. Y eso no es cierto, Anita tiene novio, pero no sé si se besa con él y ella no me lo quiere decir. Así que he pensado que a lo mejor tú me sacabas de dudas.

Marcos miró a su hija de arriba abajo. Era una niña. Solo tenía nueve años. No era posible que le estuviera hablando con tanta tranquilidad de novios y besos con lengua.

—Y... —carraspeó, buscando la voz que había perdido—, ¿para qué quieres que te saque de dudas?

—Jo, papá, no te enteras de nada. Porque si tú besaste a mamá con lengua a mi edad, entonces no tiene que estar tan mal —explicó mirándolo con adoración—. Pero si no lo hiciste, entonces es que no mola tanto como dice María Patito.

—Pues, si te soy sincero, la primera vez que besé a mamá con lengua fue con veintiún años —afirmó, y no era mentira. Ella le había preguntado por besos con lengua, y el primero que le dio a Ruth, con apenas catorce, había sido un pico apresurado, por lo que no contaba—. Así que aún te quedan unos pocos años. Y si quieres saber la verdad, lo de los besos con lengua es un asco, se te llena toda la boca de las babas de otra persona y si no se ha lavado bien los dientes te encuentras trocitos de comida —dijo poniendo cara de asco, muy consciente de que los repes tenían cierta pereza con la higiene dental.

Iris abrió los ojos como platos y luego arrugó toda la cara, sacando la lengua.

—¡Qué asco! Le voy a decir al repe que es un *retromonguer* y que no vuelva a pedirme salir nunca más —sentenció muy seria—. Gracias por el consejo, papá, ¡te quiero un montón! ¿Vienes a darme el beso de buenas noches?

Marcos se levantó del sillón y sin pensárselo dos veces tomó en brazos a su hija y la llevó a la cama. La arropó, se la comió a besos, le dijo lo mucho, muchísimo, que la quería, y por último le deseó buenas noches.

—¿Babas con trocitos de comida? ¿En serio, Marcos? ¿No podías haber buscado algo menos asqueroso? —le preguntó su mujer cuando regresó al salón.

—Deberías agradecérmelo, Avestruz —la llamó con cariño por el mote que le había puesto de niños—, gracias a mí nuestra hija se va a mantener alejada de los chicos hasta los veintiuno como poco. Tal vez incluso más tiempo.

Ruth lo miró de arriba abajo antes de esbozar una ladina sonrisa.

—La ingenuidad supina de los hombres es algo que jamás dejará de sorprenderme —afirmó misteriosa dándole un casto beso en los labios—. ¿Con quién hablabas por teléfono?

—Con Carlos. —Se sentó en el sillón, colocando el portátil sobre las piernas—. Me ha contado una historia de lo más entretenida. Por lo visto ha conocido a una chica y la ha metido en su casa. Están viviendo juntos.

Ruth entornó los párpados, incrédula. No podía referirse al Carlos que ella pensaba.

—¿El Cagón? —Se sentó en el reposabrazos, junto a él. Marcos asintió—. ¿Estás seguro?

—Sí. Y no queda ahí la cosa. La chica es alcohólica y está intentando desintoxicarse, con la ayuda de nuestro filantrópico Carlos, por supuesto.

—No estás de guasa, ¿verdad? —Ruth lo miró con gesto grave—. El alcoholismo es un asunto muy serio con el que no se debe bromear. No es fácil salir, hace falta mucha fuerza de voluntad, amigos y familia en la que apoyarte y profesionales que te den pautas y te ayuden.

—Lo sabe, por eso me ha llamado. Quiere saber si conocemos a alguien que pueda ayudarle.

Ruth se mordió los labios, pensativa.

—Podrías hablar con los mediadores sociales del centro que fotografiaste hace un par de años en Guipúzcoa. Trabaste amistad con uno de los técnicos, ¿no?

—Sí, con Julen. Aunque todos eran encantadores —murmuró Marcos.

Entró en la nube virtual en la que recopilaba la información y los contactos que había reunido con el paso de los años. Revisó el primer trimestre del año 2009 hasta encontrar la carpeta en la que guardaba los datos referentes al centro mencionado. Empezaría por ahí. No era un mal punto de partida y estaba acostumbrado a ir de un contacto a otro, hasta llegar a donde quería, que en este caso era un centro de rehabilitación en Madrid, a ser posible, en la sierra norte.

Escribió un correo a Julen. Sería el primero de muchos y con un poco de suerte, pronto obtendría resultados. Y, cuando los tuviera, llamaría a Carlos e intentaría sonsacarle más información sobre la misteriosa mujer.

—Por cierto, Ruth, no le digas a nadie lo que te he contado.

—¿A quién se lo iba a decir? —replicó sonriente—. A nadie le interesa la vida de Carlos.

—Con nadie me refiero a Luka y a Pili —especificó. Conocía a su mujer y a sus amigas. Eran peor que los tres mosqueteros.

—¿Por qué no puedo contárselo a ellas? ¿Crees que conocemos a la chica?

—No lo sé. No creo. Pero Carlos se ha mostrado muy reservado sobre ella, no quiero faltar a su confianza permitiendo que se extienda ningún rumor —le dijo muy serio a su mujer.

—Mis labios están sellados —aceptó ella.

Carlos se recostó en el sofá y cerró los ojos, contrito. Como no tenía suficiente con el desastre en el que se había convertido su vida, ahora mentía a su mejor amigo. ¡No podía continuar así! Al día siguiente hablaría con Enar sobre el tema para poder sincerarse con Marcos. Se negaba a tener esa carga sobre su conciencia. En esos dos días había aceptado compromisos suficientes para lo que le quedaba de vida, no pensaba añadir una mentira también.

Se frotó las sienes, intentando atajar el dolor de cabeza que latía tras ellas. Ese día había sido estresante, en realidad, los últimos tres días habían sido extenuantes. Estaba acostumbrado a la soledad, más aún, le gustaba estar solo. Exceptuando los breves desayunos con Fernando y las charlas telefónicas con Marcos, vivía dedicado a su trabajo. Tener a Enar allí había trastocado su rutina, volviéndole la vida del revés. Ahora tenía el doble de responsabilidades y la mitad de tiempo para llevarlas a cabo. El tiempo libre se había convertido en un bien preciado que ni siquiera podía disfrutar en su añorada soledad, pues Enar parecía empeñada en no separarse de él ni un segundo. De hecho, cuando esa tarde se había sentado a ver el episodio de *Pasión por ti*, Enar le había acompañado, y en lugar de estar calladita, había radiado cada escena, cuestionándolo todo e incluso dándoles consejos a los protagonistas. Y, en contra de lo que había imaginado, había sido entretenido verlo juntos. También divertido. Pero sobre todo había sido extraño. Mucho. No estaba acostumbrado a comentarlos con nadie y era apasionante intercambiar opiniones sobre la telenovela, o como decía Enar: comentar las mejores jugadas.

Volvió a frotarse la frente, el dolor amenazaba con volverse más fuerte. Lo mejor era irse a la cama o al sillón masaje en su caso. Se acercó a su antiguo dormitorio y comprobó que Enar continuaba sin fiebre y arropada, con *Bruto* tumbado a sus pies. Parecía relajada, tal vez la noche fuera más tranquila que el día. Fue a la leonera, quitó el sonido al móvil y lo dejó en el mueble, luego colocó el sillón en posición horizontal y se acomodó envolviéndose en las mantas. *Lilith* se tumbó junto a su cabeza y *Leo* lo hizo en el suelo a sus pies.

Cerró los ojos. Dos enormes pechos aparecieron frente a él. Abrió los ojos, sobresaltado. Se suponía que ya se había olvidado de eso. De hecho llevaba toda la tarde sin pensar en ellos. Más o menos. Volvió a cerrar los ojos, decidido a dormirse. Al ver que no lo conseguía pues su mente calenturienta estaba demasiado activa, decidió contar ovejitas. Eso siempre funcionaba.

Llevaba contadas una docena cuando las inocentes ovejas se convirtieron en voluptuosas tetas apenas cubiertas por un sujetador de encaje negro. Se incorporó turbado, asustando a *Lilith* y a *Leo*, quien, como no podía ser de otro modo, se puso a ladrar histérico.

Saltó del sillón, o mejor dicho, se cayó del sillón, y tapó la boca del animal.

—Silencio, los despertarás a todos —le ordenó. El beagle soltó un quejumbroso gañido que tuvo su eco en el que *Bruto* lanzó en la habitación contigua—. ¡Silencio los dos! —siseó Carlos, atajando la rebelión.

Volvió a tumbarse y menos de diez minutos después se incorporó, encendió la luz y se miró las manos. Le temblaban. Suspiró. No iba a poder dormir. El dolor de cabeza y el temblor eran síntomas de que estaba muy nervioso. Necesitaba liberar energía para relajarse.

Sacó a *Lilith* y *Leo* de la leonera y cerró la puerta, impidiéndoles entrar de nuevo. Encendió el ordenador y abrió la web en la que solía entrar los pocos días que tenía tiempo y ganas de realizar trabajos manuales. Cuando apareció el índice lo miró reflexivo y eligió masaje. Normalmente optaba por otras opciones, pero esa noche no le apetecía ver la cara de nadie, prefería ver solo manos y piel e imaginar el rostro de la mujer que él quisiera.

Se bajó el pantalón del pijama hasta los muslos y sacó el aceite para masajes de lo alto del mueble, donde lo tenía guardado. Era una suerte que Enar fuera bajita, ya que por eso no había alcanzado a ver lo que guardaba sobre los libros de la última estantería. No quería ni pensar en que lo hubiera encontrado, con lo pícara que era seguro que lo habría sacado a colación en los momentos más inesperados durante el resto de su vida. Y él tenía la piel demasiado clara y una perturbadora tendencia a sonrojarse cuando se tocaban ciertos temas.

Se acomodó en el sillón y se vertió un poco de aceite en la palma de la mano para luego extenderlo sobre su pene comatoso. Fijó la mirada en la pantalla; unas manos delicadas se movían con erótica cadencia sobre el cuerpo desnudo y brillante de una mujer. Respiró profundamente y comenzó a acariciarse con languidez hasta que su polla cobró vida. La envolvió entre sus dedos resbaladizos y se masturbó con perezoso abandono. El placer invadió su cuerpo, endureciendo sus testículos y convirtiendo su pene en candente rigidez. Respiró despacio, obligándose a calmarse para hacerlo durar. Llevó la mano libre al glande y lo frotó con suavidad con la palma mientras deslizaba arriba y abajo el puño con el que se envolvía la verga. Suave. Controlando la fuerza y el ritmo mientras en la pantalla las manos se movían lujuriosas sobre los enormes senos de la actriz.

Sintió como sus testículos se alzaban exigentes en tanto que el pene se engrosaba y endurecía, preparándose para el ansiado orgasmo. Clavó la mirada en la pantalla; los dedos resbalaban por el suave vientre femenino para después posarse implacables sobre el pubis y hundirse entre los labios vaginales.

Cerró los ojos y un gutural gemido abandonó su boca. Arqueó la espalda, apretando las nalgas, y empleó una mano en acunar con delicada avidez los testículos mientras movía la otra con delirante arrebato sobre el pene.

Enar se removió angustiada, luchando contra la Muerte que alzaba la guadaña para asestarle el golpe final. La pateó histérica y el esqueleto enlutado emitió un lastimero gemido. Se despertó sobresaltada por el extraño quejido. ¿La Muerte lloriqueando? ¡Solo ella podía soñar semejante gilipollez! Sacudió la cabeza, pero jadeó asustada al escuchar un nuevo lamento. Buscó el origen de tan fantasmagórico sollozo y resopló aliviada al comprender que la Muerte no había ido a visitarla y que el golpeado había sido el pobre cachorro que había tenido la pésima ocurrencia de dormir con ella.

—Eso te pasa por tonto —dijo, encendiendo la luz—. La próxima vez sé más listo y no te acerques a mí, soy nociva para la salud de quienes me rodean. —Le acarició el lomo con manos temblorosas y *Bruto* se pegó a ella para recibir más caricias—. No te confundas, no me gustan los perros —lo empujó con suavidad, apartándolo—. Aunque tú me caes bien.

Se sentó y un desagradable estremecimiento la recorrió. El calor opresivo, el engorroso sudor y el mareo incapacitante habían regresado. Al menos el dolor de cabeza era solo una leve molestia. Se quitó el pijama y sacó los pies de la cama. Necesitaba refrescarse y beber algo. La sed la estaba matando. Pero allí no había nada que la calmara. Moriría sedienta. Y en el infierno seguro que no había cerveza. ¡Oh, espera! Allí tampoco, lo que significaba que ya estaba en el infierno.

Sacudió la cabeza para deshacerse de esos pensamientos. No le hacían ningún bien si pretendía cumplir la promesa. Intentó levantarse, pero las rodillas no la sostuvieron. Un sollozo involuntario escapó de sus labios al verse en el suelo, tan débil y mareada. Tan indefensa. Nadie debía verla así, era peligroso.

Parpadeó confundida, no lo era. No estaba en la calle, sino en casa del Cagón. No pasaría nada aunque él supiera que en realidad era una endeble. No le haría daño ni le robaría. Era su amigo. Su único amigo. Había prometido ayudarla. Y, cosa extraña, lo estaba cumpliendo.

Era la única persona que había conocido que cumplía lo que prometía.

Iría a buscarle, pensó esperanzada al sentir un nuevo estremecimiento. Él sabría qué hacer, cómo curarla. Se levantó del suelo impulsándose en la cama y en ese momento se dio cuenta de que solo llevaba puestas las bragas. Al Cagón no le gustaría nada que se paseara en pelotas por la casa, así que se puso una camiseta talla gigante. Resopló, tenía vestidos que la tapaban menos, pero todo fuera por tenerlo contento.

Salió del dormitorio y se dio de bruces con los animales, que estaban en el pasillo. Los miró perpleja. ¿Qué hacían allí *Leo* y *Lilith*? ¿Por qué no dormían con Carlos?

Leo gañó asustado antes de escapar con el rabo entre las patas hacia la cocina, *Lilith* la miró altanera; bostezó, se estiró perezosa y se dirigió con el rabo en alto al comedor.

—Estúpida —siseó Enar. Odiaba a la gata. Era una diva.

Avanzó inestable hasta la leonera y descubrió que la

puerta estaba cerrada. La miró confundida. En los dos días que llevaba allí Carlos no la había cerrado. Claro que tampoco había echado a los animales hasta esa noche. ¿Por qué lo había hecho? ¿Tal vez para dormir tranquilo y no escucharla? Sintió la rabia bullir dentro de ella. ¡Pedazo de cabrón! Le había prometido cuidarla y tras el primer día complicado se encerraba en su cuarto para dormir sin que le molestara. Apretó los puños, tentada de irrumpir allí y demostrarle lo que pensaba de su traición. Estaba tan furiosa que podría romper la pared de un puñetazo. La rabia estaba a punto de alcanzar cotas intolerables cuando un pensamiento se cruzó en su cabeza: ella también cerraría la puerta para aislarse si tuviera que soportarse a sí misma todo el día.

La ira desapareció tan repentinamente como había llegado y fue sustituida por una insoportable desolación. Apoyó la espalda en la pared y se dejó resbalar hasta sentarse en el suelo. No era extraño que Carlos quisiera tener la noche en paz; le había hecho pasar un día horrible. Le había destrozado la casa y no le dejaba vivir tranquilo. Lo raro era que no la hubiera echado a la calle todavía.

Una lágrima resbaló por su mejilla. Se la limpió de un furioso manotazo, la rabia bullendo de nuevo en sus entrañas. Lo odiaba todo. Odiaba a todos. Se odiaba a sí misma. Estaba harta. Quería destrozarlo todo. Ojalá fuera una puta bomba nuclear y pudiera estallar, reventando el jodido mundo. Pero entonces moriría Carlos. Y también *Bruto*. Y ellos no se merecían eso. Una inconmensurable tristeza cayó sobre ella. Se abrazó las rodillas, hundiendo el rostro entre ellas. Estaría mejor muerta. El horrible calor, la ansiedad, los temblores y las náuseas cesarían. También la horrible sed. Sin ella el mundo sería un lugar mejor.

Muerta no les destrozaría la vida a Mar y a Irene.

Muerta no tendría que recordar la cara de consternación de Luka al ver el monstruo en el que se había convertido.

Algo húmedo le rozó los nudillos. Alzó la cabeza, *Bruto* frotaba su nariz contra el dorso de sus manos mientras la miraba con sus inocentes ojos cargados de cariño.

Se abrazó a él.

—No sé lo que me pasa —hipó pegada a su cuello—. No sé por qué estoy tan furiosa y a la vez tan triste. No lo entiendo… No me entiendo. Yo no soy así.

El animal frotó su hocico contra ella, intentando consolarla. Y aunque pareciera mentira, lo consiguió. Al menos en parte. Su cálido contacto logró que la rabia que intentaba alzarse violenta retrocediera, dando paso a una profunda y apática tristeza.

Carlos se limpió las manos, el pene y la tripa con la camiseta que había usado durante el día, la tiró a un rincón y tras apagar el ordenador se subió los pantalones y salió de la leonera para asearse. Lo primero que vio fue a Enar sentada en el pasillo, abrazando llorosa a *Bruto*.

Una ola de calor le subió por el pecho y el cuello, extendiéndose inclemente por su cara.

—Voy a… Bueno… Tengo que… Lavarme las manos —balbució escondiéndolas detrás de la espalda—. ¿Estás bien? ¿Necesitas algo?

Enar se secó la nariz con la camiseta.

—Te has puesto rojo como un tomate —resopló, mirándolo con los ojos entrecerrados—. ¿Qué estabas haciendo ahí dentro con la puerta cerrada?

—Eh… Probar un nuevo juego online —inventó—. ¿Por qué estás sentada en el pasillo? ¿Te encuentras bien?

Enar bajó la cabeza y negó en silencio.

—Dame un segundo y estoy contigo, ¿de acuerdo? —murmuró Carlos, dividido entre la urgencia de arrodillarse junto a ella y la imperiosa necesidad de lavarse las manos.

Enar asintió y él salió corriendo al baño. Apenas un minuto después regresó a su lado. Se sentó junto a ella y le retiró con cariño el pelo de la cara.

—Cuéntame qué te pasa. —La abrazó, y al hacerlo fue consciente del calor que emanaba de su pequeño y tembloroso cuerpo—. ¿Otra vez las náuseas?

Ella asintió temblorosa y se acurrucó contra él, dejándose llevar por el abatimiento.

—No te preocupes, le haremos frente y ganaremos —aseveró.

Y ella, al escucharle utilizar el plural se sintió capaz de vencer a cualquier demonio, porque, por primera vez en mucho tiempo, no luchaba sola.

Enar abrió los ojos despacio. La luz entraba a raudales por la ventana y se colaba en la habitación para incidir con deliberada mala leche sobre su rostro. Se giró para escapar de los fastidiosos rayos del sol y se quedó paralizada. Carlos estaba a su lado, dormido como un angelito. Uno muy grande, muy pálido y muy pelirrojo que, estirado en toda su altura, ocupaba más de la mitad del colchón.

Lo miró confundida, ¿qué hacía en la cama? Si había algo que él le había dejado claro por activa y por pasiva era que no le atraía y que ni obligado iba a follar con ella. Y el sentimiento era mutuo. Por tanto, si no era por sexo, ¿por qué estaba en la cama?

Entrecerró los ojos, pensativa. No había bebido nada en dos días, por tanto no debería ser complicado rememorar lo que les había llevado a esa situación. Apretó los párpados. Los recuerdos eran zarcillos que fluctuaban parpadeantes en su mente para luego desvanecerse, hasta que empezó a unirlos unos con otros, dando forma a una historia coherente.

Se había vomitado encima. Y también le había vomitado a él. Y él, en lugar de enfurecerse y gritar, la había calmado con suaves caricias y alentadoras palabras. Luego la había bañado. Recordaba la dulzura de sus dedos sobre su piel mientras la sujetaba en el agua. También la ternura de sus labios sobre sus pómulos y el dulce roce de sus susurros asegurándole que todo estaba bien, que era una campeona que podía con todo. Aún podía sentir el tacto suave del enorme albornoz en el que la había envuelto antes de tomarla en brazos y llevarla a la cama. Y luego la agradable calidez de sus manos mientras le ponía el pijama nuevo.

Bajó la vista. Sí, no había sido un sueño, estaba vestida con un pijama rosa estampado con ositos blancos que llevaban pantaloncitos fucsias. Solo a él se le ocurriría vestirla así.

Resopló divertida para al instante siguiente, cuando los recuerdos explotaron en su cabeza, jadear asombrada.

Él la había cuidado sin descanso, haciendo gala de un exquisito cariño y sin quejarse ni una sola vez. Se había sentado a su lado en la cama y había pasado la noche a su lado, obligándola a tomar sorbos de zumo y manzanilla. Se había ocupado de refrescarla con paños húmedos cuando el insoportable calor volvía y de arroparla cuando desaparecía. La había acunado contra su pecho para calmarla cuando le gritaba e insultaba rabiosa, también cuando la tristeza la abrumaba, haciéndola llorar.

En algún momento de la noche, ella había caído en un sueño tranquilo y él, exhausto, se había quedado dormido a su lado.

Le observó, el edredón le tapaba hasta las caderas y llevaba un viejo pijama de franela al que se le habían abierto los primeros botones de la camisa, dejando ver su pálido pecho. Si se fijaba con atención incluso podía ver la venas azuladas de su cuello. ¿Cómo podía tener la piel tan clara? El contraste que creaba con su intenso pelo rojo era alucinante. Esbozó una gran sonrisa, así era él: un gigante pelirrojo, paliducho y bonachón.

Le dieron ganas de darle un achuchón, como si fuera un enorme oso de peluche.

—¿Qué te hace tanta gracia? —preguntó él adormilado.

Enar gimió sobresaltada, no se había dado cuenta de que la miraba risueño.

—Tú. Eres tan enternecedor con esos ojos de sueño y el pelo alborotado, que me están entrando unas ganas tremendas de comerte los morros —comentó maliciosa, no sabía por qué, pero le apetecía un montón verlo sonrojarse.

—Te olvidas del mal aliento matutino —replicó él rascándose la tripa a conciencia—. Ningún beso es agradable de buena mañana sin un cepillado previo.

—Vaya... Pensaba que eras uno de esos cursis románticos, pero ya veo que no.

—Soy práctico —masculló Carlos. Se giró hacia ella y sin

previo aviso la besó en la frente para darle los buenos días y de paso tomarle la temperatura.

Cabeceó complacido, tenía la piel fresca y los ojos limpios y lúcidos. Además, su sonrisa ladina era un claro indicativo de que se encontraba bien.

—¿Eso es todo? ¡Qué soso! La próxima vez que me beses exijo un buen morreo —le acicateó Enar, sorprendida por el inesperado roce.

—No seas mala —le advirtió saltando de la cama.

Enar lo siguió con la mirada. Tenía una pernera del pantalón subida hasta la rodilla, la camisa retorcida y el pelo de punta, como si hubiera metido los dedos en un enchufe. Era tan... Tierno.

Carlos se asomó a la ventana y se quedó pasmado al descubrir que el sol estaba alto en el cielo. Serían más de las once. ¡Demasiado tarde para todo lo que tenía que hacer! Eligió la ropa y fue al cuarto de baño para ducharse. Al terminar entró en la leonera para coger la chaqueta, y en ese momento se fijó en que el led del móvil parpadeaba, indicándole que tenía llamadas perdidas. Tomó el teléfono y estrechó los ojos sorprendido al ver la cantidad de llamadas recibidas. Se lo guardó en el bolsillo y regresó al dormitorio.

—Voy a salir para ver cómo están los animales, ¿vas haciendo el café y un par de bocadillos para desayunar?

—Claro. ¿El tuyo de un poco más de media barra? —inquirió burlona, su amigo tenía un apetito inagotable.

Carlos asintió despistado y salió de la casa. Enfiló hacia los barracones, se escondió tras ellos y devolvió las llamadas, que pertenecían todas a la misma persona.

—¿Dónde te has metido, tío? Llevo toda la mañana llamándote —dijo Marcos en cuanto descolgó el teléfono—. ¿Te has dormido? ¿En serio? Debe de ser la primera vez en tu vida que no te levantas al alba —murmuró atónito—. Y digo yo, ¿no será por culpa de la misteriosa mujer que tienes acogida en tu casa? ¿Tal vez te ha dado mucho trabajo esta noche? Un poco de mambo nunca viene mal —aventuró burlón.

La respuesta seca de Carlos le indicó que la invitada sí le había dado trabajo, pero no de la clase que él imaginaba—. Vaya, siento que hayas tenido una noche complicada. Justo por eso te llamaba. Ayer estuve hasta las tantas chateando con varias personas a las que te interesa mucho conocer —apuntó muy serio—, todas ellas vinculadas de un modo u otro a asociaciones de exalcohólicos.

Se detuvo pensativo, lo que seguía no había forma de decirlo con delicadeza, por lo que se decantó por ser tan franco como siempre. Tomó aire y comenzó a hablar.

—Carlos, te has metido en un embolado de cojones. El alcoholismo es mucho más jodido de lo que parece. La dependencia física es solo la punta del iceberg, lo realmente complicado es la dependencia mental. Por lo que me han contado el malestar se pasa en pocos días, pero la necesidad de tomar alcohol no termina nunca. Tu amiga tendrá ganas de beber cada vez que se sienta insegura, cuando un problema la acose, tras un día duro o simplemente cuando se le ocurra una buena excusa para tomar ese primer trago que jamás será el último. Es una lucha eterna.

Esperó que Carlos dijera algo, pero al otro lado de la línea solo se oían los chillidos de las águilas y el piar de los halcones. Por lo visto se había quedado mudo.

—No te lo tomes a mal, tío, pero lo mejor que puedes hacer es sacar a esa mujer de tu casa, llevarla a un centro especializado y quitarte de problemas.

Marcos suspiró al oír la airada respuesta del cetrero, desde luego mudo no estaba.

—No tiene por qué marcharse —apartó un poco el teléfono de su oreja.

El pelirrojo no solía alterarse, pero cuando lo hacía, daba buena muestra de su voz de barítono. Y en ese momento estaba muy alterado. Por lo visto estaba seguro de que la chica se le iba a escapar a las primeras de cambio.

—¿Tanto la conoces que sabes cómo va a reaccionar? ¿No será alguna antigua amiga con la que te has reencontrado en vez de una nueva conocida? —indagó perspicaz Marcos. No era factible que Carlos estuviera tan seguro de sus reacciones si solo la conocía desde hacía un par de meses—. No te cabrees, solo era una pregunta inocente. No pretendía sonsacarte nada —mintió a la vez que tomaba nota mental de lo que acababa de gritarle. «No pienso fallarle otra vez». ¿Otra vez? Eso significaba que le había fallado antes. ¿Cuándo?—. Apunta este teléfono y pregunta por Eduardo —le dio el número de un fijo—. Dirige un grupo de apoyo cerca del Atazar. Habla con él y sigue sus consejos. Y, Carlos, imagino que lo sabes, pero por si acaso te lo recuerdo; puedes contar conmigo para cualquier cosa.

Dejó que le agradeciera el esfuerzo y los contactos y cuando parecía que iba a colgar, lo interrumpió para darle el golpe de gracia.

—Ah, por cierto, se me olvidaba comentarte que, dado todo el trabajo que me he tomado, me siento parte del proyecto, por tanto, voy a seguir de cerca los progresos que hagas con tu amiguita. Te llamaré a menudo para estar al día. Chao, Cagón.

—Qué bien huele el café —exclamó Carlos nada más entrar en la cocina.

Y era verdad. Olía a gloria. Era justo lo que necesitaba, una gran dosis de cafeína para despejar la mente y clarificar las ideas que había sacado de la charla que acababa de mantener con Eduardo, del centro de apoyo para alcohólicos de Torrelaguna.

Enar, sentada a la mesa, elevó la vista y le sonrió antes de volver a bajar la mirada hacia las hojas que estaba doblando.

—¿Más mantelitos? —murmuró Carlos, aunque las tiras que obtenía tras doblar el periódico no eran planas, sino redondas.

—Cestos. —Acabó el largo gusanillo y lo dejó en una caja junto con otros muchos.

—Espera —la detuvo cuando iba a tomar otra página para doblarla—. Tenemos que hablar, y necesito que me prestes toda tu atención.

—Qué serio te has puesto —comentó ella recelosa—. ¿Ha pasado algo?

—He estado hablando con un hombre que dirige un centro de apoyo para alcohólicos. Me ha dicho que las náuseas y el malestar se te pasarán en una semana, dos como mucho.

—Estupendo —masculló Enar, mirándolo con suspicacia. Seguro que no se había puesto tan serio solo para decirle eso.

—También me ha comentado que esto no es como tú crees. La adicción se puede frenar, pero no curar. Jamás podrás controlarte y tomar solo alguna copa que otra como pretendes. Si vuelves a beber, volverás a perder el control sobre el alcohol y todo lo que has conseguido se irá a la mierda. No puedes volver a caer. ¿Lo entiendes, Enar?

—Eso son gilipolleces que te cuenta un amargado de la vida —refutó ella; la ansiedad, el miedo y la rabia comenzaron a tomar fuerza en su interior.

—No lo son. Eduardo ha sido alcohólico, y sigue luchando por mantenerse sobrio cada día. Sabe de lo que habla —aseveró él—. Nos ha ofrecido su ayuda y vamos a aceptarla. No podemos enfrentarnos a esto solos.

—Claro que podemos. Ayer lo hicimos —replicó ella al punto— y nos fue genial.

—¿Genial? ¿En serio? Yo no lo recuerdo así. Lo pasaste fatal y no es que yo lo pasara mejor. De todas maneras no es el malestar físico lo que me preocupa, sino las posibles recaídas. Debes ir a terapia, te ayudará a fortalecerte y…

—No pienso ir a ningún sitio, no lo necesito —gruñó ella enseñándole los dientes.

—Sí lo necesitas.

—¿Vas a hacerle más caso a un tipo al que no conoces que a mí? —le espetó furiosa.

—Yo no lo conozco, pero Marcos sí. Confía en él y me ha asegurado que nos puede ayudar —explicó armándose de paciencia.

—¿Marcos? ¿Qué Marcos? —lo miró confundida. ¿De quién cojones hablaba ahora?

—No pongas esa cara, lo conoces de sobra. Formaba parte de la pandilla —explicó ante su confusión. Ella negó silente—. Rubio y alto, se fue a América al acabar el colegio…

—¿Marcos cara de asco? —Enar abrió los ojos como platos cuando él asintió—. No me jodas que has hablado con él —jadeó turbada—. No habrás sido capaz...

—Claro que he hablado con él. —La observó inquieto, no parecía muy contenta con la noticia, lo que le hizo ponerse a la defensiva—. Es mi amigo, y también la única persona que nos ha echado una mano en toda esta situación de locos.

—¿Le has dicho que estoy en tu casa? —insistió Enar sin atender a razones. ¡Nadie podía saber que estaba viva!—. ¡Joder! ¡Eres un puto cabrón! ¡Cómo se te ocurre decírselo! —Saltó de la silla—. ¡Cómo has podido hacerme esto! —Le aferró el cuello del jersey y cerró el puño, más que dispuesta a golpearle.

—Tranquila, Enar. —Le sujetó ambas manos a la espalda en un reñido abrazo—. No le he dicho que eras tú. Solo le he hablado de una amiga que se está desintoxicando. Nada más.

—¿Seguro? —lo miró desconfiada.

—Segurísimo. No le he dicho quién eras y no lo voy a hacer hasta que me des permiso. —«Aunque él va a intentar sonsacármelo cueste lo que cueste».

—Prométeme que no se lo dirás nunca —exigió, tirando para liberarse de su agarre.

La soltó y sacudió la cabeza, afligido. No podía prometerle eso.

—¿Por qué no quieres que lo sepa? No va a hacerte ningún daño, al contrario, intentará ayudarnos.

—Lo que hará será contárselo a su adorada Avestruz en menos que canta un jodido gallo —gruñó furiosa cruzándose de brazos.

Carlos entornó los ojos, perspicaz. Enar había desaparecido antes de que Marcos regresara al barrio y volviera a salir con Ruth para, meses después, casarse con ella.

—¿Cómo sabes que están juntos?

—No seas tonto, los he visto besarse en la Consti —dijo refiriéndose al parque en el que jugaban de niños—. Son tan melosos que dan asco —arrugó la nariz desdeñosa.

—¿Cuándo has estado en el barrio? —La observó con atención.

—Qué gilipolleces preguntas. ¡He vivido allí toda mi vida!

—Toda tu vida no. Hace tres años desapareciste y desde entonces nadie ha sabido de ti —rebatió él con calma—. Ruth y Marcos comenzaron a salir meses después de que te fueras. No puedes haberles visto besándose, a no ser que no hayas estado tan desaparecida como todos pensábamos. ¿Has regresado al barrio en estos tres años?

—Claro que no. Allí no se me ha perdido nada —replicó a la defensiva—. No volvería ni por todo el oro del mundo. Es una mierda. Lo odio —continuó al ver que él se mantenía en silencio—. No pienso volver nunca, por mí se pueden pudrir todos.

Carlos la miró con desconfianza. Enar ponía demasiado entusiasmo en afirmar que no quería saber nada del barrio. Era incluso agresiva en su protesta, y eso no le olía nada bien.

—¿Has ido a ver a tu hija? —preguntó con suavidad, interrumpiendo su furiosa diatriba.

Ella se echó bruscamente hacia atrás, su cara transformada en una lívida máscara a la que habían borrado cualquier sentimiento. Su rostro inexpresivo excepto sus ojos, que se humedecieron sin que pudiera evitarlo.

—No digas gilipolleces —escupió desdeñosa—. Lo último que quiero es ver a Mar, o peor aún, que ella me vea a mí. —Cruzó los brazos contra su pecho para que no viera cómo le temblaban las manos—. Nadie puede saber que estoy aquí. Si se lo dices a Marcos, se lo chivará a Ruth y ella a Luka y a Pili. Y lo siguiente que harán será plantarse aquí a darme por culo con el tema de Mar. Y la verdad, no me apetece saber nada de ella —reiteró nerviosa.

—¿Por qué? —preguntó Carlos sin creerse ni una sola palabra. Puede que con su postura intentara reflejar indiferencia, pero sus ojos hablaban de un insoportable y desgarrador dolor.

—¡Porque no me da la puta gana! —«Porque he sido una madre horrible. Porque me odia y me lo merezco. Porque me rechazará si intento acercarme. Porque solo si sigo muerta mi madre y mi hija podrán tener una oportunidad de seguir siendo felices»—. Si le dices a alguien que estoy aquí, me voy. Te lo juro por lo más sagrado.

—Que es tu hija —apostilló Carlos.

Enar gimió turbada al saberse descubierta. Intentó apartarse de él y tropezó con sus propios pies, dando con el trasero en el suelo desde donde sus ojos atormentados le dijeron lo que quería saber.

—Está bien, tranquila. No le diré nada a nadie —cedió al verla tan angustiada. Le tendió la mano—. Vístete, nos vamos al campo de golf. Ayer no pude ir y hoy no puedo faltar. Me costó mucho conseguir ese contrato como para perderlo —dijo, recordando que había sido Marcos quien lo había hecho posible.

Enar parpadeó asombrada por el radical cambio de tema. ¿Iba a llevarla a un campo de golf? ¿Para qué? Lo miró intrigada.

—Vamos, vístete. ¿O prefieres quedarte un par de horas sola hasta que vuelva? —lanzó para provocarla antes de darle un enorme mordisco al bocadillo.

Enar alzó altanera la barbilla y se dirigió al dormitorio con parsimonia.

Carlos tragó junto con el bocado el nudo que tenía en la garganta. Enar lo iba a hacer todo tan complicado como había imaginado, puede que incluso más. Suspiró, Eduardo le había dicho que debía darle tareas y responsabilidades que la obligaran a tener claras sus prioridades. ¡Como si eso fuera posible! En el momento en que le ordenara hacer algo se revolvería y le atacaría, como acababa de hacer.

Negó con la cabeza, lo haría, le daría trabajo con el que comprometerse, pero más adelante. Cuando estuviera predispuesta a cooperar y no cambiara de humor con tanta facilidad.

6

6 de abril de 2011

«*A*hí estás, ladrona. Diminuto despojo de plumas y carne pútrida. ¿Crees que tu errático vuelo te salvará? No te esfuerces en batir tus alas más rápido, no escaparás. Has osado internarte en mi feudo y pagarás tal atrevimiento con tu vida, no acepto menos por tu agravio. Vuela, palomita, vuela presta hacia tus compañeras. Muéstrame dónde se esconden. Entretenme con vuestro miedo».

Enar contempló embelesada el águila que surcaba el cielo, *Hécate* se llamaba. Su vuelo era tan elegante y magnífico que era imposible apartar la vista de ella. Se lanzó en picado. Había avistado palomas. Pobres, no tenían ninguna posibilidad. Atraparía alguna, asustando a las demás que huirían escarmentadas del campo de golf, desapareciendo durante unos días. Luego volverían. Siempre lo hacían. Y Carlos y sus rapaces estarían allí, esperándolas para demostrarles de nuevo quiénes eran los dueños de ese trozo de cielo.

Bajó la mirada y la posó en el hombre que seguía desde el suelo la trayectoria del ave. Se erguía en toda su imponente estatura, su alborotado pelo rojo fulgurando bajo el sol de mediodía mientras mantenía la mirada fija en el cielo y el brazo en alto, haciendo girar el guante para centrar al ave.

Suspiró embelesada y se sentó sobre el mullido césped para contemplarle a placer.

Carlos había cumplido su promesa de no dejarla sola, por

lo que la llevaba con él cada vez que salía. Y eso implicaba acompañarlo al trabajo, aunque ella, lo que se dice trabajar, no trabajaba. Se limitaba a mantenerse a una distancia prudencial y esperar a que acabara. Y, aunque debería estar aburrida, era todo lo contrario. Disfrutaba viéndolo trabajar, tan serio y concentrado. Resultaba extrañamente atractivo vestido con los vaqueros viejos, el polar y el chaleco multibolsillos. Oh, por supuesto seguía siendo un gigantón pelirrojo y paliducho, pero había algo en su porte y su manera de moverse que le impedía apartar la vista de él.

Volvió a suspirar. Daría lo que fuera por estar a su lado en vez de aislada en la hierba, pero no se atrevía. Los pájaros le tenían inquina. Uno de los primeros días que salió con él se había acercado cuando sostenía a *Hécate* en el puño. Y había tenido la mala suerte de tropezar, cayendo sobre ellos y asustando al águila, que no había dudado en atacarla. No ocurrió nada porque Carlos la había apartado antes de que la alcanzara, pero desde entonces *Hécate* la odiaba. Y lo peor era que había contagiado su antipatía a los demás pájaros, que ahora también la odiaban, igual que *Lilith*, *Séneca* y *Leo*. Solo *Bruto* la quería.

Perro tonto que no sabía escoger en quién depositar su cariño.

Fijó de nuevo la mirada en Carlos, *Hécate* acababa de posarse en su puño y él le acariciaba con la mano desnuda el pico, la cabeza y la espalda mientras el ave se mantenía quieta, disfrutando de las caricias.

Enar deseó poder hacer lo mismo. Que alguien confiara en ella tanto como los pájaros confiaban en Carlos. A veces se imaginaba a sí misma con un guante de cuero, sosteniendo un halcón de esos que parecían incluso sociables. Lo acariciaría y lo echaría a volar con un movimiento del brazo y él volvería a su puño al cabo de un rato, como hacían con el pelirrojo.

Un sueño estúpido e imposible. Como todos los que tenía. ¿Cómo pretendía adiestrar a una rapaz cuando ni siquiera había sido capaz de criar a su propia hija?

Clavó la mirada en el suelo, desaparecer del mundo tras

la muerte del Huesos había sido la única cosa buena que había hecho en su vida, pues les había dado a Mar y a Irene la oportunidad de ser felices, como había comprobado las ocasiones en las que las había espiado en el barrio. La última vez que estuvo allí había esperado escondida varias horas antes de que la niña y la abuela bajaran a la calle. Mar ya era más alta que ella, tenía el pelo largo y castaño y cuando sonreía iluminaba el día. Era una preciosidad que no paraba de reírse mientras jugaba con sus amigos.

Enar había pasado una hora encogida dentro del coche que había robado, observándola mientras era feliz. Y en ese momento había tomado la única decisión correcta de su existencia: no volvería a inmiscuirse en la vida de su hija y de su madre. Estaba muerta para ellas y así seguiría, de ello dependía la felicidad de la pequeña.

Se limpió de un manotazo las lágrimas y, decidida a pensar en otra cosa, sacó de la mochila la novela que Carlos le había recomendado. Era una historia de lo más pretenciosa en la que todo el mundo era asquerosamente feliz. ¡Como si eso fuera tan fácil! Aunque debía reconocer que cuando conseguía concentrarse, algo que le costaba mucho en las últimas semanas, era bastante entretenida. Intentó leer un par de páginas, pero la distrajo el sonido de los cascabeles de las pihuelas.[1] Levantó la vista a tiempo de ver como el cetrero avanzaba hacia ella con el águila en el puño.

—¿Todo bien? —le preguntó Carlos mientras le ponía la caperuza al ave.

Enar se encogió de hombros.

—¿Has leído algo más? ¿Te va gustando?

Enar curvó los labios hacia abajo en una mueca de desagrado.

—Es más cursi que la música de los caballitos. La familia de la prota es chachi piruli —comentó con sorna—, el prota se queja de vicio y todos son tan felices que me dan ganas de

---

1. Correa con que se guarnecen y aseguran las patas de los halcones y otras aves.

vomitarles encima para que tengan un puto mal trago en su maravillosa y fantástica vida.

Carlos enarcó una ceja, miró el libro que sostenía y esbozó una sonrisa de medio lado.

—Ya veo que te está gustando, llevas más de medio libro en una semana. Cuando te lo acabes te dejaré la historia de la hermana. También es muy bonita —afirmó tendiéndole la mano que tenía libre—. Arriba, nos vamos a casa.

Enar puso los ojos en blanco y, haciendo caso omiso a su mano, se puso en pie y echó a andar hacia donde estaba el coche aparcado.

Carlos sacudió la cabeza, preocupado. Enar no se había quejado por su pulla sobre la novela. De hecho, ni siquiera había gruñido. Y eso no era propio de ella. Llevaba unos días muy apagada. Desanimada. Y, por el sospechoso brillo húmedo que acababa de ver en sus ojos, también tenía que añadir la tristeza a su estado de ánimo actual.

—¿Te encuentras bien? —Aceleró el paso para acercarse a ella, quien parecía empeñada en mantener la distancia y el silencio—. Estás muy pensativa.

—Estoy reflexionando sobre dónde es más probable que muera de aburrimiento: en el campo de golf o en tu casa —dijo apática.

—Interesante. ¿Qué lugar va ganando por ahora? —replicó mordaz.

Ella lo miró de refilón, guardó las manos en los bolsillos de la chaqueta y mantuvo un obstinado silencio hasta llegar al coche, momento en el que Carlos metió al águila en su caja, se sentó al volante y puso rumbo al Hoyo.

Enar no abrió la boca durante el viaje. Cuando llegaron a la propiedad se apeó y esperó a que abriera la cancela. Entró sin prestar atención a los arrumacos de *Bruto*. Esperó apática a que el pelirrojo dejara de jugar con los perros y abriera la puerta de la casa, y entonces fue directa al dormitorio, donde se encerró.

Carlos resopló al ver que, como siempre, se recluía en su cuarto. Desde luego era de gran ayuda, pensó enfadado. Se quitó el chaleco y regresó al coche para sacar a *Hécate* y lle-

varla a la halconera. Observó lo que le rodeaba, enfurruñado. Jamás había permitido que la finca estuviera tan
abandonada. Una placa de poliespán se había soltado, algunas perchas habían perdido el forro de césped artificial que
facilitaba a las aves el agarre, el suelo bajo las perchas estaba
sucio por los excrementos que no le daba tiempo a limpiar... De hecho, la propiedad entera estaba sucia. No podía
seguir así. Necesitaba cuidar las instalaciones como era debido, pero no tenía ni idea de dónde sacar el tiempo para ponerlo todo en orden. Y por si eso no fuera suficiente, estaba
en plena época de cría.

Se agarró a la verja que conformaba las paredes de la halconera con ambas manos, metió la cabeza entre los brazos y
se tomó unos minutos para compadecerse de sí mismo. Enar
no era la única que lo estaba pasando mal. ¡Él también tenía
derecho a sentirse angustiado y abatido y solazarse en ello!
Se mantuvo en esa postura un rato antes de erguirse y pasarse las manos por el pelo.

—¡Qué estupidez! —rezongó—. No tengo otra cosa mejor que hacer que perder el tiempo lamentándome por no tener tiempo.

No le encontraba el gusto a eso de compadecerse y pasar
el día enfurruñado como hacía ella. No iba con su carácter,
prefería hacer cualquier cosa antes que esperar con los brazos cruzados a que no pasara nada.

Dio de comer a las aves, limpió un poco y antes de marcharse tomó nota de lo que debía reparar. Luego fue a los barracones donde repitió las mismas tareas y por último se dirigió a las mudas de cría. Comprobó que las parejas tuvieran
material suficiente para sus nidos y las alimentó. En algunos
las parejas aún no habían hecho la puesta, aunque no tarda-
rían mucho, mientras que en otros ya había varios huevos a
punto de eclosionar.

Y cuando lo hicieran, llegaría el caos.

Jadeó agobiado. No tenía ni idea de cómo iba a hacerlo
todo. Si los años pasados ese período había sido agotador,
este, con Enar exigiendo toda su atención, iba a ser demole-
dor. Aunque con un poco de suerte tal vez no tendría que es-

tar tan pendiente de ella. Llevaba varios días sin síntomas. Quizá al encontrarse mejor incluso se dignara a ayudarle.

¡Y los elefantes volaban!

Sacudió la cabeza, no tenía sentido agobiarse pensando lo que iba a pasar. Ya se le ocurriría algo cuando llegara el momento. Fue a la casa y, al pasar frente a la ventana del dormitorio, vio a Enar en la cama con la mirada fija en el techo. Bufó enfadado. No la entendía. Eduardo le había advertido de que era probable que se mostrara apática, ¿pero tanto? Le había avisado de que muchos alcohólicos al comprender que jamás podrían volver a beber se mostraban aterrados. Pero Enar no parecía aterrada, sino aletargada. De hecho, dudaba que entendiera la magnitud del problema al que se enfrentaban. Más bien lo que le pasaba era que se aburría, como se encargaba de recordarle varias veces al día.

Entró en la casa con los perros siguiéndole, se dirigió presuroso a la cocina, eran más de las cuatro y media de la tarde y ¡desde el bocadillo de las once no había vuelto a comer! ¡Estaba desfallecido! Abrió la nevera, soñando con un enorme filete de ternera y una gran ración de patatas fritas. Sacó la carne, pero se detuvo antes de cocinarla. Estaba harto de que *Bruto* se comiera la ración de Enar, porque ella se la daba. Su *agradable* y *muy trabajadora* amiga no solo estaba apática, sino que mostraba una desquiciante inapetencia.

Guardó la comida y fue al dormitorio. Los puños cerrados y la mandíbula apretada daban buena muestra de que no estaba lo que se dice de buen humor.

—¿Qué te apetece comer hoy? —preguntó asomándose a la puerta.

Enar se sentó en la cama y se encogió de hombros con lánguida pereza.

—Hay filetes, huevos, fiambre… —Ella negó desinteresada—. ¿No hay nada que a la caprichosa princesita le apetezca? —Carlos curvó los labios, intentando ocultar con esa sonrisa el brote de mal genio que amenazaba con desbordarse.

Enar arqueó una ceja y volvió a encogerse de hombros.

—Filete para los dos entonces —siseó él—, pero una cosa te

prometo, como te vea dárselo a *Bruto*, juro que lo paso por la batidora hasta hacerlo puré y te lo hago tragar —le advirtió.

—Inténtalo —le retó enseñándole los dientes.

Carlos sintió alivio al ver ese gesto tan habitual en ella. Prefería sus gruñidos a sus silencios.

—¿No me crees capaz? —susurró amenazante. ¿Ella estaba enfadada? Estupendo. Él también estaba muy cabreado.

—No tengo hambre, por tanto no voy a comer. Así que no me hagas nada y déjame en paz. —Enar volvió a tumbarse en la cama y fijó la vista en el techo.

Carlos la miró herido. Se había dedicado a atenderla durante esas semanas, dejando de lado todo lo demás ¿y así lo trataba?

—¿Eso es lo que quieres, que te deje en paz? Perfecto. Es lo que haré. A partir de ahora tú te ocupas de ti misma, estoy harto de ser tu esclavo. Cuando tengas hambre, tendrás que mover el culo y hacerte la comida —dijo con los dientes apretados, tan enfadado que apenas era capaz de controlarse.

—Entonces no comeré —replicó Enar con indiferencia.

—Allá tú, morirás de hambre.

—Mejor, prefiero morir de hambre que de aburrimiento —escupió desdeñosa—. Estoy harta de esta mierda.

—¿Perdona? ¿De qué dices que estás harta? ¿Tal vez de vivir sin hacer nada como si fueras la reina de Saba? ¿De que te cuide y te dé todos tus malditos caprichos? —Fue aumentando el tono de voz con cada pregunta—. Dime, ¡de qué puta mierda estás harta! —gritó colérico a la vez que golpeaba la puerta, haciéndola chocar contra la pared.

—¡Estoy harta de todo! ¡Ojalá la palmara ahora mismo! —chilló ella con los mismos decibelios que él—. ¡Prefiero morirme que vivir así!

—¿Así cómo? —Carlos la miró perplejo, no podía estar hablando en serio.

—Estoy harta de no hacer nada —gritó arrodillándose en la cama, las manos en el cuello como si algo invisible la estuviera asfixiando—. Todos los días son iguales, uno tras otro. ¡Es una mierda! ¡No merece la pena vivir así!

—No haces nada porque no te da la gana —rebatió él, indignado por su respuesta—. Por si no te has dado cuenta, yo estoy saturado de trabajo —señaló el exterior, furioso—. Podrías ayudarme un poco, te aseguro que te lo agradecería.

—¡No sé hacer nada! —gritó ella frenética. ¿Acaso no lo entendía? ¿No se daba cuenta de lo inepta que era? ¿De lo poco que valía como persona, como trabajadora y como madre?—. ¿Cómo quieres que te ayude? ¡Todo lo hago mal! ¡Soy una inútil!

—No eres ninguna inútil, solo tienes que poner un poco de interés, algo que no te he visto hacer desde que estás aquí. ¡Ni siquiera te has molestado en acercarte a las instalaciones desde que diste de comer a los pájaros el primer día!

—¡Porque estoy enferma! Me mareo, tengo náuseas, me tiemblan las manos...

—¡No mientas! Llevas más de una semana sin estar mal. Puedes trabajar sin problemas —la increpó enfadado—. ¿Quieres hacer algo? ¡Estupendo! A partir de mañana te ocuparás de dar de comer y poner agua a los pájaros —sentenció con rabia.

Eduardo le había dicho que le diera responsabilidades y la obligara a asumirlas. No lo había hecho porque le daba pena el estado en el que se encontraba. Tal vez había llegado la hora de dejar la pena de lado y hacer caso a los expertos.

—¡No puedo hacer eso! —Enar golpeó el colchón, desesperada—. Tus pájaros me odian, en cuanto me acerco me atacan. ¡No pienso meterme en la halconera con ellos!

—¡Por favor, Enar! Solo te ha atacado *Hécate* y fue porque la asustaste.

—¡Fui yo quien se asustó! ¡Casi me dio un patatús por su culpa! —chilló indignada—. Y no me acerqué a ella, sino a ti. ¡Estaba enferma y necesitaba tu ayuda!

—¡Pero ya no lo estás! —gritó él perdiendo la paciencia. Habían sido unas semanas muy duras y toda la frustración y la rabia estaban saliendo a la luz en esa discusión—. ¡No haces nada más que quejarte por todo a todas horas! ¡Me estás asfixiando! No tengo tiempo ni de respirar, me paso el día atendiendo tus caprichos y corriendo de un lado para otro para que mi trabajo no se resienta. Apenas duermo, las instalaciones y la casa están hechas una pocilga, y tú te quejas de que te aburres, cuando no haces nada en todo el santo día. ¡Ayúdame, joder! —gritó sobrepasado—. ¡Estoy harto de cuidarte y de soportar tus desplantes!

—¡Te crees que no lo sé! —se encogió sobre sí misma y ocultó la cabeza bajo sus brazos—. Todos me odian, incluso tú. No sirvo para nada que no sea cabrear a todo el mundo. Es lo único que sé hacer. Eso, y destrozar la vida de los que me rodean —sollozó abatida.

Carlos cerró los ojos, consternado al escuchar el angustioso dolor que se filtraba en sus palabras. No estaba mintiendo. Era lo que ella sentía y creía. ¿Cómo podía soportar verse así?

—No es así y lo sabes. —Se sentó a su lado y la acarició con cariño—. Vales mucho. Más de lo que piensas. Eres fuerte, divertida, ingeniosa, indómita y muy capaz. Has sobrevivido a cosas horribles y aquí estás, todavía en pie, todavía luchando. Ahora estás pasando por un momento complicado, pero acabará. No va a durar eternamente.

—Lo dices para que deje de llorar, pero la verdad es que estás harto de mí —hipó ella.

—Estoy sobrepasado —reconoció él, limpiándole las lágrimas—. Pero no estoy harto de ti, en absoluto. —Se inclinó para depositar un sutil beso en su frente—. Siento haberte gritado. No sé cómo te las apañas, pero siempre sacas lo peor de mí…

—Sí, ese es uno de mis talentos. Soy genial para desquiciar a la gente —masculló, sorbiendo los mocos por la nariz. Se removió hasta quedar sentada junto a él, la cabeza apoyada contra su hombro—. Siento comportarme a veces como una arpía. —Le rodeó el amplío torso en un suave abrazo.

—¿Solo a veces? —bromeó Carlos, abrazándola a su vez—. Yo diría que casi siempre. Eso sí, cuando no te comportas como una arpía, eres de lo más agradable. A veces.

—Capullo. —Le pellizcó el costado.

—Bruja —repuso él frotando la barbilla contra la coronilla de ella.

—Cagón —siseó ella con la risa bailando en su voz.

—Bocacloaca —replicó Carlos masajeándole la nuca con ternura.

Enar se apretó contra él. Estaba tan cómoda. No. Esa palabra se quedaba corta para describir la sensación de serenidad que la inundaba cuando estaba junto a él. Desde niños había sido su compañero y su refugio, solo a su lado se sentía segura y apreciada.

—¿Ya estás más tranquila? —Le subió el mentón con dos dedos, obligándola a mirarle.

—Sí. —Frotó la nariz contra el cuello de él—. Pero eso no significa que vaya a portarme bien. Yo soy una chica mala —comentó juguetona.

—¿En serio? No tenía ni idea —contestó en el mismo tono, para luego ponerse serio—. No podemos seguir así, Enar. Necesito que pongas un poco de tu parte… Estoy agotado.

—No me jodas, Cagón. No quiero hablar de eso ahora y volver a discutir. ¿No podemos dejarlo para después? —Encogió las piernas sobre las de él, sentándose en su regazo.

Carlos sacudió la cabeza, disgustado. Con ella siempre era después. Jamás ahora.

Enar se acopló mimosa sobre los robustos muslos del pelirrojo y arrulló la cara contra su cuello. ¿Cómo podía tener la piel tan suave? Pasó la mano por su nuca, abrazándose a él, y sin pensar en lo que hacía metió la otra bajo la camiseta para acariciarle el vientre desnudo. ¿Sería esa piel tan blanca como la de la cara y los brazos? Seguramente más, pensó a la vez que frotaba los labios contra el hombro masculino. Deslizó la mano por su abdomen, sorprendiéndose al descubrir que era mucho más terso y duro de lo que siempre había pensado. Desde luego las camisetas sueltas no le hacían justicia. Jugueteó con los dedos en su ombligo y él dio un respingo, haciéndola sonreír maliciosa. ¿Le ponía nervioso? Pobre…

Carlos apretó la boca, enfadado consigo mismo. Había vuelto a caer en el chantaje emocional y erótico de Enar. ¿Es que no iba a aprender nunca? Le sujetó la muñeca antes de que siguiera acariciándolo. Joder, era un hombre, se excitaba con ciertos roces, y ella lo sabía y lo utilizaba para intentar manipularlo.

La tomó en brazos y la dejó de nuevo sobre la cama, apartándola de él, aunque no se molestó en regañarla o quejarse. No servía de nada. Habían discutido mil veces sobre su desagradable costumbre de utilizar el sexo, o la promesa de este, para conseguir sus propósitos y desviar o finalizar las conversaciones que no quería mantener. Y en todas las ocasiones ella se encogía de hombros y se burlaba de él por ser tan mojigato. No pensaba incidir otra vez sobre el mismo tema. No tenía razón de ser.

Se levantó y fue a la puerta, desde donde la miró dolido.

—Voy a hacer la comida, ¿quieres que te haga algo o no?

Enar parpadeó confundida, primero la apartaba como si le molestara y ahora utilizaba ese tono cortante que indicaba que estaba cabreado. ¿Por qué? ¿Qué había hecho mal ahora?

—No quiero nada, gracias —musitó al ver la amargura en sus ojos y comprender lo que había pasado.

Carlos asintió y se marchó presto, como si tuviera prisa por dejar de verla.

Enar se mordió los nudillos para no gritar por la frustración. ¡Era tan injusto! Estaba segura de que él pensaba que lo había abrazado para intentar enredarlo, como hacía siempre. Pero no era así. Esa vez había sido sincera. Necesitaba su contacto tanto como respirar. No quería conseguir nada con él, solo sentir su cariño y amistad.

Había sido un abrazo totalmente inocente.

O puede que no tanto, pensó frunciendo el ceño. Le había acariciado por debajo de la ropa. Y no tenía ni la más remota idea de por qué lo había hecho. No había sido un impulso sexual, al contrario. Quería estar más cerca de él, sentirlo sin ninguna barrera. Ni siquiera pensaba en seducirlo mientras le tocaba. Pero él no se lo había tomado así. Y tampoco le extrañaba, la verdad. Siempre que se había acercado a él de esa manera había sido para burlarse o intentar manipularlo. Y ahora, lógicamente, no se fiaba de ella.

Se lo tenía bien merecido por estúpida. Por jugar con algo tan especial como la amistad. Por no ser buena persona.

ϒ

Enar observó el envase de yogur griego que Carlos le había llevado a la cama hacía unas horas y que ella, a pesar de no tener apetito, había devorado. ¡Estaba riquísimo! Y si él no hubiera insistido ni siquiera lo habría probado. A veces era tan tonta que se sorprendía.

Miró por la ventana, estaba anocheciendo y él seguía en la halconera. ¿Qué estaría haciendo? Se encogió de hombros, fuera lo que fuera, no tardaría mucho. Tenían la costumbre de ver la telenovela al anochecer y eso era sagrado para él. Se levantó e hizo la cama, aunque le parecía una estupidez hacerla para deshacerla poco después, pero como al Cagón no le gustaba verla sin hacer, pues la hacía —de bastante mal humor, por cierto— y así no discutían. También tiró el envase del yogur a la basura, así el señor no podría quejarse de que tenía el dormitorio hecho un asco. Luego se acurrucó en el sofá que compartían cada noche y esperó.

Un rato después se asomó a la ventana, buscándolo. Ya era noche cerrada y no había vuelto. Una punzada de miedo le sacudió el estómago. ¿Y si estaba tan enfadado que no volvía a casa por no verla? No le extrañaría que prefiriera la compañía de los pájaros a la suya.

No. Él no era rencoroso ni mentiroso. Y esa misma tarde le había dicho que no la odiaba. Pero eso había sido antes de que ella metiera la pata. Tal vez había cambiado de opinión. Se paseó nerviosa por el comedor y tras unos angustiosos minutos decidió coger el toro por los cuernos, como hacía siempre. O al menos siempre que no estaba aletargada por la falta de… estímulos. Deseó por enésima vez en ese día poder tomar aunque solo fuera un trago para ser de nuevo ella misma y no el despojo en el que se había convertido. Un jodido trago y volvería a ser valiente, decidida, capaz… y también una borracha descontrolada que no era dueña de su vida ni de sus actos. Aunque eso último era una bendición más que una maldición. La inconsciencia era una ventaja para alguien tan desastroso como ella.

Cerró los ojos y respiró profundamente mientras se concentraba en una palabra: ahora. Ahora no iba a beber. Ahora iba a conseguirlo. El antes y el después no eran importantes, solo el ahora lo era. Carlos le había enseñado eso y había funcionado, al fin y al cabo llevaba más de tres semanas sin probar una gota de alcohol.

Sacudió la cabeza y se encaminó a la calle. Era hora de ir a buscar a un terco pelirrojo. Nada más pisar el patio *Bruto* saltó frente a ella, estiró las patas delanteras, pegando el pecho al suelo, y subió el trasero moviendo la cola con evidente alegría.

—¿Quieres jugar, chico? —Buscó un palo bajo la luz del porche.

Lo lanzó hacia el palomar. *Bruto* echó a correr tras él y, a pesar de la densa oscuridad, regresó poco después con el palo en la boca. Forcejeó juguetón mientras intentaba quitárselo y cuando le permitió arrebatárselo, Enar, en vez de arrojarlo de nuevo, echó a correr. El mestizo de mastín no se lo pensó un segundo. La siguió feliz, aunque como era tan lenta la alcanzó enseguida. Mordió con cuidado la manta en la que se envolvía y tiró.

Enar se giró, le enseñó los dientes en un fingido gruñido y extendiendo los brazos cual monstruo de Frankenstein caminó hacia él. El perro inclinó la cabeza a un lado, levantó sus orejas caídas y la observó, hasta que de repente se levantó sobre sus patas traseras, apoyó las delanteras en ella e intentó lamerle la cara.

—¡No! ¡Tonto! Se supone que te tengo que dar miedo. —Le apartó antes de que la llenara de babas—. ¿El jefe está de muy mal humor? —le preguntó rascándole detrás de las orejas a la vez que señalaba la halconera. *Bruto* ladró su respuesta, pero Enar, como humana que era, no lo entendió—. Deséame suerte —murmuró enfilando hacia allí.

No había dado dos pasos cuando se detuvo pensativa; dio media vuelta y regresó a la casa. Poco después se asomó al patio por la puerta de la cocina y golpeó con la cuchara un viejo comedero de metal, como había visto hacer a Carlos docenas de veces. Al instante un hambriento *Bruto* y un receloso *Leo* se acercaron impacientes. *Séneca*, más viejo y cansado, se aproximó renqueante. Le esperó y llenó los comederos de pienso.

Sonrió satisfecha al verlos devorar la comida. El pelirrojo

siempre se la ponía sobre esa hora, así le quitaría un poco de trabajo. Se lavó las manos y enfiló hacia la halconera.

—Ya he puesto la cena a los perros —comentó al entrar.

Carlos estaba en mitad de la hilera de perchas de las águilas, sentado tan tranquilo entre las rapaces, quienes se limitaban a mirarlo con curiosidad.

—Genial, gracias —dijo sin levantar la vista mientras colocaba una correílla para sujetar el césped artificial a la percha.

—¿Por qué no has vuelto a casa? —murmuró preocupada, ni siquiera se había molestado en mirarla. ¿Tan enfadado estaba que no quería ni verla?

—Estoy forrando las perchas —replicó él, toda su atención puesta en que no se soltara el césped que acababa de pegar.

Le faltaban tres por forrar. Cuando terminara solo le quedaría limpiar la halconera y los barracones. Y también vaciar de mierda la parte de arriba del palomar. Era el inconveniente de tener más de doscientas palomas viviendo de okupas allí. Pero le daba pena echarlas y además tenían su utilidad, sobre todo en esa época del año, en la que las águilas y halcones salvajes estaban criando y necesitaban caza abundante y fácil.

—¿Vas a tardar mucho? —musitó Enar—. No es que me importe, es solo curiosidad —se apresuró a explicar.

Carlos levantó la cabeza para mirarla. Había salido de casa vestida con el pijama y envuelta en la manta que utilizaban para taparse cuando veían la tele. Parecía una niña perdida y asustada y tenía los ojos hinchados, ¿tal vez de llorar?

—No, ya he terminado —mintió. De todas maneras estaba agotado.

Regresaron a la casa y cuando ella le sugirió ver la telenovela, aceptó encantado. Pero, en contra de lo que hacía siempre, durante el episodio Enar no cargó contra los protagonistas, el guion o el vestuario. Y él echó de menos sus comentarios mordaces. Era mucho más divertido ver la tele cuando ella le ilustraba con irónica picardía sobre las posibilidades de cada escena.

—¿Te apetecen unos sándwiches para cenar? —comentó Carlos al terminar el episodio.

Enar arrugó la nariz desdeñosa, pero acabó por asentir. Lo siguió a la cocina y se preparó uno de jamón york y queso mientras observaba risueña como él se hacía uno de tres pisos de jamón, queso, pimientos, lechuga, tomate natural, mahonesa, bacón ahumado y un par de huevos que frió en el momento.

—No vas a poder masticarlo... ni siquiera creo que te quepa en la boca —murmuró burlona cuando él lo cortó en cuartos y lo ensartó en una brocheta para que no se desarmara.

—Ya verás como sí —replicó muy serio mientras preparaba una ensalada de aguacate, manzana y atún, no fuera a quedarse con hambre con el sándwich.

Enar enarcó una ceja y se llevó su cena y los vasos al comedor, Carlos la siguió con sus platos, el pan para acompañar la ensalada y la botella de refresco bajo el brazo. Los perros se sentaron frente a ellos, interpretando con pericia su papel de hambrientos. De hecho, sus caras afligidas eran dignas de ganar el Oscar a los mejores actores. Por supuesto, tan maravillosa interpretación le valió unos cuantos trozos de sándwich a cada uno.

—¿Por qué no has hecho más mantelitos? —inquirió de repente Carlos. Hacía tiempo que los que tenían se habían estropeado y habían acabado en la basura.

Enar arrugó la nariz, encogiéndose de hombros.

—Podrías hacer unos cuantos, eran estupendos para no manchar la mesa —insistió él.

Mientras trabajaba en la halconera había meditado sobre el entumecimiento de su amiga, llegando a la conclusión de que necesitaba hacer algo para salir del letargo en el que estaba sumida. No necesitaba que le ayudara si no quería, ya se apañaría solo, como hacía siempre, pero sí sería bueno que Enar dedicara parte de su ilimitado tiempo libre en algo que la entretuviera. Y le gustaba hacer manualidades, o al menos así era antes, ahora, con sus múltiples cambios de humor, solo Dios sabía lo que le gustaba o no.

—No hace falta que sean muy elaborados, algo sencillito

sería suficiente —continuó al ver que ella no abría la boca—. Si necesitas algo para hacerlos, dímelo y lo compro...

—No voy a hacer más mantelitos ni ninguna otra cosa. No puedo —dijo bajando la vista.

—¿Por qué?

—Porque soy una cáscara vacía, sin nada dentro que valga la pena.

Carlos frunció el ceño, confundido por su extraña respuesta.

—No entiendo a qué te refieres —indicó con preocupada sinceridad.

—He perdido mi imaginación —explicó frustrada—. No me apetece hacer nada, y aunque me apeteciera no se me ocurren tramas para hacer mantelitos ni nada que se les parezca. Y, antes de que te pongas pesadito y lo preguntes, tampoco se me ocurre qué hacer con las botellas y las cajas que guardas en el palomar. Las ideas que antes daban vueltas por mi cabeza ya no están, han desaparecido. Adios. *Bye bye. Sayonara* —gruñó enfadada.

—Eso es imposible, nadie pierde las ideas de un día para otro. —La miró atónito.

—Por lo visto, yo sí —replicó ella con rabia—. Y todo es por tu culpa.

—¿Por mi culpa? ¡Esto sí que es bueno! ¿Y se puede saber qué he tenido yo que ver con tu repentina falta de creatividad? —inquirió burlón.

—Me has convencido de que dejar de beber sería bueno... Y es una mierda. —Se abrazó las piernas—. Era el alcohol lo que me hacía imaginar mil cosas, cuanto más borracha estaba más ideas locas se me ocurrían y más me divertía. ¡Y ahora ya no voy a beber nunca más! —protestó furiosa, saltando de repente del sofá—. ¡Esto es una puta mierda! ¿En serio crees que voy a pasar el resto de mi vida así? Luchando para no beber, soportando día tras día esta ansiedad que me está matando solo para conseguir... ¿Qué? ¡Nada! Porque eso es lo que consigo con tanto sufrimiento. ¡Nada! —gritó, barriendo con los puños un estante del mueble.

Carlos fue hasta ella y la abrazó, impidiendo que siguiera destrozándolo todo.

Enar se quedó inmóvil entre sus brazos, las manos aferradas con debilidad a las de él y la cabeza caída hacia atrás, descansando sobre el hombro masculino.

—Mi vida es una mierda. He perdido la inspiración, a mis amigos y las ganas de hacer cosas. Lo he perdido todo. Y ni siquiera puedo tomar una copa para que parezca mejor de lo que es —gimió—. Prefiero beber y pasármelo bien que no hacerlo y sentirme como me siento ahora —dijo llorosa antes de retraer los labios y enseñarle los dientes en un rabioso gruñido.

¡¿De verdad estaba llorando delante de él otra vez?! ¿Qué narices le pasaba? ¿Desde cuándo era tan pusilánime? Pateó con rabia el aire, golpeando todo lo que estaba a su alcance.

—Tranquila, todo va a ir bien, ya lo verás —musitó Carlos en su oído—. Respira. Estoy contigo. Vamos a superarlo, podemos con ello.

Y, en contra de todo lo que le decía su cabeza, Enar le creyó. Bajó las piernas y descansó la espalda contra el pecho de él, dejando que su serena seguridad la calmara.

Carlos aflojó la fuerza de su abrazo, pero no la soltó. Se quedó ahí, parado en mitad del salón, meciéndose despacio con ella entre sus brazos, susurrando palabras que esperaba la animaran a ella y también a él.

En contra de lo que había pensado, Enar sí entendía la verdadera magnitud del enemigo al que se enfrentaban. Y estaba aterrada. Algo que no le extrañaba en absoluto. Él también estaba asustado, aunque por motivos distintos a los de ella. Le horrorizaba no ser capaz de ayudarla, pues la lucha no era solo contra la bebida, sino contra los hábitos y conductas equivocadas que mantenía desde hacía años. Ella estaba acostumbrada a la falsa seguridad que le daba el alcohol, a esgrimirlo como excusa para disculpar las insensateces que cometía y a usarlo para escapar de la realidad cuando no quería o no podía asumir sus actos. Y, como ahora ya no lo podía utilizar de pretexto, hacía gala de una insidiosa apatía con la que argumentar su imperiosa necesidad de volver a beber.

Eduardo le había advertido de que eso iba a suceder, pero él, en vez de hacerle caso había preferido pensar que con Enar no sería así. Pero se había equivocado. El director del centro para alcohólicos había acertado en todos sus pronósticos sobre el proceso de desintoxicación: la duración de los síntomas físicos, la posterior apatía y, ahora, la dependencia psicológica.

Cerró los ojos, intimidado por el panorama que se le presentaba. No podía enfrentarse a eso. No sabía cómo ayudarla a luchar contra su propia mente. Era demasiado para él.

—Deberíamos probar la terapia —susurró preocupado. Enar se había negado en redondo cada vez que lo había sugerido, pero no veía otra opción—. Es imprescindible, ellos nos ayudarán y nos darán pautas para superarlo —insistió por enésima vez en esas semanas.

—¡No voy ir a terapia! —gritó, harta de que se empeñara en eso—. ¡No lo necesito!

No pensaba ir a ningún lado. Había dejado de beber, joder. ¡No era una alcohólica! No necesitaba esas puñeteras reuniones de mierda.

—Sí lo necesitas. Estás pasando por todos los estados que me refirió el amigo de Marcos, y me dejó bien claro que sin terapia, recaerías.

Enar entornó los párpados y se giró entre sus brazos para mirarlo con suspicacia.

—¿Has vuelto a hablar con Marcos? —aprovechó al vuelo la oportunidad para desviar la conversación hacia temas más seguros.

—Ya sabes que sí. Hablamos todos los sábados y algunos días entre semana.

—Menudo pesado. —Se removió para acomodarse contra el acogedor torso del pelirrojo.

—No digas eso, es mi amigo y, a pesar de que no sabe quién eres, llama para preguntar cómo te va. Es un buen hombre.

—No seas tonto, es un cotilla que quiere saberlo todo

—replicó burlona. Frotó la nariz contra el cuello de él, aunque tuvo mucho cuidado de no excederse con los arrumacos. No quería que volviera a apartarla de su lado.

—Tal vez, pero también se preocupa. —Carlos le acarició con ternura la espalda.

Enar resopló, aunque no dijo nada. Envidiaba la entrañable amistad que unía a esos dos. Se habían conocido de niños, separándose de adolescentes, para volver a juntarse siendo adultos, y se habían convertido en los mejores amigos, casi hermanos.

—Deberías ir a terapia —reclamó de nuevo Carlos. Estaba harto de ceder y olvidar, eso era importante. No podía dejarlo pasar, aunque ella se cabreara.

Enar se apartó con brusquedad y lo miró furiosa, sintiéndose traicionada.

—Al menos inténtalo —propuso—. No te cuesta nada ir un día y probar. Solo te pido eso.

—¿Vendrías conmigo? —Enar flaqueó en su intransigencia al ver su determinación.

—Sí. No me dejarán entrar —ya lo había preguntado—, pero te esperaré en la puerta. Lo prometo.

Enar frunció el ceño, pensativa, no le gustaba nada tener que enfrentarse sola a un salón lleno de borrachos. Ella no tenía nada que ver con ellos. Ya no era una borracha, lo había demostrado en esas semanas que llevaba sin beber. Podía controlarse.

Negó con la cabeza.

—No me hace falta. Puedo con ello —aseveró.

—Está bien, como quieras —masculló Carlos dando un paso atrás que le alejó de ella mucho más que unos pocos centímetros. Un abismo en realidad—. Haz lo que te dé la gana, al fin y al cabo es lo que haces siempre. Así te va.

Enfiló hacia la puerta saltando los libros que habían estado en la estantería antes de que ella los lanzara al suelo durante su ataque de rabia.

—Si no te supone mucha molestia, podrías recoger lo que has tirado —dijo con evidente ironía al llegar al pasillo—. Voy a dar una vuelta, no me esperes despierta.

—Eso haré, no lo dudes —replicó Enar, tan enfadada como él al ver que la rechazaba solo por no querer ir a las puñeteras reuniones.

¡Maldito Marcos que le había comido la cabeza!

Eran cerca de las doce cuando Carlos regresó tras dar un largo paseo con los perros por la montaña. Había pasado esas horas meditando sobre sus opciones solo para llegar a la conclusión de que no tenía ninguna. Todo dependía de Enar. Eduardo se lo había dejado bien claro; solo si ella quería saldría bien. De nada le serviría insistir si ella no estaba decidida a dejarlo. Todo estaba en las manos de la mujer más irritable, voluble y rebelde que había conocido jamás. Una mujer que también era la más resistente, terca y valiente de todas. Ojalá la mezcla de cualidades la hiciera resistirse al influjo del alcohol.

Se detuvo frente a su antiguo dormitorio y observó con ojos entreabiertos la puerta. Enar la había cerrado, dejándole bien claro que no quería sus deseos de buenas noches. Examinó enfadado el pomo, tentado de girarlo y entrar para dárselos los quisiera o no. Pero prefirió no hacerlo. No quería discutir por enésima vez en ese día. Además, si ella no quería verlo, él tampoco tenía ganas de aguantar sus tonterías. Estaba harto. Agotado más allá del límite.

Se dio media vuelta y entró en la leonera con Leo y Lilith a la zaga. Preparó el sillón y, una vez tumbado, se hizo un capullo con las mantas.

—¿Qué hago ahora? —Miró el cielo a través de la ventana, buscando consuelo—. Ya no sé por dónde continuar, estoy perdido. Y ella no coopera, como has podido ver —masculló malhumorado—. Agradecería un poco de ayuda por tu parte, la verdad.

Guardó silencio para escuchar cualquier ruido que le sugiriera que su abuelo estaba allí, con él. Pero ningún sonido rompió el silencio de la noche. Ninguno, excepto el ronroneo de Lilith junto a su cabeza y los ronquidos de Leo a sus pies. Desde el dormitorio del otro lado de la pared le llegó con claridad el suave ladrido de *Bruto* y en el exterior escuchó el potente ulular de *Arquímedes*, al que *Séneca* contestó con uno de sus típicos «burf».

—Muy bien, abuelo, te has hecho notar. Ahora, si no te importa, susúrrame algún consejo en sueños, en idioma humano por favor, el de los animales aún no soy capaz de comprenderlo —murmuró con sarcasmo antes de cerrar los ojos.

Enar se despertó al sentir un suave roce en la frente. Sonrió risueña, segura de que Carlos estaba allí, dándole un beso de buenas noches. Abrió los ojos, feliz de acabar el día sin el amargo sabor de la discusión. Pero él no estaba a su lado. Parpadeó confundida. El roce había sido tan real que era imposible que lo hubiera imaginado. La luz de la luna colándose por la ventana le permitió ver a *Bruto* a sus pies, sumido en un sueño perruno. Él no había sido. Además, sus besos eran mucho más húmedos y no se contentaba con la frente, sino que le lamía la cara entera.

Se incorporó ofuscada y observó la puerta. La había cerrado en un arranque de mal humor del que ahora se arrepentía. No debería seguir cerrada. Era muy tarde, Carlos ya debería haber vuelto, pero de ser así habría entrado a darle las buenas noches y la habría dejado abierta para que *Bruto* pudiera salir. Se levantó preocupada. ¿Le habría pasado algo? Abandonó la habitación, pero se detuvo en el pasillo al escuchar un sonido al que se había acostumbrado en esas semanas. Un sonido que, por extraño que pudiera parecer, la reconfortaba. Se asomó sigilosa a la leonera. Carlos estaba allí, dormido como un tronco. Un tronco al que, a tenor de los ronquidos que soltaba, parecía que estuvieran cortando con una sierra oxidada.

Dio un paso atrás y se llevó la mano a la boca para silenciar el sollozo que amenazaba con escapar de lo más profundo de su pecho. Regresó al dormitorio, se metió en la cama y en el mismo momento en el que hundió la cabeza en la almohada se le escapó la primera lágrima. No sabía si de rabia o de angustia. ¡Él había regresado y no se había molestado en comprobar si tenía fiebre o frío, si temblaba o sudaba! Ni siquiera le había dado las buenas noches. Tampoco el beso en la frente.

Eso era lo que más le dolía. También lo que más la asustaba.

A él ya no le importaba si estaba bien o mal, si tenía miedo o se sentía sola. Había acabado por colmar su paciencia y ya no la soportaba. De hecho, esa misma tarde le había dicho alto y claro que estaba harto de ella.

Mordió la almohada para no gritar de desesperación.

Lo había vuelto a fastidiar todo, como siempre. Se le encogió el estómago al pensar que le había defraudado. Que con su actitud estaba espantando al único amigo que tenía y que jamás le había fallado. El único capaz de soportarla tal como era, con sus desplantes, su mal genio y sus irreverencias. También el único que creía que sus feos mantelitos eran bonitos y que sus estúpidos cestos eran útiles.

No quería decepcionarlo. Mucho menos hacerle sufrir. Quería gastarle bromas, verlo sonreír, meterse con sus telenovelas y hacerle reír. También quería sentirse protegida y apreciada entre sus brazos y estar a su lado mientras jugaba con los perros o volaba a los pájaros.

Quería ser su amiga. Una buena amiga. Una que mereciera la pena tener y mantener.

Se limpió las lágrimas de un manotazo. Carlos siempre le decía que era una campeona, que podía con todo, que tenía que creer en sí misma y hacerse valer.

Y eso era lo que iba a hacer. Cambiaría de actitud. Se haría tan imprescindible que él nunca se arrepentiría de tenerla a su lado.

Conseguiría que no quisiera dejarla marchar jamás.

7

15 de marzo de 2011

«¿*N*o hay nadie que me la pueda bajar? ¿Papá, dónde estás? ¡Ven y dámela! Quiero jugar y no puedo, está muy alta. Tú, humana, bájamela. ¡Hazlo! Si me complaces perdonaré tus afrentas e incluso me plantearé ser tu amiga. Vamos. Sé buena. Consíguemela. Quiero cazarla y no llego. ¿Vas a permitir que se escape? ¡Está ahí, mírala! A tu alcance. Solo súbete a una silla y bájala. No seas mala, quiero jugar con ella. Bájala y dejaré que acaricies mi suave pelaje».

Enar se despertó sobresaltada por los maullidos de la gata. *Lilith* siempre era la primera en levantarse, seguida muy de cerca por su dueño. Y que la puñetera felina estuviera en el pasillo, dando por culo con sus «miaous», solo podía significar que el pelirrojo ya estaba en marcha.

Saltó de la cama, lo hizo con rapidez, y se vistió con lo primero que encontró: unas mallas y una camisa de hombre —de uno muy grande y muy pelirrojo— que se ciñó con un cinturón. Se calzó las botas de montaña que él le había regalado, que aunque feas de cojones, eran comodísimas, y salió del dormitorio. Se encontró de frente con *Lilith* y esta, en vez de marcharse desdeñosa con la cola en alto como tenía por costumbre, se quedó allí, sentada sobre sus cuartos traseros, mirándola con los ojos entrecerrados para acto seguido maullar desesperada.

Enar abrió los ojos como platos. ¿Qué narices le pasaba a

esa idiota? Se giró para comprobar que la puerta de la calle estuviera cerrada y Carlos no pudiera oír sus maullidos lastimeros. ¡Solo faltaba que pensara que estaba haciéndole algo a su adorada *Lilith*! Intentó esquivarla para ir a la cocina, pero el animal se removió, impidiéndole el paso.

—¡Será posible! ¿Se puede saber qué mosca te ha picado? —inquirió Enar nerviosa, no quería empezar el día discutiendo con una gata que se creía una diva.

Lilith observó a la humana con insistencia, ganándose su atención. Después alzó la cabeza, las orejas tiesas y los ojos fijos en una esquina del techo, y comenzó a hacer un extraño sonido vibratorio similar a un castañeteo de dientes y garganta.

Enar parpadeó asombrada. ¡*Lilith* estaba más sonada que las maracas de Machín, y además hacía el mismo ruido!

La gata la miró desdeñosa, como si hubiera oído sus pensamientos, y luego volvió a vigilar obcecada la esquina del techo a la vez que emitía ese extraño sonido.

Enar, captando por fin la petición felina, elevó la mirada hacia el punto señalado.

—Mierda —masculló al ver una araña parda de largas patas articuladas.

Saltó sobre la gata y se dirigió al comedor.

Carlos echó un último vistazo al criadero y regresó a la casa. Se detuvo al pasar frente a la ventana de Enar, decidido a golpear el cristal y despertarla si, como de costumbre, la bella durmiente seguía en la cama, pero para su sorpresa no había nadie allí. Y, lo más alucinante de todo, la cama estaba hecha.

Miró al cielo, sorprendido.

—No sé qué has hecho ni cómo lo has conseguido, abuelo, pero gracias. Te debo una. —Y se llevó el puño al pecho.

Por primera vez en más de tres semanas no tendría que discutir con ella para que se despertara, se vistiera y lo acompañara. Sonrió entusiasmado al pensar que no empezaría el día con una discusión. Entró en la casa y se detuvo perplejo en el umbral. Enar estaba en mitad del pasillo, subida a una silla del salón. *Lilith*, también sobre la silla, se frotaba contra sus tobillos y maullaba como si le estuviera dando instrucciones mientras Enar, con un papel de cocina en la mano, parecía centrada en un punto negro que se movía entre techo y pared.

Carlos se apoyó en el dintel, observándola ensimismado. No se había peinado todavía y su melena bicolor tenía ese alboroto sensual de recién despertada. Tampoco se había vestido como siempre, con sus habituales blusas ceñidas a punto de estallar por la presión de sus pechos. Al contrario, llevaba una vieja camisa de él con las mangas remangadas por debajo de los codos y la cintura ceñida por un cinturón —también de él— al que había dado varias vueltas. Las faldas de la camisa caían sueltas sobre sus torneadas piernas, que estaban enfundadas en esos ajustados pantalones que parecían leotardos.

Se lamió los labios, repentinamente secos. Vestida así, con ese toque de angelical desaliño, sus voluptuosas curvas acentuadas por el ceñido cinturón y despeinada como si acabara de levantarse tras una noche de sexo, le recordaba a las sensuales actrices de los años setenta. Eróticamente embriagadora y con un toque de inocencia salvaje.

Sacudió la cabeza, turbado por ese pensamiento. ¡Los amigos no pensaban eso de los amigos! De hecho, los amigos eran algo así como seres asexuados, parecidos a los ángeles. A no ser que uno de los miembros de la amistad se empeñara en poner a prueba la paciencia y los límites del otro intentando seducirle varias veces al día. Durante tres semanas. Entonces, claro, pensamientos nada aconsejables aparecían para complicar aún más las cosas. Que era más o menos lo que le acababa de pasar a él.

Puso los ojos en blanco por la estupidez supina de su reflexión y centró la mirada en Enar. ¿Qué narices estaba haciendo? Inclinó la cabeza, como hacían *Bruto* y *Leo* cuando algo les intrigaba. ¿Por qué ella y *Lilith* estaban subidas a una silla? Juntas. Sin bufarse ni espantarse la una a la otra. ¿A qué se debía ese milagro?

—¿Qué hacéis? —preguntó intrigado.

Enar se giró sobresaltada y estuvo a punto de caerse de la silla, en tanto que *Lilith* le dedicó una gélida mirada, regañándolo. No debía despistar a la mujer o no atraparía nunca el juguete.

—Joder, qué susto me has dado, ¡coño! Deberías intentar ser menos sigiloso —despotricó Enar, demostrando lo acertado de su mote: Bocacloaca.

—La próxima vez me colgaré unas pihuelas con cascabeles del cuello —bromeó él acercándose—. ¿Qué haces?

—Intento matar una araña, por lo visto a tu gata la ponen nerviosa —dijo burlona mirando a la felina a la vez que intentaba de nuevo finiquitar al insecto.

—¡No! —gritó Carlos deteniéndola un segundo antes de que aplastara al pobre arácnido. Luego se puso de puntillas y, haciendo gala de unos reflejos y una puntería admirables, atrapó la araña con los dedos desnudos.

Lilith maulló entusiasmada en tanto que Enar lo miró como si se hubiera vuelto loco.

—¿Qué pasa, también los bichos son sagrados en tu casa? —inquirió mordaz.

—En absoluto —le acercó la mano a la gata y esta hizo de nuevo ese extraño castañeteo—. Pero *Lilith* no te estaba pidiendo que mataras a la araña, sino que se la bajaras. Le gusta jugar con ellas —explicó Carlos, soltando el insecto en el suelo.

Lilith se apresuró a atraparla entre sus zarpas, luego la dejó marchar y fue a por ella de nuevo, en un extraño juego del gato y la araña.

—Joder, no me lo puedo creer. ¿En serio le atrapas la caza? —lo miró perpleja—. ¿No crees que la tienes demasiado mimada?

Carlos se encogió de hombros.

—Me gusta mimar a mis mujeres —comentó sonriente guiñándole un ojo—. Es estupendo que ya estés vestida, nos toca ir al polideportivo y ya sabes lo grande que es. Cuanto antes lleguemos, antes acabaremos y antes podré ponerme con los arreglos que dejé a medias ayer.

—No voy a acompañarte. Prefiero quedarme en casa —replicó Enar bajando de la silla.

Carlos la miró espantado. ¿Quería quedarse en casa? ¿Sola? ¿Por qué?

—Si me quedo puedo adelantar un poco tu trabajo —explicó ella. Mantuvo la mirada baja mientras se frotaba las manos, insegura—. Si me dejas las llaves de la halconera, podría dar de comer a los pájaros, y eso que tendrías hecho a tu vuelta.

Carlos la miró receloso, sin intención de sacar las llaves del bolsillo y dárselas. ¿Le estaba tomando el pelo o hablaba en serio? Era incapaz de dilucidarlo. Llevaba más de tres semanas allí y jamás se había molestado, excepto el primer día, en ayudarlo. Además, ¡quería las llaves de la halconera! Allí vivían las aves de su equipo de vuelo. Eran sus pájaros. Los había visto nacer. Los había criado. Dependía de ellos para el trabajo. Y ella le estaba insinuando que los dejara a su cargo. Sin vigilancia. Tragó saliva.

Enar observó por el rabillo del ojo a su amigo. Desde luego como actor no valía una mierda, todos sus pensamientos se reflejaban con claridad en su cara. El pasmado asombro, la incredulidad y el escepticismo, y por último la aprensión y el miedo. Se encogió de hombros, en realidad tampoco esperaba que la dejara quedarse la primera vez que se lo propusiera. De hecho, si ella fuera él, tampoco la dejaría nunca con algo que le importara, pues era muy posible que acabara cargándoselo, como todo lo que tocaba.

—Está bien, no pasa nada, es normal que no quieras dejarme sola aquí —musitó hundiendo los hombros—. Y además, tampoco es que fuera a quitarte mucho trabajo de encima. La verdad es que no sé hacer nada, soy de poca ayuda —movió los pies nerviosa—. Voy a peinarme y lavarme la cara, ve preparando el desayuno, *porfa*. —Y echó a andar hacia el baño.

Carlos observó su gesto decaído, sus hombros hundidos y la cadencia abatida de sus pasos y tomó una decisión de la que esperaba no tener que arrepentirse.

—Enar. —Ella lo miró con gesto interrogante—. Si te

quedas…, debes tener mucho cuidado y cerrar la halconera nada más entrar, sin entretenerte. No se te ocurra dejar la puerta abierta, no quiero a los perros alborotando allí —exigió severo. Ella se apresuró a asentir—. Puedes ir a los barracones, pero no te acerques al criadero —le ordenó.

Enar lo miró confusa, no sabía dónde estaba el criadero.

—No irás detrás del palomar —explicó él al ver su confusión.

—Ah, de acuerdo. Te lo prometo. Solo la halconera y los barracones. —Y se llevó la mano al corazón como si hiciera un juramento.

—Eso espero —masculló él entre dientes—. Le darás un solo pollito a cada pájaro. Ni uno más. De la cantidad que coman depende que vuelvan a mí. ¿Entendido? —Ella volvió a asentir, aunque lo cierto era que no lo entendía—. No te acerques a las aves, no te conocen y pueden atacarte. Lánzales la comida desde el pasillo, sin meterte entre las perchas. Y sobre todo, no les pierdas el respeto ni te confíes. Aunque parezcan tranquilas pueden cambiar de actitud en menos de un segundo y darte un buen susto. ¿Comprendido?

Sacó las llaves del bolsillo del pantalón y se las tendió.

Enar lo miró perpleja. ¿De verdad iba a dejarla sola con las rapaces? Se mordió los labios con entusiasmo contenido y asintió con la cabeza.

—No te preocupes. Lo haré bien. Te lo prometo. No te vas a arrepentir, de verdad.

—Lo sé. Volveré en dos o tres horas —musitó él con el corazón latiéndole acelerado. ¿No había pensado el día anterior que tenía que darle responsabilidades? Pues iba a dejarla sola con aquello que le había costado toda su vida conseguir: sus preciadas aves. Esperaba no arrepentirse—. Cualquier cosa que te surja, llámame.

Enar asintió por enésima vez mientras una animada sonrisa se dibujaba en su cara.

—Tranquilo. No va a pasar nada, ya lo verás. Todo va a ir de maravilla —afirmó, esperando que él no captara la duda en su voz.

Carlos cabeceó y sin querer pensar en lo que estaba haciendo, se despidió con un beso y, tras pararse en la caseta de *Séneca* para susurrarle que la vigilara, salió de la finca.

Lo que tuviera que ser, sería.

Enar observó el todoterreno mientras se alejaba carretera abajo. O Carlos tenía tanto trabajo que no podía esperar para irse o su propuesta lo había acojonado tanto que había preferido marcharse sin pensarlo ni un segundo más. Se decantaba por la segunda opción, pero fuera como fuera, se había ido sin desayunar. Y el desayuno para él era sagrado. Igual que la comida, el almuerzo, la merienda y la cena. Imaginó que pararía en el bar del pueblo para comerse un bocadillo tamaño gigante. Ojalá pudiera acompañarlo, aunque no para comer sino para tomar una cervecita fresquita y espumosa o quizá un whisky cargado de hielos. Inspiró despacio, casi podía oler el aroma a madera del buen whisky escocés.

Jadeó alterada por lo vívidos que eran sus pensamientos. ¡Malditos fueran! Aparecían en el momento más inesperado, haciéndola salivar y recordándole lo bien que se sentía cuando el alcohol corría por sus venas. De sus ojos brotaron lágrimas de rabia, daría lo que fuera por volver a tomar un jodido trago. Uno solo.

Vendería su alma al diablo por paladearlo una vez más.

Pero ya la había vendido hacía años. Su alma, su vida, incluso a su propia hija.

Negó con la cabeza. No volvería a caer. Y si para conseguirlo tenía que vivir encerrada como una ermitaña, lo haría. Al fin y al cabo era el único sitio en el que se sentía fuerte y segura de sí misma.

Se abrazó con fuerza para darse ánimos y entró en la casa. Un café y dos galletas después agarró la bolsa de pollitos que el pelirrojo sacaba del congelador cada noche para que estuvieran templados por la mañana y fue a ocuparse de los pájaros de los barracones. Después entró en la halconera. Cerró la puerta con rapidez y observó nerviosa a las águilas y los halcones, parecían cabreados con ella, más o menos como siempre. Buscó a *Hécate* y suspiró aliviada al no verla. Carlos se la habría llevado para trabajar, ¡menos mal! Se colocó en el pasillo y comenzó a lanzar pollitos. Se detuvo cuando llevaba cinco. La primera —y única— vez que lo había hecho no le había parecido complicado, ¿por qué ahora no era capaz de lanzarlos con tino y colocarlos frente a cada percha? ¡Joder! ¿También había perdido la puntería al dejar de beber?

Resopló frustrada. Carlos había sido muy claro: un solo pollito para cada pájaro. Pero ¿qué pasaba si este caía entre dos perchas y no había modo de saber cuál de los dos pájaros se lo comería?, a no ser, claro está, que los observara durante toda la mañana, algo que ni loca pensaba hacer. Bufó enfadada. ¡Hasta para realizar ese trabajo tan sencillo era un desastre!

Apoyó las manos en las caderas, miró a las aves con el ceño fruncido y se internó entre ellas, teniendo eso sí mucho cuidado de no acercarse demasiado. Las rapaces fijaron sus penetrantes ojos en ella, pero no hicieron ademán de atacarla mientras dejaba cada pollito en su sitio. Recorrió cada hilera de perchas sin problemas, confiándose un poco más a cada minuto que pasaba hasta que llegó a la última. Se detuvo para sacar un pollito y, en ese momento, el águila que allí residía saltó de la percha con las alas extendidas y el pico abierto.

—¡Eh, joder, no me ataques! ¡No ves que te traigo el papeo, coño! —gritó Enar, moviendo los brazos para espantarla.

El ave se detuvo a escasos centímetros de ella, pero no porque sus aspavientos la hubieran asustado, sino porque la cuerda que la ataba a la percha le impedía avanzar más.

Enar la miró pensativa.

—Tú eres *Malasombra*, ¿verdad? —sostuvo la mirada del animal—. Carlos dice que eres un mal bicho. ¿Te cuento un secreto? Yo también lo soy —gruñó enseñándole los dientes. El ave soltó un amenazante silbido en respuesta—. No te achantas. Me gustas. Las hembras no podemos amedrentarnos ni ser débiles. Cuanta más mala leche tengamos, mejor. Más tranquilas nos dejarán —dijo mientras se inclinaba para observarla de cerca.

Era preciosa. Las plumas que le cubrían la cabeza y el cuerpo eran muy oscuras, casi negras, sin embargo, las de las alas y las patas eran de un vistoso tono rojizo mientras que las puntas de la cola eran blancas. Se centró en su mirada y, aunque pareciera de locos, le pareció ver un atisbo de curiosidad en sus penetrantes ojos pardos.

—Eres toda una belleza —dijo y sacó un pollito de la bolsa—. Hagamos un trato; tú no me arrancas ningún trozo de carne del cuerpo y yo te hecho de comer la primera todos los días —propuso guiñándole un ojo con picardía para luego echarle la comida.

Malasombra se mantuvo inmóvil un instante y después regresó a su percha, desde donde la vigiló con obsesiva atención.

Enar sonrió ufana, solo le quedaba llenar los bebederos para terminar. Tomó la manguera y se dirigió al primero. Se paró frente a él con el ceño fruncido. Tenía tierra dentro. Arrugó la nariz, disgustada. Se había ofrecido a atender a los bichos, no a ser la chacha que limpiara. Además, dudaba de que a los pájaros les importara un bledo si el cacharro estaba sucio. Giró la boca de la manguera para echar el agua y un segundo después volvió a cerrarla.

—Soy idiota —siseó irritada dando una patada al suelo.

Agarró el cacharro y lo volcó para vaciarlo. Un poco de polvo se quedó pegado en el fondo y, tras renegar un rato, se dirigió a la casa a por una escoba vieja.

—No sé para qué narices queréis bebederos tan grandes —protestó enfurruñada a su regreso. Ninguna de las rapaces se molestó en devolverle la mirada, excepto *Malasombra*—. ¿Qué pasa, los usáis para bañaros? —Echó agua en uno y lo frotó con la escoba.

Entre gruñidos y reniegos fue limpiándolos todos, y no eran pequeños. En absoluto. Cuando acabó se secó el sudor de la frente con el antebrazo y se dirigió a la salida ignorando los excrementos que había bajo las perchas. Carlos los rastrillaba para eliminarlos. Ella podría hacerlo y así quitarle más trabajo. Pero no era eso a lo que se había comprometido.

Se lo pensó un par de segundos antes de negar con la cabeza.

—Ni de coña os voy a limpiar la mierda —espetó a los

impasibles pájaros—. No soy vuestra criada. Si queréis estar limpias, no hagáis caca —señaló burlona—. Tú me entiendes, ¿verdad, *Malasombra*? —El águila harris se removió en su percha. Enar se lo tomó como una muestra de apoyo—. No cabe duda de que los malos bichos nos entendemos.

Al salir se encontró con *Bruto*. La estaba esperando en la puerta, el pecho y las patas delanteras pegadas al suelo, el trasero en alto y el rabo moviéndose frenético. Soltó un ladrido, instándola a jugar. Enar no pudo resistirse y acabó retozando con él bajo la atenta mirada de *Séneca* y la aterrada de *Leo*, hasta que el mestizo de mastín se alborotó tanto que la tiró al suelo y comenzó a lamerle la cara. Lo apartó y regresó a casa para lavarse a fondo. Había pocas cosas que le dieran asco; pero que le llenara la cara de babas era una de ellas. Luego, sin saber qué hacer, se sentó a ver la tele. La apagó poco después, aburrida. Los programas eran un rollo y no le apetecía ver telenovelas, perdían toda su gracia si no estaba Carlos para chincharla. Miró el reloj, hacía dos horas que se había ido, tardaría por lo menos otra en regresar.

Suspiró contrariada. ¿Cómo se iba a imaginar que el tiempo pasaría tan despacio sin él? Tomó el libro que estaba leyendo y salió de nuevo afuera. Hacía un día estupendo, era una pena estar encerrada en casa. Leería un rato en el patio. No pudo hacerlo. Las sillas y la mesa estaban asquerosas tras pasar el invierno a la intemperie. Frunció el ceño disgustada y regresó a la casa para hacerse con un cubo de agua jabonosa y varios trapos. Nada le iba a impedir leer en el exterior. Cuando todo estuvo en orden y por fin pudo sentarse no aguantó ni diez minutos antes de cerrar la novela. El sol era un incordio y no había ni una gotita de sombra que la cobijara. Se levantó enfurruñada y, libro en mano, decidió darse un paseo por la finca para buscar un sitio más acogedor. Lo encontró bajo un manzano que se levantaba solitario junto a la pared este.

Lo observó encantada. ¡Era perfecto! Trasladó allí las sillas y la mesa, se sentó satisfecha y abrió el libro. Volvió a cerrarlo. Había algo que no encajaba. Entrecerró los ojos, examinándolo hasta dar con lo que la molestaba tanto. La pared. Era demasiado blanca. Sosa hasta decir basta. Era una lástima que con lo bonito y vital que era el árbol la tapia fuera tan insulsa. Sentarse frente a ella llamaba al aburrimiento. Resopló disgustada, y en ese preciso momento una idea apareció en su cabeza.

Fue algo así como la bombillita que se encendía sobre las cabezas de los dibujos animados cuando se les ocurría algo. Solo que a ella lo que se le encendió fue una lámpara de quinientos vatios. Saltó excitada de la silla. Vívida en su mente la decoración de ese rinconcito. Cada detalle. Cada pincelada de vida. Sonrió entusiasmada, las ideas habían vuelto a ella, igual que cuando bebía, pero ahora eran más nítidas, más claras. Y crecían exponencialmente a cada segundo que pasaba. ¡No podía perder el tiempo ahí parada! Corrió al palomar, allí estaba el material que necesitaba. Se cruzó en el camino con *Leo*, quien escapó veloz gimiendo espantado.

—Hay que joderse con el perrito de los cojones —siseó, haciendo un quiebro para no tropezar con él.

Llegó a su destino y corrió al esquinazo en el que se amontonaban las botellas, tomó todas las que pudo sujetar entre las manos y bajo los brazos, y cuando estaba a punto de irse vio un ovillo de bramante. Se detuvo en seco, lo miró pensativa y lo agarró también.

Carlos detuvo el coche con brusquedad y se apeó antes incluso de que el motor dejara de ronronear. Se le había echado el tiempo encima y habían pasado casi cinco horas desde que se había marchado. ¡Tiempo de sobra para que hubiera ocurrido cualquier desastre! Abrió la cancela nervioso y sin pararse a jugar con los perros, se encaminó a la halconera para confirmar que sus amados pájaros estuvieran sanos y salvos.

Se detuvo atónito en mitad de camino.

Enar estaba bajo el manzano. Junto a ella, una mesa y tres sillas de plástico. Se giró hacia el patio delantero, donde solían estar aquellas cosas que hacía años que no usaba. Ya no estaban allí. Pero la mesa y las sillas en las que se acomodaba Enar no podían ser esas; estaban limpias, y ella no era lo que se decía proclive a limpiar. Parpadeó confundido. ¿Qué mosca le habría picado? La mesa estaba abarrotada por un montón de herramientas, una jarra y varias botellas vacías. Más exactamente, las botellas de refresco que ella le había prohibido tirar, pues pensaba aprovecharlas para Dios sabía qué, pero que debido a la sequía de ideas que la atosigaba, estaban cogiendo polvo en el palomar. Hasta ahora. Enarcó una ceja, por lo visto la falta de inspiración había acabado.

Cabeceó satisfecho y se dirigió a la halconera para comprobar que todo estuviera bien.

—¡Carlos! —lo llamó ella, sobresaltándole.

Él se giró y levantó la mano a modo de saludo para luego seguir su camino.

—¡Eh, no te escaquees, ven aquí! —Se puso en pie y movió los brazos nerviosa—. Quiero enseñarte lo que estoy haciendo, ¡te va a encantar! —gritó entusiasmada.

Carlos se detuvo vacilante, la miró con el ceño fruncido, observó anhelante la halconera y volvió a fijar una indecisa mirada en ella.

Enar, conociéndolo como lo conocía, intuyó lo que le pasaba y esbozó una sonrisa tan peligrosa que Carlos sintió como su piel se erizaba.

—¿Estás preocupado por tus pajaritos? —comentó zalamera—. No estés intranquilo, me he ocupado muy bien de ellos. Tanto, que los he sacado de su muda —curvó los labios maliciosa.

Carlos enarcó una ceja y sin pensárselo más se dirigió hacia ella.

—¿Ah, sí? —Apoyó las manos en la mesa, atrapándola entre sus brazos—. ¿Estás insinuando que has sido mala?

—Sí. Siempre —replicó ella. Se sentó a la mesa sin molestarse en intentar escapar de su encierro—. He hablado con tus pájaros y me han dicho que no te quieren nada de nada, que eres un pesado que nunca se divierte y que los tienes aburridísimos. Así que me los he llevado a dar un paseo —dijo revoltosa a la vez que le pasaba las manos por la nuca para acercarlo más a ella—. Me vas a tener que hacer la pelota si quieres que te diga dónde los he escondido...

—¿Y se han portado bien en el paseo? —musitó Carlos contagiándose de su talante travieso. Era tan raro, y tan maravilloso, verla alegre y juguetona que no pudo menos que seguirle la corriente.

—Oh, sí. Seguro. Además han cazado un par de conejos —mintió bromista—. Tienes que cocinarlos, me apetecen en pepitoria. Están en la cocina, calentitos y palpitantes, espero que no te moleste tener que despellejarlos y sacarles las entrañas. Procura no mancharlo todo de sangre.

Carlos no pudo evitar arrugar la nariz asqueado por la ficticia tarea. Su malvada amiga lo conocía bien y sabía de sobra el asco que le daban las vísceras.

—¿Y si hago todo eso te habré hecho lo suficiente la pelota y me devolverás a mis pájaros? —inquirió burlón.

—No. También tienes que conseguirme semillas.

—¿Semillas? —la miró atónito.

—Sí. He hecho varias macetas y pienso hacer muchas más. ¡Montones de ellas! —exclamó entusiasmada. Saltó de la mesa, agachándose para escapar de sus brazos—. Las voy a poner aquí —señaló la tapia—. Voy a llenar la pared de vida y color. ¡Va a quedar superchula!

Carlos la miró estupefacto. ¿Había hecho macetas? ¿Cómo?

—Deja que te lo enseñe. —Se sentó y le dio golpecitos a la silla contigua, instándole a imitarla.

Carlos lo hizo, descubriendo que la jarra de la mesa contenía agua con hielo. Buscó un vaso, repentinamente sediento. Enar le tendió el suyo y él se apresuró a llenarlo de agua. Bebió, volvió a rellenarlo y se lo devolvió a ella, quien contagiada de su sed también tomó un sorbo. A ninguno le resultó extraña la conexión sin palabras que acababan de experimentar.

Una vez calmada la sed Enar le enseñó sus macetas, que no eran otra cosa que botellas que había lavado y a las que les había quitado las pegatinas para luego recortarlas. A algunas les había cortado una ventana en el lomo y a otras les había cercenado el culo o la boca, en estas además había hecho agujeros y atado en ellos el extremo de un largo hilo de bramante.

—¿Y esto son macetas? —murmuró incrédulo. Eran botellas masacradas, nada más.

—Sí —contestó eufórica señalando las de la ventana—. Imagínatelas llenas de tierra y con las plantas asomando por la ventana. —Carlos asintió, comprendiendo—. Las pondré en el suelo, a lo largo de la pared. Estas otras —tocó las que tenían cortado el culo o la boca— las colgaré del muro en líneas verticales —agarró los extremos sueltos del bramante, de manera que la botella colgó de su mano—. ¿Qué te parece?

Carlos parpadeó sorprendido al comprender lo que pensaba hacer. Ni en mil años se le hubiera ocurrido aprovecharlas así, pero nada más imaginárselo se dio cuenta de la vida y el color que iban a dar a la pared. ¡Enar era un genio!

—Es una idea estupenda y muy original —afirmó entusiasmado.

—¡Genial! —exclamó ella empujándolo juguetona—. Necesito tierra y semillas.

—De acuerdo, dime cuáles y las conseguiré la próxima vez que vaya a comprar.

Tomó el vaso de agua. Hacía demasiado calor para ser abril. El tiempo estaba loco, a mediados de marzo una nevada de órdago y ahora veintiséis grados a la sombra. Y decían que no había llegado el cambio climático. ¡Ja!

—Será suficiente con un paquete de compost y unas pocas semillas de maría —dijo maliciosa en el momento exacto en que él se llevó el vaso a los labios.

Carlos se sobresaltó, atragantándose. Tosió y escupió hasta recuperar, más o menos, la respiración.

—Perdona, creo que te he entendido mal —masculló—. ¿Qué semillas dices que quieres?

—María —contestó Enar con total inocencia. Él enarcó una ceja—. Oh, vamos, no te hagas el tonto, ya sabes a lo que me refiero: grifa, marijuana, cannabis… Lo que viene a ser la marihuana de toda la vida. Plantamos unas semillitas y cuando crezcan hacemos negocio.

Carlos enarcó una ceja, observándola con atención. Estaba muy seria. Demasiado.

—Vale. No es mala idea, nunca viene mal un ingreso extra —aceptó, encogiéndose de hombros.

Enar abrió los ojos como platos. También la boca.

—Pero ¿estás hablando en serio? —balbució aturullada. ¡Era imposible que el honrado y responsable Cagón aceptara eso!

—Tanto como tú —replicó él, guiñándole un ojo.

Enar lo miró confundida hasta entender que su jugarreta había sido descubierta y devuelta con creces.

—¡Cómo me la has jugado! —Estalló en carcajadas a la vez que asía con disimulo la jarra—. ¡Serás cabronazo!

Carlos, que además de conocerla mucho tenía una intuición fuera de serie, saltó una milésima de segundo antes de que le arrojara el agua helada. Enar gritó revoltosa y se lanzó a por él, quien echó a correr para no ser atrapado. *Bruto*, por supuesto, se unió a la fiesta, no así *Leo*, que se mantuvo apartado de la mujer.

Un buen rato y muchos revolcones después los humanos y los perros se tendieron en la hierba. *Leo* cerca de Carlos, pero a una distancia prudencial de Enar.

—Hacía muchísimo tiempo que no me revolcaba por el suelo —confesó Enar acurrucándose contra Carlos, la cabeza descansando sobre su amplio pecho.

—Ha sido divertido —susurró él, jugueteando con un mechón de pelo de ella—. Me ha recordado a cuando íbamos al parque con Mar y retozábamos en la tierra hasta acabar cubiertos de arena y con la mandíbula dolorida de tanto reír. Fueron unos años maravillosos.

Enar inspiró con brusquedad al escucharle, todo su cuerpo rígido.

—No digas gilipolleces, fueron unos años de mierda, ojalá pudiera borrarlos de mi memoria —replicó furiosa, volviendo a la mesa.

—No puedes hablar en serio —protestó él, siguiéndola—. Cuando Mar era bebé tú…

—¿Qué narices es lo que no entiendes? —se encaró con él—. No quiero saber nada de aquella época, ¿entendido? Nada. Así que cierra la puta boca y déjame en paz.

Carlos sacudió la cabeza, atónito por su repentino cambio de humor y de actitud. Actitud que no pensaba tolerar. Abrió la boca para exponerle con claridad lo que pensaba y ella centró en él sus ojos cargados de dolor, silenciándole.

—Por favor, Carlos, déjalo estar —susurró—. No quiero recordar. No puedo enfrentarme a todo el daño que hice, a la cantidad de veces que me equivoqué y le jodí la vida a... a los demás.

—Está bien, no hablaremos de eso —aceptó él, intuyendo a quién había estado a punto de mencionar antes de interrumpirse y cambiar el final de la frase.

La abrazó con infinita ternura y besó su frente.

Enar se dejó mimar y luego centró toda su atención en seguir creando macetas.

Él la observó preocupado. Parecía centrada en cortar las botellas, pero era solo una quimera. En realidad sujetaba el cúter con dedos trémulos, inmóvil mientras se sumergía en recuerdos que no quería evocar. Vio una lágrima solitaria resbalar por su mejilla antes de que ella se la limpiara de un furioso manotazo.

—¡Mierda! —exclamó Carlos con la intención de sacarla del recuerdo en el que estaba perdida—. Se me ha olvidado meter a *Hécate* y a *Nike* en la halconera. ¿Me acompañas?

Enar sorbió por la nariz, se frotó los ojos fingiendo que le picaban y se puso en pie. El mestizo de beagle, que hasta ese momento se había mantenido junto a Carlos, dio un salto y se alejó de ella emitiendo un temeroso gañido.

—No sé por qué le pusiste *Leónidas*. Es un jodido cobarde —masculló desdeñosa.

—Tiene más valor y coraje que nadie que yo conozca, animales y humanos incluidos —replicó Carlos muy serio—. Cuando llegó a mí había pasado por el peor de los infiernos, uno tan atroz que no puedes ni imaginártelo. —Acarició al perrito con inefable cariño—. Tardó casi un año en recuperarse y volver a confiar de nuevo en un humano, en mí. Merece el nombre de un valiente. —Se quedó en silencio, la mirada fija en su amiga—. En realidad os parecéis mucho. A ambos os han apaleado y maltratado, y los dos habéis luchado por escapar, consiguiéndolo. Os habéis levantado, venciendo las adversidades —reconoció y acarició la mejilla de Enar con afecto—. Estoy muy orgulloso de vosotros. Vuestra fortaleza y valor son dignos de héroes. Sois un ejemplo a seguir. —Frotó con cariño su nariz con la de Enar—. Vayamos a la halconera, *Hécate* se está impacientando.

Enar parpadeó turbada. ¿De verdad pensaba todo eso de ella? ¡Estaba loco! ¡Ella no era una heroína! Ni de coña. Y desde luego tampoco era un jodido ejemplo a seguir, al contrario; ¡no había hecho una sola cosa bien en toda su puñetera vida! Pobre Cagón, era tan buena persona que no era capaz de ver la basura aunque la tuviera delante. Pero no pensaba sacarlo de su error. Era la primera persona en el mundo que pensaba bien de ella, no pasaba nada por dejarlo en la inopia.

Echó a andar sintiendo un extraño calor que no sabía de dónde provenía, pero que la hacía sentir bien. A gusto consigo misma. Cuando llegó a la halconera lo hizo con la espalda muy recta y la cabeza bien alta.

—¡Qué maravilla! —escuchó murmurar a Carlos cuando entró.

Había dejado a *Hécate* en la percha y recorría el lugar, parándose para saludar a las aves.

—Hacía años que no veía los baños tan limpios.

—¿Los baños? —Enar lo miró confundida. Ella no había limpiado ningún baño.

—Estos son los baños. —Carlos tocó con la punta del pie uno de los cacharros que Enar había limpiado y llenado de agua.

—Ah… ¡por eso son tan grandes! —exclamó ella al comprender que no había estado nada desencaminada en sus apreciaciones.

—Sí, las rapaces no beben mucho, lo que hacen es bañarse, y lo van a hacer en los baños más limpios que he visto nunca —reconoció divertido—. Has hecho un trabajo magnífico.

—Eh… Bueno —balbució Enar sorprendida—. Al principio no conseguí acertar con los pollitos, así que tuve que pasar de tus instrucciones y acercarme a los pájaros —informó altiva, para que se diera cuenta de que no lo había hecho tan bien como erróneamente creía.

Carlos frunció el ceño al escucharla. ¿Por qué lo hacía? ¿Por qué echaba mierda sobre su trabajo? ¿Quién le había hecho creer que era tan *defectuosa* como para que no pudiera aceptar un cumplido sin más?

—¿No te atacaron? —preguntó inquieto.

—Qué va. Estaban a su bola, como yo —dijo y esbozó una arrogante sonrisa—. *Malasombra* intentó asustarme, pero hemos hecho un trato y ahora nos llevamos bien. —Y saludó al ave con un gesto de cabeza.

—¿Y en qué consiste ese trato? —Se giró distraído hacia su águila más conflictiva y se quedó perplejo al ver que el animal tenía toda su atención centrada en Enar.

—No te lo pienso contar, es un secreto entre ella y yo —replicó ella con sorna.

Carlos asintió sorprendido, y tras mirar a ambas hembras intrigado, salió de la halconera para ir a los barracones. Enar lo acompañó y después fueron al criadero. Caminaron por un estrecho sendero, espantando a las gallinas que se movían libres por allí. Él aprovechó para recoger los huevos que habían puesto esa mañana y Enar sonrió al entender por qué comían huevos casi a diario. También por qué eran tan sabrosos. Los más frescos que había probado nunca. Llegaron a la pared trasera del criadero donde, tras prometer guardar absoluto silencio, Enar observó los nidos a través de una mirilla. Era impresionante el celo con que las aves los cuidaban. Según le contó el pelirrojo, solo él podía acercarse para alimentarlas, pues si lo hacía otra persona podrían asustarse y tirar los huevos fuera.

Enar las contempló fascinada. Estaban junto al nido, pendientes de todo lo que las rodeaba, de cualquier sonido o movimiento. Majestuosas y perfectas en su papel de madres.

—Impresiona, ¿verdad? —susurró Carlos en su oído.

Enar asintió en silencio, deseando haberse comportado como ellas cuando tuvo a Mar, porque entonces su hija la querría en lugar de odiarla.

1 de mayo de 2011

Hacía un buen rato que habían cenado, huevos por supuesto, cuando terminó el enésimo episodio del culebrón y Enar propuso ver uno más antes de acostarse. Carlos arrugó la nariz, reflexivo, era muy tarde y al día siguiente tenían que madrugar. Estuvo tentado de rechazar su propuesta, pero era domingo, los vecinos se habían marchado por fin a la capital, dejándolos tranquilos tras pasar todo el fin de semana quejándose por el ruido de los perros, de las aves, de Enar taladrando la pared y hasta del que hacía *Séneca* al tirarse un pedo. Se merecían un ratito de tranquilidad. Y, además, para qué negarlo, estaba en la más absoluta gloria. Era una noche agradable, *Leo* y *Bruto* estaban en el suelo a sus pies, *Lilith* dormitaba en el sillón y Enar estaba a su lado, acurrucada bajo la manta que compartían, la cabeza apoyada en su hombro y las piernas encogidas rozando sus muslos mientras se quejaba amargamente del final del capítulo.

—No hay derecho a que lo dejen así —protestó enfurruñada, haciéndole reír—. Anda vamos, solo uno más, para ver si abre los ojos y deja plantado al estúpido de Pedro Andrés —siseó posando una mano en su torso con coquetería.

Carlos la apartó sin ofenderse; ya se había acostumbrado a que tratara de engatusarlo cuando quería algo, aunque intuía que la mayoría de las veces lo hacía sin darse cuenta. También estaba cada vez más seguro de que su costumbre de acurrucarse a su lado, algo que a él le encantaba que hiciera, venía porque, aunque ella no quisiera reconocerlo, era una mujer muy mimosa. O muy necesitada de mimos. Ambas opciones valían.

—Está bien, uno más. ¡Y se acabó! Termine como termine no veremos más hasta mañana —aceptó él, buscando en el menú el siguiente episodio.

Lo puso y Enar pareció conformarse. Al menos durante los diez primeros minutos.

—¡No me jodas! ¡Pero será estúpida la pava! Apaga la tele, no quiero ver más. Soy capaz de entrar en la tele y darle un par de hostias bien dadas —soltó y le dio un puñetazo al asiento.

—Tranquila, ya verás como luego se arreglan —intentó apaciguarla. Había visto cientos de telenovelas y sabía de sobra que el amor siempre triunfaba.

—¿Pero cómo se van a arreglar? ¡Se va a mudar a otra ciudad! —gimió Enar llevándose las manos a la cara—. Va a dejar a Juan Antonio por irse con Pedro Andrés... ¡Arggg! ¿No se da cuenta de que Pedro Andrés solo está con ella por el interés? ¡Cómo puede ser tan tonta!

Carlos se echó a reír al verla tan alterada. Más que ver telenovelas, las vivía.

—Si fuera tan lista como tú, la historia se acabaría en tres capítulos —señaló burlón—. Tienen que dar varios giros a la trama para que dure por lo menos cien. Además, el amor no es nada fácil. Enamorarse es un camino de espinas...

Enar entornó los párpados, exacerbada por su tono condescendiente.

—Vaya gilipollez que acabas de soltar. A ninguna mujer le costaría enamorarse de ti —aseveró sin pensar.

Carlos la miró aturdido, ¿por qué había dicho eso?

—Si fueras un protagonista de culebrones, claro —se apresuró a continuar ella, al darse cuenta de lo extraña que sonaba su afirmación—. Porque en la vida real dejas mucho que desear, te falta apostura, músculos y el pelo negro como ala de cuervo.

Carlos parpadeó aturullado y luego esbozó una ladina sonrisa.

—Tienes toda la razón, los pelirrojos cagones no tenemos nada que hacer contra los galanes de culebrón. —Adoptó su mejor pose de hombre herido.

Enar estalló en carcajadas, aunque se calló *ipso facto* al percatarse de que la amiga de la protagonista estaba tramando un plan para sacarla de su error. Se arropó de nuevo con la manta y volvió a ovillarse contra Carlos. Era chocante estar así con un hombre. Acurrucada junto a él por el puro placer de sentirlo cerca. Sin querer engatusarlo, aplacarlo o follarlo. Solo compartiendo ese momento a su lado. Tan a gusto estaba, que pocos minutos después los párpados comenzaron a pesarle, hasta que acabaron cerrándose.

Carlos la miró de reojo al sentir que su cabeza le resbalaba por el hombro. Sonrió. Tanto insistir y se había quedado dormida antes de ver el final. La tomó en brazos para llevarla al dormitorio.

Enar se despertó al sentirse alzada, pero en lugar de protestar se acomodó mejor en sus brazos. Eran tan acogedores. Podría vivir en ellos el resto de su vida.

Carlos la dejó despacio en la cama y la besó con ternura, como hacía cada noche antes de irse a dormir.

—Carlos... —lo llamó con la voz ronca por el sueño.

—Dime —murmuró sentándose a su lado.

—He estado pensándolo toda la semana... —se interrumpió, como si le costara decidirse a continuar. Inspiró despacio y lo miró con gesto obcecado—. Siento curiosidad por probar la terapia esa en la que tanto insistes. Llama a Eduardo y pregúntale cuándo es la próxima. Pero no te hagas muchas ilusiones —le advirtió hostil—. No creo que sirva para nada ni que vaya a ir más veces. Solo quiero echarle un ojo.

—Estupendo, no te pido más, solo que lo intentes —señaló él tratando de que no notara la euforia que sentía. Desde luego, su decisión era de lo más inesperada—. Lo llamaré mañana.

—Prometiste venir conmigo.

—Y lo haré —aseveró él—. Ahora duérmete, es muy tarde y en unas horas tenemos que levantarnos —la arropó dándole un nuevo beso, esta vez en la nariz.

8

9 de julio de 2011

«¿*Q*ué hacen esos? ¿Por qué vienen hacía aquí? ¡No dejes que se acerquen! ¡Los conozco, no son buenos! ¡Que se vayan! ¿Qué miran? Como se aproximen más les arranco la nariz y les saco los ojos. No me gustan. Desconfía de ellos. Nos están rodeando. Van a atacarnos. Nos odian. ¡Tenemos que defendernos! ¡No me quedaré quieta, si me tocan se las verán conmigo. ¡Advertidos quedan!».

—Tranquila, *Nike*, no pasa nada —susurró Carlos acariciando al híbrido de halcón.

—¿Estás seguro de que puedes sacar ese animal a la calle atado solo con esas cuerdecitas? —interrogó el vecino levantando la mano para tocar la pata del ave.

Carlos se apresuró a apartarlo. Si había algo que molestara a los halcones era que les tocaran las garras. Era como tocarle los cojones a él, que era exactamente lo que Felipe hacía.

—Se llaman pihuelas y no son cuerdecitas —replicó molesto, intentando mantenerse entre su vecino y el halcón cuando este volvió a alzar la mano, asustándolo.

¡¿Por qué no se van a freír espárragos?!, pensó enfadado. Felipe y Leticia habían salido a dar un paseo como tenían por costumbre hacer los sábados, y en vez de enfilar hacia la plaza habían cruzado la carretera para saludarlo. Diez años compartiendo calle sin que se acercaran jamás a decirle un mísero buenos días, y tenía que ser la mañana que llevaba a *Nike* en el puño la que eligieran para ser sociables. ¡Mandaba narices!

—Parece a punto de atacar, debería estar prohibido sacarlo sin bozal —siseó la vecina.

—¿Bozal? —Carlos la miró atónito. ¿Leticia era idiota o se lo hacía? ¡¿Cómo le iba a poner un bozal a un halcón?!

—No se preocupe, la tengo bien sujeta, aunque ayudaría mucho si se mantuvieran apartados —les advirtió a punto de perder la paciencia.

Y no era el único; *Leo* giraba nervioso alrededor de sus tobillos soltando algún que otro ladrido que su dueño se apresuraba a silenciar con un gesto de la mano.

Carlos se giró hacia la casa, buscando a Enar mientras rezaba para que saliera pronto.

Felipe alzó de nuevo la mano, acercándola al ave como si tuviera intención de acariciarla… o de molestarla para ser atacado y así poder quejarse a placer.

—No te acerques tanto, o te atacará —le susurró Leticia a su marido al ver que el halcón abría el pico de forma amenazante.

—Haz caso a tu mujer, Felipe —siseó Carlos apartando a *Nike* por enésima vez, aunque estaba más que tentado de dejar que le arrancara un dedo.

Suspiró aliviado al ver que Enar se acercaba seguida por *Séneca* y *Bruto*. Llevaba en una mano la caperuza que él no había conseguido encontrar y en la otra las llaves del coche que había olvidado coger.

—La habías dejado en la leonera —le dijo tendiéndole la caperuza a la vez que miraba con los ojos entrecerrados a los vecinos.

Carlos chasqueó la lengua, ¡pues claro!, la había estado agrandando y se le había olvidado colocarla en su sitio. Se la puso al halcón y este se tranquilizó como por arte de magia.

—Ahora parece más calmado —masculló Felipe, tocando el lomo del ave de improviso.

Carlos resopló molesto y en el momento en el que Enar

abrió el maletero del todoterreno, metió a *Nike* en su caja y cerró la puerta, aislándola.

—Sigo pensando que no deberías sacar a los pájaros a la calle sin algo que les impidiera atacar a la gente. Son muy peligrosos.

—Tú sí que eres peligroso, pesado —siseó Enar despectiva. *Bruto*, pegado a su pierna, retrajo los labios enseñando los colmillos. Si mamá gruñía, él también—. ¿Por qué coño has tocado a *Nike*? ¿Quién te ha dado permiso? —siseó rabiosa. Si ella no podía tocar a los pájaros, ese estúpido cabronazo tampoco.

—Enar… —la reprendió Carlos sin muchas ganas. En esa ocasión los vecinos se merecían con creces la bronca.

Séneca, por su parte, emitió un alentador «burf» para apoyar a su nueva mamá.

—Vuelve a hacerlo y puede que sea yo quien te arranque el dedo de un mordisco —continuó ella, enseñándole los dientes al hombre.

—Convendría que controlara a su amiga, no debería ser tan agresiva…

—No hables de mí como si no estuviera, capullo. Resulta que soy agresiva porque soy una jodida psicópata que se dedica a matar vecinos cotillas con un hacha —le provocó ella, sujetando a *Bruto* por el collar cuando este ladró.

La vecina la miró espantada y dio varios pasos atrás en tanto que su marido alzó la barbilla ofendido y abrió la boca con la clara intención de quejarse airadamente.

—¡Al coche, todos! —ordenó Carlos antes de que la situación se le escapara de las manos—. Más tarde acabaremos la conversación —le dijo al vecino alzando la voz por encima de las protestas de *Bruto* y Enar. En realidad, no sabía quién gruñía más alto.

Leo y *Bruto* ocuparon los asientos traseros mientras que *Séneca* esperó a que le ayudara a subir. Una vez montados los perros Carlos abrió la puerta del copiloto y carraspeó. Enar lo ignoró y siguió discutiendo con los vecinos hasta que la tomó en brazos y la metió en el coche.

—Espero que pasen un buen día —le dijo sonriente al matrimonio antes de sentarse al volante y arrancar.

—Si me llegas a dejar un segundo más, consigo que se haga caquita en los pantalones —afirmó Enar minutos después, subiendo los pies al salpicadero.

Carlos miró a su amiga y estalló en carcajadas. Tenía que reconocer que ella hacía el trato con Felipe y Leticia mucho más divertido. ¿Cómo narices podía soportarlos antes, cuando no estaba a su lado? Era algo que todavía no se explicaba.

—He estado a punto de echarme a reír cuando le has enseñado los dientes y la mujer ha reculado —comentó él sin dejar de sonreír—. Es increíble cómo puedes dar tanto miedo con unos dientes tan pequeños.

—Eh, no los tengo pequeños. —Bajó el espejito del copiloto para mirárselos—. Son perfectos para asustar, para morder... y para besar —soltó, y se giró hacia él para picarle mejor—. No te imaginas lo bien que atrapan los labios y tiran de ellos.

—Claro que me hago a la idea. Tiene que ser parecido a cuando atrapas las chuletas y las desgarras de un solo bocado —replicó burlón.

Ella le enseñó los dientes y sacudió la cabeza, tal como hacía el león de la Metro Goldwyn Mayer y él no pudo evitar estallar en carcajadas de nuevo. Carcajadas de las que, como no podía ser de otra manera, ella se contagió.

Enar rio hasta que le dolió la tripa, dejándose llevar por la insólita alegría que la recorría. ¿Se había reído antes de aquella manera tan sincera, tan espontánea? No lo recordaba, pero estaba segura de que no. Antes de vivir con Carlos, todo lo que la rodeaba, y ella misma también, era falso. Impostado. Toda su realidad era irreal.

Había pasado casi toda su vida sumergida en un universo paralelo que era una sombra deformada y grotesca del real. Y solo ahora se daba cuenta.

Llevaba más de tres meses sin beber y cada día que pasaba su cerebro estaba más ágil. Más vivo. Su sensibilidad había aumentado un mil por cien, ahora era una especie de lobo feroz que todo lo olía más, lo veía mejor, lo oía más alto y lo sentía más adentro. Eso era lo peor. Los sentimientos eran demasiado intensos. Si algo le hacía gracia, reía con todo su ser. Pero si algo la entristecía o preocupaba, sentía que se partía en dos y las lágrimas rodaban inclementes por sus mejillas antes de que pudiera evitarlo. ¡Era horrible! Y encima no podía mentir ni fingir porque todos sus sentimientos se reflejaban en su cara.

Su vida había dado un giro de ciento ochenta grados y el culpable de que se sintiera ella misma por primera vez en mucho tiempo era el hombre que estaba a su lado. Observó embelesada sus pómulos llenos de pecas, los gruesos labios, el alborotado pelo rojo que caía sobre su frente pecosa y sus expresivos ojos. Se había dejado un asomo de barba, más por protegerse del sol que por pereza o moda. Y en contra de lo que siempre había pensado de él, ahora le parecía un hombre muy apuesto. Guapo incluso.

Sacudió la cabeza, sorprendida por ese pensamiento. ¿Desde cuándo los pelirrojos paliduchos y pecosos eran guapos? ¡Qué estupidez!

—¿Por qué los halcones se quedan quietos cuando les cubres la cabeza? —preguntó para cambiar el curso de sus pensamientos.

Carlos la miró por el rabillo del ojo y sonrió complacido. En tres meses Enar había pasado de la apatía más desesperante a la curiosidad más entusiasta. Todo le llamaba la atención, y eso era maravilloso, pues se estaba convirtiendo en una alumna ejemplar.

—Porque tienen cerebro óptico —explicó tomando un camino forestal—. La vista es el principal sentido con el que se relacionan con su entorno. Al cegarles se tranquilizan, pues para ellos todo lo que les rodea desaparece, amenazas incluidas.

—Sí que son tontos…

—En absoluto. Es una cuestión evolutiva. Son, de todos los animales, los que mayor capacidad visual tienen. Su extraordinaria vista les permite cazar presas que están cientos de metros por debajo de ellos. Si te fijas, sus ojos ocupan la mayor parte de su cabeza; son enormes en relación a su cerebro, por lo que es natural que sus reacciones dependan de su vista, y cuando esta desaparece, su mundo también —explicó vehemente.

—Vaya, nunca lo hubiera imaginado. Siempre pensé que tenían cara de atontados, con esos ojos tan grandes y abiertos —comentó burlona.

—De tontos no tienen un pelo. ¿Sabías que el halcón peregrino es el animal más rápido del planeta? Puede alcanzar más de 320 kilómetros por hora en vuelo picado, también son de las pocas aves capaces de cazar un pájaro en pleno vuelo —explicó saliendo del sendero para detener el coche bajo la sombra de una enorme encina—. Y mejor no mencionar que te pueden arrancar de cuajo uno de tus preciosos dedos si los haces enfadar. —Se inclinó de repente sobre ella con la boca muy abierta, haciendo amago de morderle la mano.

Enar gritó sobresaltada para un instante después estallar en alegres carcajadas a las que pronto se unió una juguetona tanda de risueños puñetazos y atinados pellizcos.

Carlos se defendió divertido y cuando comprobó que su amiga tenía más manos que un pulpo, se bajó del todoterreno para zafarse de la inofensiva paliza. *Leo* y *Bruto* saltaron tras él, en tanto que *Séneca* esperó a que le abriera su puerta para mirar el suelo receloso.

—Vamos, viejo amigo, retoza en la hierba mientras esos jovenzuelos alborotan a los conejos. —Lo tomó en brazos para ayudarle a bajar del todoterreno, pues estaba demasiado alto para las débiles articulaciones del san bernardo.

—Qué rápido hemos llegado. —Enar fue hasta el anciano perro para rascarle detrás de las orejas. *Séneca* soltó un agradecido «buf»—. El prado está desierto…

Carlos llevaba todo el mes intentando convencerla de ir allí, pero ella se negaba, temerosa de encontrárselo lleno de familias y adolescentes. Aún no se sentía preparada para socializar con nadie, tal vez nunca lo estuviera. De hecho, esa era la primera vez que salía de la casa en tres meses.

—Ya te lo dije. Este sitio está muy escondido y la carretera es malísima, casi todo el mundo prefiere ir al embalse —explicó él sacando los refrescos—. Voy a atarlos en el río, ve preparando el campo de tiro. —Se alejó con las botellas en la mano.

—¿Vamos a practicar ahora? —Enar fue tras él—. ¿No sería mejor volar primero a *Nike*?

—No, prefiero que se tranquilice un rato tras el viaje. No te hagas la remolona y prepara las dianas —insistió. Estrechó los ojos suspicaz al verla tan remisa—. ¿Algún problema? —Enar negó con la cabeza—. Has practicado todas las mañanas como acordamos, ¿verdad? —Ella asintió renuente y él sonrió burlón—. Ya sé lo que te ocurre, no quieres que vea lo mala que eres disparando…

—No soy mala, soy peor —gruñó la joven en voz baja dando media vuelta.

Sacó las dianas que él se dedicaba obstinadamente a crear a pesar de que le había dicho mil veces que no era necesario. ¡Qué perra había pillado con que aprendiera a disparar! Las colocó en una larga fila y se sentó en la hierba, con *Séneca* a su lado, a esperar.

Carlos tardó unos minutos en atar las botellas y sumergirlas en el río; con lo fría que corría el agua estarían heladas para la comida. Se giró hacia el pequeño prado y observó encantado la escena que se desarrollaba en él. *Bruto* y *Leo* corrían excitados de un lado a otro, espantando a todo bicho viviente que osaba cruzarse en su camino, mientras que Enar recostaba la cabeza sobre el lomo de *Séneca*, canturreándole alguna canción.

—Parece que se han hecho buenos amigos —susurró al cielo sin apartar la mirada de la extraña pareja. Lo impensable se había hecho realidad. El perro se había convertido en el osito de peluche de la mujer, y la mujer en la mamá del perro.

Agradecía de corazón el cariño con el que Enar trataba al anciano animal. De hecho, desde que ella se quedaba en casa, él se iba a trabajar más tranquilo. *Séneca* era muy mayor, y no le gustaba nada dejarlo solo. Le reconfortaba saber que ella estaba con él, cuidándolo.

—¿Estás lista? —preguntó al llegar junto a ellos.

—No.

—Vamos, saca el tirachinas. ¿Tienes piedras en la riñonera?

—¿Cómo no voy a tenerlas? —soltó exacerbada, poniéndose en pie—. Me paso el día buscando y guardando piedras. ¡Se ha convertido en mi deporte favorito! —ironizó.

Carlos sonrió divertido, puede que gruñera mucho, pero él sabía que se lo pasaba pipa disparando. Aunque no acertara nunca.

—Vamos, colócate. No te acerques tanto —la reprendió cuando se aproximó demasiado a las dianas—. Ven aquí, conmigo.

Enar bufó enfurruñada. Estaba a diez metros de los blancos, no acertaría jamás. Se colocó donde él le dijo, con una pierna adelantada y el tirachinas en la mano derecha.

—La muñeca en ángulo recto con el mango —señaló Carlos.

Se situó tras ella, envolviéndola con su olor a jabón y cuero, y colocó las manos sobre las suyas para corregirle la postura. Enar inspiró despacio, llenándose los pulmones con su aroma y deleitándose con el roce de sus dedos callosos y el calor que emanaba de su piel pálida.

—¿En qué estás pensando? —la reprendió él al ver que el tirachinas se mecía flojo en su mano—. Vamos, céntrate. Ya sabes cómo tienes que agarrarlo, tres dedos alrededor del mango, y el pulgar y el índice haciendo presión contra la horquilla. Bien fuerte, que no se mueva.

Enar se apresuró a obedecer. Puso un guijarro en la badana[2] y, sosteniendo con firmeza el tirachinas, tiró del cuero, estirando la goma.

—Llévala hasta la mejilla —le asió la muñeca, instándola a llegar hasta allí. La goma tan tirante que parecía a punto de partirse. Bajó las manos y las ancló en las caderas de Enar, sujetándola con suavidad contra su pecho—. Muy bien. Apunta —le susurró al oído, haciéndola estremecer—. ¿Te

---

2. Badana: tira de cuero en la que se coloca la munición que va a disparar el tirachinas.

he hecho cosquillas? Perdona. —Subió las manos un poco y dio un paso atrás, separándose. Enar enseñó los dientes en un acto reflejo al verse privada de su calor—. Apunta un poco más alto —continuó él, ajeno a las caóticas sensaciones que recorrían a su amiga—. Ahí lo tienes, dispara.

Enar soltó la goma y la piedra salió disparada para un segundo después estrellarse contra un pobre árbol que estaba a varios metros de las dianas.

—¡Me cago en su puta madre! —Enar tiró el tirachinas, dejando salir toda la tensión que estaba a punto de colapsarla—. ¡No pienso intentarlo más! No me gusta disparar, no me gustan los tirachinas —«no me gusta que me abraces y me hagas estremecer»— y si quiero descalabrar a alguien —«por ejemplo a ti»— prefiero hacerlo a mi manera.

Tomó una piedra de la riñonera y la lanzó, atravesando una diana por el mismo centro.

—Ves, si alguien me ataca, lo desgracio de una pedrada y listo. No necesito saber *tirachinear* —afirmó enfadada con la cabeza muy alta.

—¿*Tirachinear*? —murmuró Carlos mirando la diana. Desde luego puntería no le faltaba. Al menos a mano, con el tirachinas era otra historia.

—Ya sabes a lo que me refiero, Cagón —gruñó ella frustrada.

—No seas tan enfadona —la regañó burlón, inclinándose para rozarle la nariz con la suya.

—¡No soy enfadona! —gritó ofendida.

—Practica un rato mientras vuelo a *Nike* —la animó y le guiñó un ojo antes de dirigirse al coche.

Enar se cruzó de brazos, enojada. Al menos hasta que sintió la tranquilizadora presencia de *Séneca* junto a ella.

«Burf», ladró el perro sentándose a su lado.

—Burf —gruñó ella dejándose caer sobre la hierba con las piernas cruzadas para acto seguido acurrucarse contra su lomo mientras lo acariciaba.

Séneca era perfecto para calmar su mala leche. Lo había comprobado esos meses, cuando al quedarse sola por las mañanas había trabado sincera amistad con el san bernardo.

—Tu dueño es un idiota, un creído y un arrogante —le confesó al oído.

Séneca se mostró de acuerdo con un serio «burf».

Enar contempló embelesada al enorme pelirrojo que de pie en mitad del prado hacía girar el guante mientras el halcón volaba a cientos de metros sobre él. Era excitante verlos interactuar. De hecho, eso era lo que llevaba haciendo desde hacía un buen rato. Ella, y también los perros; pues *Bruto* y *Leo*, cansados de jugar, habían acabado por tumbarse a su lado, el mestizo de mastín pegado a sus piernas y el beagle acurrucado contra *Séneca*, guardando como siempre una prudente distancia con ella.

—¿Vamos preparando el pícnic? —Se puso en pie, había acompañado a Carlos al trabajo las veces suficientes como para saber que estaba a punto de terminar.

Buscó con la mirada un sitio donde comer la tortilla y los filetes empanados que habían hecho esa mañana. Sonrió al pensar que la cantidad de comida que había daría para un batallón. Pero se la comería toda Carlos. Era el hombre más voraz que había conocido nunca. ¡Siempre tenía hambre!

—Me encanta cuando sonríes, es la única manera de que enseñes los dientes sin gruñir —le escuchó decir a su lado.

Se giró sobresaltada, pues no lo había sentido llegar. Llevaba a *Nike* en el puño, sin la caperuza, y el halcón la observaba con curiosidad. Enar extendió una mano, deseando acariciarlo, pero se acobardó antes de rozarlo.

—Adelante, tócala —la exhortó Carlos—. Ponte frente a ella y deja que vea tu mano acercándose despacio.

—Qué tontería, ni que fuera un perro —replicó Enar con fingido desdén dando un paso atrás y guardándose las manos en los bolsillos.

No existía ningún motivo para que *Nike*, ni ya puestos ninguna de las aves de Carlos, se dejara acariciar por ella. Al contrario, atacaban a cualquiera que se les acercara. Y, la verdad, prefería no intentarlo que darle la oportunidad de que la rechazara, aunque fuera un pájaro quien lo hiciera.

—No tengas miedo. —Carlos le asió la muñeca—. No te atacará, te conoce.

—No quiero tocarla —musitó remisa, pero no le impidió que le guiara la mano hasta el halcón—. No me apetece acariciarla —mintió inquieta.

—Claro que no, pero lo vas a hacer por mí.

Enar aguantó la respiración mientras él le alzaba la mano hasta la cabeza del ave. Continuó sin respirar cuando guiada por él le rozó las suaves plumas de la espalda. Y jadeó agitada cuando él dejó de sujetarla y continuó sola, acariciando al ave sin que esta se removiera.

—La estoy tocando...

—Ya lo veo —repuso Carlos, burlón.

—Joder... La estoy tocando —repitió exaltada—. Y no quiere irse, mírala, está quieta, sin moverse. Le caigo bien —susurró reverente.

—Por supuesto que le caes bien, eres un encanto.

—Seguro —bufó Enar esbozando una sonrisa mordaz.

—Bueno, a lo mejor un encanto no, pero sí una mujer muy especial. Y toda una campeona. —Le rozó cariñoso la mejilla con la nariz.

—Y tú eres un pelota de cojones —replicó ella—. Vamos a comer o acabarás desmayándote de hambre —dijo socarrona al escuchar el rugido que salió del estómago del pelirrojo.

—No te diría que no, no he probado bocado desde el segundo desayuno —se frotó la tripa—. Voy a guardar a *Nike* y de paso traigo la cesta. ¿Te ocupas de los refrescos?

Ella asintió y él se despidió con un guiño antes de ir hacia el todoterreno seguido por *Bruto* y *Leo*, que sabían de sobra la hora que era y dónde estaba guardada la comida. Y claro, como los perros listos que eran, iban a donde fuera su proveedor de alimentos.

Enar se entretuvo contemplándolo, aunque más específicamente observó el movimiento de su prieto trasero. ¿Desde cuándo tenía un culo tan apetecible? Seguramente sería por efecto de los pantalones que vestía; unos bermudas de camuflaje que conjuntaban de maravilla con la camiseta verde musgo. Arrugó el ceño compadecida, a pesar del calor que hacía el pelirrojo siempre llevaba manga larga durante el día, pues su piel era tan blanca que se quemaba con el más ligero rayo de sol. Sí, podía darse crema, y de hecho se la daba en la cara, pero le molestaba tanto que prefería taparse a dársela en el cuerpo. En casa y por la noche usaba camisetas holgadas de manga corta y ella no había dejado de fijarse en que tenía unos brazos... bonitos. No era que se le marcaran los músculos ni nada por el estilo, pero los tenía bien formados. Duros. Potentes.

—¿Potentes? Pero qué gilipolleces estoy pensando —masculló sacudiendo la cabeza.

Séneca mostró su aprobación a tal tontería emitiendo un suave «burf».

—No hace falta que me des la razón siempre —bufó Enar, acariciándolo.

Dejó al perro en el prado para ir al río y en ese momento se le ocurrió que podía tender el mantel cerca de la orilla. Había buena sombra y el caudal de agua refrescaba el ambiente. Dio un fuerte silbido para señalar al pelirrojo el lugar en el que quería almorzar. Una vez Carlos asintió, ella juntó las piernas con fuerza y buscó nerviosa un sitio discreto. Giró despacio, atenta a cualquier indicio de que hubiera alguien cerca. No lo había. ¡Genial! Por culpa del rumor del agua le habían entrado unas ganas tremendas de hacer pis y no quería testigos. Echó a correr a saltitos hacia un grupo de árboles y se ocultó tras uno bien grueso.

Un segundo después suspiraba aliviada. Y en ese preciso momento los vio. Unos exangües ojos azules en un curtido rostro manchado de tierra y medio oculto por la hojarasca.

Carlos movió el coche, asegurándose de que se mantendría a la sombra las siguientes horas y abrió todas las puertas para que estuviera bien ventilado. Al sol el calor era infernal, pero a la sombra y con la brisa fresca que bajaba de la montaña se estaba bien; *Nike* estaría cómoda. Agarró la cesta con la comida y se dirigió al río buscando a Enar. Qué raro, hacía un minuto estaba allí. ¿Dónde se habría metido? Estrechó los ojos al verla aparecer tras un árbol con algo colgando de la mano. Por un momento le pareció que era un bebé, aunque eso era imposible. Sacudió la cabeza, no cabía duda de que el hambre le hacía ver espejismos.

La observó agacharse para dejar lo que sujetaba en el suelo y no pudo evitar fijarse, tal vez con demasiado entusiasmo, en que estaba recuperando su voluptuosa figura de reloj de arena. Había ganado un poco de peso y eso se notaba en que sus brazos y piernas ya no eran palillos raquíticos que salían de su hinchada barriga. Barriga que, al cortar el suministro de alcohol, se había deshinchado convirtiéndose en una blanda tripita. Por supuesto, también había ayudado el ajetreo de ocuparse de la propiedad cada mañana mientras él estaba fuera y el esfuerzo que dedicaba a trabajar en sus inventos reciclados.

No paraba un minuto quieta, siempre tenía una nueva idea en mente. Y algunas eran desconcertantes. Hacía poco le había preguntado si tenía camisetas que le quedaran pequeñas. Por supuesto que las tenía. Se las había dado y ella las había recortado, atado y cosido hasta convertirlas en vestidos, chalecos y faldas. Y eso estaba bien, ahorraban dinero aprovechando las prendas que a él ya no le valían, pero le resultaba inquietante verla con su ropa.

No. Eso no era cierto. No le resultaba inquietante, al contrario, le gustaba que se vistiera con su ropa. Y eso era lo desconcertante. Que le gustaba demasiado.

Esa mañana llevaba una de sus camisetas; le había recortado el cuello y las mangas, transformándola en un corto vestido de tirantes que, a pesar de ser holgado le quedaba tremendamente seductor. Había atado con una cinta en la espalda los tirantes, juntándolos para evitar que el escote se le desbocara, y cada vez que se movía la tela se mecía con sensual inocencia contra sus muslos, sus caderas, sus pechos... Y a él se le iban a caer los ojos de tanto mirarla, pensó frustrado sin apartar la vista. Era incapaz de hacerlo. Tenía unos hombros preciosos y bronceados, unas piernas esbeltas y unos brazos delicados. Le gustaba en especial la forma de sus clavículas, ese hueco que había entre ellas le cautivaba. No le importaría beber de allí.

Gimió abochornado al sentir el conocido tirón de deseo que cada vez le sobrevenía más a menudo. Era inconcebible que se *alegrara* por verla así vestida, pero así era. De hecho, le parecía la mujer más apetecible del mundo.

Suspiró turbado; toda la vida viéndola con ropa ajustada y diminuta, y ahora que llevaba prendas amplias y grandes era cuando se le iban los ojos tras ella. ¡Era de locos!

Los ladridos lastimeros de *Bruto* y *Leo* reclamando su comida le sacaron de sus pensamientos. Apresuró el paso, sus amigos estaban tan hambrientos como él.

—¿Qué narices es eso? —gimió aturdido al llegar junto a Enar y ver que tenía un cochambroso bebé de plástico sobre su regazo.

—Un muñeco —replicó ella arrancándole una pierna.

—Sí, eso ya lo veo. —Carlos arrugó la nariz disgustado por la amputación del juguete. Parecía una escena sacada de una película de terror de serie B—. ¿Por qué lo estás desmembrando? —preguntó al ver que le extirpaba también los brazos.

—He pensado en hacer algo con él. —Enar hizo fuerza para arrancarle la cabeza.

—¿El qué? Está asqueroso.

—Lo limpiaré.

—¿No te da repelús destrozarlo así?

—No. Jamás me han gustado las muñecas. De pequeña odiaba que me las regalaran, porque era un regalo perdido. Nunca he tenido ni un poquito de instinto maternal, ni siquiera de cría —masculló girando la cabeza del muñeco a un lado y otro para ver si conseguía separarla del cuerpo.

—No digas tonterías, por supuesto que tienes instinto maternal —rebatió Carlos frunciendo el ceño—. ¿No puedes dejar eso para cuando estés sola en casa? —reclamó inquieto—. Me está dando un yuyu tremendo. Me recuerda a todas esas películas de muñecos diabólicos que vuelven a la vida tras ser maltratados por sus dueños —musitó estremeciéndose.

Enar lo miró perpleja.

—¿Estás hablando en serio? —Contuvo apenas la risa.

—Por favor...

—Está bien.

Tiró la muñeca al suelo y Carlos se apresuró a guardarla en una bolsa para no tener que ver su maltratado cuerpo de brazos y piernas cercenados.

—Eres un miedica. —Lo miró asombrada.

—En absoluto —refutó él, extendiendo el mantel sobre la hierba—. Soy precavido.

Enar no pudo soportarlo más. Estalló en alborotadas carcajadas, revolcándose por los suelos. *Bruto* la acompañó para jugar mientras *Séneca* los observaba. *Leo* se mantuvo aparte, la desconfianza ganándole la partida a las ganas de jugar.

—No es gracioso —se quejó Carlos airado—. Voy al río a lavarme las manos.

—No te enfurruñes —le reclamó Enar siguiéndolo.

—No lo hago —replicó él con voz huraña sin darse la vuelta para mirarla.

Enar puso los ojos en blanco. ¡Hombres! No podía creer que se hubiera ofendido solo por haberse reído un poco de él. Bueno, tal vez había sido un poco bastante. Pero la ocasión lo requería. ¡Le daba miedo un muñeco!

—Vamos, no seas enfadica —dijo burlona.

—No lo soy. —Él no se detuvo a pesar de estar casi en la orilla.

—Sí que lo eres y no tienes razón —le regañó, comenzando a perder la paciencia—. No puedes cabrearte porque me haya reído...

—No lo hago. —Carlos se giró al fin y se quedó frente a ella—. Prefiero la venganza.

—¿La venganza?

—Ya sabes... eso que se sirve frío.

La tomó en brazos y saltó con ella a las gélidas aguas del río. Y a pesar de que solo les cubría hasta las caderas se las apañó para hundirse por completo.

—¡Joder, está helada! —aulló Enar cuando sacó la cabeza—. ¡Cabrón! ¡Se me van a congelar las ideas! —se quejó y saltó hacia la orilla.

—Ya se te descongelarán cuando salgamos —dijo él con sorna, arrojándose sobre ella para agarrarla por la cintura y volver a sumergirla.

La soltó cuando sintió sus dedos clavándosele en el trasero en un fortísimo pellizco.

—¡Salvaje! —se quejó frotándose el culo.

—No sabes cuánto —gruñó Enar enseñándole los dientes.

—Te vas a enterar —dijo con voz amenazante acercándose a ella.

Y Enar hizo lo único que podía hacer si no quería que le hiciera una nueva aguadilla: darse media vuelta y alejarse de él entre gritos y risas. Por supuesto, no se dio mucha prisa, tampoco era cuestión de ponerle las cosas difíciles.

Carlos la atrapó en cuestión de segundos, la abrazó contra él y volvió a hundirse, solo que en esta ocasión ella no se quedó quieta. Muy al contrario, enredó sus flexibles piernas en las de él, y cuando por fin salieron a tomar aire, ejecutó algo parecido a una llave de kárate que le hizo perder el equilibrio. Después saltó sobre él y le hundió la cabeza en el río. Como no se lo esperaba tragó agua. Cuando salió tosiendo, Enar ya se había alejado y se contoneaba burlona al mismo tiempo que le sacaba la lengua. Por supuesto, él no pudo hacer otra cosa que ir a por ella para enseñarle quién era el rey de las aguadillas.

Pasó un buen rato antes de que salieran del río, y solo lo hicieron porque Enar comenzó a tiritar y a Carlos se le pusieron los labios morados por culpa del frío.

Se quitaron las deportivas y se tumbaron vestidos sobre la hierba a pesar de estar empapados. Carlos por protegerse del sol mientras que Enar, aunque se sintió tentada de quedarse en bragas y sujetador, no lo hizo porque tenía los pezones duros como piedras por culpa del frío y no quería que él los viera y pensara que era por él.

Bastante frustrante era saber que no se sentía atraído por ella como para encima dejarle pensar que se sentía atraída por él. Más aún cuando no era verdad. A ella no le gustaban nada los pelirrojos paliduchos.

Centró la mirada en él. Estaba recostado al más puro estilo romano, devorando el enésimo filete de pollo empanado. Tenía el pelo aún más alborotado que de costumbre, dándole la apariencia de un granujilla travieso. Uno con un cuerpo de infarto, pensó sobresaltada al bajar la mirada y comprobar que la ropa mojada se le pegaba como una segunda piel. Bajo la empapada camiseta se perfilaban con absoluta claridad sus abdominales y, aunque no los tenía muy definidos, ahí estaban, ondulando cada vez que se movía.

Haciendo acopio de toda su fuerza de voluntad, intentó que su mirada no siguiera deslizándose por el cuerpo masculino, pero era débil y no pudo evitarlo. Los bermudas mojados se le pegaban a las piernas, y desde luego no las tenía de palillo. Al contrario, se notaba que pasaba el día de arriba abajo porque tenía los muslos y las pantorrillas trabajados. Deslizó con disimulo la vista hacia su entrepierna. Joder, estaba bien armado, tanto, que era notorio que cargaba a la derecha. Se lamió los labios al pensar que tal vez estuviera un poco más pequeño de lo normal debido al agua helada... Si era así, sería digno de verlo en plena forma. Duro y erecto, a poder ser.

Sacudió la cabeza alterada por sus alienados pensamientos. ¡Cómo se le ocurría pensar eso! ¡Joder! ¡Era su amigo, y los amigos no pensaban así de los amigos!

Se metió un enorme trozo de tortilla en la boca y puso toda su atención en masticarlo.

Carlos la observó intrigado, se había llenado la boca hasta tal punto que parecía una ardilla con toda esa comida llenándole los carrillos. Contuvo las carcajadas, trocándolas en una ancha sonrisa. A veces le daba la impresión de que con ella solo había dos opciones: discutir o reír. Y las últimas semanas ganaba con creces la segunda opción.

En los meses que llevaban viviendo juntos, Enar había cambiado su vida. Cuando llegaba a casa ya no le recibía un hogar vacío, una gata arrogante y unos perros alborotados, sino una mujer preciosa con una pícara sonrisa, un hogar

rebosante de calor, color y vida lleno de cachivaches reciclados y, por supuesto, una gata arrogante y unos perros alborotados.

No se explicaba cómo había podido vivir tanto tiempo
solo, relacionándose nada más que con sus animales, Fernando y Marcos. ¿Cómo había soportado tal aislamiento?
No conseguía recordar cómo era su vida antes, cuando Enar
no estaba en ella. ¿Qué hacía por las tardes? ¿Con quién se
reía? ¿Con quién discutía? ¿Con quién se sorprendía de las
cosas más absurdas, de las más hermosas, de las más inesperadas? ¿A quién abrazaba cuando la novela se tornaba trá-
gica o cuando el telediario daba noticias horribles?

Enar se había hecho un hueco en su vida y en su corazón
y le era imposible concebir los días sin ella. Sin sus gruñidos,
sin sus dientes asomando en las discusiones, sus pullas, sus
risas y sus contestaciones certeras. ¿Cómo era posible que
antes no se volviera loco por el silencio y la soledad que le
rodeaban?

18 de julio de 2011

Carlos reparó en que las manecillas del reloj estaban más
cerca de las doce que de las once. Ya deberían estar durmiendo. Había sido una jornada agotadora por culpa del exceso de trabajo y la del día siguiente sería todavía más complicada, pues tenía previsto comenzar el adiestramiento de
los halcones nacidos ese año.

Suspiró, Enar debería estar en su cama de dos metros por
dos metros y él en el catre que había comprado tras descubrir
que el sillón de masaje no era tan cómodo como pensaba.
Pero en lugar de estar soñando con los angelitos, ambos estaban tirados en el sofá, absortos en un infantil juego de manos
parecido al veoveo que usaba el tacto en lugar de la vista.

—No hagas trampas y cierra los ojos —le pidió a Enar al
ver que los tenía entreabiertos.

Ella bufó altiva, y a él se le escapó una risita al pensar que
tal vez *Lilith* le había dado clases de bufidos, pues cada vez lo
hacía mejor.

—No te rías tanto y empieza —gruñó ella. Cerró los ojos y colocó la mano hacia arriba y con los dedos extendidos sobre el regazo de él.

—Veo, veo… —susurró Carlos, dibujándole en la palma con las yemas.

Enar frunció el ceño, pensativa, a la vez que luchaba por no estremecerse por culpa del hormigueo que le provocaban los roces de él sobre la mano. Esa era la única regla, no podía moverse o perdería.

—¿Un vaso alto? —preguntó cuando Carlos lo delineó por tercera vez.

—Algo por el estilo, y tiene algo dentro —susurró él cambiando el dibujo.

—¿Una margarita? —musitó encogiendo los dedos de los pies, ¿cómo podía ser tan sensible a sus trazos?

—Casi.

—¿Una flor? —apretó los dientes para no gemir—. ¿Una flor en un vaso? ¿Un jarrón? ¡No tenemos jarrones! ¡No puedes haberlo visto! ¡Trampa! —protestó retirando la mano.

—Yo no he dicho que sea un jarrón, pero está muy relacionado con las flores. Piensa… Puede ser cualquier objeto que esté en el salón —comentó burlón.

Enar gruñó enfurruñada, ¡era un tramposo consumado! Miró a su alrededor buscando la respuesta. La halló sobre la mesita del centro.

—Un jarrón con una flor es un florero —protestó mirándole, la sonrisa que él esbozó le dijo sin palabras que había acertado—. ¡Los floreros de Lisa Kleypas!

Carlos asintió divertido mientras ella saltaba del sillón para bailar su particular danza de la victoria. Cuando volvió a sentarse fue su turno de poner la mano en el regazo femenino y cerrar los ojos.

—Veo, veo —susurró Enar, comenzando a dibujarle algo en la palma.

Carlos inspiró con fuerza para contener el impulso de cerrar la mano, aferrando en ella los dedos que le torturaban tan placenteramente.

—Un sombrero —gimió más que susurró.

—No.

Resopló e intentó prestar atención al dibujo que ella hacía, a pesar de lo difícil que le resultaba concentrarse con esos largos y delgados dedos moviéndose con sinuosa lentitud sobre su piel.

—Sí es un sombrero —rebatió con seguridad. Sentía con claridad cada roce, cada línea trazada. Y era un jodido sombrero lo que estaba a punto de hacerle ronronear de placer.

—No. No lo es. Es una serpiente comiéndose un elefante —replicó ella con sorna.

Carlos la miró aturdido antes de comprender que lo que ella *veía* era el último libro que le había aconsejado leer.

—*El principito* —murmuró frotando la nariz contra su coronilla.

—¡Sí! Me debes una, si no te doy la pista no lo hubieras averiguado nunca —le advirtió jovial—. Así que ya puedes buscar algo facilito.

Posó la mano en su regazo y esperó con los ojos cerrados a que dibujara sobre su piel.

¡Conque algo facilito…! Carlos sonrió ladino y comenzó a transitar sobre su palma con ligeros roces, sintiendo bajo las yemas los escalofríos que la recorrían.

—Eso no es nada, solo líneas rectas —gruñó temblorosa segundos después.

—Claro que es algo, inténtalo otra vez —replicó él trazando, en efecto, líneas rectas.

Enar aguantó casi un minuto antes de cerrar la mano por culpa del cosquilleo que él le provocaba.

—Era la mesa —musitó divertido señalando dicho mueble—. Cosquillosa…

—Lo has hecho aposta, tramposo —replicó ella, pellizcándole en el muslo desnudo, pues llevaba pantalones cortos.

Carlos se defendió como pudo, pero como no era capaz de dejar de reír, el ataque se recrudeció y duró varios minutos, hasta que Enar se dio por satisfecha al ver su piel enrojecida. Se quedaron en silencio, las manos entrelazadas y la cabeza de ella sobre el hombro de él. Disfrutando de la tranquilidad de la noche.

—He estado esta mañana con Fernando —murmuró Carlos.

—¿Como siempre, no? —replicó divertida. El pelirrojo siempre desayunaba dos veces, una con ella, en casa al despertarse, y la otra con Fernando cuando iba a trabajar.

—Me ha preguntado por ti, tal vez te apetecería desayunar con nosotros algún día.

—No —se apresuró a responder Enar apartándose de él—. No pienso volver allí en lo que me resta de vida —dijo con rotundidad.

Ahora que ya no bebía y que Eduardo y sus puñeteras sesiones la habían obligado a enfrentarse a sí misma y reconocer quién era realmente, veía claro la mujer tan horrible que había sido. Que tal vez aún era. Se había portado mal con todas las personas que conocía… y también con muchas a las que no conocía. Había hecho sufrir a quien más quería y había sido tan egoísta que se odiaba al verse reflejada en el espejo. No se sentía con fuerzas ni ganas de socializar con nadie, mucho menos en un bar.

Aún estaba al borde del precipicio, tentada de saltar al abismo si recibía el empujón adecuado, que probablemente vendría de sus propias manos. No era tan valiente como para salir de la finca, de hecho, si por ella fuera no saldría nunca. Allí era feliz, con Carlos, *Bruto*, *Séneca* y *Lilith*. También con *Malasombra*.

—Está bien —aceptó Carlos al ver que Enar no decía nada más—. Solo lo decía para que salieras, llevas meses encerrada aquí.

—Eso no es cierto, vamos todos los sábados al río.

Carlos asintió, no le faltaba razón. Pero era el único sitio al que ella consentía en ir y solo porque sabía que jamás se encontrarían con nadie. La abrazó, frotando la nariz contra su mejilla en un cariñoso beso sin labios. La conocía y sabía lo que pensaba y sentía. Podía fingir ser dura e inconmovible, pero en realidad se sentía insegura y vulnerable.

Había hablado con Eduardo días atrás, mientras ella estaba en su terapia semanal, y este le había dicho que el siguiente paso era enfrentarse al mundo, pero con cuidado. Debía elegir bien las personas con las que se vería, pues de ellas podía depender el éxito de la recuperación. No era difícil sufrir recaídas si salía con quienes repetían las conductas que la habían llevado a la adicción. Más ahora, que ella había cambiado la falsa seguridad del alcohol por la aparente seguridad que le daba estar aislada del mundo.

Carlos estaba de acuerdo con él, nada le asustaba más que pensar en Enar moviéndose a su libre albedrío por la aldea. Y no era que no se fiara de los aldeanos, al contrario, eran gente mayor que iba a su aire y no metía —demasiado— las narices en la vida de los demás. Tampoco le preocupaban las familias que a finales de junio se habían trasladado allí para pasar el verano con los abuelos. Eran molestas, ruidosas y acaparaban todo el pueblo, pero no eran peligrosas. De quienes desconfiaba era de los urbanitas descerebrados con ganas de pasárselo bien que invadían la sierra durante sus vacaciones y para los que diversión era sinónimo de emborracharse cada noche. Fernando ya había tenido algún que otro altercado con ellos en lo que iba de verano.

Nada sería más peligroso para Enar que encontrarse con ellos y ser tentada por la peligrosa normalización del alcohol que la permisiva sociedad aceptaba. Pero eso no significaba que Enar tuviera que pasar el resto de su vida allí encerrada, sin relacionarse con otras personas por miedo a caer en antiguos patrones de conducta. Al contrario, tenía que salir, volver a relacionarse con la gente y enfrentarse a sus miedos. Comprobar que podía resistirse al alcohol aunque lo tuviera a su alcance y la llamara con cantos de sirena.

La abrazó con más fuerza. Nada le asustaba más que regresar del trabajo y encontrar la casa vacía y a Enar desaparecida porque había encontrado nuevos amigos más permisivos con sus gustos y deseos.

—¡Ay! No aprietes tanto, me estás dejando planchada —se quejó la joven. Él se apresuró a soltarla y ella tomó su mano y la colocó palma arriba sobre su muslo para después dibujar algo en ella—. Veo, veo —dijo con una sonrisa de medio lado y mirada fiera, decidida a ganar.

Carlos la observó cautivado. La determinación brillaba en sus ojos, no se dejaría vencer. Ni en ese juego ni en la vida. Era mucho más fuerte de lo que incluso ella misma pensaba. Y él no tenía derecho a despreciar su fuerza y voluntad dudando de ella.

9

12 de agosto de 2011

—*L*a hembra del amo se acerca —advirtió *Hécate* a sus hermanas y hermanos desde su privilegiado puesto junto a la puerta de la halconera.

Se irguió orgullosa en la percha y con la regia actitud de quien se sabe la preferida del amo y, por ende, reina de las aves, se giró de espaldas a la puerta, mostrando las espléndidas plumas de su cola, cuyo color daba nombre a su especie: ratonera de cola roja.

—No te esfuerces tanto, serás la última en comer, como siempre —señaló mordaz el águila harris que ocupaba la última percha del recinto.

—Necia. Te crees alguien porque te alimenta la primera, pero solo eres un águila atada al suelo que jamás podrá volar—replicó altiva *Hécate*, emitiendo un amenazante chillido.

—¿Quién quiere volar a las órdenes de un humano? —*Malasombra*, su orgullo herido, se revolvió en su percha.

—Estúpida jovenzuela, qué sabrás tú de la intimidad que se crea entre un águila y su amo. Nunca saborearás el placer de sentir el viento azotándote las alas mientras tu humano te admira desde el suelo. No es él quien te obliga a tornar a su puño, él no posee alas para atraparte. Vuelves porque lo deseas, porque es lo que corresponde.

—Yo jamás desearé volver al puño de tu humano —replicó despectiva *Malasombra*.

—Entonces pasarás lo que te resta de vida atada a la percha —sentenció *Hécate*—. Él jamás te permitirá volar si piensa que no vas a regresar.

—No quiero saber nada de él, no me gusta —aceptó *Malasombra* con arrogancia.

—Pero su humana sí —intervino en ese momento *Nike*—. Haz que se fije en ti.

—Eso no será necesario, ya soy su favorita. —*Malasombra* miró altiva al resto de aves. Ninguna dudó de su afirmación—. Pero a pesar de eso no se acerca a mí… —gañó abatida—. Él se lo ha prohibido. Le aborrezco.

—No le eches al amo la culpa que solo tú tienes —la reprendió *Hécate*—. Te has ganado su desconfianza cada vez que has intentado atacarlo. Ahora solo protege a su humana.

—Dale a entender que te gusta su hembra —propuso de repente *Nike*.

Malasombra observó perpleja al pequeño halcón; para tener un cerebro tan minúsculo había tenido una gran idea.

Pensaría en ello más adelante, cuando no tuviera nada interesante que hacer. Ahora era el momento de la visita de la humana y no quería perderse ni un instante de esta. Irguió la cabeza y observó interesada a la diminuta hembra que entraba en la halconera. Como siempre, ignoró al resto de rapaces y se dirigió directa hacia ella mientras emitía extraños ruidos con la boca. Sonidos que a *Malasombra*, no sabía por qué, le parecían arrullos.

—¿Cómo está el águila más traviesa y malvada del mundo mundial? —Nada más entrar Enar lanzó varios besos al aire en dirección a *Malasombra*—. ¿Has sido mala, malísima? Seguro que sí. Yo también —confesó con una sonrisa tan ladina como peligrosa—. He terminado el perchero nuevo, estoy deseando que Carlos lo vea, le va a encantar.

Había pasado un mes trabajando en su creación, pero solo cuando él no estaba en casa para que no pudiera ver lo que estaba haciendo y así sorprenderlo. Eso había ralentizado el proceso, pero por fin había terminado. De hecho, acababa de colgarlo en la pared de la leonera, sobre la bicicleta estática que utilizaba como perchero, a ver si captaba la indirecta. Se mordió los labios, le daban ganas de estallar en carcajadas solo de pensar en su más que posible reacción...

Sacudió la cabeza para centrarse. Se había entretenido preparando la sorpresa y se le había echado el tiempo encima. Eran casi las once y ya hacía un calor sofocante, fue a por la manguera; antes de alimentarlas regaría el suelo de tierra para refrescar el ambiente.

Carlos aparcó frente a la propiedad y nada más abrir la cancela *Bruto* y *Leo* saltaron sobre él, ansiosos por jugar.

—¿No está Enar con vosotros? —Era extraño que no estuvieran en el patio con ella.

Dirigió la vista al rinconcito que ella había creado y frunció el ceño al no verla. Enar se había acostumbrado a estar allí a esa hora, esperándolo para almorzar mientras trabajaba en sus creaciones. Pero esa mañana no estaba allí para deslumbrarlo con su traviesa sonrisa mientras le enseñaba su nuevo invento. Sintió una punzada de pesar al pensar que por primera vez en muchos días no se sentaría a su lado y le robaría un trago de agua helada mientras ella le enseñaba sus pequeños dientes en un impostado gruñido.

Lanzó el palo que *Bruto* tenía entre sus fauces y la buscó con la mirada. La encontró en la halconera, manguera en mano.

—Qué pronto has vuelto, ¿has conseguido el contrato? —le preguntó ella yendo hacia él nada más verlo.

—Estaba bastante complicado, ya te lo conté. Mi rival era una empresa con unos precios muy bajos, no podía competir en ese aspecto. —Carlos abrió los brazos para recibirla.

Se dejó abrazar y la abrazó a su vez, frotando la mejilla contra su melena, que por obra y gracia del tinte y las tijeras, ya no era bicolor, sino negra y larga hasta los hombros.

—Pero el dinero no es lo más importante y tú tienes unas referencias buenísimas, mucha experiencia y eres el mejor en tu trabajo —dijo indignada por la injusticia cometida. El pelirrojo era el mejor hombre, el mejor cetrero y el mejor amigo del mundo mundial.

Carlos la observó embelesado, era extrañamente grato verse reflejado en sus ojos. Posó las manos en la curva de su espalda y sus dedos encajaron a la perfección en ella, como si estuvieran hechos para atraparla y acercarla a él.

—Ya, pero...

—Pues son unos jodidos idiotas por no contratarte —le interrumpió Enar. Pasó las manos por la nuca de él para acariciarle el alborotado pelo rojo—. Unos completos gilipollas. ¿Acaso no saben que lo barato se acaba pagando caro? ¡Esnobs asquerosos! ¡Ellos se lo pierden! —Frotó su nariz con la de él. ¡Como se topara con esos imbéciles les iba a poner los puntos sobre las íes! ¡Y un par de ojos morados también!—. No te preocupes, no nos hace falta ese trabajo —dijo, decidida a animarlo como él hacía siempre con ella.

—No vamos lo que se dice sobrados de dinero —apuntó divertido por su vehemencia.

—Tampoco pasamos penurias. Ya te saldrá otra cosa...

—Espero que no: no voy a tener tiempo de atenderlo todo —comentó como si tal cosa. Enar lo miró confundida—. Empiezo a trabajar el lunes —le dijo, apretándola contra él.

Enar abrió los ojos como platos al comprender el significado de sus palabras.

—¡Te han contratado! —exclamó entusiasmada colgándose de su cuello.

Carlos asintió y giró eufórico, llevándola con él en sus vertiginosas vueltas.

Enar, contagiada por su alegría, le rodeó las caderas con las piernas para luego soltarse del cuello y extender los brazos en cruz, riendo arrebatada mientras él giraba sin parar. *Leo* y *Bruto*, por supuesto, se unieron a ellos, saltando a su alrededor hasta que Carlos tropezó con los dos y acabó rodando por el suelo con Enar todavía en brazos.

—¡Eres un cabronazo! —gritó ella—. ¡Me has engañado por completo! Creí que no lo habías conseguido.

Se sentó a horcajadas sobre él para hacerle cosquillas y darle algún pellizco que otro. Carlos se revolvió entre carcajadas hasta que un fuerte e indignado pellizco le hizo aullar, momento este en el que giró sobre sí de manera que Enar acabó de espaldas en el suelo con él entre sus piernas.

—¿Y ahora qué? —la retó. Puso una mano en su cintura, preparándose para hacerle cosquillas a diestro y siniestro—. ¿Ahora quién le va a hacer cosquillas a quién?

Enar intentó saltar al sentir el primer roce en los costados, pero le fue imposible ya que él estaba sobre ella y la doblaba en tamaño, así que lo que hizo fue alzar con fuerza las caderas, intentando sacárselo de encima.

Y contra todo pronóstico, lo consiguió.

En cuanto Carlos sintió presión contra cierta parte de su anatomía que en los últimos tiempos pensaba y actuaba por libre, se apartó de un salto. No le hacía ninguna gracia que supiera lo mucho que le afectaba su contacto. Si ya era complicado bregar con ella cuando se ponía *inocentemente juguetona*, no quería ni pensar en lo difícil y embarazoso que sería si descubría lo atraído que se sentía por ella.

—Está bien, tú ganas —soltó y se levantó, tendiéndole la mano para incorporarla.

La joven aceptó su ayuda, y en cuanto la puso en pie, el pelirrojo enfiló hacia la casa tan rápido como si tuviera petardos en el culo.

Enar parpadeó sorprendida, ¿por qué se había apartado como si quemara? ¿Todavía pensaba que intentaba utilizar el sexo para engatusarlo? Lo siguió con la mirada, tenía los hombros caídos y la cabeza gacha. ¡Joder! ¡Sí que seguía pensándolo!

—¡Esto es increíble! —jadeó turbada—. ¡Pero si hace siglos que no intento liarle! ¡No es justo!

Se cruzó de brazos enfadada, pero luego recordó la sorpresa que le tenía preparada y olvidándose de todo echó a correr tras él. ¡No pensaba perderse su cara cuando la viera!

Nada más entrar en la casa Carlos se dirigió al baño, necesitaba darse una ducha que le refrescara, y sobre todo, que le atemperara la tremenda erección que se marcaba sin disimulo bajo sus pantalones. Cuando largos minutos después salió del aseo con el pelo mojado y desnudo a excepción de la toalla que le envolvía las caderas se encontró con Enar esperándolo frente a la puerta.

—¿Pasa algo? —le preguntó sintiendo arder sus mejillas por la vergüenza. ¿Había tardado demasiado en ducharse? ¿Intuiría ella que se había hecho un *trabajo manual* bajo el agua?

—Ah... No. Solo estaba... Ah... de camino a la cocina a por... una jarra de agua con hielo —dijo ella paralizada en el pasillo, sin hacer intención de ir a ninguna parte.

—Estupendo. —Carlos la observó desconcertado. ¿Por qué estaba sonrojada? Miró raudo hacia abajo, temiendo que la toalla estuviera descolocada o, peor aún, que su pene se hubiera rebelado y estuviera de nuevo erecto a pesar de la reciente descarga. Pero no. Todo estaba en su sitio. Entonces, ¿por qué se comportaba de una manera tan rara?

Enar tragó saliva varias veces, consciente de que se estaba comportando como una tonta ahí parada, pero era incapaz de dejar de contemplarlo y ponerse en marcha.

—¿Estás bien? —le preguntó Carlos, comenzando a preocuparse.

—Ah... sí. Claro. De maravilla —gimió ella con la boca seca. Haciendo un esfuerzo sobrehumano apartó la mirada de la nívea piel de él y enfiló hacia la cocina.

Carlos la observó intrigado, pero como todo parecía haber vuelto a la normalidad se encogió de hombros y entró en la leonera. Se deshizo de la toalla y se dirigió a la bicicleta que usaba de perchero. Se detuvo y observó con suspicacia la sábana que tapaba algo que estaba anclado en la pared. Sonrió entusiasmado, seguro que era otro de los regalos sorpresa de Enar. Miró con cariño el estupendo organizador de tirachinas que le había hecho un par de semanas atrás. Por lo visto había ideado otro de sus inventos para él, un perchero según parecía. Y lo cierto era que le venía de perlas. Feliz cual perdiz retiró la sábana de un tirón.

Dio un salto y trastabilló hasta chocar y luego caer en su diminuta cama.

—¡Joder! —jadeó casi sin aire.

Colgado de la pared estaba el perchero más macabro que

había visto nunca. Era un tablón de madera, pulido y barnizado, en el que Enar había encajado los brazos, las piernas y la cabeza del muñeco que se había encontrado en el río. Era como si las extremidades y la testa se estuvieran hundiendo en la madera. Era inquietantemente aterrador.

Tumbado sobre la cama y con los ojos cerrados se llevó las manos al pecho para calmar los acelerados latidos de su corazón. ¡Por poco no le había explotado del susto!

Enar, parada en la puerta de la leonera, lo observó sin aire en los pulmones para reírse. La broma no había resultado como ella pensaba. Sí, él se había asustado, de hecho se había caído sobre la cama. Pero se suponía que iba a estar vestido, no desnudo. Era algo que no se había parado a pensar mientras abría con sigilo la puerta. Y luego, al verlo se había quedado, además de sin el aire necesario para respirar, sin todo pensamiento racional que pudiera albergar su cabeza.

Tenía un culo impresionante. Bien formado y blanco como la leche, sin granos ni pelos que pudieran estropearlo; solo nívea piel y duro músculo. Había estado a punto de gemir de las ganas que le habían entrado de darle un buen lametazo… y tal vez algún mordisco. Y luego él se había caído en la cama, dejándole ver su cuerpo completamente desnudo, sin toallas ni pantalones cortos que ocultaran su paquete. Y joder, era un paquete imponente.

Sacudió la cabeza. Sabía que él tenía el vello del cuerpo tan pelirrojo como el de la cabeza. Pasaba horas observándolo sin que él se diera cuenta, conocía cada peca de sus brazos y su rostro y cada vello travieso que jugaba con sus sonrojadas tetillas. Más de una noche de agobiante calor, cuando él se sentaba a ver la telenovela vestido solo con los pantalones cortos, se había quedado mirando atontada la línea rojiza que le dividía en dos el vientre y desaparecía bajo la cinturilla de los pantalones. Pero nada de eso la había preparado para el brillante naranja que cubría sus ingles y acunaba su pene. Un pene, grueso aun en reposo, que era apenas un tono más oscuro que el resto de su piel, de un exquisito blanco marmóreo. Se lamió los labios, nada le apetecía más que lamer ese cuerpo de alabastro.

—¡Enar! Te voy a matar —gritó él de repente sacándola de su ensueño erótico.

Buscó sus ojos, temerosa de haber sido descubierta y respiró aliviada al ver que él se había sentado en la cama, de espaldas a ella, con la vista fija en el perchero.

Dio un paso atrás y se escabulló hacia la cocina.

—¡Enar! Ya puedes correr porque cuando te pille te vas a enterar... —escuchó su amenaza en el mismo momento que abrió la nevera para tomar una botella de agua.

Salió de detrás de la puerta y se lo encontró de cara, vestido solo con los vaqueros.

—¿Te gusta tu regalo? —le preguntó esbozando una maléfica sonrisa.

—Oh, sí... Me ha encantado —susurró acercándose amenazante a ella.

Enar no lo dudó un instante, echó a correr como alma que llevaba el diablo.

Él la siguió, atrapándola poco después. Se la echó al hombro, la llevó hasta el patio trasero y la soltó arrinconándola contra la pared.

Enar gimió al intuir sus intenciones.

—Ni se te ocurra... Te lo advierto, Carlos. No te atrevas a...

Él se atrevió. Tomó la manguera con la que regaba el patio y le dio agua. Un agua tan helada como el mismísimo polo norte.

—¡Cabrón! —jadeó intentando apartarse de la trayectoria del chorro sin conseguirlo, ya que él utilizaba su cuerpo como barrera para impedirle salir del pequeño patio—. Esta me la pagas —gruñó saltando hacia él.

Se colgó de sus anchos hombros como una lapa y comenzó a hacerle cosquillas mientras él intentaba quitársela de encima. Como no podía ser de otro modo, acabaron por segunda vez en el suelo, faltos de aire por culpa de la risa.

—Voy a tener que ducharme otra vez por tu culpa —protestó Carlos rato después.

—Si quieres te acompaño y te enjabono —se ofreció ella burlona.

—Adelante, tú también estás llena de tierra —replicó él esbozando una ladina sonrisa.

Enar se miró, los ojos abiertos como platos. Parecía que se hubiera revolcado en un charco de barro... que era más o menos lo que había hecho. Se levantó de un salto y entró corriendo en la casa.

—¡Me pido *prímer* para la ducha! —gritó entrando en el baño.

Carlos, molesto por el barro que se colaba en sus pantalones, se desnudó, abrió la manguera y se lavó. Cuando Enar salió él estaba esperándola sentado a la mesa del manzano, vestido con una camiseta de manga larga y unos vaqueros cortados a mitad de la pantorrilla.

—He preparado un aperitivo —dijo, señalando con la cabeza las barras de pan rellenas de atún con pimientos y queso brie. Una y media era para él, pues llegaría muy tarde a comer, y la otra media para Enar, quien comía cual pajarillo, al menos para el estándar de Carlos.

—Genial, voy a alimentar a los pájaros y vuelvo en un momento.

Él la miró extrañado, normalmente daba de comer a los animales mucho antes, mientras él estaba trabajando. Sonrió, intuyendo que se habría entretenido con su sorpresa.

—No les pasará nada por comer un poco más tarde, y yo tengo que irme pronto. Siéntate conmigo un rato —insistió, le apetecía tenerla solo para él durante unos minutos.

Enar arrugó el ceño, pensativa.

—Doy de comer con rapidez a las águilas y los halcones y dejo los barracones para después —dijo antes de darse la vuelta y echar a correr.

Carlos bufó, pero no se quejó, era loable que no quisiera dejar de lado sus quehaceres por un rato de asueto a su lado. Dio un par de mordiscos al bocadillo y la siguió. Lo cierto era que no le venía mal que se empeñara en darles de comer. Hacía un tiempo que había visto algo que le interesaba bastante comprobar. De hecho, llevaba los dos últimos fines de semana examinándola mientras interactuaba con las rapaces. Con una en especial.

La observó entrar en la halconera. No fue el único. *Malasombra*, erguida en su percha, vigilaba con atención sus movimientos mientras ella le explicaba el motivo de su tardanza.

—Pensarás que estoy loca —dijo Enar, girándose para quedar de cara a él—, pero a veces me da la impresión de que *Malasombra* entiende lo que digo. No las palabras, pero sí el tono... No sé. Sé que suena raro, pero me gusta pensar que me tiene cierto afecto —reconoció encogiéndose de hombros.

—No es raro en absoluto, a mí también me gusta que me quieran —replicó él besándole la frente—. Además, estoy de acuerdo contigo. Parece que tengáis una conexión especial.

Enar sonrió y se dirigió al final de la hilera de perchas para alimentar primero a *Malasombra*, como hacía siempre. Sacó un pollito de la bolsa y en el momento en el que iba a lanzárselo, Carlos le sujetó la muñeca impidiéndoselo.

—Espera. No le des de comer todavía, espera a que regrese —le ordenó con voz grave antes de salir presuroso. Ese era el momento apropiado para probar su teoría pues las rapaces, acostumbradas a comer antes, estarían hambrientas, lo cual convenía a sus planes.

Cuando volvió minutos después sujetaba un guante de cetrero, que le puso a Enar.

—Es muy grande para ti —masculló molesto—, pero para lo que vas a hacer hoy te sirve. Mañana te compraré uno de tu talla.

Enar lo miró pasmada. ¿Qué narices estaba diciendo? Abrió la boca para pedirle que se explicara, pero volvió a cerrarla aturullada cuando él le puso un pollito en el guante.

—Ve hasta la percha de *Malasombra*, acércate muy despacio y dáselo. Pero no lo sueltes, agárralo con fuerza y que lo vaya desgarrando de tu mano.

Enar lo miró con los ojos abiertos como platos. ¿A qué venía eso?

—Me atacará —dijo renuente.

—Lo dudo. Hazlo —ordenó él con una voz que no admitía réplica—. No dejes que vea que te da miedo. El antebrazo recto y la muñeca firme, y recuerda que eres tú quien manda.

Enar lo miró como si estuviera loco, pero obedeció. Se acercó muy despacio al águila y extendió el brazo renuente.

Malasombra no la atacó. Abrió las alas y el pico, sí, pero no se lanzó contra ella ni le tiró ningún picotazo. Permaneció con las alas abiertas unos segundos, luego las cerró y, fijando en Enar sus penetrantes ojos castaños, estiró la cabeza, atrapó el pollito que sostenía en su mano enguantada y dio un fuerte tirón desgarrándolo.

—Muy bien. No tiembles, la mano firme —susurró Carlos tras ella, pero sin acercarse.

Enar asintió y esperó impresionada mientras el águila comía de su mano, deteniéndose a cada picotazo para observarla con lo que la mujer esperaba fuera cierto respeto, incluso tal vez cariño.

—Joder —susurró conmovida cuando *Malasombra* terminó—. No me ha atacado.

—Ni lo hará. Te ha elegido —afirmó Carlos con voz seria—. Descansa bien esta noche, será la última que duermas en varios días.

Enar lo miró perpleja. No podía ser posible. Solo había un motivo para no dormir, y era que tuviera que desvelar al pájaro para amansarlo.

—Mañana empezarás a adiestrarla —dijo él a modo de explicación.

—¿Cómo que voy a adiestrarla? —jadeó ella—. No voy a poder hacerlo. Ya sabes lo inútil que soy, no seré capaz...

—Por supuesto que lo serás —replicó él cortante, tapándole los labios con un dedo—. Y que sea la última vez que te escucho decir que eres una inútil; no te lo consiento —sentenció.

—Está bien... ¡pero no tengo ni idea de cómo hacer lo que quieres! —gimió asustada.

—Llevas todo el mes viendo cómo las adiestro, claro que sabes cómo hacerlo. De todas maneras estaré contigo y te iré guiando, no te preocupes.

—¡Que no me preocupe! ¿Cómo puedes decir eso? No he hecho nada bien en toda mi vida, lo sabes. ¡Todo lo estropeo! No pienso ser la responsable de entrenar a *Malasombra*, seguro que la echo a perder...

—Basta —la silenció Carlos—. Lo harás estupendamente.

—No quiero responsabilidades —jadeó Enar asustada.

—Pues tienes unas cuantas. —Esbozó una cálida sonrisa que tuvo el poder de tranquilizarla—. Eres la cuidadora de las aves y la encargada de las mudas. ¿Acaso lo has olvidado?

—Joder, tal y como lo dices suena como si hiciera algo importante, pero no es así, solo les doy de comer, las limpio un poco y me ocupo de...

—De todo. Te ocupas de todo. Y sí es muy importante. De ti depende que estén sanas. Y gracias a lo bien que desempeñas tu trabajo, yo he podido buscar otro cliente.

Enar abrió la boca para protestar, pero él volvió a silenciarla acariciándole con un dedo los labios.

—Por culpa de la entrevista no he podido ir a los laboratorios, así que me toca ir ahora —le explicó abrazándola—. ¿Te apetece acompañarme? —Enar negó con la cabeza—. Te estás convirtiendo en una ermitaña —protestó preocupado por su autoimpuesto retiro.

—Estaré bien. —Frotó la nariz contra el cuello de él—. Te veo en unas horas... y prometo desmontar el perchero y ponerlo en el palomar para que no lo veas muy a menudo.

—No, déjalo donde está, me hace falta y una vez te acostumbras a verlo es... —se calló sin saber cómo describirlo—. No es molesto —decidió—. Además, pienso taparlo con la ropa.

Envolvió el bocadillo para comérselo más tarde, metió en las cajas del coche a *Arquímedes* y *Hécate* y regresó con la mujer que lo observaba en la cancela.

—Volveré en dos o tres horas. Pórtate bien —susurró. Pasó las manos por la cintura femenina a la vez que le daba sendos besos en las mejillas. Cerró los ojos cuando ella, poniéndose de puntillas, le rodeó el cuello con los brazos y frotó la nariz contra la de él.

—Ni lo sueñes —replicó Enar, separándose remisa de él.

Lo observó montarse en el coche y esperó junto a la puerta hasta que giró la esquina, desapareciendo de su vista. Y luego, sin poder contenerse, comenzó a saltar frenética.

—¡*Séneca, Bruto*! ¡Voy a volar a *Malasombra*! —chilló eufórica utilizando todo el aire de sus pulmones.

Los perros acudieron presurosos a su lado y ella se tiró al suelo para abrazarlos. Incluso intentó abrazar a *Leo*, aunque este escapó asustado antes de que pudiera atraparlo. A quien sí consiguió atrapar fue a *Lilith*, cuando esta, superada por su curiosidad, abandonó el tejado de los barracones para ver qué ocurría.

—No te lo vas a creer. —La tomó en brazos y comenzó a bailar un vals con ella mientras *Bruto* ladraba y saltaba a su alrededor—. Carlos confía en mí lo suficiente como para dejarme adiestrar a *Malasombra* —dijo frotando su cabeza contra la del felino.

Lilith estuvo tentada de lanzarle un bufido para recordarle que le debía un respeto, pero al verla tan feliz se lo pensó mejor y se dejó manosear, con gran gusto, por cierto.

—¿Estás ronroneando? —susurró Enar asombrada al sentir la vibración en el pecho del animal. *Lilith* la miró desdeñosa—. Ah, no. Ahora no te hagas la diva. Estás ronroneando, tienes la moto puesta, lo siento en los dedos además de oírlo —se burló sin dejar de acariciarla.

Disfrutó de la gata hasta que esta se cansó de tanto mimo y, tras lanzarle una tarascada, saltó de sus brazos. Así que Enar aceptó la petición ladrada de *Bruto*, quien se puso de patas dispuesto a bailar, algo que, por supuesto, hicieron. Por último, volvió a tirarse al suelo y besuqueó a *Séneca* hasta que este emitió un taxativo «burf» que, no supo bien por qué, le hizo recordar que los pájaros estaban sin comer.

—¡Ay, mierda, me olvidé! —gimió echando a correr.

Atendió a todas las aves y, cuando acabó, pasó un rato con *Malasombra*. Le contó todo lo que harían juntas cuando se dejara amansar y confiara en ella; y, por extraño que pareciera, el águila no apartó sus penetrantes ojos de la mujer mientras esta desgranaba sus sueños.

Enar habló sin parar, hasta que su estómago le recordó que hacía ya bastante rato que debería haber comido. Se levantó con un suspiro y salió. No le apetecía nada comer sola. Cuando Carlos no estaba la comida no tenía el mismo sabor, aparte de ser muy aburrida. Recordó el bocadillo que él le había hecho y que estaba olvidado en la mesa y decidió que sería su comida, así no perdería el tiempo cocinando. Lo devoró con rapidez y fue al palomar en busca de material para su último invento. Rebuscando entre los cachivaches que allí había se encontró con algo inesperado: una pelota. Estaba medio desinflada y bastante sucia, pero aun así sería un buen juguete. La lavó con la manguera mientras *Bruto* ladraba impaciente, hasta que harto de esperar se la arrebató de un salto. Luego fue ella quien se la quitó a él y *Leo*, viendo lo bien que se lo estaba pasando su hermano, acudió raudo junto a él, eso sí, sin acercarse demasiado a la mujer. Pasaron un buen rato jugando, hasta que Enar lanzó el balón con demasiada fuerza y lo sacó de la propiedad.

—Que puta mala suerte, joder —siseó al ver que caía junto al coche de los vecinos, que en ese momento estaban aparcando al otro lado de la calle.

Armada con su sonrisa más fiera y amenazante cruzó la carretera para recuperar lo que era suyo. Los vecinos, tal y como siempre hacían, la miraron altaneros.

Podía decirse que la animadversión era mutua.

—Buenos días —saludó él desdeñoso—. Espero que tengas cuidado con los balones, no quiero venir un viernes y encontrarme las ventanas rotas.

Enar esbozó una maliciosa sonrisa.

—Gracias por la idea, no se me había ocurrido, pero ahora que lo comentas afinaré mi puntería —dijo maliciosa, tomando el balón.

En el momento en que lo recuperó, *Bruto* y *Leo* comenzaron a ladrar histéricos para que lo lanzara y seguir el juego.

—¡A callar! —gritó la vecina con su aguda voz de pito a la vez que alzaba las manos haciendo aspavientos.

En una de ellas sujetaba el bolso.

Tal vez fue eso lo que tanto asustó a *Leo*. Quizá el pobre animal pensó que se lo iba a lanzar cual piedra, y recordando su horrible experiencia, lanzó un sobrecogedor gañido y escapó a toda velocidad por la cancela que se había quedado abierta.

—¡No! —Enar lo vio desaparecer carretera abajo como alma que persigue el diablo—. Si le pasa algo estás muerta, puta —amenazó a la mujer antes de correr hacia la casa.

Entró como una exhalación, tomó las llaves y volvió a salir tan rápido como había entrado. Impidió que *Bruto* la siguiera, manteniéndolo tras la verja. Bastante tenía con la fuga del beagle como para recorrer la montaña intentando sujetar al mastín tan alterado como estaba. Era capaz de perderlo también a él.

Enfiló la carretera en la misma dirección que *Leo*, pero en cuanto tomó la curva y vio la aldea en todo su esplendor se detuvo. Estaba llena de gente. Era viernes 15 de julio y, por lo que parecía, medio Madrid acababa de llegar. Había coches aparcados en todas partes, aceras incluidas; gente sacando maletas, niños llamando a sus amigos de casa en casa... Joder. Eran casi las cuatro de la tarde, ¿no deberían estar comiendo o echándose la siesta? Sacudió la cabeza, *Leo* no se acercaría a la aldea con esa marabunta de humanos pululando por allí. Le aterraban las personas. Todas, excepto Carlos, quien se llevaría un gran disgusto si no lo encontraba. Arrugó el ceño, pensativa y salió de la carretera para adentrarse en el monte.

El pelirrojo sacaba a los perros cada noche para dar largos paseos con ellos. Enar acostumbraba a acompañarlos, por lo que conocía un poco la zona, y lo que era más importante, sabía por dónde solían ir. Se dirigió al norte, evitando los prados que tanto gustaban a los domingueros para adentrarse en un viejo bosque de robles. Caminó por las sendas que cada noche recorría, todos sus sentidos en alerta mientras buscaba alguna pista que le hiciera dar con el perro. Y, de pronto, lo oyó. Un aullido aterrorizado idéntico a los que *Leo* soltaba cuando estaba asustado.

Echó a correr hacia el sonido y este volvió a repetirse, solo que más intenso. Un escalofriante gañido provocado por el terror más absoluto. Enar se sobresaltó por el terrible lamento. Incluso el beagle tenía un límite a la hora de llorar asustado, y lo que estaba oyendo lo sobrepasaba, llegando a cotas imposibles.

Algo grave tenía que estar sucediéndole para que aullara así.

Aumentó la rapidez de su carrera, hasta que los pulmones parecieron estallarle en el pecho, y solo se detuvo al escuchar una siniestra risa unida al lamento del perro. Una risa que conocía y que jamás olvidaría. Se escondió aterrorizada, deseando que su cabeza le estuviera jugando una mala pasada y no fuera quien pensaba. Caminando sigilosa, buscó el origen de la horrible risa. Lo encontró unos metros adelante. Tal y como había temido provenía de un hombre en la cuarentena, alto y de buen porte, con el pelo oscuro bien peinado y vestido con ropa de marca. *Leo* estaba con él, encogido a sus pies, con la cola entre las patas, la cabeza baja y las orejas gachas. Temblaba tanto que parecía a punto de morir fulminado por el más absoluto terror. Y el hombre lo sabía. Lo miraba divertido mientras le pisaba el lomo, aplastándolo contra el suelo.

Enar tragó saliva, se agachó para coger algo y, sin pensárselo mucho, para no darse tiempo a perder el valor, salió de su escondite y enfiló hacia el sicópata, pues el hombre que aterrorizaba a *Leo* no era otro que uno de aquellos que habían intentado violarla la primera noche en la aldea. El más guapo de ellos, exactamente.

—¡Eh, tú! ¡Deja en paz a mi perro! —le gritó cuando estuvo a una distancia prudencial.

El hombre levantó la vista y la observó estrechando los ojos.

—¿Te conozco? —susurró con voz pastosa.

—Lo dudo, yo no me junto con escoria —dijo Enar desdeñosa enseñándole los dientes mientras en su interior rezaba para que él no intuyera lo aterrorizada que estaba.

No podía reconocerla, había cambiado mucho, ya no tenía el pelo largo y bicolor, sino corto y negro, había recuperado su antigua forma y desinflado su hinchada tripa. Tampoco vestía ropas ajustadas que marcaran sus pechos, aunque estos seguían siendo parte notoria de su anatomía.

—Qué raro, juraría que nos hemos visto antes. —La recorrió con la mirada. Debió de pasar su examen, pues de improviso esbozó una sonrisa ebria y cruel a la vez que extendía la mano—. Juan, encantado de conocerte —dijo.

Enar dio un paso atrás, les separaban cuatro o cinco metros y por mucho que él quisiera parecer amigable, no pensaba acercarse un milímetro más. Menos aún ahora que intuía, por su voz y su sonrisa, que él llevaba unas cuantas copas de más.

—Quita el pie de encima de mi perro —ordenó furiosa, tomando fuerzas de la rabia que la invadía al ver a *Leo* tan asustado.

—¿O si no, qué? —replicó él burlón—. Sabes, creo que te conozco, aunque puede que me equivoque, pero de lo que no tengo duda es de que conozco a este chucho. Es mío. Se me escapó hace algunos años.

—Es mío —gruñó Enar apretando con fuerza los puños.

Leo era suyo, Carlos lo había dejado a su cuidado y no iba a defraudarle. Además, ella era la única que podía asustar al beagle. Nadie más. Y quien lo hiciera, lo pagaría muy caro.

—No lo creo. Mira, ves ese trozo que le falta de la oreja —pisó con brusquedad la cabeza del animal—. Yo se lo corté como castigo por espantarme una pieza. —Frotó la suela contra la boca del perro y este gañó aterrorizado—. Veo que sigue igual de miedoso y estúpido que siempre —masculló despectivo antes de propinarle una patada en la tripa.

—¡No lo toques!

—Acércate, se amable y tal vez lo suelte —le propuso él divertido.

Enar lo miró asqueada, pensando que ella había estado muchísimas veces tan borracha o más que él. ¿Había sido igual de repugnante? Esperaba que no. Nunca se había metido con nadie más débil que ella… Excepto con su hija y su madre, pensó avergonzada. Apretó los dientes, odiándose a sí misma por lo mucho que las había hecho sufrir. Tanto como ese indeseable hacía sufrir a *Leo*.

Él se echó a reír al ver su gesto. Las carcajadas le hicieron desestabilizarse y dio unos pasos atrás para intentar recuperar el equilibrio.

Enar no se lo pensó dos veces. Levantó el brazo, apuntó y

lanzó con toda su rabia la piedra que ocultaba en su puño. Esta impactó en la nariz del tipo.

Él aulló de dolor llevándose las manos a la cara.

—¡*Leo*, ven conmigo, vamos! —llamó al perro, pero este estaba tan aterrorizado que solo se atrevió a mirarla y gañir asustado, incapaz de moverse de donde le había ordenado su antiguo dueño.

—Puta... Ya sé quién eres.

Enar apartó la vista de *Leo* para centrarla en el hombre. La sangre le resbalaba por la cara y le goteaba por la barbilla. Sus siniestros ojos fijos en ella.

—Me debes un polvo... —siseó avanzando.

Enar apretó la segunda piedra entre sus dedos y, encomendándose a la deidad con la que Carlos hablaba en voz alta, la tiró con todas sus fuerzas. Y debió escucharla, porque la piedra hizo una extraña parábola antes de impactar con un seco crujido en la frente del hombre, dejándole sin sentido.

Enar observó cómo caía a cámara lenta el cuerpo laxo del sicópata. Esperó unos segundos, desconfiada y, sacando del bolsillo la última piedra que le quedaba, se acercó a *Leo* sin apartar la mirada del hombre. Había visto telenovelas y películas suficientes como para saber que, en cuanto la protagonista se acercaba al malvado para ver si estaba muerto de verdad, este se levantaba y la atrapaba, así que no pensaba acercarse. Ya no era una borracha sin cerebro. Ahora tenía unas cuantas neuronas funcionando dentro de su cabeza y no iba a hacer estupideces.

Se arrodilló junto al perro, lo tomó en brazos y sin pararse un instante más echó a correr monte arriba, a casa. Con Carlos.

—Tenemos un trato, no se os ocurra chivaros de lo que ha pasado —les susurró a los perros cuando Carlos aparcó frente a la verja—. No queremos que piense que soy una inútil que no sabe cuidaros, ¿verdad? —musitó con el corazón latiéndole a mil por hora. Prefería mentirle antes que permitir que pensara que era una inútil cuando esa misma mañana la había alabado, pensando que hacía bien su trabajo—. Actuemos con normalidad.

El mastín y el san bernardo se mantuvieron inmóviles, flanqueando al beagle, como si su papá no estuviera entrando en casa después de pasar toda la tarde fuera.

Carlos saludó a Enar con un gesto y trasladó en dos viajes las rapaces a la halconera. Y mientras lo hacía, no dejó de mirar asombrado el rinconcito del manzano. *Bruto* no se había molestado en acercarse a saludarlo, aunque eso era normal, pues siempre estaba rondando a Enar. Pero había supuesto que, como había estado fuera gran parte de la tarde, el perro le habría echado de menos, estallando de felicidad al verlo. Pero no había sido así. Está bien. Lo aceptaba, él también se quedaría junto a Enar si pudiera. Pero lo que le dejaba total y absolutamente pasmado era la actitud de *Leo*.

Estaba sentado bajo la silla de Enar mientras ella trabajaba en sus creaciones. ¿Cómo era posible que estuviera tan cerca de ella con el miedo que le daba? Y además, tan tranquilo, apoyado en sus pies desnudos mientras se lamía las pelotas. Como si fuera la cosa más normal del mundo estar al lado de la persona a la que más temes.

—¿Ha ocurrido algo? —preguntó sentándose en la silla contigua a la de Enar.

—Claro que no, ¿por qué lo dices? —replicó ella, con lo que esperaba fuera su sonrisa más inocente mientras parpadeaba de forma similar a como lo hacían las ratoncitas de los dibujos animados cuando querían convencer de algo a los ratoncitos.

Carlos la observó perplejo, lo que esbozaba no era una sonrisa, sino una mueca llena de pequeños y afilados dientes que, aunque pretendía trasmitir inocencia, lo que daba a entender era «no sigas preguntando, te juegas la vida».

—*Leo* está muy cerca de ti, ¿no crees? —se arriesgó a comentar, señalando al perro.

—He comprado su amistad dándole mi comida —inventó ella.

—¿En serio? Qué interesante. Es lo que llevas haciendo todos estos meses y no te había dado resultado hasta ahora —apuntó con los ojos entrecerrados.

—Eh... Sí. Por lo visto solo necesitaba la comida apropiada.

—¿Y cuál era? —Carlos tomó el vaso de agua helada de ella. ¡Hacía un calor de narices!

—¿Cuál era qué? —murmuró Enar confundida.

—Esa comida que le ha sabido tan rica a *Leo* como para convertirte en su heroína.

Enar se puso blanca al escucharlo. Joder, había dado en el clavo. *Leo* la consideraba así por haberlo salvado; pero ella no era una heroína, sino una estúpida que dejaba la puerta abierta para que se escaparan los perros y los secuestraran hombres crueles.

—No tengo ni puta idea —gruñó enfadada. Se puso en pie para dirigirse a la casa. No podía mirar a Carlos a la cara y seguir mintiéndole.

—Enar, ¿qué te pasa? —preguntó levantándose también.

—Nada. Déjame en paz, ¿vale? Y haz el favor de no seguirme, joder, pareces un perrito faldero —se quejó antes de cerrar con un sonoro portazo.

Carlos parpadeó perplejo. ¿Qué mosca le había picado? Miró a los perros.

—A ver, vosotros tres, ¿se puede saber qué ha pasado mientras he estado fuera?

Bruto se sentó muy erguido sobre sus cuartos traseros, la cabeza alta y la mirada fija al frente, sin posarla en él.

Carlos arqueó una ceja, ¿era su imaginación o el enorme perro se estaba haciendo el despistado? Se giró hacia el beagle, quien seguía sentado junto a *Séneca*.

—¿*Leo*?

El perrito dejo de limpiarse las joyas de la familia y se acercó moviendo el rabo.

—Ni se te ocurra lamerme. —Carlos levantó las manos para mantenerlas a buen recaudo de su lengua.

El beagle, sin hacer más intentos de congraciarse, retomó su importante quehacer.

—Si no fuera porque sé que es imposible, diría que también tú estás disimulando —masculló antes de mirar a *Séneca*—. Y tú, viejo amigo, ¿tampoco tienes nada que decir?

El san bernardo se alzó trabajosamente sobre sus patas y lanzó un expresivo «burf».

—Está bien, me he enterado de todo —ironizó y elevó la vista al cielo—. ¿Son imaginaciones mías o aquí ha pasado algo que ni Enar ni los perros quieren que sepa?

Al otro lado del patio, *Arquímedes* ululó en respuesta a su pregunta.

—Sí, eso pienso yo también —replicó Carlos—. Pues habrá que averiguarlo, ¿no crees?

En esta ocasión fue *Séneca* quien estuvo de acuerdo con él.

—¿Alguna propuesta? Inteligente a poder ser —solicitó al cielo. Y en ese momento un águila salvaje sobrevoló su finca dando amplios círculos—. Entiendo... Gracias, abuelo.

Se sentó en la silla sin dejar de mirar al cielo, debía tomarse las cosas con calma, observar, esperar... y atacar a Enar en busca de respuestas cuando menos se lo esperara.

—Estamos estupendamente, pasando calor. ¿Vosotros qué tal? ¿Salís de vacaciones este año? —le preguntó Carlos a su interlocutor telefónico—. Vaya, entonces como nosotros, castigados en Madrid —apuntó—. Tengo que adiestrar algunos pollos nacidos este año para poder jubilar a *Arquímedes* y *Pandora*. Además, vamos a empezar a amansar a *Malasombra*, y no voy a tener un segundo libre —explicó—. Sí, mi amiga me ayuda, claro.

Enar puso los ojos en blanco al escucharle. Ya estaba el cotilla de Marcos metiendo la nariz donde nadie le llamaba. ¡Qué pesadito era! Todos los fines de semana la misma historia. Estaba tentada de coger el teléfono y mandarlo a freír espárragos. Si no lo hacía era porque temía que reconociera su voz. Y también porque era uno de los pocos amigos de Carlos y era consciente de que al pelirrojo le encantaba charlar con él.

—¡Héctor! ¿En serio? —jadeó Carlos de repente—. No me lo puedo creer, ¡cómo pasa el tiempo! Hasta hace nada era un mocoso que espiaba a Ruth y ahora va a ser padre, es alucinante. —Carlos dirigió una expresiva mirada a Enar y ella, en respuesta, extendió los brazos y cruzó ambos índices, en el conocido gesto de «vade retro Satanás».

Carlos se echó a reír sin poder evitarlo al ver su cara de espanto. Su risa cesó de forma abrupta al escuchar la enésima pregunta de Marcos.

—¡¿Qué?! No, claro que no. —Y resopló mirando hacia cualquier punto en el que no estuviera Enar—. Sí, las noches muy tranquilas, gracias. ¿Y las tuyas qué tal? ¿Aún no te ha puesto Ruth un candado en esa bocaza que tienes? —siseó cortante.

Las carcajadas de Marcos salieron a bocanadas del auricular.

—No, pesado. No ha habido acercamientos nocturnos —susurró al ver que Enar salía del comedor—. ¡Quieres dejar de preguntarme ese tipo de cosas! No son de tu incumbencia. —Y se calló, escuchando a su amigo—. ¡Por supuesto que no! Deja el tema, Marcos —suplicó sintiendo como el calor subía por su cuello, tomando su cara al asalto—. No pienso responderte a eso. ¡Porque no me da la gana! —exclamó ante su insistencia.

—¡Qué pesado está hoy! —susurró Enar al regresar con la cena.

Carlos se lamió los labios, repentinamente hambriento, y se despidió de modo abrupto de Marcos. Esa noche había colmado su paciencia.

—¿Problemas en el paraíso? —Enar lo miró burlona.

—Estaba especialmente preguntón. —Carlos puso los mantelitos individuales.

—Siempre está preguntón —replicó ella mordaz. Dejó una impresionante tortilla de patatas de ocho huevos en el centro. Las gallinas habían sido generosas esa mañana—. Es un cotilla de cuidado.

—No te lo voy a negar, pero también se preocupa por nosotros. —Se acomodó en el sofá, le sirvió a Enar una tercera parte de la tortilla y tomó el resto para él—. Lo echo de menos. O mejor dicho, echo de menos sus locas estrategias —reconoció mientras esbozaba una nostálgica sonrisa.

—¿Hace mucho que no os veis? —Enar lo miró abatida, consciente de que por su culpa había dejado de salir con él.

—Desde las Navidades. Estoy pensando en acercarme un día, ahora que los nuevos pollos están encarrilados y tengo más tiempo libre.

Enar se sobresaltó al escucharle y se atragantó con la comida. Carlos se apresuró a darle unas palmadas en la espalda y le dio un vaso de agua, que ella rechazó de un manotazo.

—No me jodas, Carlos. Si vas y te pregunta, se lo soltarás todo. No le hará falta ni torturarte, desembucharás sin parar hasta contarle cuántas veces meo al día —jadeó asustada.

—Vaya, gracias por el voto de confianza. Es agradable saber que me consideras poco más que un fantoche incapaz de guardar un secreto —replicó molesto.

—Oh, vamos. Tienes que reconocer que Marcos tiene cierta influencia sobre ti... y ¡tú tienes la estúpida costumbre de no mentir nunca! —gruñó enfadada, enseñándole los dientes.

—Al contrario que tú, que no dudas en hacerlo si te conviene, como esta tarde —atacó él, enfadado.

Enar abrió los ojos, y la boca, como platos.

—No sé a qué te refieres —masculló llevándose a los labios un enorme trozo de tortilla.

—¿Sabes que cada vez que no me quieres contar algo te llenas la boca de comida? —Arqueó una ceja. Ella dejó de masticar, los carrillos tan hinchados que parecía una ardillita—. Mastica, traga, y luego dime qué narices ha pasado esta tarde con *Leo*.

—Nada —aseveró ella.

—Me parece muy extraño que de repente se haya convertido en tu mejor amigo, más aún cuando esta mañana le aterraba acercarse a ti. Y no solo eso, lleva toda la tarde pegado a nosotros y sin querer acercarse a la reja. ¿Seguro que no ha ocurrido nada que yo deba saber?

Los ojos de Enar se llenaron de lágrimas. Era algo que aún solía pasarle a pesar de llevar varios meses sin beber. Sus emociones fluctuaban meteóricas de la alegría absoluta a la tristeza más profunda. Lo sentía todo demasiado, y todo la hacía llorar.

—Se me ha escapado... —dijo con un hilo de voz.

—¿Cómo? —se interesó Carlos acercándose a ella para abrazarla.

—Tiré la pelota fuera, salí a recogerla y dejé la puerta abierta, luego me entretuve con los vecinos, la muy puta gritó y *Leo* se asustó y escapó.

—Bueno, a mí también se me ha escapado varias veces —le quitó importancia, atónito al verla tan afectada por algo tan trivial—. Lo has encontrado. Bien está lo que bien acaba...

—No te lo he contado todo —hipó, vencida por su cariño. Se giró hacia él y hundió la cara en su cuello—. No le encontré yo..., sino el sicópata... y tuve que descalabrarle para arrebatárselo... creo que no lo he matado, pero no estoy segura.

—¿Qué? —Carlos resopló confuso ante la inconexa explicación—. Tranquilízate y empieza por el principio, por favor —susurró besándole la frente antes de darle una servilleta.

Enar se apartó de él lo suficiente como para sonarse y, tras tomar una gran bocanada de aire, procedió a explicárselo de nuevo, pero más calmada y con más palabras.

—Hijo de puta —siseó Carlos furioso cuando Enar terminó su relato.

—¿Estás muy enfadado conmigo?

—¿Contigo? —La miró sorprendido. ¿Por qué decía eso?—. Claro que no. Al contrario, te agradezco muchísimo que le hayas salvado la vida a *Leo*, eres increíble. La mujer más valiente que he conocido jamás. Aunque debo reconocer que no me gusta que te hayas enfrentado a ese malnacido, y menos aún estando sola. —Le envolvió la cara con sus grandes manos, acariciándole los pómulos con los pulgares, aunque lo que de verdad deseaba era salir por la puerta, encontrar a ese hombre y romperle cada hueso del cuerpo con sus puños. Pero no podía dejar que ella viera cómo se sentía, la alteraría, y bastante intranquila estaba ya.

—Creo que no estaba del todo sola —musitó. Carlos enarcó una ceja, confundido—. A veces veo que te da el arrebato y hablas con Dios; así que se me ocurrió pedirle que me echara una mano… y la verdad es que la piedra que descalabró al sicópata hizo un giro bastante raro.

—No hablo con Dios —murmuró Carlos, aturullado—. En realidad hablo con mi abuelo. No sabía que lo hacía delante de ti.

—Lo haces a todas horas, sobre todo cuando discutimos —apuntó ella esbozando una pícara sonrisa—. En cuanto me despisto te escucho contarle lo mala que soy…

Carlos estalló en carcajadas, porque lo cierto era que llevaba razón. Tenía la costumbre de pensar en voz alta, sobre todo cuando abandonaba a la mitad una discusión y se sentía frustrado. En esos momentos le resumía lo ocurrido a su abuelo para así aclararse él.

—No solo le cuento lo mala que eres… también lo maravillosa, inteligente y divertida que eres —reconoció burlón. La sentó en su regazo, abrazándola con inmenso cariño—. Encontrarte de nuevo y tenerte aquí, conmigo, es lo mejor que me ha pasado nunca —le dijo mientras deslizaba los labios en suaves roces por su rostro—. No vuelvas a arriesgarte como lo has hecho hoy, si te pasara algo, no sé lo que sería de mí.

Enar lo miró asombrada por la declaración. Los ojos de él estaban fijos en los suyos, y no había ningún asomo de mentira en ellos. De verdad sentía lo que había dicho.

—No me pasará nada, lo prometo. —Se acurrucó contra él y frotó la nariz en su cuello.

—No dejaré que te pase nada —susurró él a su vez, decidido a encontrar a ese malnacido y acabar con él.

Por nada del mundo permitiría que Enar volviera a correr peligro. Hablaría con Fernando, le pediría que estuviera al tanto. Si el hombre se acercaba a la aldea, el primero en enterarse sería el dueño del bar. Todos los rumores llegaban y salían de allí. Y él estaría preparado para entrar en acción cuando el sicópata volviera.

13 de agosto de 2011

—¿A qué no sabes cuál es el último cotilleo en la aldea?

—exclamó Carlos nada más entrar en la finca, dirigiéndose al rinconcito del manzano.

Enar levantó la vista de su última creación y enarcó una ceja, instándole a hablar.

—Ayer por la tarde apareció un hombre en el bar, con la ropa ensangrentada, la nariz rota y una brecha en la frente. Cuando Fernando se interesó por lo ocurrido le contó que se había caído por un barranco...

—¿Está todavía en la aldea? —preguntó Enar intentando no parecer asustada.

—No. Por lo visto se aseó un poco, se tomó un par de cervezas y, en contra de los consejos de Fernando y los parroquianos, regresó a Madrid en su coche. Con un poco de suerte se habrá salido de la carretera y se habrá matado —masculló Carlos—. No creo que vuelva por la aldea en una temporada, pero por si acaso ten cuidado. Procura salir siempre con *Bruto*, y lleva encima un par de piedras y el tirachinas. Y si te lo vuelves a encontrar, descalábrale la cabeza otra vez y echa a correr.

—Ni lo dudes —aceptó Enar, y luego, para cambiar de conversación señaló con la mirada la bolsa que colgaba de su mano—. ¿Había calamares? —indagó esperanzada, a ambos les apetecía cenarlos y Carlos había ido a por ellos al bar.

—Sí. —Sacó dos bocadillos tamaño industrial envueltos en papel de aluminio.

—¡Estupendo, recojo mis trastos y cenamos! —exclamó entusiasmada.

—Ah, por cierto, Fernando me ha preguntado si has hecho más cuencos —comentó al verla recoger los culos de botellas convertidos en cuencos para aperitivos en los que llevaba trabajando toda la tarde—. Le han encantado, y no ha sido el único. Algunos abuelos también me han pedido unos cuantos para sus casas.

—¿Lo dices en serio? —susurró paralizada.

—No tengo por costumbre bromear con las cosas importantes —afirmó muy serio—. Son bonitos, no pesan nada y tienen la capacidad adecuada para darse un atracón de frutos secos —señaló tomando un buen puñado de panchitos del cuenco que había en la mesa—. Son un gran invento y todos los quieren. Deberías cobrarles algo. Piénsalo mientras voy a por los platos —dijo echando una ávida mirada a los bocatas.

Enar no pudo menos que echarse a reír ante tan gráfica mirada, aunque, si era sincera consigo misma, debería admitir que tenía cierta envidia de esos bocadillos. ¡Ojalá la mirara como a ellos alguna vez! Con esa hambre insaciable de devorarla a ella. Pero no. Esas miradas las destinaba solo para la comida. ¡Había que joderse! ¡Casi todos los hombres tenían el cerebro en la polla y ella había ido a topar con el único que lo tenía en el estómago!

Recogió enfadada las herramientas y los cuencos y cuando él dejó sobre la mesa los platos, los vasos y el cuchillo, tomó este y asestó varias puñaladas a su bocadillo.

Carlos observó aterrado la masacre.

—¿Por qué has hecho eso? —jadeó desencajado al ver el desastre. Aún podía comerse, pero el pan estaba hecho trizas.

—No me apetece arrancar mordiscos —inventó ella—, así solo tengo que tomar un calamar y un trozo de pan.

—Qué destrozo —suspiró él. Se sentó y atacó con hambriento brío su cena.

Enar puso los ojos en blanco al escuchar el pesar en su voz. ¡Lo que el cagón tenía con la comida no tenía nombre! Atrapó el primer pedazo de la escabechina y se lo llevó a la boca. Cerró los ojos, extasiada. ¡Sí que estaba bueno el maldito! Tomó presurosa otro trozo y pensó que, si tuviera un chato de vino para regarlo, sabría mucho mejor.

Se quedó paralizada con la mano frente a la boca, la comida laxa entre sus dedos. Oh, joder, casi podía saborear los bocadillos de calamares de la plaza Mayor, el porrón de cristal pasando de mano en mano, el líquido rojo recorriendo el largo pitón para caer en su boca. El sabor del tinto en su paladar, bajando por su garganta. Las risas, la despreocupación, el alboroto…, el caos, las peleas, las vomitonas…, el bajón, el aturdido despertar, la resaca. Y de nuevo los bocadillos de calamares y el porrón de vino corriendo de mano en mano.

—Enar, ¿qué te pasa? ¿Estás bien? —El susurro preocupado de Carlos la sacó de la pesadilla.

Cerró los ojos, la congoja aplacada al sentir su cálido contacto.

—Claro que estoy bien, no sé por qué lo dices —replicó a la defensiva sin poder evitarlo.

—Estás llorando —señaló él, limpiándole las lágrimas—. ¿Me lo vas a contar?

—¿Te acuerdas de las cuevas de la plaza Mayor y sus bocatas de calamares?

—Imposibles de olvidar; los bocatas recalentados y el porrón de vino corriendo de mano en... —se calló, comprendiendo—. Vas a tener que luchar contra ello siempre, lo sabes.

—Sí.

—¿Volverás a caer?

—Nunca —gruñó ella enseñándole los dientes furiosa.

—Esa es mi campeona. —Frotó su nariz contra la de ella en un beso de gnomo.

Se quedaron en silencio, disfrutando de la cercanía y la complicidad que había nacido entre ellos ese invierno y que a cada día que pasaba se fortalecía más.

—En Madrid nunca me fijé en las estrellas —dijo ella, observando el firmamento.

—Eso es porque en Madrid no se ven. Está tan contaminada que el cielo es un agujero negro —replicó él atacando de nuevo el bocadillo.

Enar sonrió burlona, para Carlos nada era comparable a la aldea.

—¿Vas a terminarte tu cena? —le preguntó el pelirrojo poco después, tras haber dado buena cuenta de su bocadillo.

—No puedo creer que te hayas quedado con hambre, te has comido una barra entera de pan rellena de calamares —gimió Enar.

—Hambre no tengo, pero me da pena desaprovecharlo. ¿Puedo? —insistió. Enar asintió, allá él si quería pegarse el atracón—. Por cierto, he estado pensando en lo que hablamos ayer. Tal vez un día de estos me acerque a ver a Marcos —dijo como si tal cosa.

—Creía que habíamos quedado en que no ibas a ir.

—En realidad nos pusimos a discutir y cambiamos de tema. No decidimos nada.

—Prométeme que no le dirás que estoy aquí, quiero seguir desaparecida para el mundo —repitió por enésima vez en el tiempo que llevaban viviendo juntos. Carlos asintió con un gesto—. No te fíes de él, es muy listo, seguro que te come el coco para que desembuches.

—¿Me estás llamando tonto? —preguntó molesto.

—No, solo ingenuo —replicó enseñándole los dientes—. No me hace ni puta gracia que vayas a verle, seguro que te lía y acabas soltando algo. Eres tan cortito... —dijo nerviosa.

—Me estás poniendo a caldo —masculló cabreado—. Si quieres, no voy.

—Mejor —aceptó ella al vuelo.

—Pues entonces no te cabrees si Marcos se presenta aquí un día de estos —le advirtió asestando un mordisco brutal al bocadillo. Ni siquiera enfadado dejaba de tener hambre.

Enar abrió los ojos como platos, asustada, pero luego sus labios se curvaron en una sonrisa arrogante.

—Ni de coña. Con la tartana que tiene no conseguiría subir el puerto y llegar aquí —replicó insolente.

—¿Cómo sabes que tienen una tartana? —Carlos la miró perspicaz, enarcando una ceja.

—Ruth siempre ha tenido esa chatarra de coche. —Enar se puso a la defensiva—. Y deja el tema, vale, que ya sé por dónde vas. A veces te pones de un pesadito —dijo enojada.

Carlos apretó los dientes para no seguir hablando. En esos meses no había sacado el tema por no hacerle daño, pero ella ya había pasado demasiado tiempo escondiéndose, y además estaba tan cabreado que le daba igual molestarla un poco. ¡A ver si ahora, además de no poder ver a sus amigos cuando le daba la real gana, tampoco iba a poder hablar!

—¿Por qué no quieres reconocer que echas tanto de menos a tu hija que antes de encerrarte aquí ibas a menudo a verla? —exigió.

—Porque no me sale del coño. —Dio un golpe a la mesa, se levantó airada y se largó.

—No puedes evitar hablar de ella eternamente —la increpó siguiéndola.

—Sí puedo.

—¿De verdad crees que te voy permitir renunciar a ella sin intentar recuperarla?

—¡Tú no eres nadie para permitirme nada, Cagón! —exclamó colérica.

—¡Soy tu amigo y te quiero! ¡Claro que soy alguien! —replicó él.

—Oh, por favor, no me vengas con esas —le rechazó mordaz—. Es mi hija, no la tuya.

—Tienes razón, no lo es, pero sé cuánto quieres a Mar, cuánto la echas de menos.

Enar cerró los ojos, desolada.

—Sé que piensas que para Mar es mejor que sigas desaparecida. Pero no es así. Es tu hija, lo mejor para ella es saber que su madre sigue viva y está curándose para volver con ella.

—No tienes ni puta idea de lo que es mejor para ella —replicó Enar en un fiero gruñido.

—Puede que no, pero sí sé que tanto Mar como tu madre tienen derecho a saber que las quieres. Tu hija necesita saber que quieres recuperarla, que lloras y sufres por ella. Tiene derecho a escuchar de tus labios lo arrepentida que estás por todo lo que le hiciste. Aunque no te perdone, aunque te escupa en la cara y no quiera saber nada de ti. Se lo debes.

—No voy a decirle nada, y tú seguirás calladito o te juro que...

—No hace falta que jures nada —la interrumpió—, sé perfectamente lo que harás: huir. Desaparecer de nuevo —siseó Carlos—. Se valiente, Enar. Enfréntate a ella.

Enar se giró furiosa, decidida a hacer lo que fuera con tal de que dejara el tema. Abrió la boca para seguir discutiendo, pero se lo pensó mejor. Los gritos jamás funcionaban con él.

—Por favor, Carlos, déjalo estar —susurró acercándose para abrazarlo—. No puedo más.

—No puedes esconderte de ella eternamente —le susurró mientras la abrazaba.

—Eternamente no, pero hoy sí. Por favor, no quiero seguir con esto. —Posó la mano sobre el corazón de él.

—Está bien —aceptó rindiéndose a su cariño.

Enar se pegó más a él, la cara en su cuello mientras frotaba la nariz contra su piel, inhalando su olor a jabón. Acarició con los dedos la tela de su camiseta, sintiendo en las yemas cómo se le aceleraba el corazón con cada uno de sus roces.

Carlos cerró los ojos, las manos en la curva de la espalda femenina, acercándola más mientras la corta melena le hacía cosquillas en la barbilla. Los gloriosos pechos rozándose contra su torso y el suave vientre meciéndose contra su pubis en una deliciosa cadencia. Frunció el ceño al sentir los dedos de ella deslizarse por su pecho, por encima del algodón de la camiseta, para jugar con sus tetillas. Estas se endurecieron anhelantes. Y no fue lo único.

—Qué imbécil soy… —masculló apartándola, consciente al fin de que había vuelto a caer bajo su hechizo seductor—. Al final vas a tener razón y no es tan difícil engatusarme —siseó enfadado—. Voy a acostarme.

Enar lo miró perpleja cómo entraba en la casa. ¡Qué mosca le había picado ahora!

—Ya estamos como siempre. ¡Te cabreas por Dios sabe qué y te vas! —le gritó indignada—. Vete a sobar, ¡muermo! Yo me quedo aquí, prefiero pasar la noche del sábado en algo más entretenido que dormir. —Y se sentó para dar más veracidad a sus palabras.

—¡Estupendo! ¡Que te aproveche! —exclamó él asomándose por la ventana—. Diviértete mucho contando estrellas, porque otra cosa, encerrada aquí, dudo que puedas hacer —apuntó mordaz antes de bajar la persiana de golpe.

—Cabronazo —siseó herida en su orgullo. El muy asqueroso tenía razón.

Estaba en el puto culo del mundo, en una casa en mitad de una loma con unos vecinos imbéciles y sin nada mejor que hacer que contar estrellas. ¡Y encima acababa de nublarse!, pensó encrespada cuando una jodida manada de nubes ocultó su único entretenimiento.

Se levantó furiosa, estaba hasta las mismas narices de que él se marchara cuando algo le molestaba. Esa era su estrategia favorita. Si no quería seguir discutiendo o algo le sentaba mal, finiquitaba el tema largándose, que era exactamente lo que acababa de hacer. ¡Y ni siquiera le había dicho por qué narices se había cabreado! Estaban tan tranquilos, haciéndose arrumacos...

Ah, mierda.

Ya sabía lo que le había enfadado. Había sido demasiado mimosa.

Resopló frustrada. Lo de Carlos era alucinante. Era el hombre más raro del mundo. Aceptaba que no se sintiera atraído por ella, pero que saliera corriendo cada vez que le tocaba de forma un poco más cariñosa, era una jodida exageración.

Recogió la mesa y al entrar en la casa se encontró con los perros y la gata sentados en el pasillo. Miró la leonera; tal y como había imaginado, la puerta estaba cerrada. Suspiró, Carlos estaba de lo más rarito; algunas noches, estuviera o no enfadado, echaba a los animales de su cuarto para encerrarse allí y pasar un largo rato solo. De hecho, en el último mes lo había hecho tantas veces, que los perros y *Lilith* dormían la mitad de las noches con ella.

—No se lo tengáis en cuenta —les dijo, disculpando al pelirrojo—, lo he cabreado y por eso se ha encerrado. Se le pasará en un rato.

Dejó los cacharros en la cocina y fue al dormitorio. Se puso la camiseta vieja que había reconvertido en camisón de tirantes y se tumbó en la cama. *Leo*, *Bruto* y *Lilith*, exiliados de la leonera, se tumbaron con ella.

Dio unas cien vueltas antes de volver a levantarse. Estaba tan enfadada que no podía dormir. Y sería incapaz de hacerlo hasta que no le cantara las cuarenta, explicándole que si le acariciaba no era para engatusarlo, al menos la mayoría de las veces, sino porque le salía de dentro y le gustaba su contacto. Joder, puede que sí, que le hubiera abrazado para que se olvidara del tema, pero todo lo demás había surgido de forma inocente. Nada más lejos de su intención que intentar seducirlo cuando él le había dejado claro que no le gustaba ni quería tener nada sexual, mucho menos romántico, con ella. ¡Ella también tenía su orgullo, joder!

¡Si Carlos pensaba que lo estaba magreando, no era culpa suya, sino de él por ser un mal pensado! ¡No tenía derecho a cabrearse con ella cuando no había hecho nada malo!

Encerró a los animales en el dormitorio para que no la siguieran, delatándola, y se dirigió a la leonera, tan furiosa que apenas podía respirar. Agarró el pomo con cuidado y lo giró despacio, pues no quería despertarlo si estaba dormido. La puerta se abrió una rendija. Por lo visto el Cagoncete no estaba dormido, pues se veía luz dentro. La curiosidad, malvada como siempre, le asestó un tremendo picotazo que la hizo acercarse silenciosa y mirar. Quería saber qué estaba haciendo él antes de irrumpir en la leonera.

Se tapó la boca con la mano, sus labios formando el círculo perfecto para emitir el asombrado jadeo que se formó en su garganta. ¡Joder, joder, joder! El pelirrojo estaba viendo una película porno. Más que eso, se la estaba meneando a base de bien mientras un musculoso butanero se trabajaba a una rubia y una morena en la pantalla del monitor.

Enar se apartó de la puerta, apoyando la espalda en la pared. ¿Y ahora qué? ¿Volvía al dormitorio e intentaba dormirse, aun sabiendo que eso era imposible pues tenía la imagen desnuda y sudorosa del pelirrojo grabada en sus retinas? Tragó saliva, se lamió los labios y, sin pensarlo más, volvió a pegar el ojo a la rendija.

Carlos seguía masturbándose, su mano izquierda subía y bajaba por su polla mientras que con la derecha se acariciaba los testículos. Su rostro tomado por el placer era el más hermoso que había visto jamás en un hombre. Tenía los párpados entornados y jadeaba con los labios entreabiertos; sus mejillas estaban sonrosadas y su alborotado pelo naranja le caía sobre la frente mientras se arqueaba en la cama, alzando las caderas a punto de eyacular.

Enar sintió un intenso fuego nacer en sus pezones y su vientre que se propagó con rapidez por todo su cuerpo. Se llevó las manos a los pechos sin apartar la mirada del hombre que rozaba el éxtasis al otro lado de la puerta. Atacó sus pezones, pellizcándolos y tirando de ellos mientras lo observaba. Él había separado más las piernas y apretaba el trasero, poniéndolo bien duro, a la vez que se la meneaba febril, al borde del orgasmo. Su pecho de alabastro subía y bajaba agitado por el placer mientras se frotaba la cabeza del pene con la palma de la otra mano.

Enar apretó las piernas, intentando aliviar el erótico calor que le devoraba el clítoris, mientras se mordía los labios para no dejar escapar los gemidos que pugnaban por escapar de su boca. Lo observó cautivada, excitándose hasta límites casi insoportables mientras esperaba anhelante a que se corriera. Y cuando ocurrió, él lo hizo en silencio, apretando los labios con fuerza mientras sus manos trabajaban precisas su polla y el semen caía denso sobre su vientre.

Fue lo más erótico que Enar había visto en su vida.

Se apartó de la puerta al verlo relajarse y regresó sigilosa al dormitorio. Los perros y la gata escaparon raudos al pasillo, no les gustaba nada quedarse encerrados cuando había tantos olores interesantes fuera. Enar cerró la puerta. Se libró de las bragas y el camisón y se metió en la cama, tan nerviosa e impaciente como una virgen en su primera vez. Dirigió presurosa las manos a la parte de su cuerpo en la que más las necesitaba. Las coló entre sus muslos y posó un dedo sobre el clítoris. Tan excitada estaba que a punto estuvo de correrse solo con eso.

Separó más las piernas y se acarició con intrépida lentitud los labios vaginales, tentó la entrada a la vagina y, alzando las caderas, se penetró con dos dedos a la vez que usaba los de la otra mano para frotarse el clítoris.

Estaba a punto de llegar al orgasmo cuando oyó pasos en la habitación contigua.

Se detuvo alterada. Las pisadas se alejaron por el pasillo en dirección al baño y sonrió aliviada, segura de que el escrupuloso pelirrojo estaba lavándose las manos. Tal vez algo más. Quizá se estaba duchando. Cerró los ojos, rememorando su cuerpo desnudo. Lo imaginó bajo la ducha, las gotas corriendo por su vientre, deslizándose por su pene hasta quedar colgadas en la punta. Se lamió los labios, repentinamente sedienta. Fantaseó con lamerle esas gotas... y muchas otras más. Sonrió mientras le imaginaba dando la vuelta, mostrándole la espalda y ese culo tan maravilloso que tenía. El agua resbalaría por la piel, internándose entre sus nalgas, y ella no tendría otro remedio que darles un par de mordiscos para saciar su sed...

Movió las manos sobre su cuerpo, la izquierda dedicada a sus erizados pezones y la derecha aplicada en su sexo, sobre el clítoris. Arqueó la espalda al borde del orgasmo y en ese momento se dio cuenta de que ya no oía el sonido del agua. Se quedo quieta, prestando atención. Sintió los pasos de Carlos en el pasillo. No entró en la leonera, sino que continuó andando.

Jadeó espantada. No se atrevería a entrar allí estando la puerta cerrada, ¿verdad? Se cubrió con la sábana y miró la ventana rezando para que estuviera abierta y así el olor a sexo no fuera tan notorio. Lo estaba. Suspiró aliviada. En ese momento los pasos se detuvieron y ella dirigió la vista hacia la puerta, donde el pomo giraba despacio. Cerró los ojos.

Carlos entró sigiloso. Tal y como había supuesto, Enar estaba dormida. Se acercó procurando no hacer ruido hasta detenerse a su lado.

—No volvamos a discutir, por favor. Lo odio —susurró antes de besarle la frente—. Sueña con los angelitos —dijo, tal y como hacía cada noche desde que ella le había confesado que deseaba que Irene se lo dijera a su hija. Le besó la punta de la nariz y se marchó.

Enar esperó a oírle entrar en la leonera, luego deslizó un dedo sobre su clítoris y todo su mundo reventó en un poderoso orgasmo.

10

18 de agosto de 2011

«¿*D*ónde estás? Tengo hambre. ¿Cuándo vas a darme de comer? ¿Por qué estoy aquí, sola? Quiero escuchar tu voz. Ven y dame de comer. ¿Dónde estás, humana? Estoy tan cansada, pero el sol brilla en el cielo y no me deja dormir. Apágalo. Haz que se vaya para que pueda descansar. Vuelve a mí con tu guante y tu voz. Te necesito, tengo tanta hambre...».

Enar se despidió de Carlos junto a la verja y no se alejó hasta que dejó de ver el todoterreno, momento en el que, tras contener un bostezo, atravesó el patio. Si fuera inteligente aprovecharía para dormir un rato, pues buena falta le hacía. Pero nunca había sido muy lista, y esa tarde, a pesar del agotamiento, estaba demasiado nerviosa para dormir. Entró en los barracones y enfiló hacia una muda con una gran ventana cubierta con malla metálica. Era una muda especial, pues era allí donde estaba su águila. En el mismo momento en que se asomó, *Malasombra* se irguió y fijó sus penetrantes ojos en la mujer.

—Hola, preciosa... ¿Me estabas esperando?

Tomó el guante de cetrero y, tras ahogar otro bostezo, entró en la muda. Había empezado a amansar el águila el lunes y desde entonces apenas había dormido, pues llevaba esas tres noches desvelando a *Malasombra* y de paso desvelándose ella. Pero era necesario para adiestrar a las rapaces, más aún con una como *Malasombra* que tenía más de un año y era bastante rebelde, igual que ella.

La primera noche la había pasado en el salón, con *Malasombra* en el puño mientras veía películas para no dormirse ella... ni el ave, pues el barullo impedía que el animal se relajara. Durante el día la encaperuzaba y daba largos paseos con ella en el puño para impedir que descansara. Las horas que no podía estar con ella, pues debía ocuparse de sus tareas, la dejaba en la muda, a oscuras y con música puesta, para que se mantuviera alerta. El lunes y el martes apenas le dio de comer, manteniéndola hambrienta para que bajara de peso. Al principio Enar se sintió fatal por ello, pero ese paso era necesario. Solo con hambre se podía templar a una rapaz, requisito indispensable para que volviera al puño tras volar.

La noche del martes Carlos preparó unas tiras de carne y muchas plumas.

Enar se metió en la muda y, con el águila encaperuzada para impedir que la viera, la había acariciado con las plumas. *Malasombra*, asustada y ciega, había abierto amenazadora el pico al sentir el roce, debatiéndose contra lo que la tocaba. Había destrozado muchas plumas durante la noche, hasta que al rayar el alba había aceptado sin protestar —al menos demasiado— que tocaran su espléndido plumaje. En ese momento, Enar, siguiendo las instrucciones de Carlos, se había puesto el guante para acariciarle las garras con una tira de pollo. Eso era algo que las rapaces no soportaban, así que *Malasombra* había atacado al instante, solo para comer hambrienta al notar con el primer picotazo que era carne.

Durante las caricias y el suministro de comida, Enar no había dejado de emitir un único sonido, «hop», que con el tiempo *Malasombra* asociaría al alimento y a su mano.

El miércoles pasó casi todo el día deambulando con *Malasombra* en el puño mientras la acariciaba con las plumas sin dejar de hablarle. Casi al final de la tarde, Carlos, al ver que el águila no atacaba, le había dado permiso para tocarla con la mano.

Lo había hecho. ¡Y aún conservaba todos los dedos!

Esa noche, en lugar de usar plumas, eran sus dedos los

que arrullaban al ave. Y al llegar la mañana del jueves, *Malasombra* se había portado tan bien que Carlos había decidido que no la desvelarían más, lo que significaba que ¡por fin podría dormir! Y buena falta que le hacía. Estaba agotada y, si la falta de sueño no era suficiente, también tenía la muñeca y el hombro doloridos de sostener al pájaro. Pero no le importaba. De hecho esa tarde solo la había devuelto a la muda cuando Carlos la había amenazado con desmayarse de hambre en mitad del patio.

¡Y era capaz de cumplirlo! ¡Menudos eran él y su estómago con las comidas!

Poco después él se había marchado. Y ella se había quedado allí, esperando nerviosa su regreso, pues había ido a ver a su muy querido, encantador y cotilla amigo Marcos.

Suspiró, lo que tuviera que ser, sería.

Se puso el guante y entró en la muda. *Malasombra* la siguió con la mirada y cuando le acercó el puño, con una tira de carne en él, se subió y comenzó a comer frenética. Enar aprovechó para encaperuzarla, y con ella ciega y apiolada, salió al exterior. Recorrió la finca con el ave en el puño mientras cavilaba en lo que estaría haciendo Carlos. Frunció el ceño preocupada, pero no por lo que pudiera estar contándole a Marcos, que también, sino por las personas con las que se encontraría. Marcos seguía viviendo en el barrio, no sería extraño que se toparan con la antigua pandilla. Puede que incluso hubiera quedado de antemano con ellos. Al fin y al cabo eso era lo que hacían los amigos, ¿no? Juntarse para tomar cañas mientras rememoraban los viejos y maravillosos tiempos. Pero ella solo tenía viejos tiempos de mierda que prefería no recordar y tampoco podía arriesgarse a beber un par de cañas, a pesar de que en ese preciso momento era algo que deseaba más que nada. Suspiró melancólica, recordando lo bien que se lo pasaba cuando salía con Luka y las demás. Esas locas salidas al parque de atracciones, la piscina o a sus primeras discotecas, eran algunos de los mejores recuerdos de su vida. No había nada más divertido que hacer travesuras con Luka, ojalá pudiera volver a echarse unas risas con ella. Pero era imposible, la había cagado bien cagada, y ahora,

NADIE MÁS QUE TÚ

la que antaño fuera su mejor amiga, la odiaba. Y, desde luego, se lo merecía.

Sacudió la cabeza en una amarga negativa.

De nada servía recordar viejos tiempos que nunca volverían ni anhelar una amistad que jamás volvería a ser la misma.

No cabía duda de que estaba mejor allí, aislada en la finca, que pasándolo mal junto a sus antiguos amigos, porque ¿de qué hablaría con ellos? ¿De las putadas que les había hecho? ¿De cómo había destrozado la vida de su madre y su hija? ¿De lo bajo que había llegado a caer? No merecía la pena perder el tiempo con esos antiguos amigos supercuquis y maravillosos de la muerte que solo hacían cosas buenas, jamás metían la pata y eran felices como putas perdices, pensó enrabietada.

Ese era ahora su sitio. Una granja de rapaces perdida en mitad de la sierra, rodeada por montañas y con el firmamento cuajado de estrellas sobre su cabeza. No había nada fuera que la tentara a salir. Allí tenía todo lo que deseaba: tiempo y materiales para hacer sus cachivaches, animales que la querían y a Carlos...

Él era lo más importante en su vida, quien la impulsaba a levantarse por las mañanas y enfrentarse al nuevo día, quien le había devuelto la ilusión, la esperanza y las ganas de reír. Todo, absolutamente todo lo demás, las montañas, el cielo, incluso los animales y el mismo aire que respiraba eran prescindibles.

Solo lo necesitaba a él para seguir viva.

Y él ya ni siquiera le dejaba que lo tocara.

Habían pasado cinco días desde la discusión, y en ese tiempo todo había cambiado. Desde esa noche él no le había permitido volver a tocarlo. Claro que también había tenido mucho que ver que siguiera enfadado el domingo y que el lunes empezaran a trabajar con *Malasombra*, lo que había impedido que se sentaran a ver la telenovela después de cenar. Esa noche, si no caía dormida nada más sentarse, se acurrucaría sobre su cuerpo mientras él la rodeaba con su fuerte brazo. Ojalá fuera así, porque dudaba que pudiera soportar un día más sin su contacto. Era… doloroso. Echaba tanto de menos sus abrazos y sus besos que le cosquilleaba la piel, anhelándolo.

Resopló angustiada y continuó paseando con *Malasombra* hasta que sobre las seis la regresó a la muda. Luego fue a asearse y ponerse bonita, pues Carlos no tardaría en volver. Se puso una camiseta de tirantes negra que se ceñía como un guante a su cuerpo. Carlos había aparecido con esa y otras prendas poco después del primer pícnic en el río. Por lo visto, ante su negativa de ir a un centro comercial, había tomado el toro por los cuernos y había comprado varias prendas que, cosa rara, le quedaban perfectas. No era fácil encontrar camisetas y blusas que se ajustaran a su estrecha cintura sin comprimir sus grandes pechos, y él lo había conseguido. No cabía duda de que le tenía bien tomadas las medidas.

Se secó el pelo dándole volumen y se maquilló un poco para disimular las venitas rotas de sus mejillas y las oscuras ojeras. Se miró en el espejo. No estaba mal del todo. La camiseta realzaba su busto, convirtiéndolo en el centro de todas las miradas. O en realidad de la mirada de él, que era la única que le interesaba.

Buscó unos pantalones, pues la camiseta le quedaba a ras del trasero, pero se lo pensó mejor. No enseñaba el culo. Por los pelos, pero no lo enseñaba. Y si quería conseguir que un pelirrojo irritante y esquivo la abrazara, debía usar todas sus armas. Sería de tontos no hacerlo.

Carlos abrió la cancela y lo primero que buscó, y vio, fue a Enar en su rinconcito, dando forma a su última creación. Y, joder, llevaba puesta esa camiseta de tirantes que nunca debería haber comprado pues era demasiado sugerente para su paz mental. Inspiró armándose de valor y fue hacia ella decidido a aparentar tranquilidad. La saludó con un beso en la frente, acarició al enorme san bernardo tumbado en el suelo a sus pies y se sentó como hacía siempre al regresar a casa. Todo eso sin mirar demasiado los gloriosos pechos ni las torneadas piernas femeninas. Cabeceó orgulloso de la normalidad que mostraba y en ese preciso momento su fingida tranquilidad se fue al traste, pues ella cruzó las piernas y se percató de que no llevaba pantalones cortos, por lo que casi podía ver el comienzo de sus muslos, y lo que allí había.

Sintió el conocido tirón de deseo empujando en su ingle.

Ah, mierda. No podía empalmarse tan pronto. Ni siquiera era de noche, no tenía ninguna excusa para escapar y encerrarse en la leonera, donde se masturbaría hasta saciarse.

—He sacado a *Malasombra* —dijo ella, apartándolo de sus angustiados pensamientos.

Le detalló lo que había hecho esa tarde segundo a segundo. Cuando terminó, le describió los trastos nuevos que se le habían ocurrido, y eran unos cuantos, y luego enumeró los materiales que tenía y los que necesitaba para hacerlos.

Carlos sonrió enternecido, ella no le dejaba abrir la boca de tanto y tan rápido como hablaba. Jamás la había visto tan parlanchina. Tampoco tan asustada. La dejó hablar, consciente de que lo hacía para retrasar el momento en que le contara cómo había resultado su visita al barrio. Comprendía que prefiriera ignorar todo lo que tuviera que ver con su antigua vida, aunque no lo aceptaba. Más aún, no iba a permitir que siguiera allí escondida, sin luchar por la hija y la madre a las que tanto quería, aunque ella se empeñara en fingir que ni siquiera pensaba en ellas.

Enar observó al pelirrojo, parecía pensativo; tal vez se había aburrido de su sermón. Aprovechó que parecía despistado para darle un trago al vaso, pues tenía la boca seca.

—Marcos me ha dado recuerdos para ti —dijo Carlos en ese momento.

Enar se atragantó con el refresco.

—¡Le has dicho quién soy! —jadeó aterrada cuando pudo volver a respirar.

—Claro que no. —Esbozó una pícara sonrisa—. Pero ya sabes cómo es, se ha empeñado en que le diera recuerdos y besos de su parte a mi misteriosa dama —se inclinó para besarla en ambas mejillas—. Ya está, he cumplido el encargo —dijo juguetón para luego continuar hablando—.

Hemos estado en una de las terrazas que rodean el parque, y a que no sabes qué...

Enar negó con la cabeza, pues le faltaba la voz para hablar.

—Me he encontrado con Javi y Pili, están esperando un bebé, aunque por la panzota de Pili más bien parece que esté embarazada de gemelos. ¡Es exagerado! Con lo delgada que está parece que se ha tragado una sandía...

Enar curvó los labios con lentitud, esbozando una tímida sonrisa.

—También he visto a Alex y a Luka, paseaban en un carrito a su hijo. Tendrá poco más de un año. Y ni te imaginas cómo le han llamado al pobre: Bagoas. ¿Se puede ser más cruel? —exclamó risueño, aunque hacía un año que lo sabía. Pero quería comprobar si lo sabía ella.

—¿Bagoas? —Enar arrugó la nariz, ¡vaya nombre más raro!

—Sí, es un nombre persa y, agárrate que vienen curvas, lo llevaba un famoso eunuco de la antigüedad.

—¡No me jodas! —jadeó, tan sorprendida que la curiosidad venció a la renuencia.

—Como lo oyes. Se han parado a tomar algo con nosotros; Luka sigue igual de loca y a Alex se le está pegando su locura. También he visto a Dani. No sé si recuerdas quién es.

—El jefe de Luka en la cristalería —apuntó Enar cada vez más interesada.

—Y sigue siéndolo, además de ser su mejor amigo. Pues está saliendo con Jorge, el colega homosexual de Ruth —señaló, observándola atentamente para ver su reacción, pues era imposible que lo conociera... A no ser que lo hubiera visto en el parque con Iris en alguna de esas visitas que aseguraba no hacer.

—No tengo ni idea de quién es. —Enar entrecerró los párpados, pensativa.

—Seguro que sí, un tipo bajito y con *piercings*...

—¿El que tiene toda esa chatarra en la cara y el pelo negro y de punta?

—¡Ese es! Los dos se han sentado un rato con nosotros,

y te puedo asegurar que Dani está enamorado hasta las trancas de él.

—Imposible. —Enar abrió los ojos como platos—. Luka siempre ha dicho que Dani es un viva la virgen que no hace ascos a nada, hoy con uno y mañana con otra...

—Pues Jorge lo ha cazado, pero bien cazado además.

—¡Qué tremendo!

—Y eso no es todo, ¿sabes quién es la «novia» de Bagoas? —le puso comillas con los dedos a la palabra «novia».

—¿Novia? Pero si es un bebé —sonrió divertida.

—Eso díselo a sus padres. Ya le han buscado novia y está casi comprometido.

—Dime quién es, no seas malvado —le tiró un pellizco al ver que no soltaba prenda.

—Livia, la hija de Darío y Ariel. Menuda cría más movida, hemos estado con ellos en el parque y es un torbellino igual que su madre. Aún no tiene el año y ya quiere andar —dijo sonriente y muy atento a la reacción de Enar. También era imposible que hubiera coincidido en el tiempo con Ariel... ¿O no?

—¿Ariel es la chica pelirroja de Darío? —Carlos asintió—. ¡Vaya! Tiene el nombre de la sirenita, le pega con el pelo —dijo burlona, demostrando que sabía más de sus antiguos amigos de lo que quería aparentar—. Joder, y Héctor va a ser papá —recordó de repente—. Madre mía, parece que haya habido una epidemia de embarazos en la pandilla... Ya puedes tener cuidado si te lías con alguna, no vaya a ser que te hayas contagiado y la dejes preñada —dijo maliciosa.

—¡No digas eso ni en broma! —exclamó él, echándose hacia atrás en la silla.

—¿Te dan miedo los bebés, Cagoncete? —se burló Enar.

—No, de hecho me gustan mucho... Para un rato, pero no para tener uno propio. Mucho trabajo y aún más responsabilidad. Estoy bien como estoy, gracias.

—Opino lo mismo, es muy fácil cagarla con los niños —reconoció abatida.

—Y no olvidemos el peligro de que salgan como Iris —comentó jocoso—. No sabes la última...

—Cuéntamela —le pidió, animándose de nuevo.

—Está enfadada con Marcos y no le habla.

—¿Por qué? ¿Qué le ha hecho Marcos?

—Cortarse el pelo. ¿Recuerdas la melena rubia que le llegaba por media espalda? —preguntó, aunque Enar no debería tener modo de saberlo, pues había desaparecido del barrio mucho antes del regreso de Marcos.

—Imposible olvidarla, era una flipada —comentó ella, descubriéndose de nuevo.

—Pues se la ha cortado. Ahora lleva el pelo corto y retirado de la cara, y a Iris no le gusta. Y si eso no fuera suficiente para volverle loco, encima tiene un pretendiente.

—Pero si solo tiene... ¿Cuántos? ¿Diez años? —preguntó sorprendida.

—Nueve en realidad, pero ya sabes lo adelantados que son los niños ahora...

—Antes también lo éramos, teníamos nuestros rollos pero nos escondíamos y no nos pillaban, al menos a mí —reconoció desafiante—. ¿Has visto al chaval?

—Sí, es uno de los repes, pero el pobre no tiene nada que hacer. Marcos le ha contado una historia a su hija sobre besos con lengua y dientes sucios y me parece que le ha quitado las ganas de besar a un chico en mucho mucho tiempo —señaló ladino.

Enar estalló en carcajadas. Conocía a Marcos de niño, y recordaba lo capullo que podía ser cuando se le antojaba fastidiar o atormentar a alguien.

—También he visto a Mar y a Irene...

Enar paró de reírse y todo color desapareció de su cara, tan inmóvil y pálida estaba que asemejaba más un cadáver que una persona.

—Tu hija se ha convertido en una preciosa adolescente. —Carlos atrapó sus manos; las tenía heladas, como si la sangre se hubiera detenido en sus venas—. Te saca por lo menos una cabeza y se ha dejado el pelo largo. Es igual que tú, los mismos ojos castaños y la nariz chata, incluso el botoncito que la corona —susurró besándoselo con cariño—. Es tu viva imagen.

—Tiene el pelo castaño de mi madre y es alta como mi padre —rebatió Enar con los dientes apretados, dando un tirón para liberar las manos—. No es mi viva imagen. No se parece en nada a mí. ¡No tiene nada mío! —gritó—. ¿De qué habéis hablado? ¿Le has contado algo sobre mí? —Se levantó nerviosa. La aterrada inmovilidad trasmutada en frenética angustia.

—Tranquilízate. —Carlos la siguió, abrazándola por detrás para detener su delirante vagabundeo—. No le he contado nada sobre ti. De hecho apenas si hemos intercambiado algo más que hola y adiós —susurró—. Con quien sí he hablado ha sido con tu madre.

Enar usó los codos para apartarlo y luego se giró para quedar enfrentada a él.

—¿Y de qué narices habéis hablado? —preguntó enseñando los dientes en un fiero gruñido.

—De Mar. De sus estudios, de las buenas notas que saca y de que quiere hacer el bachillerato de excelencia. Necesita una media de notable para acceder y la supera en todas las asignaturas menos en educación física.

—A Mar no le gustaba nada el deporte —murmuró sin abandonar su actitud desconfiada.

—Y sigue sin gustarle, pero le encanta estudiar, así que lo conseguirá.

—Es una niña muy lista.

—Sí, sus notas no bajan de sobresaliente. Es un cerebrito.

—Eso es porque no ha salido a mí, sino a mi madre —afirmó orgullosa, relajándose un poco—. ¿Qué más te ha dicho mamá? ¿Está tonteando con chicos? —inquirió preocupada.

—No. Por lo visto los del instituto y los del barrio le parecen unos niñatos.

—Chica lista. —Enar curvó los labios—. ¿Qué más sabes? —exigió, ávida de información.

—Luka se ha apuntado con ella a clases de equitación y tienen a tu madre loca de preocupación.

—¿Por qué se han apuntado a eso? —preguntó sorprendida.

—A Mar le encantan los animales, de hecho quiere ser veterinaria, y Luka está empeñada en que ha echado mucho culo después del embarazo, aunque lo cierto es que Alex parecía encantado, no dejaba de tocárselo —murmuró Carlos divertido—. Así que van todos los sábados a hacer ejercicio y tonificar las piernas y el trasero, al menos Luka, Mar va por el placer de estar con los caballos.

—Vaya. Espero que lleve casco, los caballos son muy altos y si se cae se hará daño —protestó preocupada.

—Casco y chaleco acolchado —apuntó Carlos enternecido al ver su preocupación—. Es lo que le hizo prometer tu madre antes de permitirle ir.

—Menos mal —suspiró Enar—, pero deberá tener mucho cuidado. Luka es la pera, joder, ¿no podía buscar un deporte menos peligroso?

—¿Que le gustase a Mar? No lo hay —apuntó burlón, arrancándole una sonrisa—. ¿Por qué no vienes al barrio conmigo? —Le tomó las manos—. Podríamos dar un paseo por allí...

—No digas gilipolleces —le espetó apartándose.

—No lo son, no puedes pasarte el resto de tu vida aquí encerrada.

—Tampoco tengo por qué ir al barrio. Prefiero ir a cualquier parte del resto del mundo.

—Pero en cualquier parte del resto del mundo no estarán ni tu hija ni tu madre.

—¡Mejor! No quiero verlas —siseó, dando media vuelta para ir a la casa.

Si él podía largarse cuando estaba cabreado, dejando las discusiones a medias, ella también tenía derecho a hacerlo.

—Ni se te ocurra irte —la detuvo Carlos, agarrándola del codo—. Tienes que enfrentarte a esto de una vez, no puedes seguir dejándoles pensar que estás muerta.

—¡Es lo mejor! —gruñó ella dándole un empujón.

—¡¿Lo mejor para quién?! Para tu hija y tu madre, no, desde luego. Necesitan saber qué ha sido de ti, si sigues viva, si las recuerdas, si todavía las quieres...

—¡Cállate ya, Cagón! Les importa una mierda lo que

haya sido de mí. ¡Ya no existo para ellas! —gritó histérica tapándose los oídos. ¿Por qué no podía dejarla en paz?

—¡Claro que existes! —replicó Carlos agarrándole las muñecas para llevárselas a la espalda, de manera que quedó pegada a él, los ojos de ambos enfrentados—. Irene aún espera que regreses. Esta misma tarde me ha preguntado si sabía algo de ti. ¡A mí! Joder, como si de alguna extraña manera me hubiera relacionado contigo —estalló tan furioso como ella—. No he sabido qué contestarle. He querido desaparecer del mapa al ver su angustia y saber que no podía decirle que estabas viva y así reconfortarla por culpa de la estúpida promesa que me obligaste a hacer. Luego Alex me ha comentado que la pobre mujer pregunta por su hija, ¡por ti!, a todos los antiguos amigos que reaparecen por el barrio. No pierde la esperanza de encontrarte —le reprochó alterado.

Enar giró la cabeza, zafándose de su acusadora mirada.

—Joder, Enar, no te puedes hacer una idea de cuánto te he odiado en ese momento. —Le envolvió la cara entre sus manos para que no evitara su mirada.

—Es lo mejor para ellas —reiteró Enar con un sollozo.

—Es lo mejor para tu cobardía, no para ellas. Deja de mentirte —la retó con fiereza, sin soltarla a pesar de que ella se debatía nerviosa—. Tienes que dejar que sepan que sigues viva. ¡Lo necesitan!

—Suéltame, joder. —Le enseñó los dientes, amenazante.

—No es necesario que bajes al barrio y te vean —continuó, ignorando su orden—. Se lo podemos decir a Marcos, él nos ayudará. Puede hablar con Ruth, ponerla de nuestro lado, y si ella está con nosotros convencer a Luka de que nos ayude será facilísimo...

—Nada será fácil —gimió Enar vencida al escuchar el nombre de la que había sido su mejor amiga. Jamás les ayudaría. La había decepcionado demasiado como para que se atreviera a dar la cara por ella—. Por favor, Carlos, déjalo estar.

—Luka sale a menudo con Mar e Irene. Ella y Ruth podrían tantear el terreno, incluso podrían decírselo a Irene si no quieres hacerlo tú. Podrían buscar un momento y un lugar en el que encontraros...

—Por favor, Carlos, no puedo hacerlo. Aún no —susurró hundiendo la cara en su cuello.

—¿Cuándo entonces? Llevas casi tres años desaparecida —siseó él, luchando por no abrazarla, pues sabía que si lo hacía, estaría perdido—. No puedes seguir huyendo.

—Aún no me siento segura, me da miedo todo, no me siento fuerte. Necesito más tiempo. —Posó las manos sobre su amplio torso.

Carlos resopló ofuscado, consciente de que con ese simple gesto acababa de vencerlo. La abrazó y depositó un cariñoso beso en su frente. Ella en respuesta frotó la mejilla contra su pecho, pegándose más a él. Y sin saber cómo o por qué, empezaron a mecerse uno contra el otro en una danza ancestral que hablaba de ternura y deseo. Las manos de Enar recorrieron el torso de él mientras que las de Carlos se deslizaron por la espalda de ella, hasta rozar el lugar en el que esta pierde su nombre.

Enar sonrió ilusionada al sentirle apurar con los dedos los últimos milímetros de su espalda, ¿en serio había bajado hasta ahí? ¿Hasta casi tocarle el culo? Inspiró tomando más valor que aire y frotó la nariz contra su cuello, apartando la camiseta para besarle la clavícula.

Carlos gimió al sentir el suave roce y sus dedos se movieron *motu proprio* sobre los dos hoyuelos que marcaban la frontera de las curvas que cada noche soñaba con acariciar. La apretó contra él, incapaz de soportar un instante más sin sentir la presión de su cuerpo donde tanto la necesitaba.

Enar jadeó sorprendida al notar la gruesa erección. ¿Estaba empalmado? ¿Eso quería decir que sí se sentía atraído por ella? Se mordió los labios para no gritar de alegría, era imposible que estuviera equivocada en su percepción, tan tremenda polla no daba lugar a errores. No obstante, se meció contra él para corroborar que lo que sentía no era un móvil ni nada por el estilo. No. No podía serlo, no existían teléfonos tan gruesos y largos, pensó lamiéndose los labios.

Carlos cerró los ojos, subyugado por el fuego que ardió

en sus venas cuando Enar se contoneó contra él, amasándole la erección con su vientre. Bajó la cabeza, buscando sus labios y ella alzó la suya, buscando los de él.

—Me gusta tu manera de hacer las paces —susurró Enar, su boca separada de la de él por un suspiro.

Carlos dio un respingo y se apartó de ella, el calor subiendo por su cara, sonrojándole, en tanto que el aire se le escapaba de los pulmones para no regresar. Apoyó las manos en las rodillas mientras intentaba respirar de nuevo. Las palabras de ella le habían dejado bien claro que el romántico interludio no había sido tal, sino una de las estrategias de Enar para que olvidara su propósito. Y él, como el gran idiota que era, había caído en su seductora trampa. Y en esta ocasión lo había hecho hasta el fondo, dejándole ver cuánto le afectaba.

—¿Qué te pasa? —susurró Enar preocupada, acercándose a él mientras le recorría con la mirada. ¿Por qué se había alejado así, tal vez le había picado algún bicho?

—Soy el hombre más estúpido del universo —masculló Carlos antes de erguirse y extender el brazo para impedir que se acercara más—. Vamos a olvidarnos de esto, ¿de acuerdo? —le dijo a la vez que se pasaba nervioso la mano por el pelo, alborotándoselo aún más.

—No, joder, no vale —protestó Enar aturdida. ¿Qué narices le pasaba?

—Pues lo siento, porque no tienes otra opción —replicó él yendo a la casa—. Voy a... echarme la siesta un rato —se excusó y arrugó la nariz disgustado, consciente de lo poco apropiada que era su disculpa.

Enar abrió los ojos como platos al comprender la situación. Cerró los puños con rabia y sus labios se retrajeron, enseñando los dientes. ¡Esa era la gota que colmaba el vaso!

—¡Qué coño pasa contigo, Cagón! ¿Tanto asco te doy que tienes que huir a tu cueva para meneártela viendo porno en vez de dejar que te la menee yo? —gritó colérica.

Carlos se giró despacio, su rostro de nuevo rojo como un tomate.

—¿Qué has dicho? —susurró turbado.

—Lo que has oído. ¿Crees que no sé lo que haces en la

leonera cada vez que cierras la puerta? No soy idiota —afirmó burlona. Se llevó una mano a la ingle y fingió masturbarse como un hombre.

Carlos sacudió la cabeza, asqueado por su gesto.

—Desde luego que no; eres una cotilla entrometida que no respeta la intimidad de los demás. Te prohíbo que vuelvas a… asomarte a la ventana, entrar en la leonera o lo que sea que hagas para espiarme cuando la puerta esté cerrada —exigió sin comprender muy bien cómo era posible que lo hubiera pillado—. Voy a dar una vuelta, no me esperes despierta —gruñó. Necesitaba salir de allí y calmarse pues había sobrepasado con creces su paciencia.

—Sí, vete. Sal corriendo como haces siempre —gritó enfurecida al ver que enfilaba hacia la verja—. Desaparecer en mitad de una bronca es tu especialidad, ¡cobarde de mierda!

Carlos se detuvo para acto seguido girarse y quedar enfrentado a ella, sus ojos fijos en los de Enar mientras el silencio parecía devorar el aire que les rodeaba.

—Desaparecer para acabar con la discusión es mejor que lo que haces tú —dijo con furia contenida.

—¿Y qué se supone que hago yo? —lo desafió alterada.

—Usas el sexo como moneda de cambio para conseguir lo que quieres, lo abaratas volviéndolo sucio —aseveró con voz grave—. Si no te atreves a ver a tu hija, perfecto, es tu decisión y tengo que acatarla. Pero no tienes que toquetearme ni acostarte conmigo para que me olvide del tema y te deje en paz. En serio, Enar, tú vales más que esa mierda —le espetó antes de darle la espalda de nuevo.

Enar lo observó petrificada mientras atravesaba el patio con pasos rápidos y la espalda rígida. Siguió inmóvil cuando él salió a la calle, y solo se movió cuando los árboles lo ocultaron de su vista. En ese momento abandonó su parálisis y echó a correr. Salió de la propiedad y, plantándose en la carretera, le gritó todos los insultos que conocía con toda la fuerza de sus pulmones. Él no se giró. Continuó caminando hasta tomar la curva y desaparecer. Enar siguió aullando su rabia hasta que los gritos tornaron en silenciosas lágrimas y la furia dio paso al desamparo.

En ese momento de absoluta soledad sintió una húmeda caricia en la mano.

—*Séneca...* —susurró arrodillándose junto al viejo perro.

Lo abrazó desolada, mientras *Leo* y *Bruto* la rodeaban intentando consolarla.

Carlos se forzó a seguir caminando hasta estar seguro de que ella no podía verlo, y entonces echó a correr tan rápido como le permitieron sus largas piernas. Era eso o gritar. Gritar de frustración, de desesperación, de rabia. ¿Cómo había sido tan estúpido de dejarse enredar? ¿Acaso no la conocía? ¿Cómo había podido olvidar que cuando se sentía atrapada luchaba para escapar con todas sus armas, y el sexo era una de ellas? En realidad no había sido culpa de Enar, sino suya, por hostigarla más allá de lo que podía aguantar y por ser tan estúpidamente ingenuo y creer que sus arrumacos significaban que sentía por él algo más fuerte que simple cariño. Como él lo sentía por ella.

Por eso le dolía tanto lo que había pasado. No soportaba pensar que para Enar esas caricias robadas solo eran un medio para conseguir un fin cuando para él eran el alimento de sus sueños.

Aceleró aún más sus pasos, los pulmones a punto de estallarle. Atravesó carreteras y calles hasta que, sin saber cómo, se encontró en la plaza, frente al bar. Lo observó, remiso a entrar, pero a la vez necesitando hablar con alguien. Y solo confiaba en dos personas; Marcos, al que no podía contarle lo que le pasaba por culpa de una estúpida promesa, y Fernando, que le escucharía sin hacer preguntas comprometidas.

Entró.

Estaba desierto a excepción de cuatro abuelos que jugaban al mus. Resopló enfadado, no se había parado a pensar que podría haber alguien allí. Dio un paso atrás, no le apetecía hablar con Fernando delante de esos chismosos. Estaba a punto de salir cuando le vieron.

—Hombre, si está aquí el cetrero —exclamó uno de ellos con una desdentada sonrisa en los labios—. ¿Le has dicho a la artista que mi señora quiere unos cuencos de esos?

—Eh, sí, se lo comenté. Los está haciendo, te los traeré mañana, creo.

—¡Estupendo! ¡Fernando, ponle lo que quiera al chaval, yo invito! —dijo entusiasmado.

—¿Qué va a ser? —le preguntó el camarero, fijando una pensativa mirada en él.

—Un café con leche y un vaso con hielo.

—Qué desperdicio de café... —gruñó Fernando—. Tienes una pinta horrible. ¿Mal de amores? —inquirió mientras le servía.

Carlos arrugó el ceño y asintió mientras echaba el café en el vaso con hielos.

—¿Has discutido con Enar? —indagó el camarero, consciente de que el chico estaba más colado por la morenita de lo que quería admitir.

Cada mañana se pasaba el desayuno hablando de ella, de lo que hacía, de cómo sonreía, de las ideas que tenía y hasta de cómo enseñaba los dientes cuando se enfadaba.

—¿Pero al final te has liado con ella? —dijo de repente uno de los viejos; uno que era amigo de escuchar conversaciones ajenas y que solía estar por allí desde por la mañana temprano.

Carlos lo miró de refilón y se limitó a ignorarlo. No pensaba contestar, bastante tenía con que le espiara en el desayuno, no iba además a someterse a su interrogatorio.

—¿Con quién se va a liar el cetrero? —gritó otro viejo, que además de cotilla era sordo.

—Con la morenita de las tetas grandes. Está viviendo con él —explicó el tercero en discordia, pues el primer viejo le había informado de las cuitas del cetrero con la tetona.

—Me acuerdo de ella, no era muy guapa la pobre, demasiado delgada, pero eso sí, tenía unas tetas de impresión —comentó el cuarto antes de seguir con la partida—. ¿Quién va a chica?

—Ahora está más guapa —la defendió Fernando al ver

que Carlos apretaba los puños—. Ha cogido peso y tiene el pelo de un solo color —repitió lo que este le había contado.

—¡Yo voy a grande! Pues si ha cogido peso espero que no sea en la delantera, o no podrá ponerse recta —dijo el primer viejo estallando en carcajadas.

Carlos dejó el vaso sobre la barra con un fuerte golpe, sobresaltándolos a todos.

—Me voy —masculló, encaminándose hacia la puerta.

—No hagas caso a estos viejos verdes, no saben de lo que hablan. ¡A lo vuestro, vamos! —les increpó Fernando al darse cuenta de que el pelirrojo estaba, además de enfadado, muy dolido—. No te vayas, muchacho, estos bocazas ya no van a abrir más la boca —le dijo y los miró amenazante—. Pasa a la trastienda, allí podemos charlar sin que nos interrumpan.

—No te preocupes, Fernando. Muchas gracias por la oferta, pero la verdad es que prefiero dar una vuelta por el monte —se despidió con un gesto y salió del local.

—Hay que fastidiarse, ¿es que no podéis estaros calladitos ni un minuto? El chaval está mal y vosotros lo habéis apañado con vuestras tonterías. No tenéis ni dos dedos de frente en esas estúpidas cabezotas calvas...

Enar continuó sollozando abrazada a *Séneca* en la carretera, hasta que el jadeante motor de un coche subiendo la empinada cuesta le hizo levantar la cabeza. Solo había una persona en el pueblo que condujera tan mal y tuviera un coche tan viejo como para hacer ese horrible ruido. Se secó las lágrimas y se puso en pie. Acababa de entrar en la finca cuando el coche de los vecinos se detuvo frente a la otra casa de la loma tras dar unos cuantos petardazos.

—Por Dios, qué pintas... Parece que se haya revolcado por el suelo —le dijo casi a gritos Leticia a su marido al apearse.

Felipe miró desdeñoso a Enar antes de saludarla con un gesto.

Enar, en respuesta, le enseñó el dedo en una peineta ejecutada a la perfección y cerró la puerta. Lo último que necesitaba en ese momento era discutir con los vecinos. Los muy pesados llevaban allí desde el día uno, pasando las vacaciones y dándoles por culo.

Entró en la casa dando un tremendo portazo que dejó a los perros fuera. No quería más lametones ni mimos. Quería romper algo. Masacrar. Destrozar. Quería... Llorar hasta reventar.

Fue al dormitorio, se tiró en la cama e hizo exactamente eso.

Era tan injusto. Ella no había hecho nada esa vez. En realidad llevaba tiempo teniendo mucho cuidado de no excederse en sus caricias. ¡Pero daba lo mismo, siempre se las apañaba para joderlo todo! Era su mala suerte de mierda. Jamás tenía ni un poquito de buena estrella. Nunca le sonreía la fortuna. Todo acababa siempre mal para ella. Era inútil intentar cambiar nada, porque nada cambiaría. Si no había sido buena madre ni buena hija, cómo podía pretender ser la mujer de la que alguien bueno se enamorara. Era como querer tocar la luna contando solo con una escalera para alcanzarla. Una puta quimera.

Sollozó desolada. No valía la pena. Tanto esfuerzo, tanta lucha, tanto sufrimiento no habían servido para nada. Nada había cambiado. Todo seguía siendo una mierda.

Se sentó en la cama, harta de llorar. ¿Desde cuándo lloraba tanto? Se había convertido en una payasa sentimental que moqueaba por cualquier tontería. Pero ella no era así. No era una llorona. Era una cabrona egoísta que hacía lo que le salía del coño sin importarle las consecuencias. Si se comportaba como una ñoña era por culpa de Carlos. La estaba domesticando, como hacía con sus pájaros, convirtiéndola en una pusilánime dócil y sumisa.

Se levantó enfadada, se lavó la cara para borrar todo resto de lágrimas y fue al salón para tomar dinero del tarro donde él lo guardaba. Estaba hasta los cojones de ser buena. Quería pasárselo bien, disfrutar y pegar un polvo con alguien que la deseara más que respirar.

Al ir a la puerta se detuvo un instante frente al teléfono.

Se sabía de memoria el número de Eduardo, aunque nunca lo había llamado. Él le había asegurado que podía telefonearle cuando quisiera, que siempre estaría disponible para ella. Estuvo tentada de llamarlo y contarle lo que había ocurrido y lo que pensaba hacer. Incluso descolgó el teléfono y marcó los ocho primeros dígitos. Pero colgó antes de pulsar el noveno. No quería que nadie la detuviera ni la hiciera recapacitar.

Quería tomar un par de copas que le permitieran olvidar y dejar de sufrir. Y eso era lo que iba a hacer.

Un rato después entró en el único bar de la aldea. Cuatro viejos jugaban a las cartas mientras el dueño los miraba enfurruñado desde la barra; cuando se giró hacia ella la sorpresa fue evidente en su rostro.

Enar sonrió, sabía exactamente el aspecto que tenía con esa camiseta ajustada que le tapaba el culo de puro milagro. Ahora que había recuperado su figura y vestida para matar, no sería difícil convencer a ese palurdo para que le sirviera un par de copas. Se dirigió contoneándose a la barra, la mirada fija en el dueño, y se sentó en uno de los taburetes.

Fernando dejó de secar la fuente que tenía en la mano y, tras sacudir la cabeza a modo de saludo, le preguntó qué quería tomar.

Enar contempló absorta las botellas que había en los estantes de la pared. Tenía bastante para elegir: coñac, whisky, ginebra, anís, pacharán, ron, vodka... No debería ser difícil escoger, pero lo era. No le salían las palabras. Sacudió la cabeza, enfadada consigo misma. No había nada que deseara más que una copa y, sin embargo, era incapaz de verbalizar ese deseo, porque sabía que si lo hacía el maravilloso mundo que había conseguido crearse reventaría en mil pedazos. Lo estropearía todo por completo, sin posibilidad de remisión. Pero tenía el corazón roto y dolía tanto... Por tomar una copa no iba a pasar nada. No iba a emborracharse, solo quería olvidarse de todo durante un rato. Apretó los puños sobre la barra y cerró la boca con tanta fuerza que le temblaron los labios mientras una solitaria lágrima se deslizaba por su mejilla.

—¿Tal vez le apetezca un café, señorita? —preguntó Fernando con evidente ternura. Se colocó frente a ella, obligándola a que apartara la vista de las botellas y la centrara en él.

Enar lo miró alterada y tragó saliva para luego asentir vacilante con la cabeza.

—¿La leche caliente o del tiempo? —dijo él, sin romper el contacto visual con ella.

—Del tiempo... —balbució Enar—. Me das un vaso con hielos, por favor.

—¡Cómo no! Café con leche y con hielos, ¡lo que hay que ver! —protestó con una sonrisa yendo a la máquina—. Ya veo que se le están pegando los horribles gustos del cetrero, él ha tomado lo mismo hace unos minutos —explicó, su aguda mirada fija en ella.

Enar resopló sorprendida. No esperaba que Carlos fuera allí, sino al campo a contarle a su difunto abuelo lo horrible que era ella y cuánto la odiaba.

—También tenía la misma cara que usted —continuó el camarero, sirviéndole el café.

—¿Y qué cara tengo yo? —inquirió Enar a la defensiva.

—La de alguien que está sufriendo más de lo que es capaz de soportar.

—Peleas de enamorados —comentó uno de los viejos—. Mi Fulgencia también se enfada mucho conmigo porque dice que soy un bocazas...

—Y razón no le falta —apuntó el anciano que estaba a su lado—. Fulgencia es una santa. Nadie sabe cómo ha sido capaz de aguantarlo tantos años —le comentó a Enar conspirador.

Enar parpadeó aturdida, ¿estaban hablando con ella? Pero si no los conocía de nada.

—Mira quién fue a hablar —intervino el tercero en discordia—. El que no se ha casado nunca porque no ha sido capaz de enredar a ninguna mujer...

—Pero eso no fue porque fuera un bocazas, sino porque me tenían miedo —se jactó el soltero, guiñándole un ojo a Enar.

Enar parpadeó sorprendida, pero no fue capaz de resistirse al desafío.

—¿Y por qué te tenían miedo? Yo no veo nada de lo que asustarme —comentó altanera.

—Pues deberías, soy mucho hombre para una sola mujer —aseguró petulante.

Enar arqueó una ceja y resopló con sorna.

—¿Mucho hombre? Si ni siquiera eres más alto que yo.

—Pero arrastra la culebra por el suelo —prorrumpió jocoso el cuarto anciano, haciendo que todos estallaran en carcajadas.

—¿Perdón? —Enar los miró aturdida.

Los ancianos se callaron, mirándose unos a otros nerviosos. Y en ese momento quien se echó a reír fue Fernando.

—Tanto fardar para nada —exclamó casi sin respiración entre carcajada y carcajada—. Todo el numerito que habéis montado y no se ha enterado...

Enar lo miró confundida, no tenía ni idea de lo que estaban hablando.

—Mujer... La culebra —dijo el primer viejo arqueando varias veces las cejas.

—Ya sabes, el elefantito —apuntó el otro, confundiéndola aún más.

¿Qué tenían que ver las serpientes con los elefantes?

—Esperad, yo sé cómo hacérselo entender, mi Pilarita lee novelas de esas rosas y lo llaman de una manera especial —dijo el cuarto—. ¡El mástil! Arrastra el mástil por el suelo.

Enar parpadeó varias veces. ¿Un mástil, por el suelo? Se giró hacia el dueño del bar que en ese momento estaba acodado sobre la barra, riéndose tanto y tan fuerte que se le saltaban las lágrimas.

—¿A qué coño se refieren? —le reclamó.

—Pues... a lo que encaja en lo que tú acabas de decir —dijo entre risa y risa.

Enar entornó los ojos y miró de nuevo a los viejos.

—¿Le arrastra la polla por el suelo? —masculló sacudiendo la cabeza.

Los cuatro ancianos la miraron atónitos, se suponía que las mujeres no deberían decir esas cosas. De hecho, se suponía que tenía que haberse puesto colorada como un tomate con el chiste... pero no. Los que estaban colorados eran ellos. ¡Bendita juventud!

—Qué tontería... —Enar esbozó una sonrisa—. Estáis como putas cabras.

Fernando movió la cabeza satisfecho al ver la tímida sonrisa de la muchacha, esos viejos estúpidos habían conseguido animarla. Miró a la cuadrilla, a veces, pocas pero algunas, se portaban como verdaderos campeones.

—Ahora que está más animada, vuelva a casa, señorita —dijo sobresaltándola—. No quiero ni imaginarme el susto del cetrero si regresa y no la encuentra allí.

—No creo que le importe mucho —masculló Enar, enfurruñándose de nuevo.

—Ahora es usted quien dice tonterías —susurró Fernando mirándola con cariño.

Enar abrió la boca para replicar, pero la ceja arqueada del hombre le hizo cerrarla sin haber dicho nada.

—Le importa mucho, señorita. Tanto, que cada mañana se pasa más de media hora contándome lo bonita, lista, cariñosa y divertida que es usted. No sea tonta, vuelva a casa y solucionen sus problemas. No tiene sentido sufrir cuando la solución está en hablar.

—¡Como si fuera tan fácil hablar con él! —estalló—. No me deja explicarme; en cuanto empezamos a discutir se va —protestó llorosa—. Así no hay forma de solucionar nada.

—Pues entonces agárrelo por las orejas y oblíguelo a escucharla —afirmó Fernando tendiéndole una servilleta de papel para que se sonara—. Y si no, en vez de agarrarlo por las orejas, hágalo por la culebra, verá como así no se le escapa —apostilló sonriente—. No espere más, váyase y déjele las cosas claras —la instó—. Invita la casa.

Enar se lo agradeció y salió del bar decidida a hablar con Carlos. Estaba harta de que abandonara las discusiones a medias. No pensaba volver a permitir que se escaqueara. Aclararía las cosas con él sí o sí.

Υ

—¿Crees que la he malinterpretado? —murmuró Carlos al cielo mientras subía una empinada ladera—. La verdad es que tal vez he sido yo el culpable —reconoció preocupado—. Ella no estaba haciendo nada, excepto abrazarme. Yo he sido quien ha bajado demasiado las manos, precipitándolo todo. Pero estaba tan guapa que no he podido contenerme. Ojalá pudieras conocerla, abuelo. Es divertida, irreverente, cabezota, luchadora... Me hace reír cada día y muero por tenerla en mis brazos cada noche. Creo que la quiero —confesó deteniendo su vagabundeo—. No, no lo creo. Lo sé. ¡La quiero! —gritó abriendo los brazos en cruz, paladeando cada palabra—. ¿Y ahora qué? —Arrugó el ceño—. ¿Se lo digo y rezo para que no se ría en mi cara? ¿No se lo digo y sigo sufriendo porque no puedo abrazarla sin ponerme en evidencia?

Sacudió la cabeza, aturullado. Había demasiados pensamientos yendo y viniendo por su cerebro, y sus neuronas se estaban sobrecalentando, impidiéndole clarificar las ideas. Se sentó en el suelo, los codos apoyados en las rodillas mientras se frotaba la frente. Y en ese momento un pájaro comenzó a piar y otro le respondió. Luego fue un grillo el que cantó, obteniendo también respuesta. Alzó la mirada. El bosque estaba lleno de vida... y ruidos. Las hojas de los árboles se movían, hablando unas con otras. Una ardilla erguida sobre una rama parloteaba con un pinzón y en el suelo hasta los escarabajos peloteros iban en pareja.

—Tienes razón, lo principal es hablar —afirmó poniéndose en pie—. Es imposible que me aclare yo si antes no lo aclaro todo con ella.

Enar estaba abriendo la cancela cuando vio a Carlos bajar por la ladera. Y además lo hacía tan contento, con una sonrisa de oreja a oreja el muy cabrón. Ella se había pasado la tarde llorando como una magdalena y él estaba feliz como una perdiz. Seguro que se había matado a pajas y por eso sonreía como un idiota. Apretó los puños, furiosa. Ella tenía roto el corazón mientras que él tendría un esguince en la muñeca de tanto meneársela. Se limpió de un manotazo las lágrimas que amenazaban con delatar sus sentimientos y abrió la verja. Esperó hasta que él estuvo a un par de pasos y la cerró con un fuerte portazo que dejó las rejas vibrando a un centímetro de la nariz del pelirrojo. Luego se dio la vuelta y fue al rinconcito del manzano.

Carlos parpadeó aturdido, la risueña sonrisa que se había dibujado en sus labios al ver a Enar desapareció por completo, sustituida por un incipiente cabreo que crecía de manera exponencial con cada pensamiento que tenía. ¿Le había cerrado la puerta en las narices? ¿En serio? ¿Por qué? ¿Qué cojones había hecho ahora para que se enfadara y diera tan tremendo portazo? ¡Un poco más y le habría desnarigado! ¡No la entendía, de verdad que no! Buscó furioso las llaves, abrió la cancela y la cerró con un golpe igual o más fuerte que el dado por ella. Luego se dirigió a largas zancadas al rinconcito del manzano.

—¿¡Se puede saber por qué te has cabreado ahora!? —exigió. Enar lo miró altanera para luego darse la vuelta, ignorándolo—. ¡No se te ocurra darme la espalda!

Se giró rauda como un rayo y estalló con la misma sonoridad que un trueno.

—¡Estoy hasta el coño de que te escaquees en las discusiones! ¡Quiero hablar contigo y aclararlo todo! —gritó.

—¡Estupendo, yo también quiero hablar contigo y aclararlo todo! —aulló él a su vez.

Los dos se quedaron en silencio, sobresaltados por la intensidad de sus gritos y la coincidencia de sus deseos.

Carlos fue el primero en reaccionar.

—Pues si tan mal te sienta que me vaya en las discusiones, cerrarme la puerta para que no entre no es la mejor manera de impedirlo —soltó y se cruzó de brazos con fingida serenidad.

—¡Es culpa tuya si no sé lo que hago! ¡Me vuelves loca! —estalló al verlo tan sosegado. ¿Cómo se atrevía a estar tranquilo cuando ella estaba tan alterada que se subía por las paredes?—. ¡No soy una mujer sumisa y no voy a dejar que me domestiques! —gritó enfadada.

—Ya lo sé, no pretendo hacerlo —masculló él, aturullado. ¿A qué venía eso ahora?

—Y me gusta tocarte, ¡pero eso no significa que quiera seducirte ni nada por el estilo! ¡No eres una tierna virgencita de las novelas de regencia para asustarte así! ¡Joder! —exclamó nerviosa antes de empezar a recorrer el patio—. ¡Estoy hasta las putas narices de que te escandalices cada vez que te pongo un dedo encima! Que te acaricie y te bese no quiere decir que vaya a intentar follarte, y si así fuera, ¡puedes decir que no! Me sacas dos malditas cabezas, ¿¡cómo coño puedes temer que vaya a obligarte a hacer algo que no quieres!? —gritó alzando las manos al cielo, exasperada—. ¡Estoy harta de que me malinterpretes! Si no te gusta que te toque, cómprate una jodida armadura, porque voy a seguir haciéndolo siempre que me dé la real gana.

—Me parece bien —aceptó él intentando seguirla, tanto en su deambular como en sus pensamientos.

—¡Y si no te gusta te aguantas! Porque yo... —se interrumpió mirándole confundida—. ¿Te parece bien?

—Sí. Y siento mucho lo que ha ocurrido esta tarde, ha sido culpa mía. Tienes razón, te he malinterpretado.

—Sí, lo has hecho —replicó, mirándole con desconfianza—. Y luego te has ido sin dejar que me explicara. Has sido muy injusto —afirmó mientras las lágrimas acudían de nuevo a sus ojos.

—Sí lo he sido, lo siento —reiteró él—. Solo puedo decirte que no me gusta discutir...

—¡Pues a mí sí! —exclamó ella, que todavía no había gritado todo lo que necesitaba para recuperar la tranquilidad.

—Ya lo veo... —Carlos soltó una risita que fue la gota que colmó el vaso de Enar.

—¡No te atrevas a reírte! ¡Cabrón! —estalló—. No tienes ni idea de lo mal que me lo has hecho pasar, me has roto el corazón —gimió desolada— y tú estás ahí, tan feliz, ¡riéndote de mí mientras que yo solo tengo ganas de llorar!

—Enar... —Se acercó a ella para abrazarla, entendiendo por fin hasta qué punto estaba sufriendo—. Lo siento muchísimo, no ha sido mi intención...

—¡No te acerques! Ni se te ocurra tocarme, Cagón. —Lo rechazó con un empujón.

Carlos dio un paso atrás, alzando los brazos en señal de rendición.

—Está bien. No me acercaré.

—Por supuesto que no… Eso es lo que quieres, ¿verdad? Mantenerte lo más lejos posible de mí y no tocarme nunca —sollozó ella con más fuerza.

Carlos la miró petrificado, incapaz de entender la lógica de su razonamiento.

—Acabas de decirme que no te toque —la increpó confundido, comenzando a perder la paciencia—. ¿¡Qué narices quieres que haga!?

—¡Quiero que me quieras!

—¡Pero si ya te quiero!

—¡Pero no como yo a ti! —gritó con toda la fuerza de sus pulmones, para luego taparse la boca, perpleja.

¿De verdad acababa de confesarle eso? Sacudió la cabeza en una asombrada negación y dando media vuelta se lanzó hacia la verja, dispuesta a perderse en el monte. A ver si con un poco de suerte la devoraban los lobos y así le ahorraban la vergüenza de tener que escucharle decir, por enésima vez, que no se sentía atraído por ella.

—Enar, espera. —Carlos la siguió tras salir del estupor que le había provocado su involuntaria confesión.

—Ya sé lo que vas a decir, Cagón, así que ahórrate el discurso —le espetó sin mirarle a la vez que aceleraba el paso.

Se llevó una mano a la cara, estaba ardiendo. ¡Oh, por favor! ¿En serio estaba colorada como un tomate? ¡Eso solo le ocurría a Carlos, seguro que se lo había contagiado!

—Enar, por favor, párate —pidió él, caminando a su lado.

—¡Déjame en paz! —Echó a correr.

Carlos le atrapó la mano y tiró, acercándola a él.

—No puedo dejarte en paz. —Y le sujetó ambas muñecas para impedir que se le escapara—. Ahora has sido tú quien me ha malinterpretado. No has entendido lo que he dicho.

—¡Por supuesto que lo he entendido, no soy idiota! —exclamó enfadada—. Eres tú quien no lo entiende. —Sin previo aviso, bajó la cabeza, intentando morderle para soltarse.

—¡Casi me arrancas un dedo! —aulló Carlos al sentir los afilados colmillos clavándose en su piel. La soltó solo para volverla a atrapar al instante siguiente; y esta vez la encerró entre sus brazos para impedir futuros mordiscos—. Cálmate y deja que me explique —suplicó bajando la cabeza para besarla.

—¡Ni se te ocurra! —Se removió frenética contra él a la vez que le enseñaba sus peligrosos dientes—. ¡Estoy hasta el higo de tus besos infantiles! —gritó fuera de sí—. ¡No te atrevas a besarme en la frente!

—No pensaba hacerlo —afirmó él antes de besarla en los labios.

Enar se quedó tan atónita al sentir el suave roce que no supo cómo reaccionar.

—¿Qué haces? —susurró casi sin voz cuando Carlos se apartó.

—Se supone que besarte… pero no he debido de hacerlo muy bien cuando no te has dado cuenta —dijo esbozando una avergonzada sonrisa—. Déjame intentarlo otra vez, lo haré mejor.

Volvió a besarla y esta vez se entretuvo en degustar sus labios. Los saboreó despacio, presionándolos con suavidad hasta que ella los separó para él, momento en el que se sumergió en su boca.

Enar cerró los ojos al sentir la lengua de él acariciando la suya. Era… Paciente. Sí. Besaba con una paciencia infinita, casi con timidez. Nada de mordiscos arrebatados, dientes chocando y lenguas entrando hasta la campanilla. Era… Tierno. Suave. Cariñoso. Y, por extraño que pareciera, bastante inexperto en esos menesteres.

Eso la hizo derretirse en sus brazos.

Separó más los labios para tomar el control del beso. Presionó con la punta de su lengua la de él y resbaló sobre ella, acariciándola con erótica suavidad. Lo tentó hasta que comenzó a imitarla, momento en el que penetró en su boca y comenzó a explorarla. Se deslizó por sus dientes y su paladar antes de separarse para tomar aliento.

—Vaya… —susurró Carlos aturdido.

Se lamió los labios, fascinado al sentir el sabor de Enar en ellos. Luego bajó la cabeza de nuevo, dispuesto a demostrarle que, aunque no fuera muy ducho en la técnica, tenía muchas ganas de aprender. Atrapó su labio superior con los dientes y tiró. En respuesta, ella hizo lo mismo con el inferior de él y lo saboreó como si de una dulce fresa se tratara. Él gimió encantado antes de imitarla. Enredó su lengua en la de ella y Enar correspondió a sus embates. Pronto ambos se sumergieron en un ósculo tan pasional como arrebatado en el que sus lenguas embestían para al instante apartarse, explorándose mutuamente.

Y cuando la intensidad del beso aumentó, las manos no pudieron quedarse quietas.

Enar las deslizó bajo la camiseta de él y las abrió en abanico sobre su vientre, disfrutando del tacto de su piel. Era tan suave como parecía, casi seda bajo sus dedos. Se entretuvo en su ombligo; era perfecto, como él. Redondo y plano, una fina línea de vello partía de él, descendiendo al tesoro oculto bajo sus pantalones. Enar utilizó toda su fuerza de voluntad para no seguirla y descubrir el premio antes de tiempo. Aún había mucho por explorar antes de llegar allí. Ascendió por su torso, sintiendo sus músculos ondular bajo los dedos, y al llegar a las tetillas jugó con ellas a la vez que intensificaba el beso, golosa.

Carlos jadeó al sentir los roces de Enar sobre la piel. Ah, era malvada. Sus caricias le hacían temblar las rodillas y desear ir mucho más allá. Pero estaban al aire libre, junto a la verja. Alguien podría verlos. Debería llevarla a la casa, solo allí podría saborearla como deseaba. Pero eso significaba dejar de besarla, y ese era un sacrificio que se veía incapaz de realizar. Estiró los dedos con timidez, rozando apenas la curva de su trasero y bajó un poco cuando ella en respuesta presionó sus pechos contra él, haciéndole sentir sus duros pezones. Gimió en su boca, profundizando el beso.

Enar, excitada y envalentonada por la reacción de Carlos, se olvidó de toda prudencia y bajó una mano a la entrepierna masculina. La deslizó sobre el grueso falo que intentaba atravesar la tela vaquera.

—Pobre Carlos. El pantalón está tan tirante aquí que te tiene que doler —susurró apretándole la verga.

—Joder, sí —jadeó él, hundiendo la cabeza en su cuello a la vez que mecía las caderas contra la mano que lo estaba torturando.

—Habría que solucionarlo, ¿no crees? —Y ascendió por la bragueta para desabrocharle el cinturón.

Él asintió silente, los labios ocupados en besar, mordisquear y lamer los hombros femeninos. Le deslizó las manos por el trasero y las abrió para amasarlo excitado. Llevaba años, toda la vida en realidad, soñando con hacer eso... y muchas otras cosas más.

Enar le bajó la cremallera y metió la mano bajo los vaqueros, logrando que se olvidase de todo, excepto de ellos dos, de sus pieles, sus bocas y sus dedos acariciantes.

—¡Qué asco, por favor! ¡¿Es que no tienen otro sitio para magrearse que a la vista de todo el mundo?! —escucharon un agudo chillido que solo podía pertenecer a Leticia.

Como era de prever, la respuesta de su marido no se hizo esperar.

—Son poco menos que animales en celo...

Enar se giró, decidida a romperles la cara y usar sus dientes como collar, pero Carlos se le adelantó.

—¿Por qué no os vais a hacer puñetas un ratito? —les increpó airado antes de tomarla de la mano y dirigirse presuroso a la casa.

Enar lo miró sorprendida, tenía que estar muy alterado para contestarles así. Normalmente era un modelo de educación y paciencia con los estúpidos vecinos.

—Estoy hasta las narices de esos idiotas —jadeó él abriendo la puerta.

—Son unos gilip...

No le dio tiempo a terminar, pues en cuanto traspasaron el umbral tiró de ella, envolviéndola en sus brazos para devorarle la boca. Y joder, ¿quién narices quería hablar cuando podía ser besada por un enorme y guapísimo pelirrojo arrebatado por la pasión? Ella no, desde luego. Le pasó un brazo alrededor del cuello para anclarse a él y devolvió la mano libre al lugar en el que había estado minutos atrás. Ciñó entre sus dedos la gruesa polla, y se movió por ella con suaves caricias que lograron que él jadeara errático contra sus labios.

Carlos, sin poder soportar más la tortura a la que estaba sometido, tomó con ambas manos el trasero femenino y la alzó para frotarse contra ella.

Enar no se lo pensó un segundo y le rodeó las caderas con las piernas cuando comenzó a andar. Un instante después caía sobre la cama de dos metros por dos metros con Carlos oportunamente situado entre sus piernas abiertas. Intentó volver a agarrarle la polla; llevaba demasiado tiempo deseando disfrutar de tan magnífico instrumento como para abandonarlo tan pronto. Pero él se lo impidió, despojándola del sujetador y la camiseta para admirar embelesado su desnudez. En sus ojos una mirada tal que la excitó mil veces más que las cientos de caricias vacías que había recibido antes de encontrarlo.

La besó impetuoso, peleando con su lengua hasta que ella alzó las caderas y se frotó contra su entrepierna.

Carlos sonrió orgulloso y bajó al cuello femenino, lo lamió y mordisqueó, arrancándole jadeantes suspiros. Deslizó los labios por la clavícula y descendió despacio hasta sus pechos. Los amasó mientras ella le tiraba del pelo, instándole a ir a sus pezones. La ignoró. Llevaba años soñando con eso, iba a tomarse su tiempo. Hundió la cara en el excitante canalillo que formaban sus senos e inspiró su aroma. Restregó la nariz contra los pechos y cuando los tirones de pelo aumentaron, se ocupó por fin de los pezones. Los besó para después atraparlos entre los dientes. Apretó despacio, haciéndole contener el aliento y luego los calmó con suaves roces de lengua. Estaba a punto de volver a besarlos cuando Enar decidió pasar a la acción, ganándole por K.O. técnico. Le aferró la cinturilla de los vaqueros y tiró de ellos, bajándoselos hasta medio muslo para acceder a su premio sin impedimentos. Le agarró la polla con dedos ávidos y presionó el glande con el pulgar, extendiendo las densas gotas preseminales que lo cubrían.

Carlos echó la cabeza hacia atrás y exhaló un agónico gemido antes de saltar de la cama y salir de la habitación.

Enar se incorporó sobresaltada. ¿Por qué se había ido? Lo siguió sobrecogida, sin querer pensar en el motivo de su huida. Se asomó a la leonera. Él estaba allí, revolviendo nervioso entre la ropa.

—¿Carlos? —lo llamó alterada.

—No encuentro la cartera —se quejó él, rebuscando en el morral que solía utilizar cuando iba a trabajar.

—Ah… —Enar lo miró como si se hubiera vuelto loco—. ¿Y no la puedes buscar luego? ¿Tan importante es?

Carlos levantó la mirada del bolso y la clavó en su amiga.

—Es lo más importante del mundo ahora mismo —aseveró—. El único condón que tengo está guardado en ella. —La volcó en el suelo—. ¡Lo tengo! —exclamó con él en la mano a la vez que lo observaba con los ojos entrecerrados.

—¿Algún problema? —inquirió Enar al ver que no se movía del sitio.

—Ha caducado este mes…

—Joder, Cagón, eres el único hombre del mundo que en mitad de un polvo se para a mirar la puta fecha de caducidad del único condón que tiene —explotó.

Entró en la leonera, lo agarró del pelo y le dio tal beso de tornillo que le hizo encoger los dedos de los pies.

—¿Vamos a la cama? —gimió contra sus labios.

En respuesta, Carlos la agarró del trasero, alzándola contra él y la llevó a donde tan ardientemente le había pedido. La dejó con reverencia en la cama, le quitó las sandalias y las bragas y, tras besarle el pubis, se puso en pie para desnudarse.

A Enar se le hizo la boca agua ante el apresurado estriptis. ¿Cómo podía ser que antaño le disgustara tanto la palidez alabastrada de Carlos, con lo hermosa que era su piel? Solo deseaba tocarlo y lamerlo, saborearlo entero. Y eso iba a hacer.

Se puso a cuatro patas sobre la cama y gateó hacia él lamiéndose los labios.

—No, Enar, ahora no puedo —la frenó al intuir sus intenciones—. Estoy demasiado excitado.

La tomó en brazos, tumbándola de nuevo y, tras ponerse el condón, entró en ella despacio, gozando de cada suspiro que escapaba de sus labios al ser penetrada. Sus cuerpos se acoplaron a la perfección, como si hubieran sido creados el uno para el otro. Se meció sobre ella con erótica lentitud y ambos aprendieron a acompasar sus movimientos hasta que el placer les ganó la batalla y la lenta cadencia se transformó en apremiante pasión que, finalmente, estalló en un arrebatador éxtasis que los dejó sin aliento.

Carlos, aún dentro de ella, esperó un instante antes de apartarse. Quería disfrutar un poco más del tacto de la piel de Enar bajo la suya. De sus piernas rodeándole las caderas y sus brazos anclados al cuello, como si él fuera lo más importante del mundo para ella.

—¿Ahora sí puedo besarte en la frente o todavía peligra mi integridad física? —preguntó con humor bajando la cabeza.

—Puedes, pero solo si después me comes la boca —replicó con una ladina sonrisa.

Carlos se rio embelesado. ¡Enar era única! Besó su frente y luego se apartó renuente, consciente de que la doblaba en tamaño. Se tumbó a su lado, y ambos se miraron sin saber qué decir, hasta que el sueño les ganó la batalla.

Carlos se giró despacio, con cuidado de no caerse. Su mano no dio con el borde del colchón, como solía ocurrirle en el diminuto catre de la leonera. Arrugó la nariz, extrañado, pero no le pareció tan importante como para despertarse, así que siguió durmiendo. O al menos lo intentó, porque su estómago gruñó por enésima vez con un doloroso espasmo. Frunció el ceño, ¿qué demonios había cenado para tenerlo tan vacío? Y en ese momento descubrió por qué sus dedos no tocaban el borde del colchón. ¡Porque no estaba en su cama! O bueno, en realidad sí estaba en su cama. En aquella deliciosa cama de dos metros por dos metros que le había pertenecido hasta que Enar había entrado en su vida. Y estaba muerto de hambre porque, tal vez por primera vez desde su nacimiento, se había saltado una comida. La cena para ser más exacto. Sacudió la cabeza, incrédulo. Eso no le había pasado nunca, aunque tenía un buen motivo para tal olvido, pensó observando a la mujer que dormía a su lado.

Se sentó despacio y contempló embelesado a Enar. Era preciosa. Recorrió su pequeño y maravilloso cuerpo con la mirada y luego, como no podía ser de otra manera, sus ojos se detuvieron en sus pechos. Eran grandes, algo que por supuesto sabía, pues era más que evidente. Pero lo que no sabía, aunque sí intuía, era lo bonitos que eran; llenos y erguidos y a la vez dúctiles, el derecho un poco más pequeño que el izquierdo. Los pezones grandes y erizados, de un tono rosado que le instaba a chuparlos. Se inclinó y depositó un suave beso en cada uno. Luego fue a la cocina. Si no comía algo, se desmayaría de hambre.

Una ensalada de tomate, queso, lechuga, cebolleta, aguacate, atún, huevo duro, maíz, remolacha y aceitunas y media barra de pan después, volvía a sentirse humano y no como el lobo feroz dispuesto a comerse a Caperucita, la abuelita y hasta al leñador con su hacha si se le ponía delante. Tomó un par de plátanos para completar la ligera cena y fue a comérselos al patio, donde los perros se acercaron a él y le olisquearon con insistencia al percibir un olor nuevo, y a la vez conocido, en su piel

—Me parece que no vais a volver a dormir en el dormitorio en mucho tiempo —les comunicó estirándose para tocar a *Lilith*, que lo miraba enfurruñada desde el alero del palomar—. Enar y yo hemos… intimado. Y no me parece bien que estéis en el dormitorio cuando… hacemos lo que hacemos —susurró con una mueca de desagrado.

Puede que fuera de locos, pero los perros y la gata eran algo así como sus hijos, y no le hacía ni pizca de gracia que estuvieran en el mismo dormitorio que él mientras hacía el amor con Enar. Algo que pensaba hacer a menudo en cuanto comprara más condones.

Les llenó los comederos y entró de nuevo en casa. Se duchó para quitarse el calor agobiante de esa noche de verano y regresó al dormitorio. Enar se removía en la cama, sofocada, algo que no le extrañó en absoluto. La península estaba pasando una ola de calor asfixiante y ni siquiera la brisa de la sierra conseguía paliarlo. Fue al baño, empapó una toalla de tocador en agua fría y la deslizó con cuidado sobre la piel femenina para refrescarla.

Enar abrió los ojos, adormilada, murmuró algo parecido a un «gracias» y le pasó las manos por el cuello, instándole a besarla, algo que él hizo con agrado. Fue un ósculo delicado y breve, una muestra de amor que dio paso a un cariñoso arrumaco cuando ella se giró contra él, durmiéndose de nuevo.

Carlos sonrió con cariño, consciente de que estaría agotada tras las noches pasadas desvelando a *Malasombra*. La abrazó, encantado de tenerla a su lado a pesar del calor y pasó largo rato contemplándola a la luz de la luna antes de que Morfeo consiguiera vencerlo.

11

19 de agosto de 2011

—*H*a habido mucho movimiento esta noche en la morada del amo —ululó *Arquímedes*, atento a las luces y los sonidos de la casa, pues el búho había adoptado el rol de vigilante nocturno.

—¡Papá se ha apareado con mamá! —*Leo* corrió inquieto hasta allí al escucharlo, deseando comentar con sus hermanos alados lo que había ocurrido.

—¡Eso no es verdad! ¡Mamá no está en celo! —rebatió *Bruto*, celoso.

—Las humanas no tienen el celo, perro tonto —bufó *Lilith*, acicalándose sobre el techo de red. ¡El horrible calor le hacía perder pelo y su magnífico manto atigrado estaba deslucido!

—¡Cállate, presuntuosa, tú sí que eres tonta! —ladró *Bruto*, descargando su enfado en ella. Saltó furioso contra la red y *Leo* lo apoyó con sus ladridos, formando un buen escándalo.

—¿Quién osa perturbar nuestro descanso? —inquirió amenazante *Hécate*, adalid de los hermanos alados, al sentir ruidos junto a la puerta—. ¡Habla y descúbrete, infame!

—Por lo visto el joven cánido tiene problemas con el apareamiento del amo y su hembra —explicó *Arquímedes* a su jefa.

—Traducido: está celoso —apuntó *Lilith*, alzando el rabo altanera.

—¡Perros! Zalameros y ruidosos, ¿quiénes se creen que son para opinar sobre los actos del amo? —se burló *Hécate*.

—¡Sus amigos y leales compañeros, no como vosotros, que solo sois pajarracos vanidosos que no sirven para otra cosa que volar! —atacó *Bruto*, herido en su amor propio.

—¡Cómo osas! Acude a mi percha al rayar el alba y descubrirás mis cualidades cuando rasgue tu piel con mis garras —le desafió la imponente águila.

—Allí estaré. —*Bruto* le enseñó los colmillos; el pelo del lomo erizado.

—Yo también —maulló *Lilith* estirándose con elegancia—. Eso no me lo pierdo por nada del mundo. ¿No querrías también comerte a *Leo* y librarme del sufrimiento de escucharlo ladrar a todas horas? —le preguntó a *Hécate*.

—¡Nadie va a comerse a nadie! —intervino *Séneca*, acercándose renqueante—. ¡Somos hermanos! Todos adoramos a nuestro humano, lo llamemos papá o amo, y no vamos a disgustarlo peleándonos entre nosotros. ¿Entendido? —gruñó con un ladrido bajo y amenazador que hizo agachar las cabezas a todos los animales—. *Bruto*, mamá no va a quererte menos por haberse apareado con papá —explicó a su hermano más joven que, aunque ese verano había dejado de ser un cachorro, a veces seguía pensando como tal. Luego dirigió sus ojos casi ciegos a la gata—. *Lilith*, te agradecería que dejaras de ser tan ponzoñosa y emplearas tu inteligente astucia en propiciar el entendimiento entre los hermanos.

—Lo intentaré, pero es tan divertido enfrentarlos. —Y saltó con felina elegancia a una rama.

Séneca gruñó al escucharla. ¡Gata insolente! Menos mal que le quedaba el consuelo de saber que en el fondo, pero muy en el fondo, adoraba a sus hermanos, tanto alados como caninos. Sobreponiéndose al dolor que le causaban sus articulaciones, el san bernardo se mantuvo en pie orgulloso, la cabeza alta mientras sus ojos velados miraban sin ver a aquellos que se habían convertido en su familia. Esperó a que alguien protestara y, al no ser así, se tumbó con cuidado en el suelo.

—Me queda poco de vida, espero que en ese tiempo aprendáis a comportaros y entenderos. No quiero que haya peleas cuando falte. No me gustaría abandonar este mundo sabiendo que dejo a mi padre humano a merced de una jauría de perros salvajes, pájaros presuntuosos y una gata prepotente —resopló apoyando la enorme cabeza sobre sus patas para seguir durmiendo.

Enar se removió en la cama, despierta por culpa del alboroto que estaban formando los animales en el exterior. Hundió la cara en la almohada y decidió esperar un poco antes de levantarse. Quizá con un poco de suerte los ladridos y chillidos cesarían por sí mismos.

Milagrosamente así fue. Pero ya estaba despierta y no consiguió volver a dormirse. Había demasiadas ideas dando vueltas por su cabeza para que pudiera relajarse. Abrió los ojos. Aún era de noche aunque la claridad del amanecer se asomaba por el horizonte. Se armó de valor y giró despacio la cabeza.

Allí estaba él. Dormido cual angelito. Estirado en todo su imponente tamaño, su pálida desnudez asemejando plata. Le acarició el vientre con suavidad, recordando el tacto de su piel bajo las yemas de sus dedos. Se había acostado con él hacía menos de, ¿cuánto? ¿Cuatro horas? ¿Cinco?, y ya volvía a desearlo con desespero. Estaba tentada de despertarle con sus labios, en todos los sentidos, y luego cabalgar sobre él hasta el amanecer. Pero ¿cómo se lo tomaría él? De hecho, ¿en qué los convertía el polvo que habían echado? ¿En amantes? ¿Follamigos? ¿Novios? Negó. Novios no, ¡menuda cursilada! ¡Solo los niños tenían novios! Sacudió la cabeza. Cómo llamaran a lo que había entre ellos daba igual; lo que realmente importaba era si cambiaría en algo su relación por culpa de esa noche. Esperaba que no. No podría soportar perder la amistad tan maravillosa que habían forjado por culpa de un estúpido polvo.

Un estúpido polvo que había sido el mejor de su vida.

Y eso que se notaba a la legua que el pobre Carlos no era lo que se dice un experto en esas lides. Aunque, eso sí, aprendía muy rápido. Esbozó una ufana sonrisa mientras lo miraba con algo muy parecido a la adoración.

—No voy a permitir que esto se vaya a la mierda —susurró decidida.

Lo quería. Pero de verdad de la buena, no de boquilla ni por echar un polvo o conseguir algo. Lo quería, tal cual. Sin pretender ni esperar nada. Simplemente, lo quería. Con toda su alma, con cada aliento, con cada mirada, con sus cinco sentidos. Era el hombre de su vida y no iba a dejar que esa relación, si es que tenían una relación, saliera mal. No la estropearía.

Se bajó sigilosa de la cama y se dirigió al baño. Cumplió con sus necesidades básicas y se asomó al espejo. Resopló sobresaltada. ¡Estaba horrible! Tenía oscuras ojeras por culpa de las noches sin dormir velando a *Malasombra* y el pelo alborotado, pero no como en las películas cuando la prota acababa de pegar un polvo y se levantaba eróticamente despeinada. En absoluto. Ella tenía un jodido nido de águilas en la cabeza. O mejor dicho, lo tenía en el lado derecho de la cabeza porque la parte izquierda estaba tan aplastada que parecía calva. ¡Qué horror! Se echó el aliento en la mano y arrugó el ceño, agrio, cómo no. Se acercó más al espejo, tenía los pómulos surcados de finas líneas rojizas. Vasos capilares rotos, en realidad. Y jamás desaparecerían.

Resopló, estaba claro que iba a necesitar una buena mano de chapa y pintura para disimular todos sus defectos. Su mirada bajó rauda a la tripa. «Casi todos sus defectos», repensó la frase, porque había uno que no iba a poder ocultar. Tenía la tripa llena de estrías, consecuencia del alcohol, pues había pasado años muy hinchada por abusar de él. De hecho se le había quedado una barriguita que dudaba que desapareciera nunca. Dio un paso atrás, apartándose del espejo para ver el espantajo en el que se había convertido en todo su conjunto. Las piernas y los brazos volvían a estar torneados y sus pechos no defraudaban... y eso era lo único que merecía la pena ser salvado de su cuerpo. Sí, volvía a tener cintura y algo parecido a su antigua figura de reloj de arena. De hecho, vestida estaba espectacular. Pero desnuda, con todos sus defectos a la luz, era un verdadero esperpento.

—Menuda joyita que te llevas, Cagón —masculló arrugando el ceño.

Era increíble como el alcohol cambiaba la percepción de las personas. Cuando se pasaba el día borracha se veía preciosa. A pesar de su enorme barriga, su cara afilada, su ropa harapienta y hedionda y el pelo hecho un desastre, se sentía la mujer más sexi del mundo. Y desde luego no le faltaban amantes, tan ebrios y horribles como ella, eso sí.

Suspiró, no le importaría tomarse un par de copas si con eso se veía guapa otra vez.

Jadeó sobrecogida ante ese pensamiento. Malditos fueran, se colaban en su cabeza cuando menos lo esperaba, haciéndola desear lo que bajo ningún concepto podía volver a tomar. Inspiró con fuerza, no necesitaba beber para sentirse bien. Se lavaría los dientes, luego una buena ducha para que su piel estuviera reluciente, un poco de colonia para oler bien y por último una buena capa de maquillaje. Con eso y vestida para matar con uno de sus ajustados vestidos, Carlos no se daría cuenta de que se estaba liando con la bruja verrugosa en vez de con la princesa del cuento. Solo debía tener cuidado y acostarse con él siempre con poca luz, y eso era tan fácil como bajar la persiana.

Carlos se removió, despertándose con la primera luz del alba como cada mañana. Estiró un brazo, pero no encontró nada a lo que asirse. Frunció el ceño y palpó el colchón con el mismo resultado. Estaba vacío. Abrió los ojos solo para confirmar sus sospechas, allí no había nadie más que él. Se estiró perezoso mientras sentía los rayos del sol sobre su cuerpo. Hacía siglos que no dormía tan bien. Y tan feliz. Lástima que Enar no estuviera a su lado, pues entonces habría sido un despertar maravilloso. Se rascó a conciencia la tripa y las joyas de la familia y saltó de la cama lleno de energía. Seguramente Enar estaría desayunando, pues no había cenado y estaría hambrienta. Al menos él lo estaría. De hecho lo estaba. Salió del dormitorio y oyó el sonido de la ducha. Una sonrisa se dibujó en sus labios. Esa era todavía mejor idea que desayunar.

Υ

Enar se frotó vigorosamente con la esponja, dio un último restregón a sus talones y movió la cabeza complacida. Estaba reluciente y olía a..., leyó la etiqueta del gel, mandarina y lima. Sonrió burlona, ojalá con ese aroma despertara el hambre de Carlos, algo que no era nada difícil. Quién sabía, tal vez la oliera y se la quisiera comer entera. Sería maravilloso. Se aclaró el suavizante del pelo y estaba a punto de cerrar el grifo cuando el objeto de todo su acicalamiento entró en el baño.

A través de la mampara translúcida lo vio dirigirse en pelotas al inodoro para luego quedarse frente a él inmóvil y con las piernas separadas. ¿Estaba meando? ¿En serio? Oh, vaya. Sí que se sentía cómodo con ella. Tanto como si fueran un viejo matrimonio. En realidad eran algo similar. No era la primera vez que se lavaban los dientes o se peinaban juntos, al fin y al cabo solo había un baño en esa casita. Lo observó estirarse cual león perezoso para luego inclinarse sobre el lavabo y dar un largo trago de agua fría. Terminó y se giró hacia la mampara con la mano extendida.

Enar reaccionó por instinto. Se llevó las manos a su horrible barriga, ocultándola en el momento que él abría la mampara y entraba.

—¿Te duele la tripa? —inquirió Carlos ocupando casi todo el cubículo de la ducha.

Enar negó en silencio, embelesada con la maravillosa sonrisa que él esbozaba. Sonrisa que se reflejaba en sus ojos y que le iluminaba toda la cara. ¿Cómo no se había dado cuenta antes de lo hermoso que era?

—Menos mal que eres pequeñita —comentó jovial, inclinándose sobre ella—. Si fueras una gigantona como yo, no podríamos ducharnos juntos —musitó antes de besarla.

—Es una suerte, sí —acertó a decir ella cuando la dejó libre tras el arrebatador beso.

¡Vaya! Sí que aprendía rápido. Una sola noche de lecciones y ya besaba como un jodido dios del sexo.

Carlos sonrió vanidoso al darse cuenta de su embeleso y le apartó las manos para ser él quien le acariciara la tripa.

Enar abrió los ojos como platos. ¿Qué se suponía que estaba haciendo? Abrió la boca para quejarse pero en ese momento él comenzó a trazar lentas espirales por su barriga y lo único que abandonó sus labios fue un sonido bajo y gutural de puro placer.

—Vas a tener que dejar de juntarte con *Lilith*, ya ronroneas como ella cuando te rascan la tripa —bromeó al escucharla.

—Eres idiota —gimió Enar. Ahora sus dedos acariciaban sus pechos, volviéndola loca.

—Un idiota total y absolutamente enamorado de su chica —admitió Carlos antes de volver a besarla.

«Su chica». Enar saboreó la palabra junto con el beso. Así que eso era, no su amante, su follamiga ni su novia. Era su chica. Y estaba, según sus propias palabras, total y absolutamente enamorado de ella. ¡Y ella de él!

Pasó los brazos por su cuello y cuando él la abrazó se dejó caer hacia atrás, al más puro estilo hollywoodiense. Ya no era Enar López García, sino Escarlata O´Hara besada por Rhett Butler o tal vez Deborah Kerr tumbada en la playa con el mar mojando su cuerpo y Burt Lancaster besándola arrebatado.

Sintió contra su vientre la erección de él; se endurecía más y más a medida que profundizaban el beso. Se meció contra ella, haciéndolo jadear y perder el control, momento que aprovechó para llevar la mano hasta su pene enhiesto y envolverlo en su puño.

—Eres cruel —susurró Carlos en su oído antes de asirle la mano y alejarla de su polla—. Me haces olvidar mis planes.

Enar enarcó una ceja, intrigada.

—En cuanto he oído la ducha he pensado en la sed que tenía y lo mucho que deseaba saciarla lamiendo la humedad de tu piel. Luego he entrado y… Eres tan preciosa que se me ha olvidado todo.

—¡Qué exagerado eres! —dijo burlona arrimándose a él.

Carlos enarcó una ceja y volvió a apartarse, extendiendo un brazo cuando ella hizo intención de acercarse de nuevo.

—No. Deja que te vea —solicitó devorándola con la mi-

rada—. Llevo toda la vida soñando contigo, imaginándote
desnuda... Creo que ya es hora de hacer realidad mi sueño.

—¿Toda la vida? —inquirió incrédula.

—No tienes ni idea —susurró arrodillándose.

Enar lo miró perpleja cuando posó los labios en su vientre y comenzó a lamerla, tal y como había dicho que iba a hacer. No parecía que le importase en absoluto su barriga estriada.

—Mi primera paja me la hice pensando en ti —confesó—.
Y casi todas las demás también. Me volvías loco de niño, me
excitabas de adolescente y ahora que por fin puedo saborearte,
no voy a dejar de hacerlo nunca —le confesó y, a continuación, se alzó para atrapar un pezón entre sus labios.

Jugó con ambos pechos hasta que Enar sintió sus rodillas
tan flojas que tuvo que apoyarse en la pared, momento que
él aprovechó para descender de nuevo. Besó su pubis y, tras
instalar a colocar una pierna sobre su hombro, se dio un festín con su sexo.

Enar se agarró a su pelo mientras él usaba labios, lengua
y dientes para llevarla a un orgasmo como jamás había experimentado. Tan alto la hizo volar, que se olvidó de todo, incluso de sostenerse sobre sus piernas. Pero él estaba ahí para
atraparla entre sus brazos. Se sentó a horcajadas sobre él y se
perdió en un beso interminable mientras se mecía sobre su
erección, frotándola contra su sexo pero sin dejar que la penetrara; le apetecía hacerlo sufrir un poco.

Carlos gimió al sentir tan sublime fricción. Deslizó las
manos por la espalda de Enar, aprendiéndose sus contornos
hasta que llegó a la curva donde esta perdía su nombre. No
se detuvo. Siguió descendiendo hasta anclar las manos al suculento trasero con el que llevaba soñando toda su vida. Lo
masajeó con lujuria, apretándolo y soltándolo hasta que, sin
previo aviso, coló el anular entre las nalgas. El agua tibia que
caía sobre ellos tornaba resbaladiza su piel, posibilitando
que el dedo se deslizara a lo largo de la hendidura con suavidad, hasta posarse lúbrico sobre el fruncido agujero que allí
se ocultaba. Presionó despacio, encajando la yema en él.

Enar jadeó inquieta al sentir la extraña caricia. Era agradable, también desconcertante. Apretó los cachetes y alzó las caderas, apartándose renuente.

Carlos captó la indirecta y alejó el dedo. Tenía todo el tiempo del mundo para seguir intentándolo. Continuó besándola y cuando ella deslizó una mano entre sus cuerpos y le agarró la polla con la clara intención de guiarla a su vagina, la tomó por la cintura, levantándola para impedírselo.

—No, espera —susurró—. No tengo más condones, gastamos el último anoche.

—¿Qué más da? —protestó Enar, mordisqueándole la oreja.

—No está en mis planes dejarte embarazada —replicó él, manteniéndola alejada.

—Córrete fuera —le instó ella, agarrándole la polla de nuevo.

Él dejó que le acariciara un instante antes de contestar.

—¿De verdad crees que tengo suficiente control para hacer eso? —se quejó a la vez que negaba con la cabeza—. Imposible, me vuelves tan loco que no me atrevo ni a intentarlo —admitió, y, a continuación, le apartó la mano y se puso en pie—. El agua se está quedando fría —observó cerrando el caudal.

—Está bien —aceptó Enar. Lo conocía. Era aún más terco que ella, y si decía que no, era que no—. No follaremos, pero si tú has disfrutado de mí, yo también puedo disfrutar de ti —sentenció antes de arrodillarse frente a él y atrapar su erguida polla entre los labios.

Carlos apoyó la espalda en la pared, adelantó las caderas y cerró los ojos, ahíto de placer. Esperaba ser capaz de mantenerse en pie mientras ella le hacía el amor con la boca.

—¿Por qué no desayunamos en el bar? Fernando hace las tostadas más ricas de esta parte de la sierra —propuso Carlos una vez consiguieron salir del baño y secarse. Algo que les llevó un buen rato porque ambos estaban empeñados en disfrutar del otro sin importarles el tiempo que dedicaran a ello—. Luego podríamos ir juntos a la farmacia.

Enar lo miró extrañada. Ella nunca, jamás, lo acompañaba a ningún sitio. No le gustaba salir de casa y mezclarse con la gente. No se le daba bien ser sociable... A no ser que estuviera borracha. Entonces era el alma de la fiesta.

—Anda, vamos. Solo por esta vez —insistió él con carita de cervatillo inocente.

—Tengo mil cosas que hacer antes de sacar a *Malasombra*, y mira la hora que es, se me va a echar encima la mañana. Y tú tienes que ir a los laboratorios —le recordó.

—Soy mi propio jefe, puedo llegar tarde —replicó antes de besarla—. Y tú también. Vamos, ven conmigo.

—¿Y qué pasa con *Malasombra*?

—No pasa nada por que la saques un poco más tarde —refutó él mientras le mordisqueaba el cuello—. Vamos, anímate, solo a desayunar y a la farmacia, y luego te dejaré aquí de nuevo.

—Joder, Cagón, mira que eres pesadito —protestó inclinando la cabeza para darle mejor acceso—. ¿Por qué estás tan emperrado en que te acompañe?

—Porque quiero fardar de chica delante de todo el pueblo —replicó con sinceridad, derritiéndola.

Diez minutos después aparcaba el todoterreno frente al bar y Enar se bajaba de él. Era incapaz de negarle nada cuando le decía esas cosas tan maravillosas. Se alisó el vestido, tomó la bolsa que había preparado y, tras inspirar para armarse de valor, entró en el bar.

Eran apenas las nueve de la mañana, muy pronto para los veraneantes, por lo que solo estaban los abuelos de siempre. Poco más de media docena de hombres más cerca de los ochenta que de los setenta, Fernando al mando de la barra y *Manolito*, su preciosa ninfa blanca, haciéndose cargo de la banda sonora del lugar con sus silbidos y chillidos.

Carlos sacó pecho orgulloso, tomó de la mano a Enar y echó a andar pavoneándose. La guio hasta una esquina de la barra, se hizo con un taburete que le cedió como el caballero que era, y después se colocó tras ella para abrazarla con evidente alegría.

—Vaya, vaya —comentó uno de los ancianos—. Los tortolitos se han arreglado.

Carlos arqueó una ceja, seguramente el viejo habría intuido algo en su visita de la tarde anterior y de ahí su comentario.

—Cállate, hombre, no seas bocazas —le ordenó Fernando, acercándose a la pareja—. Ya veo que has conseguido convencer a la artista para que te acompañe. Enhorabuena —le dijo a Carlos. Este se hinchó más todavía, si es que eso era posible—. Señorita, encantado de volver a verla. Y además tan feliz. ¿Qué vais a tomar?

—¿Quieres probar las tostadas? Te van a encantar —la instó Carlos, dándole un cariñoso beso en la mejilla.

—De acuerdo. Una tostada, un café con leche y un vaso con hielo, como ayer —le pidió nerviosa, delatándose ante Carlos a propósito. Esos viejos eran unos chismosos, antes o después se les escaparía algo y él se enteraría de su fallida excursión. Prefería contárselo ella.

Carlos la miró intrigado.

—¿Cómo que ayer?

—Vine a tomar una caña y coincidió con que tú acababas de irte —dijo a la defensiva.

—Pero no tomaste una caña, sino un café —apuntó él, atando cabos. Ella asintió altiva—. Esa es mi chica —afirmó encantado, dándole un pico y un discreto apretón en el trasero—. Dos tanques de café con leche y tres tostadas con tomate rallado —pidió.

No tardaron más de veinte minutos en dar cuenta del sabroso desayuno.

—Artista —la llamó de repente uno de los ancianos, su vista fija en la bolsa que Enar había dejado sobre la barra—. No habrá traído por casualidad los cuencos para mi Fulgencia, ¿verdad? Es que no sabe lo pesadita que está con el tema…

—Ah, sí. He traído unos cuantos, con distintos diseños, porque no sabía cuál le gustaría —apuntó nerviosa sacándolos de la bolsa.

—Oh, seguro que le gustan todos. Me los llevo —anadeó hacía ella.

—¡No tengas tanta cara, Bartolo! —le increpó otro anciano, saltando del taburete—. No eres el único que tiene que contentar a la parienta. Yo también le he encargado para Pilarita.

—¿Y los que no tenemos parientas no podemos pedirlos? —inquirió ofendido el soltero arrastraculebras—. Yo también tengo aperitivitos para poner en los cuencos.

—No seáis críos, joder, que hay de sobra —les regañó Enar sonriendo orgullosa, no todos los días pasaba que alguien se peleara por sus cachivaches—. ¿Cuántos quiere tu mujer?

—Pues no sé… Unos pocos.

—Toma un par de ellos, tú otros dos y el Culebra el que queda. Ale, ya están repartidos —afirmó ella sintiéndose Salomón en su templo.

—Yo creo que a mi Fulgencia le van a gustar más estos —apuntó el primer viejo, tomando dos cuencos.

—Yo creo que a mi Pilarita también —se le enfrentó el otro en discordia.

—¡A mí no me dejéis el azul, que me da mala suerte! —gritó el último.

Enar parpadeó aturullada, no podía ser verdad que estuvieran discutiendo de nuevo. Se giró para mirar a Carlos, y lo sorprendió con los labios muy apretados, a punto de estallar en una carcajada apoteósica.

—Ni se te ocurra reírte —le advirtió.

—Artista, tome. —Uno de los ancianos le tendió un móvil—. Hágale una foto con guasa, se la mando a mi parienta y los que elija me llevo… Se ponga quien se ponga por delante —dijo amenazante mirando a sus enemigos.

El otro anciano casado siguió el ejemplo del primero y le dio a Enar su móvil.

—¿Qué coño se supone que es una foto con guasa? ¿Cuento chistes mientras la hago? —Miró confundida a Carlos. Este no lo soportó más y estalló en carcajadas, por lo que se ganó un fuerte pellizco en el costado—. No te rías, Cagón.

Carlos, por supuesto, siguió riéndose, aunque se cuidó muy mucho de abrazarla bien fuerte, para impedir que siguiera atacándole.

—Déjeme a mí señorita, yo controlo el guasa ese —se ofreció Fernando tomando el móvil de sus clientes y haciendo las fotos.

Enar abrió los ojos como platos al comprender a qué se refería, no había muchas personas que tuvieran esa aplicación tan moderna y reciente en los teléfonos, menos aún podía esperarse que la tuvieran esos dos viejos.

—Podías habérmelo dicho —gruñó liberando una mano del abrazo de Carlos para darle un cachete en el culo.

—Entonces no hubiera sido tan divertido —replicó él dándole otro pico—. Los móviles se los han regalado sus hijos con el WhatsApp instalado y llevan todo el verano fardando de ellos —explicó antes de darle otro beso, aprovechando que todos estaban inmersos en las fotos.

Luego, al ver que la discusión versaba sobre lo que elegirían las mujeres, decidió que era el momento de marcharse o no harían nada de lo que tenían pensado para esa mañana. Pero antes tenía algo importante que averiguar.

—Fernando, ¿me has guardado las botellas?

—Claro que sí, las tengo en la trastienda. ¿Qué va a hacer la artista con ellas? Son unas cuantas… —indagó intrigado tendiéndole las llaves para que fuera a buscarlas.

—No tengo ni idea. Acompáñame a recogerlas —le pidió Carlos—. Vuelvo en un minuto, cariño, pon paz entre estos tres antes de que se maten —le susurró a Enar antes de darle una suave palmada en el trasero y dirigirse a la trastienda.

—¡No se te ocurra dejarme aquí con estos locos! —gruñó ella.

—Seguro que consigues controlarlos —aseveró Carlos desapareciendo tras Fernando.

—¡Esta me la pagas!

Se giró hacia los ancianos, ¿qué coño iba a hacer con ellos? ¡Eran peor que niños!

—¿Lo has visto? ¿Ha vuelto a aparecer por la aldea? —le soltó Carlos al camarero en cuanto este cerró la puerta, aislándolos.

—Sabía que me ibas a preguntar eso —resopló Fernando, era la pregunta que le hacía cada día en el desayuno—. No lo he visto. ¿De verdad crees que le quedan ganas de volver? Tu morenita le dio una buena lección...

—Claro que volverá. Y la buscará. Sé cómo son los tipos como él, no es de esos a los que se les olvida un agravio. Y Enar ya le ha hecho morder el polvo dos veces —replicó Carlos con contenida furia.

Fernando asintió, él también pensaba así.

—Tardará en regresar —aventuró—. Tal vez cuando acabe el verano, el ajetreo de la aldea se calme y comience la temporada de caza. —El pelirrojo asintió conforme con su apreciación—. Dile a la artista que tenga cuidado y no pasee sola por la aldea.

Carlos le hizo un gesto de aprobación con la cabeza a la vez que sonreía.

—No conoces a mi chica, si se me ocurre decirle que no haga algo, lo hará solo para demostrarme que no puedo darle órdenes —manifestó orgulloso.

—Así que tu chica... ¿Solo tuya y de nadie más? —dijo burlón.

—Sí, solo mía. Para siempre —afirmó Carlos rotundo.

—Entonces aférrala bien fuerte y no la dejes escapar —dijo Fernando, divertido por su categórica respuesta—. Por cierto, ayer vi a una antigua amiga. Tiene una tienda de artesanía en Torrelaguna y también vende los domingos en el rastro de Madrid. Le enseñé los cuencos y el organizador de escritorio que me regalasteis, y le han gustado. Me ha dicho que os paséis por allí con una muestra del trabajo de Enar, lo dejará en el muestrario, y si lo vende se llevará un tanto por ciento de comisión sobre el precio que pongáis.

—Parece un trato justo —comentó Carlos—. Se lo comentaré a Enar. —Agarró la caja de botellas de cristal vacías y salió de la trastienda—. Ya las tengo, Enar, cuando quie... —se interrumpió al verla moviendo, como una experta trilera, tres tazas que había puesto bocabajo sobre la barra—. ¿Qué estás haciendo? —preguntó con sorpresa.

¡No estaba bien timar a los viejos, por muy entrometidos y pesados que fueran!

—Las mujeres no contestan al whatsapp y yo estoy harta de oírles discutir. ¡Me están dando dolor de cabeza, joder! Así que quien acierte dónde está la bola elegirá primero —explicó parando las tazas.

Carlos arqueó una ceja y Fernando esbozó una sonrisa. No era mala solución.

La cuestión se dirimió en pocos segundos... y ninguno de los implicados, excepto el primero, estuvo de acuerdo con el resultado.

—Son agotadores. Sácame de aquí o me lio a hostias, lo juro —murmuró Enar colgándose de su cuello cuando él la abrazó.

—Fernando, abuelos, vamos a acercarnos a la farmacia, ¿necesitáis algo? —se ofreció Carlos, como siempre hacía cada vez que salía a comprar. Al fin y al cabo allí no había más comercio que el bar, y no le costaba nada echar una mano a los vecinos.

—¿Os pasa algo? —indagó preocupado uno de los ancianos, pues sabía, al igual que el resto, que la artista había estado muy enferma.

—Yo los veo muy sanos... —apuntó otro.

—Y lo estamos. Muy, pero que muy sanos, y muy... activos. Ya sabéis a lo que me refiero —dijo Enar, lanzándoles un beso sensual.

Carlos cerró los ojos avergonzado, el calor subiéndole por el cuello para tomar su cara.

—Enar, no creo que a nadie le interese...

—¡Claro que nos interesa! ¡Hable más alto, guapa, que no me entero de nada! —gritó el sordo, que aunque se había mantenido al margen no había perdido detalle de la conversación.

—Es obvio, ¿no? —replicó burlona—. Vamos a la farmacia porque necesitamos muchos pres...

Carlos la silenció con un brusco beso.

—Ni se te ocurra continuar con esto —masculló amenazante al apartarse.

—Donde las dan, las toman... y tú me has dejado sola con ellos. No vas a ser capaz de entrar aquí sin ponerte colorado nunca más en tu vida —susurró con perversidad mientras llevaba una mano a la entrepierna masculina.

—¡Enar! —exclamó Carlos en un grito que era más una carcajada que un lamento.

Le sujetó la mano, apartándola, y al instante siguiente ella llevó su otra mano al mismo lugar. Así que también la sujetó. Con la única mano que le quedaba libre. Sin pensar que su chica todavía tenía para atacarle sus peligrosos y puntiagudos dientes.

Enar le mordió el cuello. Luego chupó. Con fuerza. Y después le calmó con la lengua. Y él estuvo a punto de ronronear de gusto delante de todos los presentes.

—Menudo chupetón te ha dado, chaval —comentó uno de los viejos, sus ojos fijos en el cuello de Carlos—. Tendrías que ver los que yo le hacía a mi Fulgencia. Una obra de arte, oiga. Lástima que ahora se me caiga la dentadura cuando lo intento —masculló pensativo.

Enar miró al anciano con los ojos abiertos como platos. No podía hablar en serio...

Carlos, más acostumbrado a las chanzas de los parroquianos, en lugar de sobresaltarse la tomó en brazos y salió de allí antes de que hundiera por completo sus posibilidades de entrar en el bar sin que los puñeteros viejos le recordaran esa erótica pelea el resto de su vida.

Regresó un instante después, solo, a por la caja de botellas.

—¡Has tenido buena suerte con la morenita, cetrero! —le felicitó uno de los ancianos cuando pasó junto a él—. Menuda fiera está hecha. No te vas a aburrir con ella.

—Aliméntate bien, o te dejará seco —apuntó otro, con evidente guasa.

—Ya nos contarás cuántas cajas de gomas has comprado y cuánto te duran. ¡Semental!

Carlos notó como su rostro se sonrojaba más y más con cada chanza de los abuelos. ¡Malditos fueran! No le volverían a dejar desayunar tranquilo en mucho mucho tiempo.

Fernando contuvo una carcajada al ver el azoramiento del chaval; pobre muchacho, sus clientes podían llegar a ser muy ocurrentes. Lo observó entrar en el coche y decirle algo a la chica. Esta le respondió con una risueña carcajada que desembocó en un largo beso. Cuando por fin arrancaron el coche las risas de ambos se elevaban por encima del motor.

Sonrió complacido y alzó la vista al techo.

—Fíjate, viejo amigo, que no daba un duro por la morenita cuando la vi por primera vez. Y cuando tu nieto me dijo que la había acogido en su casa y que iba a cuidarla me pareció una completa locura. La chica arrastraba demasiados problemas, incluso la creí peligrosa para él. Y así se lo dije. Menos mal que no me hizo caso —reconoció para sí sacudiendo la cabeza—. Lo cierto es que nunca lo he visto más dicharachero, charlatán y feliz que en estos últimos meses.

—Además de los condones, voy a comprar la píldora —dijo Enar cuando minutos después entraron en el Atazar—. Así no tendremos que estar pendientes de las gomitas.

—No puedes comprar medicamentos sin prescripción médica —replicó él.

—Claro que puedo. No es la primera vez que la compro sin receta…

—Ya sé que puedes, me refiero a que no es lo adecuado. Lo mejor es que vayas al médico, te haga un análisis de sangre y te recete la que mejor te vaya —afirmó Carlos, aprovechando la oportunidad al vuelo.

Aunque Eduardo y él habían logrado convencerla de que se hiciera un análisis al empezar la terapia, desde entonces no había vuelto a pisar una consulta médica. Y necesitaban saber si se había corregido el déficit de vitaminas que sufría o si debía seguir tomando el complejo vitamínico.

—Qué gilipollez. No me gustan las agujas, joder. ¡Las odio!

—Ya lo sé. —«Y doy gracias por ello», pensó Carlos, consciente de que ese miedo era lo que le había impedido probar drogas peores—. Pero yo estaré contigo.

—¡Qué alivio! —ironizó—. Ni que fueras a poner el brazo por mí. ¡No te jode…!

—Tú decides, Bocacloaca —replicó Carlos utilizando su antiguo mote—. O te haces un análisis y te ve un médico o usamos preservativos. A mí no me molestan.

—¡Pero a mí sí! —gruñó ella, cruzándose de brazos.

Poco después pararon el coche frente a la farmacia y entraron. Esperaron su turno y cuando este llegó, Carlos pidió una caja de preservativos.

—¿Alguna marca o tipo en especial? —preguntó la licenciada.

Él negó con la cabeza, deseando acabar lo antes posible. Era una tontería, pero le incomodaba comprar condones, más cuando había gente detrás de él, enterándose de todo.

—Claro que necesitamos un tipo especial. Tienen que ser extragrandes o no te valdrán —le reprochó Enar sin ningún reparo—. Denos los más grandes que tenga, por favor.

La farmacéutica fue al expositor y regresó con lo que a Carlos le pareció un muestrario completo de profilácticos. Como no podía ser de otra manera, sintió enrojecer su rostro.

—Hay varios que les pueden servir, el Pasante King Size XXL es el más ancho de la marca, aunque Durex sensitivo da quizá un poco más de talla.

—¿Y este? —Enar tomó una caja y leyó las especificaciones—. Es para circunferencias de 14 a 15 centímetros. Se adapta en el grueso, pero no pone el largo —se giró hacia Carlos—. ¿Y si no te vale? Tú eres muy grande —comentó con fingida inocencia.

Carlos rezó para que el suelo se abriera y se lo tragase en ese mismo momento.

—Entonces tal vez prefieran el Magnun XS —comentó la amable mujer—. 19,5 centímetros, de látex y con lubricación de base acuosa. Lo hay en formato liso y estriado. O tal vez el Durex Natural XL, hasta 22 centímetros y 15 de circunferencia.

—No es necesario tanto —se justificó Carlos tan avergonzado que no le salía la voz—. Una caja de… —se calló pensativo. Ya que había soportado toda esa escena bien podría llevarse preservativos de su medida por primera vez en su vida—. Durex sensitivo.

—¿Una caja solo? ¡Con eso no tenemos ni para empezar! —exclamó Enar.

—Enar…, por favor. Nos está mirando todo el mundo —suplicó el pelirrojo en voz baja.

—Quiero tomar la píldora —replicó ella parpadeando con inocente candor.

—Estupendo, pediremos cita con el médico —susurró él sin ceder a su chantaje—. Una caja, por favor. Si me dice cuánto es se la voy pagando —dijo, deseando terminar.

—Tres cajas —apuntó Enar, si él no cedía, ella tampoco.

—Enar, por favor, van a pensar que somos conejos —masculló Carlos entre dientes, tan colorado que su cara parecía una señal de Stop.

—Acabamos de formalizar nuestra relación tras más de medio año viviendo juntos en celibato —le explicó Enar con una maligna sonrisa a la farmacéutica—. Así que imagine el retraso orgásmico sexual que tenemos. Y queremos ponernos al día, al menos yo. Por lo que veo, con mi chico voy a tener que usar fórmulas más persuasivas —apuntó sonriente—. Que sean tres cajas.

—Por supuesto. —La mujer miró burlona al abochornado Carlos, guardó la compra en una bolsa y añadió varias muestras de aceite para masajes—. De regalo, para que no te cueste mucho convencerlo de recuperar el tiempo perdido.

12

2 de octubre de 2011

—¿Conocéis ese coche? No me gusta. No lo he visto nunca por aquí —gruñó *Bruto* receloso.

Se acercó a la verja y olfateó el aire. Desde que había aprendido a orinar levantando la pata, convirtiéndose en adulto, se consideraba el guardián canino de la finca, sustituyendo en el puesto al cansado *Séneca*. Suya era la responsabilidad de proteger la casa y sus habitantes. Y se lo tomaba muy en serio.

—¡Nos van a atacar! ¡Llama a papá y a mamá! —aulló *Leo* dando frenéticos saltos.

—Papá y mamá están muy ocupados en este momento. —*Lilith* trepó a un árbol cercano para observar al coche y su ocupante—. Oh, vaya —se fingió apenada—. Pobre *Leo*... Todos te queremos, lo sabes. Si algo te ocurriera, te echaríamos mucho de menos. Has sido un buen perro, aunque algo ruidoso.

—¿Por qué dices eso? ¿Qué has visto? ¡Qué va a ser de mí, dímelo! No quiero que me ocurra nada. ¡Papá, Mamá! —lloró el beagle asustado.

—¡Nada te va a ocurrir, *Leo*! ¡Yo te protegeré! —estalló *Bruto*, el lomo erizado, las orejas erguidas y los labios retraídos enseñando los colmillos, amenazador.

—¡*Leo*, silencio! ¡*Bruto*, compórtate! —ladró *Séneca* enfadado—. ¿Has visto u olido algún indicio de ataque?

—No, pero *Lilith*...

—¡Da igual lo que diga Lilith! —le reprendió *Séneca*

perdiendo la paciencia—. Tienes que atender a tus instintos y tus sentidos, no a lo que te diga una gata vanidosa.

—No soy vanidosa, solo perfecta —replicó la mencionada moviendo sinuosa la cola.

Séneca le dedicó una gélida mirada a la irritante felina.

—Prometiste que no instigarías a tus hermanos a pelearse —le reclamó.

—Y no lo he hecho, solo he asustado un poco a *Leo*. Nadie se ha peleado con nadie.

Séneca resopló, esa gata era incorregible.

—*Bruto*, la próxima vez comprueba que la amenaza es real antes de adoptar la posición de ataque —le advirtió a su joven hermano—. ¿No recuerdas el olor del humano que acaba de salir del coche? Tal vez no, eras un cachorrillo la última vez que estuvo aquí —apuntó tumbándose tranquilo frente a la puerta.

El mastín se acercó a la cancela, olisqueó el aire y por fin reconoció al visitante.

—¡Has vuelto! ¿Traes algo? —ladró alborotado golpeando el suelo con la cola de pura felicidad—. ¡Vamos a jugar! ¿Traes pelotas? ¿Huesos?

—¡Huesos! —aulló *Leo*, reconociendo también al intruso—. ¡Y galletitas! ¡Quiero galletitas!

—Son bochornosos —bufó *Lilith* mirándolos altanera.

—Creo que lleva algo en la mano. Tal vez traiga un ovillo de lana —comentó *Séneca*.

Lilith se puso en pie sin pensárselo un instante y corrió por la rama hasta sobrepasar la valla y saltar al coche del visitante. En ningún momento se detuvo a pensar que *Séneca* estaba casi ciego y que por tanto no podía ver la mano del humano.

—No se te ocurra parar —exigió Enar al oír el jaleo que los perros estaban montando fuera—. Seguro que han visto alguna ardilla —gimió agarrándose a su pelo.

Carlos asintió en silencio, pues tenía la boca demasiado ocupada para hablar. Además, tampoco estaban ladrando demasiado, o al menos eso le parecía a él, aunque, al tener los muslos de Enar tapándole las orejas, no podía juzgar con exactitud el volumen de los ladridos. Y tampoco era que le importara mucho, la verdad. Los vecinos estaban en Madrid, así que tanto los perros como ellos podían hacer todo el ruido que les diera la gana.

Y en eso estaba.

Aplanó la lengua y dio un lametazo al clítoris que hasta hacía un instante había estado chupando. Los atenuados ladridos desaparecieron por completo cuando Enar apretó más aún los muslos contra sus orejas. Sonrió vanidoso, esperaba no quedarse sin cabeza durante su próxima maniobra. Posó los labios sobre el endurecido botón, acariciándolo con suavidad para luego chupar con fruición, y, mientras tanto, presionó con un dedo el fruncido orificio que se ocultaba entre las nalgas femeninas.

Enar respondió apretando el trasero contra el dedo, aunque no se movió para apartarlo de allí. Se había acostumbrado a esa caricia y lo cierto era que la disfrutaba bastante, sobre todo cuando, como ahora, él utilizaba los labios y la lengua para darle placer.

Introdujo el índice en el ano y a la vez afiló la lengua y penetró con ella la vagina.

Enar arqueó la espalda exhalando un mudo jadeo, tan cerca del orgasmo que todo su cuerpo comenzó a temblar de anticipación. Sintió los dedos de él en sus muslos, separándolos. Ah, mierda. Por lo visto había vuelto a dejarle sin aire. Dejó de empujar la cabeza contra su sexo y se obligó a relajarse y abrir las piernas. No era cuestión de asfixiar al maravilloso Dios del sexo que tenía entre ellas.

Carlos se alzó sonriente, aunque algo sofocado, de entre los muslos femeninos. Los inmovilizó con las manos para impedir que volvieran a atraparlo. También porque sabía que a ella le volvía loca esa suave contención, y bajó la cabeza dispuesto a hacerla gritar de placer.

Se detuvo antes de tocar el pubis.

—¿Están llamando al timbre? —Ahora que por fin tenía las orejas libres escuchaba con claridad los frenéticos ladridos de los perros y el insistente sonido del timbre.

—¿Qué timbre? —gimió Enar, sumida en las brumas del placer.

—El de la puerta —masculló Carlos.

—No hagas ni caso, seguro que es alguien que quiere vendernos algo —protestó ella llevándose la mano al sexo.

Carlos gimió excitado al verla acariciarse y, sin pensarlo un instante más, empuñó su pene y lo colocó contra la vagina, dispuesto a penetrarla. ¡Que le dieran por culo al vendedor!

Enar le rodeó la cintura con las piernas al sentir la primera embestida. Estaba tan cerca que con un par de arremetidas tocaría el cielo.

Carlos se movió excitado… solo para pararse de repente y alzar la cabeza. Estrechó los ojos, escuchando con atención.

Enar le golpeó el trasero con los talones como quien arrea a una mula, solo por si no se había dado cuenta de que estaba parado. Y ella necesitaba que se moviera. A ser posible rápido y con fuerza. Pero, si no, también se conformaba con un suave meneíto. ¡Lo que fuera con tal de que sacudiera el jodido culo y la llevara al prometido y casi vislumbrado orgasmo!

Estaba a punto de volver a arrearle cuando por fin escuchó las voces que él llevaba unos segundos oyendo.

—¡No, joder! No vayas. Seguro que es un vendedor pesado —reiteró quejumbrosa.

—Está llamándome a gritos —masculló Carlos sacudiendo la cabeza ofuscado.

—No hagas caso, tienen los nombres de todo el mundo en sus listas —argumentó ella.

«Pero no me está llamando por mi nombre», pensó Carlos, consciente de que Enar estaba tan excitada que no se daba cuenta de lo complicada que acababa de volverse la tarde.

La penetró con fuerza, clavándose profundamente en ella para luego frotarse en círculos, y después, con todo el dolor de su corazón —y de sus huevos—, se apartó.

—No puedo concentrarme con tanto escándalo —se quejó.

Saltó de la cama y se acercó a la ventana, donde comprobó que sus peores hipótesis no estaban desencaminadas.

—No hace falta que te concentres, no es un maldito examen. ¡Joder! Solo tienes que meterla y sacarla rapidito y ya está. —Enar apretó las piernas buscando alivio.

—Imposible —gimió resentido agarrando unos pantalones—. Espérame aquí, me libraré de él en un momento y volveré a tu lado —prometió antes de abandonar la habitación.

Enar parpadeó asombrada. ¡La había dejado a medias para atender a un vendedor! Se levantó de la cama y fue a la ventana. Lo único que vio fue una vieja furgoneta y a alguien tras la verja, medio oculto por los perros, los cuales saltaban y ladraban con frenética alegría.

—¡Vamos, Cagón, no te hagas el sordo, sé que estás dentro! —gritó Marcos por enésima vez, intentando hacerse oír por encima del alboroto.

Estaba a punto de dejar el dedo pegado al timbre cuando la puerta de la casa se abrió y el pelirrojo la atravesó abrochándose los vaqueros que, junto con las chanclas en los pies, eran las únicas prendas que llevaba puestas.

—¿Qué haces aquí? —le ladró Carlos, compitiendo en ferocidad con los perros.

—Ya ves, me ha tocado fotografiar la ciudad encantada de Tamajón y, como he acabado pronto y estaba aquí al lado, me he acercado a verte —replicó con fingida inocencia.

—No me fastidies, Marcos, hay más de cincuenta kilómetros desde Tamajón hasta aquí; no estamos al lado ni remotamente —replicó enfadado, llegando a la valla. Se limpió la boca, pues tenía el sabor de Enar todavía en los labios, y abrió la cancela con evidente disgusto.

Los perros se abalanzaron sobre Marcos y este los achuchó juguetón antes de lanzarles las pelotas de tenis que llevaba para ellos. *Lilith*, por su parte, ya hacía tiempo que había desaparecido con un ovillo de lana en la boca.

—Tampoco demasiado lejos, además, el periódico me ha dado un coche para el trabajo y me apetecía darme una vuelta —dijo, mirándolo de arriba abajo con atenta curiosidad. Jamás había visto a su amigo tan desaliñado.

—Qué bien —resopló Carlos—. Mira, tío, ahora no es un buen momento. ¿Por qué no vas al bar y me esperas allí? En un rato me reúno contigo, ¿de acuerdo? —comentó ruborizado, pasándose la mano por la boca de nuevo.

Marcos arqueó una ceja, ¿Carlos lo estaba echando de su casa? Con mucho tiento, eso sí, pero lo estaba despachando. Lo observó con interés, atento a todos los detalles, hasta captar el conjunto y dar con el quid de la cuestión.

El pelirrojo tenía el pelo tan alborotado que estaba claro que alguien, y no necesariamente él mismo, había estado dándole un apasionado masaje en la cabeza. Y solo había una razón lógica por la que alguien, una mujer con toda probabilidad, le daría dicho masaje. Si a eso le sumaba el olor a sexo que exudaba, lo colorado que estaba y que, además, no dejaba de secarse la boca, no era difícil averiguar dónde había metido la cara, qué había estado haciendo con la lengua y por qué estaba de tan mal humor. A nadie le gustaban los *coitus interruptus*... o en este caso los *cunnilingus interruptus*.

Esbozó una sonrisa ladina que hizo que Carlos se echara a temblar.

—Te he fastidiado la cena, ¿verdad? —dijo con perversa malicia.

Carlos negó con la cabeza, confundido. ¿A qué se refería? Ni siquiera eran las siete.

—No te hagas el tonto, Cagón, apestas a sexo, no haces más que secarte la boca y casi mejor que no hablemos del pelo. Menudo masajito te ha hecho. —Marcos lo esquivó y entró en la finca.

Carlos lo miró petrificado antes de darse cuenta de que se dirigía a la casa.

—¿Dónde la tienes escondida? Imagino que a buen recaudo en el dormitorio. ¿Te ha dado tiempo a acabar o la has dejado a medias a la pobre? —inquirió con burlona perspicacia.

—Marcos, espera, no puedes entrar en casa —profirió y lo detuvo interponiéndose en su camino.

—Pedazo de cabrón... Cómo te lo tenías guardado. Yo venga a preguntarte si tenías actividad nocturna y tú venga a decir que no. Aunque la verdad es que tampoco mientes, al fin y al cabo la tienes nocturna y diurna —dijo mordaz—. Mal amigo... Yo preocupado por tu salud sexual y tú echando polvos a diestro y siniestro sin decírmelo. Anda, preséntamela. Tengo ganas de conocerla —le pidió a la vez que intentaba esquivarlo.

—Marcos, por favor, no puedes entrar en casa —replicó Carlos con seriedad—. Tengo que hablar con ella antes de dejar que la veas. Espérame en el bar, por favor.

—¡Vamos, hombre! No estarás hablando en serio —replicó Marcos, intuyendo que su impetuoso plan de aparecer por sorpresa y obligarle a presentarle a la chica no era tan acertado como había pensado. Más aún, por lo que parecía iba a ser tan desastroso como Ruth había pronosticado—. Joder, Cagón, ¿de verdad no vas a dejarme entrar en tu casa por culpa de una tía? —se le encaró belicoso.

—No tenías que haber venido sin avisar, sabías cómo estaba la situación aquí —replicó Carlos, tan enfadado o más que Marcos.

—¡Vete a la mierda! —le increpó el rubio.

—Carlos..., ¿te está molestando ese tipo?

Marcos se giró al escuchar la voz femenina. Pertenecía a una morena muy bien dotada que vestía una camiseta enorme, del pelirrojo con toda probabilidad, y que estaba en la puerta, sujetando una piedra en la mano. Y, joder, parecía a punto de lanzársela.

—Hola, princesa. —La observó intrigado. Le recordaba a alguien, pero no sabía a quién.

—No soy una puta princesa —bufó ella haciendo saltar la piedra en su mano—. Lárgate, no queremos nada —dijo amenazadora.

—Genial, porque yo tampoco vendo nada —replicó Marcos con su sonrisa más afable.

—¿Eres gilipollas o te lo haces? —gruñó ella.

Primero les cortaba el polvo, luego entraba sin permiso, pues había visto desde la ventana cómo esquivaba a Carlos a pesar de que este intentaba pararle los pies, y, por último, mandaba a su chico a la mierda. ¡Hasta ahí podían llegar!

—Enar, tranquila. —Carlos fue a su lado, resuelto a calmarla antes de que atacara.

—Eres un poco borde, no crees, bonita —le reprochó Marcos, enfadado. ¡Vaya tía más desagradable!—. ¿De verdad estás liado con este cardo borriquero? —le increpó a Carlos.

—¡Estás muerto, hijo de puta! —estalló Enar lanzándole la piedra. ¿¡Cómo era tan cabronazo de decirle eso a su chico?!

Marcos, demostrando que tenía unos reflejos impresionantes, se agachó esquivándola por los pelos.

—¡Enar, basta, es mi amigo! —Carlos la atrapó en un fuerte abrazo para que no pudiera atacar de nuevo a Marcos. Cuando se cabreaba era muy pero que muy peligrosa.

—¡La madre que te parió! ¡Por poco me arrancas la cabeza con ese pedrusco! —exclamó Marcos mirando perplejo a la mujer, que en ese momento le enseñaba los dientes cual perro rabioso—. Mira, tía, no te permito que…

Se calló de repente. De niño salía con una pandilla de amigos del barrio, y entre ellos había una chica que cuando se enfadaba enseñaba los dientes igual que esa loca. Y a pesar de ser una cría, ya tenía las tetas enormes, igual que esa mujer… Y los ojos marrones y la nariz chata con un botoncito en la punta, cómo ella. Y joder, también se llamaba Enar.

En realidad, era ella.

La miró de arriba abajo, a pesar del tiempo transcurrido seguía igual de bonita… y de irascible. Aunque su rostro había cambiado mucho, algo que no le extrañaba en absoluto, pues Ruth le había contado la nociva vida que había llevado antes de esfumarse hacía tres años.

—Enar *Bocacloaca*… Creía que estabas muerta —susurró tan sorprendido que no pensó en lo que decía hasta después de haberlo dicho—. Me refiero… Ah… Bueno, todos lo pensábamos. Llevas años desaparecida —farfulló.

Enar, aún encerrada entre los brazos de Carlos, lo miró de arriba abajo.

—¿Quién coño eres tú? —Empalideció al comprender que acababa de ser descubierta—. ¿Y quiénes son esos «todos» que me creen muerta? —preguntó perturbada.

—Es Marcos —le susurró Carlos al oído.

—¿Marcos Cara de Asco? —soltó alterada—. No. No puede ser. No tiene pelo...

—¡Eh! Claro que lo tengo, solo que un poco más corto —replicó Marcos ofendido. ¡Qué mosca les había picado a todos con su pelo!

—Joder —masculló descompuesta—. ¿Por qué has venido? ¡¿Quién coño te ha invitado?! —exclamó dando una patada al aire.

Marcos dio un salto atrás, asombrado ante el inesperado ataque. ¿Qué mosca la había picado?

Carlos la sujetó con más fuerza, consciente de que no estaba furiosa como parecía, sino aterrada. Se sentía atrapada y cuando eso ocurría, atacaba para escapar.

—Enar, tranquila, no pasa nada —susurró acariciándole la mejilla con la nariz.

—¡Claro que pasa! —chilló trastornada, intentando escapar—. ¡Me ha visto, joder! ¿Es que no te das cuenta de lo que significa? ¡Sabe quién soy y se lo va a chivar a todos!

—No se lo va a decir a nadie —le aseguró Carlos.

—¡Claro que lo hará! Y todo se irá a la puta mierda. Es demasiado pronto, ¡aún no pueden enterarse! —gritó alterada, sacudiendo la cabeza en una negación sin fin—. No estoy preparada, joder. Me dijiste que esperaríamos... ¡Y este malnacido se lo va a chivar ya!

—¡Eh, deja de insultarme, yo no te he hecho nada!

—¡Vas a arruinarle la vida a mi hija, cabrón! —gritó desquiciada.

Marcos la miró sorprendido, ¿a qué narices se refería? ¿Qué tenía Mar que ver en eso?

—¡Ya basta, Enar! —le exigió Carlos a la vez que miraba a su amigo, pidiéndole paciencia con los ojos—. Marcos no le va a decir nada a nadie, te lo prometo.

—¡Sí lo hará! —gritó Enar alterada.

Carlos la giró entre sus brazos hasta que quedaron enfrentados y entonces le envolvió la cara entre sus dedos, obligándola a fijar la mirada en él.

—No dirá nada —manifestó de nuevo, sus ojos secuestrando los de ella.

—Pero él...

—No es él quien te lo promete, sino yo —dijo muy serio.

Enar asintió, algo más tranquila. Si Carlos lo prometía, se haría. Jamás había faltado a sus promesas. Todo el miedo y la angustia que sentía se atenuaron, arrebatándole la energía que la impulsaba a pelear. Se apoyó estremecida en el pelirrojo y este la atrapó entre sus brazos, besándole con cariño la frente. Ella frotó la nariz contra el cuello de él, inhalando su tranquilizador olor y Carlos bajó la cabeza, buscando sus labios.

Mientras, Marcos observaba petrificado sus arrumacos. ¿Qué narices acababa de pasar? ¿Cómo había conseguido calmar a la fiera de esa manera? Aunque lo que más le había impresionado fue la cara de absoluta desolación que ella tenía mientras discutían.

—¿Qué voy a hacer ahora? —dijo Enar, consumida por la incertidumbre. Reposó la cabeza contra el hombro del pelirrojo, vencida.

—Sabías que esto iba a ocurrir antes o después. No puedes esconderte eternamente —replicó Carlos; hundió los dedos en la melena de la mujer para acariciarle la nuca.

—Pero es demasiado pronto, no estoy preparada.

—Y nunca lo estarás si te lo sigues pensando. —Carlos esbozó una alentadora sonrisa.

—Tengo miedo, joder —reconoció enfurruñada.

—Lo sé.

—No querrán verme. Me echarán a patadas...

—Mar, probablemente; Irene, no creo, es tu madre, hablará contigo. Pero si no lo hace, si ambas te rechazan, al menos sabrán que estás viva y las quieres. Y eso es lo más importante ahora, todo lo demás llegará con tiempo y paciencia.

—Qué fácil haces que parezca —musitó ella zafándose del abrazo—. Voy a ducharme, aún huelo a sexo —le susurró. Se giró hacía Marcos y le dirigió una desdeñosa mirada antes de irse—. No te sientas como en casa, ¿vale?

—Vaya humos que se da la señora —masculló este cuando Enar traspasó la puerta.

—No se lo tengas en cuenta, verte ha sido una conmoción para ella.

—¿En serio? No me he dado cuenta —ironizó—. ¿Qué coño le pasa? ¿Por qué me odia?

—Es complicado, acompáñame —indicó, echando a andar.

Marcos lo siguió y al entrar observó el interior de la casa sorprendido. Hacía casi un año que no estaba allí y el lugar había dado un cambio radical. Las paredes ya no estaban vacías, sino invadidas por cuadros de diversos motivos y colores. Se paró ante uno de ellos.

—¿Dónde lo has conseguido? —inquirió observándolo fascinado.

Era una antigua ventana de madera, con su tirador y sus cuarterones para el cristal. La habían pintado de rojo, puesto un corcho de fondo y convertido las divisiones en estrechas repisas, creando una original estantería para fotos.

—Lo hizo Enar —le informó Carlos con una sonrisa.

Marcos lo miró sorprendido, Ruth y las chicas le habían contado que Enar se pasaba el día borracha y sin dar palo al agua, y, sin embargo, ese trabajo requería esfuerzo y templanza.

—En realidad todo lo que ves lo ha hecho ella —dijo Carlos con evidente orgullo, entrando en el salón.

—¿Todo? —Marcos parpadeó asombrado al ver cómo había transformado el aburrido salón en un oasis de vida y color.

—Absolutamente todo.

—Joder…

Además de los cuadros, había murales que al acercarse un poco más comprobó que estaban hechos con latas de distintos tamaños y colores. También había convertido botellas de plástico en preciosos centros de mesa llenos de plantas que crecían esplendorosas. Y había reutilizado varias mesillas y mesas viejas cortándolas a lo largo, transformándolas en una curiosa estantería que ocupaba una de las paredes del suelo al techo.

Marcos sacudió la cabeza, impresionado, se notaban el talento y la creatividad en cada rincón de la casa.

—Es impresionante.

—Y no has visto ni la mitad —replicó Carlos, pensando en todo lo que tenían Fernando y los abuelos, y en lo que guardaba la tienda de artesanía—. ¿Te apetece tomar algo?

—No me vendría mal una cerveza para tragar la sorpresa —comentó el rubio.

—En casa no hay alcohol —dijo Carlos, repentinamente serio.

Marcos enarcó las cejas sorprendido, antes de caer en la cuenta de por qué no lo había.

—Ah, joder, lo siento. Con todo lo que ha ocurrido se me ha olvidado que Enar es… —se interrumpió al verla entrar con el pelo mojado—. Es… Ya sabes. —No quiso terminar la frase.

—¿Ya sabe, qué? ¿Que soy una jodida alcohólica? ¿Es eso lo que ibas a decir? —le increpó ella.

—Bueno, lo eres, ¿no? —dijo Marcos a la defensiva.

—Sí. Y también soy peligrosa y tengo muy mala hostia, sobre todo con los idiotas.

—Entonces te agredirás a ti misma muy a menudo —le espetó él.

—Ya basta, los dos —los paró Carlos, enfadado—. Enar, Marcos no es tu enemigo, deja de atacarlo —le pidió a ella antes de dirigirse a su amigo—. Marcos, es mi mujer, te agradecería que la trataras con el mismo respeto que yo trato a Ruth.

Los dos contendientes observaron al pelirrojo, cruzaron sus miradas y bajaron la vista.

—Tienes razón, lo siento, tío —se disculpó Marcos—. Perdona, Enar, a veces tiendo a ser un poco bocazas.

Enar lo miró huraña antes de asentir, aceptando. Eduardo le había enseñado a ser consciente de sus errores y a asumirlos. Aunque esto último aún le costaba bastante trabajo.

—Si bueno, yo tiendo a ser bastante insociable —masculló enseñando los dientes.

—Estupendo, ahora, si me prometéis no mataros el uno al otro, iré por unos refrescos. —Carlos clavó su mirada en ambos, hasta que los dos asintieron.

Enar inspiró un par de veces antes de atravesar el salón y pasar junto a Marcos, que ocupaba el sillón, para sentarse en el sofá.

Ambos se quedaron unos segundos en silencio antes de empezar a hablar a la vez.

—¿Qué tal tu familia? Me ha dicho Carlos que Iris se ha echado novio —dijo Enar.

—¿Los cuadros los has hecho tú? Son muy originales —apuntó Marcos a la vez.

Los dos se quedaron callados para al instante siguiente esbozar sendas sonrisas.

—Le salió un noviete, pero ya me he encargado de quitárselo de la cabeza —dijo Marcos presuntuoso.

—Ya, Carlos me dijo algo de besos con lengua y dientes sucios. Espero que no la hayas asustado para el resto de su vida —comentó burlona.

—No, solo hasta que cumpla noventa años y tenga edad suficiente para salir con chicos —apuntó Marcos divertido.

Enar estalló en una sincera carcajada.

Y Marcos se sorprendió al ver como todo su rostro cambiaba con esa risa. Ya no parecía la chica dura e intratable que le había recibido, sino una mujer encantadora. Desvió la vista a la entrada al escuchar pasos, allí estaba Carlos, observando embelesado a Enar.

—Es arrebatadora cuando se ríe, ¿no crees? —dijo el pelirrojo, entrando.

—No digas tonterías —resopló Enar, volviendo a ponerse seria.

Carlos dejó en la mesa la caja de madera reconvertida en bandeja que contenía los refrescos y unos aperitivos servidos en originales cuencos y se sentó en el sofá. Enar reposó la cabeza contra su hombro en tanto que él la abrazaba.

Marcos parpadeó sorprendido, la mujer que estaba junto a su amigo no parecía la misma que segundos atrás. Su rostro se había serenado, dulcificándose, y su postura no estaba a la defensiva, sino todo lo contrario: se la veía relajada y segura.

—Así que es aquí donde has estado escondida estos últimos meses —comentó intentando no parecer tan sorprendido como realmente estaba.

—No me he escondido. —Encogió las piernas, acurrucándose al lado de Carlos.

—En realidad sí lo has hecho —rebatió Carlos besándola. Enar emitió un bajo gruñido que le arrancó una sonrisa—. No seas tan enfadona. Vas a asustar a nuestro invitado.

—No tendré la suerte de que se acojone tan fácilmente —masculló enfurruñada.

Carlos emitió una suave risita y frotó el mentón contra la cabeza de ella, que respondió al instante alzándola para recibir un cariñoso y tranquilizador beso.

—Lleva aquí desde que te llamé en marzo —dijo Carlos al separarse, respondiendo a Marcos—. Ya sabes lo que ha pasado desde entonces, te lo he contado todo cada sábado.

—Casi todo en realidad, ha habido cosas que te has callado. Justo las más interesantes. —Marcos arqueó varias veces las cejas—. ¿Dónde estuviste antes? —Miró a Enar, intrigado—. Desapareciste hace casi tres años, y aquí solo llevas unos pocos meses...

—¿Qué más da? —susurró ella nerviosa—. Desaparecí y punto. Lo que hice o dónde estuve no te importa una puta mierda.

Marcos la observó petrificado, tras el arrebato de rabia Enar había escondido el rostro en el pecho de Carlos, pero justo antes de hacerlo, había podido ver su cara y jamás había visto tal expresión de vulnerabilidad en una mujer tan aparentemente fuerte.

Carlos puso el dedo bajo la barbilla de Enar, alzándole la cabeza para que lo mirara.

—Lo importante es quién eres y lo que haces ahora —afirmó antes de besarla de nuevo.

Marcos parpadeó aturdido. Tampoco había visto nunca tal expresión de amor en el rostro de su pelirrojo amigo. Y era la misma expresión que tenía ella. No cabía duda de que el cabroncete de Cupido se había liado a flechazos con esos dos, acertando de pleno.

—Chicos, si tantas ganas os tenéis me voy a dar una vuelta y regreso en media hora —dijo burlón, sobresaltándolos. Al menos a Carlos.

Estaba tan acostumbrado a estar solo con Enar que al besarla se había olvidado por completo de su amigo. Se apartó sonrojado.

—¿Media hora? ¿Eso es lo que tardas tú? —Enar miró con fingida pena a Marcos—. Pobre Ruth, tiene que quedarse a medias. Si te vas, desaparece por lo menos un par de horas, menos no tardamos —apuntó empujando con la lengua el interior de su mejilla, de manera que pareciera que tenía *algo* muy grueso en la boca y que lo estaba chupando.

—Enar, por favor... —le llamó la atención Carlos, sonrojándose aún más, lo que provocó una risueña carcajada en Enar.

Marcos levantó las manos a la vez que negaba con la cabeza.

—¿Estás poniendo en duda mi capacidad como amante? Muy bien, no me dejas otra opción —sonrió ladino mientras sacaba el móvil—. Llamaré a mi mujer para que puedas preguntarle cuánto aguanto... No quiero que pienses que la tengo desatendida.

—¡No! —exclamó Enar, la hilaridad sustituida por el espanto—. No puedes llamarla. Todavía no. Es muy pronto, no puedo...

—Está bien, tranquila —la interrumpió Marcos—. Era broma. No pensaba llamarla... Si le pregunto que tal amante soy, seguro que responde que soy una nulidad, solo por dejarme en ridículo. Las mujeres sois así de crueles —dijo de corrido, intentando arrancarle una carcajada.

Enar lo observó con los ojos entrecerrados. ¿Estaba intentando hacerla reír? Y, esa mirada que tenía, ¿era de preocupación? ¿Por ella?

—¿Amigos otra vez? —susurró Marcos con voz amable a la vez que le tendía la mano.

—Sí. Creo que sí —aceptó Enar inclinándose para darle un fuerte apretón.

Si ese hombre era amigo de Carlos, por narices tenía que ser un buen tipo. El pelirrojo jamás se juntaría con alguien que no mereciera la pena como persona.

Se quedaron en silencio, pero no era un silencio tenso, sino de reconocimiento, un silencio en el que ambos recordaban la amistad infantil que los había unido hacía ya tantos años para trasladarla al presente.

—¿Por qué desapareciste de repente? —preguntó Marcos sin rastro de censura en la voz, solo la más pura curiosidad.

—No podía quedarme. Tenía problemas muy gordos. Con la bebida, con las drogas, con mi… pareja. Era peligroso seguir en el barrio. —Subió los pies al sofá y encogió las piernas, protegiéndose tras ellas.

Carlos aumentó la fuerza de su abrazo a la vez que la acariciaba alentador, pues sabía lo mucho que le costaba hablar de su pasado. En todo el tiempo que llevaba allí él jamás le había preguntado nada acerca de su huida. No había sido necesario, intuía la respuesta. Y, de todas maneras, no le importaba su pasado, sino su presente. Y de este conocía cada detalle.

—¿Por qué te has escondido tanto tiempo? —continuó preguntando Marcos.

—No podía volver. Pasé unos años… convulsos.

—Pero ahora estás bien, llevas meses sin beber, ¿por qué no has vuelto? —insistió intrigado—. Tu madre reza cada día por ti, pregunta al cielo si estás bien, si eres feliz, si regresarás algún día… Y, aunque Mar no dice nada, sé que también querrá saber qué ha sido de ti. ¿Por qué te sigues ocultando? ¿Por qué no quieres que nadie sepa que estás viva?

—Es complicado, ¿vale? —masculló Enar—. Mira que eres preguntón, joder.

—Por muy complicado que sea creo que se merecen saberlo —replicó Marcos muy serio.

—Me importa una mierda lo que tú creas. Eres un cotilla de cojones —escupió despectiva—. No me apetece que me sigas interrogando. —Saltó del sofá para dirigirse a la puerta—. Me voy a dar una vuelta, si tanta curiosidad sientes por mí dile a Carlos que te ponga al día —dijo mirando al pelirrojo.

Marcos abrió la boca para protestar, pero Carlos le silenció con un gesto. Luego este se levantó y siguió a Enar, comprendiendo que le daba permiso para contarle a Marcos la verdad sobre ella.

—¿Seguro que no quieres quedarte? —La atrapó por la cintura para acercarla a él.

—Si vais a hablar de cómo arruinarle la vida a mi hija, no quiero oírlo —dijo huraña antes de abrazarle—. Ya no puedo seguir ocultándome, ¿verdad? —susurró acobardada.

—Sabes que no. Marcos no hablará, pero no puedes pedirle que mienta a Ruth eternamente —le acarició la frente con los labios— Tú no querrías que yo te mintiera a ti.

Enar asintió, consciente de que el tiempo de esconderse había terminado.

—Está bien. Pero dame unos días para que lo asuma. No permitas que se lo diga a Ruth hasta que esté preparada —suplicó estremeciéndose.

—Nadie va a obligarte a nada, ni siquiera yo… aunque ganas no me faltan —musitó esbozando una burlona sonrisa.

—Estupendo —se apartó de él—. Me llevo a *Malasombra* para seguir practicando —declaró altiva, como si un segundo antes no hubiera estado temblando entre sus brazos.

—¿Vas a ir al Cerro Chico?

—Claro, ¿dónde si no voy a volarla? —resopló ella con insolencia.

—No me gusta que te internes en el monte sola —replicó Carlos, muy serio.

—Oh, vamos, Cagón, no me va a pasar nada —saltó Enar, intuyendo el motivo de su miedo—. El sicópata no tiene huevos para volver, y si los tiene se los aplastaré de una pedrada.

—Llénate los bolsillos de piedras y llévate a *Bruto* —exigió él, sabiendo que no podía prohibirle salir sola. No ahora, con lo mucho que le había costado que abandonara su encierro voluntario.

—No te rayes, sé defenderme solita —bufó airada.

—Lo sé, pero me siento más tranquilo si te llevas a *Bruto*...

—Está bien —aceptó ella antes de despedirse de un atónito Marcos con un gesto.

Estaba a punto de traspasar la puerta cuando Carlos le atrapó la muñeca y tiró de ella para darle un beso de tornillo que la dejó excitada y temblorosa.

—Te voy a echar de menos —susurró contra sus labios antes de volver a besarla.

—No tanto como yo a ti.

—Vaya par de tortolitos. Vais a veros dentro de un rato, no seáis tan pegajosos —se burló Marcos, ganándose un bufido de Enar y una sonrisa de Carlos.

El pelirrojo le dio un suave azote en el trasero a su chica cuando la dejó marchar. Se acercó a la ventana y la observó mientras sacaba a *Malasombra* de la halconera para luego salir de la finca acompañada por *Bruto*.

Marcos no perdió detalle de la mirada encendida y a la vez preocupada de su amigo.

—Estás colado por ella —comentó cuando Carlos se apartó de la ventana.

—Es la mujer de mi vida —replicó este con rotundidad.

—Desde luego no te gustan las cosas fáciles —apuntó Marcos burlón.

—Le dijo la sartén a las brasas...

Marcos sonrió asintiendo. Tampoco él lo había tenido fácil con su mujer.

—¿Por qué ha dicho que íbamos a hablar sobre cómo arruinarle la vida a su hija? —le preguntó de repente.

—Porque está convencida de que Mar solo comenzó a ser feliz cuando ella desapareció. Y cree que si ahora reaparece volverá a arruinarle la vida.

—No le falta razón. Por lo que Ruth me ha contado, Mar e Irene lo pasaron muy mal.

—Ya lo sé. Y Enar también lo sabe. Por eso la aterra acercarse a ellas. No quiere volver a hacerles daño, por eso se esconde. Aún no se siente segura de sí misma —murmuró abatido—. Hace un mes discutimos y su reacción fue ir al bar a emborracharse. En lugar de eso se tomó un café, pero se le ha quedado grabado en la cabeza ese momento y no quiere ni oír hablar de ver a Mar e Irene, tiene miedo de volver a beber y destrozarles la vida otra vez.

—Es un miedo razonable. Muchos alcohólicos recaen.

—Sí, pero vivir con miedo es tentar al desastre. Tiene que enfrentarse a ello, como ha hecho con todo lo demás. De todas maneras no creo que eso sea lo único que le impide descubrirse ante Mar e Irene —le explicó pensativo—. Tiene miedo de no ser bien recibida.

—Y no anda desencaminada. Mar no siente mucho aprecio por su madre —dijo Marcos.

—Lo sé, y no me extraña. Enar se ha ganado a pulso su resentimiento y es consciente de ello, pero, no es tan malvada como os empeñáis en pensar, incluida ella —apuntó abatido—. ¿Sabías que ha visitado el barrio a escondidas varias veces en estos años?

Marcos lo miró extrañado.

—Antes de que yo se lo dijera, ella ya sabía que tú habías regresado y que estabas con Ruth, también que la novia de Darío es pelirroja, quién es Jorge y que Luka estaba embarazada. Estos últimos años ha estado vigilando a Mar en la distancia, preocupada por ella, queriendo saber más y, por ende, también ha observado el barrio y a vosotros. Eso no lo hace una madre a quien su hija no le importa en absoluto.

—No lo sé. Bueno, sí, estoy de acuerdo contigo, pero ahora mismo no sé ni qué pensar. Es todo tan repentino, hace una hora pensaba que estaba muerta. Ni en sueños podía imaginar que la chica de la que me hablabas cada sábado era ella.

—Te entiendo, yo también me sorprendí mucho cuando la encontré este invierno. Pero ha cambiado, Marcos, y no te puedes hacer una idea de lo que ha sufrido, de cuánto le ha costado salir de dónde estaba para llegar a donde está ahora. No se merece seguir siendo un fantasma. Tampoco Mar e Irene se merecen seguir ignorando que está viva y recuperada.

—Es muy complicado. No quiero que Mar sufra y lo hará

si Enar aparece de nuevo. ¡Joder, Carlos, secuestró a su hija! Eso marcó la vida de Mar, no puedes pedirle que lo olvide.

—No se lo pido. Tampoco pretendo que perdone a Enar. Solo quiero que sepa que está viva y que lucha cada día por mantenerse sobria y ser mejor persona. Nada más. Ni siquiera aspiro a que le dé una segunda oportunidad… ¿Y sabes por qué?

Marcos negó con la cabeza, aturdido.

—Porque sé que Enar va a seguir luchando por ser alguien de quien su hija y su madre se sientan orgullosas, sin importarle si llegan a enterarse alguna vez. Va a hacerlo porque necesita saber que es buena para ellas. Y esa lucha, ese deseo de ser mejor por alguien no puede ser ignorado eternamente.

Marcos hizo un gesto de aprobación con la cabeza, entendiendo por fin el razonamiento de su amigo.

—Tienes una confianza ciega en tu chica —apuntó—, imagino que te ha dado motivos para ello. Pero yo solo sé lo que Ruth me ha contado de ella…, y no es bueno.

Carlos asintió silente, comprendiendo y aceptando lo que Marcos le decía.

—¿En qué puedo ayudarte? —susurró de repente este, sorprendiéndole.

—Acabas de decir que…

—Sé lo que acabo de decir. Pero si tú confías tanto en ella, yo, desde luego, no voy a juzgarla sin conocerla mejor. Así que, dime, ¿en qué puedo ayudaros?

—Gracias, amigo. —Carlos suspiró aliviado—. Ahora mismo solo puedes hacer una cosa por nosotros: no decírselo a nadie.

Marcos lo miró como si se hubiera vuelto loco.

—Todavía no está preparada, o eso cree —dijo Carlos—. Llevamos un tiempo hablando de decirle a su madre que está aquí. Ahora que tú lo sabes imagino que dejará de pensárselo y tomará una decisión. Pero tiene que ser ella quien la tome. No puedes decírselo a nadie, Marcos, ni siquiera a Ruth, porque se lo contaría a Luka y esta a Irene y todo se precipitaría.

—Está bien, pero intenta que no se alargue mucho. No le

voy a decir nada a mi mujer, pero ella me conoce y sabe que hoy he venido. Intuirá que pasa algo, y no quiero mentirle...

—Lo sé.

Ambos se quedaron en silencio un instante, sin saber qué decir, hasta que Carlos se levantó del sillón esbozando una taimada sonrisa.

—¿Quieres ver otro de los logros de Enar?

—Claro...

—Acompáñame.

Salieron a la calle, pero en lugar de tomar la carretera que bajaba a la aldea, se internaron en la montaña. El paisaje se hizo más escabroso y árido conforme ascendían, hasta que los pinos replantados dieron paso a un mar de romero y espliego surcado de montículos rocosos. Sobre el más alto de todos hallaron a Enar. Tan erguida que, a pesar de su escasa estatura, parecía gigantesca. Vigilaba el cielo mientras hacía girar el guante sobre su cabeza. De repente gritó y lanzó un señuelo al aire. En ese mismo momento un águila descendió veloz y lo atrapó, posándose en el prado con él entre las garras. Un instante después Enar se arrodilló junto a ella, acercándole su puño enguantado.

El ave saltó a él sin pensarlo.

—¿Te acuerdas de *Malasombra*? —comentó Carlos con una ladina sonrisa en los labios.

—¿El águila que tenía tan mal genio?

—Esa misma. Ahí la tienes.

—¿Es esa? —Marcos miró atónito al ave que comía con apurada tranquilidad del puño de la mujer—. ¿Cómo es que no ataca a Enar?

—Es su águila. La ha adiestrado ella.

—Vaya... parece que se llevan bastante bien —comentó Marcos sorprendido.

—Más que eso, se han hecho grandes amigas. Si quieres que te sea sincero, a veces me da la impresión de que están jugando en vez de trabajando —comentó sonriente.

En poco tiempo Enar había conseguido ganarse a *Malasombra*, hacer que acudiera al puño sin remilgos y realizara vuelos cada vez más elegantes. Había momentos en los que el águila parecía una extensión del brazo de la humana. Juntas eran fascinantes, un espectáculo digno de ver.

—Trabaja con ella varias horas al día —le comentó a Marcos—. No importa lo cansada que esté, la cantidad de tareas que tenga que hacer en la finca, y te aseguro que son muchas, o los encargos que tenga pendientes de entregar para la tienda, siempre encuentra varias horas libres para *Malasombra*. Las dos han avanzado muchísimo. No creerías la paciencia que le demuestra al ave y el tesón que tiene; nunca se rinde. Es increíble —manifestó con respeto.

Observó como Enar se ponía en pie con el águila en el puño y se dirigía hacia ellos, sin que el animal se debatiera o hiciera intención de escapar de su lado.

—Impresionante —exclamó Marcos.

Malasombra levantó la cabeza, observó al desconocido y luego siguió comiendo con tranquilidad en el puño de Enar.

—Estupendo. —Carlos hizo un gesto de satisfacción al ver que el águila no se asustaba del rubio. Eso significaba que confiaba por completo en su dueña.

—¿Lo has visto? —preguntó Enar excitada—. Lo ha atrapado casi al vuelo —manifestó mientras le acariciaba el pico a *Malasombra*, quien, a su vez, pareció erguirse tan orgullosa como la dueña—. ¡Es maravillosa!

—Las dos lo sois —afirmó Carlos acariciando al ave antes de besar a su mujer.

Marcos observó a su amigo, no solo estaba total y absolutamente enamorado de Enar, sino que ella también lo estaba de él. Se notaba en sus expresiones, en sus caricias inconscientes, en sus miradas y sus sonrisas.

Eran las mismas que él le dedicaba a Ruth.

13

12 de noviembre de 2011

—*P*an. Dame pan.

—Yo también quiero pan. Dame pan.

—¡Quitaos! Es mío. Mi pan.

—¡Abusón! El pan es de todos.

—¡El pan es solo mío! Mi pan.

—Quiero pan. Tengo hambre…

—¡Dame mi pan, ladrón!

Iris observó con atención la pelea de los gorriones por conseguir las migas de pan que les había echado en la terraza. Pobres. Debían de estar muertos de hambre, pues se tiraban desesperados a por ellas. Suspiró. Los pájaros eran fascinantes.

—Iris, por favor, cierra la puerta de la terraza, hace un frío terrible y se está quedando la casa helada —la regañó su madre al verla.

—Jopetas, mamá, estoy estudiando a los gorriones —protestó dando un fuerte pisotón.

—Que yo sepa el cristal es transparente. Puedes observarlos a través de él —replicó Ruth cerrando la dichosa puerta—. Pórtate bien y no enredes a papá en ninguna de tus locuras.

—No hará falta, papá se enreda él solito —dijo la niña con toda la razón del mundo—. ¿Cuándo me dejarás tener un perro?

NADIE MÁS QUE TÚ

—Cuando seas mayor y vivas en tu propia casa —contestó Ruth antes de llenarle la cara de besos color carmín—. No dejes que Alex te convenza de cuidar a Bagoas; es su hijo, y por tanto su responsabilidad, no la tuya.

—Ya lo sé, mamá, no soy tonta —se quejó la niña intentando escaparse. ¡Si le daba un solo beso más explotaría! ¡Qué pesada!

—Ruth; Luka y Pili acaban de llamar al telefonillo, ¿bajas o suben? —le preguntó Marcos.

—Diles que ya bajo —gritó—. Pórtate bien —le pidió por enésima vez a la pequeña.

Iris puso los ojos en blanco ¿Cuándo se portaba mal? O, mejor dicho, ¿cuándo se portaba mal y dejaba que la pillaran? ¡Nunca!

Ruth se puso el abrigo, tomó el bolso y se dirigió hacia su marido.

—Vigila a tu madre cuando vuelva de la residencia, que no tome café o se dormirá a las tantas —le avisó antes de darle un cariñoso beso en los labios—. No se te ocurra encasquetarle a Iris el cuidado de Bagoas; es muy pequeña para asumir esa responsabilidad. La merienda está preparada, asegúrate de que los niños se la comen y no permitas que abusen de las chuches.

—Claro que no, ¿por qué clase de irresponsable me tomas? —resopló Marcos abriéndole la puerta.

Ruth estaba a punto de salir cuando recordó una última instrucción.

—Mucho cuidado con la tele, no quiero más películas de terror —le advirtió muy seria.

—Tranquila, lo tengo todo controlado —aseveró él, inclinándose para besarla.

—La última vez que salí con Pili y Luka también lo tenías todo controlado —dijo muy seria, evitando su beso—. Y cuando regresé, me encontré con que ni tú ni Iris queríais cenar porque os habíais hartado a comer chuches. Con que tu madre no se durmió hasta las tantas, aunque solo había tomado, según tú, una pizquita de café. Y, por si eso no fuera suficiente, Iris no quiso dormir sola durante un mes porque tenía miedo de convertirse en vampiro como le pasaba al protagonista de la película, supuestamente infantil, que le dejaste ver...

—Bueno, eso fue hace tres meses. Iris y yo hemos madurado —afirmó él con su sonrisa más seductora.

—Eso no te lo crees ni tú, colega —se burló Javi al salir del ascensor—. Pili y Luka te esperan abajo —le dijo a Ruth antes de darle un par de besos.

—¿Qué tal está hoy Pili? —preguntó Marcos, pues su amiga estaba pasando un embarazo bastante pesado.

—Está teniendo un día bueno, solo ha vomitado tres veces.

—Eso es porque ya se acerca el final, a Luka le pasó igual. Se pasó ocho meses y medio vomitando y, sin embargo, los últimos quince días estuvo divina —comentó Alex entrando en la casa con su hijo en brazos—. Iris, ¿a qué no sabes quién ha venido a jugar contigo?

—Mamá me ha dicho que no me deje liar para cuidar al bebé, es tu hijo y por tanto tu responsabilidad —canturreó la niña antes de desaparecer en su cuarto.

—Ah... Vaya. —Alex miró a Ruth apesadumbrado, le acababa de fastidiar los planes.

—Me voy, portaos bien. Y a ver si entre los dos conseguís averiguar qué es lo que me oculta mi marido —dijo cortante—. Quién sabe, tal vez os confíe sus secretos a vosotros, sus amigos, en vez de a mí, que al fin y al cabo solo soy su mujer —comentó sarcástica al salir.

—A ver si sueltas prenda, Marquitos, porque tienes a Ruth bastante cabreada y tu mujer se lo contagia a las nuestras, y ellas nos presionan a nosotros, que no tenemos nada que ver con el tema; y estamos todos un pelín agobiados. Pero vamos, cosa de nada, poco más que para dudar entre cortarnos las venas o dejárnoslas largas —gruñó Javi, entrando en el salón.

La visita de Carlos en verano, lo que contó y, sobre todo, lo que no quiso contar, habían hecho saltar las alarmas de las chicas. Estas habían atosigado a Ruth, hasta hacerle confesar lo poco que sabía y lo preocupada que estaba. Y

ahora todas estaban preocupadas y querían saber más. Una maravilla, vamos.

—No pensarás que me callo por gusto, ¿verdad? —replicó Marcos desafiante.

—Claro que no, pero tienes que hacer algo para terminar con esto. No sé qué mosca le ha picado a Luka —intervino Alex—, pero está empeñada en que yo sé algo y no se lo quiero contar, por lo que no hace más que tirarme indirectas. Y estoy un poco harto, la verdad.

Dejó a su hijo en el suelo y este avanzó inestable hacia el mueble.

—No seas tonto, eso es solo una estrategia de Luka para que me sonsaques y luego le cuentes a ella lo que descubras. —Marcos atrapó al bebé cuando se disponía a abrir uno de los cajones con la intención de vaciarlo. Se lo devolvió a su padre.

—Ya lo sé, pero me tiene la cabeza como un bombo. —Alex, con el niño en brazos, puso la tele, buscó un canal de dibujos animados y sentó a Bagoas frente al televisor—. Ha llegado a un punto que soy capaz de torturarte para conseguir la información y así lograr que deje de contarme sus teorías conspiranoicas sobre quién es la chica de Carlos y por qué hay tanto secreto con ella. En serio, Marcos, me tiene loco. Todo el día con lo mismo, sin parar…

—Pili está igual, es insoportable —dijo Javi sin perder de vista al bebé, quien tras bajar del sillón se estaba arrastrando bajo la mesa—. ¿Sabes que cada vez que hablas con Carlos, Ruth te espía y luego llama a Pili y a Luka para contarles lo que ha oído?

—Joder, no tenía ni idea —siseó Marcos.

—Están muy preocupadas por Carlos, y no me extraña. —Alex se tiró al suelo para atrapar a su hijo y así evitar que siguiera chupando las patas de las sillas—. Ha metido en su casa a una alcohólica a la que apenas conoce y se ha enamorado de ella…

Marcos abrió la boca para protestar, pero Javi no se lo permitió.

—No se te ocurra negarlo, todos estuvimos presentes cuando bajó en agosto y nos contó lo maravillosa que era.

—Las chicas tienen miedo de que pueda aprovecharse de él, robarle o manipularlo de alguna manera.

—No me jodas, Draculín —replicó Marcos—. Conoces a Carlos. No hay nadie más firme que él, ninguna mujer puede manipularlo. Además, ella también está enamorada de él —confesó en voz baja—. Es una buena chica, puede que en el pasado tuviera problemas bastante gordos, pero ahora ha cambiado. No es peligrosa, de hecho, cuando deja de estar a la defensiva es incluso agradable —reconoció pensativo.

—Entonces, ¿a qué viene tanto secreto en torno a ella? —exclamó Alex sacando un juguete de la mochila del niño para que este jugara con él.

—No quiere que nadie sepa quién es —dijo Marcos.

—¿Por qué? —quiso saber Javi.

—Porque tiene miedo.

—¿De qué? —apuntó Alex.

Marcos negó con la cabeza, no podía decirles nada más. De hecho, ya les había dicho demasiado. Suspiró. No cabía duda de que no estaba hecho para ser un espía. Se le daba fatal ocultar información. Llevaba más de un mes en la cuerda floja… y estaba a punto de cantar.

Al regresar de ver a Carlos, Ruth le había preguntado por la visita, por la chica y por Carlos, algo lógico, pues hasta esa misma tarde, él le contaba todo lo que sabía, que apenas era nada. Pero, esa noche no pudo, pues debido a la promesa debía callar o mentir. Y bajo ningún concepto iba a engañar a su mujer. Así que había callado. Y Ruth se había sentido ofendida e intrigada a partes iguales. Y se enfadaba más cada día que pasaba y no le contaba nada, hasta el punto de que el asunto también estaba afectando a sus amigos.

No podía continuar así. Esa misma noche llamaría a Carlos y Enar y les exigiría que lo eximieran de la promesa.

—¿Has traído la película? —le preguntó a Alex, cambiando a otro tema más seguro.

—¿Acaso lo dudas? *Yogen*, terror japonés en estado puro —anunció sacando un DVD de la mochila de su hijo.

El niño, por supuesto, tiró el juguete con el que estaba jugando y extendió las manitas exigiendo la película. Como su padre no se la dio, hizo un amenazante puchero.

—Mamá ha dicho que nada de películas de miedo —dijo Iris, asomándose al salón.

Bagoas olvidó el llanto al ver a su amiguita. Se levantó y fue tambaleante hacia ella.

—No nos estarás espiando, ¿verdad? —preguntó amenazante su padre.

—Claro que sí. Mamá me ha encargado que os vigilara y yo soy muy obediente —replicó la niña, tomando del brazo al pequeño.

—Ya, no hace falta que lo jures —masculló Marcos—. Qué te parece si os pongo una peli de dibujos para que la veáis mientras merendáis. Luego podéis jugar un rato con las construcciones. A Bagoas le encanta destrozar lo que haces…

—No pienso cuidar a Bagoas, no es mi responsabilidad, ¿recuerdas? —dijo dejando al niño en el suelo de nuevo. Este comenzó a hipar, amenazando llanto.

—Está bien, ¿qué quieres a cambio de cuidarlo? —preguntó Alex.

Iris fingió pensárselo unos segundos antes de esbozar una ladina sonrisa.

—Necesito un delantero centro para el partido padreshijos que se va a celebrar el domingo, y a ti no se te da mal el fútbol —dijo toda inocencia.

—Pero hay un problema. Yo no soy tu padre.

—No pasa nada, el padre de los repes solo es uno, así que los del otro equipo nos dejan llevar a un adulto para compensar.

—¿Por qué no llevas a tu padre? —indagó Alex confundido.

—Porque ya me ha apuntado como defensa —explicó Marcos—. Bueno, pues ya está todo solucionado —apuntó risueño—, vete a la sala con el peque, ahora os llevo los bocadillos.

—No está todo solucionado —refutó la niña—. Mamá no quiere que veáis películas de miedo porque yo entro sin querer en el salón y me da miedo y luego no duermo…

—Pues no entres —replicó Marcos.

—¿Lo dices en serio, papá? Soy pequeña, no puedo estar encerrada toda la tarde en mi cuarto, tengo que salir a hacer pis, beber agua, preguntaros cosas... —dijo en tono inocente.

—Está bien, ¿cuántas chuches por no decir nada? —intervino Javi sacando dos bolsas llenas de golosinas. Era inútil intentar ser más listo que Iris, siempre les ganaba.

—Tres nubes, cuatro esqueletos, un huevo frito y seis ladrillos, fresas y moras. Y además necesito un portero para el partido —señaló Iris— y tú eres el más grande del barrio.

—Ah, no. No me pienso tirar al suelo para detener ningún balón. No lo hacía de crío, menos lo voy a hacer ahora de mayor —rechazó Javi, por algo le llamaban el Dandi.

—Entonces esta noche gritaré aterrorizada... —dijo Iris compungida.

—¡Pero bueno! Eso es chantaje —estalló Javi—. ¿La estás oyendo? —le increpó a Marcos.

—Claro que lo es —replicó con orgullo el padre de la criatura—. Y además chantaje del bueno. No es lista ni nada mi chica. Vamos, Javi, no seas pesado y apúntate de portero. Es eso y disfrutar de una película de terror del bueno, o no hacerlo y ver la tele...

—Sí, claro que te entiendo. Hablaré con ella, no podemos perpetuarlo más.

Carlos colgó el teléfono y miró a la mujer que, de pie en un extremo del salón, se afanaba en raspar con un trozo de cristal la pintura desportillada que cubría una vieja mesa. Los perros dormitaban alrededor de ella mientras que la gata la observaba aburrida desde el sofá. La televisión estaba apagada y, ahora que había colgado el teléfono, el silencio era absoluto. Era imposible que Enar no hubiera oído la conversación que había mantenido con Marcos. Tan imposible como que no intuyera el asunto que habían tratado. Pero fingía lo contrario.

—Enar...

El crujido del vidrio al romperse fue el único sonido que respondió a su llamada. Ni siquiera hubo un jadeo o un gemido cuando el fino cristal atravesó piel y carne.

Carlos observó perplejo como seguía raspando la madera, la sangre tiñéndola de rojo.

—Espera, déjame ver qué te has hecho —susurró acercándose a ella.

Le asió la mano herida y estudió concentrado el corte. No era profundo, pero al estar ubicado en la ternilla entre el pulgar y el índice sangraba con profusión.

—Ven al baño para que pueda curarte.

—No me molesta. —Enar apartó la mano con brusquedad. Se cubrió el corte con una servilleta e hizo intención de continuar trabajando.

—A ti no, pero a mí sí. —Carlos le aferró la muñeca, obligándola a ponerse en pie—. No me apetece que me manches el suelo de sangre.

—Tendré cuidado —replicó Enar. Intentó soltarse, pero él no se lo permitió—. ¡Suéltame, joder! Tengo que acabar esto en una semana, no puedo perder el tiempo en gilipolleces. —Le enseñó los dientes a la vez que lo empujaba con la mano libre.

—¿Estás buscando pelea? —Carlos la atrajo hacia él, abrazándola con fuerza, y se dirigió al baño con ella pegada a su costado.

—No me jodas, ¿por qué cojones iba a buscar pelea? No seas plasta y suéltame.

—Ya veo que sí la estás buscando. Lástima que hoy me pilles desganado —comentó irónico entrando en el aseo.

Ignorando sus protestas le lavó la mano con agua y jabón y luego la instó a sentarse en la tapa del inodoro.

—No es más que un puto corte de mierda —gruñó Enar mientras él le aplicaba betadine.

—Estamos de acuerdo, pero es mejor curarlo. —Le puso una tirita.

—Ni que fuera a gangrenarse, joder.

—Claro que no, pero así me quedo más tranquilo. —Se acuclilló para que sus ojos quedaran enfrentados a los de ella—. Tenemos que hablar.

—¿Y qué narices hemos estado haciendo hasta ahora, cantar?

—Ya sabes a lo que me refiero, así que deja de buscar pelea para perder el tiempo.

—No estoy perdiendo el tiempo, al contrario, tengo que acabar de preparar la mesa —soltó y se puso en pie—. Voy muy atrasada y no quiero quedar mal con la tienda. En cuanto acabe y tenga un ratito libre, hablamos, ¿vale?

—No. No vale. Vamos a hablar ahora. —La tomó de la mano sana para impedir que escapara—. Marcos está muy agobiado, no puede seguir ocultándole la verdad a Ruth.

—Joder, ni que fuera tan complicado —resopló ella poniendo los ojos en blanco.

—¿Tú querrías que yo te ocultara algo? —Le rozó la frente con los labios.

Ella negó con la cabeza, abatida.

—Déjale decírselo a Ruth —continuó Carlos, sus pulgares acariciándole la cara.

—Pero cuando ella se entere se lo dirá a Pili y Luka, y ellas a Mar.

—Entonces adelántate y díselo tú a tu hija —dijo desafiante, intentando que se decidiese—. Podemos ir a casa de tu madre y...

—¡No! —lo interrumpió agitada—. No voy a acorralar a Mar yendo a su casa sin avisar. No lo haré. Tiene que saber que voy. —Se abrazó a él, nerviosa—. No quiero aparecer en su vida por las bravas y obligarla a aceptarme. No después de todo lo que he hecho mal. Esto lo voy a hacer bien.

—Esa es mi chica. ¿Cómo vas a hacerlo? —susurró Carlos, sus dedos masajeando los tensos músculos de la espalda femenina.

Era una pregunta retórica, pues habían hablado de ese tema tantas veces ese mes que sabía de sobra lo que ella quería hacer, pero se lo preguntó para, en cierto modo, obligarla a decidirse.

—Hablaré con mi madre —susurró despacio, como si le costase decir las palabras—. La llamaré por teléfono, le diré que sigo viva y le pediré permiso para ir a verla... Y si me lo da, iré. Y si después de vernos le parece bien que hable con Mar, lo haré. No voy a imponerle mi presencia a ninguna de las dos —aseveró.

—Muy bien, lo haremos así. —Carlos la meció entre sus brazos, sus labios besándole la sien con indecible cariño—. ¿Cuándo?

—No lo sé…

—Se acercan las Navidades, saber que estás viva y bien sería el mejor regalo de todos para tu madre y tu hija.

—¡Ni de coña! No pienso estropearles la Navidad con mi presencia. Déjalas disfrutar tranquilas —exclamó alterada.

—Entonces un poco más tarde, a mediados de enero —propuso Carlos.

Enar asintió despacio, casi remisa, sintiéndose cada vez más acorralada.

—¿Y Ruth? ¿Cuándo vas a dejar que Marcos se lo cuente?

—Puede decírselo cuando le dé la gana, pero tiene que prometer no decírselo a nadie.

—¿Más condiciones, Enar? —Carlos enarcó una ceja.

—Solo hasta que hable con Irene. Es la única manera de que Mar e Irene no se enteren.

—¿Quién será a estas horas? —Ruth bajó el sonido de la tele y respondió al teléfono—. Hombre, Carlos, contigo quería hablar —exclamó risueña al reconocer su voz.

La sonrisa se le borró de los labios cuando él comenzó a hablar. Minutos después colgó y fue al estudio. Marcos estaba allí, observando con atención la serie de fotografías de su último reportaje en el monitor.

—¿Quién llamaba? —preguntó sin mirar a su mujer mientras subía de color una imagen.

—Sabías que la novia de Carlos era Enar y no me lo dijiste —dijo Ruth enfadada.

Marcos se quedó inmóvil un instante y luego se giró despacio. Ruth estaba en la puerta, mirándolo irritada… y también herida.

NOELIA AMARILLO

—No podía decírtelo —susurró él por toda respuesta—, les prometí no hacerlo.

—¿Hace cuánto que lo sabes?

—Desde que fui a verle. Antes no, te lo juro.

Ruth asintió pensativa, asimilándolo todo, o al menos intentándolo. Era tan inesperado. Enar estaba viva, ya no era alcohólica ni drogadicta, estaba viviendo con Carlos y, supuestamente, ¡estaban enamorados!

—¿Sabías que quieren ponerse en contacto con Irene e ir a verla?

—Carlos me comentó que estaban pensando en cómo decírselo y esa era una opción, sí.

—Quieren hacerlo después de Reyes —apuntó Ruth con calma.

—Eso no lo sabía. Lo deben de haber decidido hoy. —Marcos se acercó a su mujer.

—¡No voy a permitirlo!

—No creo que puedas ni debas impedírselo.

—¡Por supuesto que sí! No sabes cómo era Enar —dijo alterada—. Estabas a miles de kilómetros de aquí, no tienes ni idea de todo lo que hizo. Siempre estaba borracha o peor aún, drogada, no hacía más que provocar problemas y meterse en líos. Era horrible. Los últimos años abandonó a Mar y se fue a vivir con un traficante de drogas.

—Realmente no la abandonó, la dejó con Irene —replicó Marcos—. Y si su pareja era traficante, tal vez lo hizo por el bien de la niña. No creo que ese ambiente fuera el mejor para ella.

Ruth parpadeó sorprendida. No se le había ocurrido pensar eso. Pero no, ese no podía ser el motivo de que la dejara con la abuela. A Enar le importaba un pimiento su hija.

—Secuestró a Mar y le pidió dinero a Irene a cambio de liberarla —apuntó—. Menos mal que Luka pudo rescatarla sin que pasara a mayores. Mar solo empezó a sonreír cuando su madre desapareció y ¡ahora Enar quiere volver! ¡No lo permitiré!

—Ha cambiado mucho, no la reconocerías. Ya no bebe ni se droga, es responsable y está muy arrepentida de lo que hizo. Es otra persona.

—¡Me da lo mismo! No voy a permitir que les arruine la vida otra vez.

—¿Y crees que Carlos o yo sí lo permitiríamos? Odio que seas tan cuadriculada —gruñó frustrado—. Tienes una idea fija y te da igual lo que yo te diga, te niegas a cambiar de opinión… Y luego te pasa lo que te pasa.

—¿Y qué se supone que me pasa? —replicó ella, altanera.

—Que metes la pata hasta el fondo. Deberías hablar con Enar y comprobar si ha cambiado o no antes de seguir despotricando. Recuerda lo que te pasó con Sara, la juzgaste antes de conocerla y te equivocaste por completo. No hagas lo mismo con Enar.

Ruth inspiró con fuerza, enfadada. No le faltaba razón a su marido, había cometido un gran error con su cuñada. ¡Pero Enar no se parecía ni remotamente a Sara!

—Está bien —claudicó con un suspiro—. Llama a Carlos ahora mismo y concierta una cita —exigió. Marcos la miró sorprendido—. Hablaré con Enar y comprobaré si ha cambiado. No voy a dejar que se acerque a Mar sin antes cerciorarme de que es de fiar.

—¡No quiero verla! —jadeó Enar dando vueltas por el comedor como león enjaulado.

—No seas tan arisca, es tu amiga.

—¡Lo era! —refutó ella—. Hace siglos que no hablamos.

—Razón de más para pasar la tarde con ella. Ya es hora de que retoméis vuestra vieja amistad. —Carlos se situó frente a Enar para frenar su delirante deambular—. Tranquilízate, será solo una visita.

—No seas idiota, te aseguro que no viene a visitarnos —gruñó—. Viene a examinarme. A comprobar si es verdad que ya no soy una puta borracha.

—Probablemente —aceptó él—. Si te paras a pensarlo, es normal. Yo también lo haría en su lugar.

Enar lo miró con los ojos abiertos como platos, sorprendida por su traición.

—No pongas esa cara —dijo Carlos con fingida tranquilidad, decidido a no dejarse vencer por los nervios—. Ruth sabe que queremos ver a Irene y estará preocupada por lo que pueda pasar. Debes reconocer que el día que desapareciste causaste una gran conmoción; secuestraste a tu hija, y eso es difícil de olvidar.

—Lo sé, joder. Y no es ni la mitad de lo que hice ese día —musitó dejándose caer en el sofá con las piernas encogidas contra el pecho.

Carlos se sentó a su lado, abrazándola.

—¿Qué más hiciste? —Ella negó silente—. Mi madre me contó que ese día también atropellaron al tipo con el que salías —Carlos le acarició los hombros—. Por lo visto se peleaba con una mujer en la incorporación a la A5 cuando perdió el equilibrio y cayó bajo un coche.

—En realidad fue bajo una furgoneta —masculló ella bajando la mirada.

—¿Era contigo con quien discutía? —Enar movió la cabeza asintiendo—. Era lo que me imaginaba —musitó Carlos, inclinándose para besarla.

—Tú y todos —replicó ella—. Estoy segura de que todos piensan que, además de ser una borracha y una drogata, soy una asesina. ¿Y sabes qué? Me la pela. Yo no lo maté, solo me aparté. No soy culpable de nada —aseveró airada—. Él solito perdió el equilibrio y se metió bajo la furgoneta. Tal vez sea una mala persona por decir esto, pero me alegro de que la palmara; era un sádico malnacido y está mejor muerto.

—Amén —coincidió Carlos—. Tipos como él sobran en el mundo. Cuantos menos, mejor. —Le tomó la barbilla, alzándole la cabeza para besarla—. Te quiero.

Ella sonrió acurrucándose contra él.

—Yo te quiero más —susurró contra su boca.

—No, yo más —replicó él, sus labios curvados en una gran sonrisa.

—¿Estás buscando pelea? —Enar enarcó una ceja antes de saltar sobre él y pellizcarle.

Carlos respondió tumbándola de espaldas en el sofá. La sujetó con un brazo y utilizó la mano libre para hacerle cosquillas en el costado. Ella se arqueó y sacudió las piernas, intentando quitárselo de encima. Pero con sus saltos y los espasmos lo único que consiguió fue acabar en el suelo. Con él encima. Estratégicamente acoplado entre sus piernas abiertas y con la cabeza posada sobre sus pechos.

No era una mala postura. Al contrario.

Le dio un pellizco para decir, o en este caso, pellizcar, la última palabra y enredó los dedos en su pelo, instándole a subir hasta sus labios. En esta ocasión el beso no fue tierno y suave, sino lascivo con un toque salvaje cuando los dientes se unieron al juego. Alzó las caderas a la vez que le apretaba el trasero, instándole a frotarse contra ella.

Carlos, como el chico listo que era, le hizo caso. Amasó su tremenda erección contra el sexo femenino hasta que la respiración de ella se convirtió en un carnal jadeo. Luego deslizó una mano bajo la cinturilla del pantalón que ella vestía y sus dedos resbalaron por las braguitas húmedas de deseo. La acarició sobre la fina tela mientras la besaba, frotando con indolente calma el endurecido clítoris.

Enar elevó las caderas, instándole a dejarse de chuflas y masturbarla con brío, pero él, hombre cruel y malvado, ignoró sus requerimientos, por lo que no le quedó otro remedio que pasar a la acción. Enredó los dedos en el elástico del pantalón del pijama que llevaba él y tiró, liberando la gruesa polla atrapada bajo el algodón. Luego colocó los bóxer y el pantalón de modo que presionaran el tronco del pene, dejando al aire el glande y albergó este en su puño, acariciándolo con la misma sutileza con la que él trataba el clítoris.

Carlos meció las caderas, ansiando que la mano que lo torturaba completara el recorrido por toda su polla, no solo en el capullo. Por supuesto, no lo consiguió.

—Eres desalmada —susurró, mordisqueándole el lóbulo de la oreja.

—He tenido un buen maestro...

Carlos se arrodilló entre sus piernas y, aferrando la camiseta con dedos trémulos, se la quitó presuroso, dejando a la vista los preciosos pechos que se moría por chupar. Bajó la cabeza y se dedicó a ello en cuerpo y alma.

Enar jadeó excitada al sentir los dientes atrapando sus

pezones. Se aferró a los rizos pelirrojos y meció extasiada la cabeza mientras él hacía maravillas con la lengua. Hasta que no lo pudo soportar más, y le tiró del pelo, suplicándole en silencio que la penetrara.

Carlos se hizo de rogar un poco más, hasta que los tirones fueron tan fuertes que amenazaron con dejarle calvo. Le quitó el pantalón y las braguitas y luego se deshizo de su ropa. Una vez desnudos, se colocó de rodillas frente a ella y le colocó los pies de forma que le pisaran los hombros. Luego la tomó por la cintura, alzándola hasta que el trasero quedó sobre sus muslos. Se agarró la polla y la penetró despacio.

Enar cerró los ojos, incapaz de mantenerlos abiertos ante tanto placer.

Tardó mucho tiempo en volver a abrirlos.

Ruth encendió la lamparita y miró a su marido preocupada, llevaba toda la noche removiéndose en la cama. Tan pronto daba patadas como se quedaba paralizado cual estatua. En ese momento estaba mirando al techo con los ojos muy abiertos y las manos engarfiadas en la sábana, después de haber pasado por una activa tanda de sacudidas.

—¿Te he despertado? Lo siento —susurró Marcos incorporándose. Observó con atención cada rincón del cuarto, aliviado al ver que la luz disipaba hasta las sombras más oscuras. No se quedó tranquilo hasta que comprobó que todo estaba en orden y que allí solo había dos personas: su mujer y él—. Me ha debido de sentar algo mal en la cena.

Ruth arrugó el ceño, desconfiada. Era muy improbable que enfermara por cenar calabacín relleno. Era un plato ligero, y además también lo habían comido Iris y ella y estaban de maravilla. Ahí había algo que no cuadraba. Lo observó con los ojos entornados. El pelo se le pegaba a la sudorosa frente mientras miraba a su alrededor nervioso, como si estuviera esperando algún tipo de ataque.

No era la primera vez que actuaba así. Lo observó pensativa, no habría vuelto a… No, no era posible. No podía ser tan tonto de tropezar dos veces con la misma piedra.

—¿Y qué película dices que habéis visto esta tarde?

—Ah... una muy tonta que trajo Alex. No recuerdo el nombre —replicó él incómodo.

—No habréis vuelto a ver terror japonés, ¿verdad? Aún recuerdo lo mal que lo pasasteis Javi y tú la última vez. —Entrecerró los ojos al ver que Marcos bajaba la cabeza para no mirarla—. No se os habrá ocurrido volver a caer en el juego de Alex...

—¡Claro que no! No te preocupes tanto y vuelve a dormirte —la instó enfurruñado.

Se tumbó en la cama y se tapó con la manta hasta las orejas, sus dedos engarfiados en el embozo de la sábana; era increíble la sensación de protección que podía dar una simple tela de algodón. Bajo ella uno se sentía más seguro. Más a salvo de los espíritus malvados que aparecían de repente de Dios sabía dónde para amargarle la vida a las personas.

Ruth no pudo evitar reír maliciosa al verlo temblar bajo las sábanas, ¡por supuesto que habían visto una película de terror japonés! ¡Tontorrones!

Aun era noche cerrada cuando Carlos abandonó sigiloso el dormitorio. Recorrió en silencio el pasillo y se encerró en la cocina para servirse un vaso de leche caliente que le ayudara a conciliar el sueño. Aunque sabía que dormir iba a ser complicado. Más bien imposible.

Esa mañana había recibido un mensaje de Fernando que le había erizado la piel. El invierno acababa de tornarse muy peligroso... Pero él se ocuparía de cuidar y proteger a Enar.

14

3 diciembre de 2011

—No. Te. Acerques. —*Lilith*, acorralada, se escondió bajo
la mesa. El lomo y la cola tan erizados que aparentaban tres
veces su tamaño—. No me toques. Ni se te ocurra intentarlo
o sufrirás mi ira. —Y alzó amenazadora una pata delantera,
las garras fuera, listas para arañar en caso de que la humana
siguiera obviando sus avisos—. Ni me mires si quieres seguir viva.

—Vamos, *Lilith*, no seas tan hosca y pórtate bien, es una
invitada. —*Bruto* se colocó frente a ella, haciendo de muro
entre la humana y la gata—. No debes tenerle miedo.

—No le tengo miedo —bufó la gata —. Es solo precaución. Tú no te acuerdas de ella, la última vez que vino tenías
pocos meses, por eso estás tan tranquilo. ¡Pero es el mismo
diablo!

—Yo la encuentro muy agradable. —*Bruto* movió la cola
con frenética alegría.

—¡Perros! Aduladores peloteros, un par de caricias y em-
pezáis a babear. No tenéis dignidad, la habéis vendido por un
plato de comida, una pelota de fútbol y tres palmaditas.

—Yo prefiero las de tenis, las de fútbol son muy grandes
y no las agarro bien —intervino *Leo*, quien, a pesar del
miedo que le daban los humanos, con esa en particular se llevaba de maravilla.

—Perritos falderos sin medio cerebro, eso es lo que sois
—gruñó despechada *Lilith*, erizándose más aún al ver que la
humana esquivaba al mastín y se agachaba para atraparla—.

Mírala, quiere tocarme con esas manos tan sucias. Estropeará mi pelaje, me aplastará entre sus brazos y me llenará de babas con sus besos. ¡No lo soportaré! ¡Que alguien la aleje de mí y acabe con mi sufrimiento! —exhaló un lastimero maullido.

—No te acerques a la gata, no le gustan los críos. —Enar apartó a la niña de la mesa.

—¡Jopetas, quiero acariciarla!

—Pero ella no quiere y te arañará si no dejas de ser tan pesada. Mejor juega con *Bruto*.

Enar se metió bajo la mesa, atrapó a *Lilith* y, tras esquivar a los invitados, salió del salón. La chiquilla la siguió, parloteando sin parar sobre todo lo que se le pasaba por la cabeza, sin darse cuenta de que su madre salía al pasillo y se quedaba junto a la puerta, observándolas con preocupada atención.

—¿Te gustaría ver la halconera? Podemos decirle a Carlos que te la enseñe —comentó Enar una vez que *Lilith* estuvo segura sobre el mueble de la leonera.

—¡Hala, sería genial! ¿Cuántos halcones tenéis? ¿Y águilas? ¿Tenéis algún búho? Mi profe dice que los búhos giran la cabeza hasta mirar por la nuca. ¿Te lo imaginas? ¡Qué pasada! Si yo pudiera girar tanto la cabeza vigilaría a los repes y no me adelantarían por detrás cuando jugamos al fútbol. Pero claro, si miró por detrás, entonces no miro por delante, y si no lo hago perderé el balón. Uf, vaya asco. Yo no quiero que me quiten la pelota, pero es muy difícil parar a los repes, porque como están repetidos y corren tan rápido, parece que vienen por la derecha. Pero en realidad no son los dos, solo uno, y el otro viene por la izquierda y ¡zas! ¡Ya me han pasado, me han quitado el balón y le han clavado un gol al Sardi! ¡Y me da una rabia! Yo digo que hacen trampas, pero ellos dicen que no tienen la culpa de estar repetidos y de que yo me confunda al verlos. ¡No es justo!

—Por supuesto que no lo es —afirmó Enar cuando la niña paró para respirar. Salieron de la leonera dejando la puerta cerrada—. Píntale la cara a uno de ellos y así podrás diferenciarlos.

La cría miró a la novia del pelirrojo con los ojos entornados, medía casi lo mismo que ella y se entendían bastante bien, era directa y sincera, y tenía unas ideas estupendas.

—¿Y con que se la pinto?

—Róbale un pintalabios a tu madre y le haces una equis en la frente —apuntó Enar esbozando una maliciosa sonrisa al ver a la madre de la niña junto a la puerta del comedor.

—¡Hala! ¡Es una idea megagenial! ¡Así no los confundiré! —exclamó la pequeña dando saltitos. Se giró y sonrió entusiasmada al ver a su madre esperándola en el pasillo—. ¡Mamá! Enar me ha dicho que Zanahoria va a llevarme a la halconera —dijo, demostrando que era digna hija de su padre al ponerle un mote tan acertado a Carlos—. ¡Quiero ver los pájaros ya! Adoro a los animales, me gustan tanto tanto tanto que de mayor voy a ser veterinaria.

—Mi hija también va a ser veterinaria —afirmó Enar, esbozando una orgullosa sonrisa.

—¡Qué guay! No sabía que tenías una hija. ¿Dónde está?

—En la ciudad. Vive con su abuela —explicó moviéndose incómoda. La cría conocía a Mar del barrio, pero no tenía ni idea de que ella era su madre; habían pasado varios años de su desaparición y era muy pequeña para acordarse.

—¿Por qué no vive contigo?

—Está mejor con su abuela, yo no sé tratar a los niños. —Enar fingió indiferencia, por nada del mundo pensaba dejar que Ruth descubriera lo vulnerable que se sentía con ese tema.

—¿No? —La cría la miró entrecerrando los ojos—. A mí sí me parece que sepas. No me has mandado a la porra y eso que según María Patito hablo demasiado y aturdo a la gente.

—María Patito es idiota, si no le gusta lo que dices, que no te escuche —replicó Enar enseñando los dientes.

—Jopetas, cómo mola eso. Me tienes que enseñar a hacerlo.

—Es muy fácil, echa los labios hacia atrás y gruñe. —La niña la imitó—. Muy bien, ahora arruga la nariz y pon cara de mala leche. ¡Perfecto! La próxima vez que María *Tontita* se meta contigo, hazlo igual. Verás como se acojona y no vuelve a meterse más contigo.

—¡Sí! ¡Eres genial! —exclamó abrazándose de repente a ella—. ¿Sabes qué? Sí se te da bien tratar con niños. Deberías traer a tu hija, seguro que está deseando vivir contigo.

Enar jadeó sobresaltada al sentir el abrazo, era la primera vez en ¿cuánto tiempo? ¿Seis años? ¿Siete? que los brazos de un niño la rodeaban. Tragó saliva y miró a la morena que la observaba desde el comedor. No parecía disgustada porque su hija estuviera tan cerca de ella. Sacudió la cabeza, aturdida, y bajó despacio las manos, hasta posarlas sobre la espalda infantil, devolviéndole el cariñoso abrazo.

—¿Por qué no vas a jugar con *Bruto* y *Leo*? Seguro que te están esperando —farfulló incómoda por la repentina congoja que sentía. ¿No iba a ponerse a llorar, verdad?

—¿Tú no vienes? —La niña se apartó de ella arrugando la nariz.

—Ahora iré, primero tengo que acabar unas cosas en la cocina —dijo con voz ronca y los ojos brillantes antes de darse la vuelta e irse.

—Mamá… ¿Qué le pasa a Enar? ¿He dicho algo que no debía? —Iris se acercó a Ruth, preocupada por el gesto abatido de su nueva amiga.

—No, cariño, es solo que echa de menos a su hija y hablar de ella la pone triste —le confesó—. Dile a papá que te lleve a la halconera mientras Enar y yo preparamos la merienda.

—¡Estupendo! —gritó la niña entrando en el comedor—. ¡Papá, Zanahoria, dice mamá que me llevéis a ver los pájaros ahora mismo!

Ruth acompañó a los hombres y la niña a la puerta. Aunque era la tercera visita que hacían a Carlos y Enar, esa era la primera vez que habían llevado a la niña, y solo porque Marcos se había empeñado. Y ahora que había visto a Enar interactuar con Iris, se arrepentía de haber sido tan desconfiada y haberla mantenido alejada. Pero ¿qué otra cosa podía hacer?

La primera vez que habían ido se esperaba lo peor y, por descontado, no se iba a arriesgar a llevar a Iris para que estuviera con una mujer borracha y desquiciada, que podía insultarla o incluso agredirla. No se había podido equivocar más. Carlos había sido tan encantador como siempre y Enar no se había comportado como esperaba. Al contrario, había sido muy diferente a la mujer que recordaba, incluso a la niña que conociera. Era más madura. Más serena. Aunque seguía teniendo un carácter fuerte.

Había sido una visita muy incómoda, con todos sentados tiesos como palos en el comedor y un silencio de cementerio congelando el aire, pero aun así había sido una reunión correcta, sin aspavientos, malas miradas ni palabras más altas que otras, y eso era de agradecer. Enar apenas había hablado. Se había mantenido al margen, escuchando con atención las conversaciones que Marcos y Carlos habían intentado mantener.

Ruth suspiró apesadumbrada, ella tampoco había hablado mucho. Apenas había dicho una docena de frases, pues estaba demasiado sorprendida como para intervenir en la tertulia.

La segunda visita, el sábado anterior, había transcurrido de forma más natural. Por supuesto, Carlos y Marcos habían llevado el peso de la tertulia, pero tanto ella como Enar habían participado, aportando sus distintos puntos de vista. Y entonces había descubierto a una Enar aún más cambiada de lo que había creído en la visita anterior. Su antigua amiga había hablado de las drogas, del alcohol, de la lucha por mantenerse sobria y del miedo a recaer. Y lo había hecho con apabullante sinceridad, en ocasiones a la defensiva, casi atacando con su tono y sus palabras, mientras que otras veces bajaba la mirada, abatida. Y Carlos había estado a su lado cada segundo, apoyándola con gestos, palabras y caricias. Tomándole la mano cuando necesitaba fuerza o frunciendo el ceño e incluso poniendo la puntilla a sus frases cuando su actitud se volvía huraña o amenazadora.

No cabía duda de que estaban hechos el uno para el otro. Si él era el contrapunto de ella, quien la calmaba y le daba fuerza, ella a su vez era el contrapunto de él, quien le hacía reír a carcajadas y enfadar hasta ponerse rojo. Quien le sacaba de la tranquila parálisis en la que había vivido hasta entonces.

No pudo evitar sonreír al pensar que Enar había entrado en la vida de Carlos como un elefante en una cacharrería, despertándolo de su soporífera rutina de trabajo y soledad.

Entró en la casa, pensativa. Ver a Iris interactuar con Enar había sido una revelación. De ninguna manera se había imaginado que se fuera a comportar así con la niña. No como una madre, pero sí como una amiga.

—Enar, ¿puedo ayudarte en algo? —Se asomó a la cocina.

—No te molestes, ya lo tengo todo listo. —Colocó el último plato en la bandeja—. Ve con ellos a ver los pájaros.

—La verdad es que los he mandado fuera para poder hablar contigo sin testigos.

—¿Sin testigos? Eso suena muy raro. Espero que no estés pensando en asesinarme para hacer un favor al mundo y librarle de mí —repuso Enar con humor negro.

—¿Y darle el disgusto de su vida a Carlos? No soy tan cruel.

Enar sonrió de medio lado, Ruth *Avestruz* no tenía una sola gota de crueldad en todo su escuálido cuerpo.

—Tienes una hija maravillosa —dijo, tomando la bandeja para llevarla al salón.

—Tú también —replicó Ruth siguiéndola.

Enar se detuvo en mitad del pasillo unos segundos y luego asintió con la cabeza.

—Sí que es maravillosa, gracias a Dios que no se parece a sus padres —dijo con voz ronca.

Entró en el salón, dejó la bandeja en la mesa y se dirigió a la ventana. Allí se quedó, mirando con obsesiva atención a los hombres y a la niña que estaban en la halconera.

Ruth suspiró al ver que Enar se esforzaba en mantenerse apartada de ella. No se lo reprochaba. Era complicado retomar una relación que se había roto de manera drástica tantos años atrás.

—Quería quedarme a solas contigo porque tengo una cosa para ti, y no quería que Iris y Marcos estuvieran incordiando cuando te la enseñara —comentó acercándose a Enar. Esta enarcó una ceja, divertida—. Oh, sí, adoro a mi marido y a mi hija, pero lo reconozco, son muy entrometidos. Y esto es algo privado, solo para ti —manifestó mientras sacaba el móvil.

Enar la observó intrigada mientras abría la galería de imágenes, y a punto estuvo de desmayarse cuando vio la foto que apareció de repente en la pantalla. Se llevó las manos a la boca, estremeciéndose sin control.

—No está muy bien sacada, al fin y al cabo el fotógrafo de la casa es Marcos, no yo —señaló Ruth tendiéndole el aparato.

—Es perfecta —reconoció Enar sin atreverse a tomar el móvil, pues le temblaban demasiado las manos—. Qué mayor está... —Acarició la pantalla con un dedo trémulo—. ¿Dónde está? ¿La he borrado? —preguntó nerviosa cuando la fotografía de Mar desapareció.

—Tranquila, has retrocedido en la galería. —Ruth retomó con rapidez la foto que había sacado esa misma mañana—. Ya está, aquí la tienes otra vez.

Le tendió el teléfono de nuevo, y en esta ocasión Enar sí que lo aceptó. Lo agarró con asustado cuidado y, tras tragar saliva, amplió la imagen con los dedos.

—Que mayor está —repitió, la mirada fija en el rostro de su hija—. Es casi una mujer.

—Ya es más alta que tú —comentó Ruth esbozando una emocionada sonrisa.

—Sí... No ha salido a mí, es como mi padre —afirmó orgullosa—. Está muy delgada —murmuró preocupada. ¿Cuántas veces la había llamado gorda cuando se pasaba los días y las noches ebria? ¿Y si le había creado complejo? ¿Y si la niña no comía adecuadamente por culpa de todas las veces que la había insultado cuando estaba borracha?

—No está demasiado delgada, es por la foto que lo parece —comentó Ruth al verla empalidecer—. Mira, pasa a la siguiente.

—¿Hay más? —Enar pasó el dedo sobre el cristal, estremeciéndose al ver una nueva foto de Mar. Estaba en el parque con sus amigas y parecía disfrutar muchísimo porque tenía una enorme y resplandeciente sonrisa en los labios.

—Hay muchas más, llevo toda la semana sacándole fotos cada vez que coincido con ella —comentó Ruth sonriente—. Pensé que te haría ilusión verla.

Enar asintió, incapaz de apartar la mirada del teléfono. En esa imagen Mar lucía una voluptuosa figura, muy similar a la suya. Pasó con rapidez a la siguiente foto, y luego a la siguiente, comprobando que la extrema delgadez que tanto la había asustado era solo un efecto de la foto y que su pequeña no estaba demasiado delgada. Luego retrocedió hasta la primera para verlas todas de nuevo, en esta ocasión despacio, fijándose en todos los detalles.

Apoyó la espalda en la pared y se deslizó por ella hasta quedar sentada en el suelo, abstraída en lo que le mostraba el móvil.

—Son unos pesados —porfió Carlos enfadado—. Se pasan el fin de semana mirando por la ventana, espiándonos para ver qué hacemos e inventando ruidos de los que quejarse.

—Así que siguen igual. —Marcos miró la casa del otro lado de la loma, donde, por supuesto, la silueta de una pareja se reflejaba en una ventana—. Vaya incordio.

—Sí, aunque desde que Enar vive aquí es más divertido. Se enfrenta a ellos, les enseña esos dientes pequeños y afilados que tiene, y te juro que les hace temblar —comentó jocoso abriendo la puerta.

Marcos sonrió a su enamorado amigo y llamó a Iris para que entrara, pero la pequeña estaba corriendo con los perros y se hizo la remolona, así que la dejó fuera un rato más.

Carlos atravesó el pasillo con pasos rápidos. Las chicas llevaban solas un buen rato. Podría haber sucedido cualquier cosa en tanto tiempo, más aún con Enar tan nerviosa y, por ende, tan a la defensiva como estaba. Entró en el salón y se quedó paralizado al verlas en el suelo, bajo la ventana, con la cara empapada en lágrimas y abrazadas la una a la otra.

—¿Qué ha pasado? —inquirió preocupado yendo hacia ellas.

—¡Carlos! —hipó Enar al verlo—. ¡Ven, corre! Ruth ha traído fotos de Mar. Mira qué bonita está...

El pelirrojo observó perplejo a las dos antiguas amigas, tan emocionadas que casi no podían hablar. Se giró hacia Marcos, que en ese momento sonreía orgulloso a su mujer.

—Ha sido idea suya —comentó secándose una lágrima traidora—. Dijo que le haría ilusión a Enar.

—Vaya si se la ha hecho —replicó Carlos y se acercó hacia las dos mujeres—. Déjame ver. —Se sentó junto a Enar.

—Es igualita a mi madre —comentó conmovida enseñándole la foto de su hija—. Tiene su nariz...

—Yo diría que es la tuya —rebatió Carlos besándosela en la punta.

—No, la mía es muy fea y la de ella es perfecta. —Acarició el aire que rodeaba la pantalla, como si fuera la cara de su hija—. ¿Cómo voy a ser tan cruel de volver a hacerlo?

—¿De hacer qué?

—De volver a entrar en su vida y arruinársela otra vez —sollozó escondiendo la cara contra su fornido torso.

—Nadie va a arruinarle la vida a nadie, te lo aseguro. ¿De verdad crees que si Ruth, Marcos o yo tuviéramos la más mínima duda de que puedes hacerle daño te dejaríamos acercarte a ella?

Enar se estremeció al ser consciente de que estaban acompañados. Con la emoción de ver de nuevo a Mar se le había olvidado que no estaba sola.

Se secó las lágrimas de un manotazo y se puso en pie,

—Voy a traer más refrescos, los que hay en la bandeja estarán calientes de tanto como habéis tardado en regresar, ¡hay que ver si sois tardones! —rezongó saliendo del comedor.

Marcos y Ruth la miraron sorprendidos por su arranque.

—No le gusta mostrarse vulnerable ante nadie —explicó Carlos poniéndose en pie.

—Te estoy oyendo, Cagón —le llegó la voz amenazante de Enar.

—Ya lo sé, pero es mejor que sepan que eres demasiado orgullosa en lugar de que piensen que estás sufriendo un ataque de doble personalidad —apuntó burlón.

Hasta el salón llegó, alto y claro, el fiero gruñido de Enar.

Y lo más curioso fue que sonó en estéreo desincronizado, porque unos segundos después se oyó otro similar, pero un poco más agudo. Los tres adultos del comedor se giraron hacia la puerta, intrigados por el inusual sonido, que no tardó en repetirse.

—¡Mira, Enar, casi me sale como a ti! —escucharon decir a Iris, resolviendo el misterio.

17 de diciembre de 2011

Carlos, ahíto de placer, la penetró con ferocidad contenida. Se hundió profundamente en ella, los testículos golpeando el perineo en cada acometida, hasta que eyaculó exhalando un ahogado gemido. Continuó meciéndose sobre Enar unos segundos antes de derrumbarse exhausto y rodar hacia un lado para no aplastarla con su peso. La sintió removerse hasta quedar acurrucada contra él, su cuerpo desnudo pegado al suyo. Haciendo un esfuerzo sobrehumano, logró abrir los ojos el tiempo suficiente para buscar el edredón, estirarse para atraparlo y cubrirlos a ambos con él.

Estaba agotado, y ese fogoso polvo era el broche final de una jornada demoledora. Habían tenido una mañana muy ajetreada. Él, con el trabajo y con la búsqueda secreta que efectuaba cada día ayudado por Fernando y que siempre resultaba infructuosa; y Enar, con sus creaciones, que se habían convertido en uno de los regalos estrella de la Navidad en la tienda. Y eso, aunque maravilloso, pues significaba que la clientela reconocía su talento, era agotador. Al cansancio que acumulaban además debían sumarle la visita de Marcos y su familia, la quinta desde que Ruth sabía quién era la chica misteriosa. Y, como en todas, Enar había estado muy nerviosa antes de que se produjera para luego pasar la tarde intentando disimular lo emocionada y agitada que estaba.

La Navidad estaba cerca, y con ella la fecha límite que se habían marcado para reencontrarse con Mar e Irene. Cada día que pasaba Enar se mostraba más inquieta. Las dudas socavaban su seguridad mientas que los nervios y la tensión la agotaban de tal manera que al llegar la noche apenas se tenía en pie. Pero rara vez conseguía dormirse al meterse en la cama, por el contrario, daba vueltas y vueltas, intranquila y preocupada, hasta que, exhausta, caía en un agitado duermevela bien entrada la madrugada.

Esa noche, por supuesto, no iba a ser diferente, pensó Carlos al sentir que se removía. Parpadeó repetidas veces y se frotó los ojos, intentando salir del sopor provocado por el sueño, que por cierto, a él también le costaba conciliar.

—Siento haberte despertado —musitó Enar afligida cuando él encendió la lamparita—. No puedo dormir, me voy al comedor. —Saltó de la cama, o mejor dicho, lo intentó, porque Carlos la atrapó, impidiéndoselo.

—Quédate conmigo.

—No seas tonto, no vas a poder dormir mientras yo siga aquí, dando vueltas como una peonza.

—Tampoco voy a poder hacerlo si no estás a mi lado —afirmó, envolviéndola entre sus brazos—, así que como no voy a dormir de ninguna manera, prefiero seguir contigo en la cama. —Deslizó una mano hasta dar con su trasero.

Enar se pegó más a él cuando comenzó a amasarle las nalgas, si había algo que volvía loco al pelirrojo era jugar con su culo. Masajearlo con ambas manos, deslizar los dedos en la grieta entre los cachetes y presionar el índice sobre el ano. Y, por raro que pareciera, a ella ese roce prohibido le resultaba extrañamente excitante.

Pero en ese momento, aunque el pelirrojo tenía la mano allí, no estaba jugando con su trasero, solo lo acariciaba pensativo, su mente puesta en otras cosas. Estaba muy raro últimamente. Había algo que lo atormentaba y le hacía estar vigilante durante cada segundo que pasaban fuera de la casa. Pero, cuando le preguntaba, él negaba cualquier preocupación que no fuera el próximo encuentro con Irene y Mar.

—Cuéntame qué te pasa, estás muy agitada esta noche. Más de lo normal… y mira que eso es difícil —comentó Carlos, intentando poner una nota de humor al asunto.

—¿Cómo quieres que esté? Ya has oído a Ruth, va a celebrar la Nochebuena en su casa, ¡con todos! —dijo alterada—. Sus hermanos, su padre, Jorge y Dani, y también Luka, Alex, Pili, Javi. ¡Y con ellos estará Iris! ¿Es que no lo entiendes? Les contará que estoy aquí, contigo.

—Iris no va a contar nada a nadie. Ya casi tiene diez años y es más madura de lo que crees. Si le pides que no diga nada, no lo hará —sentenció con seguridad—. Te quiere mucho, te has convertido en su mejor amiga. Haría cualquier cosa por ti.

—No digas gilipolleces —desestimó ella, aunque no pudo evitar el brillo ilusionado en su mirada.

—Sabes bien que no las digo —rebatió él, dándole un beso en la punta de la nariz—. Deja de preocuparte y duérmete. Necesitas relajarte y descansar.

Enar asintió, aunque sabía que iba a ser incapaz de conciliar el sueño.

Carlos también lo sabía, así que atrapó con su mano libre la de ella y le dibujó algo en la palma. Ella, por supuesto, intentó averiguar qué era. Estuvieron largo rato así, jugando remolones con los dedos, atrapándolos para luego soltarlos, trazando etéreos corazones con las yemas mientras sus labios se acariciaban con delicados roces. Hasta que las bocas se abrieron y las lenguas se encontraron, transformando las caricias en besos. Las manos dejaron de jugar para retozar sobre sus cuerpos. Los dedos posados en el trasero de Enar abandonaron su inmovilidad para acariciarlo con perezosa lascivia.

—¿Has probado alguna vez por la puerta trasera? —murmuró Carlos embotado por el placer, más pendiente del culo que tocaba y de su insatisfecha erección que de lo que decía.

Enar, lo miró confundida. ¿A qué venía eso ahora?

—¿Por la puerta trasera? ¿La de la cocina? —murmuró sin comprender.

—Ah… no. No me refiero a eso —dijo él para luego callar cual tumba, sin saber bien cómo explicarle su deseo sin que sonara demasiado pervertido.

—¿A qué te refieres entonces? —Lo miró intrigada al ver

que estaba colorado como un tomate—. ¡Joder! —soltó al intuir el motivo del sonrojo—. ¿Puerta trasera quiere decir sexo anal?

Carlos abrió y cerró la boca un par de veces, sin emitir palabra alguna, hasta que al final se decidió por asentir con la cabeza.

—Pues la verdad es que no, nunca lo he hecho por la puerta trasera —dijo estallando en una burlona risa por culpa del nombrecito—. ¿Y tú, le has dado por el culo a alguien?

—No hace falta que seas tan gráfica —protestó él, cada vez más colorado.

—No te escaquees y contesta. ¿Tu culebra ha entrado por alguna puerta trasera? —le reclamó burlona. Carlos negó con la cabeza—. Pero te gustaría. —Le pellizcó lasciva una tetilla.

Él suspiró sonoramente, fijó su mirada en ella y movió la cabeza asintiendo.

—Me llama la atención, sí.

Enar lo miró burlona, en sus labios una peligrosa sonrisa. Le encantaba cuando se sonrojaba. Era tan tierno.

—¿Me estás diciendo que quieres, ya sabes, meter tu enorme polla en mi pequeño culo? —inquirió con un seductor mohín en los labios.

—Antes te prepararía, por supuesto —susurró él con voz ronca antes de incorporarse y sentarse a horcajadas sobre ella. La gruesa y rígida erección meciéndose sobre los pechos femeninos mientras su mirada ardía con un fuego imposible de apagar—. Haría que te gustase.

Invadió la boca de Enar, espoleándola con la lengua hasta que se enzarzaron en una erótica pelea que hizo temblar sus cuerpos desnudos.

Cuando se apartó, ella lo buscó jadeante, exigiendo más.

Carlos le sujetó las manos por encima de la cabeza, inmovilizándola sin darle lo que quería, y la miró desafiante, instándola a responder la pregunta no formulada.

Enar se lamió los labios, ahíta de deseo. Incapaz de no estremecerse al imaginar cómo sería sentirle entrar... por la puerta trasera. Solo de pensarlo un intenso calor líquido estalló en su vientre, haciéndole palpitar el clítoris y los pezones. Volvió a lamerse los labios y deslizó la mirada por el cuerpo de él. Estaba muy excitado. Su grueso pene se alzaba insolente, desafiándola a aceptarlo. Y tenía ganas de hacerlo, desde luego que sí, pero la prudencia se imponía al deseo. Una cosa era ponerse cachonda al pensarlo y otra muy distinta dejar que le metiera ese tremendo pepino por un agujero del tamaño de una nuez.

Se lamió los labios, la excitaba mucho intentarlo y no iba a quedarse con las ganas, decidió. Estaba segura de que él iría con cuidado y la haría disfrutar. Pero no se lo diría todavía, no pensaba ponérselo tan fácil. No era su estilo. Si él lo quería, tendría que pelear por conseguirlo.

—No lo veo muy claro, la verdad —manifestó, poniendo morritos—. Hagamos un trato. Si dejas que te meta un dedo en el culo te dejaré meterme la polla —lo desafió maliciosa, segura de que rechazaría su propuesta e intentaría convencerla de otra manera, algo que le apetecía mucho. No había nada mejor que Carlos poniendo todo su lujurioso empeño en persuadirla de hacer algo.

—De acuerdo —aceptó él sin pensárselo un segundo.

—¿De acuerdo? —Parpadeó sorprendida—. ¿Así de fácil? No puedo creer que no te sientas amenazado porque te quiera meter los dedos —musitó impresionada.

Él se encogió hombros, volviendo a sonrojarse. En esta ocasión con mayor intensidad, si eso era posible, que las veces anteriores.

Enar lo miró pensativa. ¿Por qué se ruborizaba tanto? Jadeó turbada al intuir la respuesta.

—¡Joder, ya lo has hecho!

Carlos cerró los ojos, abochornado, se dejó caer hasta tumbarse de nuevo y se tapó la cara con el brazo, deseando hacer desaparecer esa última parte de la conversación.

—Ah, no. No vale hacerse el avestruz —le regañó Enar cerniéndose sobre él para luego soplarle la frente.

Él abrió los ojos y se encontró con su sonrisa maliciosa.

—¿Te gustó?

—¿El qué?

—Ya sabes, que te metieran los deditos por el culito —señaló ella mordaz.

—No me los metió nadie —explicó él, girándose de costado para darle la espalda y que no le viera la cara, seguro de que estaba rojo como un tomate. ¡¿Por qué narices se le habría ocurrido sacar el temita de los cojones?!

—¡No! —exclamó ella—. Te los metiste tú mismo...

Carlos no se molestó en responder.

—Vaya, vaya... Parece que ver porno te ha dado alguna que otra idea —musitó con picardía. Le acarició la espalda, internándose en el lugar en el que esta perdía su nombre. Él apretó las nalgas—. Vamos, no seas tan enfadón y cuéntame cómo fue...

—¿De verdad quieres saberlo? —Carlos se giró de repente, apresándola bajo su cuerpo—. Fue... Extraño. Sentí una enorme vergüenza a pesar de que solo yo sabía lo que iba a hacer. La primera vez que lo intenté fue molesto, ni siquiera pude acabar —dijo con sinceridad—. Lo intenté de nuevo meses después, tras investigar cómo hacerlo. Si quieres saber la verdad, no te puedes fiar del porno, es todo mentira. Nada es tan fácil, tan rápido ni dura tanto como muestra la pantalla —manifestó con una ladina sonrisa—. Usé lubricante y no estuvo mal, pero tampoco fue para tirar cohetes. Me olvidé durante un tiempo, pero luego volví a ello, intrigado por el extraño placer que me había proporcionado. Y aprendí que la paciencia es tan importante como el deseo y que todo goce comienza con el descubrimiento de nuestro cuerpo. Ahora el placer ya no es extraño, sino intenso. Mucho. Más de lo que te puedes imaginar. Y sé cómo hacerte llegar a él —aseveró—. ¿De verdad quieres perderte uno de mis mejores talentos? —inquirió burlón apresando entre sus dedos los erizados pezones de ella.

Enar negó a la vez que arqueaba la espalda y separaba excitada las piernas.

Carlos sonrió ladino y se colocó entre ellas. Bajó la cabeza y la besó con apasionado deleite. Alojó su dura erección entre los empapados labios vaginales y la frotó contra ellos mientras empleaba los dedos en torturar sus pezones. Continuó besándola, presionando con el glande la entrada de la vagina. Pero no la penetró. La volvió loca de deseo y cuando ella alzó las caderas instándole a entrar, se apartó a un lado.

Enar gruñó huraña al sentir el aire frío sobre su piel sudorosa.

—¡¿Por qué paras?! —se quejó frustrada.

Carlos sonrió malicioso y, sin darle tiempo a reaccionar, la volteó, dejándola bocabajo en la cama. Luego le agarró los muslos, separándoselos y volvió a colocarse entre ellos.

Enar jadeó turbada al sentir su cálido aliento en el trasero. ¿Qué narices pretendía hacer?

—Espera, no he dicho que vaya a acep... —se interrumpió al sentir sus dedos abriéndole las nalgas y después el roce húmedo de su lengua—. Ah... Bueno... Vale —musitó rindiéndose al extraño placer que el beso prohibido le proporcionaba.

Carlos trazó lentas espirales sobre su piel, acercándose al fruncido anillo de músculos en cada vuelta, hasta que por fin su lengua cayó lúbrica sobre él. Enar se estremeció ante la sutil presión, pero no protestó, por lo que él siguió haciendo realidad su deseo. La instó a levantar el trasero y, cuando lo hizo, deslizó la mano por su pubis, tocando el clítoris. Lo estimuló con suaves roces a la vez que seguía trabajando el ano con la lengua, hasta que la sintió temblar por sus caricias. Se apartó de ella, estirándose para buscar en la estantería el lubricante. Derramó un poco sobre el oscuro esfínter y lo penetró despacio con un dedo.

Enar se agarró a las sábanas al sentir la extraña invasión. De sus labios escapó un quedo gemido, era un placer raro... Oscuro. Doloroso incluso cuando él introdujo un segundo dedo. Parecía estirarle la piel hasta el límite, pero había algo en esa intrusión que le resultaba muy excitante. Se llevó una mano al sexo y jadeó sorprendida al notar lo mojada que estaba. Se penetró con los dedos anular y corazón a la vez que él la llenaba con sus dedos.

Carlos deslizó la lengua por la espalda de Enar, chupándola avaricioso mientras sus dedos abandonaban el estrecho pasaje en el que estaban. Se apartó para echarse lubricante en la mano y untárselo lascivo sobre la polla, cubriéndola de una resbaladiza y oleaginosa pátina. Separó más aún las piernas de Enar con sus rodillas y le pasó un brazo por la cintura, sujetándola. Se agarró con dedos firmes la verga, la apretó contra el fruncido agujero y posó los labios en el cuello femenino. Lo atrapó entre los dientes en un erótico mordisco y meció las caderas, empujando la polla contra la ajustada entrada.

Enar jadeó al sentir la tenaz intrusión. Parecía quemarla con cada centímetro que la invadía. Intentó apartarse, pero el brazo de él en su cintura se lo impidió. Se removió molesta, era demasiado para ella. Demasiado grueso, demasiado tirante, demasiado intenso, demasiado... Excitante.

Un gemido escapó de sus labios cuando el pene rozó un lugar en su interior que pareció inflamarse, inundándole la vagina de ardiente placer. Se metió más los dedos, intentando tocar con ellos el falo que la atormentaba y el placer estalló de nuevo, transformándola en una gelatina temblorosa y sollozante que exigía más a cada aliento que exhalaba.

Carlos por supuesto se lo dio.

Entró en ella por completo, y luego salió despacio, haciéndola estremecer. Se quedó inmóvil, solo el glande penetrándola.

—¿Más? —susurró contra el oído de Enar.

—Más —jadeó ella levantando el trasero.

Deslizó la mano con la que sujetaba la cintura al pubis femenino, donde encontró la de ella. Se la apartó, y le llenó con sus dedos la vagina. La penetró con los dedos y la polla, llenándola por completo, y comenzó a mecerse en una erótica cadencia que no detuvo hasta que ella gritó de placer.

20 de diciembre de 2011

Enar terminó el enésimo organizador hecho con cartones de leche. Era uno de los artículos que más le reclamaban en la tienda, tanto, que había tenido que pedir tetrabriks vacíos a Fernando, y cuando este no dio abasto con sus necesidades, recurrió a los abuelos. Su ayuda resultó inestimable, porque cada día le llegaban más de treinta cartones de leche vacíos, casi uno por cada habitante de la aldea. Y aun así, había tenido que rechazar encargos porque no tenía material suficiente para hacerlos todos. Observó la abarrotada leonera buscando un lugar donde dejar el organizador recién terminado, pero no lo encontró. Resopló, allí ya no había sitio para sus creaciones. Ni para sus herramientas. Ni para nada. Había invadido cada rincón libre del cuarto, y no podía exigirle a Carlos que tirase sus trastos para poner ella los suyos. No era su casa, y no podía apropiarse del espacio.

Recolocó algunas cosas y al final encontró un hueco junto a los centros de mesa y los culos de botellas convertidos en gatitos. Salió de la leonera y *Bruto* y *Leo* la siguieron, enredándose entre sus piernas, instándola a jugar con ellos.

—No estoy de humor. —Se agachó para rascarles—. Mucho me temo que estos días no soy la mejor de las compañías.

Los sacó al patio, pues a pesar del frío necesitaban quemar energía. De hecho, ella también lo necesitaba.

El invierno era duro en la montaña. Temperaturas muy bajas durante el día, heladas de madrugada y nevadas inesperadas que cubrían el suelo con un mar de nieve. Los paseos nocturnos con Carlos y los perros se habían acabado, pues este se negaba a salir al monte alegando que hacía tanto frío que se le helaban hasta las pestañas, algo raro en él, que jamás tenía frío. Y la cuestión era que echaba mucho de menos esas salidas. Sobre todo ahora, que solo faltaban cuatro días para la Navidad y estaba tan nerviosa que cada mañana se levantaba con dolor de mandíbula de lo mucho que apretaba los dientes durante la noche.

Necesitaba quemar energía, agotarse hasta que le fuera imposible pensar. Pero en lugar de eso, pasaba los días encerrada en la finca, cuidando de las aves y haciendo cachivaches. Y aunque disfrutaba con ambas cosas, no era lo que necesitaba. Quería salir y perderse en el monte, gritar, correr, saltar...

¡Y eso era exactamente lo que iba a hacer!

Agarró las llaves, se puso el abrigo y atravesó el patio. Los perros corrieron tras ella, moviendo la cola frenéticos, locos por acompañarla. Se paró indecisa al llegar a la cancela. Carlos le había pedido que no saliera de casa. Por lo visto era la temporada de caza de la becada y esa ave era tan exquisita que se pagaba a precio de oro, así que muchos cazadores recorrían el monte, buscándolas para venderlas a particulares y restaurantes a pesar de ser ilegal.

Enar arrugó la nariz, debatiéndose entre ignorar la petición de Carlos y salir, o hacerle caso y quedarse. Era la primera mañana en varios días que el sol brillaba y las temperaturas subían de cero grados, sería una pena quedarse en casa, más aún cuando estaba segura de que no corría peligro. Puede que hubiera furtivos que ignoraran la prohibición de cazar entre semana, pero joder, evitarlos era tan fácil como alejarse si oía ladridos o disparos. Era una estupidez quedarse encerrada con ese día tan maravilloso. Salió y cerró la cancela antes de que los perros pudieran seguirla. *Bruto* era muy grande y *Leo* muy alborotador, no pensaba arriesgarse a que le espantaran la caza a algún cazador y acabar con una bronca esa mañana tan maravillosa.

—Vigílalos —le ordenó a *Séneca*, quién dormitaba al sol, algo que cada vez hacía más a menudo.

El viejo perro exhaló un seco «burf», más de advertencia que de conformidad.

—Eres igual que tu dueño. —Enar puso los ojos en blanco—. Los dos os preocupáis por nada. No tardaré en volver, lo prometo. Solo quiero estirar las piernas.

Tomó el sendero que ascendía por la montaña mientras pensaba en lo que iba a suceder en menos de un mes. La Navidad estaba a la vuelta de la esquina, y, tras esta, llegaría el momento de ver a su hija y a su madre. ¿Cómo lo haría? Carlos le decía que no se obsesionara, que sucedería lo que tuviera que suceder, y que de nada servía darle vueltas a las mil reacciones posibles de Mar e Irene. Pero ella no podía evitar pensar en el temido instante en el que se descubriría ante ellas. No tenía ni idea de cuál sería la mejor manera de enfocarlo. ¿Debía contactar primero con Irene y esperar que, si todo iba bien, hablara con Mar y le revelara que seguía viva? O tal vez sería mejor hablar con las dos a la vez. No, eso no. Sería una conmoción para la niña presentarse ante ella sin haberla prevenido antes. Entonces, decidido, primero hablaría con Irene. Pero ¿cómo? ¿Apareciendo en su casa sin avisar? ¡Podía darle un infarto de la impresión! No, mejor avisaría. Llamaría por teléfono para decirle que estaba viva. Pero eso era tan impersonal. Su madre se merecía más. Entonces, ¿¡qué?! Estuvo tentada de gritar su frustración, pero en lugar de eso cerró los ojos y se concentró en evocar la sonrisa afable de su chico. Él decía que todo iría bien y tenía que creer que así sería o se volvería loca.

Pero… ¿Y si Irene se negaba a recibirla? Peor aún, ¿y si era Mar quién no quería verla? Era una situación factible. De hecho, estaba segura de que eso sería lo que sucedería.

Se detuvo agobiada, incapaz de respirar. Tomó aire despacio, dando cortas bocanadas tal y como Eduardo le había enseñado a hacer para combatir los ataques de ansiedad. Se concentró en la respiración, intentando ignorar las repentinas ganas de tomar una copa. Las viejas costumbres eran difíciles de olvidar. Y antaño usaba el alcohol para olvidarse de los problemas. Pero olvidarlos no significaba solucionarlos, y ahora era una mujer fuerte que se enfrentaba a sus errores… o que al menos lo intentaba. Por tanto, apretó los puños y resistió la tentación. Que estuviera en mitad del monte, sin bares cerca, ayudaba.

Se llenó los pulmones con el aroma de los pinos y se concentró en los sonidos de la naturaleza. El piar de los pájaros, el susurro de la tierra siendo removida por los conejos, en el regocijo de las ardillas saltando de rama en rama. Amén de muchos ruidos más que daban vida al lugar y que ella era incapaz de distinguir. Sonrió al pensar que Carlos podía identificar cada eco del bosque. Si estuviera allí le estaría diciendo que tal sonido lo hacía un abejaruco, un alcaudón, una gineta, un lirón o cualquier otro animal irreconocible para ella.

Suspiró, solo hacía tres horas que él se había ido a los laboratorios y lo echaba tanto de menos que le dolía. Menos mal que no tardaría en regresar, un par de horas a lo sumo.

Y ella estaba allí, perdiendo el tiempo. Dando vueltas a lo que no podía solucionar cuando podía estar esperándolo desnuda en el salón, con el bote de nata que había comprado en secreto. Se untaría con ella los pezones y el sexo y en cuanto entrara le preguntaría si tenía hambre. No dudaba de cuál sería su respuesta.

¡Esa era una manera muchísimo mejor de quemar energía y olvidarse de todo! Sacudió la cabeza y enfiló de regreso a casa. No había dado diez pasos cuando escuchó un lamento que a punto estuvo de detenerle el corazón por la agonía que transmitía.

Se detuvo en seco, se guardó unas cuantas piedras del suelo en los bolsillos y se encaminó en la dirección de la que había salido el lastimero gemido. Se internó recelosa entre los altos árboles, atenta a lo que la rodeaba, pero como no volvió a oírlo se fue confiando. Tal vez fuera un animal en celo llamando a su pareja, pensó. Gracias a los paseos por el monte con el pelirrojo había aprendido que algunos bichos tenían extrañas maneras de cortejar a sus amadas. Sonrió al imaginarse a Carlos dándose cabezazos contra otros hombres cual cabra montesa para luchar por su afecto o berreando como un corzo para llamar su atención.

Pero el gemido que había escuchado no tenía nada que ver con *la berrea*.[3] Fuera lo que fuera, el animal que lo había emitido tenía que haberse marchado, porque no se había repetido. Dio media vuelta para regresar a casa, pero un suave roce en la nuca la detuvo. Miró a su alrededor desconfiada, había sido similar a la cálida exhalación de un amante, pero allí no había nadie. Y aunque lo hubiera, ¡menudos pulmones tenía que poseer para que sus soplidos llegaran hasta ella! Apretó los dientes enfadada, por lo visto se estaba volviendo loca de tanto pensar y ya oía y sentía cosas que no existían. Resopló disgustada, esa noche tenía que conseguir dormir más de un par de horas sí o sí. ¡No podía tener alucinaciones si no había bebido! ¡Era demencial!

3. Se llama «la berrea» al período de celo del ciervo debido al sonido gutural que emiten los machos.

Enfiló directa a casa. Y volvió a sentir el suave soplo en la nuca.

—¡Me cago en tu puta madre! —Sacó una piedra del bolsillo—. Atrévete a dar la cara, cabrón. ¡Vamos, ten huevos! —le increpó al bosque. Por supuesto nadie respondió—. Joder, estoy peor de lo que creía.

Se guardó la piedra y, al hacerlo, volvió a sentir el aliento en la nuca. Esta vez no fue un roce suave, sino apremiante. Buscó al culpable, pero allí seguía sin haber nadie. De repente tuvo una sospecha. Una tan disparatada que le daba vergüenza hasta pensarla. Clavó la vista al frente y preguntó en voz muy baja:

—¿Eres el abuelo de Carlos?

Una cálida brisa acarició su cara, pero eso no era una respuesta. Era un soplo de aire de lo más normal. Algo caliente para el frío que hacía, eso sí, pero no era sobrenatural ni por asomo. No podía serlo. Por tanto, allí no había ningún alma errante, espíritu perdido ni nada por el estilo. Inspiró despacio y se dirigió de nuevo al sur. Y el muy puñetero volvió a soplarle en la nuca. Saltó dispuesta a cantarle las cuarenta. Fantasma o no, ¡no podía darle esos sustos o ella misma acabaría convertida en un espectro! Abrió la boca, pero volvió a cerrarla al sentir una suave caricia en la mejilla… Y seguía sin haber nadie a su lado, al menos nadie visible.

—Me estás acojonando. Un toque más y te juro que echo a correr como alma que lleva el diablo —manifestó estrechando los ojos, pensativa—. No serás el diablo, ¿verdad? Ya no bebo y me estoy portando bien, así que no tienes excusa para llevarme. —Se calló esperando una respuesta, hasta que se dio cuenta de que no había formulado ninguna pregunta—. ¿Eres el abuelo de Carlos? —reiteró. La suave brisa se volvió a repetir—. Está bien, acepto pulpo como animal de compañía. ¿Qué quieres de mí?

Sintió una caricia en la mejilla izquierda, así que se dirigió al este. No había andado ni cien metros cuando se quedó paralizada para al segundo siguiente echar a correr más rápido de lo que lo había hecho nunca.

Frente a ella, colgado de una rama baja, un perro se sacudía, asfixiándose. Alguien lo había ahorcado con tal crueldad y sadismo que se le erizó la piel de pura rabia. El animal estaba suspendido cerca del suelo, de manera que podía apoyar a duras penas las almohadillas de las patas traseras, alargando su suplicio. Llegó hasta allí y el perro trepó por ella, arañándole la espalda, hasta quedar sobre su hombro, donde se derrumbó agotado mientras Enar intentaba deshacer el nudo. Tardó unos angustiosos segundos en comprender que al ser corredizo no necesitaba deshacerlo, sino tirar del extremo adecuado. Y eso hizo, soltando al pobre cánido, quien se hizo una bola temblorosa junto a sus pies.

—Ya veo, zorrita, que te gusta meterte en mis asuntos...

Enar giró tan rápido que a punto estuvo de caer al suelo. Apretó los dientes, furiosa y se enfrentó al hombre que estaba a pocos metros de ella. Un hombre al que había aprendido a temer. El sicópata.

—Has intentado ahorcarlo, cabrón —siseó metiendo las manos en los bolsillos.

—Mucho cuidado, puta, estoy harto de tus piedras —ganqueó él, empuñando la escopeta que segundos atrás había colgado de su hombro.

Enar sintió como su corazón se detenía de puro miedo al ver que la apuntaba. Había que joderse con los caprichos del destino, con lo mucho que había odiado a los perros cuando vivía con el Huesos, ahora iban a pegarle un tiro por salvar a uno de morir ahorcado.

—¿No vas a gritar y llorar, zorra? —masculló el hombre tambaleándose sobre sus pies.

Enar sacudió la cabeza. Aunque había llorado más esos últimos meses que en toda su vida, en ese momento no pensaba hacerlo. No iba con ella. Su estilo se orientaba más hacia los mordiscos, puñetazos y patadas. Y si ese cabrón la mataba, ella se aseguraría de arrancarle por lo menos una oreja de un mordisco. Además, tenía una gran ventaja: él estaba borracho. Mucho. O eso parecía por la manera en que se mecía inestable y por el pestazo a whisky que impregnaba su aliento.

—Vamos a animar la fiesta —susurró el sicópata, apuntando bajo con la escopeta.

Disparó, pero nada sucedió.

—Joder —masculló abriendo los cañones del arma.

Enar echó a correr frenética, al muy idiota se le había olvidado cargarla. No pensaba desaprovechar la oportunidad de escapar. No habían pasado ni dos minutos cuando un trueno retumbó en la montaña. Solo que el cielo estaba despejado. Gruñó abatida al pensar que el muy hijo de puta seguramente le habría pegado un tiro al perro. Pero ¿qué podía hacer armada con piedras, contra una escopeta? ¡Nada! Cuando había visto la oportunidad había escapado, sin pensar en el animal que dejaba atrás ni en lo que pudiera sucederle.

Apretó los dientes rabiosa al sentir que le había fallado al abuelo del pelirrojo y al pobre can que había depositado su confianza en ella, ¡Maldito cabrón, ojalá estuviera muerto! Siguió corriendo sin mirar por donde o hacia dónde iba. Resbaló en la tierra húmeda y chocó contra arbustos pelados que le arañaban las manos y la cara y le rasgaban la ropa, pero no se detuvo. Hasta que de repente la corteza de un árbol estalló cuando pasó junto a él, los perdigones del cartucho dispersándose y colisionando con todo lo que hallaban en su camino, incluso su hombro. Se tiró al suelo, resguardándose tras el tronco herido. Esperó unos segundos y se asomó. No vio a nadie, pero eso no significaba que él no estuviera cerca. Se concentró en respirar en silencio y mientras rezaba para que los latidos de su corazón no fueran tan sonoros como parecían, se arrastró por el suelo, alejándose del árbol. Poco después oyó sus inestables pasos acercándose y, sin pensarlo dos veces, se cubrió con la maleza que forraba el suelo del bosque.

Se mantuvo inmóvil, rezando para que pasara de largo.

Cuando lo vio aparecer entre los árboles llevaba la escopeta en una mano y con la otra arrastraba al perro por la correa. Enar cerró los ojos agradecida. El animal seguía vivo, aunque estaba tan asustado que apenas si conseguía caminar.

El hombre se detuvo junto al tronco al que había disparado. A poco más de diez metros de la mujer. Esbozó una maléfica sonrisa, se colocó la culata de la escopeta contra el hombro y caminó despacio, escudriñando lo que le rodeaba.

Enar lo observó asqueada. Avanzaba a trompicones, desviándose a un lado y a otro, incapaz de caminar en línea recta. Tenía los ojos rojos, olía a alcohol y su rostro parecía tallado en crueldad. Era aterrador. ¿Cómo pudo parecerle atractivo la primera vez que lo vio? La respuesta apareció en su cabeza con el mismo brillo que un rótulo luminoso: porque el alcohol le había desenfocado los sentidos, dotándola de una visión desfigurada de lo que la rodeaba. También de ella misma. No había sido hasta semanas después de dejarlo, cuando había empezado a ver la realidad.

Tragó saliva angustiada al darse cuenta de que si hubiera seguido bebiendo habría acabado por convertirse en un monstruo como él, pues la bebida la volvía cruel y egoísta. El alcohol y las drogas le habían hecho secuestrar y abandonar a su hija, insultar y aborrecer a su madre, rechazar a sus amigos y amenazar a su mejor amiga, Luka, cuando esta había intentado ayudarla. Era muy afortunada de haber sido capaz de luchar contra tan terrible enfermedad.

Por un momento casi sintió pena por él. Por lo horrible que sería su vida si continuaba por ese camino, por todas las cosas hermosas que se perdería, por todas las personas maravillosas a las que no se molestaría en conocer. Luego él gritó, advirtiéndole que si no se podía divertir con ella, lo haría con la perra. Disparó y los perdigones pasaron cerca del aterrado animal. Quizá no había querido acertar o tal vez estaba tan ebrio que no era capaz de apuntar, pero fuera como fuera, Enar dejó de sentir pena por él para sentir odio. Un odio profundo y visceral que sustituyó al miedo, le dio fuerzas y le quitó prudencia.

Aferró una piedra, se incorporó de un salto y la lanzó contra el hombre con toda la fuerza de su brazo.

Le acertó de lleno en la cabeza, haciéndolo caer de rodillas.

Salió corriendo de su escondite, pero en lugar de intentar escapar se dirigió hacia él. Le pateó la cara cuando intentó levantarse y le arrebató la escopeta. Lo apuntó temblorosa; había intentado violarla, había maltratado a *Leo* y había querido ahorcar al perro, al que además acababa de disparar por placer. ¿Cuántas más atrocidades habría hecho? ¿Cuántas más haría?

—Mereces que te pegue un tiro —escupió con rabia—. Pero no lo haré. Tendría que estar muy borracha para hacerlo y convertirme en alguien tan despreciable como tú. Y ya no bebo, así que eso que te ganas, cabrón.

Dio un paso atrás sin dejar de apuntarlo con la escopeta, decidida a coger al can y salir corriendo de allí. Se detuvo al ver que él se levantaba tan tranquilo y la miraba sonriente.

—Te pegaré un puto tiro si intentas joderme —le advirtió enseñándole los dientes.

Aferró la escopeta con las dos manos. Tal vez no tuviera los ovarios para dispararle, pero desde luego sí que le daría un buen culatazo.

—No vas a pegarme ningún tiro, zorra. Deberías haber contado los disparos... si lo hubieras hecho sabrías que está descargada —explicó antes de saltar sobre ella, pillándola desprevenida. La tiró al suelo, arrebatándole la escopeta—. Puta, ¿de verdad creías que ibas a escapar otra vez? —Alzó el arma para atacarla con la culata.

Enar rodó sobre la maleza para escapar del golpe y casi lo consiguió. La madera impactó de refilón contra su pierna, causándole un ardiente dolor. Intentó levantarse y él le dio una patada que impactó contra su estómago, dejándola sin respiración. Consiguió girarse bocarriba y le vio levantar el arma, dispuesto a golpearla de nuevo, esta vez en la cara. Le lanzó varias patadas para alejarlo e intentó ponerse en pie de nuevo. La culata le golpeó en el trasero. Cayó de rodillas. Su mano derecha tocó una piedra. La agarró y se incorporó furiosa, decidida a plantarle cara. O mejor dicho, a plantarle la piedra en la cara. Hasta aplastarle el cerebro a ser posible.

—Eh, amigo, ¿qué tal si deja a la señorita tranquila y se va a dar un paseo?

Los dos contendientes se giraron al oír la voz. Pertenecía a un cazador que estaba apuntando al hombre con su escopeta.

El sicópata resopló desdeñoso y bajó el arma, rindiéndose. O al menos aparentándolo, porque al instante siguiente apuntó al cazador.

—Tengo una doble cañón semiautomática, lo que significa que hay cinco cartuchos dentro que, si se pone tonto, podrían llevar su nombre escrito en ellos. ¿De verdad quiere intentarlo, amigo? —susurró tranquilo el cazador sin moverse un ápice.

El sicópata bajó el arma, sacudió la cabeza a modo de irónica despedida y, agarrando al perro por el collar, empezó a alejarse.

—¡No! ¡Es mío! —Enar fue tras él. Ya había abandonado a ese pobre animal una vez, no lo iba a volver a hacer—. Suéltalo o te descalabro —le advirtió enseñándole los dientes.

El sicópata esbozó una desdeñosa sonrisa. Miró a la mujer y luego al hombre que seguía apuntándolo, este sacudió la cabeza en un claro gesto de «haz caso a la chica».

—Volveremos a vernos, puta, y, quién sabe, tal vez la próxima vez no tengas tanta suerte —masculló soltando al animal.

Enar siguió aferrando la piedra entre sus dedos agarrotados hasta que él desapareció de su vista. Luego atrapó el collar del can y tiró de él sin dejar de observar el lugar por el que había desaparecido el sicópata.

—¿Puede manejarlo? —inquirió el cazador refiriéndose al perro, la mirada fija en el bosque en previsión ante una desagradable sorpresa—. La ayudaré a llevarlo más tarde, ahora mismo prefiero no bajar el arma. No me fio de ese hombre, he coincidido con él en alguna cacería y está un poco loco.

—¿Un poco? Es un jodido demente. —Enar se acuclilló frente al aterrado animal y le hizo algunas caricias antes de levantarse y echar a andar, sujetando firmemente el collar.

—No pienso llevarte la contraria, artista —murmuró el cazador yendo tras ella con todos sus sentidos puestos en lo que le rodeaba.

Enar lo miró intrigada. La había llamado como lo hacían los abuelos del bar: artista.

—¿Sabes quién soy? —inquirió siguiéndolo.

—La mujer del cetrero. Imposible no reconocerte, todos en la aldea hablan de ti, y la verdad es que te describen muy bien —afirmó mientras la miraba de arriba abajo de forma apreciativa—. Una lástima que no salgas mucho de la granja de rapaces, eres un regalo para la vista —dijo con sinceridad bajando el arma—. Soy Manolo, el hijo de Pablo y Fulgencia.

—Encantada. No sé cómo agradecerte lo que has hecho, tu llegada ha sido providencial. Un verdadero milagro.

—Milagro ninguno. Oí el alarido del chucho y después los disparos. No me gustó nada, así que me acerqué a ver qué pasaba.

—Menos mal que lo hiciste.

—Cualquiera lo habría hecho. Soy cazador, pero eso no significa que me guste ver sufrir a los animales o que tolere el maltrato —afirmó malhumorado. Mucha gente pensaba eso, y no era verdad. Al menos no en la mayoría de los casos—. Te acercaré al médico, te sangra el hombro y estás cojeando.

—No tiene importancia. Es solo un golpe, el hijo de puta me atizó bien —gruñó Enar.

—No me cuesta nada llevarte —reiteró él.

—No pienso ir al matasanos por un par de cardenales y un rasguño. —Además, lo único que necesitaba para sentirse bien era que Carlos la arropara entre sus brazos. Todo lo demás le sobraba.

—Entonces, te llevaré a casa.

—No es necesario, iré dando un paseo. —Miró a su alrededor intentando averiguar dónde estaba. La alocada carrera para escapar del sicópata la había desorientado del todo.

—Te dejo en casa y no hay más que hablar —sentenció el hombre. Por nada del mundo pensaba ofender a un cetrero de dos metros de altura dejando a su mujer sola y herida en la montaña. Le tenía mucho aprecio a su vida como para arriesgarla así.

Bajaron hasta un claro en el que estaba aparcado un viejo coche. Se montaron y se dirigieron a la granja. Enar jadeó sorprendida al darse cuenta de lo mucho que se había alejado de casa. Por lo visto entre el paseo y la carrera había hecho unos cuantos kilómetros.

—Sé que mi obligación es ir a la policía e informar de lo que ha pasado —dijo decaído al aparcar frente a la finca—. Si no lo he hecho ha sido porque hoy es martes y solo se puede cazar de jueves a domingo. Difícilmente puedo explicarle a la policía por qué voy con una escopeta siendo veda.

Enar asintió, Carlos le había advertido sobre los cazadores furtivos.

—Lo entiendo. A mí tampoco me gusta irle con el cuento a la pasma. Menos aún que se aireen mis historias, así que mejor lo guardamos para nosotros —propuso tendiéndole la mano.

—No es que me guste saltarme la ley, pero las cosas están fastidiadas por la crisis y unas cuantas becadas me pueden solucionar las Navidades —reconoció, y le estrechó la mano—. Y la verdad, en fin de semana está complicado cazar con tanto aficionado de pacotilla en la montaña.

—Son tiempos muy jodidos —coincidió Enar. Bajó del coche con el perro—. ¿Quieres entrar a tomar un refresco?

—No, gracias, prefiero irme a casa a ver si me saco el susto del cuerpo. —Sonrió, diciendo una verdad a medias. Lo que le apetecía en realidad era tomarse una copa para calmar los nervios. Pero sabía que eso no lo iba a encontrar allí—. Ten cuidado, artista, y no se te ocurra salir sola. No me ha gustado cómo te ha mirado el tipo ese al irse. Ese quiere sangre —le advirtió metiendo primera.

Esperó hasta que la mujer entró en casa y luego condujo directo al bar.

Carlos bajó los asientos traseros para ampliar el espacio del maletero y antes de cargarlo miró el reloj. Iba muy retrasado, ya tendría que estar en casa. Pero iba a llegar tarde por una buena razón: se había parado a comprar una cosa que haría de esa Navidad algo muy especial. No era algo premeditado; de hecho Enar no tenía ni idea de lo que se le había ocurrido, pues ni él mismo lo sabía hasta que un par de horas antes se le había ocurrido de repente el regalo perfecto para ella. Y, dicho y hecho, o en este caso, pensado y hecho, había ido a un almacén de bricolaje para comprar la madera necesaria para construir una estantería que ocupara dos paredes completas de la leonera. Enar la diseñaría a su antojo y entre los dos se ocuparían de fabricarla. Al fin y al cabo él era un manitas y ella tenía un don especial para los trabajos manuales. Cuando estuviera hecha, ella la decoraría a capricho.

Ya era hora de que Enar tuviera su propio espacio en la casa, una estancia diseñada y elaborada por ella, atendiendo a sus necesidades y deseos. Un lugar que fuera solo suyo.

Sonrió soñador al pensar cuál sería su reacción cuando le contara su idea. Y su sonrisa se expandió aún más al imaginársela entre tablas, pinturas, sierras y herramientas, inmersa en el diseño de su nuevo estudio. No podía esperar a ver su sonrisa de felicidad.

Acabó de cargarlo todo y se montó en el coche. Estaba a punto de arrancar cuando sonó el móvil. Respondió, era Fernando. Un segundo después, tan pálido como un muerto, apagó el teléfono, arrancó el coche y dando un acelerón salió del aparcamiento y se incorporó a la carretera como si llevara un veloz bólido en vez de un viejo y achacoso todoterreno.

15

—¿*Q*uién eres? ¿De dónde vienes? ¿Por qué hueles al amo malo? —*Leo* se paseó frenético en la cocina mientras su mamá iba al baño a lavarse la cara y los brazos.

—Basta, *Leo*, la estás poniendo nerviosa. Tranquilízate y déjale espacio. —*Séneca* se tumbó junto a la puerta para vigilar desde allí a la recién llegada. Últimamente le suponía un gran esfuerzo moverse, mientras que su vista se nublaba más cada día que pasaba.

—Pobrecilla. —*Bruto* se acercó a la perra, quien se apretaba temblorosa contra la pared—. No tengas miedo, no dejaré que te suceda nada. Soy el guardián de la casa, te protegeré y cuidaré de ti —afirmó orgulloso hociqueándole la cara.

—Por favor, desínflate un poco, *Bruto*, apestas a testosterona —bufó *Lilith* asomada a la puerta de la cocina.

La recién llegada los ignoró, toda su atención centrada en la humana que acababa de regresar. ¿Sería muy exigente? ¿Muy estricta? Ella no era buena con la caza, le pasaba algo a su olfato y no funcionaba bien. Por eso el amo la había castigado. ¿Esa humana era su nueva ama? ¿La castigaría también? Se pegó más contra la pared cuando la mujer se acercó con algo en la mano.

—No tengas miedo. —*Bruto* se tumbó a su lado—. Mamá te curará, es muy cariñosa.

¿Mamá? ¿Ese perro tonto había llamado mamá a una humana? Lo miró de refilón. Era enorme y desde luego no parecía asustado. Desvió la vista hacia el grandullón que estaba junto a la puerta. Era muy viejo, pero no se habían librado de él. Luego estaba el pequeñito nervioso, que no paraba de saltar y ladrar alrededor de la humana, pero esta, por extraño que fuera, no estaba enfadada, al contrario, le daba tranquilizadoras palmaditas. Por último su mirada se posó en la altiva gata que la observaba tumbada sobre la nevera. Ninguno parecía tener miedo de la mujer.

Se encogió sobre sí cuando esta acercó la mano y pasó algo húmedo por su cuello. El ardiente escozor la hizo gemir dolorida, pero enseguida pasó y el alivio fue instantáneo.

—La puta soga te ha hecho una buena quemadura. No parece que esté muy mal, pero hay que curarla. —Enar arrugó el ceño preocupada mientras limpiaba la abrasión producida por la cuerda—. Seguro que Carlos tiene alguna pomada que pueda servirte. No tardará en llegar, él sabrá qué hacer. Mientras tanto, descansa. —Acercó una mano al animal para que la oliera. Este reculó asustado—. No me tengas miedo, no voy a hacerte nada.

Se levantó, dándole espacio, y le sirvió un comedero con pienso y otro con agua.

—*Bruto*, *Séneca*, quedaos con él y vigilad que no le pase nada —les pidió—. *Leo*, ven conmigo, con tanto ladrar lo vas a volver loco —ordenó dirigiéndose a la puerta.

Acababa de entrar en el comedor cuando oyó el todoterreno. Se frotó las manos, nerviosa, pensando en cómo le iba a explicar a Carlos que había salido a dar un paseo y se había encontrado con el sicópata. ¡Seguro que le daba un síncope! Luego, por supuesto, montaría en cólera. Ella no conseguiría dominar su carácter y discutirían. Él se enfadaría y se encerraría en la leonera. Y acabarían la noche cabreados como monos el uno con el otro.

No se lo diría aún, decidió. Esperaría a la noche. Lo que ahora necesitaba eran sus caricias y besos, no su enfado y sus miradas airadas. Estaba a un par de metros de la puerta cuando esta se abrió de sopetón y Carlos entró hecho una fiera.

—¡No podías hacerme caso, ¿verdad?! —exclamó abalanzándose sobre ella. Le retiró el pelo de la cara y, tras detenerse un instante en el hombro herido, comprobó con temerosas caricias que no tenía nada más que rasguños—. ¡Tenías que salir sola! No podías llevarte a *Bruto*, ¡para qué! Si total, no hay ningún loco que quiera matarte. —Examinó inquieto sus manos llenas de arañazos—. ¿Te ha hecho algo? —inquirió preocupado, envolviéndole el rostro con dedos trémulos.

—No. Estoy bien, solo son unos raspones sin importancia. Cómo has sabido que...

—¿Sin importancia? —la interrumpió furioso—. ¡Podía haberte violado o matado! Joder, Enar, ¡por qué no puedes tener un poco de cuidado cuando te lo pido!

—¡Tengo cuidado! —acertó a decir asombrada.

Jamás lo había visto tan histérico. Las otras veces que había tenido problemas con el sicópata había estado más calmado, pero ahora... ¡Parecía que se fuera a acabar el mundo!

—¡¿Que tienes cuidado?! ¡No digas tonterías! —gimió, gesticulando como un loco—. Has salido sin tomar ninguna precaución, sin *Bruto*, ¡sin ni siquiera decírmelo! Si te hubiera pasado algo, no habría sabido ni por dónde empezar a buscarte...

—¡Se suponía que no me iba a pasar nada! Aquí no hay maleantes ni ladrones ni asesinos. ¡Es la aldea más tranquila del mundo!

—No, no los hay, ¡pero sí que hay un demente que te persigue!

—Hace meses desde la última vez que estuvo aquí, no se me ocurrió pensar que...

—¡Ese es el gran problema, que jamás se te ocurre pensar! Y no es solo eso, te pedí que no salieras de casa, y mucho menos que fueras al monte ¡sola!

—¡Porque había cazadores y te daban miedo las balas perdidas! Y joder, no es complicado esquivarlos, ¡solo hay que alejarse de los tiros! —exclamó airada.

—¡Pero no has podido esquivar al sicópata!

—Porque no sabía que había vuelto a la aldea y estaba desprevenida.

—¡¿Por qué te crees que te pedí que no salieras?! —gritó él, atormentado. Si la hubiera avisado de que lo habían visto tal vez el ataque no habría ocurrido. O tal vez hubiera pasado algo peor. Con Enar nunca se sabía.

—¿Sabías que el sicópata había vuelto? —susurró Enar, digiriendo su frase.

Carlos resopló frustrado a la vez que asentía con la cabeza.

—Regresó hace más de un mes.

—¿Por qué no me lo dijiste? —le reclamó ella.

—No quería asustarte —dijo, aunque no era toda la verdad. Sobre todo tenía miedo de que intentara ir a por él. Y para eso ya se bastaba él solito.

—¿Asustarme, yo? No me jodas, Cagón. ¿Cuándo he tenido miedo de algo? —espetó altanera. Aunque la verdad era que esa mañana había pasado más miedo que nunca.

—¡Pues deberías! Mira lo que ha pasado. Podía haberte ocurrido algo. ¡No tienes ni un poquito de sentido común!

—Me estás cargando, Cagón —gruñó Enar enseñándole los dientes.

—Nunca piensas en nadie más que en ti…

—¡Eso es mentira! Y además, ¿a cuenta de qué viene eso ahora? —protestó indignada.

—A cuenta de que siempre haces lo que te da la gana sin preocuparte por lo que pueda pasar… ¡Sin pensar en mí! —gritó exaltado.

—¿Sin pensar en ti? ¿De qué narices estás hablando ahora? —murmuró perpleja.

—¡De que estoy harto de ser un cero a la izquierda! —aulló frustrado.

—¿Pero tú qué te has fumado? —protestó incapaz de entender a qué se refería.

—Ni siquiera te has molestado en llamarme para contarme lo que había pasado. Ha tenido que ser Fernando quien lo hiciera —protestó exasperado.

—No quería preocuparte. —Enar lo miró sorprendida, ¿pero qué narices le pasaba?

—No me lo creo. Me apuesto el cuello a que ni siquiera

habías pensado en llamarme. ¿Para qué? De la misma manera que no te hace falta nadie para meterte en problemas tampoco necesitas a nadie para que te saque de apuros —masculló frustrado—. Y joder, llámame anticuado si quieres, pero me gustaría protegerte y cuidarte aunque solo sea una vez en mi vida. Pero eso es imposible, ¡hasta el destino se alía contra mí! Llevo más de un mes buscando a ese indeseable y no he sido capaz de dar con él… Y, sin embargo, tú, la primera vez que sales sola en semanas, te lo encuentras.

—¿Has estado buscándolo? —preguntó Enar turbada.

—¡Por supuesto! ¿Qué pensabas? ¿Que me iba a quedar tan tranquilo después de que te hubiera intentado hacer daño de nuevo? —gimió asombrado. ¿Pero qué concepto tenía de él?

—Estuviste tan sereno cuando te lo conté que…

—¡No iba a ponerme a aullar de rabia! Quería que te sintieras tranquila y protegida… Pero en ese momento lo único que deseaba era dar con él y hacerlo pedazos. ¿No lo entiendes, Enar? Ni siquiera puedo respirar si creo que estás en peligro. ¿No te das cuenta de que si te pasara algo me volvería loco? —La agarró por los hombros—. Cuando me ha llamado Fernando para contarme lo sucedido, se me ha parado el corazón de puro terror. No puedes hacer lo que te dé la gana sin pensar en los posibles peligros. Tienes mi vida en tus manos…

—No seas exagerado, Cagón —protestó ella, mirándolo aturdida.

Carlos le asió la mano y se la llevó al corazón.

—¿No lo sientes latir? Lo hace por ti. Si algún día faltas, se detendrá.

—No digas gilipolleces. Llevas toda la vida sin mí, no te pasará nada si alguna vez desaparezco. No me necesitas como yo te necesito a ti —rebatió ella aproximándose a él.

—Eres tú la que dice tonterías, ¿crees que un ciego que recupera la vista no sufrirá si vuelve a perderla? Lo eres todo para mí. Déjame ser tu héroe. —Pegó los labios a los de ella.

—Ya lo eres. —Enar abrió la boca para él.

Se besaron allí, en mitad del pasillo. Las manos de Carlos ancladas a la cintura de Enar, atrayéndola contra él como si no quisiera que nada les separara mientras sus lenguas se encontraban y acariciaban.

—No vuelvas a asustarme así, Enar —exigió cuando se separaron.

—Y tú no vuelvas a ocultarme nada.

Carlos apoyó la frente contra la de ella, asintiendo en silencio.

—Fue un tremendo error hacerlo —musitó arrepentido.

Enar se mordió los labios compungida al verlo tan abatido.

—Aunque lo hubiera sabido no habría cambiado nada —murmuró con sinceridad—. Hubiera salido de todas maneras, y sin *Bruto*.

—Lo sé. Pero eso no hace que me sienta mejor. —La besó de nuevo. Esta vez fue un suave ósculo, más cariñoso que apasionado—. Y bien, ¿no vas a presentarme al nuevo miembro de la familia? —murmuró separándose de ella.

—Estará aterrorizado de tanto como hemos gritado.

Fueron a la cocina donde el pobre animal temblaba asustado en un rincón. El pelirrojo se acuclilló ante ella y le observó con atención. Le acercó la mano para que se la oliera y luego le movió con cuidado la cabeza, examinando la quemadura que le rodeaba el cuello.

El animal se dejó hacer sin protestar y sin dejar de temblar.

—La has limpiado muy bien —dijo alabando el trabajo de Enar—. No parece grave, pero esta tarde nos acercaremos al veterinario para que le eche un ojo, y de paso averiguaremos si tiene el chip… Aunque dudo que ese tipo se haya molestado en ponérselo.

Acarició el lomo del animal y este se fue relajando hasta acabar acercándose a él.

—¿Cómo vas a llamar a esta preciosa galga? —le preguntó a Enar.

—¿Es una chica? —Él asintió sonriente—. Vaya. Entonces ya somos cuatro en la panda.

—¿Cuatro? —La miró confundido.

—*Liliht, Malasombra...* —Enar miró a la perra—. *Eris* y yo.

El pelirrojo resopló divertido, la gata, el águila y Enar eran tres hembras de armas tomar que, con toda seguridad, enseñarían a la perra a ser tan peligrosa como ellas.

—¿*Eris*? ¿Esa no era la diosa griega de la discordia? —comentó arqueando una ceja.

—Así es. —Enar sonrió maliciosa—. Una dama entre tres apuestos perros seguro que siembra mucha discordia.

Carlos estalló en carcajadas sin dejar de acariciar a la perra, que en ese momento ya estaba casi tumbada sobre sus piernas.

Enar suspiró, en pocos minutos su chico había conseguido que el aterrado animal confiara en él. El pelirrojo poseía un aura de serenidad, empatía y ternura que transmitía a los demás, logrando que hasta el animal más salvaje se rindiera a su afecto. De hecho, cuando ella había llegado allí, hacía ya tantos meses, se sentía perdida, desahuciada, y él le había devuelto la ilusión y le había enseñado a vivir de verdad. Sin mentiras ni artificios.

Lo observó embelesada.

«Este es el hombre del que estoy enamorada».

24 de diciembre de 2011

Ruth se detuvo antes de entrar en el salón. Allí estaban reunidas las personas que más quería en el mundo. Cerca de la puerta, su hermano pequeño, Héctor, sentado junto a su novia, Sara, quien miraba un viejo álbum de fotos. En el otro extremo del comedor Marcos chinchaba a Darío, su otro hermano, mientras que Ariel, la mujer de este, sujetaba a su hija, Livia, sobre las rodillas del orgulloso y desmemoriado abuelo, Ricardo. A su vera, Luisa, la madre de Marcos, vestida de época y sentada cual reina en el sillón orejero ponía en apuros a Jorge y Dani, sonsacándoles información sobre su futura boda mientras que Luka, traviesa como siempre, la acicateaba para hacerles preguntas cada vez más pícaras.

Sentados en el suelo Alex, Iris, Javi y Zuper jugaban con Bagoas. Y, junto a la mesa, la hija mayor de Sara, Alba, y su novia, Elke, charlaban con una embarazadísima Pili que no paraba de comer polvorones; ya no vomitaba y estaba recuperando el hambre perdida.

Frente a ella estaban todas las personas importantes en su vida, su familia y sus amigos. Nuevos algunos como Dani, Jorge, Alba, Elke, Zuper y Alex. Antiguos los demás. Miembros de la pandilla de amigos del barrio con los que tantas aventuras y desventuras había vivido. Juntos desde niños Pili, Javi, Marcos, Luka… También Carlos y Enar. El pelirrojo, al igual que Marcos, había desaparecido durante un tiempo para luego regresar con fuerza, convirtiéndose en miembro de pleno derecho de su vida. Enar, sin embargo, a pesar de haber vivido en el barrio hasta hacía tres años, llevaba más de una década desvinculada del grupo. Exactamente desde el momento en que conoció a Rodolfo y su vida comenzó a torcerse.

Desvió la mirada hacia Luka. De niña era la mejor amiga de Enar, inseparables traviesas que no tenían una sola idea buena. De adulta era la única de todos ellos que había intentado ayudarla. Había rescatado a Mar cuando Enar la había secuestrado, convirtiéndose en el hada madrina de la niña. Era su mejor amiga, su pilar, su confidente, su protectora.

Suplía el papel de Enar en la vida de Mar, y esta lo sabía. Y, según le había confesado hacía menos de una semana, lo agradecía.

Tras el día de las fotos, Enar se había abierto a ella. No mucho, pero sí tanto como alguien tan arisco como ella podría abrirse a otra persona que no fuera su pareja. Y, por lo que decía, y sobre todo por lo que no decía, Ruth sabía que, además de estar aterrorizada por el próximo encuentro con Mar e Irene, también lo estaba, aunque no quisiera reconocerlo, por la reacción de Luka cuando se enterara de su regreso.

Suspiró, si había algo de lo que no tenía duda era de que Luka seguía pensando en su conflictiva amiga, sintiéndose culpable por no conseguir sacarla de la espiral de destrucción en la que había caído. No había nadie que deseara más que Luka la recuperación de Enar. E intuía que tampoco había nadie que deseara más volver a verla.

—¿Por qué estás tan pensativa? —Marcos le dio un cariñoso apretón en el trasero.

—No pienso, rememoro —musitó alzando la cabeza para que la besara.

Y mientras su marido se dedicaba a su deporte favorito, besarla, escuchó a Sara preguntarse por las personas que salían en las fotos del viejo álbum y que no estaban en esa reunión previa a la cena de Nochebuena: Enar y Carlos.

—Ah, Enar —respondió Héctor—. Hace tiempo que no sabemos nada de ella. No creo que le vaya muy bien la vida, se ha metido en temas problemáticos. Drogas, alcohol...

Ruth frunció el ceño al escucharlo. No era verdad, al menos no del todo. Sí, se había metido en problemas, pero había salido y ahora estaba recuperada. Abandonó furiosa el comedor al escuchar lo que su hermano le decía a la morena sobre Carlos, que en realidad era lo que todos creían: que se había alejado del grupo y no quería saber nada de ellos esas fiestas.

¡Pero era mentira! Carlos no había dejado de lado a sus amigos sino que estaba cuidando de Enar, la mujer de la que estaba enamorado.

—Ruth... ¿Qué te pasa cielo? —Marcos la siguió preocupado.

—Estoy harta de esta mentira —siseó.

—¿Qué mentira? No sé a qué te refieres...

—A Carlos y a Enar. Ella ya no está metida en temas problemáticos —repitió las palabras de Héctor—. Y Carlos no está raro ni quiere olvidarse de nosotros.

—Ah, eso... Estoy contigo. Yo también estoy harto de ocultarles la verdad a los demás, pero ¿qué otra cosa podemos hacer?

Ruth negó con la cabeza mientras se dirigía con rápidas zancadas a la cocina. No era cuestión de que se le quemara la cena.

—¿Sabes lo que más me solivianta? —dijo tras mojar el cochinillo—. Que en menos de dos semanas van a llamar a

Irene, cuando Mar esté en el instituto, para decirle que Enar está viva y que quiere verla... ¡Es de locos! —exclamó tirando la cuchara al fregadero.

—Tranquila... —susurró Marcos abrazándola por la espalda.

—¡No puedo tranquilizarme! Me pongo en el lugar de Irene y me imagino lo que sentiría si mi hija me llamara después de tres años desaparecida. ¡Le puede dar un infarto de la impresión!

—Mujer, tampoco exageres.

—No exagero. Es una señora mayor que lleva años oyendo a todo el mundo decirle que su hija está muerta... y de repente va a escuchar su voz al otro lado del teléfono. ¡Estando sola en casa! No. No puedo consentirlo.

—Ruth... No se te ocurra... —intentó decir Marcos, pero ella le interrumpió nerviosa.

—Intenta empatizar con Enar —le exigió—. Está asustada y se siente insegura. Hace años que no habla con su madre y su hija, y la última vez que estuvieron juntas fue en una terrible situación que las marcó a las tres. No tiene ni idea de cómo pueden reaccionar, de lo que se va a encontrar. Y eso la aterra y la confunde.

—Y tiene motivos para ello —apuntó Marcos—. No creo que a Mar le haga ni pizca de gracia que Enar vuelva a entrar en su vida.

—Exacto. Va a ser un encuentro muy difícil y complicado —dijo angustiada. De repente inclinó la cabeza, pensativa—. A no ser que alguien interceda por ella...

Marcos abrió los ojos como platos al intuir lo que pensaba hacer.

—Ruth, no puedes decirles nada —la advirtió.

—¿Es que no lo ves? Solo hay una persona que puede ayudar a Enar. Luka sabrá cómo decírselo a Irene sin provocarle un ataque por la impresión y también puede hablar con la niña para persuadirla de que al menos le dé una oportunidad a su madre.

—No tienes ni idea de cómo va a reaccionar Luka, puede ser peor el remedio que la enfermedad.

—No seas absurdo, por supuesto que sé cómo va a reaccionar. Es mi amiga, la conozco —sentenció antes de salir disparada de la cocina.

—¡Has prometido no decírselo a nadie! —exclamó él, siguiéndola por el pasillo.

—Hay ocasiones en las que hasta las promesas más sagradas deben romperse —replicó ella entrando en el comedor—. Y esta es una de esas ocasiones.

Se calló al ver la intrigada mirada que los allí presentes le dedicaban, pues habían oído lo que había dicho sobre las promesas, algo que no cuadraba en absoluto con su manera de ser.

Tomó aire y los miró uno por uno, evaluándolos.

—Luka, vais a cenar con tus padres esta noche, ¿verdad?

—Claro, como todas las Nochebuenas. —La miró extrañada. ¿A qué venía esa pregunta?

—¿Podéis dejar a Bagoas con tu familia y venir con nosotros a... tomar algo?

Luka asintió intrigada. Cuando Ruth adoptaba ese aire tan serio era porque se traía algo muy importante entre manos.

—Héctor, ¿podéis quedaros en casa y cuidar a Iris y Luisa mientras nosotros salimos?

—Claro, ve a hacer lo que tengas que hacer —replicó el joven rubio.

—Estupendo. Pili, ¿podemos reunirnos en tu casa después de cenar?

—Por supuesto. ¿Qué ha pasado, Ruth?

—Ya os enteraréis...

16

26 de diciembre de 2011

—*T*e vas a enterar, maldita. Te voy a hacer pedazos, te voy a deshilachar, te voy a devorar...

Eris observó al mestizo de beagle atrapar entre los dientes una cuerda hecha un enorme nudo y sacudir la cabeza delirante mientras saltaba a un lado y a otro. Suspiró. El pequeño perro tenía un grave trastorno de personalidad o lo que venía a ser lo mismo: estaba como una cabra.

—Está entusiasmado con su regalo de Navidad. No se lo tengas en cuenta. En el fondo es un pedazo de pan. Muy alborotador, pero muy bueno —terció *Séneca*.

Eris desvió la mirada hacia el viejo san bernardo, estaba tumbado sobre un colchón de espuma que habían colocado en un extremo de la cocina y que, según parecía, era su regalo de Navidad. De hecho, el día anterior todos habían tenido uno de esos regalos. Incluso ella. Según le habían contado *Leo* y *Bruto* se lo había dejado un humano vestido de rojo, pero a ella el regalo le olía a la esencia de sus nuevos amos. Era un abrigo para galgos. Se lo habían puesto para sacarla a la calle, ¡y era una maravilla de calentito!

—¿Juegas?

Se sobresaltó al sentir a su lado al mestizo de mastín. Era un perro enorme de ojos oscuros y un manto pardo de pelo corto. Y poseía una mirada tan noble que era imposible tenerle miedo. Llevaba entre los dientes una pelota, que, a pesar de ser su regalo de Navidad de ese año ya estaba medio destrozada.

—Vamos, juega conmigo —volvió a insistir *Bruto*. Soltó la pelota frente a ella, dobló las patas delanteras hasta pegar el hocico al suelo y alzó los cuartos traseros, moviendo la cola frenético—. A que no me la quitas... —la retó.

El beagle detuvo su ataque a la cuerda para animar exaltado a su hermano, en tanto que *Séneca* emitió un satisfecho «burf». Era bueno que *Bruto* tuviera una hembra de su edad con quien jugar.

Eris desvió la vista al pasillo, preocupada. Estaban armando demasiado escándalo. Los humanos podrían enfadarse. Aunque no parecía importarles el ruido, porque, si así fuera, ya se habrían deshecho del alborotador beagle.

—Demuéstrale lo que valemos las hembras —bufó de repente *Lilith*, tumbada en su nuevo árbol para gatos, también presente de Navidad—. Quítale la pelota y no se la devuelvas, que tenga que suplicar por ella.

Eris miró a la gata y luego a los perros. Ninguno parecía preocupado o inquieto por que los amos pudieran enfadarse. De hecho no les llamaban amos, sino papá y mamá... Miró la pelota, luego al enorme mastín y tomó su decisión.

—Deberías dejarlos salir un rato al patio —comentó Enar risueña al ver pasar cual exhalación a la galga con el regalo de *Bruto* en la boca, seguida muy de cerca por este y *Leo*. Llegaron al final del pasillo y, acorralándola, *Bruto* consiguió hacerse con el juguete, aunque pronto lo soltó otra vez, para que ella se lo robara y poder volver a jugar.

—Eso parece. —Carlos se estiró con ganas, tenía los músculos anquilosados de llevar tanto tiempo inclinado sobre la mesa, dibujando—. ¡Chicos... y chica, nos vamos a la calle!

No había acabado de hablar y *Bruto* y *Leo* ya estaban junto a la puerta, moviendo el rabo alegres. Tomó el abrigo para perros y se lo puso a *Eris*, quien se encogió con timidez.

—Enar, ¿no quieres salir un rato? —preguntó a pesar de saber la respuesta.

Desde que el día anterior recibiera su regalo de Navidad había pasado cada segundo que tenía libre en la leonera, diseñando las estanterías y la mesa. Y él no podía sentirse más feliz por el acierto que había tenido.

—Ahora no puedo. Luego —farfulló absorta en lo que estaba haciendo.

Sonrió encantado al verla tan concentrada en su nuevo estudio y salió al patio con los perros. Lanzó la pelota y *Bruto* y *Eris* corrieron tras ella mientras que *Leo* siguió empeñado en destrozar su cuerda. *Séneca* por su parte salió renqueante de la casa y se tumbó en el porche, junto a sus pies.

—Estás mayor, amigo mío —susurró Carlos, rascándole la barriga—. Aguanta estas Navidades, ¿vale? No me des el disgusto de irte antes de Reyes. Y luego… —Tomó aire para quitarse el nudo de la garganta—. Luego puedes irte con el abuelo si quieres, pero tampoco tengas prisa, ¿de acuerdo? —Desvió la vista al cielo—. Déjalo conmigo un poco más, ¿entendido, abuelo? No te lo lleves aún.

No quería ni pensar en el día en que el viejo perro faltara. Con sus más de doce años ya había sobrepasado con creces su esperanza de vida, aunque eso no le servía de consuelo.

Se puso en pie, frotándose los brazos. Como no pensaba quedarse fuera, había salido sin abrigo y se estaba quedando helado. Estaba a punto de entrar en la casa cuando vio un coche subir la cuesta. Un coche que no tardó en reconocer.

Abrió la puerta y se asomó.

—Enar, tenemos visita. Tal vez quieras cambiarte el pijama —dijo apremiante.

Enar, extrañada por el tono perentorio del pelirrojo, dejó lo que estaba haciendo y salió a la calle. En pijama.

—No sabía que esperábamos a alguien —murmuró, la vista fija en el Kia Carnival que aparcaba tras la verja.

—No los esperábamos, han venido sin avisar. —Carlos pasó un brazo por su cintura y la atrajo hacia sí con afán protector.

—¿Quiénes son? —indagó ella, pues no reconocía el vehículo.

—Unos viejos amigos —susurró Carlos besándole la frente.

Enar observó el coche, intrigada, pero los cristales de las ventanillas estaban empañados por el contraste entre el calor del interior y el frío del exterior. Entornó los ojos, intentando reconocer las sombras que ocupaban el gran monovolumen. Eran seis, pero no fue capaz de distinguir nada más. De repente los pasajeros se apearon, descubriendo su identidad y ella jadeó sin aire, reconociendo a sus antiguos amigos. Estaban todos: Pili, Javi, Ruth, Marcos, Luka y su marido. ¿Qué hacían allí?

—Ruth se lo ha dicho —dijo sin respiración—. ¿Qué voy a hacer? No estoy preparada.

—Claro que lo estás. —La abrazó al sentirla temblar—. Sabías que este día iba a llegar.

—Pero no tan pronto…

—¿Qué más da que sea antes o después? Vas a enfrentarte a ello porque puedes hacerlo —afirmó, fingiendo una serenidad que no sentía—. Voy a abrirles —dijo al verlos detenerse tras la cancela—. Quédate aquí, vuelvo enseguida.

Necesitaba unos segundos para estar a solas con ellos y ver cuál era su talante. Atravesó el patio con pasos rápidos y mirada fiera y se detuvo frente a Marcos, dispuesto a desollarlo.

—Tranquilo, tío, no ha sido cosa mía. —El rubio alzó las manos con gesto inocente—. Ha sido Ruth. Cabréate con ella si quieres, pero no conmigo.

Carlos se giró hacia la delgada morena.

—Confiaba en ti —susurró, mirándola enfadado.

Ruth abrió la boca para explicarle sus motivos, pero un torbellino castaño se lo impidió al apartarla de la cancela para ocupar su lugar.

—¡Deja los dramas para después y abre la puerta de una vez! —le increpó Luka alterada. Se agarró a la verja con dedos crispados.

—Luka, debes tener paciencia y estar calmada. Enar está inquieta, no os esperaba…

—¡Me da lo mismo, abre de una vez! —gritó ella sacudiendo las rejas.

Carlos abrió la cancela, remiso.

—Escúchame, Luka...

—Un año, Cagón. Lleva un maldito año aquí, contigo, y no me has dicho nada. ¿Cómo has sido capaz? —Le dio un fuerte empujón, apartándolo de su camino y se dirigió presurosa hacia la pequeña mujer que esperaba inmóvil en la puerta de la casa.

Carlos hizo ademán de seguirla, pero Javi y Marcos se lo impidieron.

—Confía en ellas —le susurró su rubio amigo al oído.

Enar observó a la mujer que se acercaba a largas zancadas. Era, o mejor dicho, había sido su mejor amiga. Quien le había dado el último empujón para escapar del Huesos. También quien había estado, y estaba, junto a Mar e Irene cuando más lo necesitaban. Y ahora estaba allí, con ella, tal vez creyendo que todavía era una borracha repugnante incapaz de encauzar su vida.

—Te hice caso —se justificó Enar casi sin voz cuando Luka se paró ante ella, mirándola de arriba abajo—. Lo último que me dijiste fue: «Aléjate del Huesos y de toda esta mierda». Te hice caso. Tardé pero lo hice. Lo he dejado. Ya no bebo ni me drogo —afirmó nerviosa.

—¿Para siempre? —dijo Luka en una pregunta que era más una exigencia.

Enar asintió y Luka la abrazó riendo y llorando a la vez. Diciéndole que la quería para al instante siguiente reprocharle que hubiera tardado tanto en dejar de beber y más aún en avisarla de que lo había conseguido. Pasaba de la indignación a la alegría de un segundo a otro, las emociones a flor de piel. De pronto se unieron al abrazo unas emocionadas Pili y Ruth. Y Enar rompió a llorar, incapaz de contenerse. Habían sido demasiadas emociones en muy pocos días, y esta las había superado a todas.

A pocos metros de ellas, Carlos las observaba petrificado, incapaz de creérselo. Había esperado que fuera más... difícil. No entendía como Pili y Luka parecían confiar en Enar después de todo lo que había pasado entre ellas. Había esperado una reacción similar a la de Ruth, no esa aceptación sin reproches ni desconfianza.

—Ruth decidió decírselo después de la cena de Noche-buena —explicó Marcos tras él—, no pude pararla. Quedó con todos en casa de Pili y se lo contó sin anestesia previa. Javi y Alex se quedaron petrificados y Luka estuvo a punto de matarme por no habérselo dicho antes. Ruth estuvo horas hablando con ellas, tantas que llegamos a casa y casi no nos dio tiempo a que Papá Noel colocara los regalos de Iris. Les relató cada visita que os hemos hecho, el cambio que ha dado y que ahora confía en ella. Cuanto más hablaba Ruth, más deseaba Luka ver a Enar. Incluso propuso venir ayer, pero re-culó cuando le recordamos que era Navidad.

—No esperaba esta reacción —respondió Carlos asom-brado.

—Nadie la esperaba —coincidió Marcos. Javi asintió, él tampoco lo había imaginado.

—Yo sí —dijo Alex, sobresaltándolos a todos—. Luka no se ha olvidado de Enar; piensa en ella cada vez que sale con Mar o habla con Irene. No hay nada que deseara más que verla sobria. Nunca ha perdido la esperanza de que se recu-perase, aunque después del secuestro estuvo un tiempo sin querer saber nada de ella. Pero ahora todo ha vuelto a su cauce... Al menos mientras Enar siga sobria —miró con in-quietud a Carlos—. Luka confía en que será para siempre, pero yo no me fio. Estaré vigilante, no voy a permitir que le haga daño a mi mujer. Tampoco a Mar e Irene.

Carlos asintió. Comprendía su preocupación y sus recelos.

—Entremos en casa —les pidió al ver que las chicas ha-bían desaparecido en el interior.

Era increíble lo mucho que había cambiado Enar, aunque a la vez seguía siendo la misma de siempre, o al menos la misma que había sido antes de Rodi y del Huesos, pensó Luka. Llevaban toda la tarde en el comedor, hablando con Enar, o mejor dicho, interrogándola. Ahora era más taci-turna. No decía lo primero que se le venía a la cabeza, aun-que sí seguía a la defensiva, como siempre. También había una nueva ilusión en ella. Estaba eufórica con su águila, *Ma-*

lasombra, a la que había adiestrado y estaba muy centrada en sus creaciones, que se habían convertido en su trabajo. Parecía más madura, algo lógico, al fin y al cabo ya había pasado de los treinta, igual que todos. Pero no era solo eso, se notaba que era feliz. Y en eso tenía mucho que ver el enorme pelirrojo que le había devuelto la ilusión por la vida.

Se giró hacia la ventana, los hombres estaban fuera. De hecho llevaban fuera gran parte de la tarde, pasando frío en la halconera mientras fingían estudiar a las rapaces para que ellas pudieran hablar a solas. Eran maravillosos. Todos ellos. No podían haber elegido mejores compañeros de vida.

—No me parece buena idea que se lo digas a Irene por teléfono —comentó Ruth.

—A mí tampoco —coincidió Pili—. Le puede dar un pasmo.

—Deja que hable con ella y con Mar —intervino Luka—. Las veo todos los sábados. Puedo allanarte el camino y averiguar lo que piensan para que vayas más segura.

—Es una buena idea —aceptó Enar, así todo sería más fácil.

—Pero te lo advierto, Enar, si vuelves a cagarla, te…

—No voy a volver a cagarla —aseveró—. No bebo, ni pienso volver a hacerlo.

—Eso espero —dijo Luka, amenazante.

—¿Aún seguís con rollos con los vecinos? ¡Qué pesados! —exclamó Javi de repente, entrando en el salón con Carlos. Alex y Marcos los seguían muertos de frío.

—¿Qué narices han hecho ahora los muy capullos? —Enar enseñó los dientes. Felipe y Leticia siempre eran un buen tema para soltar tacos y quemar nervios.

—Lo de siempre, espiarnos. —Carlos fue hasta ella y la saludó con un pico. Luego la tomó en brazos y se sentó en su lugar, acomodándola en su regazo—. Parecen obsesionados en ver lo que hacemos en la halconera.

—Los odio —masculló Enar.

Se acurrucó contra Carlos, dejando total y absolutamente sorprendidos a todos los presentes, excepto a Ruth y Marcos que ya se habían acostumbrado a sus expresiones de cariño.

Aun así era extraño verla tan dócil y vulnerable en brazos de alguien. Aunque ese alguien fuera un cetrero pelirrojo de casi dos metros de altura con más corazón que estatura.

—Siempre están quejándose por todo, metiendo la nariz en donde no les llaman y asustando a *Leo*. Un día de estos me van a pillar rebotada y les voy a...

—A nada —la interrumpió Carlos—. Tengamos la fiesta en paz con ellos, cariño, no me apetece cavar una tumba en medio del monte para ocultar tus fechorías —comentó burlón.

—Pero qué gracioso eres, Cagoncete —replicó ella pellizcándole.

Las cuatro parejas pasaron un rato más en el comedor, poniéndose al día de los años que habían pasado separados. Hasta que alguien comentó que eran más de las nueve y que todavía les quedaban dos horas de viaje antes de llegar al barrio. Así que se despidieron, no sin antes decidir que Luka hablaría esa misma semana con Irene y Mar, porque, a pesar de las protestas y el miedo de Enar, no estaba dispuesta a esperar hasta pasadas las Navidades para dar la buena noticia.

Carlos y Enar acompañaron a los demás a la cancela, se despidieron presurosos y regresaron a la casa sin entretenerse, pues las temperaturas bajaban vertiginosas, preparándose para la gran nevada que los meteorólogos habían pronosticado para esa noche.

Alex arrancó el coche, puso la calefacción y dirigió el chorro de aire caliente al parabrisas para que derritiera la fina capa de escarcha que se había formado en él. Con un poco de suerte no le tocaría rasparlo. Comprobó que estaban todos listos y con los cinturones abrochados y metió primera para salir pitando del gélido paraje. Y justo en ese momento alguien golpeó la ventanilla. La bajó intrigado al ver dos caras desconocidas tras el cristal.

—Perdonen que les moleste, soy el vecino de su amigo —el hombre señaló la otra casa—, y al verles tan a menudo por aquí a mi señora y a mí nos ha surgido una duda.

Alex y el resto de la panda miraron asombrados al hombre mayor, de ojos pequeños y cuerpo enjuto, y a la mujer de gesto huraño y peinado cardado que estaba tras él.

—¿Qué duda es esa? —inquirió Alex, intrigado.

—No he podido evitar verles recorrer en varias ocasiones la jaula grande en la que encierran a los pájaros —comentó el hombre.

—¿La halconera? —apuntó Marcos.

—Sí, el jaulón ese. Y mi mujer y yo, como buenos vecinos que somos, nos preguntamos si acaso ha surgido algún problema...

—Para en caso afirmativo ayudarles, por supuesto —apuntó la mujer con voz chillona.

—¿Un problema? —Luka, sentada en la segunda hilera de asientos, se inclinó hacia delante, presa de una repentina curiosidad por saber a dónde pretendían llegar esos capullos.

—Sí. Me he percatado de que la han inspeccionado en repetidas ocasiones. ¿Tal vez no está todo en orden? —comentó el hombre sin poder disimular su entusiasmo por que así fuera.

Marcos ladeó la cabeza, comprendiendo. Carlos y él solían pasar en la halconera un buen rato durante las visitas para dejar solas a Enar y Ruth. Y esa tarde Javi y Alex los habían acompañado por el mismo motivo.

—Bueno, en realidad... —comenzó a decir Ruth, pero Luka la silenció con un codazo.

—En realidad estamos ayudándoles a preparar las instalaciones para alojar al nuevo animal que van a recibir tras las Navidades. Hemos comprobado que cumplen con los requisitos necesarios para acogerlo y estamos ultimando los detalles de su inminente llegada.

—¿Y qué animal va a ser ese? —inquirió el vecino, estrechando los ojos intrigado.

—¿No se lo han comentado? —Luka puso su cara de niña buena e inocente. Felipe negó con la cabeza—. Van a recibir un elefante africano en los próximos días.

—¡Un elefante! —exclamó Leticia asombrada.

—¡No puede ser! —rechazó Felipe.

—Por supuesto que puede ser —intervino Marcos, siguiéndole la corriente a Luka—. Esta propiedad está catalogada como núcleo zoológico y es fundamental para la recuperación y adaptación de especies animales en Madrid, por lo que ha sido seleccionada para recibir un elefante donado por el sultán Naser Abdal Abul —inventó.

—¡Imposible! ¡No pueden tener un elefante aquí! —porfió Felipe.

—Claro que pueden, de hecho es imprescindible para las buenas relaciones entre Madrid y el sultanato —apuntó Alex, que había aprendido mucho desde que vivía con Luka—. No querrá usted que se genere un conflicto diplomático, ¿verdad?

—Me están tomando el pelo —renegó el hombre, tan furioso que su cara, de tan roja que estaba, parecía una sandía.

—Si tiene dudas acuda al ayuntamiento y compruebe si esta finca es un núcleo zoológico —le instó Luka, sabiendo que sí lo era. Aunque, a pesar de tener todos los permisos en regla, estos no eran exactamente los necesarios para albergar elefantes. Claro que eso no tenía por qué saberlo el vecinito. Sonrió ladina.

—¡No lo duden, eso haré! —gritó Felipe. Agarró a su mujer y regresó a casa.

Alex subió la ventanilla y aceleró el coche, adentrándose en la carretera.

—Está vez te has superado a ti misma, cielo. ¡Un elefante! —le comentó a Luka.

Un instante después los seis se reían a carcajadas.

—Siempre están metiendo el hocico donde nadie les llama. —Carlos, apostado tras la ventana, observó ceñudo a sus vecinos.

—Pasa de ellos —dijo Enar a la vez que corría las cortinas, buscando intimidad.

—Siempre lo hago —replicó Carlos—. ¿Qué crees que les habrán dicho? —La curiosidad era evidente en su voz mientras bajaba la persiana para aislar mejor la casa del frío.

—¡Qué más da! No seas cotilla, joder —le increpó quitándose el pantalón y las bragas.

—¿Qué estás haciendo? —La miró asombrado, ¿a qué venía ese repentino estriptis?

Enar se acercó a él, le agarró la mano y se la llevó al coño. Separó las piernas y le apretó la palma contra sus labios vaginales.

Carlos, sin pensárselo un segundo, le acarició el sexo, frotándole el clítoris con la palma de la mano.

—Estoy tan nerviosa y alterada que tengo miedo de que el corazón se me escape por la garganta —jadeó Enar. Le pasó el brazo libre por la nuca para sostenerse en él mientras la masturbaba—. Necesito soltar la tensión que he acumulado esta tarde, y tú vas a ayudarme. —Le presionó los dedos con su mano, instándole a penetrarla.

Carlos enarcó una ceja, asombrado por la intensa pasión que demostraba y, como el caballero que era, se apresuró a socorrer a su dama en apuros. Le deslizó una mano bajo la sudadera y amasó excitado sus pechos para después tironear de los pezones con una erótica carencia que la acercó al orgasmo.

Enar meció las caderas, intentando alcanzarlo, pero parecía burlarse de ella.

—No es suficiente, necesito más —gruñó empujándolo contra el sillón.

Carlos cayó sentado en él y Enar le desabrochó los vaqueros con vertiginosa rapidez.

—¿No crees que sería mejor irnos a la cama? —susurró asombrado al verla tan salvaje.

—No voy a esperar un instante más. —Le pellizcó una tetilla cuando él no alzó el trasero con la rapidez requerida para la ocasión.

—Está bien, tranquila —musitó Carlos separando el culo del asiento.

Enar le bajó los pantalones hasta medio muslo y se sentó sobre él, ensartándose en su rígida erección. Le agarró el pelo, obligándole a echar la cabeza hacia atrás para que dejara expuesta su garganta y, abalanzándose sobre él cual vampiro, le mordisqueó el cuello. Onduló sobre la polla sin alzarse, frotando su mojado sexo contra el pubis de él para darse placer.

Carlos la agarró por la cintura y tiró hacia arriba, instándola a cabalgarle.

—Quita las manos de ahí y no te muevas —gruñó ella tirándole del pelo—. Ponlas en el respaldo —le ordenó antes de morderle la oreja.

Carlos la obedeció y ella siguió contoneándose sobre él, su respiración cada vez más agitada.

—Acaríciame las tetas —le exigió a la vez que se frotaba el clítoris.

Él llevó las manos a sus pechos, encantado de emplearlas en algo más útil que agarrarse frenético al sillón. Se empleó en su labor, consciente de que se había convertido en el juguete sexual de ella, y joder, eso le ponía a cien. Estaba tan excitado que le faltaba poco para correrse. Le pellizcó con suavidad no exenta de dureza los pezones y Enar se apretó contra él, hundiéndole más adentro a la vez que movía nerviosa los dedos sobre su sexo.

—Tócame, joder. Frótame el coño —le ordenó dando un nuevo tirón a su pelo.

Así que Carlos llevó el pulgar al hinchado clítoris y lo friccionó en círculos, provocándole el orgasmo. Continuó acariciándola mientras se sacudía contra él y cuando su vagina dejó de exprimirle la polla, salió de ella. La tumbó de espaldas en el sofá y se enterró en ella con una salvaje embestida. Se quedó inmóvil con sus ojos fijos en los de ella, hasta que Enar le envolvió la cintura con las piernas. Entonces se alzó despacio, dejando solo el glande en su interior y volvió a entrar de golpe. Un ronco gemido abandonó los labios femeninos, excitándolo más aún. Perdió el control. La folló enloquecido, cada vez más rápido, más feroz, más duro, hasta que eyaculó con un gruñido gutural.

Permaneció sobre ella, remiso a apartarse de su piel y abandonar su calor, hasta que su pene perdió vigor.

—¿Nos despelotamos y repetimos en la cama? —le propuso ella con una lasciva sonrisa.

NADIE MÁS QUE TÚ

—¿Sigues nerviosa? —murmuró divertido, su verga endureciéndose de nuevo.

—No. Ahora quiero celebrar que vuelvo a ser amiga de mis amigas y que pronto voy a ver a mi hija y a mi madre. —Llevó una mano a la ingle de él para comprobar si podía contar con su polla para una nueva sesión de juegos.

Sí podía. Sin ninguna duda.

—Maravilloso motivo de celebración. —Carlos se meció sobre ella, besándola.

Repitieron. Pero no fue hasta más tarde que lo hicieron en la cama. Antes se detuvieron en la mullida alfombra del salón y después en el pasillo, contra la pared. Por lo visto había un rincón que Enar quería estrenar y él, por supuesto, la complació.

2 de enero de 2012

Enar saltó de la cama, subió las persianas y se asomó a la ventana. Los tímidos rayos de sol del amanecer se contoneaban sobre las cumbres nevadas de la sierra, volviéndolas aún más blancas. Abrió la ventana y el viento gélido entró como un torbellino en el dormitorio, helándolo todo a su paso. También al hombre que se hacía el remolón en la cama.

—¡Cierra la ventana, loca! —profirió Carlos al sentir el aire frío sobre su piel desnuda y sudorosa, tras la ardiente sesión de sexo que habían tenido—. Te vas a agarrar un resfriado. Apártate de ahí y vuelve a la cama.

—Hace un día precioso —comentó ella sacando medio cuerpo fuera, sin importarle el frío que hacía ni su desnudez—. El día más bonito que he visto nunca. Un día perfecto para ser el primero de una nueva vida...

Carlos se bajó de la cama, tomó el edredón y fue hacia ella para envolverla con él, consciente de que no pensaba apartarse de la ventana ni mucho menos cerrarla.

—¿Estás nerviosa? —La cubrió con el nórdico, abrazándola.

—Más que nerviosa, estoy aterrada —confesó ella—. ¿Y si no quieren verme?

—Eso no es posible. Han accedido a verte, así que no le des vueltas.

—Irene ha accedido a verme, Mar todavía no ha dicho nada —musitó preocupada apartándose de sus brazos para ir al baño y encerrarse dentro.

Se metió bajo el chorro de agua caliente de la ducha, deseando que la calmara, aunque sabía que eso era imposible.

Luka había hablado con la abuela y la niña el día siguiente de la sorpresiva visita. Les había contado las novedades sobre ella y, según le había dicho después por teléfono, Irene se había mostrado entusiasmada. Mar en cambio no había abierto la boca. Y, desde entonces, Enar vivía una agonía. Quería ir, pero le daba miedo. Quería verlas y abrazarlas, pero la aterrorizaba la reacción que pudieran tener, sobre todo la de su hija. Quería contarles que era una persona nueva, que lo había dejado todo y que nunca volvería a caer, pero la horrorizaban las preguntas que pudieran hacerle y no ser capaz de responder con la sinceridad que necesitaban, pues había momentos de su vida que no quería que supieran. Muchos momentos. Casi todos.

Había pospuesto el reencuentro con estúpidas excusas durante unos días, pero Luka la había acorralado la víspera de Nochevieja, obligándola a decidirse. Irene no merecía esa espera. Y tenía razón.

Así que ese era el día elegido. Y estaba muerta de miedo.

Se duchó despacio y no acabó hasta que el agua se entibió, avisándola de que el calentador eléctrico se estaba quedando sin reservas de agua caliente. Se envolvió con la toalla y salió del baño. *Bruto* estaba frente a la puerta, esperándola.

—Mi precioso y cariñoso perro guardián —susurró acuclillándose frente a él para abrazarlo—. El más cariñoso y valiente de todos. —Le rascó la tripa y el mastín, sin dejar de mover feliz la cola, intentó lamerle la cara.

—¿Debo tener celos de *Bruto*? —preguntó Carlos asomándose desde la cocina.

—Por supuesto que sí —replicó Enar sonriendo ladina.

—Ah, malvada, pues que sepas que te has quedado sin probar mi bocadillo especial.

Enar resopló. ¿Quién quería probar un bocadillo de lomo, tomate, queso brie, cebolla caramelizada y beicon a las ocho de la mañana? Ella no, desde luego. Y él lo sabía, como quedó demostrado cuando entró en la cocina y se encontró con una taza de café negro y una tostada, que era lo que siempre desayunaba.

Lo abrazó por la espalda, deslizando las manos bajo la cinturilla del pantalón.

—Ah, no. No vas a entretenerme otra vez —protestó Carlos, quitándolas de allí, aunque no todas las partes de su cuerpo estuvieron de acuerdo con la decisión. De hecho hubo una que se irguió indignada, provocándole una incómoda molestia en la ingle—. Hemos quedado con tu madre a mediodía y no vamos a llegar tarde. Así que, contente.

—Ni que fueras Nacho Vidal —replicó burlona—. No duras una hora follando ni queriendo —le retó.

—Sabes bien que sí, incluso más —replicó, enfrentándola—. Basta de excusas para retrasarlo, Enar —dijo muy serio antes de besarla—. No estés preocupada, todo va a salir bien.

—¿Cómo lo puedes saber?

—Porque solo con presentarte allí, habrás vencido. Ha sido un largo y duro viaje hasta alcanzar todos los retos que te has propuesto, y tu familia es la meta. En un par de horas por fin vas a estar con ellas. Da igual lo que ocurra hoy, porque siempre tendrás un mañana. Solo dando el primer paso podrás dar todos los demás.

—Cuando te pones filosófico me dan ganas de matarte —gruñó ella escondiendo la cabeza contra el pecho de él.

Carlos sonrió. Puede que tuviera ganas de matarlo, pero también sabía que tenía en cuenta todos sus consejos, incluso aquellos que eran, tal vez, demasiado positivistas.

Terminaron de desayunar y Carlos salió a dar de comer a los animales mientras Enar se vestía. Cuando regresó un rato después se la encontró desnuda con toda, absolutamente toda su ropa, esparcida sobre la cama.

—No sé qué ponerme —le expuso al verlo entrar.

Carlos echó un rápido vistazo a las prendas, no podía ser

tan difícil elegir, ahí había ropa de todos los tejidos y estilos.

—Ponte unos vaqueros y un polar —apuntó, cambiándose los pantalones de faena por unos vaqueros.

—No sé, prefiero algo más elegante...

—Entonces el vestido marrón, pero ponte leotardos, hace un frío que pela —señaló mientras buscaba una camisa abrigada, si es que eso era posible.

—Es demasiado corto —rechazó ella.

Carlos se giró despacio, y la miró con los párpados entornados. Ahí estaba pasando algo que se le escapaba por completo.

—¿Qué tal el vestido morado que te hiciste con una de mis camisetas y las mallas?

—No. Se nota que es un trapillo de andar por casa.

Carlos abrió los ojos como platos, sería un trapillo, pero le quedaba de muerte y a él le ponía a mil.

—¿Y el punto que te hizo Fulgencia? No es muy corto y te sienta como un guante.

—Es muy rojo.

—¿Y? Te queda perfecto, póntelo con un cinturón y unas medias negras de esas espesas que parecen leotardos sin serlo. Estarás guapísima —afirmó él.

Enar se lo pensó un instante, era un vestido con una hilera de ochos atravesándolo a lo largo. Le llegaba hasta medio muslo y se ajustaba a sus curvas, pero sin marcarlas con exageración. Con él se sentía bonita y elegante.

—Tienes razón, con ese vestido estaré genial —se animó a sí misma.

Cuando salieron de casa era más tarde de lo que habían planeado. Fueron al coche y Enar se quedó parada sin montar, la mirada clavada en la parcela de enfrente.

—¿Qué pasa ahora? —preguntó él cansado, entre lo que había tardado en vestirse, las dudas sobre su peinado y las tres veces que se había maquillado para después desmaquillarse llegaban tarde de narices.

Enar lo ignoró y cruzó la calle para ir a la finca de Felipe y Leticia. Carlos la siguió, tan intrigado como ella al ver lo que estaban haciendo sus vecinos.

—¿Van a vender la propiedad? —les preguntó asombrada, parándose frente al cartel de «Se vende» que acababan de atar a la valla.

—Así es —contestó el hombre mirándola desdeñoso—. Ahora que voy a jubilarme hemos decidido mudarnos a la playa. Es un clima mucho más agradable y beneficioso para nosotros que este frío que nos vemos obligados a soportar todos los inviernos.

—Vamos a comprarnos un bungaló en la Manga del Mar Menor, allí hace calor todo el año y seguro que no tenemos vecinos ruidosos —apuntó Leticia.

—Estupendo —comentó Carlos, aturdido—. Espero que tengan suerte y la vendan pronto. —«Cuanto antes mejor, así no tendremos que soportaros cada fin de semana».

—Eso deseamos. Imagino que no será complicado. Es una buena finca.

—Dile lo del favor —susurró Leticia dándole un codazo a su marido.

—Ah, sí. Querríamos pediros un pequeño favor, cosas de buenos vecinos, ya sabes.

—Adelante, si está en mi mano, lo haré. —«Lo que sea si con eso consigo que vendáis la casa y os vayáis pronto».

—Os agradeceríamos muchísimo que no dijerais nada sobre el elefante que vais a acoger. Si se corre la voz por la aldea de que vais a tener a semejante animal aquí, será mucho más difícil vender la casa, de ahí que os pidamos discreción.

—Ah... El elefante —murmuró Carlos atónito. Sabía, porque Marcos se lo había contado, la broma que le habían gastado a Felipe, pero no pensaba que se lo hubiera creído.

—¡Claro que no diremos nada! —exclamó Enar esbozando una cáustica sonrisa—. Pero te aconsejo que te des prisa en venderla, porque en marzo como muy tarde lo tendremos aquí y será imposible ocultarlo. Yo en vuestro lugar no pondría el precio muy alto —aconsejó, luego regresó al coche, con Carlos a la zaga.

Enfilaron la carretera y cuando pasaron la curva, estallaron en carcajadas.

—¡Has estado brillante con lo último! —señaló Carlos, los ojos lagrimeándole de la risa—. Mira que llegas a ser malvada.

—No sabes cuánto. —Arrugó la nariz y se frotó las manos cual bruja piruja.

Felipe cambió de gesto cuando el todoterreno tomó la curva. Su sonrisa fingidamente amigable se tornó en una mueca de desdén.

—Estúpidos. Se creen los amos del mundo y no son más que escoria —masculló indignado por el último comentario de la mujer.

—Menos mal que sus amigos nos informaron de lo que tenían planeado, si no, imagínate lo difícil que habría sido vender una vez tuvieran el elefante —murmuró Leticia.

—Lo que no entiendo es como el ayuntamiento del Hoyo les permite tenerlo aquí...

—Es lo que me dijo la señorita que me atendió. Que era un núcleo zoológico con licencia para la recuperación de animales y que no se podía hacer nada para evitarlo.

—¡Ver para creer! —exclamó Felipe indignado.

—Ya ves, muchacho. Le conté a mi señora la broma del elefante y ella se lo dijo a nuestro hijo y este a su esposa, que está de concejala. Así que cuando los soberbios fueron a preguntar al ayuntamiento, ella les dijo que sí podías tener elefantes... —Les contó entre risas un abuelo en el bar, cuando se detuvieron a recoger los encargos que Carlos les traía cada vez que bajaba a Madrid.

—¿En serio les dijo eso? —preguntó Enar muerta de risa.

—Uy, artista, no tienes ni idea de lo lanzada que es mi Fulgencia, y mi nuera ya ni te cuento. Una fiera, oiga —afirmó el abuelo.

Carlos, sentado junto a Fernando mientras apuntaba los recados, no pudo evitar reírse. Esos abuelos eran muy pero que muy peligrosos.

Y

Cuando por fin llegaron al barrio eran casi las doce. Dieron varias vueltas hasta que consiguieron aparcar y caminaron hasta la plaza de la Constitución, que era donde vivía Irene. Luka los esperaba allí, balanceándose perezosa en un columpio. Los acompañaría en ese primer encuentro, porque tanto Irene como Enar se lo habían pedido. Se sentían más seguras con ella, pues actuaría de mediadora en caso de que fuera necesario.

Carlos fue directo hacia ella, pero Enar aminoró sus pasos hasta detenerse y capturar con la mirada lo que la rodeaba. Toda su niñez estaba vinculada a ese parque. Los días más felices de su vida. Allí había pasado su infancia, siendo parte de la pandilla que, ahora convertidos en adultos hechos y derechos, mantenían viva la esencia de su amistad. Había jugado, corrido, peleado y hecho travesuras. También allí había dado y recibido sus primeros besos y caricias con el sexo contrario. Lástima que fueran con el hombre y por los motivos equivocados: sexo y no amor. Aunque tal vez en realidad fuera ella la mujer equivocada. Quizá lo había sido siempre. Hasta que había conocido al hombre adecuado. El único con el que se había sentido segura para atreverse a ser ella misma.

Fijó la mirada en el enorme pelirrojo que había regresado a su lado y esperaba a que se decidiera a continuar. Paciente. Sereno. Sólido. Él era el hombre correcto. Y por el motivo correcto.

Lo amaba.

Se alzó sobre las puntas de sus pies y lo besó. Un beso repleto de ternura, pasión contenida, confianza eterna y amor sin límites.

—Vaya... ¿Y este beso? —preguntó Carlos, sorprendido por todo los sentimientos y sensaciones que le había transmitido con ese ósculo.

—Nadie más que tú me ha hecho sentir bien conmigo misma. Soy yo porque estás a mi lado —susurró descansando la cabeza sobre su hombro.

—No. Eres tú porque has decidido serlo. Yo no he tenido nada que ver, lo has hecho tú solita —sentenció abrazándola.

—¡Eh, tortolitos! Dejad eso para después y vamos a ver a Irene. Tiene que estar loca de impaciencia —les recriminó Luka.

Fueron al portal, Luka llamó al telefonillo y cuando aún no había separado el dedo del botón, Irene contestó nerviosa. Subieron al tercer piso, y allí Enar encontró abierta la puerta de su antigua casa. La sujetaba una mujer mayor, más cerca de los sesenta y cinco que de los sesenta. Espigada a pesar de ser bajita, con el pelo castaño y los ojos cargados de ilusión.

Sonrió afable.

—Hola, mi niña.

—Hola, mamá.

Irene observó a su hija tan sorprendida como emocionada. Era ella. Había regresado. Y era verdad que estaba sobria, como había afirmado Luka. Y aunque tenía la misma cara y el mismo cuerpo, su mirada había cambiado, haciéndola parecer distinta. Más serena. Una nueva Enar satisfecha y en paz. No quedaba en sus ojos nada del odio y el rencor que los habían oscurecido los últimos años antes de desaparecer.

—Ya no llevas el pelo rubio —comentó, sin saber bien qué decir.

—Ah, no. —Enar se tocó la corta melena oscura—. Me lo corté y teñí, ahora es moreno —señaló lo obvio, de tan nerviosa como estaba.

—Te queda muy bien. Oh, qué tonta, si estamos en el descansillo —se disculpó Irene llevándose las manos a la cara—. Entrad, por favor.

La siguieron hasta un pequeño comedor. Sentada en el sillón estaba una adolescente de larga melena castaña, nariz respingona y labios gruesos. Era la viva imagen de Enar.

Dejó a un lado el libro que estaba leyendo y observó con desconfianza a los adultos que acababan de invadir su feudo. Saludó a Luka con un gesto, hizo lo mismo con Carlos, aunque de forma menos cordial, y por último detuvo su mirada en Enar. La examinó recelosa y se puso en pie con gesto huraño.

—Bueno, ya la he visto. ¿Estás contenta? —le dijo a su abuela—. ¿Puedo irme ya o tengo que seguir aquí, con esa... mujer? —soltó con desprecio.

—Por favor, cariño —le suplicó Irene.

—La odio, no quiero estar más tiempo aquí. —La niña miró con hostilidad a Enar.

—Está bien, puedes irte —claudicó Irene al comprender que obligarla a quedarse solo empeoraría las cosas.

—No me esperes a comer, he quedado con Mayte. —Salió del comedor.

—No vuelvas tarde —le pidió Irene.

—Volveré cuando *esa* se haya ido de mi casa —dijo con desprecio antes de irse.

Enar cerró los ojos desolada. Su hija la odiaba... y ella se odiaba a sí misma por ello. Era culpa suya si la niña no la quería, si la despreciaba, si la repudiaba. Nunca había sido buena madre, era estúpido fingir lo contrario. No debería haber ido. Había sido un error. Un horrible error. Había ido solo para atormentar a Mar. Había...

—Enar, basta. Sea lo que sea lo que estás pensando, páralo —le exigió Carlos agarrándola por los hombros y sacudiéndola con suavidad.

Enar fijó la mirada en él. Llenaba todo su campo visual, impidiéndole ver nada más que sus ojos llenos de ternura, su piel blanca y su radiante pelo naranja. Tomó aire, decidida a no verter una sola lágrima. Él no se merecía verla llorar, no con todo lo que había hecho por ayudarla a llegar hasta allí. Pero ojalá pudiera escaparse. Desaparecer sin dar explicaciones. Perderse para siempre en el infierno, que era donde merecía estar, y no abandonarlo jamás.

De repente, sintió la mano de su madre, acariciándole la espalda.

—Siento lo que ha pasado. Pero tienes que disculparla, está furiosa, lo ha pasado muy mal estos años, y tiene miedo de que vuelvas a hacerle daño...

—Lo sé, mamá. —Enar se giró hacia Irene—. Su reacción

ha sido la esperada, no le he dado ningún motivo para que me aprecie —reconoció con una fingida sonrisa—. Y, la verdad, tampoco merezco otra cosa más que su desprecio.

—No digas esas cosas, Enar, no te las consiento —replicó Irene—. Estás aquí. —Se acercó a ella y la abrazó llorosa—. Llevo tanto tiempo sin saber de ti, temiendo por lo que hubiera podido pasarte... y has vuelto. —Se apartó un poco para mirarla mejor—. Y estás bien... Ya no bebes, ¿verdad?

—No, mamá. Ya no lo hago.

La mujer cerró los ojos y musitó una oración de agradecimiento.

—Acompáñame, tenemos mucho de lo que hablar. —Se sentó en el sofá y dio unas palmaditas en el asiento contiguo, instándola a hacer lo mismo.

Luka tomó de la mano a Carlos y tiró de él y, a continuación, lo guio hacia la cocina para dejarlas solas.

—¿Te apetece un café?

—Mis nervios no lo soportarían, pero un vaso de leche no me vendría nada mal.

—Tu madre es un encanto —comentó Carlos mientras conducía de regreso a casa bien entrada la tarde. Habían comido con Irene y Luka huevos fritos con patatas que la buena mujer había hecho en un santiamén.

—Sí que lo es —coincidió Enar, la mirada fija en el paisaje.

—Le ha hecho mucha ilusión verte —dijo Carlos minutos después, al ver que Enar no tenía ninguna intención de continuar la conversación que él se empeñaba en entablar.

Enar asintió en silencio sin apartar la mirada de la ventanilla.

—Con todo lo que habéis hablado imagino que os habréis puesto al día —intentó enfocarlo de otra manera para ver si conseguía hacerla participar—. Aunque, ahora que lo pienso, ella hablaba y tú escuchabas.

Esperó para ver si ella decía algo, y como no lo hizo, sacó otro tema, intentando despertar su interés.

—No te preocupes por Mar, su reacción ha sido más o menos la que esperábamos. Hay que darle tiempo, dejar que se acostumbre a tu regreso. Cuando compruebe que eres de fiar se acercará a ti, ya lo verás. Mientras tanto, deberías intentar coincidir con ella cuando vayas a ver a Irene. Ten presente que esta tarde no ha sido el final de la relación con tu hija, sino el principio. Ahora es cuando empieza todo.

—¿Por qué no te callas de una puta vez? —gritó de repente Enar—. Me aturdes con tu cháchara. Me importa una mierda lo que piense Mar y si es o no es el final de una relación que no hemos tenido nunca. No las necesito para nada, ni a ella ni a mi madre. Siempre me las he apañado muy bien yo solita, sin nadie que me juzgue y me mire como si estuviera a punto de convertirme en un monstruo y joderlo todo —gruñó exasperada.

Puede que para él la visita hubiera sido un éxito, pero para ella había sido un martirio. Y para su madre también. Oh, sí, le había hecho ilusión, por supuesto, pero la pobre mujer había pasado todo el tiempo mirándola temerosa, esperando que estallara en uno de sus ataques de rabia. Que era más o menos lo que estaba haciendo en ese momento.

Carlos la miró de refilón mientras gruñía. Aunque más que eso lo que hacía era soltar toda su frustración. La conocía bien. Ese repentino ataque no era otra cosa que su forma de protegerse del mundo cuando se sentía herida y asustada. Prefería fingir que nada le importaba a dejar que los demás vieran cuánto sufría.

—Joder, y ahora qué te pasa. ¿Ya no tienes nada que decir? —le increpó Enar al ver que se mantenía en silencio—. Me cago en la puta. ¡Se acabó! No aguanto un segundo más, para en el primer bar que encuentres —le ordenó—. Necesito tomarme una copa o me volveré loca.

Carlos asintió con un gesto. Acababan de salir de la autopista, internándose en la comarcal que atravesaba la sierra. No había lo que se dice muchos bares de carretera en los que parar; así que tomó el primer desvío a un pueblo que encontró.

—¿Qué narices haces? —exclamó ella.

—El bar más cercano está en ese pueblo —comentó Carlos con aparente tranquilidad.

—¿Me vas a llevar de copas? —preguntó atónita. Ni en sus sueños más disparatados había imaginado que él se prestaría a eso.

—Claro que sí —replicó Carlos entrando en un pequeño pueblo—. No hay mejor excusa para emborracharse que la que tú tienes hoy: tu hija te odia y tu madre te teme. Joder, es un verdadero drama. Tomémonos unas copas y olvidémonos del asunto. Total, como bien has dicho, no las necesitamos para nada. —Detuvo el todoterreno frente a un bar.

—¿Pero de qué vas? —protestó Enar. No iba a apearse por nada del mundo. Se agarró al asiento con dedos engarfiados, tendría que cortarle las manos y sacarla a rastras.

—Solo quiero complacerte —replicó él con cariño—. Además, ya eres mayorcita para saber qué es lo que más te conviene, ¿no?

Enar lo miró con los párpados entornados, sus labios temblando en un sollozo que no podía contener. No estaba hablando en serio. Era imposible que lo hiciera. Sacudió la cabeza, solo la había llevado allí para ponerla a prueba... Retrajo los labios enseñando los dientes, tan furiosa que si hubiera tenido garras las estaría afilando para clavárselas. Pero el pelirrojo no era de los que ponían a prueba a los demás. Al contrario. Era de los que preferían dejar a los demás a su libre albedrío para que se vieran obligados a responsabilizarse de sus actos. Que era exactamente lo que estaba haciendo con ella.

—Eres un cabronazo —masculló, cruzándose de brazos enfurruñada.

—Un cabronazo enamorado, sí, no lo pongo en duda.

—También un idiota —soltó, y curvó los labios en una tímida sonrisa que pronto se trocó en sollozos.

—Ven aquí, este idiota está deseando abrazarte —susurró él abriendo los brazos.

Enar se lanzó a ellos, sumiéndose en el acogedor tacto de su amor. Lloró, liberándose de la angustia y la tristeza mientras él la acariciaba. No fue hasta un buen rato después que volvió a sentirse tranquila.

—Será mejor que nos pongamos en marcha —sugirió apartándose de él—. Llevamos todo el día fuera; los perros y *Lilith* nos echarán de menos y, además, tengo ganas de estar un rato con *Malasombra*.

Carlos asintió, consciente de que Enar había entablado una estrecha amistad con el águila. Tan estrecha, que había tomado la costumbre de hablar con ella. La paseaba en el puño mientras le contaba lo que le sucedía, sus miedos, sus anhelos... Y él, desde luego, no iba a reprochárselo ni mucho menos a pensar que estuviera un poco loca. Al fin y al cabo no había noche que no pasara un rato hablando con su abuelo. ¿Qué diferencia había entre un águila, un fantasma o un ángel de la guarda? La cuestión era tener a alguien, aunque fuera ficticio, con quien compartir aquellos sentimientos que a nadie más te atreves a contar.

Arrancó y se incorporó a la comarcal. Comenzaron a subir el primer puerto y no habían recorrido ni tres kilómetros cuando un BMW gris apareció tras ellos. Se acercó al todoterreno a gran velocidad y traspasó la línea continua que partía en dos mitades el irregular asfalto, invadiendo el carril contrario para adelantarles en una curva de poca, por no decir nula, visibilidad.

—¡Menudo loco! ¡Por poco me echa de la carretera! Va a provocar un accidente —exclamó alarmado al ver que el vehículo daba bandazos en la calzada e invadía el carril contrario en cada curva... Y había unas cuantas. Todas muy empinadas y cerradas.

—No te acerques a él —exigió Enar, preocupada—. Cuanto más lejos mejor. No vaya a ser que se la dé y nos comamos el accidente.

—Tranquila, no tengo ninguna prisa.

—No deberías haberle dicho que la odiabas —le reprochó Irene mientras acababa de preparar la cena y Mar se disponía a poner la mesa.

—Solo he sido sincera —gruñó la niña enseñando los dientes.

—A veces una mentira piadosa hace más bien que la sinceridad —dijo Irene—. Ha venido a verte, emocionada y asustada, tras luchar muchísimo por recuperarse de su adicción. Lo mínimo que podías hacer era escucharla. Ha cambiado, Mar. Ahora es otra mujer. Tienes que darle una oportunidad, intentar conocerla al menos.

—No digas tonterías, abu, es una borracha, no va a cambiar nunca. En cuanto algo no le salga como quiere volverá a beber para consolarse.

—No lo creo. La he visto muy segura, y Carlos es un buen muchacho, cuidará de ella. No dejará que se tuerza.

—Ya se ocupará ella de espantarlo, igual que ha hecho con todos los tíos con los que se ha liado.

—Por favor, cariño, inténtalo. Es tu madre.

—No es mi madre. Nunca lo ha sido. Solo es la mujer que me parió. Y la odio.

—Está bien, lo hablaremos otro día, cuando estés más tranquila.

—Nunca voy a estar más tranquila. Me niego a volver a ver a esa asquerosa.

—Ya te lo he dicho antes; no pienso volver a ir a casa de mi madre cuando pueda coincidir con Mar —afirmó Enar por enésima vez durante el trayecto.

—Estás cometiendo un grave error —replicó Carlos, también por enésima vez—. Ahora que has dado el primer paso y has ido a verla, no puedes volver a desaparecer.

—¡Y no voy a hacerlo! —estalló Enar—. Pero si Mar no quiere verme, no pienso obligarla. ¡Me niego! Quiero que sea feliz, no que pase las tardes enfadada porque estoy en su casa, ¡invadiendo su espacio! ¡No! ¡Me niego a volver a ser la bruja mala del cuento!

—¿Y qué vas a hacer? ¿Dejarás de ver a tu madre para no coincidir con tu hija?

—Te recuerdo que mi hija está en edad escolar y acude

todas las mañanas al instituto. Así que solo es cuestión de ver a mi madre antes de la hora de comer. Puedes bajarme cuando vayas a los laboratorios y recogerme cuando acabe. Así no molestaré a Mar. Ni siquiera se dará cuenta de que he estado en su casa.

—Pero...

—No hay ningún pero que valga —lo silenció Enar—. Es la mejor opción; podré ver a Irene a menudo sin molestar a Mar.

—Ya veo que lo tienes todo planeado. Así que a partir de ahora, cuando baje a los laboratorios te vendrás conmigo...

Enar entrecerró los ojos, pensativa.

—No.

—¿No? —Carlos la miró como si se hubiera vuelto loca—. Pero si acabas de decir que...

—No iré a ver a Irene tres veces a la semana. Eso sería abusar. Las dos tenemos nuestras vidas y nuestros asuntos que atender; no es cuestión de ser pesada. Iré una vez a la semana, tal vez menos. No creo que le haga gracia verme a menudo —musitó abatida.

—Seguro que le encanta verte todas las veces que quieras ir —apuntó Carlos, atento a la carretera.

Hacía un buen rato que no pasaba ningún vehículo por el carril contrario, y, aunque no era una vía muy transitada, era extraño que transcurriera tanto tiempo sin ver ningún coche.

—Oh, sí, seguro que le chifla verme, pero dejémosla respirar, ¿vale? —dijo Enar mordaz—. ¿Qué narices pasa ahí delante? —preguntó preocupada cuando al sobrepasar la cima del puerto vio un extraño embotellamiento en una de las cerradas curvas de bajada.

—No lo sé, pero mejor será que estemos atentos. —Carlos redujo la velocidad, ya de por sí suave, pues el puerto era bastante complicado, para conducir aún más despacio.

—Parece un accidente —susurró Enar.

—Al final no ha hecho falta que me magullara los puños partiéndole la cara al sicópata que perseguía a Enar —le comentó Carlos al cielo esa tarde, mientras estaba en los barracones—. Se ha ocupado él solito de partírsela. Y tan bien lo ha hecho que ha perdido la vida —resopló disgustado—. Joder, abuelo, nunca le he deseado la muerte, solo quería que dejara a Enar tranquila, pero, si te soy sincero, me siento aliviado de que haya fallecido. Ahora Enar ya no correrá peligro por culpa de ese malnacido. ¿Eso me convierte en mala persona?

Bajó la cabeza al sentir una húmeda caricia en la mano: *Séneca* estaba a su lado, lamiéndole los dedos, algo poco habitual en él, pues no era amigo de caricias y lametones.

Carlos hincó una rodilla en el suelo, le pasó los brazos por el cuello y hundió la cabeza en su peludo lomo.

—Viejo amigo, no sé ni cómo me siento —musitó, amparándose en el cariño del animal—. Tal vez aliviado porque ya no puede hacerle nada a Enar, sobrecogido por el horror del accidente y culpable por haberlo odiado tanto.

Sacudió la cabeza, consciente de que se hallaba tan confundido y alterado porque había visto el siniestro muy de cerca y tenía las horribles y sangrientas imágenes grabadas en la retina. Ojalá desaparecieran con rapidez de su memoria.

Comprobó que las puertas de los barracones estuvieran bien cerradas y se dirigió a la halconera. Enar estaba allí. Nada más llegar a casa se había cambiado de ropa y, tras jugar un poco con los perros, había ido a ver a las rapaces. Más exactamente a una. A *Malasombra*. De eso hacía ya un par de horas. Era tiempo de regresar a casa, la noche había caído y las temperaturas descendían con rapidez, amenazando con una nueva nevada.

Llegó a la puerta y se quedó un instante allí, en silencio, observando a la mujer que había traído la alegría, y también la aventura, a su vida.

Enar estaba de pie junto a la percha de *Malasombra*. Tenía el águila en el puño mientras hablaba y esta la observaba con atención, como si pudiera entender sus palabras.

—Fíjate si será tremendo el trompazo que se ha pegado, que el BMW ha quedado para el arrastre; y es un coche duro de la hostia, pero ha quedado hecho un acordeón después de

NADIE MÁS QUE TÚ

salirse de la carretera y despeñarse barranco abajo —le explicaba al ave en ese momento—. Los conductores de los coches que iban detrás de él nos han contado que iba dando bandazos de un lado a otro de la carretera, invadiendo los dos carriles hasta que se salió. Aunque de eso ya nos habíamos dado cuenta cuando nos adelantó al principio del puerto. Y, ¿sabes qué? Creo que conducía borracho —musitó estremecida. El ave respondió posando la cabeza contra su hombro. Casi parecía que intentaba consolarla—. ¿Cuántas veces he montado en coches con desconocidos que estaban tan borrachos o más que yo? Docenas. Tal vez cientos. Joder, *Malasombra*, no me importaba una mierda quién condujera ni si estaba en condiciones de hacerlo. Lo único que me interesaba era llegar a los sitios, y a veces ni eso. Montaba por inercia, porque los demás lo hacían, porque no tenía nada mejor que hacer. Podría haber acabado como él. Joder, si muchas veces ni siquiera me molestaba en ponerme el cinturón de seguridad... Igual que él —gimió acariciando la testa del águila—. Hay tantas coincidencias entre nosotros que da miedo...

—Deja de decir tonterías, Enar —le ordenó Carlos sobresaltándola—. No te pareces en nada al sicópata.

—Soy una borracha...

—Lo fuiste. Y, que yo sepa, no maltratabas a los animales ni a las personas.

—Maltrataba a mi hija y a mi madre.

—Pero ya no lo haces —replicó él sin contradecirla. No iba a obviar ni suavizar lo que había hecho en el pasado de la misma manera que no lo hacía con sus logros presentes—. Has aprendido de tus errores y has dejado de beber, convirtiéndote en una mujer maravillosa que lucha por recuperar el cariño de su madre y de su hija. Es hora de que dejes el pasado atrás y te perdones —argumentó frotando su frente con la de ella.

—Pero...

—No lo pienses más. Hemos tenido un día complicado, lleno de ansiedad y nervios por la visita a tu madre y el accidente ha sido el colofón final para acabar de alterarnos. Es hora de pasar página. Vamos a casa y durmamos unas cuantas horas; mañana será otro día.

Enar asintió. Tenía razón, había sido un día difícil, con las emociones a flor de piel. Necesitaba dejar de darle vueltas a todo. Solo había una manera de conseguir eso, y desde luego no era durmiendo. Se apartó remisa de él, dejó al águila en su percha y regresaron cogidos de la mano.

Se hicieron una cena ligera, al menos ella. Carlos se metió entre pecho y espalda una barra de pan rellena de lomo, tomate, queso, pimientos y cebolla que era el equivalente para él de una cena ligera. Luego se sentaron a ver un episodio atrasado de la telenovela que seguían. En realidad solo Carlos se planteó verlo; Enar tenía otro entretenimiento en mente.

Se tumbó en el sofá, apoyó la cabeza en el regazo del pelirrojo y, en cuanto comenzó la telenovela y él estuvo entretenido, le bajó el pantalón del pijama y los calzoncillos, dejando al aire su flácido pene. Lo besó para luego darle un lento lametazo.

—¿Qué haces? —La miró asombrado en tanto que su pene se erguía como por arte de magia. O mejor dicho, por el arte de los labios que lo acariciaban en ese momento.

—Me he quedado con hambre…

17

27 de marzo de 2012

*L*ilith, dormitando sobre el tejado de los barracones, irguió una oreja, luego la otra. Las movió recogiendo los sonidos de la noche y abrió por fin los ojos. Acto seguido se sentó erguida con la cabeza alta y fijó la vista en un punto del patio.

—Ya estás otra vez. —*Bruto* observó malhumorado a la gata—. Odio cuando haces eso. Y sé que lo haces solo para asustarme, pero ya soy un perro adulto y no me das miedo. Sé que no hay nada detrás de mí que solo tú puedas ver. Es todo mentira.

En la halconera y los barracones el ulular de los búhos se silenció de repente y las águilas y los halcones comenzaron a removerse. *Bruto* se giró hacia ellos, todos estaban erguidos sobre sus perchas con la cabeza girada hacia el mismo punto que miraba *Lilith*.

Bruto receló aun más cuando incluso *Leo*, que hasta ese momento había estado jugando a desenterrar huesos imaginarios, detuvo su frenética actividad, se sentó silencioso como una tumba, algo inconcebible en él, y clavó la vista en ese lugar.

El mestizo de mastín, suspicaz por el extraño comportamiento de sus hermanos se giró, fijando la vista en donde ellos la tenían puesta.

Eris, que nunca se separaba de él, siguió su mirada y, asustada, enterró el rabo entre las patas y luego agachó la cabeza.

—No tengas miedo. No llegué a conocerlo, pero sé quién es. *Séneca* me ha hablado mucho de él —la reconfortó *Bruto* antes de sentarse erguido, mostrando respeto.

El lugar al que todos miraban era la caseta de *Séneca*. Más exactamente a un punto sobre esta donde se materializaba una sombra. Pero no era una sombra oscura, que sería invisible en la impenetrable noche, sino una sombra lechosa, de un gris tan luminoso que transmitía paz.

—¿Te apetece venir conmigo a un lugar donde las praderas nunca se acaban, las articulaciones nunca duelen y los ojos nunca fallan? —La neblinosa sombra se estiró hasta acariciar etérea al anciano san bernardo—. Aquí ya has hecho tu trabajo, has cuidado bien de mi nieto y de tus hermanos. Llegó la hora de descansar. Acompáñame, viejo amigo, recorre junto a mí las infinitas praderas del cielo.

Séneca salió de su caseta, estirándose como hacía años que no podía. No le dolía nada, sentía las articulaciones fuertes y los músculos tensos, dispuestos para echar a correr. Y veía. Podía distinguir cada matiz de lo que le rodeaba. Ya no era un perro viejo y achacoso, sino que volvía a ser joven y fuerte. Observó feliz a la sombra que comenzaba a difuminarse frente a él. Era su primer papá y quería seguirlo. Ir con él a esas praderas. Miró a sus hermanos; el aguerrido *Bruto* y la dulce *Eris*, el nervioso *Leo* y la altiva *Lilith*. Todos se despedían de él en silencio. También su familia alada, con todas las aves erguidas sobre sus perchas, sacando pecho y con la cabeza alzada, mostrándole respeto.

Solo le faltaba despedirse de sus padres. Pero no quería darles el disgusto de verlo morir, así que sacudió la cabeza en un silencioso adiós y saltó en pos de la sombra, difuminándose en la noche junto a ella.

Atrás dejó la vieja carcasa de piel y pelo que había albergado su esencia vital hasta ese momento.

Carlos y Enar se despertaron sobresaltados al escuchar el aullido de *Bruto*. Era un gemido largo y agudo que parecía provenir de lo más profundo de su corazón. De su alma misma. Pronto se le unieron *Leo* y *Eris*. También las aves, lanzando chillidos y ululando.

—¿Qué les pasa? —susurró Enar preocupada, dirigiendo la mirada a la ventana.

Carlos, intuyendo por el afligido lamento lo que había ocurrido, saltó de la cama y atravesó la casa como una exhalación para salir al exterior y correr tan rápido como pudo hasta la caseta de *Séneca*. Se arrodilló ante el enorme perro que parecía dormitar y lo abrazó lloroso. Un instante después sintió tras él la reconfortante presencia de Enar.

—Lo siento muchísimo —susurró arrodillándose junto a él para abrazarlo.

—No lo sientas. Se ha ido con el abuelo, ahora estará con él, corriendo detrás de alguna liebre y saltando tocones de nubes —le explicó limpiándose las lágrimas.

—Eso seguro. Y además, si algún angelito baja a regañarlo por perseguir a otro animal, le soltará uno de sus secos «burf» y lo dejará petrificado en el sitio.

Carlos no pudo evitar sonreír ante esa imagen. *Séneca* era muy capaz de poner firme a cualquier ser vivo o ente preternatural.

31 de marzo de 2012

—¿Vas a seguir enfadada conmigo mucho rato? —le preguntó Mar con retintín a Luka.

Luka, montada sobre un precioso corcel ruano, miró a su ahijada y luego puso al animal al trote, adelantándola.

Mar resopló y se apresuró a espolear a su montura para ponerse de nuevo a su altura.

Desde el centro del circuito en el que daban clase, les llegó la reprimenda del profesor de equitación por salirse de la fila sin su permiso. Así que no les quedó otro remedio que frenarlos y retomar su lugar en la hilera de amazonas y jinetes. El resto de la clase lo hicieron en silencio, en parte por las miradas enfadadas del profesor y en parte porque las dos pensaban que tenían razón y ninguna quería dar su brazo a torcer, lo que significaba discusión asegurada.

Cuando terminó la tensa clase llevaron los caballos a la cuadra, les quitaron las sillas y se entretuvieron en cepillarlos antes de meterlos en sus boxes.

—No tienes derecho a enfadarte conmigo solo porque no quiera llamarla —protestó la niña, dolida por el silencio de la mujer.

—No estoy enfadada.

—Pues lo parece.

—Estoy decepcionada.

—¡Joder, Luka!

—Esa boca, Mar —la regañó.

—Lo siento. ¡Pero no tienes razón! —exclamó dando un pisotón al suelo que sobresaltó al rocín—. Yo no tengo la culpa de que se le haya muerto el perro, no tengo por qué llamarla.

—Nadie te pide que lo hagas.

—No, qué va... —replicó con evidente ironía—. La abuela está empeñada en que hable con ella. Incluso me pasó el teléfono el otro día cuando estaban de cháchara. ¡Es agobiante!

—No creo que Irene quisiera agobiarte, tal vez pensó que tu madre estaba triste por la muerte de *Séneca* y que se animaría un poco si tú la saludabas —señaló Luka con gesto serio—. Era un simple «hola» dicho a un auricular, Mar, nada más. Y en lugar de eso le gritaste que era una lástima que no se hubiera muerto ella en vez del perro. Fuiste muy cruel.

—La abuela no tenía que haberme pasado el teléfono —se excusó bajando la vista al suelo.

Estaba arrepentida por su estúpido arrebato, sabía que se había portado muy mal con su madre y eso la atormentaba. Pero era incapaz de dejar a un lado su orgullo y reconocerlo ante Luka o Irene. Mucho menos a pedir perdón a Enar, con la que, por cierto, llevaba sin hablar desde el primer y único día que la había visto, al empezar el año.

Había imaginado que la obligarían a verla y que se la encontraría en casa cuando menos se lo esperara. Pero en lugar de eso, su madre solo visitaba a la abuela una mañana a la semana, y siempre cuando sabía que estaba en el instituto. Y, por extraño que pareciera, eso le sentaba aún peor que si la obligaran a verla, porque demostraba que su madre no era tan mala como creía y le restaba argumentos para odiarla.

—Y tú no deberías haber dicho lo que dijiste. Podías haberte quedado callada o haberte ido. Pero lo agarraste y gritaste lo peor que se le puede decir a una madre —la increpó Luka—. No tienes razón, Mar. Lo que hiciste estuvo muy mal.

—Lo sé —reconoció al fin la niña, removiendo los pies. Llevaba desde que había dicho eso sintiéndose la peor persona del mundo—. Pero no fue culpa mía, Irene me pilló desprevenida y me asusté...

—Sigue sin ser una excusa.

—¡¿Y qué querías que hiciera?! ¿Darle el pésame porque se le había muerto su pobre perrito? —dijo con desprecio.

—No te reconozco, Mar —le respondió Luka, apartándose de ella para llevar su caballo al box—. Adoras a los animales, sabes el cariño que se les toma, lo mucho que se les puede llegar a querer. ¿Cómo has podido decir lo que acabas de decir?

Mar se encogió de hombros, fingiendo indiferencia a pesar de que en su interior estaba muy arrepentida por sus palabras, y guiando al rocín por las riendas la siguió.

—Entiendo que desconfíes de tu madre, yo también lo hacía. Pero en estos meses me ha demostrado una y otra vez que ha cambiado y que podemos confiar en ella —afirmó Luka introduciendo al ruano en el box para luego quitarle el bocado—. Ha cometido muchos, muchísimos errores, por supuesto, eso no lo niega, pero está muy arrepentida y lucha con todas sus fuerzas para no volver a cometerlos. Y eso tiene que contar, Mar. —Miró con intensidad a la joven—. En todo este tiempo no te ha pedido nada. Ni siquiera una segunda oportunidad. Ya has comprobado que no va a ver a tu abuela cuando sabe que puedes estar; respeta tu decisión de no querer verla y te da tu espacio, sin intentar forzarte a nada. Y eso, Mar, tiene que contar —reiteró.

—Solo pasa de mí —replicó la niña enfurruñada.

—Si eso es lo que quieres creer, adelante. Estás en tu derecho. —Luka se dirigió al exterior con pasos rápidos.

—¿Adónde vas?

—A ver a mi amiga, está triste y quiero estar con ella e intentar arrancarle una sonrisa.

—Hay un enorme silencio en la casa. Es como si se hubiera llevado con él la alegría. Incluso *Leo* ha dejado de ladrar, y *Bruto* y *Eris* están taciturnos, sin ganas de nada, como Carlos y yo. —Enar acarició el afilado pico de *Malasombra*—. Le echamos tanto de menos, que a veces se nos olvida que ya no está y creemos verlo tumbado en la cocina, sobre su colchón. Cada vez que paso junto a su caseta se me encoge el corazón, y Carlos lo está pasando peor que yo. Era el perro de su abuelo... y era muy especial para él —suspiró—. En fin, dejemos esta conversación antes de que me ponga a llorar como una Magdalena —musitó limpiándose las lágrimas que ya corrían por sus mejillas.

Besó la emplumada testa del ave y con una sacudida del puño la echó a volar. El animal voló cual flecha hasta un árbol cercano, esperó un instante y se lanzó de nuevo al cielo para tras un corto vuelo posarse en otro árbol. Fue de pino en pino hasta que Enar gritó «hop», momento en el que *Malasombra* echó a volar para posarse con suavidad sobre su puño.

—¡Vaya pasada!

Enar se giró al escuchar la voz juvenil tras ella, solo para encontrarse asombrada ante alguien a quien creía que no iba a volver a ver nunca más.

—Carlos me ha dicho que estabas aquí. —Mar se metió las manos en los bolsillos y movió los pies creando círculos sobre la tierra—. Me ha acompañado hasta un poco más abajo, pero se ha quedado con los perros. Dice que el pequeñajo ladra mucho y asusta a tu águila. Y sí que es muy escandaloso, no ha dejado de ladrar en todo el rato —dijo sin parar para respirar.

Enar parpadeó sorprendida, *Malasombra* estaba acostum-

NADIE MÁS QUE TÚ

brada a *Leo*, y hacía meses que no se asustaba de él. Sus labios se curvaron discretos al comprender el truco del pelirrojo.

—Luka se ha quedado con tu novio, dice que tiene el culo muy gordo para subir hasta aquí... y la verdad es que cuesta un poco —continuó Mar al ver que Enar no decía nada—. ¿No podías buscar un sitio más bajo para volar al pájaro? —protestó la niña cruzándose de brazos.

Enar negó despacio, tan perpleja que era incapaz de articular palabra alguna.

—¿¡Bueno, qué pasa, no vas a hablarme en toda la tarde o qué!? —estalló Mar de repente, cansada de llevar ella sola el peso de la conversación—. Si no quieres que esté aquí me largo, ¿vale? Tampoco es que me haga mucha ilusión estar con...

—Me gusta pasear por aquí, lejos de la aldea para que los domingueros no nos molesten y donde hay árboles altos para que se pueda posar en ellos —dijo Enar, interrumpiéndola antes de que la mandase a la mierda, porque eso era lo que su preciosa hija estaba a punto de hacer. Lo sabía porque era igualita a ella, y esa era su reacción cuando algo la incomodaba de pequeña... y también de adulta.

—Ah... No tenía ni idea.

Enar sacudió la cabeza, asintiendo, sin saber cómo continuar la charla. No quería arriesgarse a decir algo que la molestara y le diera la excusa para desaparecer, pero por otro lado, sabía que se sentiría incómoda si seguía callada, ¡y eso era lo último que quería!

—Me dijo la abuela que se te había muerto un perro, lo siento —dijo Mar de improviso, rompiendo el tenso silencio.

—Gracias. Era muy anciano, pero era... único. —Las lágrimas comenzaron a escapar de nuevo de sus ojos. Por *Séneca* que ya no volvería y también por su hija que estaba allí, frente a ella, pero a la vez a una distancia infinita, preparada para darse media vuelta y escapar ante el primer paso en falso que diera.

—También siento mucho lo que te dije. Eso de que era una pena que no hubieras muerto tú —se disculpó la niña mirando el suelo—. No lo sentía. No debí decirlo.

—No te preocupes, no me lo tomé en serio —mintió Enar. La realidad era que esa noche la había pasado llorando desesperada en los brazos de Carlos—. Son cosas que decimos sin pensar. Va en nuestros genes —intentó bromear a la vez que acercaba a su pecho al águila y le acariciaba las suaves plumas de la espalda para consolarse con su tacto.

Malasombra reaccionó apoyando la cabeza contra el hombro de Enar con cariño.

La mujer y la niña se quedaron en silencio de nuevo, sin saber qué decir, mirándose como lo hacen dos extraños que quieren conocerse pero no saben cómo dar el primer paso.

—¿Es *Malasombra*? —preguntó Mar, señalando al águila.

—Sí.

—Es impresionante verla volar y regresar a tu mano —comentó en referencia a la escena que había visto—. Luka me ha dicho que la has adiestrado tú.

—Sí. Carlos me enseñó a hacerlo, pero he sido yo quien la ha adiestrado —explicó Enar nerviosa, percatándose de que los ojos de Mar estaban fijos en las caricias que le hacía al ave—. ¿Quieres acariciarla? —le preguntó extendiendo el brazo para acercársela un poco.

Mar miró al águila y luego a Enar. Se lamió los labios, nerviosa, y, tras tragar saliva, dio la docena de pasos que la separaban de su madre.

Epílogo

31 de octubre de 2016

—No sé cómo me he dejado convencer para disfrazarme de... ¡Esta cosa! Voy a ser el Chewbacca más bajito del mundo. ¡También el más tetudo! —protestó Enar negándose a salir del coche.

—Te di a elegir y preferiste a Chewie —replicó Carlos mientras luchaba por desenredar la capa del freno de mano.

—¡Joder, pues claro! Con la fama que tengo en el barrio no me hace falta otra cosa que disfrazarme del malo de la peli para que empiecen los rumores otra vez.

—No exageres, Chewie; además, los rumores sobre ti nunca han dejado de correr, el último dice que llevo el dedo vendado porque me has mordido —replicó Carlos con sorna.

—Hay que joderse, te haces un tajo cortando jamón y resulta que soy yo quien te ha mordido —gruñó Enar enseñando los dientes en un gruñido.

—La verdad es que te quedan genial los colmillos de Wookiee, das verdadero miedo —afirmó el pelirrojo con una sonrisa. Salió del todoterreno y se puso la máscara de su personaje—. No me extraña que Darth Vader fuera tan malo si pasaba todo el día con esta cosa en la cabeza. ¡No puedo ver nada y respirar es un suplicio!

—No te preocupes, yo te guío.

Enar le dio la mano y Carlos no pudo menos que echarse a reír al imaginar la estampa que mostraban: un peludo Chewbacca de metro y medio con prominentes pechos guiando a un enorme Darth Vader que iba dando tumbos.

—¡Padre! —gritó de repente Luke Skywalker lanzándose a los brazos de Carlos. Tanto ímpetu le dio a su abrazo, que hizo trastabillar al grandullón y acabaron los dos en el suelo—. Pásate al lado del bien, Padre. Hazlo por mí, que soy tu bien amado hijo.

—No conoces el poder del lado oscuro —replicó Carlos atrapando a Marcos en un abrazo de oso y girando con él para aplastarlo contra el suelo—. La fuerza está contigo, joven Skywalker, pero todavía no eres un Jedi.

—Son como niños —se quejó una bruja con sus reglamentarios complementos: la escoba y el sombrero—. Marcos, por favor, levanta del suelo y deja de hacer el tonto.

—¡Al final te has vestido de bruja! —exclamó Enar al ver a Ruth.

—¡Como siempre! —protestó huraña Luka acercándose al grupo. Vestía unas mallas y una camiseta doradas y un peto de metal, también dorado, que imitaba la armadura de C3PO. Agarrado a su mano iba Bagoas, disfrazado de BB8—. Alex y ella son iguales, con tal de llevarnos la contraria no saben qué hacer —dijo mientras miraba enfadada al drácula que conversaba con un Stormtrooper.

—¡Es una sosa! Con lo maravillosa que es la Guerra de las Galaxias, y no es capaz de dar su brazo a torcer y vestirse decentemente —se quejó Pili, disfrazada, cómo no, de R2D2—. ¡Javi, cuidado con Lorena!

A su voz, el enorme Stormtrooper se separó del conde Drácula y echó a correr tras una niña de cinco años vestida con una larga túnica blanca y con el pelo recogido en dos trenzas enrolladas a ambos lados de su cabeza.

—¡Corre, Dandi, que se te escapa la princesa Leia! —le gritó Marcos, riéndose a carcajadas por los aspavientos del pobre padre que, debido a lo rígido de su disfraz, no podía doblar las rodillas.

—Pobre hombre, ¿quién ha tenido la brillante idea de enrollarle cartulinas blancas en las piernas? —preguntó con sorna un apuesto Drácula.

—Era lo más parecido al traje de Stormtrooper que se nos ocurrió —explicó Pili.

—Pues parece una venganza —afirmó el vampiro yendo hacia Luka.

—No te acerques a mí, traidor —le espetó ella a su marido—. Los herejes no merecen estar con los seguidores de Stars Wars. Vete con la bruja piruja al rincón de los renegados —señaló a Ruth.

—La verruga a punto de caer está. Y bruja entonces no serás. Pegártela debes ya —le comentó a la bruja un Yoda muy verde y demasiado alto.

Ruth se llevó la mano a la cara para comprobar que, por enésima vez, la verruga postiza había vuelto a despegarse.

—Gracias, cariño —susurró pegándosela de nuevo.

—Las gracias dar no debes, pues de hija informar deber es —replicó Yoda.

—¡Vaya, Iris! ¡Qué pasada de disfraz! —exclamó una joven llegando hasta el grupo en el que estaban todos reunidos.

—¡El tuyo sí que es una vacilada, Mar! —replicó Iris observando alucinada a la mujer que había ante ella.

Estaba vestida con un ajustado mono negro sobre el que llevaba una túnica también negra. Una capucha le cubría el pelo, dejando ver solo su cara pintada de rojo con líneas negras perfilándole la boca y los ojos, en los que llevaba lentillas amarillas. Y por si eso no resultaba lo suficientemente aterrador, cinco afilados cuernos blancos emergían de su frente.

—¡Eres el mejor Darth Maul que he visto nunca! —exclamó Luka aprobadora—. ¿Te has maquillado tú?

—No. Me lo hizo mi madre —replicó Mar orgullosa—. Vino a verme esta tarde a casa de la abuela y me maquilló. ¡Es un genio con la pintura! —exclamó radiante.

Enar observó a su hija llena de felicidad. Mar y ella habían encontrado el equilibrio perfecto. Les había costado varios años, pero lo habían conseguido. Había sido cuestión de paciencia, respeto y amor. Mucho amor.

Nota de la autora

Y llegamos al final de Amigos del Barrio, la serie con la que me convertí en escritora y que tantas alegrías me ha dado. Me siento rara. Nostálgica. He pasado seis años sumergiéndome en esta serie que, además de los cinco libros principales; *Falsas apariencias, Cuando la memoria olvida, ¿Suave como la seda?, Atrévete a quererme* y *Nadie más que tú*, tiene otros seis libros relacionados de un modo u otro con ella: la pentalogía «Crónicas del Templo» que es un *spin off* de *Atrévete a quererme* y *Quédate a mi lado*, en la que Darío hace un cameo con Jared.

He creado un vínculo muy especial con toda la familia de Amigos del Barrio. Los voy a echar mucho de menos, aunque si os soy sincera, también me siento eufórica con el fin de la serie. Con *Nadie más que tú* cierro una etapa y siento que ante mí se abren miles de páginas vacías esperando que las rellene con cientos de historias. Y todas son tan excitantes y emocionantes que no sé por cuál me voy a decantar, aunque por supuesto, tengo una favorita para empezar de inmediato con ella. Ya averiguaréis cuál es.

Antes de despedirme, quería comentaros un par de cosas. La primera es que El Hoyo del Muerto no existe. Me lo he inventado de principio a fin, pero si queréis conocer el entorno en el que se mueven los personajes de esta novela, os diré que lo ubiqué en la Sierra Norte de Madrid, muy cerca de la frontera con Guadalajara. No muy lejos del embalse del Atazar.

La otra cosita que quería comentaros es sobre el nombre de la protagonista: Enar. La primera vez que lo escuché tenía quince años y era como se llamaba una compañera del instituto. Y era sin «H». En Segovia y Valladolid, Henar es un nombre bastante común que proviene de la advocación mariana a la Virgen del Henar; pero el nombre del que me enamoré hace ya tantos años no tiene nada que ver con esto, pues viene de Noruega, y significa 'luchador'. Yo creo que le viene a Enar como anillo al dedo. ¿Vosotras que pensáis?

Espero que hayáis disfrutado tanto como yo de esta historia. Ha sido un placer escribirla, aunque debo confesar que a veces trasladarla al ordenador me ha resultado complicado y en cierto modo descorazonador, sobre todo durante las primeras cien páginas.

El mundo de las drogas y el alcohol es horrible. Un verdadero infierno para muchos hombres y mujeres que no saben cómo salir de él. Las asociaciones que ayudan y apoyan a los alcohólicos a mantenerse firmes en su lucha diaria son fundamentales para conseguir el éxito. Imprescindibles. Sin ellas nada sería posible.

Quizá os preguntéis por qué, siendo tan importantes, apenas las he mencionado en el libro.

Porque no quería usarlas para crear más dramatismo. El alcoholismo es una enfermedad demasiado seria como para tomársela a la ligera o buscar espectáculo. Todos hemos visto un montón de películas que nos muestran escenas diarias de esas asociaciones y que incluso se recrean en las reuniones que hacen. Pero, cuando yo acudí hace ya muchos años con una amiga a uno de estos centros, solo ella pudo entrar en el salón en el que se celebraba la reunión. El motivo: no admitían a quienes no tenían problemas relacionados con el alcohol. Y yo, siendo abstemia, obviamente no los tenía. No sé si será igual en todos los centros, pues solo puedo hablar del que conozco, pero, desde luego, me parece estupendo que tengan este requisito. En ese momento, al igual que ahora, no me pareció correcto meterme en la intimidad de personas que están luchando por superar su adicción. Y, de la misma manera, no me parece correcto inventarme lo que puede suceder en una de esas reuniones tan importantes y necesarias. Y ese es el motivo de que no me haya explayado en esa faceta de la lucha contra el alcoholismo: respeto.

Puede que me haya equivocado en mi decisión, no lo sé, pero, como siempre, he hecho lo que me ha parecido correcto. Espero no molestar o herir a nadie con mi decisión. Y, si ese fuera el caso, vayan por anticipado mis más sentidas disculpas.

Un único apunte más sobre este tema. He intentado ser fiel a la realidad en lo que concierne a la desintoxicación y recuperación de Enar, pero como podéis imaginar también he suavizado bastante el proceso, pues no quería que esta historia fuera más dura y dramática de lo que ya es.

Agradecimientos

$\mathcal{E}$ste libro jamás se habría escrito sin la inestimable ayuda de Gema y Guillermo. Soy muy, pero que muy afortunada de tener amigos tan maravillosos como ellos, que no solo me abrieron (como siempre) las puertas de su casa, permitiéndome fotografiar a diestro y siniestro a sus rapaces, sino que el pobre Guillermo, quien es uno de los pocos maestros cetreros de España, se pasó horas y horas respondiendo a mi interrogatorio, mientras que a la paciente Gema la acribillé a preguntas por whatsapp y Facebook, y casi siempre bien entrada la noche.

¡Sois espectaculares, chicos!

Cualquier error que pudiera haber en esta historia con respecto a la cetrería por supuesto es culpa mía (reconozco que me he tomado algunas licencias). Ellos no han podido ser mejores maestros.

Ah, se me olvidaba; la treta del elefante está basada en una historia real en la que Guille y Gema son los protagonistas.